Hermann Kant
Die Aula

6. September
1998

Hermann Kant

DIE AULA

Roman

Aufbau-Verlag

ISBN 3-351-02355-3

1. Auflage 1995
Aufbau-Verlag GmbH, Berlin

Einbandgestaltung PEIX Berlin, A. Kahl/ R. Kujat
Druck und Binden Wiener Verlag, Himberg
Printed in Austria

Der heutige Tag ist
ein Resultat des gestrigen.
Was dieser gewollt hat,
müssen wir erforschen,
wenn wir zu wissen wünschen,
was jener will.

Heinrich Heine

Da sitzt einer über seiner Schreibmaschine, raucht zuviel, bläst Staub von den Tasten, beißt in einen Apfel und denkt an Schiller dabei, starrt auf das leere Papier und dann auf die Uhr, kratzt an dem verklebten kleinen a herum, bis es wieder sauber ist, hat schon wieder eine Zigarette in Brand und nennt das alles Arbeit.

Er lauert auf einen Gedanken.

Der Gedanke steckt den Kopf um die Ecke, zögert noch, zögert lange, aber endlich kommt er näher.

Er kommt!

Macht er noch einen einzigen Schritt, einen winzigen Schritt, dann schnappt die Falle zu, dann ist er ausgedacht, und ein Mann schlägt ihn ans Papier.

Robert Iswall wartete an diesem Morgen fast zwei Stunden auf die erste Beute. Er war nicht ungeduldig, aber als er den Gedanken kommen hörte, war er doch froh. Der Anfang war immer das schwerste, und hier kam nun der Anfang.

Dann läutete es an der Tür. Auf dem Läufer im Korridor lag ein gelbes Kuvert mit einem roten Posthorn darauf, einem Posthorn mit Blitzen an Stelle der Troddel.

Robert Iswall mochte keine Telegramme. Er konnte sich kaum an eines mit angenehmem Inhalt erinnern. Störender Besuch, böse Mahnungen, jäher Tod – das reiste per Depesche und erschreckte.

Robert las:

MIT AUSLAUFEN SEMESTER SCHLIESSUNG ABF

VORGESEHEN STOP ABSCHLUSSFEIER GEPLANT STOP KANNST DU REDE HALTEN STOP MEIBAUM STOP DIREKTOR

Das war Meibaum. Mitten im Winter ein Telegramm, weil am Semesterende eine Rede gehalten werden mußte – in einem halben Jahr. Nur keine gemütlichen Briefe; immer dringlich, das wirkt.

Mit Auslaufen Semester. Jochen Meibaum glaubte sicher, Robert Iswall werde sich nun das ganze Frühjahr hindurch bis in den tiefen Sommer damit herumplagen, eine Rede zu bauen, auf daß die Abschlußfeier auch ja in die richtige Länge komme.

Man müßte das einmal machen, dachte Robert, wenn man nur die Zeit dazu hätte, und wenn die anderen dir dann auch die Zeit gäben, das Ding zu verlesen. Er malte sich aus, wie das wäre: Er hinter einem festlich geschmückten Katheder über einem mehrbändigen Manuskript voller Sätzen, wie „Bevor ich nun meine einleitenden Bemerkungen abschließe und mich dem ersten Hauptpunkte zuwende, will ich den eben erwähnten Ausführungen Pestalozzis über die Persönlichkeit noch wenige Fußnoten hinzufügen ..."

Er sah die Aula vor sich und in den ersten Reihen auf vergoldeten Stühlen die Würdenträger der Universität, die Magnifizenz und die Spectabiles, in satt leuchtenden Talaren und mit güldenen Ketten um den Hals und die Baretts auf den Knien oder schon unter den Füßen und die Augen in den faltigen Gesichtern zwischen Schlaf und Hoheit, und er hörte sich dröhnen: „Hier, in diesem erhabenen Saale mit seinem spätbarocken Glanz, in diesem Meisterwerke des Mathematikprofessors Andreas Mayer, in diesem Raume, einem der selten gewordenen architektonischen Schaustücke des einstmals so reichen hansischen Nordens, in diesen kunstreich verzierten Mauern, in welchen sich – und ich zitiere den gelehrten Bibliothecarius Dähnert – ‚in welchen sich die Brustbilder der vier glorwürdigen Herzoge Wartislaf des IX., der die Akademie gestiftet; Philip des I., der sie aus ihrem Verfall wieder emporgebracht; Ernst Ludwigs, der das vorige Collegium erbauet, und Bogislaf des XIV., dessen milder Dotation die Akademie ihren Wohlstand zu danken hat, befinden', hier in der vormaligen Bibliothek und heutigen Aula, hier war es ..."

Ja, was war hier? War in diesem Saal mit der Puttengalerie jemals etwas geschehen, von dem zu sprechen lohnte in der von Meibaum gewünschten Rede, etwas, das einen Zusammenhang herstellte zwischen dem kostspieligen Stolz der Herzoge von Pommern-Wolgast und der Tatsache, daß mit Auslaufen Semester Schließung ABF vorgesehen war?

Robert erinnerte sich nur, daß er wegen des mathematischen Baukunststücks des Herrn Mayer beinahe wieder fortgelaufen wäre aus der alten Universitätsstadt, noch vor der ersten Stunde Unterrichts.

Trullesand hatte das Universitätsgebäude betrachtet und gesagt: „Sieht aus wie ein Schloß, von dem wir das Dach repariert haben. Ist aber größer. Sollten wir mal besichtigen."

Sie waren eine breite Treppe hinaufgeschlichen und hatten vor der Tür, auf der in verschnörkelten Buchstaben „Aula" stand, eine Weile gezögert. Trullesand hatte das Wort auseinandergenommen. „Aula. Kenn ich nicht. Aule kenn ich." Aber drinnen hatte er nur erschrocken gesungen: „Vvvater, die Scheuheune brennt!"

Robert wollte gleich wieder gehen. „Die haben sich geirrt", sagte er, „die haben gesagt, Arbeiter-und-Bauern-Fakultät, und nun sieh dir das an. Hier kannst du doch nur mit einem Pferd reinreiten, Steigbügel aus Gold, und da vorne auf dem Thron sitzt die Königin und schmeißt mit Rosen nach dir."

Trullesand gefiel das. „Und denn linst du ihr von oben, von dein Roß, in den Ausschnitt, und denn wird dir schwindlig, und die Knappen fangen dich auf und geben dir Neckar zu saufen, weil sie auf so was vorbereitet sind."

„Nektar", sagte Robert, „und nun komm bloß weg hier,

dies ist ein Irrtum, mit diesem Palast können wir nicht gemeint sein."

Sie hatten sich dünnes Bier gekauft und überlegt, ob es nicht das beste wäre, wieder nach Hause zu fahren, und nur die Angst, die sie einander gestanden hatten, vor dem Gelächter daheim, hatte sie gehalten, und noch etwas anderes, Trullesand hatte es ausgesprochen: „Ich stell mir gerade vor, wie das wäre, wir beide da rein, hauen denen aufs Kreuz, gestatten, gestatten, Iswall und Trullesand, Elektriker und Zimmermann, und du fragst die Königin, ob sie Zeit hat ins Kino, Matrosen von Kronstadt, na . . .?"

So mochte es gehen, als Sturm auf das Winterpalais, mit Bajonett und viel Hurra. Sie sahen sich beide auf den Spitzen eines in seinen Angeln kreischenden riesigen Tores, sie hatten Patronengurte kreuzweise um die Brust geschlungen und von ihren Matrosenmützen flatterten rote Bänder. So mochte es gehen, aber nur so, im Sturm.

Robert Iswall fragte sich, ob man das sagen könnte in Meibaums Rede. Sicher konnte man es sagen, aber keiner würde es verstehen. Die älteren Herren würden verstört zu einem heraufblinzeln, und die Studenten würden meinen, alle diese bebrillten Knaben aus der Gründerzeit seien einem heroisierenden Romantizismus verfallen. Robert gab ihnen recht; er selbst konnte diese Reden „Als wir noch in Holzpantoffeln herumliefen" nicht hören. Es war immer, als ob sich einer brüstete, er mache nun schon lange nicht mehr in die Hosen, aber schön, schön sei es gewesen, damals, als er es getan, schön und schwer, und vor allem letzteres sollten die nicht vergessen, die heutzutage dank der Anstrengungen ihrer Vorgänger gleichsam stubenrein auf die Welt kämen. Reden dieser Art waren Alterserscheinungen, persönliche oder die von Generationen, und Ansporn gaben sie nicht.

Dieses Urteil war ungerecht, Robert spürte es; es war theatralisch wie Brückenverbrennen und genauso gefährlich. Man konnte keine Zukunft haben ohne Vergangenheit; das war eine Binsenwahrheit und bedurfte keiner Diskussion. Es lief immer auf das Wie hinaus: Wie sollte man von der Vergangenheit sprechen vor Leuten, für die sie Vorvergangenheit war? Sollte man etwa nur von den Lichtpunkten reden, vom Glanz, der ja auch immer dagewesen war?

Da brauchte man nur die schwärmerischen Auslassungen über den Prachtbau des Andreas Mayer mit der Schilderung eines Ereignisses fortzusetzen, an das man ohne gerührten Stolz nicht denken konnte: „... hier war es, da einer von uns auf einen Schild gehoben wurde, der unkriegerisch wie nur einer war und doch durch tausend Schlachten getragen!“

So müßte man wirklich mal sprechen. Aber hatten sie ihn nicht tatsächlich, wenn auch nicht auf einen Schild, so doch auf die Schultern gehoben und in die Luft geworfen vor den Brustbildern der vier glorwürdigen Herzoge, vor den Augen Seiner Magnifizenz und der Abgesandten des Staates, so hoch in die Luft geworfen, daß er nachher hatte behaupten können, er habe sich Auge in Auge mit einem der lackierten Posaunenengel auf der Empore befunden und ihm die Zunge herausgestreckt? Ja doch, und all die Feierlichkeit, die eben bei der Rede des Direktors noch den Raum durchwabert hatte und zu der selbst Bogislaf und Wartislaf hätten Ja sagen können, war dahin gewesen, als sie ihn durch die Luft hatten fliegen lassen, mit verrutschter Brille und mit der Buchprämie in den Armen, Goethe und Shakespeare aus dem Verlag Philipp Reclam jun. zu Leipzig, vierzehn Bände insgesamt.

Das konnte man erzählen, aber es roch nach Angeberei, und außerdem würde es Meibaum nicht gefallen, denn sie waren inzwischen sparsamer mit den Prämien geworden, und es würde Jochen Meibaum gar nichts nützen, wenn er sagte, das mit Iswall damals sei eine Ausnahme gewesen.

Aber vielleicht sollte man es doch erzählen, und wenn es nur der Lesegeschichten wegen war. Die paßten in jede

Feier dieser Art. „Mit den Klassikerbänden war es seltsam", könnte man sagen, „ich hatte beide Ausgaben nämlich schon einmal gelesen, Shakespeare in der Gefangenschaft und Goethe unendlich weit davor. Einmal, in der Gefangenschaft, habe ich in einem Lebensmittelkonsum gearbeitet. Ich mußte Heringsfässer öffnen, Zuckersäcke stapeln und die Tüten für den Verkauf vorbereiten, Mehl, Salz, Graupen, Erbsen, ein Kilo, zwei Kilo. Nach einiger Übung brauchten die Tüten gar nicht mehr auf die Waage, ein Griff, und es stimmte. Ich glaube, dieses Maßgefühl ist etwas Physiologisches, vielleicht ein bedingter Reflex, aber das weiß ich nicht. Im Keller lagen sechs große Kisten mit Büchern. Vier Kisten habe ich durchgelesen, immer von oben runter. In einer waren die Shakespearebände. Es war meine erste Begegnung mit Falstaff und Hamlet und den blutigen Königen. Die Bücherkisten standen zwischen anderen, in denen amerikanischer Speck und spanischer Wein und griechische Backpflaumen waren, Spenden der UNRRA für das ausgebrannte Polen, und ich will nicht sagen, daß ich Speck und Wein unberührt gelassen habe, aber das wichtigste in diesem Keller waren doch die Bücher. Jeden Abend schmuggelte ich einen Band in die Gefängniszelle, in der ich damals untergebracht war, und wenn der Schließer zur Zellenrevision kam, hatte er immer zwei Kalfaktoren mit einer Maurertrage dabei, für Iswalls Bücher. Ich las in der ständigen Sorge, der Revisor könnte einmal kommen, bevor ich mit einer Sache zu Ende war, aber das ist mir nur einmal, mit Richard dem Dritten, passiert; es hat an die fünf Jahre gedauert, bis ich die vierte Szene des fünften Akts nachholen konnte.

Mit Goethe bin ich schon in meiner Lehrzeit bekannt geworden. Ich lernte Elektriker, wer von euch Elektriker ist, der hat bestimmt auch schon einmal in einem Haus arbeiten müssen, in dem es entsetzlich schmutzig war. Aber ich glaube, eine so schmutzige Wohnung wie die, in der ich auf Goethe stieß, gibt es nicht wieder. Jedenfalls scheue ich die

Vorstellung, daß es so etwas zweimal geben könnte. Es war barbarisch, und ich streikte. Ich setzte mich auf die Trittleiter und wartete auf meinen Meister. Von der Leiter aus sah ich auf einem Schrank den von Staub gerundeten Umriß eines Bücherstapels. Ich habe einen Band von Spinnweben befreit, und am Abend hatte ich den Faust, den ersten Teil, gelesen. Der Wohnungsinhaber war ein armer Hund, ein Buchhalter mit höherer Schulbildung. Er hatte die älteste Tochter seines Chefs geheiratet, und er erzählte mir, sie hätte seit ihrer Hochzeit keinen Finger krumm gemacht. Sie waren an die zwanzig Jahre verheiratet. Der Buchhalter hat am Abend mit mir über den Faust diskutiert, genauer gesagt, er hat sich redlich mit meinen naiven Fragen geplagt, denn mich interessierte zunächst, wie sie es denn im Theater mit dem Himmel machen oder mit dem Faß in Auerbachs Keller, aber das Lesen und das Gespräch haben genügt, um mich neugierig auf eine Welt zu machen, von der ich bis dahin kaum gewußt hatte, daß es sie gab.“

Robert gefiel das Redestück, das er sich da ausgedacht hatte; er war nur nicht sicher, ob es als passend empfunden werden würde, denn wenn es auch herkömmlich war, in Abschlußreden von Goethe und Shakespeare zu sprechen, so wohl doch nicht auf diese Art. Nur sehr alte oder sehr erfolgreiche Leute konnten sich einen so subjektiven öffentlichen Umgang mit der Vergangenheit und mit sich selbst leisten. Lebenserinnerungen eines jungen Mannes – das hatte etwas Komisches und Fürwitziges; zur Jugend gehörten Wunsch, Erwartung und Plan und nicht die Bilanz.

Das ist ja Unsinn, dachte Robert, wer spricht denn von Bilanz; ich denke doch nur an ein paar Geschichten, die ich erzählen könnte. Ich erzähle sie doch sonst auch, und niemand findet etwas dabei. Allerdings, da ist ein Unterschied: Wenn ich zu einem Freund sage: Du, als ich damals ..., dann wird er mir zuhören, ich bin ja sein Freund, ich gehöre zu ihm, ich bin etwas von ihm; aber was ist, wenn ich zu Fremden spreche? Denen muß ich mit Geschichten kommen, nicht mit mir, und die Geschichten müssen so sein, daß sie ebenso interessierten, würden sie von einem anderen erzählt.

Schön, sehr schön, nur, wie hält man die Sachen von allgemeinem und objektivem Interesse und diese persönlichen Memoirenkringel auseinander? Man müßte eine Maschine haben, ein Typometer, so einen Apparat mit Kybernetik, mit Mikrophon und einer Skala: links rot für das Typische, also Erzählenswürdige, und rechts blau für den individualistischen Abfall. Man setzt sich vor das Mikrophon und trägt die Sache vor, und wenn man fertig ist, schnurrt und knattert es eine Weile im Kasten, denn die Maschine hat ja einiges zu berücksichtigen, Zeit und Ort der Handlung, allgemeine Lage, besondere Lage und die neuesten Forschungsergebnisse, und schließlich schlägt der Zeiger aus, mitten ins Blaue, und man kann die Geschichte wegwerfen.

Robert Iswall tippte sich sacht gegen die Stirn und spannte einen Bogen in seine Schreibmaschine. Hier hast du dein Typometer, da das Papier und hier deinen Kopf, etwas anderes wird vorerst nicht geliefert. Wo waren wir stehengeblieben? Aha, bei den Büchergeschichten, aber davon gibt es noch mehr, die mit Margaret Mitchell und dem „Buch des Grauens“ zum Beispiel. Niemand, da kannst du sicher sein, hat „Vom Winde verweht“ so gelesen wie du, und das „Buch des Grauens“ auch nicht.

Robert wußte noch den Anfang des tausendseitigen Romans aus dem amerikanischen Bürgerkrieg: „Scarlett O'Hara war nicht eigentlich schön zu nennen“, und vor allem erinnerte er sich an das Gewicht des Buches. Er hatte es im Stehen gelesen, vom fröhlichen Anfang bis zum tränenfeuchten Ende. Er hatte auf einem Schemel gestanden, unter der einzigen, schwachen Glühbirne, die nachts in der großen Lagerbaracke brannte. Am Tage war an das Buch nicht heranzukommen, da lasen es die Köche, die Schuster und die Frisöre. Aber nachts, bitte schön, Hauptsache, es war am Morgen wieder da. Robert arbeitete damals auf einer Sandbank in der Weichsel. Er mußte Flußkies in einen Schleppkahn schaufeln, und er tat es halb im Schlaf. Mehr als einmal nahm er sich vor, in der kommenden Nacht auf die anstrengende Lektüre zu verzichten, und doch kletterte er, wenn die großen Lampen verloschen, auf den Schemel unter dem Kontrollicht und warf sich in das Schlachtengetümmel zwischen Nord und Süd.

Das „Buch des Grauens" hatte er auch nachts gelesen, schon im ersten Lagerjahr. Es war das Jahr des Schmutzes und der Seuchen. Typhus und Lungenentzündungen, der Hunger und der Dreck schafften, was Kugeln und Brand nicht geschafft hatten, und die Krätze, die auch im Lager umging, war ein kleiner Fisch. Tausende hatten sie; für den Sanitätsdienst war es eine Routinesache, und auch Robert Iswall fand nichts dabei, als es ihn erwischte. Es gab schlimmere Dinge. Der Sanitäter, an den Robert geriet, hielt seine Krankheit für ein schlimmeres Ding. Wofür er sie gehalten hatte, merkte Robert erst, als er sich in einem Sonderbau wiederfand, in dem einige hundert blessierte Ritter in kollektivem Zorn ihrer letzten Damenbekanntschaften gedachten. Robert erntete böses Gelächter, als er auf die Frage seines Pritschennachbarn bekanntgab, er habe die Krätze. Sein Nachbar schlug ihm den Ellenbogen in den Bauch und brüllte begeistert: „Denkste, Kleiner, denkste!"

Robert floh die gefährliche Nachbarschaft der Pritsche und legte sich hinter der Baracke in den Sand. Als für die Nacht ein Feuerwächter gesucht wurde, meldete er sich. Auf dem Tisch des Wächters blakte eine Petroleumlampe, und daneben lag das „Buch des Grauens", an dem sich über Tag der Sanitäter ergötzte.

Robert schützte seine Finger beim Umblättern mit dem Zipfel seiner Drillichjacke und las eine Geschichte von einem orientalischen Prinzen, der seinem gefangenen Rivalen eine lebende Ratte in den Bauch nähen ließ.

Die Haare hätten sich Robert auch dann gesträubt, wenn er mit solcher Lektüre in einem Schaukelstuhl auf einer sonnenbeschienenen Terrasse gesessen hätte, aber er war ein eingesperrter Feuerwächter vor einem flackernden Petroleumlicht in einem niedrigen Verschlag, in dem es nach nur medizinisch Sagbarem stank und in dem hundert vergiftete Männer fieberten und delirierten. Einige packte in der Dunkelheit das Trema; sie keuchten und wimmerten, bis ihnen einer auf die Zähne schlug. Aus einer der Höhlen kam ein älterer Mann auf den Knien zu Robert gerutscht und verlangte, er solle mit ihm beten. Er hielt das „Buch des Grauens“ für die Bibel, und er wollte es küssen. Er wollte auch Robert küssen, und Robert wußte sich nicht anders zu helfen, als ihm die Horrorsammlung über den Kopf zu schlagen. Am nächsten Tag wurde Robert von einer Ärztekommission erlöst.

Der Gedanke, darüber in einer Absolventenfeier zu reden, war absurd; das herauszufinden, bedurfte es keines Typometers. Das konnte man gerade noch unter Freunden, mit einer Flasche Wodka am Tischbein, aussprechen, und da mußte die Flasche auch schon halb leer sein.

Und „Vom Winde verweht“ war genauso unmöglich. Oh, die Geschichte, die Geschichte an sich, war nicht schlecht. Junger verführter Deutscher hinter Stacheldraht wird vom Wunder der Literatur gepackt und vom Bildungshunger, liest nächtelang stehend ein kiloschweres Buch, auch wenn die Augen dabei draufgehn – das wäre schon was, das hat etwas vom spiritus litteraris, das könnte befeuern und der musischen Erziehung dienlich sein. Könnte. Nur hätte es ein anderes Buch sein müssen und nicht dieser Trauergesang auf den Untergang des Südstaatenfeudalismus. Scarlett O'Hara hatte „grüne Augen ohne eine Spur von Braun darin“ und rote Haare? Reizend, aber war sie nicht die Tochter von sklavenhalterischen Gutsbesitzern und also ein Schmarotzerchen?

Nein, das paßte nicht in Meibaums Feier für die letzten Absolventen einer Arbeiter-und-Bauern-Fakultät. Ja, wenn es nicht „Vom Winde verweht“ gewesen wäre, sondern

„Der Sturm“ von Ilja Ehrenburg oder sonst etwas mit einer progressiven Luftbewegung, dann sähe die Sache ganz anders aus, dann ... aber so, nein, Genosse!

Robert Iswall sah schon, daß Meibaums frühzeitige Voranmeldung gar nicht so abwegig war; nur das Telegramm war eine der bekannten Überspitzungen des Direktors. Und selbstverständlich würde man trotz der jetzt schon absehbaren Schwierigkeiten kein halbes Jahr für diese Rede benötigen; es würde genügen, vorerst hin und wieder an sie zu denken. Schreiben mußte man sie, das war Ehrensache, und anständig mußte sie auch werden. Also hatte man nun ein lästiges Nebending mehr, die Abneigung gegen Telegramme war eben kein bloßer Tick.

Robert heftete das Papier mit den Telegrafenstreifen an die Bastmatte, die er auf die Wand neben seinem Arbeitsplatz genagelt hatte. Unter dem Bild von Hemingway war zwischen dem Zettel „Sparkasse. Dauerauftrag Lichtgeld erteilen. Endlich!“ und einer Postkarte aus Kamerun noch Platz. Hemingway! Das sollte Meibaum wissen: sein Telegramm unter Hemingway, das wäre für ihn so etwas wie ideologische Koexistenz, und die gab es nicht.

Die Bastmatte hing voller Mahnungen: „Gutachten Eule bis 12.“ – „Um Garage kümmern“ – „Wann gehst Du mit dem Knaben zum Schularzt? Deine Frau“ – „Mit W. Amourenkram klären! Bis Leitungssitzung!“ – „Herr Iswall. Einer hat telefoniert die Maschine ist fertig. Hochachtungsvoll Frau Selter.“

Es hing da auch eine Wäscheklammer aus imitiertem Teakholz, auf der „Eilt sehr“ stand, aber nur ein einziger Zettel mit einer Telefonnummer klemmte darin, und der Anruf war längst erledigt. Die Matte war besser, viel übersichtlicher, allerdings nicht nur für ihn. Seine Frau war nicht neugierig, wie sie versicherte, und sie mischte sich auch nicht in seine Angelegenheiten, wie sie ebenfalls versicherte, aber was er für einen Amourenkram zu klären habe und wer W. sei, interessierte sie doch.

„Kaderfragen", sagte er dann, „nichts für dich, und W. kennst du nicht, hoffe ich. Der Junge geht ran, und ich soll ihm den Kopf waschen, Beschluß der Leitung."

„Schade", sagte seine Frau, „daß das Sprichwort in diesem Zusammenhang so verfänglich klingt, sonst hätte ich gesagt: Da haben sie aber mal wieder einen zum Gärtner gemacht!"

Wenn man keinen Beruf hätte, wäre das alles ohne viel Anstrengung zu bewältigen gewesen. Aber so: „Mensch, Journalist, das ist so schon ein Luftgeschäft, und nun noch freischaffend. Junge, Junge, deine Zeit möchte ich einmal haben! Also, übernimmst du die Aufgabe?"

Meistens übernahm er sie; hier eine Versammlung, dort eine Funktion, da eine Aussprache und dann und wann eine Rede.

Die nächste war nun mit Auslaufen Semester fällig, und das war das Angenehme an ihr, etwas, das sie auffällig abhob von den gewöhnlichen Aufträgen, deren Mahnzeichen an der Bastmatte steckten: daß sie zwar mit der üblichen Eile und Dringlichkeit bestellt worden war, aber beruhigend weit, ja ungeheuer fern im Felde lag.

„So ein dickes Buch steht dir gut", sagte Vera, „ich könnte dir direkt vertrauen, wie du so dasitzt. Was ist das?"

Robert hielt den schweren Oktavband hoch, und Vera sagte: „Universitätsgeschichte? Sollst du was schreiben?"

„Reiner Wissensdurst", sagte Robert, „das heißt, später soll ich mal eine Rede halten, über die ABF, aber das ist noch lang hin."

„Wollen sie die Fakultät wirklich schließen?"

„Wahrscheinlich, wer weiß."

„Ich geh ins Bett", sagte Vera, „eigentlich ist es schade, wenn sie zugemacht wird."

Robert brummte: „Sie hat eben ihre Aufgabe erfüllt, historisch gesehen."

Vera streifte den Pullover über den Kopf und fragte dabei: „Und nicht historisch gesehen?“

Sie hielt in der Bewegung inne, bis Robert antwortete: „Das ist doch Blödsinn. So was kann man doch nicht nicht historisch sehen.“

„Und warum sagst du da extra ‚historisch gesehen‘?“

Robert legte das Buch hin und sagte: „Jetzt kann ich dir dein Kompliment zurückgeben: Steht dir gut, so ohne Kopf. Übrigens ist das doch kein Blödsinn. Man kann die ABF auch nicht historisch sehen.“

„Mach mal“, sagte Vera und sah ihn erwartungsvoll an.

„Wolltest du nicht ins Bett?“

Sie hockte sich in einen Sessel und deutete auf das Buch. „Lies vor. Ich will wissen, wie das geht, wenn man es historisch sieht.“

Robert las mit feierlicher Miene: „Die Bildung der Arbeiter-und-Bauern-Fakultäten geht auf die bedeutsame Verordnung der Deutschen Wirtschaftskommission vom 31. März 1949 zurück ...“

Weiter kam er nicht, weil Vera sich so freute. „Das finde ich aber schön“, sagte sie, „daß wir auf eine Verordnung zurückgehen, dadurch können überhaupt keine Fehler aufkommen. Wenn einer gedacht hat, wir wären vom Himmel gefallen oder wir wären so eine Art Kinder der Liebe gewesen, die auf gewisse Bedürfnisse zurückgehen, dann ist er jetzt aber erledigt, denn wir gehen auf eine Verordnung zurück, und zwar auf eine bedeutsame, und zwar auf eine von einer Kommission, und das ist historisch gesehen. Historisch gesehen geht alles auf eine Verordnung zurück. Weihnachten geht auf die Verordnung zurück, daß alle Welt sich schätzen lasse, und wenn wir keine Pocken mehr kriegen, geht das auf die Verordnung zurück, daß jedermann sich impfen lasse, und wenn ...“

„Versuch doch mal, mit Maßen albern zu sein“, sagte Robert, „da steht nicht, wir gingen auf eine Verordnung zurück, sondern die ABF, und das steht da auch nicht, sondern da heißt es, die Bildung der ABF, und damit du nicht gleich wieder loslegst, will ich dir sagen, daß unter Bildung hier nicht das verstanden wird, womit du immer so angibst, weil du es für eine hältst, sondern soviel wie Gründung, und die Gründung der ABF, ihre Errichtung, nein, Errichtung geht nicht, also doch die Gründung oder Bildung geht eben auf eine Verordnung zurück."

„Nung, nung", sagte Vera.

„Wie bitte?"

„Die Verordnung geht auf die Bildung und die auf die Gründung und die auf die Verwirklichung und die auf eine Beschließung zurück – bei historischer Betrachtung."

„Geh ins Bett!"

„Geh ich nicht. Ich will jetzt wissen, wie das war. Ich verlange Aufklärung. Ich bin die Bevölkerung, du bist die Presse. Die Presse hat die Pflicht, die Bevölkerung zu unterrichten, geduldig und überzeugend."

Robert stand auf und schlang ihr den Pullover wie einen Strick um den Hals. „Einmal hat ein Reporter seine Frau umgebracht, damit er für den nächsten Tag eine Meldung hatte. Das Gericht hat es für keinen plausiblen Grund gehalten. Aber ich werde einen plausiblen Grund haben, Gott ist mein Zeuge."

„Und wird er zum Termin dasein?" fragte Vera.

Sie hatte die Tür nur angelehnt, und Robert rief nach einer Weile hinüber: „Du, war das eigentlich schwer damals?"

„Was denn? Ach so, ich weiß nicht. Ich glaub, es war ganz lustig. Weißt du noch, wie ich dir die FDJ-Shorts kürzer machen sollte, und du wolltest die Dinger nicht ausziehen dazu?"

„FDJ-Shorts? Unsinn! Das hieß bestimmt ‚Beinkleidung für Angehörige des Jugendverbandes'. Wie stellst du dir das überhaupt vor, soll ich mich in die Aula stellen und sagen: ‚Als wir Angehörigen des Jugendverbandes unsere neue Beinkleidung bekamen . . .' "

„Nein“, sagte Vera, und es war zu hören, wie schläfrig sie schon war, „das kannst du nicht machen. Du mußt natürlich vom schweren Anfang reden und von den Menschen an unserer Seite und davon, wie der Stahl gehärtet wurde, und von der Bodenreform, die auf eine Verordnung zurückging.“

Robert schloß die Tür und blätterte wieder in der Festschrift zum fünfhundertjährigen Bestehen der Universität. Das Kapitel über die Arbeiter-und-Bauern-Fakultät stand am Ende des zweiten Bandes. Das ärgerte ihn, aber er sagte sich, daß es nur gerecht war – sie war eben zuletzt gekommen.

Anläßlich der Fünfhundertjahrfeier war auf sieben Oktavseiten von ihr die Rede, und Robert fragte sich, wieviel Platz man ihr wohl einräumen würde, wenn einmal die Tausendjahresschrift fällig war. Sie hatte nur sechsundzwanzig Semester lang bestanden, dreizehn kümmerliche Jahre; was war das schon für einen Jahrtausendalmanach? Robert stieß im Inhaltsverzeichnis auf die Kapitelüberschrift „Fünfhundert Jahre Mathematik an unserer Universität“. Er schlug den Artikel auf und sah, daß er, gerade drei Seiten füllte, zog man den Raum ab, den das Bild eines bärtigen Herrn einnahm. Sechs Spalten für fünfhundert Jahre Wissenschaft von den Zahlen- und Raumgrößen, das war mehr als bescheiden, das konnte nur von einem Meister formelhafter Verkürzung geleistet worden sein. Aber zu Roberts großer Überraschung hatte der Verfasser der Halbjahrtausendbilanz es geschafft, sein Stenogramm mit ausschweifenden Anekdoten zu spicken; in einer war von Galilei die Rede: „Auf *Dante* fußend, bestimmt er zunächst Ort und Gestalt der Hölle. Wenn man um Jerusalem einen Kreis vom Radius $^1/_{12}$ Erdumfang oder 3333 km schlägt und darüber einen Kegel mit der Spitze im Erdmittelpunkt errichtet, hat man die Hölle lokalisiert. Daraufhin unternimmt *Galilei*, die Größe des Höllenfürsten zu errechnen. Während *Dante* bloß drei Armlängen groß war, sollte

Luzifer die stattliche Höhe von 2000 Armlängen besitzen." Und der Autor hatte hinzugefügt: „Beachtlich, vor allem der ganze Unsinn, den der reife *Galilei* bestimmt als Jugendtorheit abtat, die er 24jährig beging."

Beachtlich, dachte auch Robert mit der Kennerschaft eines Journalisten, dem es die meiste Mühe bereitete, seine Artikel auf die geforderte Kürze zu trimmen, beachtlich diese Verbindung von Lakonismus im ganzen und Vollständigkeit im einzelnen; Mathematik hätte man studieren sollen und nicht Germanistik.

Die Kurzschrift des Mathematikers bremste den Schwung, mit dem er eben noch die allzu geringen Abmessungen der ABF-Historie hatte beklagen wollen. Und dabei war die Hauptfrage noch gar nicht gestellt: die Frage nämlich nach dem Gewinn, der der Wissenschaft aus sechsundzwanzig Arbeiter-und-Bauern-Semestern zugeflossen war. Aber er hatte doch beiläufig bemerkt, daß die Mathematiker auf einen der ihren verweisen konnten, dem sie eine Formel verdankten, mit der es im Prinzip möglich war, wie es in der Festschrift hieß, „die Sonne so zu zerlegen, daß sie, anders zusammengesetzt, von Erbsengröße" wurde.

„So kann man die Frage nicht stellen", sagte Robert laut, und daran merkte er, daß es auch für ihn Zeit war, ins Bett zu gehen, „die Arbeiter-und-Bauern-Fakultät und das Mathematische Institut gehören doch nicht in einen Topf. Und was über sie in der Festschrift steht, besagt überhaupt nichts und die Zeilenzahl schon gar nichts."

Während er sich auszog, sagte er mehrmals „Feierabend!" Aber das Problem war schon da, und Roberts Versuche, sich beim Zähneputzen auf den Text „Blau-Weiß – die Zahncreme mit dem VO 3-Effekt" zu konzentrieren, waren lächerlich vor dem Druck der Frage. Er konnte sie gerade noch so lange hinhalten, bis er im Kissen lag und die letzte Zigarette des Tages, die „kriminelle", wie Vera sie nannte, angezündet hatte.

Also bitte, dachte er ergeben: Wie kann man feststellen,

ob die ABF der Wissenschaft einen Gewinn gebracht hat, wie mißt man das, wer kann es kontrollieren, wer wird es kontrollieren, kann das einer, soll man es, wird man es tun, und wen interessiert das überhaupt? Im Grunde war es müßig, daß er sich damit befaßte, denn sicher wurde die Antwort darauf nicht ausgerechnet von seiner Rede in Andreas Mayers Aula erwartet; die historische Analyse war selbstverständlich dem Direktor vorbehalten, und Jochen Meibaum würde das schon machen: „An allen Fachfakultäten, in allen Instituten, in den Akademien und Industrielabors, in den Führungsgremien des Staates und der gesellschaftlichen Organisationen, in der Armee und an den Kulturstätten wirken heute Absolventen der Arbeiter-und-Bauern-Fakultäten und demonstrieren ..."

Gut, das mußte gesagt werden und würde seinen Eindruck auch nicht verfehlen, heute und auch morgen nicht, aber wie würde es übermorgen sein, dann, wenn die Festschrift zum tausendjährigen Bestehen der Universität geschrieben würde?

Wenn im Oktober des Jahres 2456 einer lesen wird, fünfhundertundsieben Jahre zuvor sei eine Fakultät eröffnet worden, eigens für Arbeiter und Bauern und deren Kinder und nur zu dem Zwecke, einen historisch längst überfälligen Gleichstand herzustellen, wird er, der wahrscheinlich schon Mühe hat, sich klarzumachen, was denn damals für ein Unterschied zwischen Arbeitern und Bauern gewesen sei und warum sie denn, um Ärzte und Physiker zu werden, mehr Allgemeinbildung haben erwerben müssen, als Arbeiter und Bauern sie besaßen, wird er begreifen können, was das besagt?

Und wenn er dann läse, diese merkwürdige Einrichtung habe gerade dreizehn Jahre bestanden, und dann sei sie erledigt gewesen, weil ihre Aufgabe erledigt gewesen sei – würde es ihn sehr beeindrucken? Kaum, denn was waren schon dreizehn Jahre.

Das ist alles Unsinn, dachte Robert. Auf diese Weise

kannst du jede Tat, die etwas auf dieser Erde verändert hat, verschrumpfen lassen. Mit historischer Betrachtungsweise hat das nichts zu tun. Mit dem richtigen Trick kannst du die Sonne in eine Erbse verwandeln, fragt sich nur, wer die Erbse haben will statt der Sonne.

Und wenn du so weiter spekulierst, dann ist Jochen Meibaums Telegramm womöglich schon viel zu spät gekommen.

Ich werde mal Karten verschicken, dachte Robert, und er merkte, wie ihm der Kopf leichter wurde, darauf werde ich schreiben: „Schicken Sie mir keine Telegramme" oder „Von Telegrammen bitte ich Abstand zu nehmen" oder lieber „Die Schickung von Telegrammung ist laut Verordnung, nung, nung, nung ..."

„Fährst du mich rein?" fragte Vera, und Robert stand auf. Vera stellte diese Frage an jedem Morgen eines Arbeitstages, und sie stellte sie immer so, als ob er auch nein sagen könnte.

Auf diese Weise gewann sie eine halbe Stunde Schlaf und er eine Menge Arbeitszeit.

Fiel irgendwo eine neidische Bemerkung über das Lotterleben der Freischaffenden, so kam Robert in Fahrt: Ah, so stelle der kleine Max sich die Freiheit vor, bis in die Puppen pennen, von wegen! Er zum Beispiel stehe an jedem Werktag pünktlich um zehn vor sieben auf, eisern. Warum ausgerechnet um zehn vor sieben? Oh, es hätte natürlich auch elf vor sieben oder neun Minuten danach sein können, aber er habe sich eben für zehn vor sieben entschieden, und das mache gerade den Spaß an der Freiheit aus, daß man aus eigenen Stücken festlegen könnte: Um zehn vor sieben wird aufgestanden.

Vera mußte um halb acht in der Augenklinik sein, und wenn er um zehn vor sieben aufstand, schaffte er es gerade so.

Die Klinik lag in einer häßlichen Straße hinter dem Kanal. Besonders bei Regenwetter machte das Gebäude einen entmutigenden Eindruck, „aber das tut ja nichts“, sagte Robert mindestens einmal in der Woche, „wo eure Kunden doch alle einen Augenschaden haben!“ An diesem Morgen sagte er: „Ist mir noch nie so aufgefallen, daß euer Kasten aussieht wie das Hauptgebäude in der Reubenstraße, wo wir die Aufnahmeprüfung gemacht haben. Findest du nicht auch?“

„Dich scheint es ja ganz schön erwischt zu haben“, sagte Vera, „ich muß rein. Tschüs!“

Er sah zu, wie der Pförtner ihr die Tür aufhielt, und er hörte ihn „Morgen, Frau Doktor!“ sagen.

Damals hatte ihr bestimmt kein Pförtner die Tür aufgehalten. Ihm auch nicht. Er hatte sich eine ganze Weile vor dem Seitenportal herumgedrückt und die Eintretenden gemustert und abzuschätzen versucht, ob er es wohl mit ihnen aufnehmen könnte. Die meisten waren jünger, und alle sahen erschreckend intelligent aus. Er war sicher, daß er hier keine Chancen hatte, und folgte ihnen.

Sie kamen in einen Raum, der wie eine Schulklasse aussah, und Robert setzte sich in die letzte Reihe. Er gab ihnen ihre neugierigen Blicke wütend zurück, und er ärgerte sich, daß er nicht wie sie eine Mappe mitgebracht hatte.

Als ein alter Mann den Raum betrat, klopften die anderen mit den Knöcheln auf die Bänke und trampelten mit den Füßen. Robert wußte, daß Studenten so grüßten, früher, und er wunderte sich, daß es dies immer noch gab, und außerdem waren sie vorerst doch noch Arbeiter und Bauern, die zu einer Eignungsprüfung gekommen waren, und keine Studenten.

Der alte Mann legte seine Baskenkappe auf das Pult und sagte: „Kommilitonen, in alter Frische denn. Bevor wir uns jedoch mit Gottes Hilfe wieder in den Stoff verbeißen, der uns aufgetragen, will ich Sie mit einigen Bemerkungen versehen, die Ihnen schon einmal zustatten kommen sollen. Der Kandidat Wiese hat mir eine Arbeit eingereicht über die religiösen Zustände Israels im achten Jahrhundert vor Christo, nach den Propheten Amos, Hosea, Micha. Ich habe mich Herrn Wieses Einverständnisses zu dieser öffentlichen Bekundung versichert und will Ihnen aus pädagogischen Gründen einige Sätze aus meinem Gutachten mitteilen. Doppelpunkt, Anführungsstriche – Die Statistik ist zwar nicht vollständig, die Einzelheiten treten zu sehr zurück hinter dem Gesamtbilde, aber das ist ein Vorwurf, der für einen Studenten beinah ein Lob impliziert. Die Verwertung ist im allgemeinen vorsichtig und richtig. Hie und da treten vorgefaßte dogmatische Ansichten auf, aber wer wollte auch eine unabhängige geschichtliche Einsicht verlangen? Die ganze Arbeit zeugt von Liebe zur Sache, und wenn ich das Verdienst habe, durch meine Vorlesung über die kleinen Propheten sie angeregt zu haben, so bin ich sehr erfreut darüber ..."

An dieser Stelle war Roberts Irrtum vollends klar. Er wollte vorsichtig aufstehen, aber der Klappsitz unter ihm quietschte und schlug gegen die Rückenlehne. Robert blieb stehen, und alle sahen ihn an. Der alte Mann wechselte die Brille und winkte ihm zu.

„Näher herbei, mein Freund, auf daß ich Sie erkenne. Sie wollen etwas sagen, da treten Sie nur vor."

Robert ging dicht an der grüngestrichenen Wand nach vorn und sagte dabei viel lauter als er wollte: „Es ist ein Irrtum. Ich bin aus Versehen hier. Ich wollte gar nicht zu den kleinen Propheten."

Die anderen lachten, und wie es Robert schien, lachten sie widerlich schrill, und dann trommelten sie mit den Fäusten auf die Bänke und trampelten mit den Füßen, und es dauerte eine Ewigkeit.

Der alte Mann hob beschwörend die Hände, und es wurde still. Er kletterte von seinem Podium und ging um Robert herum. „Ein Soldat, wie mir scheint", sagte er, „ein Reisiger mit erstaunlich blanken Knöpfen. Wenn also nicht zu den kleinen Propheten, wohin zieht es Sie dann, mein

Freund? Zu den Feuerwerkern vielleicht, den Ballistikern und Bombardierern? Ihre Montur deutet darauf hin, aber ich fürchte, der kriegerischen Wissenschaften hat es vorerst nicht in diesem Hause, denn Gott hat es gefallen, dieses Land befreien zu lassen, und da darf so manches nicht sein."

Robert stand hilflos im Beifallslärm. Er blickte an seinem Anzug hinunter, den ihm seine Freunde im Lager zum Tage seiner Entlassung aus einem Schlafsack geschneidert hatten und der sein einziger war. Er hatte die Messingknöpfe lange geputzt, bevor er zur Prüfung abgereist war.

„Ich bitte um Entschuldigung", sagte er, „ich wollte ja gar nicht hierher. Ich wollte zur Aufnahmeprüfung für die Arbeiter-und-Bauern-Fakultät. Entschuldigen Sie bitte."

„Selten sah man einen", sagte der alte Mann und hielt Robert, der zur Tür wollte, am Ärmel fest, „den es so zu einer Prüfung zog wie diesen hier. Aber verweilen Sie doch noch einen Augenblick, lieber Arbeiter, oder sind Sie ein lieber Bauer? Sie sollten sich so fremd nicht fühlen unter uns; der Hirtenstand ist uns doch sehr nahe, und der Hasenjäger in der ersten Reihe da ist eines Häuslers Sohn, nicht wahr, Hasenjäger?"

Ein untersetzter Bursche stand auf und sagte: „Jawohl, Herr Professor, aus Spandowerhagen!"

„Sehen Sie", sagte der Professor, „von der Scholle einer wie Sie. Und unser aller Herr, dessen Lehre zu verbreiten wir uns hier präparieren, war eines Zimmermannes Kind. Am Ende sind Sie auch eines Zimmermannes Kind?"

„Nein", sagte Robert, „mein Vater war Straßenfeger!"

„Straßenfeger!" rief der Professor, „das ist von tiefer Symbolkraft, und sicher wird man bald von Ihnen in der Zeitung lesen: Ein Staubgeborener und jetzt am Busen der nährenden Mutter! O Jahrhundert, o Wissenschaft! – Also, mein Lieber, es war uns eine Freude, Sie zu sehen, aber nun wollen wir Ihren Schritt nicht länger bremsen, der just ansetzt zum Marsche auf die Fakultät nicht der kleinen, sondern der großen Propheten, die da Marx und Lenin geheißen. Fahren Sie wohl!"

Unter donnerndem Beifall wurde Robert zur Tür hinausgeschoben. Er stand auf dem Flur und las auf einem Anschlag: „Prof. D. Noth, Alttestamentliches Seminar". Er ging eilig den dunklen Gang hinunter, aber als er hinter der Ecke eine Ansammlung junger Leute sah, verhielt er. Diesmal würde er vorsichtiger sein. Er tat, als interessierten ihn die Anschläge an der Wand, und versuchte, etwas aus den Gesprächen aufzufangen. „Sie haben gesagt, ich kriege Bescheid ... In Mathematik bin ich schwach, hat der eine gesagt, aber ich habe gehört, daß er das zu jedem sagt ... Wieso soll ich was von Schiller wissen, die ‚Glocke' kenn ich, ‚Errötend folgt er ihren Spuren' und ‚Gefährlich ist's, den Leu zu wecken', sie haben gesagt, für den Anfang wäre das schon ganz schön ..."

Dann hörte Robert seinen Namen. „Hier", sagte er, und die anderen machten ihm Platz.

„Wat stehst du denn dahinten, wenn du mit I heißt", sagte einer. „I war doch schon zweimal dran, du Nachtwächter!"

Robert blieb stehen und sagte: „Auf den Nachtwächter komm ich zurück, Kumpel."

Er hörte noch die Antwort. „Nu vergiß das aber auch nich wieder!", dann stand er vor der Prüfungskommission.

Ein weißhaariger Mann, dessen große, blaue Augen Robert an einen gemalten Alten Fritzen erinnerten, zeigte auf einen Stuhl. „Sie sind Robert Iswall, nicht wahr? Einen merkwürdigen Namen haben Sie."

„Ja", sagte Robert und setzte sich.

„Ich wiederhole", sagte der Alte Fritz, „was ich bereits zu jedem Ihrer Kollegen gesagt habe: Der Ausdruck ‚Prüfung', der auf Ihrer Einladung steht, ist nicht gut gewählt. Kollege Fuchs, der den Text in meiner Abwesenheit entworfen hat, stimmt darin mit mir überein, nicht wahr, Kollege Fuchs. Dies ist nur eine Unterhaltung. Wir wollen weniger sehen, welcher Bildung, als vielmehr, welch Geistes Kind Sie sind. Verstehen Sie das?“

„Ja“, sagte Robert.

„Das ist sehr gut“, sagte der Alte Fritz. „Sie sind ja schon ein umgetriebener Mann, wie aus Ihrem Fragebogen und aus Ihrem Lebenslauf hervorgeht, mit dreiundzwanzig Jahren ist das eine ganze Menge. Übrigens finden wir Ihren Lebenslauf auch vom Stil her beachtlich, nicht wahr, Kollege Fuchs.“

Ein Mann mit Hasengesicht und einem Bärtchen unter der Nase sagte knapp: „Es fehlen zweiunddreißig Kommata.“

„Nun, nun“, sagte der Weißhaarige und gab rasch einem Jüngeren, der sich wie ein Schüler gemeldet hatte, das Wort. Der lächelte Robert an und fragte: „Haben Sie nicht ein bißchen Polnisch gelernt im Lager? Da wird es Ihnen wohl leichter werden mit dem Russischen, was meinen Sie?“

„Na, ich weiß ja nicht“, sagte Robert.

„Und wie steht es mit dem Lateinischen?“ fragte einer, ohne um Erlaubnis gebeten zu haben. Er fragte so, daß Robert sich wünschte, ihm in fließendem Latein antworten zu können. „Keine Ahnung“, sagte er, „das heißt, was ich sagen will, ist: Ich habe keine Ahnung davon.“

Der Lateiner nickte befriedigt. „Ausgezeichnet. Sie sind also ein unbeschriebenes Blatt. Es schreibt sich besser auf unbeschriebenen Blättern.“

„Das kann ich bestätigen“, sagte Robert, und der Mann, der neben dem Russischlehrer saß, ein Riese ohne ein Haar auf dem Kopf, grinste. Er sah auf die Tischplatte und fragte:

„Was verdienen Sie denn jetzt?“

„Nichts. Ich bin arbeitslos. Als ich vorige Woche in die Bude kam, war der Meister nicht da. Er hatte einen Zettel auf die Werkbank gelegt, er wäre jetzt in Hannover und könnte mich gebrauchen.“

„Na, und?“ sagte der Riese, und Robert antwortete: „Na, und? Was soll ich in Hannover?“

„Sehr richtig“, sagte der Gesprächsleiter, „was sollen Sie in Hannover? So muß man die Frage doch stellen. Aber man muß weiter fragen: Ist es richtig, daß ein Mensch wie Sie ohne Tätigkeit ist? Das ist natürlich nicht richtig. Unser Land braucht alle Hände. Aber braucht es nicht auch alle Köpfe? In der Tat braucht es sie. In der jetzigen Situation ist es, wie Genosse Stalin sagt: Die Kader entscheiden alles.“

Der Lateiner sagte leichthin: „Sollen wir Ihren Worten, Kollege Völschow, entnehmen, daß sich eine Situation denken ließe, in der es nicht so wäre, wie Genosse Stalin sagt?“

Völschow senkte die Lider und dachte nach. Dann machte er sich etwas größer in seinem Sessel und sagte: „Der Einwurf des Kollegen Angelhoff ist berechtigt. Meine Formulierung konnte einen falschen Schluß zulassen. Aber was wir brauchen, ist Klarheit, auch im sprachlichen Ausdruck, in dem sich das Denken widerspiegelt, Klarheit und nochmals Klarheit. Ich präzisiere also: Auch in dieser, wie in jeder anderen Situation trifft zu, was der Genosse Stalin sagt: Die Kader entscheiden alles, wenn die richtige politische Linie gegeben ist, oder noch genauer: Ist die richtige politische Linie gegeben, so entscheiden die Kader alles!“

„Ich nehme an“, sagte der glatzköpfige Riese zu Robert, „daß Sie sich auf Grund eben dieser Erkenntnis um einen Studienplatz bei uns beworben haben.“ Er sagte es ganz sachlich.

Robert schüttelte den Kopf. „Ich muß, glaube ich, etwas richtigstellen. Ich habe mich gar nicht beworben. Das heißt, ich habe mich schon beworben, jedenfalls habe ich den Fragebogen ausgefüllt und den Lebenslauf geschrieben, aber das war mehr zufällig. Ein Freund von meinem jetzigen . . . von dem jetzigen Mann meiner Mutter hat mir das Formular besorgt und sich so lange neben mich gesetzt, bis ich es ausgefüllt hatte. Er hat dagesessen und bei uns gefrühstückt und gesagt, er frühstückt so lange, bis ich fertig bin. Er hätte uns alles aufgefressen, Verzeihung, er ist beim Theater ..."

„Die Methode merke ich mir", sagte der Riese, „ökonomischer Zwang. Sie hatten wirklich einen Grund, zu uns zu kommen. Gab es noch einen anderen?"

„Ich wollte sowieso von zu Hause weg", sagte Robert, „ich habe mich auch zur Volkspolizei gemeldet, aber Sie waren schneller."

Völschow schaltete sich rasch ein. „Ich denke, wir haben keinen Grund, darüber beleidigt zu sein. Die Volkspolizei stellt durchaus eine echte Alternative zu uns dar. In unserer antifaschistisch-demokratischen Ordnung ist der uralte Gegensatz zwischen staatlicher Gewalt und Intelligenz aufgehoben. Ich erinnere nur an die Intelligenzpakete. Aber wir wollen uns dennoch freuen, daß wir einen so wertvollen Kader für uns gewonnen haben. Übrigens: Warum wollen Sie aus Ihrem Elternhaus fort? Gibt es politische Gründe, bestehen weltanschauliche Spannungen zwischen Ihnen und dem, wie Sie sagen, jetzigen Mann Ihrer Mutter, begreift er die neue Zeit nicht, wie so viele andere auch?"

Robert antwortete widerwillig: „Das ist privat, nicht, was Sie denken. Er hat für die neue Zeit sechs Jahre im KZ gesessen; er sagt das jeden Tag. Nein, das ist privat."

Völschow räusperte sich verwirrt, und die Kommissionsmitglieder tauschten Blicke. Robert spürte, daß sich plötzlich etwas in ihrer Haltung zu ihm verändert hatte. Es wurde ihm klar, daß er Unerhörtes gesagt haben mußte.

Er stand auf und sagte: „Ja, so ist das. Da draußen sind ja noch so viele. Vielleicht nehmen sie mich bei der Polizei ..."

Der Riese kam um den Tisch und schob Robert ans Fenster. Er sagte leise: „Nun mach mal keinen Quatsch. Gib zu, daß du noch was lernen könntest. Hier will dir keiner was tun. Jetzt fährst du nach Hause, und am vierten Oktober bist du wieder da. Wenn du nicht da bist, komme ich und hole dich. Und wenn du dann noch nicht Polizist bist, mit einem Hammer in der Tasche, dann bringe ich dich hierher. Riebenlamm ist mein Name, aber der täuscht. Los, Mann."

Riebenlamm drehte sich um und sagte zur Kommission: „Er kommt."

Der Vorsitzende zögerte einen Moment, dann kam er auf Robert zu und schüttelte ihm die Hand. „Also, Freund Iswall, wir freuen uns, daß Sie nicht abseits stehen wollen bei der Erfüllung unserer historischen Aufgabe. Wir erwarten Sie zu Semesterbeginn.

Robert ging zur Tür und hörte noch jemanden sagen: „Ich wollte mich nicht einmischen, aber die Mathematik..."

Robert erschrak, als es an die Scheibe der Wagentür klopfte. Ein Polizist stand auf dem Gehsteig vor der Augenklinik. „Morgen, Meister", sagte er, „wie lange wollen wir hier denn so parken?"

„Ich parke doch gar nicht", sagte Robert, „ich halte ja nur; Sie wissen doch, Halten zum Zwecke des Ein- und Aussteigens, beziehungsweise Be- oder Entladens..."

Der Polizist winkte ab. „Zieht nicht. Solange ich hier stehe, habe ich nichts von Be- oder Entladen gesehen. Sie parken, Meister, wollen Sie es bewiesen haben?"

„Lieber nicht", sagte Robert, „aber ich habe wirklich nur meine Frau hier ausgeladen."

Der Polizist deutete auf das Klinikschild. „Hat die was an den Augen? Doch nichts Schlimmes, was?"

„Nein, nein. Sie arbeitet hier, als Ärztin. Sie befaßt sich mit denen, die was an den Augen haben."

„In diesem Falle", sagte der Polizist nach einigem Überlegen, „gebe ich Ihnen fünf Sekunden." Er sah nach der Uhr, und Robert startete. Eines Tages passiert dir ein Ding, dachte er, aus dem du nicht wieder rauskommst. Leute mit zu viel Phantasie dürften keine Fahrerlaubnis kriegen. Wieso Phantasie, das ist, wenn man sich was ausdenkt. Ich denke mir nichts aus, ich erinnere mich bloß. Kannst du ja, nur nicht, wenn du im Wagen sitzt. Siehst du, jetzt zum Beispiel, hast du gesehen, wie der Kerl bremst? Ein bißchen mehr, und du säßest ihm im Kofferraum, und dann hätte es geheißen, du wärest zu dicht aufgefahren. Kraftfahrer, haltet Abstand! Journalisten, näher ans Leben! Ist das eigentlich näher ans Leben, wenn du nun schon seit beinahe vierundzwanzig Stunden nur an die ABF denkst? Macht Spaß, aber in deiner Maschine steckt ein halbgarer Artikel über Frau Tuschmanns Novelle „Du sollst nicht stehlen!" Frau Tuschmann kann mir gestohlen bleiben mit ihrer Moraltute; ich werde einfach sagen, ich habe jetzt keine Zeit dazu, ich müßte eine Rede halten, ganz eilig, ich hätte sogar ein Telegramm deswegen gekriegt, der Anlaß ist historisch, aber Frau Tuschmann ist nicht historisch. Klar, das mach man. Du brauchst dann nur noch einen zu finden, der dich dafür bezahlt, daß du ein halbes Jahr über Jochen Meibaums Rede nachdenkst.

Robert hörte das Telefon, als er die Wohnungstür aufschloß.

Eine Frau teilte mit, sie sei die Sekretärin von Herrn Schirokki und sie verbinde jetzt mit Herrn Schirokki. „Guten Morgen", sagte Herr Schirokki, „es ist doch hoffentlich nicht zu früh?"

„Das hängt davon ab, was Sie von mir wollen", sagte Robert, „wenn es eine Rede ist, dann ist es zu spät. Für Reden gilt eine Meldefrist von einem halben Jahr."

Herr Schirokki lachte unsicher und sagte, nein, es sei keineswegs eine Rede, obwohl er sich durchaus denken könne, daß Robert ein ausgezeichneter Redner sei, denn er verfolge seine Arbeiten immer mit großer Aufmerksamkeit, und er habe sich schon seit langem mit Robert in Verbindung setzen wollen, aber nun hätten sie ein Projekt, von dem er glaube, daß es genau das richtige für Robert sei, haargenau das richtige, ein Dok-Film über den Kringel-Konzern, diese widerliche Lügenfabrik, so eine richtig saftige Entlarve mit allem Pipapo, und den Titel hätten sie schon, das sei aber selbstredend, selbstredendst nur ein Vorschlag: „Sie sagen Pressefreiheit und meinen Kattun“. Wenn Robert da etwas Besseres einfalle, na, aber sicher, obwohl – sie hätten selber eine ganze Weile drüber gebrütet, auf jeden Fall müsse man die Sache mal beschnuppern, und wann passe es denn so?

„Vorerst gar nicht“, sagte Robert, „leider, aber ich habe jetzt einen Auftrag, der mich sehr in Anspruch nimmt. Vielleicht im Herbst mal?“

Frau Tuschmanns Novelle kam nicht sehr gut weg in Roberts Besprechung; in der Redaktion würde es wieder eine lange Debatte über den Stil der Kritik geben; Robert hörte den Chef schon sagen: „Das ist zu scharf. Was von uns erwartet wird, ist eine helfende Kritik. Ich möchte nur wissen, woher ihr jungen Kerle die ganze Galle nehmt.“

Robert hatte sich vor allem über die polierten Charaktere in der Geschichte geärgert; sie waren so ebenmäßig wie Billardkugeln und rollten genau dahin, wo Frau Tuschmann sie haben wollte. Dazu gehörte natürlich auch schon etwas, und Robert gab durchaus zu, daß die Autorin mit dem Queue umzugehen wußte und sich auf Effet und Winkelberechnung an der Bande verstand, aber es war eben Billard, angewandte Mathematik, und es klappte nur, weil die Kugeln glatt waren und auf einer samtbezogenen Fläche rollten.

Mathematik war eine großartige Sache; man konnte erwiesenermaßen Wichtigeres damit berechnen als den Luzifer in Armlängen und den Standort der Hölle, sie war nützlich beim Billard und bei anderen Dingen, aber eine Geschichte schreiben konnte man damit auf keinen Fall, denn die hatte es mit dem Leben, und das hatte Buckel und Risse, und die Menschen hatten sie auch.

„Unsere Menschen haben keine Risse“, würde der Chef sagen, und er würde sich erst korrigieren, wenn die anderen „na, na“ gebrummt hatten. Dann würde er sagen: „Gewiß, es gibt welche mit einem Riß, aber ist das typisch? Man muß doch auf das Neue orientieren, und das ist der Mensch ohne Riß."

Der Redaktionssekretär würde hinzufügen: „Bildlich gesprochen, natürlich!" und auf eine Entscheidung drängen, und schließlich würde es heißen: „Entschärft den Titel ein wenig, und dann in Gottes Namen! Schließlich brauchen wir den Meinungsstreit."

Robert glaubte sich zu erinnern, daß es das Wort Meinungsstreit noch nicht gegeben hatte, als er an die ABF gekommen war. Vielleicht lohnt es sich, da einmal nachzubohren, dachte er, es geht ja nicht um das Wort, sondern um die Sache, um die Haltung, die man zu einer Meinung einnimmt.

Wenn er sich nicht irrte, hatte das Wort zumindest im Bereich der Wissenschaft und der Kunst den Doppelbegriff Kritik und Selbstkritik abgelöst und beschrieb eine mildere Variante der Auseinandersetzung.

Robert schrieb „Kritik und Selbstkritik – Meinungsstreit?" in sein Notizbuch und umrandete es rot. Es konnte ja nichts schaden, wenn er sich dies und das schon einmal notierte, und vielleicht war hier wirklich ein Ansatzpunkt für ein paar Gedanken, die man später dann in der Aula äußern konnte. Wenn es zu zeigen gelänge, daß sie alles hatten neu lernen müssen, auch die Kunst, vernünftig miteinander umzugehen, das wäre doch schon etwas.

Niemand konnte sagen, daß Kritik und Selbstkritik etwas Unvernünftiges wären; unvernünftig war nur die Art gewesen, in der sie sie oft geübt hatten. Man schlug einem auf den Kopf und verlangte ehrlichen Herzens, daß der andere nicht zurückschlüge, ohne zumindest zugegeben zu haben, daß der empfangene Hieb eines rationellen Kernes nicht entbehre. Roberts Freundschaft mit Trullesand hatte auch mit Kritik und Selbstkritik begonnen.

Als Robert aus dem Prüfungsraum kam, wollten alle wissen, wie es gewesen war und warum es so lange gedauert hatte. „Du hast denen wohl die Geschichte deines Lebens erzählt, was“, sagte der Junge, der ihn beim Hineingehen angerempelt hatte, „haben sie denn auch geweint?“

Er hatte einen grobgestrickten und ungeheuer langen Schal um den Hals gewickelt, und als Robert ihn daran aus dem Kreis zog, sagte er empört: „Hände weg von Omas Selbstgemachtes; sie zählt die Maschen, wenn ich nach Hause komme.“

„Sie hätte dir ein Taschentuch mitgeben sollen“, sagte Robert.

Die Mädchen mischten sich ein; Robert hätte das voraussehen müssen, denn der Junge hatte dichte schwarze Locken. Eine Dürre, die schon in Roberts Alter war, sagte, so sollten sie nur anfangen, sie wollten wohl das Kollektiv gefährden, und eine Kleine verwies Robert darauf, daß er nicht nur der Ältere, sondern auch der Größere sei.

Der Lockenkopf schob sie zurück. „Ist ja gut, Schnuckemaus, sorg dir man nicht um Trullesand, Trullesand macht das schon, Trullesand ist Zimmermann.“ Er stiefelte vor Robert den dunklen Gang hinunter und blieb erst vor dem Hörsaal der Theologen stehen.

Er legte die beiden Enden seines Schals sorgfältig nach hinten und sagte: „Na?“

„Was heißt hier, ‚na‘ “, sagte Robert, „wenn ich zuhaue, bist du bei den kleinen Propheten.“

„Das kenn ich noch nicht“, sagte Trullesand, „wie geht das?“

Robert schob ihn weiter. „Komm hier weg. Was ist los, warum legst du dich mit mir an?“

„Ich leg mich mit dir an? Ich hab dich kritisiert, Mensch. Du hast den Betrieb aufgehalten, und ich habe das kritisch zur Sprache gebracht.“

„Junge, Junge“, sagte Robert.

Trullesands Gesicht nahm einen besorgten Ausdruck an. „Kein Funken Selbstkritik“, konstatierte er, „Mann, du wirst aber noch Schwierigkeiten kriegen. Weißt du wirklich nicht, wie das geht? Paß auf: Ich kritisiere dich, konkret, ich sage: Nachtwächter. Jetzt mußt du das prüfen: Warum bin ich ein Nachtwächter? Und wenn du es raus hast, dann sagst du, na, wat schätzt du denn so, wat du da sagst?"

„Stuß", sagte Robert.

Trullesand sah ihn finster an. „Sie haben dir doch hoffentlich klaren Wein eingeschenkt in der Kommission. Sie werden dir sicher gesagt haben, was mit deinem Niveau los ist. Du brauchst eine Patenschaft. Ich erkläre mich bereit, die Patenschaft über dich zu übernehmen. Also, wat liegt an, Junge, warum bist du zurückgeblieben, bist du bürgerlich?"

Ein Mädchen sah um die Ecke und sagte, Trullesand sei aufgerufen. Robert lachte, und Trullesand sprach, ehe er dem Mädchen folgte: „Deine Kritik besteht zu Recht!"

Robert hatte diesen Satz noch genau im Ohr, die deutliche Aussprache der Endkonsonanten und den mühsamen Baß, denn Trullesand hatte auch in der Folgezeit jede Zurechtweisung mit dem ernsthaften Bekenntnis quittiert, die Kritik bestehe zu Recht. Allerdings hatte er dann immer von dieser selbstgezimmerten moralischen Plattform aus unbarmherzig zurückgeschlagen, mit reinem Gewissen und ohne Hemmungen.

Trullesand war aus freien Stücken zur ABF gekommen und in gewisser Weise auch aus Selbstkritik. Er erzählte es so:

„Also, hier der Zahn, der wurde immer weniger. Ich zum Zahnarzt. Als ich ihm sage, wat anliegt, sagt er: ‚Sie sind wohl auch Stettiner? Da ist ja jetzt der Pole.' Und denn seufzt er. Ich sage: ‚Herr Doktor, die Polen sind in Szeczin, so heißt das jetzt, wir wollen uns man schon immer dran gewöhnen.' Er sagt, das wäre eine ziemliche Problematik. Ich denke, das kriegst du jetzt doch nicht ausdiskutiert, wo der seinen Spachtel in deinem Mund hat, und ich frage ihn so mit den Zähnen auseinander, was mit dem Zahn ist. ‚Karies', sagt er, ‚die Ursache ist Karies.' Nun wollte ich natürlich wissen, was die Ursache von Karies ist, und er meinte, in meinem Falle wären wohl Ernährungsmängel die Ursache. Ich sage: ‚Und die Ursache von den Ernährungsmängeln, wo sehen Sie die?' Nun wurde er ganz väterlich: ‚Das werden Sie doch wissen, daß das Kriegsfolgen sind!' Jetzt stelle ich ihm natürlich die entscheidende Frage und sage: ‚Aber was ist nun die Ursache vom Krieg?' Da stand er da und sagte wieder, das wäre eine ziemliche Problematik. Ich denke mir, jetzt mußt du ihm ein bißchen unter die Arme greifen, jetzt steht er an einer Bewußtseinsschranke und kommt nicht rüber, also sage ich: ‚Auf Grund wissenschaftlicher Untersuchungen läßt sich feststellen, daß der Krieg, den Sie da im Auge haben, seine Ursache im Imperialismus, der das höchste Stadium des Kapitalismus ist, also daß er da seine Ursache hat.' Er wählt gerade einen Bohrer aus und schielt so über die Schulter, so, und dann sagt er, und ich sehe, wie ihm das Spaß macht, daß er das sagen kann: ‚Wenn ich Sie recht verstehe, ist der Kapitalismus an Ihren Zahnschmerzen schuld?' – ‚Ja', sage ich, aber ich merke, daß er gleich ein Dings abfeuern wird, und er rückt auch schon damit raus: ‚Mithin kann es, sagen wir, im Mittelalter, keine Karies gegeben haben, und wenn demnächst der Sozialismus kommt, hören die Zahnschmerzen auf. Was meinen Sie, beschränkt sich das auf die Zähne, oder werden Ohrenreißen und Mandelentzündung auch beseitigt?'

Ich hätte ja nun weiter ja sagen können, aber so was ist riskant, stellt euch vor, wir haben den Sozialismus, und ich treffe den Doktor auf der Straße, und er sagt zu mir: ‚Jetzt können Sie sich freuen, jetzt haben Sie ja den Sozialismus, aber eines muß ich Ihnen doch mitteilen: Zahnschmerzen gibt es immer noch. Was mag bloß der Grund dafür sein, was meinen Sie, Sie kennen sich doch aus mit den Ursachen?' "

„Ach so", sagte einer von Trullesands Zuhörern, „da willst du also Zahnmedizin studieren?"

„Wollte ich erst", sagte Trullesand, „aber was ist mit den Dingern, die nicht in das Fach schlagen? Nee, Leute, die Sache muß von der Wurzel her aufgerollt werden. Also hat Trullesand beschlossen, Trullesand studiert Philosophie. Dann kann der Zahnarzt kommen."

Immer, wenn Robert an Trullesand dachte, tat er es mit schlechtem Gewissen. Er sagte sich zwar oft, daß seine Selbstvorwürfe töricht und ein wenig sentimental seien, aber er kam nicht gegen sie an. Robert hatte viele gute Freunde gehabt, doch niemals zuvor so einen wie Trullesand – und später schon gar nicht. Die Freundschaft hatte keinen dramatischen Ausgangspunkt gehabt, sie war nicht durch eine große Tat begründet worden, nie hatte der eine den anderen aus dem Feuer getragen oder aus brüllender See gezogen, und doch gab es keinen Zweifel: der eine wie der andere hätte es getan, wann immer es nötig gewesen wäre. Nur die Zeit hatte sie getrennt, und die Umstände in dieser Zeit, und es war unsinnig, ihnen deswegen zu grollen. Aber Robert grollte ihnen, denn Trullesand hatte eine Lücke gelassen, die sich nicht schließen wollte. Robert spürte sie, wenn er Sorgen hatte und in einer Patsche saß, aber mehr noch wurde er ihrer gewahr, wenn ein großer Spaß geschah oder etwas sehr Schönes. Mit Trullesand an der Seite hätte er da nur „Mann!" zu sagen brauchen, und Trullesand hätte nichts anderes erwidert als eben dieses „Mann!", und die Situation wäre umrissen und eintaxiert gewesen und aufgenommen in den Vorrat der Erlebnisse, von dem man zehren konnte, sooft man nur wollte: „Weißt du noch, wie der Bischof den Tomatenwein von deinem Schwager getrunken hat, und dann konnte der arme Mann nicht aufhören mit dem Kartoffelsalat von meiner Tante?" – „Mann!"

Als sie sich einige Wochen nach der Prüfung wiedertrafen,

zeigte sich, daß auch Trullesand ihre Begegnung nicht vergessen hatte. Er stand auf dem Bahnsteig von Ribnitz und sagte zu Robert, der aus einem Abteilfenster lehnte: „Wat liegt denn an, Langer, noch Platz bei dir?" Sein Gepäck bestand aus einem prall gefüllten Seesack und einem lackierten Damenköfferchen, das er sofort öffnete, als sich der Zug in Bewegung setzte. Er gab Robert ein hartgekochtes Ei und ein Schmalzbrot und sagte: „Oma und Tantchen haben gesagt, ich soll immer hübsch teilen mit meinen Kameraden, dann findet sich vielleicht einer, der mir vorsagt, weil ich vom Kopf her etwas langsam bin."

„Es geht doch nichts über den Schoß der Familie", sagte Robert.

„Hast du Ärger mit deiner?" fragte Trullesand, und als Robert nickte, fuhr er fort: „Ich nicht. Ich hab bloß noch Onkel, Tante und Oma, und die sind sich klar darüber, daß ich geschont werden muß, weil ich eine Waise bin. Von meinen Eltern ist nur ein Nachthemd übriggeblieben, von meinem Vater; alles andere ist mit ihnen verbrannt, in Stettin. Ich sag dir das gleich mit dem Nachthemd, damit du gewarnt bist und keine dämlichen Fragen stellst, wenn du es siehst. Es ist ein ziemlich provokatorisches Nachthemd für einen, der es nicht kennt. Es hing an einem Regenrinnenhaken an der einzigen Wand, die stehengeblieben war von dem Haus, in dem wir wohnten. Jetzt sagt meine Oma, das muß was zu bedeuten haben, und ich soll es immer tragen. Ist ja Quatsch, aber das Hemd ist praktisch; man muß sich bloß an den Anblick gewöhnen." Er schob das Köfferchen in die Bankecke, legte seinen langen Schal als Polster darauf und schlief ein.

Es war schon spät, als sie ankamen. An den Türen der beiden Hotels, die sie fanden, hingen „Zimmer besetzt"-Schilder. Ein betrunkener Mann sagte ihnen, sie sollten in der „Lachtaube" fragen. Sie bekamen eine Dachkammer, in der Trullesands Seesack kaum Platz fand. Als sie die Betten gemustert hatten, beschlossen sie, die Laken abzuziehen und in ihren Sachen zu schlafen. Kaum hatten sie sich hingelegt, klopfte es kräftig an die Tür. Zwei Polizisten verlangten die Ausweise zu sehen. „Wat liegt denn an?“ fragte Trullesand, aber die Kontrolleure gaben keine Antwort.

„Wachsam, wachsam“, sagte Trullesand anerkennend, „wenn ihr unten wieder rausgeht, sagt dem Kameraden an der Pauke, er soll ein bißchen weniger heftig zuhauen, hier oben schlafen welche.“

Der jüngere der beiden Polizisten drehte sich in der Tür um: „Das ist Tricktrommler Bobby Neumann, der wird sich das nicht nehmen lassen, und woher soll er wissen, daß hier oben wirklich welche schlafen wollen? Das ist neu in diesem Haus.“

Im Laufe der Nacht mußten sie noch zwei weitere Male ihre Ausweise vorzeigen, und da es sich der Tricktrommler Bobby Neumann in der Tat nicht nehmen ließ, so laut das Kalbfell zu schlagen, daß die Dachsparren zitterten, erzählten sie einander schläfrig Geschichten.

„In Ribnitz, wo du eingestiegen bist“, sagte Robert, „habe ich mal einen Hund gekauft, einen Irish Setter, das ist so ein langhaariger roter Jagdhund. Das war ein Franzose, der hieß Iraque. Ich habe nie wieder einen so dämlichen Hund getroffen. Mann, war der dämlich! Sein Stammbaum war in Französisch geschrieben, und du hättest dir wunder was erwartet, wenn du nur den Stammbaum kanntest. Aber der Köter war einfach dämlich. Ich habe ihn bezahlt, wie es zwischen meinem Vater und dem Besitzer, der ihn aus Frankreich mitgebracht hatte, brieflich ausgehandelt worden war, und dann bin ich mit ihm losgezogen, Bummelzug von Ribnitz bis Paren, das sind fünfunddreißig Stationen, und auf jeder Station stiegen andere Leute ein, aber sie sagten alle dasselbe: O was für ein schönes Tier, wie heißt er denn, wie heißt du denn, komm doch mal her, gib Pfötchen, was frißt der denn so, wir hatten mal einen, der sah so ähnlich aus, aber auch wieder anders, ist er abgerichtet, treue Augen hat er,

Hunde haben treue Augen, wir hatten mal einen, der war so treu, da machen Sie sich kein Bild, wie treu der war, kann man ihn anfassen oder beißt er? Der biß keinen, der begrüßte jeden Zusteigenden, als hätte er jahrelang mit ihm an den Eiffelturm gepinkelt. Mann, war der Hund dämlich! Mein Vater hat sich alle Mühe gegeben, ihn scharf zu machen, aber alles, was er davon hatte, war ein toter Hund. ‚Iraque', hat mein Vater zu dem Köter gesagt – er sprach mit den Tieren immer so, als ob es Menschen wären –, ‚Iraque, du mußt grundsätzlich davon ausgehen, daß diese großen Figuren, die da mit so viel Ks-Ks und Sch-Sch auf dich zukommen, dir ans Leder wollen. Als Hund darf man von den Menschen nichts Gutes erwarten, als Mensch auch nicht, aber das braucht dich ja nicht zu interessieren. Also, zeig ihnen zunächst mal die Zähne, geh auf sie los, zur Verbrüderung ist immer noch Zeit.' Du, und als das dämliche Vieh das erst mal kapiert hatte, was machte es da? Es rannte auf eine Lokomotive los, die mit besonders viel Sch-Sch daherkam, und wollte ihr ans Bein. Und wegen so was bin ich nach Ribnitz gefahren."

„Dafür kann aber Ribnitz nichts", sagte Trullesand, „mir gefällt es ganz gut dort; nicht so, wie in Stettin, aber das ist eben vorbei, und wissenschaftlich gesehen ist Heimweh wahrscheinlich Unsinn. Hast du schon mal was Wissenschaftliches über Heimweh gelesen? Ick schätze, da stehen uns noch einige Überraschungen bevor. Nimm die Liebe: Auf die Himmelsmachttour bin ich sowieso nie reingefallen, aber als ich neulich feststellen mußte, daß es sich wissenschaftlich gesehen um nichts anderes als um historische Konvention plus Biologie – bei uns hat einer einen Vortrag gehalten, ‚Kennst du dich überhaupt?' hat der Vortrag geheißen – also, daß es sich bei der Liebe um historische Konvention – Konvention heißt Abmachung – plus Biologie handelt, da hab ich doch nicht schlecht gestaunt; ich dachte bisher immer, ein bißchen mehr müßte doch bei sein, ist aber nicht mehr bei, alles erklärbar. Hast du ein Mädchen?"

„Ja“, sagte Robert, „aber der darf ich mit historischer Konvention plus Biologie nicht kommen. Mit Biologie schon gar nicht.“

„Also mit Himmelsmacht“, sagte Trullesand wissend. „Du, die hat es doch nicht vielleicht mit dem lieben Gott? Mann, da sieh dich vor, da kenn ich Sachen, die können einen erschrecken. Ich hab eine Tante, nicht die, bei der ich wohne, eine andere, Tante Mimi heißt die, eigentlich müßte einem schon alles klar sein, wenn man hört, daß eine Tante Mimi heißt, obwohl sie wissenschaftlich gesehen ja nicht dafür kann, daß sie Tante ist und Mimi heißt. Tante Mimi ist fromm, ungefähr so fromm, wie dein Hund dämlich war. Wenn die irgendwo hinging, dann nur dahin, wo der Pastor gesagt hatte, daß man da hingehen könnte. Einmal haben sie einen Wohltätigkeitsball gehabt, und Tante Mimi ist hingegangen und hat bei der Tombola mitgewirkt. Da hat sie Onkel Udo kennengelernt, stell dir das mal vor, Tante Mimi und Onkel Udo, wat kann dabei rauskommen! Sechs Jahre sind sie verlobt gewesen und dann noch vier Jahre verheiratet, und wat nich kam, waren Kinder. Erst haben sie natürlich den Pastor gefragt, und der hat gesagt, sie sollen sich mal beim Arzt erkundigen. Die denn auch hin. Mann, wenn ich mir das vorstelle, Tante Mimi und Onkel Udo beim Arzt! Sie haben ihm erzählt, wat bei ihnen anliegt, und der hat sie denn nun wohl ausgeholt; durchgesickert in Familienkreisen ist jedenfalls folgendes: Der Arzt hat ihnen erklärt, ganz mit Beten allein wär die Sache nicht zu schaffen ... Kannst du dir so wat ausmalen: haben die beiden doch jahrelang auf ihrem Bettgestell gekniet und gedacht, das wäre alles! – Ist deine auch so ’n Mimityp?“

„Du stellst Fragen.“

Die Freundschaft zwischen Robert Iswall und Inga Bjerrelund waren allen ein Rätsel – Ingas Freundinnen und Roberts Freunden und den beiden selbst vor allen. Unterhaltungen darüber wurden meistens mit dem Gemeinplatz abgeschlossen, Gegensätze zögen einander nun einmal ebensooft an, wie gleich und gleich sich gern geselle.

Es hatte mit heftiger Abneigung begonnen. Robert war in das Oberschulinternat von Paren geschickt worden, um die elektrischen Anlagen in Ordnung zu bringen. „Halt dich ruhig lange fest da", sagte der Meister, „die Bude gehört der Volkssolidarität. Volk bin ich auch, und Solidarität kommt von solide, also werden wir für eine solide Rechnung sorgen. Hau ab und sorge!"

Die Zimmer des Internats waren überfüllt, und die Schüler waren großmäulig und neugierig. Sie sahen Robert auf die Finger, und wenn er sich abmühte, ihre Doppelstockbetten von den Wänden zu rücken, um an die Leitungen heranzukommen, standen sie dabei und ermahnten ihn, pfleglich mit ihren an die Wände geklebten Bildern umzugehen.

Die Mädchen waren nicht viel besser. Meistens mußten sie erst einen Haufen Wäsche beiseite räumen, ehe sie Robert ins Zimmer ließen. Sie sprachen so unnatürlich, daß Robert immer einen besonders barschen Ton anschlug, wenn er mit ihnen reden mußte. Einmal hatte eine der Schülerinnen auf seine Frage, wo ihr Vater arbeite, geantwortet, er sei im geistigen Bereich tätig, und Robert hatte dazu gesagt: „Ah, da ist er wohl Hutmacher!" Seitdem nannte er die Internatsbewohner nur noch „Hutmachergören".

Inga Bjerrelunds Vater war Pastor. Sein Bild stand auf ihrem Nachtschränkchen, ein streng blickender Mann mit Beffchen.

„Wenn Sie den frommen Herrn da mal wegnehmen könnten", sagte Robert, als er das Möbel beiseite rücken wollte. Keines der drei Mädchen im Raum rührte sich, aber eines sagte: „Das ist Ingas Vater."

„Und da darf man ihn wohl nicht anfassen?"

„Inga will das nicht."

„Inga gefällt mir“, sagte Robert, „wer von euch ist denn Inga?“

Eine der Schülerinnen öffnete die Tür zum Nebenzimmer und sagte vorsichtig: „Könntest du mal herkommen; hier will einer was.“

Aha, dachte Robert, als er das Mädchen sah, so sieht die auch aus, Inga, und der Papa ist Pastor! Sie war augenscheinlich älter als die anderen Mädchen, viel zu alt für eine Oberschülerin, mindestens schon zwanzig. Ihr helles Haar war kurzgeschnitten und glatt, die Brauen über ihren grauen Augen waren kaum gebogen, nur der Mund war mädchenhaft weich. Ihr Anzug mißfiel Robert sofort. Sie trug einen blauen Rock mit roten Paspeln oder Biesen. Was ist das denn für ein Rock, dachte er, das ist ja wohl ein Rock von der weiblichen Feuerwehr, ein Feuerwehrrock und eine Matrosenbluse, Manning, was für ein Geschmack!

Robert sagte: „Das Problem ist folgendes: Ich müßte dieses Schränkchen ein, zwei Meter weiterrücken, und dann hätte ich gern mein Werkzeug darauf gelegt. Nur müßte dann das Bildnis von dem Herrn Seelsorger für eine Weile entfernt werden, und das haben Sie nicht gern, wie ich höre. Nun helfen Sie mal.“

Das Mädchen legte das Bild in eine Schublade, breitete eine Zeitung über das Schränkchen und wandte sich zum Gehen.

Robert sagte: „Übrigens, guten Tag auch.“

„Guten Tag“, sagte das Mädchen und ging wieder hinaus.

Robert machte sich ohne viel Lust an die Arbeit. „Bei Gelegenheit“, sagte er, „bringe ich euch hier mal eine Steckdose an, bei der Deckenfunzel könnt ihr doch nicht lernen.“

Die Gelegenheit war der nächste Tag. Robert ging erst nach Schulschluß in das Zimmer. „Mahlzeit, Fräulein Pastor“, sagte er, „wo sind denn die anderen Kücken, oder vielmehr, wo sind denn die Kücken; Sie sind ja wohl keines mehr.“

Sie hatte wieder den Feuerwehrrock an, und das machte Robert wütend, obwohl er sich fragte, was es ihn denn anginge.

Sie räumte ihre Bücher zusammen, aber er sagte: „Von mir aus brauchen Sie nicht wegzugehen; ich arbeite leise. Oder müssen Sie ein Gedicht lernen?"

Sie setzte sich unschlüssig und hantierte mit Lineal und Zirkel.

Robert zog einen Nulldraht durch die Schalterleitung, dann suchte er eine Wandrosette und Stahlnadeln aus seiner Tasche, aber bevor er zu nageln anfing, sagte er: „Entschuldigen Sie, jetzt hab ich doch zu viel versprochen; ich müßte ganz rasch mal 'n bißchen klopfen, aber dann bin ich wieder fein stille, dauert wirklich nicht lange."

Sie legte den Zirkel hin, verschränkte die Arme und sah ihm zu.

„So", sagte er, „fertig, nun malen Sie man wieder. Übrigens hätte ich eine Frage: Wieso gehen Sie noch zur Schule? Ich kann mir gar nicht vorstellen, daß Sie so oft backengeblieben sind ..."

„Backengeblieben?"

„Klebengeblieben, sitzengeblieben, nicht versetzt – kann ich mir gar nicht denken von Ihnen."

„Vielen Dank! Nein, ich bin zwei Jahre nicht zur Schule gegangen; ich mußte bei dem Bauern arbeiten, bei dem wir jetzt wohnen."

Robert legte sein Werkzeug fort und setzte sich zu ihr an den Tisch. „Ich müßte sowieso mal eine rauchen. – Aber warum denn, langt so ein Pastorgehalt nicht, oder kriegen die gar kein Gehalt?"

„Mein Vater lebt nicht mehr."

„Meiner auch nicht. Ist er gefallen?"

Das Mädchen sah Robert lange an, dann sagte es böse: „Man kann es so nennen, Herr Elektriker, andere nennen es nicht so, aber ich nenne es so. Er ist gefallen. Er war Domprediger in Königsberg. Als die Russen kamen, hat er sich in die Kirchentür gestellt und wollte sie nicht über die Schwelle lassen. Da haben sie ihn erschossen. Also ist er gefallen. Andere sagen es anders, aber ich sage es so. Genügt Ihnen das, Herr Elektriker?“

„Verflucht noch mal“, sagte Robert.

Er arbeitete rasch und schweigend, und als er ging, erwiderte das Mädchen seinen Gruß kaum. Am Abend fragte er den Mann seiner Mutter nach Inga. Nußbank winkte ab und setzte zu einem jener Vorträge an, die Robert das Familienleben verleideten.

Das sei eine ganz üble Sache, sagte Nußbank, von Anfang an völlig verkorkst, wenn er schon früher im Amt gewesen wäre, hätte das nicht passieren können, aber damals habe er ja, wie bekannt, noch mit der Bodenreform zu tun gehabt, und da sei es eben passiert, ja, wenn man sich nicht um alles selber kümmerte. Nein, man hätte das Mädchen nicht wieder in die Schule lassen dürfen, psychologisch ein großer Fehler, ist viel älter als die andern und fühlt sich todunglücklich. Ein anständiger Beruf, das wäre das richtige gewesen. Oberschule mit zwanzig Jahren – reiner Blödsinn. Und dann die Geschichte mit dem Vater. Er hatte sich natürlich erkundigt: Der Mann war kein Nazi gewesen, aber einer von diesen Kirchenfanatikern, die noch an den leibhaftigen Teufel glaubten; im Lager hatte er auch welche von denen gekannt, aber die hatten den Beelzebub wenigstens in den Braunen gesehen, war ja im Kern goldrichtig, wenn auch nicht sehr praktisch. Aber dieser Domprediger Bjerrelund, schwedischer Name, der Urahn war womöglich schon als Feldkurat von Karl dem Zwölften in die Gegend gekommen, oder war nicht Pommern mal schwedisch gewesen, das lag doch nicht so weit weg von Ostpreußen, vielleicht kam die Familie von daher, aber was geht uns die Ahnenforschung an, jedenfalls war der Domprediger Bjerrelund eines wenn auch nicht natürlichen, so doch verständlichen Todes gestorben; wie kann der Mann sich da hinstellen, und die Tochter muß sich nun damit herumschleppen und sieht in jedem Sowjetsoldaten den, der's getan hat. Wenn man da nicht mit Einfühlung rangeht, ist die uns verkorkst fürs ganze Leben, zumal die Mutter so ein richtiges Schrapnell ist, Frau Domprediger, immer noch, die sitzt da bei einem Bauern in der Dachstube und läßt das Mädchen schuften und hat ihr eingeredet, es dauert nicht mehr lange – die Tat auf der Domschwelle, die könnte ja nicht ungerochen bleiben. Insofern war es ja nun psychologisch wieder richtig, daß sie das Kind da weggeholt und in die Schule gesteckt haben, aber jetzt, guck sie dir doch bloß an, wie sie rumläuft ...

Robert bastelte am nächsten Tag aus mehreren alten eine fast neue Tischlampe und brachte sie den Mädchen. „Eine Steckdose ohne Lampe", sagte er, „das nennt man ja wohl platonisch. Ich bin nicht fürs Platonische."

„So sehen Sie auch nicht aus", sagte eines der Mädchen, das die anderen Kruke nannten.

„Nur keine falschen Hoffnungen", sagte Robert.

Die Mädchen, außer Inga, waren ganz zutraulich; langsam sprachen sie auch natürlicher. Sie erzählten, sie wollten in den Zirkus, und sie redeten auf Inga ein, mitzukommen.

Zirkus sei albern, meinte sie, und sie könne es sich nicht leisten, den Nachmittag mit Albernheiten zu vertun.

Robert fand, Zirkus albern zu nennen, das sei albern; Zirkus sei wunderbar, und wenn er nicht seine Arbeit hätte, würde er sofort mitgehen.

„Dann gehen Sie doch abends", sagte Kruke, „und Inga nehmen Sie mit."

Inga funkelte das Mädchen an, und Robert merkte, daß er rot wurde, und er ging schnell hinaus.

An diesem Abend ging er nicht mit Inga in den Zirkus, aber am nächsten. Er wartete auf sie, als sie aus der Schule kam, und er sagte zu ihr: „Sie können ruhig mitkommen. Da denkt sich keiner was bei, und da braucht sich auch keiner was bei zu denken. Die haben Affen da, und die finden Sie doch auch lustig, nicht? Oder mögen Sie keine Affen?"

„Doch“, sagte Inga, „Affen schon.“

Er hätte die Sache beinahe noch verpatzt. Ihre Plätze waren direkt neben dem Laufgitter der Raubtiere. Als die Eisbären zu ihrer Nummer in die Manege getrieben wurden, blieb einer stehen und schnupperte durch die weiten Maschen nach Ingas Bein. Sie sprang erschrocken auf, und Robert wechselte den Sitz mit ihr.

„Der wollte sich bloß den Feuerwehrrock ansehen“, sagte er. Er wußte sofort, daß er einen Fehler gemacht hatte; das Mädchen saß von nun an steif da und folgte der Vorstellung ohne merkliche Anteilnahme.

In der Pause bemühte sich Robert, den Schaden zu beheben. „Sie müssen nämlich wissen“, sagte er, „daß ich im Umgang mit Mädchen nicht gerade auf der Höhe bin. Und dann habe ich mir im Lager so ein großes Maul angewöhnt, das geht immer von selbst auf, wenn ich was denke. Nun bleiben Sie man nicht so böse; ist doch Zirkus!“

Sie lächelte ein wenig, weil er das Wort Zirkus wie eine Zauberformel ausgesprochen hatte, und sagte: „Sie waren in Gefangenschaft?“

Von da an, seitdem er ihre Frage bejaht und ihr etwas aus jener Zeit erzählt hatte, war sie anders zu ihm geworden, weniger verschlossen, weniger vorsichtig, weniger mißtrauisch.

Viel später erst war Robert darauf gekommen, daß ihre Zuneigung zu ihm auf einem Irrtum beruhte; sie war der Meinung, er sei ein Leidender gewesen, ein Opfer wie sie und wie ihr Vater, der auf so törichte Art gestorben war, so töricht wie Iraque, der schöne Irish Setter.

Robert richtete sich auf und fragte Trullesand: „Schläfst du?“

„I bewahre, ich versuche rauszukriegen, nach welchem System der Tricktrommler auf die Pauke haut. Völlig rätselhaft, aber das ist vielleicht gerade sein Trick. Du hast gepennt, was?“

„Nein, ich war nur in Gedanken."
„Bei dem Mädchen?"
„Bei dem Mädchen? Ach nein, ich mußte bloß an eine andere Geschichte denken, von einem anderen Hund, mein Vater hatte es doch so mit Hunden. Da hatte bei uns in der Zeitung gestanden: ‚Dobermann, reinrassig, mannscharf, umständehalber abzugeben.' Wir sind da hingefahren, mein Vater und ich. Das war im Sommer, und wir mußten ziemlich weit raus aufs Land. Der Hof lag abseits von der Straße, und als wir ankamen, rührte sich nichts. Nicht Mensch, nicht Hund. ‚Die sind im Heu', sagte mein Vater, ‚und den Dobermann haben sie mit. Aber vielleicht ist eine Oma zu Hause, die uns sagen kann, wo das ist.' Wir sind auf den Hof gefahren, aber da war auch keiner zu sehen. Bloß der Hund lag da, lag in der Sonne und pennte. Der schnarchte, du, aber wie! ‚Nanu', sagt mein Vater, ‚mannscharf ist ja eigentlich anders, aber vielleicht haben sie den überfüttert, und denn die Hitze.' Wir sind an das Vieh rangeschlichen wie Indianer, gegen den Wind. Mein Vater hat den mannscharfen Dobermann vorsichtig mit einem Stock angetippt, und als er das ein halbes Dutzend mal gemacht hatte, kam das Tierchen auch hoch und gähnte so sehr, daß ich mich sofort schlagkaputt fühlte. Dann wollte es mit dem Knüppel spielen, aber das war ihm auf die Dauer auch zu anstrengend, und da legte sich das Untier auf die andere Seite und schnarchte weiter. Bevor wir weggefahren sind, hat mein Vater ihm einen Zettel ans Halsband getüdert, da hatte er draufgeschrieben: ‚Was Ihren mannscharfen Wachhund angeht, den sollten Sie man lieber in die Wurst tun!' An den Köter haben wir noch oft gedacht."
„Du magst deinen Vater wohl?"
„Mochte."
„Ach so. – Soll ich dir was sagen? Ich habe Angst."
Robert kramte eine Zigarette aus seiner Feldbluse und rauchte eine Weile, ehe er sagte: „Tröste dich, ich auch."
Trullesand hockte im Schneidersitz auf dem Hotelbett;

er hatte sich in seinen weiten Regenmantel verkrochen, und Robert fiel das Kinderlied vom Männlein im Walde ein: „... ganz still und stumm; es hat von lauter Purpur ein Mäntlein um."

Er versuchte, den Text im Rhythmus von Bobby Neumanns Pauke mitzudenken, aber es ging nicht. Er fragte: „Warst du gut in der Schule?"

„Wenn ich das so einschätzen soll", sagte Trullesand, „dann kommt wohl eher Nein raus. Ich würde mal sagen: so in der Mitte. Das war mir auch egal. Kein Bewußtsein, na, du weißt ja. Aber so geht's ja jetzt nicht mehr lang. Jetzt mußt du doch ranklotzen. Ick kann doch nicht nach Hause kommen, und wenn sie mich dann fragen: ‚Na, wie bist du denn da in der Schule?', dann kann ich doch nicht sagen: so in der Mitte. Die haben mir doch nicht zugeredet, weil ich bei ihnen so in der Mitte war, ick war doch vorneweg, Mann. Die haben doch keine Ahnung, wat hier alles verlangt wird, Chemie und alles diese Dinger ..."

Diese Angst hielt ihr Gespräch bis in den Morgen wach, und sie meldete sich auch später immer wieder, vor allem bei Trullesand, dem das Lernen zwar leichter fiel als manchem anderen, dem aber ständig die Furcht im Nacken saß, er könnte seine Innung blamieren und sich vor ihr. Mit seiner Innung meinte er die der Zimmerleute, von der er viel Wesens machte. Immer war er zu einem Streit mit Maurern und Schlossern bereit, und stets ging es um die Frage, welcher Beruf wichtiger nicht nur für den Häuserbau, sondern für den Bestand der menschlichen Gesellschaft sei. Trullesand scheute sich dann nicht, die Tatsache ins Feld zu führen, daß Jesus von Nazareth einen Zimmermann zum Vater gehabt habe, und wenn auch sonst die Bibel dem wissenschaftlich prüfenden Blick nicht standhielte – „Nimm dein Bett und wandle, und alles diese Dinger" –, das mit dem Zimmermann Joseph, das kam doch nicht ohne tieferen Grund.

Dennoch hatte Gerd Trullesand schließlich einen Beruf

ergriffen, der mit der Zimmerei ebensowenig zu tun hatte wie mit dem Jesusvater, ja eher noch mit den biblischen Zeiten als mit dem Holzgewerbe. Und auch mit der Philosophie, von der Trullesand sich Antwort auf die skeptischen Fragen seines Zahnarztes versprochen hatte, war sein zweiter, sein akademischer Beruf nur indirekt verbunden.

Schuld daran war Robert Iswall, und die Folge war das Ende einer großen Freundschaft gewesen. Man konnte sich vor seinem Gewissen mit der Zeit und den Umständen behelfen, doch das war eine dünne Wand, die zwar trennte, aber nicht schützte. Zeit und Umstände waren im Spiel gewesen, aber wann waren sie das nicht? Damit konnte man sich nie ganz hinausreden, und schon gar nicht, wenn man sich ihnen weniger gebeugt als vielmehr sich ihrer bedient hatte, so wie Robert Iswall es getan. Robert hatte Schicksal gespielt, lieber Gott und historische Notwendigkeit, und er hatte es getan aus kleinen und bösen Gründen. Wenn es dennoch gutgegangen war, so war das nicht Roberts Verdienst, und im Wichtigsten war es ja auch gar nicht gutgegangen: Da war eine Freundschaft gewesen zwischen zweien, die einander aus jedem Feuer getragen hätten und aus brüllender See gezogen, und wo war diese Freundschaft jetzt?

Bevor du deine Rede hältst, dachte Robert, mußt du die Sache mit Gerd ins reine bringen. Du kannst dich nicht an das Podium stellen und das Hohelied der Arbeiter-und-Bauern-Studenten singen und das von unseren besten Jahren, und unten, in den Reihen der Ehrengäste und Veteranen, sitzt Trullesand und sieht zu dir herauf, und du kannst ihm von den Augen ablesen, was er von dir denkt und was für ihn rausgekommen ist aus diesen besten Jahren. Und Rose sitzt vielleicht auch da, ein paar Sitze von Gerd entfernt womöglich, und die guckt genauso. Aber das ist ja gerade der Blödsinn: Kann sein, sie sitzen gar nicht getrennt, kann sein, es ist gutgegangen mit ihnen, zusammen sind sie ja noch, aber das kann auch Disziplin sein bei denen, schließlich hast du sie damals gerade mit Disziplin dahin gebracht, wohin du sie haben wolltest.

Jedenfalls geht das so nicht weiter. Lange genug hast du dich gedrückt; jetzt mußt du dich kümmern. Oder bist du tatsächlich so feige?

Robert rief die Redaktion an. Die Sekretärin sagte: „Wenn man vom Teufel spricht...", aber Robert ging nicht darauf ein.

„Ist Werner da?"

„Davon rede ich ja; er wollte Sie gerade sprechen; ich stelle durch."

Werner Kuhlmann sagte behutsam: „Hallo, das ist aber schön, daß du anrufst, ich hätte nämlich gern mal mit dir gesprochen; offen gesagt ist es relativ eilig."

Robert unterbrach ihn: „Kannst du mir gleich sagen, aber erst laß mich mal: Sobald in nächster Zeit was in Leipzig anfällt, schick mich hin; ich muß da rasch mal runter, da wohnt ein Freund von mir, den ich ewig nicht gesehen habe und den ich jetzt schnellstens sehen muß. So, und nun du, wo brennt es, ist Hindenburg gestorben?"

„Ach, Junge", sagte Kuhlmann, „ich hör so wenig von der Welt. Das mit Leipzig wird sich einrichten lassen; ich werde mich umtun. Aber jetzt das andere: Kannst du nach Hamburg fahren? Wir müssen die Flutkatastrophe auswerten. Es gibt Signale, daß die kleinen Leute wieder einmal betrogen werden, ernste Signale. Ich habe in der Sitzung zur Sprache gebracht, daß du aus Hamburg bist, und es wurde beschlossen, dich zu entsenden. Leider kriege ich erst jetzt mit dir Kontakt, so daß dich das Folgende vielleicht etwas überrascht: Es ist alles organisiert, wir brauchen nur dein Paßbild, dann kannst du losfahren, mit dem Triebwagen, morgen früh."

„Ihr seid Herzchen", sagte Robert und legte auf. Er packte seine Reisetasche und rief Vera an. Sie jammerte, weil sie nun früher aufstehen, heizen und einkaufen mußte, vier Abende allein sein würde und obendrein womöglich noch verpflichtet sei, sich um ihren lieben Mann zu ängstigen. „Laß dich da nicht einfangen", sagte sie, „du, hörst du, laß dich ja nicht einsperren von denen."

Robert hatte eine Menge Laufereien und einen unruhigen Schlaf dazu, denn wenn er sich auch sagte, daß man ihm nicht ans Zeug konnte, so wußte er doch zu gut, wie wenig es darauf ankam in jenem Land, in dem einmal sein Zuhause gewesen war.

Die Laternen am Schiffbauerdamm brannten noch, als der Zug aus der Halle fuhr. Robert stand unausgeschlafen am Fenster und sah auf die leeren Straßen und auf die ruhelosen Möwen über der Spree, bis ihm ein Haus an der Luisenstraßenbrücke die Sicht versperrte. In den Krankenzimmern der Charité war schon Licht. Die müssen früh raus, dachte Robert, Betten machen, Fieber messen, Schwester, ich hatte eine schlimme Nacht...

Humboldthafen, die Grenze, die Mauer. Vor vierzehn Jahren war Robert zum ersten Male über diese Grenze gefahren, aber damals hatte man sie nicht sehen können und sich darunter nichts vorstellen können, und man hatte gelacht, als die anderen in der S-Bahn einem erklärt hatten, soeben habe man eine Grenze überfahren, die Grenze zwischen dem russischen und dem britischen Sektor der Stadt Berlin. Welch ein albernes Grenzchen für einen, der gerade aus fremdem Land und Gefangenschaft nach Hause kam, nach Hause, nach Deutschland und nicht in einen russischen oder britischen Sektor. Was wußten diese Leute, die über diese ihre Grenze wie über einen Kreidestrich fuhren, was wußten denn die, was das war, Grenze!

Die an der Oder, das war eine, die zwischen Gefangenschaft und Freiheit, das war eine, die zwischen dem Jungen mit dem Gewehr und dem Mann mit dem Heimkehrerkoffer, das war eine, aber so eine gedachte Linie quer durch eine große Stadt mit den gleichen Menschen auf der einen wie der anderen Seite, dafür sollte man sich schleunigst einen neuen Namen suchen. Grenze, das war anders. Das war Heine: „Und als ich an die Grenze kam / da fühlt' ich ein stärkeres Klopfen / in meiner Brust, ich glaube sogar / die Augen begunnen zu tropfen."

Damals, drei Tage vor Weihnachten achtundvierzig, da hatten Roberts Augen mitnichten begunnen zu tropfen, jedenfalls nicht hier, inmitten von Berlin, zwischen Friedrichstraße und Lehrter Bahnhof. Und auch an der Oder waren sie trocken geblieben, aber einen Riß immerhin hatte es ihm gegeben hinter der Brücke vor Frankfurt: Wieder zu Hause, Mensch, wie ist dir denn da so? Gut war ihm gewesen, großartig, daran hatte auch die Kürbissuppe im Quarantänelager nichts ändern können und auch die Fahrt im fensterlosen Zug von Frankfurt nach Berlin nicht und nicht die Schimpfereien der Menschen in den überfüllten Abteilen und nicht ihre Witze über Hennecke und schon gar nicht ihre Ankündigung, daß es nun vorbei sei mit dem lustigen Lagerleben ohne Soll und Extraschicht, und am allerwenigsten ihre alberne Bemerkung, mit jenem Binnenhafenkai dort habe man eine Grenze hinter sich gelassen.

Jetzt war alles anders. Jetzt sah man genauer hin und sah, was man damals noch nicht hatte sehen können. Hier verlief wirklich eine Grenze. Das machte nicht das Wasser und der Doppelzaun und das Mauerwerk, das machte der Unterschied zwischen dem, was zu beiden Seiten dieser Linie bestand, geschah, verging und wuchs. Und wenn es einen Grund gab, der einem die Augen wohl tropfen machen konnte, dann war es diese Grenze mitten durch Berlin.

Lehrter Bahnhof, Güterschuppen, Kongreßhalle, Schlachthöfe, nahe Siegessäule, fernes Brandenburger Tor, Bellevue, Hansaviertel, Aalto und Gropius, Straße des 17. Juni, Straße der Bücherverbrenner und Kommandeusen, noch einmal ganz nahe Siegessäule, noch einmal ganz fernes

Brandenburger Tor und das Rote Rathaus dahinter, Ost-West-Achse fürwahr, Straße von Gestern über Heute nach Morgen und umgekehrt, Technische Universität, Bärenfelsen und Affenkäfig, Bahnhof Zoologischer Garten.

In Roberts Abteil hielten vier alte Damen Einzug. Eine fünfte und ein schwarzgekleideter junger Mann schienen ein Abschiedskomitee zu sein. Herzliche Grüße an Oberschwester Margarete wurden ausgesprochen und in vier Altfrauenherzen versenkt; Robert mußte Auskunft geben, ob es vom Fenster nicht ziehe und die Heizung funktioniere; die Gepäcknetze erwiesen sich als nicht ausreichend, und die Blumen, wo sollte man nur mit all den lieben Blumen hin?

Robert zog sich auf den Bahnsteig zurück. Am Zeitungskiosk wußte die „Welt" von einer neuen Phase der europäischen Einigungsbewegung und die „Frankfurter Allgemeine" von befremdenden Nuancen in der letzten Rede des britischen Premiers, die „Soldatenzeitung" erinnerte an Landsergräber am Wolchow und „Bild" machte sich Sorgen um Farah Dibas Glück. Das Hochwasser war offenbar in die Innenseiten abgesickert. Robert kaufte einen „Spiegel" und ging – nach einem Blick in sein Abteil, in dem die vier alten Damen einander Apfelsinenscheibchen und Plätzchen anboten – in den Speisewagen.

Er blieb an seinem Tischchen nicht lange allein. Ein Herr, mit Nylorbrille erkundigte sich flüchtig, ob er dürfe, setzte sich und erklärte sofort, daß Robert ihm sympathisch sei: „Viel Schinken, viel Käse, viel Ei morgens um sieben, Frühstück im english style, Sie wissen zu leben, Sie können kein schlechter Mensch sein. Morgens wie ein König, mittags wie ein Bauer, des Abends wie ein Bettler, so muß gegessen werden, dann leben wir hundert Jahre und mehr. Und zwischendurch immer mal eine Handvoll Backpflaumen, das hält jung, das gibt pep, da braucht sich keiner um sein Innenleben zu sorgen. Sie werden das mit den Backpflaumen für einen kleinen Scherz in der Frühe halten, für einen frühreifen Scherz sozusagen, ist es aber nicht, ist mein völliger Ernst, ja der Inhalt meines Lebens. Sie sehen mich an, Sie rücken von mir ab, Sie möchten nach dem Kellner rufen, ist jedoch nicht nötig. Es hat seine Richtigkeit mit mir und den Backpflaumen. Sehen Sie, da gab es mal ein Buch, von einer Amerikanerin Betsy oder Dorothy oder Kathryn Soundso, aber der Name tut ja nichts, das Buch hieß ‚Das Ei und ich', war ein unerhörter Bestseller und handelte wirklich nur von Eiern und von dieser Betsy. Sehen Sie, und so ein Buch könnte ich auch schreiben, aber nicht ‚Das Ei und ich' sondern ‚Die Pflaume und ich', ‚Die Backpflaume und ich'. Ich weiß genau, was Sie jetzt denken: selber Pflaume, denken Sie; streiten Sie nicht, ich sehe es Ihnen an, aber glauben Sie nicht, ich nähme übel. Wer sich nicht mit Backpflaumen auskennt, muß ja so denken, muß er ja, soll er ja, kann er ja auch. Aber wer sich auskennt, der denkt anders. Da reden die Leute immer so viel über Ananas, aber gegen eine richtige Pflaume ist Ananas der reinste Humbug, Zellulose mit Zuckerwasser, ein hochgeschwindelter Kaktus, eine Filmfrucht, aber was rede ich von Frucht, ein Filmgemüse ist das, kommt gleich hinter Melone. Haben Sie schon mal Melone gegessen? Wenn nicht, so kann ich Ihnen nur abraten; wenn ja, brauche ich es wohl nicht. Paßt nicht zu uns Deutschen, ist uns nicht angeboren. Mehr was für die Ost- und Südvölker, ganz andere Unterkiefer. Wenn Sie das versuchen, läuft Ihnen nur alles am Hals runter ins Hemd. Anders die Pflaume. Das ist ein mundgerechtes Gewächs; die Form im Dienste des Verbrauchers. Nun sagen Sie: aber der Kern, der Kern stört Sie; wohin mit dem Kern, ist für Sie eine Frage. Aber ich entgegne Ihnen: der Kern ist ein Scheinproblem, er ist keines, genau besehen. Was haben wir uns damit abgezappelt, wir von der Backpflaumen-Distribution, und ohne die Tiefenpsychologie würden wir wahrscheinlich den Pflaumenkern immer noch für eine Barrikade halten. Aber testen Sie sich doch selbst; was assoziieren Sie denn mit dem Wort ‚Kern', na, was? Lauter anständige Dinge, nicht wahr? ‚Kernig', ein großartiges, ein absolut positives Wort; wie gesund das zwischen den Zähnen kracht, dieses Wort, und damit sind wir auch schon beim nächsten: ‚kerngesund', eines der schönsten Worte, die unsere Muttersprache überhaupt kennt. Das treibt einem ja förmlich den Tiroler Bergführer vor das geistige Auge, Adlernase, Lederhaut, Enzian und Luis Trenker, lauter erstklassige Vorstellungen. Aber vielleicht liegt Ihnen das Gebirge nicht so, dann nehmen Sie das Meer und den Fahrensmann mit der Wetterbräune, kerngesund auch dieser, Bootsmannsfaust, Luv und Lee, geller Möwenschrei, ‚Gischt schäumt um den Bug wie Flocken von Schnee', John Maynard, der wackre Steuermann, Nis Randers: ‚Sagt Mutter, 's ist Uwe!' – eine ganze heroische Literatur blättert sich auf bei dem einen Worte: ‚kerngesund'. Und ‚kerndeutsch', kommt das von ungefähr, diese Verbindung von Kern und deutsch? Das werden Sie doch nicht annehmen; die Sprache greift doch nicht blindlings zu, die wählt doch mit Bedacht, und das Wort ‚kerndeutsch', das ist erste Wahl, ein Spitzenerzeugnis. Herrgott, was drängt da alles heran an Vorstellungen: Bismarck, Barbarossa, Langemarck, Volkswagen, Lilli Marlen, Skagerrak und Petra Krause, Karl der Große trotz Widukind, war ein Mißverständnis, tragisch wie bei Wagner, Wagner gehört auch in die Reihe, Faust, natürlich Faust, und die D-Mark und das Made in Germany und der Kölner Dom, Schlacht bei Tannenberg und im Teutoburger Wald, Gebrüder Grimm und Ludwig Erhard, letzteres ist Ansichtssache, da spielt Wirtschaftliches mit hinein, das können wir in diesem Zusammenhang mal weglassen, aber der Rest, dazu stehe ich, das ist deutsch, kerndeutsch, das kann uns keiner nehmen. Um jedoch zum Ausgangspunkt zurückzukehren: Per Saldo gesehen ist überhaupt nichts Negatives an dem Wort ‚Kern', also muß die Sache auch zu bewältigen sein. Es gab da Bestrebungen, eine Pflaume ohne Kern zu züchten, geht ja alles heutzutage, bei den Apfelsinen haben sie so etwas schon lange, sind wir aber wieder von abgekommen: Der Kern ist positiv, also bleibt er. Die Schwierigkeiten der Backpflaumen-Distribution liegen woanders; mit ein bißchen Tiefenpsychologie kommen Sie rasch drauf. Was denkt sich denn der Durchschnittsmensch, wenn er das Wort ‚Backpflaume' hört? Lauter Dinge, die dem Verkauf nicht förderlich sind; Begriffe wie ‚vertrocknet, verschrumpelt, verhutzelt' hat er sofort zur Hand, ältere Fräulein kommen ins Bild und noch etwas weitaus Unangenehmeres: Bei Backpflaume denkt man an Verstopfung, denn die Backpflaume ist ja ein bewährtes Mittel dagegen. Das hätten Sie vor Jahren noch erleben können: Wie verschämt die Frauen da beim Kaufmann taten wegen so einer Tüte Backpflaumen. Dagegen sollen Sie nun erst mal an verkaufen. Das war nur mit einer Werbung zu schaffen, die tiefenpsychologisch an die Sache ranging. Die Backpflaume bedurfte neuer Leitbilder: Jugend, Frische, Unbeschwertheit, Gehalt, Reserven, Leichtigkeit, kernige Sache, Potenz und Sonnensüße. Hat eine immense Summe gekostet, aber jetzt hat die Backpflaume ein neues Leitbild, ein erstklassiges Image, und sie verkauft sich. Aufpassen müssen Sie natürlich trotzdem noch wie ein Schießhund. Nehmen Sie folgenden Fall: Eines unserer Hamburger Lagerhäuser ist abgesoffen; ich will mich da nicht beklagen, ist ja so manchem was in den Keller gelaufen in diesen Tagen, höhere Gewalt, die Bäume wachsen nicht in den Himmel, aber: Wie ich da hinkomme – vor zehn Tagen war das, sah ja alles noch sehr böse aus, aber man konnte doch wenigstens schon mal rein in den Stall, um den Schaden zu beäugen – wie ich da hinkomme, was sehe ich da? Ich sehe einen jungen Mann, lange Gummistiefel, Blitzlichtgerät, Fotoreporter. Der Lagermeister hatte ihm aufgemacht, und der Junge sparte nicht mit Film. Zuerst denke ich: Ach Gott, warum nicht, sollen die Leute doch sehen, wie es uns getroffen hat, abgeblubberte Kühe und Federbetten im Rinnstein waren ja nun lange genug im Fernsehen und in der Zeitung, von uns

Kaufleuten spricht keiner, also warum nicht. Aber dann stelle ich mir die Fotos so vor, müssen Sie auch mal tun: Eine riesige Halle voll dreckigem Elbewasser, und in dem Wasser, was schwimmt da? Backpflaumen schwimmen da, Millionen von Backpflaumen, lauter schwarze Punkte in einer braunen Brühe, keine Spur von Leichtigkeit und Sonnensüße, ein Bild des Jammers, unverkäuflich. Hätte uns das ganze neue Pflaumenimage zerstört, so eine Aufnahme, gar nicht zu reden von den häßlichen Verdächtigungen, denen unsereins immerfort ausgesetzt ist. Da braucht ja nur ein Familienvater über so einem Bild zu sitzen und dann höre ich ihn geradezu zu seiner Frau sagen: ‚Du, Frieda, daß du mir das nächste halbe Jahr keine Backpflaumen ins Haus bringst. Hier auf dem Foto schwimmen die Dinger zwar noch im Wasser, aber ich wette, die Kerle keschern die alle wieder raus und dörren sie noch einmal, und wir sollen das Zeug dann essen. Den Burschen ist alles zuzutrauen. Überhaupt, was du immer mit diesen Backpflaumen hast, ich hatte schon als Kind eine Abneigung dagegen.‘ So etwas kommt doch alles wieder hoch bei solchen Gelegenheiten, und das neue Leitbild ist im Eimer. Na, was hab ich gemacht? Ich habe dem Jungen seinen Film abgekauft, ich brauchte sowieso so etwas für die Versicherung, und dann habe ich ihm gesagt: ‚Gehen Sie in die Schuppen von Höck und Hüker, mein Junge, da haben Sie ebensoviel Wasser und ebensoviel Katastrophe, aber fotografieren tut es sich da leichter, denn die haben mit Ananas und Bananen zu tun, so was ist doch viel deutlicher zu sehen auf einem Zeitungsbild als unsere kleinen Pfläumchen.‘ Hat er gemacht, der Junge, ich habe die Bilder später in Augenschein genommen, und ich sage Ihnen: Wenn ich nicht schon besagten Standpunkt zur Ananas gehabt hätte, von dem Tag an hätte ich ihn bezogen. War erbärmlich anzusehen, dieses blasse Schuppengemüse in all dem öligen Wasser, lauter aufgeweichte Ananasimages. – Wie wär's denn mit einem Schnäpschen nach so einem kernigen Frühstück, gehört doch dazu, was? Vielleicht ein Zwetschgenwässerchen, einen Sliwowitz? – Herr Ober!"

Nein, sagte Robert, bitte keinen Sliwowitz, dann schon lieber einen Kognak, aber wieso, dachte er, wieso eigentlich Kerne? Heißt es nicht überhaupt Pflaumensteine?

Sie tranken noch einen zweiten Kognak, dann wurde der Pflaumenhändler müde, und Robert ging in sein Abteil zurück.

Er geriet mitten in einen zärtlichen Altfrauenstreit: „Nein", sagte eine der gebrechlichen Damen, „nein und abermals nein, Sophiechen, das kann doch niemals die Elbe gewesen sein; die Elbe ist doch viel breiter, mein Gutes." Doch Sophiechen schien ihrer Sache sicher: „Aber Elsie, ich bitte dich, was sollen denn sonst noch für Flüsse in dieser Gegend sein? Es kann sich da nur um die Elbe gehandelt haben – nicht wahr, junger Mann, sind wir nicht soeben über die Elbe gefahren?"

Die Angelegenheit mußte rasch und für beide Parteien befriedigend gelöst werden, sonst gab es keine Ruhe bis Hamburg-Altona.

„Sie haben gewissermaßen beide recht", sagte Robert, „einerseits war es in der Tat nicht direkt die Elbe, was wir da soeben überquert haben, aber gleichzeitig war es etwas gar so anderes als die Elbe nun auch wieder nicht. Ein Fluß ist ja nicht nur Mündung, sondern auch Quelle, und ebensowenig wie er wäre, was er ist, ohne Quell und Mündung, ebensowenig wär er das ohne seine Nebenarme und Zuflüsse, und um nichts anderes als einen Nebenfluß handelt es sich bei dem von uns überschrittenen Wasserlauf, dessen überaus innige Verwandtschaft mit der Elbe sich auch in seinem Namen geltend macht, denn er heißt Elde, mit d wie Dogma, Dom, Diözese, Diakon oder Drommete. Ein Fluß übrigens, der für meinen Geschmack viel zuwenig von sich hermacht und sich zu stark beeindruckt zeigt von dieser nur scheinbar herabdrückenden Doppelsilbe ‚Neben', die man ihm vorangesetzt hat. Dieses Wasser spielt eine beträchtliche Rolle im Wirtschaftsleben; bevor es sich bei Dömitz mit jenem größeren, dessen Nähe sie hier, meine Damen, ganz zu Recht vermuteten und das sich in seinem Namen nur durch ein b von seinem fleißigen Zuträger unterscheidet, ein b wie Bischof, Bibel, Bethlehem oder Bannbulle, bevor sich also dies eine mit jenem anderen zusammentut, ist es einen langen Weg dahergekommen von den Mecklenburgischen Seen herab und hat so manchen schweren Kahn auf seinem nassen Rücken getragen. Ein Werkmann unter den Flüssen ist dieser fürwahr."

Nicht schlecht, dachte Robert, du hättest das Zeug zu einem Backpflaumen-Distributor, aber das „fürwahr" hättest du dir verkneifen sollen, das war eine Prise zuviel, doch als er die erbauten Blicke der alten Damen sah, beruhigte er sich – „es gibt noch nette junge Menschen", las er darin, „und so angenehm gebildete: wie erfreulich ist dies doch!"

Mit der Elde kannte er sich wirklich gut aus; Paren lag an der Elde, das Städtchen, in dem er ein paar Jahre gewohnt hatte, und in Dömitz war Quasi Riek zu Hause, mit dem man sich zwar immer hatte streiten können, am ausgiebigsten aber über die Frage, wo denn die Elde am schönsten sei, am Ober- oder am Unterlauf.

Quasi war der einfallsreichste Organisator, den Robert je kennengelernt hatte. Als Robert und Trullesand nach der von Bobby Neumann zertrommelten Nacht an ihrem Bestimmungsort anlangten, stand Quasi auf einem riesigen Briketthaufen neben dem Fakultätseingang und begrüßte sie mit Schwung: „Freundschaft, Freunde! Ihr wohnt in Raum zweiunddreißig, Vier-Mann-Zimmer mit Blick auf eine Obstbaumallee, zur Zeit schon alles abgeerntet. Legt eure Klamotten ab und kommt wieder runter. Vorher alte Sachen anziehen; die Kohlen müssen quasi in den Keller."

„Wat liegt denn an", sagte Trullesand, „bist du der FDJ-Makker hier?"

„Kommissarisch“, sagte Riek, „ich hab mich selbst eingesetzt, es war nämlich kein anderer da, der mich hätte einsetzen können, und auch keiner, den ich hätte einsetzen können. Nach mir seid ihr die ersten. Jetzt können wir natürlich wählen. Aber wenn ihr mich fragt, bringen wir quasi erst einmal die Kohlen in den Keller – Freie Deutsche Jugend, pack an!“

Robert und Trullesand suchten ihr Zimmer. Sie fanden eine ehemalige Kaserne, in der es an fast allem fehlte. Auf den Fluren gab es nur Bauschutt, nicht einmal Fußböden, und ihr Zimmer war bis auf zwei Doppelstockbetten leer und kahl.

Sie sahen sich schweigend um, bis Trullesand ans Fenster trat und sagte: „Aber die Aussicht, die ist schön.“

Robert stellte sich neben ihn und suchte vergebens nach Schönheit. Da war ein verwüsteter Platz mit einem gesprengten Bunker und eine nasse Straße, die sich in kahlen Schrebergärten verlor.

Aber Trullesand sah das anders: „Na, jetzt nicht so sehr, Mann, Oktober und Regen, da kannst du nicht viel verlangen. Aber nun denk dir den Bunker mal weg, und statt der Ödnis denk dir mal einen Fußballplatz, und auf die Straße denk dir mal lauter hübsche Mädchen, die immer hier so rauflinsen, und an die Bäume denk dir mal Birnen und alles diese Dinger – na, wat sagst du, ist die Aussicht schlecht?“

„Die Aussicht ist großartig“, sagte Robert, und sie lachten beide. Sie zogen ihre Arbeitskleidung an, von der es in der Einladung zum Studienantritt geheißen hatte, es sei empfehlenswert, sie mitzubringen, da noch dies und jenes in den Unterkünften zu tun sei, und dann meldeten sie sich bei Quasi Riek.

Der hatte schon ein halbes Dutzend Schaufeln und Forken herbeigeschafft und teilte ihnen je eine Kellerluke zu. „Wenn die Fahrpläne stimmen“, sagte er, „kommen in dreißig Minuten die nächsten, denn der Zug aus Richtung

Pasewalk müßte jetzt quasi auf dem Bahnhof sein. Los, Jugendfreunde, ein Lied!“

Trullesand sang: „Mutter, der Mann mit dem Koks ist da!“, aber Quasi erhob Einspruch: „Erstens ist das kein Lied, sondern was für Besoffene, zweitens kommst du nicht weit, wenn du dich auf das Thema festlegst – mir fällt jedenfalls nur noch ‚Im Keller ist es duster, da wohnt ein armer Schuster‘ ein –, und drittens paßt das quasi nicht zu einem Subbotnik.“

„Du, Robert“, rief Trullesand, „weißt du, was er sagt? Er sagt, wir machen hier ein Subbotnik.“

Robert nahm den Ton auf: „So, sagt er das? Was ist denn das, ein Subbotnik.“

„Ein Subbotnik“, sagte Quasi, „das ist eine Keimform des Kommunismus, ein freiwilliger Arbeitseinsatz. Subbotnik kommt von Subbota, und Subbota ist russisch Sonnabend.“

Trullesand hielt beim Kohleschaufeln inne. „Wieso ist denn ein russischer Sonnabend eine Keimform des Kommunismus? Da fehlt doch wo ein Zusammenhang.“

Riek tat, was er auch in späteren Zeiten immer wieder getan hatte: Er rettete sich in die Organisation: „Mir scheint, es hat sich schon ein Thema für unseren ersten FDJ-Abend quasi herausgeschält: ‚Der Subbotnik als Keimform des Kommunismus‘. Seid ihr überhaupt in der FDJ?“

„Nee“, sagte Trullesand, „wir sind quasi Baptisten.“

„Ja“, fügte Robert hinzu, „mit so einem leichten Einschlag zu den Mennoniten hin.“

Trullesand überspannte den Bogen, als er sagte: „Wat schätzt du denn so, Robert, ob der schon reif ist für die Große Taufe? Er hat so was Wollüstiges um die Nase.“

Sie legten ihre Schaufeln beiseite, stiegen zu Riek auf den Kohlenberg und betrachteten ihn prüfend. Aber der freute sich nur: „Jugendfreunde, ihr seid richtig. Euch setze ich aufs Kulturprogramm. Ihr macht zwei Komiker, daß die Bude wackelt.“

Sie schaufelten weiter, und Trullesand erzählte: „Im

Ernst, ich habe mal einen Baptisten gekannt, der Junge war ziemlich fanatisch. Der wollte mir das Rauchen abgewöhnen, wat insofern schwierig war, als daß ich gar nicht rauchte. Er sagte, der Schöpfer wär nicht fürs Rauchen, und er hätte den Menschen auch nicht dafür eingerichtet. Nun fragte ich ihn, wie er sich denn einen vom Schöpfer zum Rauchen eingerichteten Menschen vorstellte, und das konnte er fließend beantworten: Ein vom Schöpfer zum Rauchen eingerichteter Mensch hätte irgendeinen Rauchabzug, vielleicht hinten am Hals, jedenfalls könnte doch jeder sehen, daß das Rauchausblasen durch Mund und Nase ein elender Behelfskram sei und niemals Gottes Werk. Der Junge hat mich überzeugt, und ich hab gar nicht erst angefangen mit Rauchen. – Bei ‚angefangen' fällt mir was ein: Wann fängt das hier an?"

Quasi wußte es. Er wußte von einer Eröffnungsfeier am Nachmittag und daß sie im Hauptgebäude der Universität stattfinden würde, er kannte den Stundenplan für die ersten Wochen und wußte auch, daß sie vorerst stets nachmittags unterrichtet würden, und zwar in den Klassenräumen der Oberschule.

„Oberschule", sagte Robert, „das höre ich aber gar nicht gern." Doch Trullesand antwortete gleichmütig: „Wieso, ist doch eine Frage des Inhalts. Zum Beispiel eine Tüte: Eine Tüte ist die Form. Entscheidend ist der Inhalt, was in der Tüte drin ist: Sägespäne oder Pfannkuchen."

„Oder Buttermilch", sagte Robert.

Sie vergaßen das Inhalt-Form-Problem, als ein rotbäkkiger junger Mann, der mit Jägerhut, Lodenmantel und Langschäftern angetan war, vor den Kohlenbergen seinen Koffer abstellte, den Hut zog und sagte: „Entschuldigen Sie bitte, ist hier Robert-Blum-Straße dreiundzwanzig?"

„Da wollen wir mal den Hausmeister fragen", sagte Trullesand und wies auf Quasi Riek: „Herr Hausmeister, ist dies hier Robert-Blum-Straße dreiundzwanzig?"

Quasi kletterte von den Kohlen, studierte das Nummernschild am Eingang und nickte, wobei er Mühe hatte, sein Grinsen zu verbergen.

Der Junge mit dem Jägerhut bedankte sich und nahm seinen Koffer auf. Dann setzte er ihn wieder ab, zog auch den Hut noch einmal und wandte sich an Quasi: „Wenn Sie hier der Hausmeister sind, dann können Sie mir vielleicht sagen, wo man sich melden muß. Ich soll hier lernen."

„Zimmer zweiunddreißig", sagte Riek.

Der Förster bedankte sich abermals und ging.

Trullesand fragte vernehmlich: „Werden denn jetzt auch Männer auf Hebamme geschult, Herr Hausmeister? Ich habe gedacht, hier ist die Kreis-Hebammenschule?"

„Ist es auch", antwortete Quasi, so ernst er eben noch konnte.

Der Förster blieb auf der Eingangsschwelle stehen, blickte zu ihnen hinüber, zog ein Schreiben aus der Tasche, das er aufmerksam betrachtete, und betrat schließlich doch das Haus.

Bis der nächste Schub ihrer künftigen Gefährten eintraf, brachten sie eine Menge Kohlen in den Keller, wobei Quasi immerfort begeistert das Wort „Kreis-Hebammenschule" wiederholte. Er begrüßte jeden Neuankömmling mit der Frage, ob er auch Hebamme werden wolle, versah ihn mit einer Zimmernummer und organisierte vier Schichten für das Kohleschaufeln. Und jeder der künftigen Studenten hörte mindestens einmal das Wörtchen „quasi" von ihm, und damit hatte er seinen Namen weg.

Mittags gingen Robert und Trullesand in die Stadt und hatten ihre erste erschreckende Begegnung mit der Aula des Andreas Mayer; die nächste folgte zwei Stunden später.

Da saßen sie andächtig auf den Polsterstühlen und hörten die Begrüßungsrede Seiner Magnifizenz.

Der Rektor sah aus, wie Märchenillustratoren biedere Bäcker- oder Müllermeister darzustellen pflegen: ein schwerer, pausbäckiger Mann mit schollernder Stimme, und er hätte nicht ausdrücklich zu betonen brauchen, daß er kein Redner sei, aber er betonte es mehrfach. Nein, sagte er, er sei wahrhaftig kein Redner und müsse es von Amtes wegen jetzt doch sein; er sei ein Mineraloge, ein Mann der Steine, er habe von Hause aus mit Dingen zu tun, die in Jahrtausenden und Jahrmillionen gewachsen, und die fliegende Hast, in der das nichtmineralische Dasein sich vollziehe, irritiere ihn, und sollte in seinem Eingangsspruche, den vorzutragen er nun einmal als Rektor genötigt sei, von Verwirrung mehr als eine Spur zu merken sein, so ersuche er das junge Auditorium um Wohlwollen und Pardon. Von den Brüchen und Scharten in seinem Vortrage, so fuhr er dumpfen Tones fort, dürfe nicht auf seine Gesinnung gegenüber den hier Versammelten geschlossen werden; zwar meine er, daß letzten Halt nur habe, was dem Druck nicht nur von Jahrzehnten, sondern von Jahrtausenden ausgesetzt gewesen sei, aber schließlich – der Mensch sei nun einmal kein Stein und die menschliche Ordnung nicht steinern. „Im übrigen", meinte er ächzend, „ist es ja keinesfalls so, daß unsere Alma mater durch die Jahrhunderte gegangen wäre, ohne hier und da einen anderen Zuschliff bekommen zu haben. Erst kürzlich, in den zwanziger und dreißiger Jahren des sechzehnten Jahrhunderts, hat sich die Struktur unserer Hohen Schule beträchtlich verschoben, und zwar im Gefolge des hereingebrochenen neuen Zeitgeistes, womit ich den lutherischen meine, der hier so sehr Fuß gefaßt hatte, daß, wie ich einer Schrift entnehme, ‚wenn ja die Päpstisch gesinneten junge Leute... zum Studiren Lust hatten, die Väter selbige doch selbst nicht getrauet' auf unsere Universität zu schicken, und zwar, wie es in derselben Quelle weiter heißt, ‚aus Furcht, sie möchten von der schon überhand nehmenden vermeinten Lutherischen Ketzerey verführt werden...' "

Ein erfahrenerer, seinem Manuskript weniger verhafteter Redner hätte die Unruhe bemerkt, die durch die Reihen lief, als die Studenten begriffen hatten, worauf der Mineraloge hinauswollte, aber der bemerkte es nicht, und er hörte auch Trullesand nicht flüstern: „Wat haben wir denn mit Luthern? ‚Wider die räuberischen Bauern' und alles diese Dinger!"

Der Rektor stöhnte weiter: „Die geistige Verschiebung hat sich von väterlichen, oder sollte man an dieser Stelle besser sagen, altväterlichen Sorgen nicht aufhalten lassen, und wäre uns, um mit einem Terminus meines Gewerbes zu reden, ein Dünnschliff jenes Materials erhalten, aus dem unsere Universität spätestens um 1540 gefügt war, so gewahrten wir in ihm sicherlich die Ausprägungen des Landtagsbeschlusses von Treptow, der auf die Einführung der Reformation in Pommern abgezielt war. Den Inhalt dieser bedeutsamen Entschließung hat der gelehrte Thomas Kantzow in die klassische Formulierung gefaßt: ‚Dat men schal aver dat gantze lant dat hillige evangelium lutter und rein predigen, und alle papistrie und ceremonien, so wedder Got weren, afdon.' "

Zwar wurde es nicht laut in der Aula, aber ein Publikum hatte der Rektor nun über eine lange Strecke nicht mehr. Was hatten sie mit Luthern?, das war nicht nur Trullesands Frage, und wenn sie zu dieser Stunde erfahren hätten, wie sehr sie es in der Folge noch zu tun bekommen sollten mit Luthern und manchem anderen, den sie nicht in ihr Bild von der neuen Zeit lassen wollten, dann wären sicher einige Plätze frei geblieben in der Robert-Blum-Straße dreiundzwanzig, und nicht nur im Raum zweiunddreißig, dem Eckzimmer mit Blick auf eine Obstbaumallee.

Sie hörten dem schwerfälligen Festredner erst wieder zu, als er der neuen Ordnung zum Lobe sprach: „Nun hat es den tröstlichen Anschein, als ob der Vorstand dieses eigenartigen Gemeinwesens, in dem wir nach dem Hingang des Reiches leben, seine Fürsorge nicht allein der Installation von Neuheiten, wie Ihre Lehranstalt sie darstellt, gelten ließe, sondern auch dem Herkömmlich-Bewährten Aufmerksamkeit entgegenbrächte. Mit Genugtuung habe ich die Zusage vernommen, man werde endlich dem Mineralogischen Institut, das seit Jahren unter entsetzlicher Raumnot leidet, ein neues Gebäude schaffen."

Der Hinweis des Rektors auf seine Genugtuung war ebenso unnötig wie der auf sein rednerisches Unvermögen gewesen war, denn das letztere wurde um so weniger bemerkbar, je mehr sich der Professor in die Schilderung des Ungemachs verlor, von dem ihn eine Verfügung der Wirtschaftskommission nun endlich befreien sollte.

„Man hat uns Mineralogen doch nie für voll genommen", klagte er und löste dabei seinen Blick zum ersten Male von den beschriebenen Blättern, „Steine sammeln, hat man gesagt, Steine sammeln kann jeder, und ich entsinne mich sehr wohl des Gelächters, daß die Herren anderer Fakultäten anstimmten, als ich bei Gelegenheit die in unserem Institut angefertigte ‚Monographie der pommerschen Kreide' erwähnt und sie eine wissenschaftliche Leistung von einmaliger Bedeutung genannt hatte. Die Herren Mediziner und Philologen wollten sich ausschütten vor Lachen, Kreide, haha, welch geheimnisvoller Forschungsgegenstand, haha! Was Wunder, daß man uns da immer herumgeschubst hat; denken Sie sich nur, allein zwischen 1823 und 1860 haben wir sechsmal umziehen müssen, und wo wir nicht überall Quartier nehmen mußten: im Collegienhaus, im Schwarzen Kloster und sogar, meine Damen und Herren, in der Geburtshülflichen Klinik, ja, also so war das."

Die „Geburtshülfliche Klinik" blieb nicht ohne Echo, aber der Rektor nahm die leise Heiterkeit wohl für erregte Zustimmung, denn er beendete sein erstaunliches Extempore mit der befriedigten Miene eines Mannes, der das Seine gesagt hat, und verlas den Rest seines Manuskripts in den Schollertönen des Anfangs. Er wünsche Glück und Gelingen und wenn wohl auch kaum Aussicht bestehe, daß einmal einer der hier versammelten Novizen zu den Studenten seines Faches zählen werde, da es sich bei der Mineralogie immerhin um eine exakte Wissenschaft handele, deren Ausübung gründlichere Kenntnisse voraussetze, als sie in dem für die neue Lehranstalt vorgesehenen Schnellverfahren erlangt werden könnten, wenn auch diese Aussicht wirklich kaum bestehe, so könne man mit seinem, des Rektors, Wohlwollen beruhigt rechnen.

Der Beifall war dünn und unsicher; um so stärker aber war der, den der nächste Redner entgegennehmen konnte: Dr. Mevius Völschow, der künftige Leiter der Fakultät, der Mann mit den Augen des Alten Fritzen.

Er hielt eine Rede, die den Atem verschlug und das Herz erwärmte. Er pries den Mut der jungen Leute, die zum Sturme auf eine Feste angetreten seien, eine Feste, bewehrt mit Hochmut, Vorurteilen, Angst um bedrohte Privilegien, Aberglauben und Klassendünkel. Er geißelte den Widerstand ebenso wie die Skepsis; er zitierte Bekanntes und Unbekanntes zur Sache, er höhnte „Wir sind nicht reif! / Das ist das Lied, das sie gesungen haben / jahrhundertelang uns armen Waisenknaben", und er verkündete: „Des Geistes Licht, des Wissens Macht, dem ganzen Volke sei's gegeben!"; er sprach eine Stunde lang, und über fünf Minuten währte der Beifall.

Sie verließen die Aula lärmend und zuversichtlich; sie würden das Kind schon schaukeln, des waren sie gewiß.

Die strengen Fassaden der breiten Bürgerhäuser schienen ihnen weniger bedrohlich in dieser Stunde, und die Marmor- und Bronzetafeln mit den berühmten Namen der Universität, Forschernamen, von denen selbst ihnen einige nicht unbekannt geblieben waren, erschreckten sie minder jetzt, denn richtig war es ja, was der Doktor Völschow ihnen von der Kanzel gepredigt hatte – aber nicht wie der Doktor Martin Luther, diese verräterische Nachtigall –, richtig war es: Diese Universität gehörte fortan ihnen, und den wollten sie sehen, der daran tippen mochte.

„Aber der Kreideprofessor", sagte Trullesand, „der konnte einen richtig erschrecken. Erst vergleicht er uns mit den Bibelforschern aus dem Mittelalter, und dann redet er von Steinen wie unsereins von Marx und Engels."

Quasi nickte empört und sagte, man müsse eine Aussprache über die historische Bedeutung der Sowjetischen Besatzungszone organisieren, und zwar recht bald, damit gar nicht erst Unklarheiten aufkämen.

Der Vierte in ihrem Zimmer, der Junge mit dem Jägerhut, beteiligte sich nicht an ihrem Gespräch; er baute an seinem Bett und spannte eine Leine durch das Zimmer, an die er seine Sachen hängte.

„Der Strick im Haus erspart den Kleiderschrank", sagte Robert, „woher wußtest du denn, was uns hier blüht?"

„Ich wußte es nicht; ich weiß nur, daß Schränke knapp sind, weil Bäume knapp sind."

„Bist du Förster?" fragte Trullesand, und der Junge sagte: „Waldarbeiter."

Trullesand reichte ihm die Hand und sagte: „Trullesand. Ick bin Zimmermann. Die Schote mit der Hebammenschule nimmst du uns doch nicht krumm, was?"

„Wie komm ich denn dazu", sagte der Junge, der Jakob Filter hieß, „ihr aus der Stadt macht eben immer solche Späße."

Sie aßen gemeinsam die Reste ihrer mitgebrachten Brote und wiederholten begeistert Worte aus Völchows Begrüßungsrede.

„Ein heroischer Sturm auf die feste Burg des Wissens", sagte Riek, „die Rede hätte quasi von Kalinin sein können; über Kalinin müssen wir unbedingt bald eine Aussprache machen."

Jakob Filter hockte sich vor den Ofen und zerspante einen Teil des Holzes, das man ihnen zugeteilt hatte. „Ihr macht so viele Pläne", sagte er dabei zu Quasi, „wenn man euch hört, könnte man denken, wir bleiben hundert Jahre hier. Es sind aber doch bloß drei."

Robert lachte erstaunt. „Bloß drei ist gut. Hast du eine

Ahnung, wie lang drei Jahre sein können. Da kann man doch ganze Wälder ausreißen."

„Ausreißen ja", antwortete Jakob, „aber wieviel kann man pflanzen?"

„Wenn man das richtig organisiert", fiel Quasi ein, aber Robert unterbrach ihn: „Laß mal, er hat ja recht. Aber trotzdem würde ich mir nicht solche Sorgen machen, Kumpel, drei Jahre sind schon ein ganz schönes Ende."

In Boizenburg stiegen die Grenzer in den Zug. Die vier alten Damen hatten schon vor einer Stunde ihre Pässe bereitgelegt und sahen voll ängstlicher Erwartung auf die Abteiltür. Sie flüsterten nur noch miteinander und zählten immer wieder ihre kleinen Barschaften.

Zuerst kam ein Mädchen vom Zoll. Sie war freundlich und flink; für die Damen hatte sie ein verstehendes Lächeln und für Robert einen höflich-wachsamen Blick. Sie trug sein Geld ein und die Kamera, und als sie beim Gehen „Gute Fahrt" wünschte, hörte Robert genau, wen vor allen sie meinte.

Der Grenzsoldat machte es noch kürzer; zu den Frauen sagte er: „Gute Reise, meine Damen!" und zu Robert sagte er: „Auf Wiedersehen!"

„Auf Wiedersehen!" sagte Robert, und er dachte: „Auf Wiedersehen, Genosse!"

Er versuchte, in seinem „Spiegel" zu lesen, aber als er merkte, daß er sich etwas vormachte, gab er es auf.

Der Zug verließ Schwanheide, am Bahndamm rief ein Transparent: „Die Deutsche Demokratische Republik grüßt alle Reisenden", unter einem Wachpilz stand ein Posten und winkte, dann kam das Niemandsland und dann ein Schilderhaus mit einem Adler daran, und dann kam Büchen.

Auch hier war der Aufenthalt kurz; es stiegen nur wenige Leute aus.

Die Uniformen der Kontrolleure waren von betont zivilem Zuschnitt, die Pistolen sah man nicht, und die breiten Schiffermützen erinnerten eher an Hafenrundfahrten denn an Grenz- und Verfassungsschutz.

Ein älterer Beamter verschreckte die alten Damen mit der Frage, ob sie in Westberlin Spirituosen eingekauft hätten, dann sollten sie sie nur gleich hervorholen, der Kollege vom Zoll folge ihm auf dem Fuße. Dabei zwinkerte er Robert zu.

Er zwinkerte nicht mehr, als er Roberts Ausweis sah. „Hm“, sagte er, „Moment“, und ging auf den Gang hinaus. Er verschwand aus Roberts Blick, aber auf der Scheibe des Gangfensters war sein Spiegelbild zu erkennen. Das Spiegelbild holte ein hochformatiges dickes Buch unter seinem Arm hervor und schlug es auf. Die vier alten Damen starrten Robert an, und er dachte: Das liebe Fahndungsbuch! Zuerst wird er in der Abteilung „Festnahme erforderlich“ suchen, aber da stehst du nicht drin, jedenfalls war es das letzte Mal noch so, aber das wird sich hoffentlich nicht geändert haben. Richtig, er schlägt den Anzeiger hundert Seiten weiter hinten auf, wie schön! So, da hätten wir die Rubrik „Bei Ein- und Ausreise Meldung an Leitstelle“: ... F, G, H, I, halt, hier könnte der Bursche stehen, Inselmann, Ippler, Irmenbach, Iswall, da haben wir ihn schon, konnte man sich ja denken, daß das so einer ist, Iswall, Robert, geboren 26 in Hamburg, das ist er ...

Das Spiegelbild drehte sich herum, und der Beamte betrat das Abteil.

Das Fahndungsbuch hielt er wieder unter dem Arm, als wäre es nie woanders gewesen. „Herr Iswall“, sagte er, „wohin fahren Sie bitte?“

„Nach Hamburg.“

„Und von dort aus?“

„Zurück nach Berlin.“

„Wie lange werden Sie bleiben?“

„Drei bis vier Tage.“

„Haben Sie eine Einladung oder einen Dienstauftrag?

Sind Sie bei einer Behörde tätig oder sind Sie Geschäftsmann?"

„Weder dies noch das, weder das eine noch das andere; ich bin freischaffend."

„Als was, bitte?"

„Ja", sagte Robert mit dem Ausdruck leichter Verlegenheit, „als was? Die Antwort macht mir immer Schwierigkeiten. Ich bin ein Stückchen Literaturkritiker und ein Stückchen Publizist."

„Und als welches Stückchen fahren Sie jetzt?"

Die Frage gefiel Robert, weil neben der Routine eine Idee persönlichen Interesses daraus hervorschimmerte. Überhaupt schien der Beamte ein umgänglicher Vertreter seines Standes zu sein, keiner von der glatten und kalten Sorte, keiner von den ehrgeizigen jungen Burschen, die sich für Lügendetektoren auf Beinen hielten und aus jeder Befragung eine halbe Gehirnwäsche machten.

Robert sagte: „Ich will mich in Hamburg umtun, jetzt, nach dem Wasser."

Der Kontrolleur sah in den Ausweis und sagte offensichtlich ehrlich verwundert: „Wenn Sie aus Hamburg sind, warum sind Sie dann da drüben? Wie lange wohnen Sie schon dort?"

„Ich bin nach der Gefangenschaft nicht mehr zurückgekommen und dann habe ich dort studiert; das ging hier nicht."

„Sicher", sagte der Beamte, „das ist wohl leichter bei euch. Na, also, dann schreiben Sie mal nicht so schlecht über uns, als alter Hamburger."

Er gab Robert seinen Ausweis zurück und ging mit höflichem Gruß.

Robert sah ihm nach und dachte: Mein lieber Freund, dir möchte ich öfter begegnen, du scheinst ja nicht so scharf auf Kommsemit und Handschellen zu sein, und ich bin es auch nicht.

Er hörte eine der alten Damen sagen: „Seht einmal, wir

fahren durch Friedrichsruh. Hier liegt Bismarck begraben. Das Gedicht kann ich noch: „Wo Bismarck begraben liegt – ‚Er ruht im Sachsenwalde ...' "

Doch dann vergaß sie ihre patriotischen Gefühle und rief erschrocken: „Aber dann sind wir gleich da, und die Koffer sind noch da oben ..."

Robert hatte Mühe, die vier alten Fräulein zu bewegen, wenigstens noch so lange sitzen zu bleiben, bis er ihr Gepäck auf den Gang gestellt hatte.

Sie verabschiedeten sich mit bewegtem Dank von ihm, und Robert war allein. Er sah in das kahle Buchengeäst und dachte: So hat jeder seine Erinnerungen an den Sachsenwald. Der eine gedenkt des Eisernen Kanzlers, der hier begraben liegt, und dem anderen kommt eine verlorene Mütze in den Sinn, die wahrscheinlich in den Büschen vermodert ist.

Diese Geschichte gehörte zu den tiefen Aufregungen seiner Kinderzeit. Es war in den zweiten Sommerferien. Er durfte zu den Großeltern nach Paren fahren, ganz allein. Das war sein großer Stolz. Sein größter aber war die Mütze. Sie war aus blauem Samt und hatte eine Kordel über dem Lackschild. Sie hatte über zwei Mark gekostet oder gar drei, und seiner Mutter mußte der Abschied von ihrem Jungen hart angekommen sein, wenn sie ihm eine so teure Mütze kaufte. Er weinte nicht auf dem Bahnsteig, selbst dann nicht, als er nur noch das Taschentuch seiner Mutter sah; er fuhr nach Paren, mit einer neuen Mütze, einer so schönen, wie es sie nur in Hamburg gab und nie in Paren. Es war Juli; der Zug war voll, und die Fenster waren offen. Der Schaffner staunte ungeheuerlich über einen so kleinen Jungen, der ganz allein eine so weite Reise machte und eine so schöne Mütze hatte. Der Schaffner sagte: „Guck mal, das ist der Sachsenwald; da liegt Bismarck begraben." – „Wo?" fragte der kleine Robert und steckte den Kopf aus dem Fenster, und da war die Mütze fort. Zuerst glaubte er es einfach nicht. An einem Sommermorgen in sonnigem Buchenwald kann doch so Böses nicht geschehen. Aber dann sah er die Mütze, einen blauen Punkt in grünem Gras, und dann sah er sie nicht mehr, weil der Zug einen Bogen machte und immer weiter fuhr. Da schrie er, zuerst zum Schrecken der Leute, dann zu ihrem Vergnügen und schließlich zu ihrem Ärger, den sie ihm nicht verschwiegen. Als er in Paren ankam, hatte er verschwollene Augen und nichts auf dem Kopf. Und später, als im Geschichtsunterricht die Rede auf Bismarck kam, konnte er sich nicht mit ihm befreunden.

Seine Mutter kaufte ihm keine Mütze mehr, aber als Robert aus der Gefangenschaft kam, hatte sie nicht nur Mantel und Schuhe für ihn besorgt und durch die klammen Zeiten aufbewahrt, sondern auch einen Hut. Auch der Hut war blau. Zuerst wollte Robert nicht ran an den Hut, doch als er merkte, wie sehr er seine Mutter damit verletzte, fand er ihn schön. Und er paßte ihm sogar. Die Bewährungsstunde des Hutes kam bald. Ein Polizeiorchester spielte in Paren zum Tanz. Die Jungen, die schon länger wieder zu Hause oder gar nicht fort gewesen waren, behaupteten, das dürfe man nicht versäumen. Robert zog die neuen Schuhe an und den Mantel, und er setzte den Hut auf. Er fand seinen Aufputz grausig, aber unter dem stolzen Blick seiner Mutter schwieg er. Als die Jungen pfiffen, stieg er die Treppe hinunter, öffnete die Haustür, und dann war der Hut weg. Mit einem Windstoß fort auf Nimmerwiedersehen.

Er hatte kein Glück mit zivilen Kopfbedeckungen. Seine graue Feldmütze hatte die ganze Gefangenschaft überstanden. Sie sah nicht mehr schön aus am Ende, denn er hatte sie als Kopfkissen benutzt und als Versteck für Bilder und Rasierklingen und als Behälter für Pellkartoffeln und einmal sogar für zwei Handvoll Sauerkraut, ihr Schirm war gebrochen, sie war verschwitzt, und verkrustete Flecke waren darauf aus Mehl und Öl, und in der Entlausung war sie dutzendemal gewesen, aber verloren hatte er sie nie.

Die beiden anderen Hüte, die er in seinem Leben gehabt

hatte, waren ebenfalls nicht verloren gegangen, doch hatte er jeden nur einen Tag getragen.

Der erste gehörte gar nicht ihm. Er gehörte Kalli, und Kalli sah verteufelt damit aus, verwegen und schön. Die Mädchen waren hinter Kalli her, und Kalli sagte, das liege nur am Hut. Er wurde zwei Wochen früher Soldat als Robert, und Robert bekam den Hut geliehen. Er ging die Hauptstraße von Paren entlang, vom Kino bis zum Mühlenwehr und zurück und das Ganze noch einmal und dann noch ein weiteres Mal. Die Mädchen kamen nicht gelaufen, aber nur deshalb nicht, weil es regnete. Robert wurde naß bis auf die Haut, und der Hut wurde naß bis ins letzte Härchen. Er wurde zum Trocknen auf den Ofen gelegt, und am nächsten Morgen paßte er Robert nicht mehr. Er hätte auch Kalli nicht mehr gepaßt, aber Kalli kam nie mehr zurück von den Soldaten.

Und dann war da noch der schwarze Hut. Der hatte nur Arbeit gemacht und Ärger. Es war ein Hut unter zweiundvierzig anderen schwarzen Hüten, alle kamen sie aus demselben Laden, alle wurden sie von Quasi Riek geformt, und alle teilten sie das gleiche Schicksal. Quasi hatte sie entdeckt. Er kam früh aus der Stadt zurück, pochte an jede Tür im Heim und sagte in jedes Jungenzimmer: „In der Stadt gibt's Hüte! Man muß jetzt Hüte tragen."

Es war nicht die gesamte Fakultät, die sich in den Laden stürzte, aber an die fünfzig ABF-Studenten waren es immerhin. Sie waren enttäuscht, weil die Hüte schwarz und unförmig waren, einigen verging die Kauflust sogar gänzlich, aber zweiundvierzig erwarben je einen schwarzen Hut, denn Quasi sagte, wenn vielleicht auch jetzt noch schwarze Hüte nicht in Mode stünden, so ließe sich das durch den beherzten Einsatz der Jugend schleunigst ändern, das Geheimnis auch der Mode sei nur Organisation.

Auf dem Rückweg trugen sie die Hüte unter dem Arm; im Heim tauchten sie sie auf Quasis Geheiß eine Weile unter Wasser, dann setzten sie sich mit den triefenden schwarzen Töpfen auf dem Kopf an die Öfen, und Quasi eilte von Zimmer zu Zimmer und gab den Hüten Schmiß und Schwung. Gegen Mittag waren Rieks Kreationen noch ein wenig feucht, und manche hatten auch etwas schwarze Farbe verloren, aber sie waren eine Sensation.

Die Mädchen und jene Jungen, die den Kauf gescheut hatten, standen auf dem Hof, als die Modeschöpfer herunterkamen. Ein jeder von ihnen wurde umringt und mußte sich drehen und wenden, und dann wurden sie allesamt ausgelacht. Das hätten sie ertragen; sie lachten sogar mit, denn zweiundvierzig schwarze Hüte auf einmal sind ein kitzelnder Anblick. Aber dann rief ein Mädchen: „Die wollen alle Pastor werden!“, und in dem Gelächter hörte man: „Die reinste Jesuitenschule“, und schließlich verschaffte sich ein anderes Mädchen Gehör und sagte: „Nein, es gibt eine Sekte, die heißen Herrnhuter, das sind besonders Fromme, und was die da aufhaben, das ist ihr Sektenzeichen, der Herrnhuterhut!“

Da zog Trullesand eine Zeitung aus der Tasche, stopfte sie in seinen Hut und zündete sie an. Zuerst dampfte es nur, aber dann fing der Hut Feuer, und Robert legte seinen auf Trullesands, und daß die anderen vierzig dazukamen, dafür sorgte Quasi Riek.

Die Oberschule war die übliche preußische Backsteinburg mit Milchglasscheiben in der unteren Hälfte der schmalen hohen Fenster, mit dunklen Fluren und einem mürrischen Hausmeister. Sie roch schlimm, und sie entmutigte. Und daß auch über ihrem Eingang zu lesen war, nicht für sie, sondern für das Leben werde hier gelernt, munterte niemanden auf, denn jeder wußte, wie lange das schon da geschrieben stand.

Riebenlamm kam herein und sagte: „Guten Tag. Ich begrüße Sie, und so weiter. Wir kennen uns ja schon, aber wer nicht spurt, dem werde ich wildfremd vorkommen. Oh, oh, oh, was werden Sie jetzt arbeiten müssen. Zuerst machen wir einen Klassenspiegel. Eigentlich müßte es Arbeitsgruppenspiegel heißen, aber das ist mir zu lang. Wir haben nur drei Jahre Zeit. Nun Ihre Namen und den Beruf dazu, links vorn wird angefangen, und schön laut und deutlich, und wer auf Feinheiten Wert legt, der buchstabiere seinen Namen. Darf ich bitten!"

Als der Spiegel fertig war, sagte Riebenlamm: „Ihr heißt Arbeitsgruppe A 1, und ihr seid vierunddreißig an der Zahl. Die Klasse ist zu groß, aber ich hoffe, daß sie nie kleiner wird. Jungens, kriegt keine Flausen; Mädchen, kriegt keine Kinder! Ihr sollt Geschichte machen, und dazu müßt ihr erst einmal lernen, was das ist, Geschichte. Schluck, Postangestellter, was ist Geschichte?"

Schluck stand auf und starrte Riebenlamm an, und Riebenlamm wartete. Dann sagte Schluck: „Geschichte ist, was so passiert ist in der Welt. Wenn Krieg war, und wenn er zu Ende war, und wenn sie eine neue Regierung hatten, und wenn was Neues entdeckt worden ist, Amerika oder warum was runterfällt."

„Bravo", sagte Riebenlamm, „das sind echte Ansätze. Wie lange meinen Sie denn, Fräulein Bilfert, Schneiderin, wie lange haben wir denn schon Geschichte?"

Als das Mädchen aufstand, flüsterte Trullesand: „Wetten, die heißt Julia."

„Verloren", sagte Riebenlamm, „sie heißt Vera. Und Sie heißen, Moment mal, Gerd, und nicht Romeo. Solange wir Unterricht haben, heißt hier keiner Romeo, klar? – Also, die Geschichte, Fräulein Bilfert!"

Das Mädchen war errötet und sagte leise: „Ich glaube, schon immer, von Anfang an."

Riebenlamm setzte sich auf seinen Tisch und sprach vor sich hin: „Ja, das glauben Sie nun, und wenn ich jetzt frage, wann das war, dieser Anfang, dann sitzen Sie in der Tinte, denn Adam und Eva wollen Sie nicht sagen, und was anderes wissen Sie nicht, und das geht uns allen so, mehr oder minder, und darum machen wir um den Anfang vorerst einen Bogen und gehen nur so weit zurück, bis wir auf die ersten Menschen stoßen, die aber ganz bestimmt nicht Adam und Eva hießen, weil man, bevor man einem anderen einen Namen geben kann, erst einmal sprechen können muß, und das ist alles ziemlich verzwickt, und deshalb lassen wir das jetzt auch schön beiseite und kehren zu dem zurück, was uns Schluck, Postangestellter, angeboten hat. Geschichte, hat er gesagt, ist die Aneinanderreihung von wichtigen Ereignissen, an denen die Menschheit beteiligt war, zum Beispiel Kriege, zum Beispiel Wechsel in der Herrschaft und auch entscheidende Entdeckungen, die das Leben veränderten. Gar nicht schlecht, der Schluck, dem gebe ich eine Eins, wenn der so weiter macht. Das kann alles passieren."

Er stand auf und wanderte durch das Klassenzimmer, und dabei stellte er Fragen und quittierte die Antworten sogleich mit aufmunternden Kommentaren.

„Was euch hier erwartet", sagte er, „ist mehr, als ihr glaubt. Ihr denkt, ihr müßt hier nur etwas dazulernen, und wenn ihr das denkt, dann seid ihr ganz schön angeschmiert. Die Sache ist schlimmer: Ihr sollt hier nämlich auch etwas verlernen, ihr müßt sogar umlernen. Wir sind alle in die gleiche Koppheister-Schule gegangen, und das Bild von der Welt, so wie man es uns dort gemalt hat, steht zu großen Teilen auf dem Kopf. Hier wollen wir ihm wieder auf die Beine helfen. Wenn ihr denkt, das schaffe ich allein, dann habt ihr euch geschnitten. Ihr müßt mit ran. Ich hab keine Rezepte für euch, nur ein paar Regeln, aber die sind verläßlich, und nunmehr nähern wir uns der Regel Numero eins, zu welchem Zwecke ich Ihnen ein Gedicht vorlese. Da staunt ihr, was! Ja, staunt nur; nichts kann einem Lehrer mehr gefallen, als wenn seine Schüler staunen. Das Staunen ist ein Fundament, auf dem sich ganze Pyramiden von Wissen errichten lassen. Es folgt nun das Gedicht: ‚Wer baute das siebentorige Theben? / In den Büchern stehen die Namen von Königen. / Haben die Könige die Felsbrocken herbeigeschleppt? / Und das mehrmals zerstörte Babylon –/ Wer baute es so viele Male auf? In welchen Häusern / Des goldstrahlenden Lima wohnten die Bauleute? / Wohin gingen an dem Abend, wo die Chinesische Mauer fertig war / Die Maurer? . . .' "

Riebenlamm las langsam und sachlich und in einem so nachdenklichen Ton, als stellte nicht das Gedicht, sondern er selbst diese Fragen. Als er geendet hatte, sah er gespannt in die Klasse, und dann malte sich Befriedigung in seinem breiten Gesicht. „Hallo“, sagte er, „wir kommen voran. Ihr macht genau die Augen, die ihr machen sollt. Euch hat einer ein Licht aufgesteckt; der Dichter kommt eins rauf, mit Mappe. Wie heißt er übrigens, kennt ihn einer?“

Robert meldete sich und sagte, der Dichter heiße Brecht, und wenn es gestattet sei, so möchte er noch sagen, das Gedicht sei prima.

„Ist gestattet“, sagte Riebenlamm und fügte dann hinzu: „Aber vielleicht ist einer anderer Meinung als – wie heißt er – Iswall, Elektriker? Ist einer anderer Meinung?“

Er sah sich um und sagte, nach einem Blick in den Klassenspiegel: „Fräulein Rose Paal, Landarbeiterin, ich lese Ihnen den Widerspruch von den Augenbrauen ab. Rücken Sie raus damit; wir sind gespannt.“

Das Mädchen erhob sich und sagte nach einer langen Pause rasch: „Aber ob das ein Gedicht ist?“ Sie setzte sich erschrocken wieder und versteckte sich hinter ihrem Vordermann Quasi Riek.

„Fräulein Rose Paal“, sagte Riebenlamm feierlich und zückte ein Notizbuch, „bekommt die erste Eins in der Geschichte der Arbeiter-und-Bauern-Fakultät unserer ehrwürdigen Universität. Warum? Weil sie ‚aber‘ gesagt hat, ‚aber‘ gedacht und ‚aber‘ gesagt. Seht sie euch an und nehmt euch ein Beispiel. Hiermit wird eingetragen: ‚Fräulein Rose Paal, Landarbeiterin und Studentin, erhält eine Eins für vorbildliches Verhalten im Unterricht.‘ Was allerdings den sachlichen Gehalt Ihrer Frage angeht, so muß ich Sie mit einer Behauptung abspeisen: Ja, es ist ein Gedicht, auch wenn es sich nicht reimt. Warum, das wird Ihnen im Deutschunterricht beantwortet werden; wir müssen uns hier an die Geschichte halten, und die ist furchtbar lang, und klein ist nur die Stundenzahl. Los, Leute, zurück zu Bertolt Brechtens Frage und damit zur ersten Regel unserer neuen Geschichtsbetrachtung: ,Wer baute das siebentorige Theben?', das ist, was uns interessiert, das werden wir fortan immer fragen, und wenn wir die Antworten, die wir darauf bekommen, säuberlich auffädeln, werden wir eines Tages ahnen, was Geschichte ist."

Als es zur Pause geläutet hatte und Riebenlamm gegangen war, drehte sich Trullesand zu Jakob Filter um und sagte freundlich: „Na, Förster, wat liegt an, hast du noch Angst?"

Jakob hob die Augen von seinem Heft und antwortete vorsichtig: „Ich glaube, nein, nicht vor Geschichte. Aber jetzt kommt Mathematik ..."

Dr. Lazarus Schika, der Mathematiker, konnte einen träumen machen, das sah man gleich. Er trug einen knisternden weißen Kittel, und er begann in einer Pose, die, wie sich bald herausstellte, seine Lieblingspose war. Er baute sich sorgfältig in militärischer Grundstellung auf, Hacken aneinander, Füße im Winkel von fast neunzig Grad, Knie durchgedrückt, Bauch eingezogen, Brust heraus, dann faßte er den Zeigestock mit beiden Händen und legte ihn sich quer unter die Nase, und dann sprach er. Er sprach: „Erstens: Von allen Fächern, in die man Sie fortan Einblick nehmen lassen wird, ist Mathematik das wichtigste Fach. Zweitens: Was Sie vorerst lernen werden, ist keine Mathematik, es ist Rechnen. Und das ist mir lästig. Drittens: Ich honoriere Fleiß und Ausdauer, aber ich zähle nur Ergebnisse. Ist das klar?"

Einige brummten zustimmend, und Trullesand sagte vernehmlich: „Na klar doch!"

Dr. Schika winkte ihm mit dem Zeigestock und fragte mit

dicker Freundlichkeit: „So, ist es das? Erläutern Sie doch mal!“

Trullesand sagte bedächtig: „Angenommen, Sie haben ein Haus bei mir bestellt – ich bin Zimmermann. Jetzt schindere ich wie wild, und jedesmal, wenn Sie auf den Bau kommen, müssen Sie sich Gummistiefel anziehen, vonwegen dem Schweiß, den ich vergieße. Da haben wir Fleiß und Ausdauer. Aber nun das Ergebnis. Wenn Ihnen an dem Tag, wo Sie einziehen, die Bude auf den Kopf fällt, wird Ihnen das Ergebnis nicht gefallen, und Sie werden meinen Schweiß vergessen und zum Kadi laufen, stimmt's?“

„Einleuchtend vorgebracht“, sagte Schika.

Da sagte Robert: „Nur daß wir Ihnen kein Haus bauen, sondern von Ihnen gezeigt bekommen möchten, wie man es bis zur Mathematik bringt.“

Schika machte eine kleine Verbeugung vor ihm: „Erstens: Vor das Sprechen ist das Melden gesetzt. Zweitens: Ich bin kein Bauherr und Sie kein Gewerkschaftsorganisator. Ich kenne meine Rechte und Pflichten. Drittens: Die Diskussion ist beendet, die Arbeit beginnt. Nehmen Sie Bleistift und Papier und rechnen Sie mit . . .“

Robert haßte das Rechnen auf eine naive und unlogische Weise, die ihm selbst manchmal lächerlich und unwürdig vorkam. Im Lager hatte ihm einer, der die Welt mit Psychoanalyse zu kurieren entschlossen war, eingeredet, alle Eigenarten des Menschen, seine Makel wie seine Künste, hätten ihre Wurzeln im Kindheitserlebnis, und Robert hatte, stundenlang im heißen Sand des Appellplatzes liegend, seine frühe Jugend nach den Ursprüngen seiner Allergie durchforscht. Aber er stieß auf kein Ereignis, daß ihm nachhaltig genug erschien, um den Zahlenschreck zu erklären. Er entsann sich nur eines, in dem das Rechnen eine größere Rolle gespielt hatte, doch wenn die Theorie seines Gewährsmannes stimmte, so hätte es ihn eher zur Mathematik hinführen, denn von ihr abstoßen müssen.

Damals, in der zweiten Klasse war es wohl, hatte er einen

Feind gehabt – es gab diese Feinde immer, und Waldemar war nur ein besonders schlimmer gewesen –, und diesen Feind hatte Robert mit Rechenkünsten ausschalten können, auf Zeit wenigstens. Eines Tages hatte Waldemar angefangen, Robert regelmäßig nach Schulschluß zu verprügeln. Ein Grund war nicht ersichtlich, und deshalb wußte Robert auch nichts anderes zu tun, als, solange es ging, die Fäuste hochzuhalten und mit dem Blut die Tränen hinunterzuschlucken. Doch immer siegte Waldemar, und Waldemar wurde zum Alp in Roberts Träumen.

Da kam unverhoffte Hilfe. Sie kam von der Lehrerin, von Fräulein Bommeslein. Fräulein Bommeslein gab dreimal in der Woche in der letzten Stunde Rechnen, und an einem Mittwoch führte sie eine neue Methode ein. Eine Viertelstunde vor Schulschluß sagte sie, sie werde jetzt eine lange Rechenkette ansagen mit und und weniger und mal und durch, und jeder solle im Kopfe mitrechnen, und wer als erster die Lösung habe, der solle zu ihr herantreten, das Ergebnis flüstern, und habe er das rechte getroffen, so könne er gehen, geschwind und leise.

Robert hatte beim Rechnen nie Ehrgeiz gezeigt, er war immer in der Mitte mitgeschwommen, und er war auch diesmal nur halb bei der Sache, weil er schon an Waldemar und seine Schläge dachte, aber als er Elschen Piel am Ende einer langen Zahlenreihe ihren Ranzen nehmen und triumphierend davonhuschen sah, wachte er auf, und am Nachmittag dieses und des nächsten Tages mußten ihm seine Schwestern endlose Rechenaufgaben stellen, und er sagte die Ergebnisse mit einer Stimme, in der noch die Schläge brannten und schon die Hoffnung. Und am Freitag ging in Fräulein Bommesleins Rechnung auch die von Robert auf.

Waldemar schlug an den rechenfreien Tagen um so kräftiger zu, aber er übersah doch nicht, daß sein System durchlöchert war, und daher addierte und subtrahierte er künftig mit dem Eifer des Verfolgers wie Robert in der Angst des Gejagten multiplizierte und dividierte. Und auch die anderen in der Klasse rechneten mit neuem Schwung, denn zum Gewinn stand ein liebgewordenes Schauspiel, das man nicht entbehren mochte. Fräulein Bommeslein aber sprach ihren Kollegen begeistert von den Erfolgen ihres neuen Systems, und einmal hatte sie einen leisen, aber heftigen Disput mit dem Rektor, der in die Klasse hospitieren gekommen war, und dem, wie er sagte, es wider den pädagogischen Strich ging, daß man in der Schule zu besseren Ergebnissen kam, wenn man zum Lohne die Freiheit von der Schule versprach.

In Wahrheit, das merkte Robert rasch, war nichts gewonnen. Zwar tanzten Waldemars knochige Fäuste jetzt weniger oft auf seinen Rippen, aber die Anstrengung im Kopf, wenn Fräulein Bommeslein freundlich ihre Zahlenrätsel sprach und nicht ahnte, wie die wahre Lösung hieß, war kaum weniger schmerzhaft.

Robert wurde seiner Siege nicht froh, und er griff zu Mitteln, deren er sich noch nach dreißig Jahren schämen sollte. Er bestach den Feind Waldemar, er brachte ihm Opfer dar, er kaufte ihm seine Schläge ab, gegen Zinnsoldaten, Gummibälle und Limonaden. Und Waldemar erwies sich als der geborene Herrscher. Er nahm die Gaben, ohne etwas dafür zu versprechen. Aber er ließ seinem Sklaven doch die Hoffnung. Er schlug ihn nicht mehr regelmäßig, nur noch hin und wieder und unberechenbar, aus heiterem Himmel, aber auch aus einem, in dem noch der Rauch von Roberts Opfern hing. Er nahm, doch wahrte er den Schein seiner Unkäuflichkeit. Schließlich ließ er völlig von Roberts Körper ab, dagegen nicht von seiner Seele. Er folterte ihn mit der bloßen Drohung körperlicher Marter. Und wenn ihm vorher die öffentliche Tortur den nötigen Spaß bereitet hatte, so fand er ihn jetzt in der Heimlichkeit. Nach Tagen oder gar nach Wochen scheinbaren Friedens sagte er beiläufig und ohne Zeugen zu Robert, morgen, da sei es wohl wieder einmal an der Zeit. Dann kamen für Robert Stunden, in denen er seine armseligen Güter musterte und ihren

Wert mit des Feindes Augen prüfte. Der Feind war anspruchsvoll geworden mit seinen Erfolgen; ein Tennisball war ihm schon lange kein Grund mehr für Friedfertigkeit, und eine Napoleonschnitte machte ihn längst nicht mehr satt. Er hatte Robert so, wie es im Traumbuch der Herrscher steht: ganz unten und eben noch mit so viel Kraft, daß er den über sich unterhalten und nähren konnte.

Aber ganz unten – da sinnt man nicht nur auf Mittel, wie der Herrscher zu besänftigen sei, da träumt man auch am heftigsten von Freiheit, und schließlich, wenn das Träumen nicht verfängt, sucht man nach Wegen, sie zu erlangen.

Zuerst träumte Robert vom Sterben Waldemars, von Scharlach und von Diphtherie, und wenn Elschen Piel an ihrem Blinddarm gestorben war, warum sollte es da den Waldemar nicht auch einmal treffen? Aber die Hoffnung war schwach, und stark war die Gesundheit des Feindes Waldemar.

Dann träumte Robert von einem Lehrer, der alles entdeckte und Halt gebot, und Robert fragte sich, wie man dem Lehrer zu dieser Entdeckung verhelfen könnte. Er resignierte zwar, denn er wußte keinen Weg und auch keinen Lehrer, von dem solche Wunder kommen konnten, aber er hatte schon einen großen Schritt getan, als er auf eigenen Anteil sann.

Dann träumte Robert von verblüffenden Verteidigungsgriffen und von fürchterlichen Waffen, mit deren Hilfe er den Feind für immer zu Boden bringen könnte, aber wie oft auch immer er in seiner Phantasie den Waldemar in den Staub warf, die Härte der Fäuste des Feindes ließ sich durch Träume nicht erweichen. Am Ende entschied sich Robert doch stets für die Trennung von einer Mundharmonika oder einer Handvoll Pfennigen aus seines Großvaters Skatkasse.

Bis, nach langer Zeit eines nach Pulver riechenden Friedens, Waldemar vor Robert hintrat und ihn mit verschränkten Armen betrachtete wie die Hexe den Hänsel und dann ging, ohne ein Wort. Da wußte Robert, daß seine Stunde wieder einmal geschlagen hatte, zugleich aber wußte er auch, daß jetzt ein Ende sein mußte, so oder so.

Während Fräulein Bommeslein von der Schönheit der Heimat sprach und den Rhein pries, an dem sie geboren war, starrte Robert in den Nacken seines Feindes, einen festen braunen Nacken mit wirbligen Haaren, und er sah, wie Waldemar sich kleiner machte hinter seinem Vordermann, als Fräulein Bommeslein eine Frage stellte.

Als die Lehrerin die Klasse verlassen hatte, setzte das übliche Toben ein; es war alles wie sonst. Aber da ging Robert nach vorn und stellte sich neben die Bank, in der Waldemar saß, und er steckte die Hände in die Taschen und sah seinen Feind so lange an, bis der aufblickte und es still wurde in der Klasse. Dann sprach er: „Wir beide haben etwas abzumachen. Um zwei bist du im Sonnenweg an der Schaukelbirke. Ihr anderen bleibt beiseite; ich brauche Platz. Und daß du kommst!"

Robert ging in seine Bank zurück und tat, als hörte er das wilde Schnaufen Waldemars nicht und nicht den Streit der Parteien, die sich sogleich bildeten und deren eine forderte, der Waldemar solle doch dem Robert schon jetzt die Knochen brechen, während die andere darauf bestand, daß die Bedingungen des Herausforderers zu achten seien.

Ob Robert es so gewollt hatte oder nicht: Die Sache zwischen ihm und Waldemar war wieder öffentlich geworden, sie war aus der drosselnden Heimlichkeit heraus, und sie war anders öffentlich als vorher, und sie war trotz Roberts hundert Niederlagen in dieser Stunde unentschieden.

Auf dem Heimweg bestürmten ihn die anderen; sie wollten wissen, wie er es anzufangen gedenke gegen diesen Klotz, ob er einen Polizeigriff habe oder eine Fallgrube, oder was, Mensch, was konnte es nur sein?

Robert gab ihnen einsilbige Antworten, die alles offenließen; das war auch alles, was er geben konnte, denn er hatte keine Antwort, keinen Plan und keine Waffe; er hatte nur einen Schritt getan, einen kaum bedachten großen Schritt.

Und als ob es nicht hundertfach bewiesen worden wäre, daß gegen Waldemar nicht anzukommen war, er hatte keine Angst mehr. Er aß sein Mittag, und er machte seine Schulaufgaben, und dann ging er in den Sonnenweg.

Viele der Jungen waren schon da, und sie waren nur murrend bereit, im Zirkel von hundert Schritt der Kampfstätte fernzubleiben. Sie saßen an den Grabenrändern und in den Bäumen und sahen den Sonnenweg hinab, an dessen Ende sich Waldemar bald zeigen mußte.

Robert setzte sich in das Heidekraut unter der Schaukelbirke und lehnte seinen Rücken gegen den Stamm; er hielt die Augen geschlossen, und es sah aus, als schliefe er. Er lauschte den fernen Stimmen der anderen, und er fragte sich, was sie sich fragten: Was wird geschehen?

Er wußte, daß er Waldemar nicht besiegen konnte, aber er wußte auch, daß er seinem Feind diesmal mehr entgegenhalten würde als seine dünnen Arme und daß sein Gegner jetzt mehr niederzuwerfen hatte als einen schmächtigen Jungenkörper, und er wußte, daß Waldemar das zu tun nicht imstande war, Waldemar nicht und kein Waldemar.

Sie warteten eine Stunde, und an ihrem Ende war alles anders. Sie spielten Winnetou und Shatterhand und vergaßen Waldemar dabei. Aber Robert war Winnetou, und als Waldemar am nächsten Tage sagte, er habe nicht fort gedurft von zu Hause, glaubten sie ihm nicht; nur Robert glaubte ihm, und er sagte es auch, und er bot Waldemar die Hand, und von da an war er erst recht Winnetou, und Waldemar vergaß es nie wieder.

Der Sonnenweg war längst kein Jagdgrund mehr; über die Spuren der Indianer war Asphalt gegossen, und auf den Feuerstellen der Trapper standen kleine Häuser. Die Schaukelbirke war einer Telefonzelle gewichen, aber die Straße hieß immer noch Sonnenweg.

Sie lag im äußersten Nordwesten der Stadt, in einer Siedlung, die von den Fabrikvierteln ebensoweit entfernt war wie vom steilen nördlichen Ufer der Elbe – einen langen Fußmarsch weit. Aber wenn der Wind seewärts wehte, trieb er den Rauch der Schlote über die Gärten, und kam er von Süden, trug er das Brummen der Dampfer herauf, und wenn er von Westen kam mit Regen und Nebel, war schon das Meer darin.

Robert hing an dieser Stadt, auch wenn er wußte, was alles in ihren Mauern möglich gewesen und wieder möglich war. Er liebte sie, und es war eine unglückliche Liebe, verdeckt, gestört und unzulässig fast. Die Stadt lag unter dem Himmel seiner Jugend.

Von der Flut und ihren Folgen war hier nichts zu sehen, aber Robert fuhr doch zuerst hierher, wo seine Mutter wohnte. Als er in die Küche trat, sagte sie: „Ach, das ist aber fein!" und nahm den Topf, den sie eben auf das Gas gestellt hatte, wieder herunter und sagte: „Da müß ich ja noch ein paar Kartoffeln mehr schälen, oder soll ich dir erst ein Brot machen?" Sie freute sich über die Bilder von ihrem Enkel, den sie noch immer nur von Bildern kannte, und sie fragte nach Vera mit immer dem gleichen Mißtrauen, von dem sie nicht lassen wollte, weil Veras Eltern katholisch waren.

Sie schimpfte auf die Preise und auf Adenauer, der auch katholisch war, und auf die Leute, die hoch über ihr Grundstück eine Starkstromleitung zogen, und das konnte sich ja nicht anders als schlecht auf den Fernsehempfang auswirken. Roberts Anzug und seine Schuhe gefielen ihr, nur zu mager war er, aber das war er ja schon immer gewesen – wie sein Vater auch. Dann fragte sie, was sie immer fragte, wenn Robert kam: Ob er denn nun schon seinen Doktor gemacht habe, und sie war, wie immer, traurig, als er verneinte. Sie konnte nicht einsehen, daß einer, der sich so spät und so lange wie Robert geplagt hatte, sich mit einem Diplomexamen beschied, und sie grollte ihm, weil er ihr nicht zu dem Triumph verhalf, der in dem Satze steckte: Mein Sohn ist Doktor! „Du mußt dich schon mit der Schwiegertochter begnügen", sagte Robert, auch wie immer, „aber ich mache dir einen Vorschlag: An dem Tag, an dem du mir schreibst, daß einer der Jungens aus eurer Straße Student geworden ist, ohne daß sein Vater sich dafür weißbluten muß, an dem Tag überleg ich es mir noch einmal." Seine Mutter winkte ab, denn sie lebte schon zu lange in dieser Straße.

Robert aß zu Mittag mit seiner Mutter und ihrem mürrischen dritten Mann, der sicher ein guter Mensch war, aber krank und gräßlich mundfaul. Mehr als ein Urteil über die Unterschiede zwischen HB und Ernte 23 war ihm kaum zu entlocken.

Da war Roberts Schwager Hermann ein anderer Kerl, jedenfalls gegen Abend. Vormittags schlief er, und mit dem Alkohol in seinem Leib verbrannte ein weiteres Stück seines erschreckend findigen Geistes.

„Die Überschwemmung", sagte er, als er mit Robert im Hinterzimmer seiner Reeperbahnkneipe saß und sich mit ein paar Gläsern aufgemuntert hatte, „die war dir vielleicht eine Scheiße. Verzeihung, du bist ja ein Bildungsmensch! Aber eine Scheiße war sie doch: Drei Tage Landestrauer, nicht einen Pfennig Umsatz, aber die fixen Kosten laufen weiter. Da fragt keiner nach.

In der Zeitung waren Bilder, wie sie die Abgegluckerten beerdigt haben. Eine Menschenmenge! Die hätten sich bestimmt gern nachher ihren Kummer runtergespült, aber war ja Landestrauer! Und geregnet hat das bei der Beerdigung! Ich habe überhaupt die Beobachtung gemacht, daß es bei Beerdigungen immer regnet. Ich hab ja auch mal eine Grabrede gehalten, du, die war schön, die müßtest du mal aufschreiben. Das war, als unser Vorsitzender gestorben war, Brillanten-Cohrs, der war Vorsitzender von unserem Verein, vom Hamburger Gebrauchtwarenhändler-

Ring, das waren ja alles Hehler damals, mußte es ja geben, denn wo sollten die armen Deibel mit dem vielen geklauten Zeug hin, aber unser Verein war richtig eingetragen, und bei der Beerdigung von Brillanten-Cohrs waren alle da.

Ich war zweiter Vorsitzender, nachher bin ich erster geworden, und Cohrs seine Witwe fragte mich, ob ich nicht die Rede halten könnte, aber das war doch Ehrensache. So eine Rede machen ist nicht leicht, vor allem, weil dir ja dann alle zuhören, und wie leicht sagt man was Falsches.

Den Tag regnet es wie verrückt, aber den schwarzen Anzug hatten doch alle an, nur die Bullen fielen auf und kamen an wie die Pennbrüder. Wir kannten sie ja sowieso alle, und wer nicht da sein durfte, war auch nicht da, denn selbst die Pietät hat Grenzen.

Uhren-Timm hat mir den Schirm gehalten; du kannst ja nicht richtig reden mit einem Schirm in der Hand, und ich habe ganz feierlich gesagt: ‚Hier liegst du nun, Brillanten-Cohrs, und läßt uns allein im Kampf ums nackte Leben...'

Hier hab ich eine Pause gemacht, und man konnte nur den Regen hören, und vor mir zuckte der Schirmrand so komisch, und wie ich mich halb nach Uhren-Timm umsehe, merke ich, daß der einen Weinkrampf hat. Ich war aber auch gut! Ich sagte nach der langen Pause: ‚Der Tod läßt keinen von uns aus, aber dich, Brillanten-Cohrs, dich hätte er auslassen müssen, wenn Gerechtigkeit wäre in der Welt.' Wieder eine lange Pause, und ich mußte nun doch selber den Schirm nehmen, weil Uhren-Timm ihn ganz woanders hinhielt als über meinen Kopf und meinen schwarzen Anzug.

Ich schwöre dir, der Inspektor Kluckhohn von der Davidswache holte sein Taschentuch raus, als ich sagte, warte mal, ja, so: ‚Wenn zwischen Millerntor und Nobistor ein reines Herz geschlagen hat, dann war es deins, Brillanten-Cohrs, und wir, die wir hier im Regen stehen vor diesem finsteren Geviert, in das man dich soeben vor unseren verschleierten Augen gesenkt hat, wir wollen nicht glauben, daß es nun anders sein soll. Das ist einfach nicht gerecht!'

Oh, haben die alle geweint, und dabei hatte ich das mit dem Regen erst in dem Augenblick dazugemacht, und jetzt zitterte ich selbst ein bißchen mit dem Schirm. Ja, reden konnte ich schon immer gut, und manchmal denke ich: Schade, daß du das nicht alles aufgeschrieben hast, das könnte glatt ein Bestseller geworden sein.

Jetzt bin ich ja schon nicht mehr so auf der Höhe, aber als jungen Kerl hättest du mich erleben sollen! Vierundsiebzig Pfennig hatte ich, als ich nach Hamburg kam; das war neunzehn, kurz nach dem ersten Krieg, und ich wohnte in der Herberge zur Heimat. Am Heiligabend wollte sich einer von den Tippelkunden einen genehmigen, und für meine vierundsiebzig Pfennig hat er mir ein neues Hemd gegeben, nur einmal getragen. Das war am Vormittag, und jetzt paß auf: Ich bin nach St. Georg gegangen in einen Hinterhof und hab bei einer alten Frau geklingelt. Ich sag zu ihr: ‚Liebe Frau, eventuell kann ich eine Stellung kriegen, aber sauber muß ich sein, und könnten Sie mir nicht mein einziges Hemd herrichten?‘ Hat sie gemacht, gewaschen, gebügelt, und ich kriegte noch einen Teller Suppe; die wußte ja, was eine Stellung bedeutet, aus Solidarität sagte sie, macht sie das. Das Hemd war nun wieder wie neu, und ich hab drei Mark sechzig dafür gekriegt.

Für drei Mark hab ich Neujahrskarten gekauft, die bekam ich für zwei Pfennige das Stück. Sechzig Pfennig behielt ich als Rücklage. Und am Nachmittag, als sie überall beim Tannenbaumschmücken waren, ging ich los. Auf ein Kuvert hatte ich geschrieben: ‚Arbeitsloser bittet um Unterstützung durch gefl. Ankauf einer der beiliegenden Karten. Bei Nichtgefallen bitte auf demselben Wege zurück.‘ Das Kuvert steckte ich durch den Briefschlitz, und dann klingelte ich. Junge, hat das geflutscht! Neujahrskarten braucht man Weihnachten immer, und freundlich ist man auch meistens um diese Zeit. Einen Preis hatte ich nicht festgesetzt, und manche gaben sogar einen Groschen für die Karte. Aber gegen Abend mußte ich überall reinkommen und einen

Pfannkuchen mitessen. Ich hab bald gesagt, daß ich Bauchschmerzen hätte und hab die Kuchen in die Tasche mit den Karten gesteckt. Die war rasch voll, und ich mußte ein paar Mal in der Herberge abladen, und einen von den Kunden hab ich mitgenommen, der stand vor der Haustür mit zwei großen Taschen, und vor Ladenschluß hab ich Nachschub an Karten gekauft, denn das glaubst du doch wohl, daß ich die beiden Feiertage auch losgegangen bin, war ja Saison. Und abends hat die Herberge meine ganzen Kuchen gefressen, Junge, haben die gelebt! Ich ließ sie ein paar Tische zusammenstellen, und dann habe ich das ganze Zeug aufgebaut und pfennigweise verschleudert. Du, das brachte auch ein paar Mark.

Im ganzen kam ich bei diesem Weihnachtsfest auf einunddreißig Mark und sechsundvierzig Pfennige, und wenn du bedenkst, daß ich mit vierundsiebzig Penns angefangen hatte, dann kannst du dir denken, was ich für ein Junge war. Und dann noch die Kaufkraft von damals!"

Robert kannte die meisten Geschichten Hermanns schon, aber er hörte sie immer wieder mit tiefem Interesse. Es waren Räubergeschichten, sentimental versetzt und durchwirkt von Sonntagsschulerinnerungen und Börsenbewegungen; es waren perverse Variationen auf die Sage vom Schuhputzer, der es zum Millionär gebracht.

Hermann Grieper war kein Millionär, aber viel fehlte ihm dazu nicht. Sein Lokal war nicht groß, aber es war günstig gelegen, genau in der Mitte der Reeperbahn, und wenn man vom Hafen kam, lief man fast unvermeidlich in seine offenen Türen. Während eines Tages und einer Nacht hatte Hermann so viele Kunden wie ein mittlerer Bahnhof Reisende. Er verkaufte nur Wurst, Kartoffelpuffer und Getränke, doch allein der Umsatz an Wurst überschritt im Jahr die Halbmillionengrenze. Die Bude hieß „Zur scharfen Ecke", aber das Schärfste darin, Mostrich, Rum und kauende Knastbrüder einbegriffen, war immer noch Hermann.

Er prahlte nicht, wenn er zu Robert sagte: „Du bist schön blöd, wenn du nicht hierbleibst und meine Memoiren schreibst, du könntest dich dumm und dämlich daran verdienen, denn ich garantiere dir: Dreißig Jahre nur Kriminelles und keinen Tag Zet!“

Das war ein seltsamer Vorgang; Robert hatte ihn schon oft mit Staunen beobachtet und ihn nie völlig begriffen. Die Menschen konnten es so weit gebracht haben wie immer nur denkbar, sie konnten Minister sein oder Marschälle oder Bankiers oder Gangster auf dem Altenteil, eines Tages überfiel sie ein wildes Gelüst, herauszurücken mit ihren Triumphen, und zu allem, was sie auf die hohe Kante gebracht hatten, noch ein Stück von allerhöchstem Wert zu legen: ein Buch aus eigener Hand. Und wenn Hermann Grieper seinem Schwager die Saga seiner dreißig Gaunerjahre vortrug, so tat er es nicht nur, um seinen Stoff anzupreisen, er tat es auch, um wenigstens auf diese Weise loszuwerden, was ihn drängte. Wenn das Buch schon nicht geschrieben werden würde, so sollte es doch zumindest erzählt worden sein.

Es war keine besonnte Vergangenheit, auf die Hermann Grieper zurückblickte, und er tat es auch ohne Humor. Er breitete die Erinnerungen einer fett und lahm gewordenen Kanalratte vor Robert aus, und komisch waren sie allenfalls, wenn man die Umstände einbezog, unter denen sie erzählt wurden.

Hermann lag auf dem Sofa, und jedesmal, wenn er die Gläser nachfüllte, warf er einen Blick durch das mit einer Gardine verhängte Guckfenster in die Kneipe und zählte die Gäste an Theke und Pufferstand. „Der Lauf ist gut“, sagte er dann meistens zufrieden, und in größeren Abständen klopfte er an die Scheibe, um seine Frau an das „Kämmen“ zu erinnern. Seine Frau Lida, Roberts Schwester, kam dann herein und brachte, was sie aus den Kassen herausgekämmt hatte: die großen Scheine, die Hermann glättete und in die Brieftasche unter seinem Kopfkissen schob. Er gab Lida dabei Anweisung, den Mädchen zu sagen, wieviel Senf auf die Teller getan werden durfte und darauf zu achten, daß die grünen Würste vom Vortage an den richtigen Mann gebracht wurden. Lida nahm seine Befehle kühl entgegen; sie saß schon lange genug im Räubersattel, und ihr Mann war dem Tod fünfundzwanzig Jahre näher als sie. Sie zwinkerte Robert nur zu, und auch Hermann zwinkerte ihm zu, wenn Lida gegangen war, und pries ihm die Tüchtigkeit seiner Schwester.

„Und arbeiten kann die!" sagte er. „Die ist ein richtiges Goldstück. Ich hab ja auch mal gearbeitet, Junge, hab ich mal gearbeitet, einen ganzen Tag lang. Mir hatte einer eingeredet, damit könnte man Geld verdienen, und ich hab das geglaubt. Das war unten im Hafen in einem Getreidespeicher. Die hatten da so eine Saugleitung, mit der sie das Korn aus den Lastkähnen rauslutschten. Auf dem Speicherboden machte das Saugrohr einen Knick, und an der Stelle war eine Klappe, weil es sich da manchmal verstopfte. An diese Klappe haben sie mich gesetzt; ich mußte in das Loch, wo das Korn so um die Ecke flitzte, reingucken und hin und wieder mit einem Knüppel darin herumrühren, wenn es nicht so flutschte. Es sieht ja schön aus, dieser Strom der goldenen Ährenfrüchte, Millionen, Milliarden von den kleinen Dingern, aber es gefiel mir nicht, daß sie immer an mir vorbeiwanderten, um so schneller und sicherer, je öfter ich mit meinem Knüppel darin rumrührte. So kommst du zu nichts, sagte ich mir und wurde Geschäftsmann.

Zuerst handelte ich mit goldenen Uhren. Du, die sahen wirklich wie goldene aus, wenn ich sie vom Hersteller holte. Man durfte nur keine Luft rankommen lassen; sie waren feuervergoldet, so hieß das, und es hielt nur vierundzwanzig Stunden. Ich kaufte immer drei Stück, kosteten im Einkauf acht Mark achtzig. Zwei hatte ich in Schachteln, schön in Watte wegen der Luft, und eine in der Uhrentasche. Damit lief ich am Sonntagvormittag hier rum, wenn die Freier vom Fischmarkt kamen. Freier, weißt du doch, das waren welche vom Lande oder überhaupt von außerhalb, die auch mal was erleben wollten. Abends waren sie meistens vorsichtig, aber vormittags konnte ihnen ja nichts passieren.

Mein erster war ein Fleischersohn aus Bremervörde. Ich hatte ihn erst mal beobachtet, und dann ging ich ran an ihn: Hut runter und ganz aufgeregt. ‚Verzeihung', sagte ich, ‚ich bin hier fremd; wissen Sie nicht vielleicht, wo eine Pfandleihe ist?' – ‚Nee', sagte er, ‚ich bin hier auch nicht zu Hause, aber sind denn die Pfandleihen überhaupt am Sonntag auf?' Jetzt erbleichte ich; ich muß ganz grün im Gesicht gewesen sein, denn er sagte: ‚Was ist Ihnen denn, ist Ihnen schlecht, und was wollen Sie denn überhaupt auf der Pfandleihe?'

Ich erzählte ihm, daß ich Schulden gemacht hätte, und daß mein Gläubiger die Sache meinem Vater erzählen wollte, wenn ich nicht bis Mittag bezahlt hätte, und da wollte ich meine Uhr versetzen. Der Freier sah nun ganz schlau aus und sagte, er versteht mich gut, er hat auch so einen strengen Vater, der ist Schlachtermeister in Bremervörde, aber vielleicht könnte er mir helfen, ich sollte ihm die Uhr doch mal zeigen.

Ich die Uhr aus der Westentasche und erst mal hingeschielt, ob sie noch golden war, aber er sah, daß sie golden war, und er machte ein Gesicht, wie im Film, wenn sie Poker spielen. ‚Soll sie denn kosten?' sagt er, aber ich wehre ab: ‚Ich will sie doch nicht verkaufen! Ist doch ein Konfirmationsgeschenk von meinem Vater, da fragt er doch alle Augenblicke nach, weil sie so wertvoll ist. Deshalb will ich ja zur Pfandleihe; da kann ich sie wieder abholen, sowie ich bei Kasse bin.'

Du, der doofe August hat mir dreißig Mark auf die Uhr geliehen, und seine Adresse hat er mir gegeben, damit ich sie mir abholen könnte gegen fünfunddreißig Mark, wenn ich die hätte. Emil Schulz, hat er gesagt, heißt er, und in Bremervörde brauchte ich nur nach ihm zu fragen, jedes

Kind kennt ihn da. Ach wo, hat er gesagt, ich brauche mich doch nicht bei ihm zu bedanken, er hilft doch gern, und dann ist er losgegangen, zuerst ganz gemütlich und dann immer schneller, und wenn er sich beeilt hat, war die Uhr noch golden, als er in seinen Fleischerladen kam."

Lida war hereingekommen, hatte einen Blick auf den gesunkenen Flaschenpegel geworfen und still gewartet, bis Hermann bei seiner ausgepichten Pointe war. „Hör ihm lieber nicht zu", sagte sie, „er sagt die Wahrheit. Bei der zweiten Flasche sagt er immer die Wahrheit. – Warst du mal wieder in Paren?"

Sie fragte jedesmal nach Paren, aber Robert wußte, daß sie eigentlich nach etwas anderem fragte. Sie war nach Paren gekommen wie er: im Krieg vor den Bomben her, und sie war am selben Tag wie Robert von Paren wieder fortgegangen, aber aus anderen Gründen und in die entgegengesetzte Richtung. Für Robert hätte das beinahe den Abschied von der Fakultät bedeutet, und wenn Riebenlamm und Trullesand nicht gewesen wären, wer weiß, wohin das geführt hätte.

Zwei Tage nach Semesterbeginn war Robert in die Direktion gerufen worden. Der Alte Fritz saß hoch aufgerichtet hinter seinem Schreibtisch, und Angelhoff, der Lateiner und Parteisekretär, stand am Fenster. Sie forderten ihn nicht zum Sitzen auf und beantworteten auch seinen Gruß nicht.

Völschow, der Direktor, betrachtete einen Zettel, und dann sagte er: „Wir haben hier einen Bericht."

Robert sah nach dem Zettel, aber Völschow schob ihn unter die Schreibtischauflage. Dann machte er eine einladende Handbewegung: „Deine Stellungnahme, und schnell, bitte!"

Robert sah hilflos zu Angelhoff, aber der hatte die Sonne im Rücken und rührte sich nicht. Robert überdachte die schwarzen Flecken in seinem Register, aber er fand keinen, den er nicht in seinem Fragebogen oder im Lebenslauf erwähnt hatte. Oder sollte sich die Parteischule gemeldet haben, in der er einmal ein Mädchen geküßt hatte, wofür er einen Verweis erhielt, weil es im Ökonomieseminar war? Oder war es der Streit mit dem Mann seiner Mutter, dem verdienten Antifaschisten? Oder war es Inga, die Predigertochter? Oder hatte er hier etwas falsch gemacht, bei Schika vielleicht?

Er sagte: „Ich müßte erst einmal wissen, worum es geht."

„Demnach", sagte Angelhoff aus der Sonne heraus, „könnte es also um mehreres gehen."

Robert schwieg, bis Völschow fragte: „Wie lange kennst du deine Schwester?"

„Was? – Welche denn?"

Angelhoff sagte: „Diejenige, um die es geht."

Robert drehte sich zu ihm herum, und während er sprach, merkte er, wie er langsam die Beherrschung verlor: „Ich weiß nicht, um welche es geht und um was es geht. Ich habe zwei Schwestern. Die eine heißt Lida und ist ein Jahr jünger als ich, und die andere heißt Gertrud, und die ist ein Jahr älter. Wenn man als Neugeborener schon jemanden kennen kann, dann kenne ich Gertrud seit dreiundzwanzig Jahren und Lida seit zweiundzwanzig Jahren; sie ist nämlich erst zweiundzwanzig."

Der Alte Fritz schlug auf den Zettel, den er wieder hervorgeholt hatte und donnerte: „Da ist überhaupt kein Grund zum Sarkasmus! Also, um welche der beiden, meinst du, geht es?"

Ehe Robert antworten konnte, sagte Angelhoff: „Er hat sich doch schon verraten. Er hat diese Lida zuerst genannt, obwohl sie seine jüngere Schwester ist. Los, Iswall, welche Rolle spielst du in der Sache?"

„Ich möchte die Genossen Riebenlamm und Trullesand hier haben", sagte Robert, „Genosse Riebenlamm ist mein Arbeitsgruppenleiter, und Trullesand ist mein Freund. Ohne die sage ich gar nichts mehr."

„Interessant, interessant", sagte Angelhoff, aber Völschow öffnete die Tür zum Nebenzimmer und gab der Sekretärin eine Anweisung.

Bis die beiden kamen, fiel im Direktorzimmer kein Wort; Angelhoff pfiff leise vor sich hin.

„Worum geht's denn?" fragte Riebenlamm, und Völschow hob seinen Zettel: „Seine Schwester ist nach dem Westen verschwunden, und Iswall will sich nicht dazu äußern."

Robert achtete nicht auf die Gemeinheit; er dachte nur: Lida, um Gottes willen, was machst du denn? Was soll denn das, was ist denn?

„Wann?" fragte er.

„Am selben Tag wie du", sagte Völschow, „ein paar Stunden nach dir. Du willst uns doch nicht einreden, daß das Zufall ist."

Trullesand fragte: „Wußtest du davon?"

„Mann!" sagte Robert.

Angelhoff löste sich von seinem Fensterplatz und ging im Zimmer auf und ab. „Welch ein Zufall!" sagte er dabei. „Der Zufall ist der Schnittpunkt zweier Notwendigkeiten. Es fällt kein Ziegel vom Dach, ohne daß er sich vorher gelöst hätte, und ohne daß der Wind wehte, fällt er nicht. Aus welcher Richtung weht der Wind bei euch, Iswall, bei dir und deiner Schwester?"

„Auf Ehre und Gewissen", sagte Robert, „ich hab davon nichts gewußt."

Angelhoff fiel ihm ins Wort: „Gewissen – das stammt aus einer anderen Oper!"

„Hm", machte Riebenlamm, „Iswall, du bist doch alt genug, um zu wissen, daß so was nicht aus heitrem Himmel kommt. Was war denn los mit ihr?"

„Los war mit ihr eine ganze Menge", sagte Robert, „sie hatte Liebeskummer. – Du brauchst gar nicht zu lachen, Genosse Angelhoff, das gibt es wirklich. Und vielleicht lachst du nicht mehr, wenn ich dir sage, warum sie Liebeskummer hatte. Da war nämlich ein sowjetischer Kapitän, ein Arzt aus der Garnison bei uns."

„Ein Russen...", sagte Angelhoff, dann verstummte er, und Robert fuhr fort: „Ein Russenliebchen, ganz recht, so sagen die Leute bei uns, der Bäckermeister nebenan und die Kriegerwitwe unter uns. Aber ich will zugeben, daß ich auch erst schlucken mußte, als ich es erfuhr. Nachher hab ich mich mit Sascha gut vertragen, und er tat mir schrecklich leid und meine Schwester auch. Zuletzt haben sie nur noch Wodka getrunken und herzzerreißend geheult, alle beide. Die Sache war bei der Kommandantur aufgekommen, und sie wußten ja, was das bedeutete. Ich schlief im Zimmer über ihnen, und jeden Abend hörte ich sie schluchzen, bis ich dann eines Tages nur Lida weinen hörte: Sascha war nicht gekommen, und er kam auch später nicht mehr. Und seitdem wurden die Leute deutlicher und sagten manchmal auch laut, was sie bis dahin nur geflüstert hatten: Russenliebchen. – Aber wenn sie nach dem Westen gegangen ist, dann soll sie der Teufel holen."

Ach, der Teufel hatte sie nicht geholt. Sie war Hermann Griepers Frau geworden. Vorher hatte sie alles mögliche versucht, als Schießbudenmädchen und als Serviererin, und beinahe hätte ein Goldschmied von der Insel Sylt sie geheiratet, aber daraus wurde nichts, weil des Goldschmieds Mutter sich an ihrer Geschichte stieß.

Sie schrieb nicht, und Robert schrieb ihr nicht, aber einmal hatte er sie bei einer Familienfeier in Hamburg getroffen, und seitdem besuchte er sie, und sie fragte ihn jedesmal mit einem Schimmer unsinniger Hoffnung in der Stimme: „Warst du mal wieder in Paren?"

Aber Robert war schon lange nicht mehr in Paren gewesen. Es gab dort auch kaum noch jemanden, den er näher kannte. Zuerst war Lida fortgegangen und dann seine Mutter. Und Inga war auch nicht mehr in Paren. Inga hatte gewußt, wie alles kommen würde. Als Robert abgefahren war, um ein Student zu werden, hatte sie ihn zum Bahnhof gebracht und ihn immerfort angesehen und in seinem Gesicht etwas gesucht. „Ist etwas?“ hatte er gefragt und sich dabei über die Stirn gewischt. Aber sie sah ihn nur weiter so an, und erst als der Zug schon anfuhr, sagte sie: „Was soll schon sein?“

Sie stand mit hängenden Armen neben dem rollenden Zug, und sie weinte, und Robert begriff nicht, warum.

Wegen der lumpigen dreihundert Kilometer braucht sie doch nicht zu heulen, dachte er hilflos, und sonntags komme ich nach Hause, das weiß sie doch!

Zuerst war er auch wirklich fast jedes Wochenende nach Paren gefahren, aber es war doch eine lange und teure Reise, und für Paren blieb immer nur ein kurzer Tag, und wenn es mit dem Anschluß nicht klappte, dann war es nur ein halber Tag. Beim ersten Mal wollte Angelhoff ihn nicht fortlassen. „Wir haben eine Kundgebung“, sagte er, „und du willst dich drücken? So mach nur weiter! Du bist dir wohl nicht im klaren über die historische Bedeutung dieses Tages: Wir feiern die Geburt der Deutschen Demokratischen Republik! Das ist historisch so einschneidend wie die Kanonade von Valmy, und du kommst mit Familiengeschichten.“

„Diese Kanonade kenne ich nicht, aber die Zeitung lese ich auch, und man müßte wohl behämmert sein, wenn man den Beschluß nicht begreift.“

„Begriffe“, sagte Angelhoff.

„Ich will sehen, was mit meiner Schwester ist“, sagte Robert, „sie war immer ein netter Kerl, und sie war schlimm dran, das kannst du mir glauben.“

Angelhoff sagte, er erwarte am Montag einen detaillierten Bericht, und Robert konnte gehen.

Aber in Paren wußten alle nur, daß Lida verschwunden war und in ihrem Zimmer einen Zettel zurückgelassen hatte, auf dem stand, sie sei nach Hamburg gegangen und werde nicht wiederkommen.

Mehr wußte auch Roberts Mutter nicht, und Nußbank, ihr Mann, war ehrlich gekränkt. Habe er nicht immer bewiesen, fragte er, daß er für die Familie alles zu tun bereit gewesen sei und auch für die Kinder; habe er sich etwa nicht als richtiger Vater gezeigt, habe er sich vielleicht jemals vor irgendwelchen Verpflichtungen gedrückt und den Stiefvater hervorgekehrt? Aber dieses Mädchen sei von Anfang an störrisch gewesen und habe kein Ohr gehabt für seine Mahnungen, politisch zu denken und das Fraternisieren sein zu lassen. Und dann diese Unlogik: Weil das Mädchen nicht mit ihrem Sascha nach Osten kann, läuft es nach Westen, den Verbrechern in die Arme. Noch dazu jetzt, wo die Republik gegründet ist! Das muß doch politisch aufgefaßt werden, und das wird einigen Leuten Wasser auf die Mühlen leiten, die nur darauf warten, dem Genossen Nußbank ein Bein zu stellen. „Erwartet nicht, daß ich mich da weiter engagiere; ich habe es schon schwer genug, und außerdem werde ich jetzt Tag für Tag auf den Dörfern sein, um den Bauern die Bedeutung der Stunde einzublasen. Und nun muß ich los, den Klampfenchor für die Kundgebung heute nachmittag auf Trab bringen. – Lieschen, hast du meine Schuhe geputzt?“

Roberts Mutter brachte ihrem Mann die Schuhe, und sie sagte: „Du sollst dich nicht so abhetzen, Ernst, der Klampfenchor ist doch gut, aber das mit Hamburg ist bestimmt nicht politisch. Wenn man darüber nachdenkt, kann man es sogar erklären, warum Lida ausgerechnet da hingelaufen ist. Es ist nicht nur wegen der Verwandtschaft dort. Es ist, weil sie da keine Russen trifft.“

Ernst Nußbank ließ seinen Schnürsenkel fahren und sah sie entgeistert an.

„Guck nicht so“, sagte seine Frau, „es ist doch ganz erklärlich: Wenn ich in den letzten Wochen mit ihr durch die Stadt gegangen bin und irgendwo tauchte eine russische Uniform auf, dann wurden ihre Schritte länger und ihr Hals auch, und wenn sie nahe genug ran war, dann sackte sie richtig zusammen: kein Sascha. Das hält man doch nicht lange aus, und in Hamburg gibt es keine Russen.“

„Leider“, sagte Nußbank.

„Schön, leider“, sagte seine Frau, „aber es ist so, und darum ist das mit Lida nicht politisch.“

Nußbank versuchte, ihr zu erklären, daß alles politisch sei, aber als Robert ihn an den Klampfenchor erinnerte, hatte er keine Zeit mehr.

Nachdem er gegangen war, sagte Roberts Mutter: „Jetzt hab ich dich noch gar nicht gefragt, wie dir das Studium gefällt. Strengt es auch nicht zu sehr an? Kriegt ihr ordentliches Essen? Ich habe dir noch Bettzeug zurechtgelegt, das nimmst du mit. Habt ihr nette Lehrer? Haben sie schon gemerkt, wie gut deine Aufsätze sind? Wenn dein Vater das noch erlebt hätte, daß sein Junge studiert, ich glaube, er hätte vor Freude geheult. Ach, dein Vater...“

Jetzt weinte sie, und Robert hatte Mühe, sie zu beruhigen, und dann lieh er sich das Rad von ihr und fuhr nach Bardekow zu Inga.

Unter dem offenen Fenster der Bodenkammer, in der Ingas Mutter wohnte, pfiff er und wartete.

Inga kam aus dem Haus und ging durch das Dorf bis zum Ellernteich.

Robert hatte zuerst versucht, ihr die Heimlichtuerei auszureden, aber er hatte nichts damit erreicht.

Sie hatte ein schwarzes Kostüm an, und Robert fragte: „Willst du in die Kirche?“

„Ich war schon.“

„Krieg ich trotzdem einen Kuß?“

„Versuch's mal.“

„Hm, du schmeckst gut. Du müßtest öfter in die Kirche gehen.“

„Der Pastor hat gesagt, ihr wollt Deutschland auslöschen.“

Robert breitete seine Uniformjacke über einen Baumstumpf und setzte sich. „Komm her“, sagte er, „und sag mir: Glaubst du das? Glaubst du, daß ich Deutschland auslöschen will?“

Sie setzte sich neben ihn und sagte: „Du nicht", aber sie sah ihn nicht an dabei.

Robert drehte sie zu sich herum: „Nun nicht drücken. Eben hast du ‚ihr' gesagt, und jetzt willst du mich ausnehmen. Das mußt du doch wissen, daß du mich nicht ausnehmen kannst. Ich gehöre dazu, und ‚ihr' ist schon richtig, aber ‚Deutschland auslöschen', das ist Quatsch. Euer Pastor ist entweder blöde oder gefährlich."

„Jetzt sagst du auch ‚ihr'", sagte Inga, „ich sage ‚ihr', und du sagst ‚ihr', und für ‚du' und ‚du' scheint kein Platz zu sein. Was soll das werden?"

„Setz dich näher."

Aber als Inga sich nicht rührte, sagte Robert: „Wenn der Pastor großzügig mit der biblischen Geschichte umspringt, dann nehme ich ihm das nicht übel, er war ja nicht dabei, aber hier war er doch dabei, hier hat er mit beiden Augen zusehen können, und wenn er jetzt so etwas sagt, dann heuchelt er einfach, siehst du das nicht?"

Inga sagte: „Laß uns nicht mehr davon reden."

Sie gingen zur Chaussee zurück, und bald alberten sie herum, und als Inga eine vergessene Kartoffel aufgelesen hatte, versuchten sie, mehr davon zu finden, und sie erzählten dabei Geschichten von Feuern, die sie als Kinder angezündet hatten auf den Äckern vor Königsberg und in einem Garten bei Hamburg, und sie flunkerten von der Größe der Kartoffeln und ihrem Marzipangeschmack, „aber, ätsch, bei uns gab es solche, die schmeckten nach Kakao, und statt mit grünen Bohnen konnte man sie auch mit Vanillesoße essen"; doch das war noch gar nichts, denn bei dem anderen hatte es welche gegeben, wenn man die einer Glucke zum Brüten unterlegte, dann kamen am Ende Kücken heraus – es dauerte etwas länger als bei Eiern, weil es ja Kartoffeln waren, und die Kücken waren Perlhuhnkücken –, nur auf dem Acker vor Ingas Dorf fanden sie nichts mehr, und anders wäre es auch ein Wunder gewesen.

Robert zog sein Rad aus dem Gebüsch am Ellernteich,

und er saß schon im Sattel, als Inga sagte: „Es sind Fragebogen ausgegeben worden für das Abitur im nächsten Jahr. Da wird gefragt, ob wir Verwandte im Ausland haben. Muß ich da jetzt reinschreiben: Ja, einen Bruder in Göttingen und in Bayern zwei Tanten? Seit dem siebenten Oktober neunzehnhundertneunundvierzig, ja?"

Robert lehnte das Rad an eine Pappel und sagte: „Was für ein Unsinn, das ist doch nur ein Übergang..."

„Von wo nach wo? Von Deutschland nach Rußland und Amerika?"

„Nein, von... ach... Verflucht noch mal, du siehst das alles mit ich weiß nicht wessen Augen. Nimm doch mal deine Augen, was hast du denn in deinen zwanzig Jahren von diesem Deutschland gesehen, um das du jetzt so jammerst? Hast du viel was anderes gesehen als Kanonen und Hakenkreuze und Wehrmachtsberichte und Städte, in denen die Dächer brannten, aber keine Lichter? Ich nicht, aber ich will was anderes davon sehen. Ich bin durch Polen gezogen und durch ein Stück von Rußland, und statt Landschaften habe ich Schlachtfelder gesehen, statt zu wandern, bin ich marschiert, und am Stahlhelmrand war der Himmel zu Ende. Das war vielleicht eine Empfehlung, wenn du da hinkamst, und du warst Deutscher. Ich will aber, daß es eine Empfehlung wird; ich will nicht mehr, daß die Menschen in die Erde kriechen, weil ich komme, und ich will auch selbst nicht mehr in die Erde hinein müssen, nicht als Soldat und nicht als Gefangener und nicht in einem anderen Land und nicht zu Hause. Warum siehst du nicht, daß es jetzt anders sein kann? Wir heißen nicht mehr Deutsches Reich und nicht Großdeutsches Reich, wir heißen jetzt Deutsche Demokratische Republik, und vielleicht spürst du den Unterschied nicht so sehr, du bist vorige Woche aus einem elenden Dorf zur Schule in die Stadt gefahren, und morgen wirst du wieder aus diesem elenden Dorf zur Schule in die Stadt fahren, aber ich, ich habe gestern, als es hieß, wir sind jetzt eine Republik, eine deutsche und eine demokratische, an diesem Tag habe ich in einem Haus gewohnt, gerade seit vier Tagen, und das Haus hieß Wohnheim der Arbeiter-und-Bauern-Fakultät, und das ist ein Name, der sich genauso selbst zu beißen scheint wie Deutsche Demokratische Republik, aber das wird sich fortan nicht mehr beißen, das stimmt von nun an, das geht jetzt, du, und dir kann ich es ja sagen: Ich könnte vor Stolz darüber platzen."

„Das sehe ich", sagte Inga, „gleich ist es soweit. Aber deswegen mußt du mir ja nicht lange Reden halten. Ich bin erschrocken, und du hältst mir eine Rede. Aber was sage ich – eine Predigt hast du gehalten, darauf verstehe ich mich. Und so etwas nennt sich ungläubig. Hat kaum noch Zeit, weil sein Zug gleich fährt, ein Zug nicht mehr der Deutschen Reichsbahn, sondern der Deutschen Demokratischen Republiksbahn, und stellt sich unter eine feuchte Pappel am Ellernteich und hält eine Predigt, daß man kein Sünder mehr sein möchte, sondern ein Engel seinetwegen, ein Deutscher Demokratischer Engel. Setz dich auf dein Fahrrad, du Prediger, dein Himmel wartet – und meine Mutter auch."

Sie winkte ihm nach, und ihm war viel leichter, als er diesmal von Paren losfuhr. Der Bericht an Angelhoff würde mager ausfallen, aber mehr war über Lida eben nicht herauszukriegen gewesen. Nun ärgerte sich Robert doch, daß er an der Kundgebung zur Gründung der Republik nicht hatte teilnehmen können, und es ärgerte ihn auch, daß er nicht gewußt hatte, was das für eine Kanonade von Valmy war. Zu seinem Trost wußten auch seine Zimmergefährten nichts davon.

Obwohl es weit nach Mitternacht war, als Robert ins Wohnheim kam, saßen die anderen noch auf und diskutierten ein Problem. Quasi Riek war dahintergekommen, daß die Jungen im Dachgeschoß begonnen hatten, ihren Stuben Namen zu geben, und wenn es auch schlimm genug war, daß die Idee nicht aus Zimmer zweiunddreißig stammte, so war es doch nicht zu spät. Quasi schlug vor, ihren Raum „Deutsche Demokratische Republik“ zu taufen, aber davon wollte Trullesand nichts wissen.

„Mann“, sagte er, „dann kommen wir doch aus dem Putzen und Scheuern nicht mehr raus. Wenn einer sagt: ‚In Zweiunddreißig ist es dreckig‘ – das kann man sich allenfalls noch anhören, aber nun überleg dir das mal mit diesem Namen... wat ist denn mit ‚Siebenter Oktober‘?“

Siebenter Oktober sei gut, sagte Quasi, doch das hätten andere auch schon gemerkt, der Name sei vergeben.

„Dann vielleicht nur ‚Oktober‘ “, warf Jakob ein, aber das wurde einhellig abgelehnt.

„Denn meint vielleicht noch einer“, sagte Trullesand, „wir heißen so, weil wir für Boskopäpfel schwärmen. Die Sache muß politisch eindeutig sein. Und damit stelle ich einen Antrag: Wir nennen diesen Saal ‚Roter Oktober‘.“

Einstimmig angenommen.

Robert stiftete die Rückseite seines Zeichenblocks. Trullesand malte mit seinem Zimmermannsbleistift den Namen darauf, und Jakob fertigte aus Draht vier Nägelchen. Doch als sie das Schild anbringen wollten, fand Quasi Riek, es sei zu kahl.

„Da müßten noch irgendwelche Sachen rauf“, sagte er, „ein Stern wäre quasi ganz passend.“

Trullesand malte einen Sowjetstern, eine rote Fahne und ein Maschinengewehr mit grellem Mündungsfeuer und in eine Ecke ein Buch, weil Jakob es so haben wollte. Sie lagen schon in den Betten, da sagte Trullesand: „Wegen dem Schild kriegen wir Ärger.“

Die anderen warteten, denn die Erklärung mußte ja noch kommen, und Trullesand gab sie auch: „Robert kann das nicht wissen, der war nicht bei der Demonstration, aber ihr anderen müßt doch wissen, wie die Lage ist. Paß auf, Robert, die Lage ist folgende: Wir marschieren heute in die Stadt, und erst singen wir ‚Bau auf, bau auf!‘, und dann singen wir ‚Spaniens Himmel‘, und dann singen wir ‚Voran, du Arbeitsvolk', und dann singen wir natürlich die Internationale. Jeder hat gemerkt, daß die Internationale das beste war, und deshalb haben wir sie gleich noch einmal gesungen, und als wir auf den Marktplatz kamen, haben wir sie wieder angestimmt. Junge, hat das geschallt! Aber nachher hat uns der Alte Fritz rangenommen und gesagt, das wäre unpassend gewesen, die Deutsche Demokratische Republik, die wäre eine Sache der antifaschistisch-demokratischen Ordnung, und mit der Internationale würden wir die Leute vor den Kopf stoßen. – Also, so ganz verstehe ich das nicht, aber die Sache muß natürlich kritisch und selbstkritisch geprüft werden: Vor welchen Kopp haben wir gestoßen, und war es der richtige?"

„Das gibt mir zu denken", sagte Robert, „mit ‚der Internationale' haben wir uns im Lager auch mal ein Ding geleistet, das nicht richtig war. Wir hatten den Antifa-Block gegründet; damals waren wir noch nicht viele, aber singen konnten wir schön, und gegrüßt haben wir mit der geballten Faust. Das hatte ein Schneider bei uns eingeführt, aber den haben wir nachher entlarvt. Nachdem wir Antifa hatten, fingen die Katholiken auch an, aber nicht mit Antifa. Mit ‚Ave Maria' und Rosenkranz legten sie los, und sie hatten mehr Zulauf als wir. Sonntags vormittags hielten sie ihren Gottesdienst direkt vor unserem Antifazimmer ab. Sie hatten einen polnischen Pfarrer und sangen mitten rein in unser Seminar über Lohn, Preis und Profit. Da haben wir die Fenster aufgemacht und die Internationale auf sie losgelassen, immer noch mal, bis sie es aufgegeben haben. Und die anderen im Lager, die nicht Antifa und nicht katholisch waren, die standen dabei und lachten sich scheckig – über beide, versteht ihr, und das war der Fehler."

„Na schön", murmelte Quasi Riek, „wenn das aber eine Abweichung ist, wenn man die Internationale singt und rote Sterne an die Türen malt, dann muß man das doch quasi in die Hand nehmen und was Passendes dichten. Wie wär's denn mit: ‚Wir sind deutsche Demokraten und sterben für die Republik. Vom Feinde lassen wir uns nicht verbraten und machen gute Politik.'?"

„Ganz gut", sagte Trullesand, „aber ‚sterben', das klingt auch so sektiererisch – ‚leben für die Republik' ist besser, sterben will keiner, aber leben will jeder."

Quasi stand auf und machte wieder Licht. Er nahm Bleistift und Papier zur Hand und kommandierte: „Los, wir dichten jetzt den Oktobermarsch, jeder einen Satz. Förster, wach auf, du fängst an!"

„Ich schlafe ja gar nicht", sagte Jakob, „aber ich kann nicht dichten. Ich bin Waldarbeiter und kein Dichter. Aber nehmt doch als Anfang das, was Trullesand eben gesagt hat, das hört sich gut an: ‚Sterben will keiner, aber leben will jeder.' "

Quasi wiegte den Kopf und meinte, er könne sich nicht recht vorstellen, wie man das singen solle, und er versuchte es ein paarmal, und sein Gesang machte auch die anderen skeptisch. Doch dann beschlossen sie, die Melodie einem Fachmann zu überlassen und sich nur auf den Text zu konzentrieren.

Trullesand mußte die nächste Zeile liefern. Er lief barfüßig im Zimmer herum, und als er merkte, daß er mit dem Saum seines Nachthemds den Boden wischte, schürzte er es graziös und marschierte auf Zehenspitzen weiter. Er wiederholte dabei unentwegt die Anfangszeile und versuchte, sie in einen Marschrhythmus zu zwingen.

„Das Ding bei einer Demonstration", sagte er, „und die Leute denken, wir kommen vom Ballett. Aber der Inhalt ist gut. Also, weiter. Schreib auf, Quasi: ‚Sterben will keiner, aber leben will jeder, darum nun Schluß mit dem Krieg!' – Der Nächste bitte!"

„Du bist ein ganz Schlauer", murrte Robert, „jetzt hast du mir den Reim auf ‚jeder' zugeschoben. Aber du wirst dich wundern, ich hab ihn schon: ‚Greift nun zum Hammer und greift in die Räder ...' "

„Moment, Moment", schrie Trullesand, „ ‚greift in die

Räder' ist unklar. Da kann man reingreifen, um sie zu drehen oder um sie anzuhalten; das führt zu Mißverständnissen. Und außerdem ist mir so, als ob das schon wieder sektiererisch wäre: Hammer und Räder, einverstanden, aber wat ist mit dem Geistigen?"

Klar, das Geistige mußte hinein in das Lied; bei der Kundgebung am Vormittag haben die Redner auch sehr oft vom Geistigen gesprochen, und Jakob war der Mann der Stunde, als er anriet, die Räder durch eine Feder zu ersetzen: „... greift nun zum Hammer und greift auch zur Feder" – das reimte sich und stimmte noch dazu.

Für Quasi Riek war es da ein leichtes, die Schlußzeile zu finden. Er trompetete: „Nah ist euch dann schon der Sieg!" und schrieb es auf.

„Ja", sagte Jakob, „aber vorher sollten wir schlafen."

Der Oktobermarsch hörte sich am nächsten Morgen nicht mehr so gut an wie in der Nacht. Sie wunderten sich darüber, und sie fragten sich, bei wem sie sich Rat über die Geheimnisse der Dichtkunst holen könnten. Aber sie kamen auf niemanden, und daß Doktor Fuchs, ihr Deutschdozent, nicht der richtige Mann für sie war, darüber einigten sie sich sofort. Mit Doktor Fuchs hatten sie bittere Erfahrungen gemacht und Doktor Fuchs mit ihnen. Fuchs litt von der ersten Stunde an. Er hatte ein verständigeres Publikum erhofft. Er hatte wohl eine Brache erwartet, aber eine gesunde, nicht so tauben Boden, der nur Staub zu sein schien. Wenn er seine Lehren von den Satzzeichen ausstreute, sparte er nicht mit Beschwörungsformeln, mit gläubigen Sämannssprüchen wie „Das Komma kommt nicht von ungefähr!", aber ach, wenn er die Ernte einfahren wollte, dann fand er in all den Aufsätzen nur Kommata, die allzusehr von ungefähr gekommen waren. Er stand dann welk neben seinem Pult und verteidigte sich gegen einen Vorwurf, den niemand erhoben hatte. „Meinen Sie denn, ich hätte die Satzzeichen erfunden? Ich war das doch nicht!"

Er war in der schlimmsten Lage, in die ein Lehrer nur geraten kann: Er wurde nicht ernst genommen. Eine einzige Stunde, die erste, hatte genügt. Vielleicht wäre es ohne die Stromsperre nicht so schnell gegangen, aber aufzuhalten wäre es nicht gewesen, denn für Doktor Fuchs bedurfte das Leben vor allem einer korrekten Interpunktion, das andere fügte sich schon. Für ihn war es ein Kompromiß, daß er sich in der ersten Stunde nicht über das Wunder des Beistrichs ausgelassen, sondern einem Gedicht und seiner Erläuterung den Vortritt gegeben hatte.

„Man muß es behutsam angehen", war der Wahlspruch, den Direktor Völschow dem Kollegium eingegeben hatte, und Fuchs war Pädagoge genug, um die Richtigkeit dieser Devise einzusehen. Behutsamer als er konnte man kaum beginnen. Er hatte das Abendlied von Keller ausgewählt, eine schöne, klare Sache. Sie paßte auch, denn es war Abend, als er die Klasse betrat. Der elektrische Strom kam erst um sieben, aber jetzt, um sechs, war es schon finster. Fuchs tastete sich durch Dunkelheit und erwartungsvolle Stille an sein Pult, richtete seinen Blick nach vorn, von wo kaum mehr als ein dreißigfaches Atmen zu vernehmen war, und dann gab ihm der Teufel den Satz zu sagen ein: „Ich sehe alles!"

In den nächsten Sekunden starb der Pädagoge Fuchs, und als die Mädchenstimme erklang, war er schon fast tot. Die Stimme, leise und doch klar, lind beinahe und nur mit einem Stäubchen Pfeffer, fragte: „Wie machen Sie das?"

Sie lachten gedämpft, nur Quasi etwas lauter, und als Trullesand rief: „Nun ist ja gut!", schwiegen sie sofort und warteten. Doktor Fuchs sagte: „Ich werde Sie in der deutschen Sprache unterrichten. Es ist eine Sprache des Wohllauts, der Klangfülle und des Wortreichtums. Reichtum und Fülle verlangen nach Maß und Zucht; wie in allen Lebensbereichen so auch in der Sprache. Die Ordnung in ihr stellt sich durch die Grammatik her. Die Grammatik ist ein reiner Ausdruck der Vernunft. Wer für vernünftig gelten will, muß die Grammatik seiner Muttersprache, dies als Mindestes, beherrschen.

Es ist der Wunsch der Direktion, daß am Eingang unseres Lehrens und Lernens ein Gedicht stehe; ich wählte eines von Gottfried Keller; hören Sie denn: ‚Augen, meine lieben Fensterlein,/ Gebt mir schon so lange holden Schein . . .'“ Trullesand bewährte sich ein zweites Mal, als er die wieder aufkommende Unruhe mit einem beinahe väterlichen „Leute!“ eindämmte.

Doktor Fuchs sprach alle vier Strophen, dann wiederholte er die erste und fragte: „Nun, was sagen Sie?“

„Es reimt sich ja andauernd“, rief jemand, „lein, Schein, rein und noch was mit ein – das muß 'ne ganz schöne Fummelei gewesen sein.“

„Ihre Wahrnehmung ist richtig“, sagte Doktor Fuchs, „aber der sprachliche Ausdruck, in den Sie sie fassen, muß als rüde gelten. ‚Fummelei' – finden Sie denn kein besseres Wort?“

Der Junge dachte unter stiller Anteilnahme der anderen eine Weile nach, ehe er sich zaghaft erkundigte: „Könnte man vielleicht besser ‚Gefummel' sagen statt ‚Fummelei'?“

Man brauchte kein Licht, um zu merken, wie ärgerlich Fuchs war, als er sagte: „So hören Sie doch mit diesem widerlichen Jargon auf! Warum sagen Sie nicht einfach: ‚Es muß viel Arbeit gemacht haben'? Sie halten wohl nichts von Arbeit?“

Es war eine neue Art von Stille, die jetzt folgte, eine böse Stille, die endlich von einem Fingerschnackeln und dann von einer Mädchenstimme beendet wurde, derselben Mädchenstimme, die schon zu Beginn für den Fortgang der Stunde gesorgt hatte. Das Mädchen sagte, wieder leise und doch klar, aber kaum noch lind und mit weit mehr Pfeffer als zuvor: „Das war Günter Blank, der das gesagt hat, und der ist Aktivist.“ Leises Knarren von Schuhen und Dielenbrettern, das Quietschen, dann Doktor Fuchs: „Ich korrigiere mich wie folgt: Der von Ihnen, Herr Blank, erreichte sprachliche Leistungsstand scheint weit unter jenem zu liegen, den Sie, wie ich höre, wie ich zu meiner Freude höre, in Ihrem Beruf erlangt haben. Ich muß dabei bleiben, daß sowohl ‚Fummelei' als auch ‚Gefummel' keine hinreichenden Bezeichnungen für die schöpferische Tätigkeit eines Dichters vom Range Gottfried Kellers sein können. Aber da wir nun einmal auf diese, wenn auch etwas mißliche Weise in ein Gespräch gekommen sind, so sagen Sie mir, Herr Blank, Sie als Aktivist, was halten Sie, wenn wir von der Form des Gedichts vorerst noch einmal absehen wollen, von seinem Inhalt. Was ist das für ein Mensch, dieser Dichter Gottfried Keller?"

Es dauerte lange, ehe der gekränkte Aktivist wieder hinter dem rasch aufgeworfenen Wall aus Ärger und Unverständnis hervorkam, und es waren wohl die Vorsicht vor Fuchs und das zum erstenmal in seinem Leben geweckte Mißtrauen in seine eigenen Sprachfähigkeiten, die den Studenten Blank veranlaßten, seine Antwort mit einem Wort zu geben: „Atheist."

„Wie denn das nun?" rief Doktor Fuchs. „Wie denn das nun wieder? Doch um alle Voreile auszuschließen, will ich Sie bitten, Ihre Antwort zu einem Satz zu formieren, dann werden wir ja sehen."

Blank war schon wieder auf halbem Wege hinter seine Schanze, aber er kam dann doch noch mit einem Satz heraus: „Der Dichter Gottfried Keller ist Atheist."

Er schien sich setzen zu wollen, aber der Lehrer ließ nicht ab von ihm: „Welchen Grund haben Sie für Ihre frappierende Annahme? Lassen Sie uns um Himmels willen den Grund erfahren!"

Da diese Forderung nicht mit der nach korrektem Ausdruck verbunden gewesen war, ließ Aktivist Blank nicht lange auf sich warten. Er sprach mit störrischer Gewißheit: „Sie haben gesagt, der Dichter Gottfried Keller meint, wenn er mal die Augen zuklappt, die lieben Fensterlein, dann ist ganz und gar Feierabend, und dann macht auch die Seele Schluß; sie zieht die Wanderstiefel aus und legt sich mit in den Kasten. Können Sie das nicht noch mal aufsagen, diese Stelle mit den Wanderstiefeln?"

Doktor Fuchs marschierte auf und ab, ehe er die zweite Strophe noch einmal sprach. Er tat es, nicht ohne seiner Stimme den Ausdruck unerschöpflicher Geduld zu geben: „Fallen einst die müden Lider zu / Löscht ihr aus, dann hat die Seele Ruh; / Tastend streift sie ab die Wanderschuh, / legt sich auch in ihre finstre Truh."

„Ich korrigiere mich wie folgt", sagte der Aktivist, „es waren Schuh und keine Stiefel, und der Kasten war eine Truh. Zu, Ruh, Schuh, Truh – es muß viel Arbeit gemacht haben. Und das mit dem Atheismus ist klar: Bei denen, die an den lieben Gott glauben, fliegt die Seele in den Himmel, und bei dem Dichter Gottfried Keller wird sie mit beerdigt."

Als hätte Günter Blank eine Abrede mit dem Elektrizitätswerk gehabt, ging bei seinem letzten Wort das Licht an. Es ließ die Klasse einen wachsam-zufriedenen Aktivisten sehen und einen erschöpften Lehrer.

Doktor Fuchs trat an sein Pult und erklärte, diese Diskussion entferne sich zu weit von den Lehraufgaben, mit denen er betraut worden sei, er habe lediglich für einen kleinen feierlichen Auftakt sorgen wollen, und dahin sei man wohl auch gelangt. Was die Meinung des Herrn Blank angehe, so werde er sie sorgfältig prüfen und auch die Frage, ob es mit seinen Pflichten gegenüber dem Lehrplan vereinbar sei, wenn er, der Lehrer, gelegentlich auf die gewiß interessante Angelegenheit, den Atheismus Kellers betreffend, zurückkomme. Sicher, da sei die geistige Nähe Feuerbachs, jedoch, das führe hier zu weit, hier müßten nun die Hausaufgaben festgehalten werden, und dazu möge man sich nunmehr rüsten.

Bevor er sich zum Gehen wandte, kam er noch einmal auf das Gedicht zurück. „Herr Blank", sagte er, „aber das werden Sie doch zugeben, diese Schlußzeilen, diese Worte ‚Trinkt, o Augen, was die Wimper hält, / Von dem goldnen Überfluß der Welt!', die sind doch schön, nicht wahr!"

„Und ob die schön sind“, sagte Aktivist Günter Blank, und die Klasse stimmte ihm zu.
Robert fand nicht mehr in den Schlaf. Das Sofa, auf dem er lag, war zu kurz; im Zimmer war es heiß, und es roch fremd, und vor den Fenstern standen die Lichter und der Lärm von St. Pauli.

Aber nicht das hielt ihn wach. Es war die absurde Fremde. Er fühlte sich, als sei er einen Tag lang auf einer defekten Zeitmaschine gefahren, durch Gegenden, die Vergangenheit waren und auch nicht, fremd und doch seine Heimat. Er hatte Geschichten gehört und Geschichten gedacht, die nicht zueinander paßten und doch zueinander gehörten. Er war am Morgen aus einem Bett aufgestanden, vier Bahnstationen von diesem Sofa entfernt, und nun schien es in einem Haus an der Milchstraße zu stehen.

Robert Iswall, Parteimitglied, lag auf dem Sofa eines Gangsters und dachte über einen Aktivisten nach und über die Tochter eines Predigers und über die Bewohner des Zimmers „Roter Oktober“, und vor dem Fenster sagte eine Hure zu einem frierenden Mann: „Ich bin noch besser als Kleopatra.“

„Und wohl auch 'n büschen älter“, sagte der Mann, und das half Robert aus der Wirrnis heraus. Er lachte in sich hinein und stellte sich den Mann vor, den er hätte sehen können, wenn er aufgestanden und ans Fenster getreten wäre, aber er stellte ihn sich lieber vor.

Der Mann war nicht groß und nicht breit, aber fest und kräftig. Er fror, denn es war vier Uhr morgens in einer Februarnacht, und er hatte eine Hafenschicht hinter sich, und die Straßenbahn fuhr nur alle halbe Stunde, und er hatte noch einen weiten Weg in die Vorstadt. Er wußte kaum etwas von Kleopatra und nicht mehr von Cäsar und Antonius und nichts von der Schlacht bei Aktium und dem Schlangenbiß danach. Aber er hatte auf den Reklamespruch einer erfolglosen Hure reagiert mit dem Rest Witz, den er noch hatte, morgens um vier bei dieser Kälte. Robert fand die Antwort gut. Sie paßte hierher, sie war gemacht für diese Stadt, die sich an allen ihren Ecken ausschrie als besser, reicher, gerissener, bunter, lauter, bewegter und erfolgreicher denn alle anderen um sie herum.

Sie prahlte, aber sie log kaum; sie war all dies und noch manches mehr; sie war es schon gar, verglich man sie mit jenen Städten, in denen Robert jetzt zu Haus war; sie war in der Tat erfahren in Besitz und Vergnügen, und von all ihren Fehlern war nur der eine wirklich nennenswert: daß sie wohl auch 'n büschen älter war.

Robert war allein in der Kneipe. Lida und sein Schwager, der Gangster, wohnten ein paar Straßen weiter in den Kellerräumen eines ehemaligen Krankenhauses. Es war eine Gegend, in der alte Frauen Rasiermesser in ihren Täschchen trugen, wenn sie ihr Hundchen an die Gute-Nacht-Laterne führten. Das verlassene Spital sah nicht nach verborgenen Schätzen aus, und das konnte Schwager Hermann nur recht sein, denn er wußte den Blick der Steuerbehörde auf sich und seinem Unternehmen.

Robert hätte gut in einem der gemütlich eingerichteten Kellerzimmer schlafen können, aber wenigstens für eine Weile wollte er von Hermann Griepers Gaunergarn loskommen, und außerdem fand er es lustiger: wenn schon in St. Pauli, dann direkt an der Reeperbahn.

Er stand auf und braute sich einen Kaffee, von der Sorte für den Hausgebrauch und nicht für die Kundschaft. Er mied den Wurstkessel und briet ein paar Eier, und beim Frühstück blätterte er in der „Constanze", die sich in dieser Kneipe noch alberner ausnahm als ohnehin.

Ein rauchiger Wind pfiff über den Spielbudenplatz und fuhr einem bis in den Magen, und selbst die Portiers vor den wenigen Rund-um-die-Uhr-Lokalen hatten keine Lust, den Mund aufzutun; am Abend noch hatten sie den Fremden die größte Kitzelkammer Europas versprochen und ein Treiben, das unzüchtig, aber belehrend sei, früh um fünf aber war der Markt für diese Werte flau.

Der Pförtner am Garagenbunker sah kaum hin, als Robert die Boxenmarke vorwies, und Robert verzichtete darauf, ihn nach dem Weg durch das Wagenlabyrinth zu fragen. Er verlor viel Zeit aber schließlich fand er den Borgward zwischen zwei Opel Kapitänen.

Der Verkehr hatte schon stark zugenommen; vorläufig stellten noch Lastzüge und Lieferwagen das Gros der Fahrzeuge, in deren Strom sich Robert zwängte und von dem er sich den Holstenwall hinunter und über die Lombardsbrücke drücken ließ.

Hinter den Elbbrücken wurde es etwas ruhiger, und im Laubengürtel von Harburg-Wilhelmsburg war es ganz leer und still. Hier wohnte niemand mehr. Der Deich war nahe, doch er war nicht hoch genug gewesen. Die Menschen hatten sich an ihn gewöhnt wie an ein Treppengeländer; sie hatten ihn kaum als einen Schutz betrachtet, weil sie sich nicht schutzbedürftig fühlten und nicht bedroht von dem Wasser hinter dem Deich. Das Wasser war die Elbe und nicht das Meer; das Meer lag hundert Kilometer entfernt, und hier war Hamburg, eine moderne und sichere Stadt.

Robert ließ den Wagen unter einer der vielen installierten Notlaternen stehen und ging den Kolonieweg hinunter. Auf einem gelben Schild wurde vor Seuchengefahr gewarnt, und auf einem anderen stand, auf Plünderer werde sofort geschossen.

In einem der verwüsteten Gärten schichtete ein Mann beim Schein einer Stallaterne Ziegelsteine auf.

„Morgen“, sagt Robert. „Sie sind aber früh auf.“

Der Mann deckte seine Augen gegen das Licht ab und betrachtete Robert eine Weile, ehe er antwortete. „Sie auch“, sagte er dann, „Polizei, Versicherung oder Zeitung?“

„Nicht die Polizei und keine Versicherung.“

„Also Zeitung. Habt ihr immer noch nicht genug?“

„Das Wichtigste kommt doch jetzt erst“, sagte Robert. „Wie's weitergeht und was jetzt hier wird.“

„Haha, was jetzt hier wird! Nun tu man bloß nicht so

unschuldig, mein Junge, das weißt du doch besser als ich, wie das hier weitergeht. Wir kriegen alle eine piekfeine Wohnung, und das Gelände hier kriegt die Margarinequetsche dahinten. Seit zwanzig Jahren wollen sie hier bauen, und nun klappt es endlich. Schreib das man schnell auf, sonst vergißt du das wieder."

„Ich bin aus Ostberlin."

„Dann hau ab", sagte der Mann, „dann hau ganz schnell ab. Euch geht das nichts an. Das fehlte noch, daß ich mich mit euch einlasse. Verschwinde!"

Robert ging an die Laterne und fragte: „Darf ich mir Feuer nehmen? Ich habe keine Streichhölzer." Er schob das Lampenglas hoch und rauchte seine Zigarette an.

Der Mann sah ihm zu, schnupperte und sagte: „Das ist wohl Kosakenrhabarber. Ulbricht soll euch mal lieber ein paar Waggons Ernte 23 kaufen als so 'n Kosakenrhabarber."

„Dies sind HB." Robert hielt die Schachtel ins Licht. „Was so riecht, das bin ich. Wir aus dem Osten riechen eben so, Steppe, Lehmhütte und Kleiebrot, das ist nicht rauszukriegen."

„Quatsch nicht", sagte der Mann, „was willst du hier?"

„Nichts weiter, nur sehen, wie es hier steht, und wissen, wie es weitergeht: Ob der Deich aufgeschüttet wird, ob Entschädigungen gezahlt werden, wieviel und an wen, ob die Natur allein schuld war oder noch ein bißchen was anderes, ob sich andere das auch fragen und was für eine Antwort sie erhalten, ob hier jeder glaubt, daß alles ein Zufall war, ob man daraus lernt oder nicht; das will ich wissen, weiter nichts."

„Und was geht das Ulbricht an?"

„Da haben Sie recht. Was geht das Ulbricht an, wo sich Adenauer doch schon so darum kümmert? Der kümmert sich doch, oder?"

„Und ob der sich kümmert! – Nee, min Jung, da kannst mir nicht mit kommen. Aber erzählen werde ich dir trotzdem nichts. Ich hab im Bett gelegen, und als meine Frau gerufen hat, bin ich rausgesprungen, und schon war ich im Wasser; das stand schon schemelhoch, und dann sind wir hier auf das Dach geklettert, und meine Alte ist immer noch nicht ganz aufgetaut."

„Wohnten Sie alleine hier, Ihre Frau und Sie?"

„Ja, aber meine Tochter und mein Schwiegersohn, die wohnten einen Weg weiter, und mein Schwiegersohn, der hat jetzt einen Knacks im Kopf, der denkt, er ist schuld an dem Schiet. Das sind aber Grabben, weiße Mäuse, der kann nichts dafür, aber das mach ihm mal einer klar. Er hatte Schicht bei Loesmann, das ist eine Lebensmittelbude, nicht weit von hier, die machen Suppenkonserven, Würzsoßen und Eierpuffer in der Tüte, massenweise, und da fährt er einen Sattelschlepper. Im Kontor müssen sie schon was gewußt haben; mein Schwiegersohn sagt, sie hätten mächtig gedrängelt und gesagt, die Wagen müßten vom Hof und holterdiepolter. Das geht nun allerdings bei denen immer so, denn sie verladen ja hier im Hafen, und die Liegezeiten werden mit der Stoppuhr gemessen, und für jede Minute weniger kann man sich ein Haus kaufen. Mein Schwiegersohn sagt, er hätte merken müssen, daß was los war, denn für die Nachtzeit wären 'ne ganze Menge Leute rumgelaufen, und kurz vor der Twietenbrücke hätte er durch mächtig viel Wasser gemußt, aber da war er schon auf der Brücke, das ist man so 'n schmales Ding, und von da kam er nicht weiter. Von der anderen Seite kamen nämlich die Wagen vom Wasserbau mit Sandsäcken, und die konnten nicht runter von der Straße, weil die höher liegt als die Gärten, und zurück konnte er auch nicht, denn sie waren mit mehreren Wagen zugleich vom Hof gefahren, und so dauerte das endlos, bis die Sandwagen dann doch durchkamen, aber da war das Wasser schon hier, und wir saßen auf dem Dach, und meine Tochter, meinem Schwiegersohn seine Frau, die war wohl schon ertrunken mit der Kleinen. Und mein Schwiegersohn redet sich nun ein, daß er das

gemacht hat. Aber da bring ihn mal einer von ab. So, das ist alles, was ich weiß, und nu loot mi in Ruh."
Robert ließ ihn in Ruh. Die Geschichte des Alten war zum Heulen, aber Reporter heulen nicht. Ärzte heulen ja auch nicht. Heulen Ärzte wirklich nicht? Ärzte vielleicht, aber Reporter hören, sehen und berichten, und ihre Leser besorgen dann das Heulen für sie mit.

Und das glaubst du nun? Das willst du mich nun glauben machen? Du doch nicht, Robert Iswall, du doch nicht! Wer starrt denn da auf die Bildserie vom Selbstmord einer New Yorkerin und wer auf die vom Mord an einem ungarischen Polizisten? Wer versucht denn immer, das mitzudenken: Entfernung unendlich, aber wenn ich das Teleobjektiv nehme, wirkt die Frau nicht so einsam wie jetzt da oben auf dem Fenstersims, das Licht ist knapp, ein Hoch auf die Feuerwehr und ihre Scheinwerfer, einmal, zweimal mit dem Tele kann nicht schaden, die wollen doch die Angst sehen von der, aber die kriegt es fertig und springt ausgerechnet, wenn ich die Objektive wechsle, einen Augenblick, Madame, seien Sie so freundlich ... Die wollen den wirklich umlegen, und ich die einzige Kamera weit und breit, Kinder, ich bin ein As, der dort weiß, daß er dran ist, dem zittern die Lippen, drei Meter, drei Meter ist richtig, und wie lange belichten, wie schnell fällt denn so einer um, schneller als ein Fußballtorwart, schneller bestimmt nicht, eine Zweihundertfünfzigstel genügt, die machen aber lange, au, das war Sache, wie er die Hand eben vor den Augen hatte, Schnellaufzug, zack, wieviel hab ich denn noch drauf, sechs Galgen, zweimal Freudentränen, dann der Zertrampelte, den hab ich fünfmal, und dreimal die Fahne der Freiheit, macht sechzehn, das langt dicke, wenn ich das raufkriege, wenn die Kugeln gerade bei ihm ankommen, dann mach ich Urlaub, dann kriegt Liz ein Telegramm, mach dich fertig, Süße, Big Boy hat was im Kasten, da liegt er schon, hab ich ihn, ja, ich hab ihn, wo ist hier die Post ... Ein Beruf wie jeder andere, was? Ein Handwerk, weiter nichts. Fotografen sind Fotografen. Sie machen Bilder, Bilder von Daisys Ärschchen auf dem Eisbärfell oder vom Pilz der Bombe. Reporter sind Reporter. Sie hören sich Geschichten an, sie schreiben auf, wie es war, als Tante Guste Fünfe richtig hatte, und wie es war, als das Wasser kam. Sie lachen nicht, und sie heulen nicht, sie berichten.

Wer glaubt das, wer soll das glauben, wer hat euch das aufgebunden? Wer hat euch all diese verfluchten Märchen aufgebunden? Wenn die Märchen keine waren, dann war Robert Iswall kein Reporter. Er war ohnehin kein richtiger, sondern freier Mitarbeiter, und er schrieb alles mögliche für die Zeitung, am wenigsten noch Reportagen.

Und manchmal sehnte er sich nach seinem alten, seinem ersten Beruf.

Drehstrom, Schwachstrom, Gleichstrom, Starkstrom, Wechselstrom, Zink, Aluminium und Kupfer, Kreuzschalter, Paßschraube, Ölschutz und Sterndreieckschalter, Schäkelisolator und Kronenbohrer und Rallbohrer und Dübel und Klemme und I-Rohr und über Putz, unter Putz, Vergußmasse, Erdkabel, Relais, Anker, Bürste, Paßschraube, Seitenschneider und überall die Kombizange. Das im Kopf und dies in der Hand, und hier ein Pfiff und da ein Fluch, manchmal mit Schweiß und manchmal ohne, selten gelangweilt, oft gespannt, das meiste sichtbar, meßbar, berechenbar, nachweisbar – das war Arbeit, nützliche Arbeit. Küchen wurden heller, Treppen sicherer, Säcke schwebten an Aufzügen empor und machten keine Rücken krumm, Bier blieb auch im Sommer kalt, beim Hemdenbügeln sang es sich leicht von holder Gärtnersfrau und weißer Taube, kein Ruß fiel in offene Suppentöpfe, Glühwürmchen flimmerte hinter staubigem Schalltrichtertuch hervor durchs Altersheim, keiner stieß sich den Kopf am Balken im Stall, und beim Rübenschnitzeln verschränkte man die Arme, und die Säge kreiste, und der Kühlschrank eiste, und die Pumpe speiste, und das alles, weil einer dagewesen war, lange oder kurz, aber immer begrüßt mit „Na endlich“ und „Gott sei Dank", und immer verabschiedet mit süßem Hausfrauenblick oder Bauernhandschlag auf die Schulter und auch „Nun stecken Sie's doch ruhig ein", die Rechnung kam erst später.

Das waren noch Zeiten, das durfte man noch Arbeit nennen, der konnte man ruhig später mal wieder begegnen, da sah man vielleicht einen zu kurzen Bogen, da und dort auch mal eine verrutschte Schelle, und ein Gipsfleck zeigte den zu groben Durchbruch an, aber das nahm einem nicht den Schlaf. Aber was, wenn du einem Artikel begegnest, der viel dümmer ist, als du warst, während du ihn schriebst, und was mit einem, der nichts von dir hat als den Namen und was, wenn du horchst auf das Echo von alledem, und es ist da kein Laut, und was, wenn auf den von dir beschriebenen Bogen die gelbe Farbe der Feigheit schwimmt?

Und wenn sie dich fragen, was hast du dann schon vorzuweisen? Als es Inga noch gab, war Robert oft mit ihr durch die Dörfer gefahren, und Inga hatte gelernt, warum ein Elektriker nichts von Betonwänden hält und ebensowenig von Rabitzwänden und am allerwenigsten von Mauern aus Naturstein. Sie hatte mit ihm über den Dehnungseffekt von Alu-Draht geseufzt und ihn salutieren sehen vor dem Charakter des Kupfers. Sie hatte den Entdeckungsberichten eines Forschers gelauscht, und entdeckt worden war in den gefährlichen Tiefen einer alten Scheune eine äußerst listige Abart von Kurzschluß. Sie hatte jenen sagenhaften Mast gesehen, der einstmals viel höher gewesen war, viel, viel höher und glatt und spröde zugleich, und es war dieser Mast gewesen, dieser da am Brunnen, aber damals war er länger, er war wohl inzwischen tief in die Erde gedrungen, denn damals hatte man von ihm aus über das Dach der Kirche hinwegsehen können, und man hatte daran gehangen wie an der Spitze eines Clippermastes – weit über weitem und wildem Ozean – und nicht gedacht, daß die Erde je anders zu erreichen sein würde als in jähem Sturz, und so dachte man eben nach diesem ersten Aufstieg zwischen die vier surrenden Drähte dort oben an jenem Mast, der einmal mindestens doppelt so hoch gewesen. Mit Inga machte das alles Spaß.

Mit Inga war es leicht, erfahren zu sein und tüchtig, und wollte man einen verwegenen Eindruck machen: auf Inga konnte man ihn machen.

„Wenn man so einen Schlag kriegt, wie ist es dann?"

„Zuerst ist es, als zöge dir einer ein Ende Stacheldraht im Arm herauf und bis zum Herzen, aber später mußt du höchstens niesen."

„Und was hast du da zu der Frau gesagt, als sie dir von dem Schweinefutter geben wollte?"

„‚Ich eß keinem Tier was weg', hab ich gesagt, ‚ich weiß doch, wie Hunger tut, gnädige Frau!'"

Als Robert seinen Beruf an den Nagel hängte, war es Inga, die ihn am wenigsten verstand.

„Warst du das nicht, Robert Iswall, der immer gesagt hat: ‚Wir, wir können auch ohne die Besitzer leben'! Und jetzt? Jetzt hat dein Meister den Laden geschlossen, und schon stehst du da und schnappst nach Luft und läßt dich von dem ersten besten Schmierenschauspieler sonstwohin verkaufen."

„Er ist kein Schmierenschauspieler; er kann Majakowski sprechen, daß einem das Gruseln kommt. Und die ABF ist nicht sonstwohin."

„Und ich sage ‚sonstwohin'. Wenn hier zufällig ein Drehorgelmann vorbeigekommen wäre, hätte er jetzt wahrscheinlich einen Assistenten namens Robert Iswall. Warum bist du denn nicht Putzmacherin geworden; gestern hat einer einen Laden aufgemacht; im Fenster hängt ein Schild: ‚Putzmacherin gesucht. Auch Anlernlinge'. Warum willst du nicht Strohhütchen flechten, du Idiot?"

„Ich will hier weg", sagte Robert.

„Also doch. Also ich."

„Ach, red doch keine Kürbissuppe! Wenn du nicht wärst, wäre ich schon längst über die Berge. Ich will weg wegen

Nußbank, und überhaupt, das ist doch keine Familie mehr. Meine Mutter himmelt den Kerl an, und dabei ist sie mal mit meinem Vater verheiratet gewesen. Mein Vater war ein Mann, vor dem selbst die schärfsten Bulldoggen den Hut gezogen haben, und nun der Nußbank.

Gestern sagt er zu mir: ‚Mach mal einen Bauern, einen ganz rückständigen, den ich überzeugen muß!' Schön, ich mache ihm den Bauern, und zwar einen so rückständigen, daß selbst Nußbank ihn nicht überzeugt kriegt. Da beschwert er sich bei meiner Mutter und sagt, er findet es bedenklich, daß mir die reaktionären Parolen so vom Munde gehen, das müßte tiefer sitzen."

„Und du hast ihn nicht ausgelacht?"

„Kann ich nicht mehr. Über den hab ich mich schon ausgelacht, leergelacht, jetzt kommt nur noch Bitteres. Wenn ich ihn ausgelacht hab, hat er gesagt, ich lache wohl über seine grauen Haare, was, und die hat er im Lager gekriegt, auch für mich, jawohl, und meine Mutter soll mich mal ansehn und ihm sagen, wie dieser Nazibengel ins Haus kommt."

„Deine Mutter sollte ..."

„Ach, meine Mutter. Weißt du, wie das gestern weitergegangen ist? Sie hat nun den Bauern abgegeben, den Nußbank überzeugen sollte, und bei Gott, ich habe gehört, wie er zu ihr gesagt hat: ‚Nein, nicht so fragen, diese Bauern fragen dümmer, du mußt dümmer fragen!' Und meine Mutter, die eine kluge Frau ist, hat ihrem Nußbank zuliebe so dämlich gefragt, daß er ihr fließend antworten konnte. Und das soll einen nicht ankotzen?"

„Ich habe nur eine Angst: Wenn du nun die Wohnung wechselst, die Stadt und den Beruf dazu, wirst du nicht Lust kriegen, noch mehr zu wechseln ...?"

„Ich verstehe keinen Ton!"

„Ist die Geschichte von Storm, wo einer zum Studieren in die große Stadt fährt, und als er wiederkommt, ist er schlau und kennt das kleine Mädchen nicht mehr?"

„Die Geschichte ist, glaube ich, von allen möglichen, die

hab ich schon zehnmal gelesen, und ich hab auch gelesen, daß es Hexen gibt, und die reiten auf einem Besenstiel, und drei Meilen hinter Pfingsten liegt Schlaraffenland, und Millionäre fangen als Schuhputzer an."

„Manche haben wirklich als Schuhputzer angefangen."

„Ja, und manche sind es auch geblieben."

Robert war es ernst gewesen mit Inga, und er hatte die Lösung von ihr mit Schrecken beobachtet. Wie auf zwei Eisschollen waren sie auseinandergetrieben, mit diesem Wind er und mit jenem sie. Das Bild stimmte nicht, Eisschollen lagen in ein und demselben Wind, es war etwas anderes, was sie trennte.

Es war die Wahrheit, die reine Wahrheit und nichts als sie. Robert brauchte lange, um das zu erkennen, und ohne Trullesand hätte es noch länger gedauert.

An einem Sonntagabend stand Trullesand in Begleitung einer älteren Frau auf dem Bahnsteig von Ribnitz. Er schob seinen prall gefüllten, aber leichten Seesack zu Robert in das Abteil und wandte sich wieder der Frau zu. Er küßte sie lange und umständlich und völlig unbekümmert und winkte ihr mit einem riesigen Taschentuch, als sie eilig durch die Sperre verschwand.

„Na, wat sagst du", fragte er Robert, „ist das eine Frau?"

„Ich hab nicht viel von ihr gesehen", sagte Robert, „hat sie dir den Rucksack voll Heu gesteckt?"

„Das sind Daunen, mein Alter, Original-Vorkriegs-Daunen, von Tante Mimi mit eigener Hand gepflückt, sortiert, getrocknet und gebügelt."

„Und du küßt Tante Mimi?"

„Das war nicht Tante Mimi, das war Tante Lene, meine richtige Tante, die hat keine Daunen zu verschenken, aber ein Herz hat die, Mann, ein Herz aus Vollkornbrot. – Wat liegt denn an bei dir, was macht die Liebe zu des Pfarrers Töchterlein, wart ihr wieder mal im Zirkus, und hat sie immer noch so große Augen?"

„Hat sie wohl; ich weiß nicht."

„So kann man also zusammenfassend feststellen: Ihr habt euch wieder gestritten. Wat lag denn diesmal an? Einmal wenigstens, Mensch, möchte ich eine treffen wie deine, eine, die mit einem über Napoleon diskutiert, wenn man ihr ans Knie fassen will. Ich weiß nicht, was mit mir los ist, ich treff immer nur welche, die nichts weiter wollen, als ans Knie gefaßt zu werden und alles diese Dinger. Wat hatte denn dem Pastor seine Tochter wieder?"

Robert versetzte dem Daunensack einen Hieb und noch einen, und dann erzählte er: „Sie hat gesagt, man will sie zwingen, in die FDJ einzutreten, und ich hab gesagt, daß sie keiner zwingen kann, aber daß es schlimm genug ist, wenn sie nicht drin ist. Da hat sie gesagt, lieber tritt sie in die Partei ein, da könnte sie wenigstens denken, sie wäre in der SPD."

„Wat?"

„Ja, so wie ich."

„Wat?"

„Ja, so wie ich denke, ich bin in der SPD, wenn ich in der SED bin. Sie hat wenigstens gedacht, daß ich das denke. – Ach, nun glotz mich nicht so an, Mann, ich würde doch lieber Tante Mimis Daunen schlucken, als daß ich SPD sein möchte. Aber ihr hab ich das bisher eben nicht gesagt. Um so was hab ich mich anfangs rumgeschummelt. Ich wollte mit ihr in den Zirkus gehen oder auf den Viethingbarg und ihr die Höhle vom Räuber Viething zeigen, und an die Elde wollte ich mit ihr und von mir aus auch in eine Operette, aber mit ihr, allein mit ihr, und es war egal, wohin, nur mit ihr, das war wichtig. Aber es war immer so, wie wenn du auf dem ersten Eis Schlittschuh läufst. Auf einmal wiegst du fünf Zentner, und die Decke unter dir ist aus Pergamentpapier. Hier knistert es und knackt es, und wenn du nicht schnell über diese dünne Stelle kommst, dann wird es kalt und dunkelgrün, und sie suchen dich mit langen Stangen. Aber deshalb hörst du doch nicht auf mit Schlittschuhlaufen. So war das mit Inga: ‚Guck mal, wie die Sonne durch das Laub schimmert!' – ‚Ja, wie durch ein Kirchenfenster.' – ‚Hm.' – ‚Siehst du das Pumpenhaus dahinten? Gleich neben dem Herrenhaus? Da habe ich die Anlage gebaut.' – ‚Waren die Scheiben im Herrenhaus damals schon so schmutzig?' – ‚Hm. – Du, gestern hätte ich beinahe einen Anzugstoff erwischt.' – ‚Beinahe? Mein Bruder schreibt aus Bremen, er hat sich zwei Anzüge gekauft, die wiegen soviel wie ein paar Socken.' – ‚Hm.' – ‚Robert, meine Mutter hat mich gestern gefragt, in welchem Teil der SED du bist, in dem SPD-Teil oder dem KPD-Teil. Ich habe gesagt, in dem SPD-Teil. Das stimmt doch, nicht?' – ‚Hm.' – Immer hm und schnell rüber übers Eis, so war das mit Inga."

„Hm", machte Trullesand, und er legte eine Pause ein, ehe er fortfuhr: „Na und, ist das Eis nu davon dicker geworden?"

„Manchmal hab ich es geglaubt. Manchmal war es schön mit Inga. Manchmal konntest du mit ihr sitzen und auf einen fernen Punkt starren, und ohne daß einer den Mund auftat, war die beste Unterhaltung im Gange. Aber wahrscheinlich haben wir dabei auch geschwindelt."

„Immerhin betrachtest du die Sache selbstkritisch", sagte Trullesand. „Na faß mal zusammen: Hast du in der SED-Frage wieder hm gesagt, oder was? Und was ist das Ergebnis?"

„Das Ergebnis war ein Streit, der fing bei Marx und beim Gothaer Programm an und hörte beim Feuerwehrrock auf. Aber denk nicht, wir hätten uns nun angebrüllt oder so, das kannst du nicht mit ihr: das geht alles manierlich zu bei uns, mit ‚Aber ich bitte dich!' und ‚Wenn du gestattest!', und ich komme mir unendlich blöde vor.

Das schlimmste ist aber, daß mich dann irgendwann immer der Mut verläßt, weil ich plötzlich denke, sie könnte aufstehn, fortgehn und nicht wiederkommen. Ich glaube, ich hänge an ihr."

„Das glaub ich ja nun auch beinah", sagte Trullesand.

„Hier, nimm mal diese Zigaretten. Die hat mir mein Onkel für dich gegeben.

Also, wie ist das nun mit deiner Inga: Jedesmal, wenn du ihr die Wahrheit sagst, denn knackt das irgendwo, was? Wenn du mich fragst, sag ich dir: Eine Basis ist das nicht."

Sie sahen eine Weile wortlos in den Funkenregen, dann holte Robert tief Luft und sagte: „Nun reden wir von was anderem. Aber solltest du jemals in die Lage kommen, daß du einem Mädchen zuhörst, und du hörst sie Quatsch reden, ich meine ernsthaften Quatsch, politisch oder philosophisch oder über den lieben Gott oder sonst irgendwas mit Prinzip, du hörst sie also so reden, und du denkst bei dir, Mädchen, das ist Kohl, was du da redest, aber, denkst du dann, rede du ruhig weiter, denn wenn es auch Unsinn ist, was du da sagst, so bleibt doch die Tatsache, daß du es hübsch sagst, mit einem hübschen Mund unter einer hübschen Nase und die unter hübschen Augen und die unter hübschen Brauen und die unter der hübschesten Stirn, die es gibt, und die unter so hübschen Haaren, daß dir ihr Anblick auf die Ohren schlägt, dann, mein Junge, dann denke nicht, daß du sie schon hinkriegen wirst und daß die Umwelt den Menschen verändert und das Sein das Bewußtsein und daß das Neue unaufhaltsam ist und du bist das Neue und du wirst schon auf sie abfärben, nein, denk das nicht, Gerd Trullesand, denk das nicht, denk nur an meine Worte: Stehe auf und renne, so weit du eben rennen kannst. Amen."

„Amen", sagte Trullesand, „aber mir passiert so was nicht. Ich hab dir ja gesagt, was mir immer passiert. Und dann passiert mir noch was anderes, das muß ich mal mit einem erfahrenen Menschen besprechen. Folgendes Dings: Ich gehe wohin, sagen wir mal, ich gehe in Ribnitz zum Tanz. Ich sehe dies Knie, und ich sehe das Knie, und dranfassen wäre eine Kleinigkeit. Aber dann kommt eine rein, an der sehe ich mehr, oder man kann auch sagen, ich sehe weniger, denn zunächst mal sehe ich zum Beispiel kein Knie. Ich sehe, wissenschaftlich gesprochen, eine allgemeine Erscheinung. Eine sehr schöne Erscheinung meistens.

Nun sind aber Zimmerleute vorsichtige Menschen, und Trullesand ist Zimmermann. Trullesand prüft also lange und genau. Er klopft hier mal dran, ich meine, in Gedanken, und bohrt da mal nach, und dann kommt er zu dem Ergebnis: kernige Sache. Jetzt mache ich einen Bauplan. Soll ich ein Bier riskieren, oder riecht sie das nicht gern? Wat is mit meine Locken; vielleicht mag sie keine Locken? Sprechen beim Tanzen oder nicht sprechen und wenn, wovon? Wetter – voll hier – in Ribnitz ist nichts los – schön, daß in Ribnitz soviel los ist – möchten Sie Musiker sein, ich nicht – ich ja – ich bin Zimmermann – oder halte ich doch besser die Klappe? Das hängt ja auch von dem Lied ab, das sie spielen.

Damit haben wir die Frage: Bei welchem Tanz fordert man sie auf? ‚Lachend sollst du durchs Leben wandern'? Das ist was zum Mitsingen, und das ist wahrscheinlich unpassend, wenn du sie gar nicht kennst und schwenkst sie da rum und singst ihr ins Gesicht, sie soll laaachend durchs Leben wandern, und sie macht sich vielleicht gerade aus Wandern nichts, und womöglich hat sie Tb in der Familie.

Jetzt kommt ein Tango ohne Text. Tango ist gut, da kann man so zärtliche Rutscher machen, aber dieser Tango heißt ‚Jalousie', und bis vor kurzem hab ich noch gedacht, das hat was mit Lichtausmachen und so zu tun, aber bei uns hat einer einen Vortrag gehalten, der hieß ‚Schlager sind Opium des Volkes', wat ick bestreiten möchte, aber in dem Vortrag wurde wissenschaftlich bewiesen, daß Jalousie auf französisch Eifersucht heißt, und Eifersucht ist bürgerlich. Keine Sache für Trullesand.

So geht der Abend hin. Ick sitze da und plane. Um mich rum Knie wie Sand am Meer, aber mich interessieren die Knie nicht, mich interessiert diese allgemeine Erscheinung. Und die, wat macht die? Die tanzt, die schwoft, die singt, die plappert, und wenn Bier ihr was anhaben könnte, müßte sie längst umgefallen sein. Wenn das so ist, denke ich da, dann ran an sie, Trullesand, beim nächsten Tanz ran, und selbst, wenn sie das Dings von der Bockwurst mit Salat spielen, was ihr Appetit machen könnte, worauf ich ökonomisch nicht vorbereitet bin, ran, nur ran, Locken oder keine, Bier oder nicht Bier, ran, klar und kernig ran.

Und jetzt passiert das, worüber ich mal mit einem erfahrenen Menschen sprechen muß: In meinem Inneren gehen Veränderungen vor, die mich vor ein wissenschaftliches Rätsel stellen. Ich kriege Bauchweh. Ich kriege solches Bauchweh, daß ich mich nicht rühren kann. Ich sitze da, nüchtern, mit ausgeruhten Beinen und tausend schlauen Gedanken im Kopf, und in meinem Bauch hab ich sechs Wackersteine, heiße und kantige und munter wie die Geißlein. Mann, sag ich dir!

Dann spielt die Kapelle: ‚Guten Abend, gute Nacht, von Englein bewacht', und alle machen sich auf die Socken, die Knie und die allgemeine Erscheinung auch. Und an der Garderobe läßt sie sich von einem in den Mantel helfen, dem du schon beim Reinhelfen ansiehst, wie er sich aufs Raushelfen freut, und alles diese Dinger."

„Ja", sagte Robert, „das müßtest du wirklich mal mit einem erfahrenen Menschen besprechen, das hört sich ja geradezu medizinisch an. Hoffentlich hält sich das nicht, sonst bist du doch für echte Schönheit erledigt. – Und bei uns, hat sich da schon mal was gerührt in deinem Bauch?"

Trullesand winkte ab. „Nee, das kommt ja nur, wenn Musik dabei ist. Aber um deine Frage konkret zu beantworten: Die eine, die Vera, die ist nicht schlecht."

„Nanu", sagte Robert.

Der Zug schleppte sich kraftlos über die wenigen Hügel der Küstenlandschaft; der Funkenvorhang vor dem Fenster hob sich nur, wenn ihn der Wind über das Wagendach auf die andere Seite blies; die Räder schlugen tief in jede Schienenlücke, und durch die Fenster drang der Geruch von feuchten Kartoffeläckern. Doch in die Endstation fuhr der

Zug mit so viel Poltern und Kreischen ein, als sei er im Höllentempo und ohne Halt von Gibraltar bis hier herauf gebraust.

Mit Robert und Trullesand kamen noch andere vom Sonntagsurlaub zurück; sie begrüßten einander lärmend und marschierten mit Gesang die Bahnhofsallee hinunter, an den Wallanlagen vorbei und durch die Laubenkolonien hinaus zur Fakultät. Unterwegs hänselten die anderen Trullesand wegen seines riesigen Seesacks, und als sie erst erfuhren, daß er darin ein Federbett mitbrachte, wurde der Spott immer kräftiger. Es schien für sie ausgemacht zu sein, daß man als Arbeiter- oder Bauernstudent unter einer Decke zu schlafen hatte, und im Winter allenfalls unter zweien.

„Durchs Gebirge, durch die Steppe zog ...“, sangen sie, und einer schrie dazwischen: „Ein Zimmermann mit Himmelbett!“

„Hahaha ... ‚unsere kühne Division‘ ... mit Muff und Pelzbarett! ... ‚hin zur Küste, dieser weißen‘ ... und leider gar nicht heißen! ... ‚heiß umstrittenen Bastion.‘ ... und der Divisionskommissar, Trullesand hieß der, der war unverwundbar, denn er hatte drei Lagen Katzenfelle auf dem Bauch ... los, weitersingen: ‚Rot vom Blut wie unsre Fahne ...‘ “

Trullesand sang am lautesten; nur klang es etwas dumpf, denn er hatte sich den Seesack quer über die Schultern und über den Kopf gelegt.

Im Zimmer „Roter Oktober“ wurde noch gearbeitet. Quasi Riek stand am Ofen und betete Klimazonen der Erde vor sich her, und Jakob stellte sich halblaut und offenbar zum wiederholten Male die Frage: „Wenn neun Frauen zur Herstellung von achthundertundzehn Pulswärmern sechzehnhundertundzwanzig Strickstunden benötigen, wieviel Pulswärmer werden dann von siebenundsiebzig Frauen in einhundertundsechsundzwanzig Strickstunden hergestellt?“

Trullesand legte sich auf sein Bett und sagte: „Du machst

da wat falsch, Förster, ich seh dir das an den Augen an. Du läßt dich in Gedanken auf die Pulswärmer ein, du siehst Stricknadeln vor dir und Wollknäuel und siebenundsiebzig Frauen, die ‚zwei schlicht, zwei kraus' murmeln. Das darfst du nicht. Du denkst zu konkret, du mußt abstrakt denken. Abstrakt ist, wenn du denkst, daß das ebensogut Rollmöpse sein könnten oder Honigkuchen oder Hufnägel, was die da stricken. Wenn du konkret denkst, kommst du mit dem Rechnen nie zu Ende. Konkret könnte zum Beispiel unter den siebenundsiebzig Strickfrauen meine Tante Mimi sein, und die würde den ganzen Laden mit Erbauungsgeschichten aufhalten oder andauernd ‚Jesus, unser Freudenmeister' singen, und die ganze Rechnung wäre flöten. Abstrakt mußt du denken, Junge."

„Der Ansatz ist genauso wie in der Aufgabe mit den fünfzehn Hufschmieden und den dreiundneunzig Rappen", sagte Robert, „hast du die schon? Immer der gleiche Ansatz, nur andere Zahlen, das ist der ganze Trick."

Jakob hatte das Heft beiseite gelegt und hörte ihnen verstört zu. „Dann verstehe ich nur nicht", sagte er schließlich, „wozu all diese Pferde und Stricknadeln, wenn es bloß auf die Zahlen ankommt."

Aber Trullesand verstand es. „Das ist angewandte Mathematik", sagte er, „und später kriegen wir dann die höhere Mathematik; da wird sich dasselbe wahrscheinlich unter Dachdeckern abspielen oder in einem Fesselballon oder unter den Englein im Himmel."

Quasi Riek protestierte: „Jugendfreunde, ich studiere den subtropischen Gürtel; das ist interessant, aber schwierig. Ich muß mich hier quasi sehr konzentrieren, und eure Pulswärmer bringen mich immer raus aus dem subtropischen Gürtel. An der Tür hängt ein Zeitplan für das geordnete Lernen. Ich schlage die Bezeichnung ‚organisiertes Selbststudium', abgekürzt ‚Orgstud', dafür vor. Ich hab den ganzen Vormittag mit diesem Plan des organisierten Selbststudiums verbracht. Ich schlage quasi vor, der Plan wird durch Abstimmung mit Handzeichen bestätigt. Wollt ihr ihn erst lesen, oder können wir gleich abstimmen?“

Sie sahen sich den Plan an und fanden ihn gut; Quasi hatte ihn so gebaut, daß er funktionieren konnte. Sogar für ‚Aussprachen über individuelle Fragen‘, abgekürzt ‚Infra‘, hatte er mehrere Stunden eingesetzt. Der Plan wurde bestätigt.

„Bevor ich mich zur organisierten Nachtruhe begebe“, sagte Trullesand, „von Englein bewacht und mit Rosen bestickt, und du wieder in die Subtropen abdampfst, Quasi, hätte ich gleich mal eine ‚Infra‘: Du hast so einen komischen Husten, Kollege, und so eine komische Decke hast du auch. Der Zusammenhang zwischen beiden liegt wissenschaftlich klar auf der Hand. Wat muß man also tun? Man muß dich wärmer zudecken. Und an dieser Stelle erweist sich nun der gesellschaftliche Wert von meiner Tante Mimi. Sie schickt dir diese Daunen, und nun zier dich nicht, sonst müssen wir abstimmen.“

Quasi zierte sich natürlich doch, und als die anderen drei es ihm auszureden versuchten, verschwand er mit seinem Geographiebuch hinter dem Ofen.

Robert und Trullesand legten sich schlafen, und erst als sie eine Weile gelegen hatten, fragte Robert leise: „Wie kommst du eigentlich gerade auf die Vera?“

„Och“, sagte Trullesand, „ich finde die eben kernig.“

Er sah an die Decke, und dann begann er leise zu singen: „Und so jagten wir das Pack zum Teufel, General und Ataman ...“ Robert und Jakob fielen ein, und auch Quasi hinter dem Ofen sang mit: „... unser Feldzug nahm sein Ende erst am Stillen Ozean.“

Mit ein und derselben Zirkelspanne erreicht man von Hamburg die Ostsee wie die Nordsee. Vom Michaelisturm ist es näher zur Insel Fehmarn als zu den roten Felsen von Helgoland. Von St. Pauli aus liegt die Nordsee im Westen und die Ostsee im Norden. Und doch vermutet jeder

Fremde die hansische Hafenstadt gleich hinter friesischen Deichen und hält Cuxhaven für einen Zipfel von Altona und hebt auf dem Süllberg das Zeissglas vor die Augen und sucht das nächste Feuerschiff. Und in Neubrandenburg singen sie zum Pilsner Bier von der Stadt „gleich hinter dem Ozean", und sie meinen Hamburg, dabei liegen sie den Ostseewellen weit näher als die Besungene denen der Deutschen Bucht.

Und verschlägt es einen Hamburger in eine Stadt, die tief im Lande liegt, nach Paren etwa, von wo die Dünen bei Kühlungsborn schneller zu erreichen sind als von Finkenwerder das Wattenmeer vor dem Friedrichskoog, dann schützt kein geographisches Faktum den Hanseaten vor den Blicken der Ackerbürger, die Spuren ozeanischen Salzes in seinen Brauen suchen und Seetang in seinem Bart und in seinem Gang das ewige Wiegen des Meeres. Das alles macht die Elbe.

Die Elbe bringt eine einhundertundzehn Kilometer lange Entfernung auf Null; sie macht siebenhundertundsiebenundvierzig Quadratkilometer bebauten Erdbodens, mit Häusern und Straßen und Türmen und Parks und Fabriken und Sportplätzen und Marktplätzen und Parkplätzen bebauten Erdbodens, dem Meere gleich.

Die Elbe bindet einen Ozean und eine Stadt unlöslich ineinander.

Die Elbe macht einemillionachthundertunddreißigtausend Seifenhändler, Kohlenträger, Rennstallbesitzer, Platzanweiser, Eisenflechter, Bonbonköche, Abdecker, Dahlienzüchter, Frauenärzte, Flugplatzwarte, Trichinenbeschauer, Korbmacher, Taschendiebe, Kriminalwachtmeister, Psychiater, Korpsstudenten, Gewerbeschüler, Stiefmütterchen, Schulanfänger und Wickelkinder, macht sie alle zu Küstenbewohnern, verschafft ihnen den Ruf vor der Nation, sie alle trutzten dem blanken Hans, wachten auf mit dem Möwenschrei und legten sich zum Schlafe nieder, das Ohr voll Sturmgebraus.

Ach, sie haben anderes im Ohr, diese Asphaltbürger, sie hören den Düsenlärm von Fuhlsbüttel, die Elektrowinden am Unilever-Bau, die Löwen von Hagenbeck, den Gesang von Autoreifen und Heilsarmisten, das gierige Jiepern der Registrierkassen, das Kupplerinnengeflüster der Trockenhauben, den Absturzschrei der Groschen im Wandroulette, den Liebeslärm hinter der Neubauwand, sie hören Zahlen, Premierendaten, Soldaten, die nach Bier verlangen, und die Dampfer hören sie nur in der Nacht und auch nur, wenn die Straßenbahn nicht mehr fährt, und den Hafen hören die meisten nur in der Sonntagsfrühe, sie hören ihn dann aus dem Radio, und für immer mengt sich das Wort Hafen in ihrem Kopf mit einem Blasorchester und dem oberdeutschen Sang: „Muß i denn, muß i denn ..."

Aber frag sie mal nach den Gezeiten, oder versuche es niederdeutsch und sage Tiden, frag sie doch nur: Was ist das, Ebbe und Flut, und wie kommen sie zustande? Frag sie, und du wirst sehen: Ein jeder von ihnen weiß, das hat was mit wenig Wasser zu tun und mit viel Wasser, und irgendwie – auf dieses Wort kannst du mit Gewißheit warten –, irgendwie hat alles mit dem Mond zu tun. Mehr kommt da nicht, es sei denn, du erwischtest einen Klassenersten oder einen Mann vom Hafenamt.

Ist es aber zu Beginn des Jahres 1962, da du den Mann vom Hafenamt nach der Ebbe fragst, oder schlimmer noch, nach der Flut, dann wundere dich nicht, wenn er sich plötzlich einer schon vor langen Zeiten getroffenen Verabredung erinnert, oder wenn, kaum hast du Flut gesagt, die Sekretärin des Mannes hereintritt und ihren Chef zu seinem Chef befiehlt und du allein bleibst, zunächst noch auf dem Besucherstuhl und dann auf dem Korridor und dann auf der Straße vor der Tür vom Hafenamt – allein mit deinen Fragen und all deinem aus dem Lexikon gezogenen Wissen um Tidenhub und Newtons Gravitationsgesetz und Konjunktion zwischen Erde und Sonne und Mond, allein auch mit den jüngst erst durchschauten Unterschieden zwischen Nippflut, Zenitflut und Springflut.

Robert wunderte sich nicht.

Die Stadt, in die er gekommen war, nicht als ihr Sohn, sondern als ein fragender Fremder, hatte eine Niederlage hinter sich, die schlimmste vielleicht oder doch wenigstens eine der sichtbarsten seit ihrem Bestehen.

Die Zahl der Menschenopfer war nicht hoch, verglichen mit Zahlen aus anderen Zeiten; sie war sogar gering, dachte man an jene Jahre, da der Tod nicht aus dem Wasser gestiegen, sondern vom Himmel gefallen war, aus Bombenschächten und Bordgeschützen.

Aber das war im Krieg geschehen und dies im tiefen Frieden. Und wenn man den Schaden berechnete, so hatte das Wasser nicht einmal so viel Gebäude genommen wie der große Brand von Anno 1842, von dem Heine im „Wintermärchen“ schrieb: „Die Stadt, zur Hälfte abgebrannt, / wird aufgebaut allmählich; / wie ’n Pudel, der halb geschoren ist, / sieht Hamburg aus, trübselig.“

Aber das war ein Dutzend Jahrzehnte zuvor, damals, als ein Wort wie Eisenbahn an der Elbe fremder klang als heute das Wort Rakete auf afrikanischen Straßen. Der Brand, der war in grauen und kümmerlichen Vorzeiten gewesen, aber dies hier, die Wasserflut, das war jetzt geschehen, in einer einzigen Spätwinternacht.

Es war eine Niederlage, und Geschlagene lassen sich nicht gern befragen.

Herr Windshull, der Kaufmann, gehörte zu den wenigen, die Robert ohne Zögern Antwort gaben.

„Warum soll ich denn nicht mit Ihnen sprechen“, sagte er, „tue ich es nicht heute, so muß ich es morgen vielleicht tun, morgen kommen Sie vielleicht in Geschäften, und wie stehe ich dann da, wenn Sie unfein genug sind, mich an heute zu erinnern. Sie würden unfein genug sein, ich wäre es an Ihrer Stelle auch. Da reden wir doch besser gleich heute. Sie haben den Brand von zweiundvierzig erwähnt und den Heine, den Heine vielleicht in der Hoffnung, ich kennte ihn nicht, und Sie hätten mir so ein Wissen voraus, und ich müßte mich dann vor Ihnen schämen.

Wenn ich Ihnen da aber einen Rat geben darf: Rechnen Sie nicht mit dem Nichtwissen des anderen. Ich selbst habe diesen Fehler oft genug gemacht und meistens dabei draufgezahlt. Hätten Sie sich vor zehn Jahren bei mir angemeldet, dann hätte ich, abgesehen von der Frage, ob ich Sie überhaupt empfangen hätte, womöglich zu mir gesagt: Wie lustig, ein kommunistischer Journalist an deiner Tür, laß ihn doch herein, was kann es schaden, wenn du ihm eine Viertelstunde für seine Sprüche gibst: Imperialismus, Kapitalismus, verfaulte Bourgeoisie, der Zukunft Morgenrot, Proletarier aller Länder, absolute Verelendung, Expropriation, kein Gott, kein Kaiser noch Tribun und ähnlicher Klimbim. Heute weiß ich es besser. Heute weiß ich: Sie kommen nicht hierher, um meine Seele zu retten, Sie wollen keinen Proselyten aus mir machen, Sie wollen nichts als meine Meinung, und die wollen Sie, weil Sie mit mir rechnen.

Ihr Leute habt rechnen gelernt. Ihr wollt uns am Ende immer noch hinaushebeln aus dem, worin wir sitzen, aber da ihr dahintergekommen seid, daß es mit ‚Auf, Sozialisten, schließt die Reihen‘ allein nicht zu schaffen ist, habt ihr die Hebelgesetze studiert, ‚Das Produkt aus Kraft und Kraftarm ist gleich dem Produkt aus Last und Lastarm‘, und in dem Wissen um das, was wir denken und tun und lassen, seht ihr einen vielversprechenden Kraftarm. Mit Recht, mit Recht. Aber wir kennen das Zeug ja auch, nicht wahr, und so kommt ein bißchen Spaß in diese Brechstangenwelt.

Jetzt trinken wir aber erst einmal einen Kaffee, wie Sie ihn so rasch nicht wieder kriegen. Das müßt ihr auch noch lernen, den Umgang mit Kaffee, sonst könnt ihr einen Mann wie mich nicht überzeugen.

Das ist fein, daß Sie meinen Kaffee gut finden, da sind wir schon in zwei Punkten verbunden: Kaffee und Heinrich Heine. Ich bin nämlich ein lesender Kaufmann, Herr Iswall, ich lese den Böll, ich lese den Grass, ich lese die Bachmann und den Heine, na, aber ich bitte Sie!

Gehören Sie zu den feineren Journalisten, die ihre Artikel gerne mit einem Zitat einleiten, mit einem Motto vorneweg? Wenn, dann werden Sie sich dies wohl nicht entgehen lassen: ‚Baut eure Häuser wieder auf / und trocknet eure Pfützen / und schafft euch bessre Gesetze an / und bessre Feuerspritzen.' – Paßt gut, finde ich, ein hübsch gereimter Rüffel."

Robert sagte: „Ein Freund von mir würde sagen: Das Dings ist mißverständlich. Unter bessren Gesetzen versteht man hier und bei uns sehr verschiedene Gesetze."

„Obwohl mich die Politik interessiert", sagte Herr Windshull, „bin ich doch kein Politiker. Ich bin Kaufmann, und als Kaufmann will ich Geschäfte machen. Da brauche ich aber auch Gesetze. Die meisten Gesetze sind gerade aus diesem Bedürfnis entstanden, einem gesellschaftlichen Bedürfnis, wie Sie sagen würden."

„Einer anderen Gesellschaft als meiner, Herr Windshull, und darum sehe ich auch diese Gesetze anders als Sie."

„Vorsicht, mein Lieber, da seien Sie nur vorsichtig. Wenn ich mit Leuten von euch verhandle, dann habe ich immer die trübe Freude, zu sehen, wie genau ihr euch der Regeln zu erinnern wißt, die wir aufgestellt haben. Wenn es nötig ist, könnt ihr wie Pfeffersäcke reden."

„Das hoffe ich. Aber um wieder, verzeihen Sie, auf das Wasser zu kommen: Würden Sie mir nicht zustimmen, wenn ich sagte, es wäre wichtiger, die Vollmachten der Nordsee einzuschränken als die Vollmachten der Polizei zu erweitern?"

„Ohne Zögern, mein lieber Herr Iswall, ohne Zögern würde ich das. Natürlich muß man höhere Dämme bauen, natürlich muß man das Schleusensystem verbessern und das Warnsystem auch. Das ist eine öffentliche Aufgabe, der ich das Wort rede, auch wenn sich dadurch, wie nun wieder Sie werden zugeben müssen, die öffentlichen Ausgaben erhöhen."

„Das gerade werde ich Ihnen nicht zugeben. Die öffentlichen Ausgaben brauchten nur in eine andere Richtung gekehrt zu werden, nämlich..."

Windshull schwenkte die Kognakflasche und sagte lachend: „Oh, jetzt sind Sie aber doch ganz Agitator. Jetzt verweisen Sie auf den Wehretat und wollen dem Herrn Strauß an die Kasse. Das ist aber so, als wollten Sie uns empfehlen, wenn uns ein Balken für das Dach fehle, sollten wir doch einen von denen nehmen, mit denen wir den Keller abgestützt haben. Das ist ausgeschlossen, Herr Iswall, muß ich Ihnen das erst erklären?

Ich bin Kaufmann und kein Politiker. Ich lese Böll, und ich lese Enzensberger, und ich finde das oft recht vernünftig, was diese Herren schreiben; manchmal ist es ja etwas kraß, aber die Leute haben einen Kopf, das sieht man. Aber deshalb lasse ich mich doch nicht zur Unvernunft verleiten! Das wäre doch pure Unvernunft, das Erworbene auf eine Weise zu schützen, die verlangt, eine andere Art von Schutz zu lockern.

Und im übrigen: ich verrate kein Geheimnis, wenn ich von unseren übernationalen Verpflichtungen spreche. Diese Verpflichtungen sind doch in gewissem Betracht der Preis, den wir zahlen, weil man uns wieder zu etwas kommen ließ. Seinen Verpflichtungen muß man nachkommen, Herr Iswall, sonst ist man als Kaufmann bald am Ende; das ist so gut wie ein Gesetz."

„So", sagte Robert, „nun sollte ich doch den Heine zitieren: ‚Und schafft euch bessre Gesetze an', denn ein Gesetz, das den weniger wohlhabenden Leuten nur die Wahl läßt, entweder vor dem Wasserstand oder vor der Wasserrechnung zu zittern ..."

Herr Windshull lachte herzlich. „Das ist schön", sagte er, „Wasserstand oder Wasserrechnung, und wovor soll der arme Mann nun am meisten zittern. Wegen Wassergeld ist hier nun wirklich noch keiner verdurstet."

Robert schüttelte den Kopf und schnalzte mit der Zunge. „Jetzt sind Sie aber auf Mißverständnisse aus. Ein lesender Kaufmann, ein Böll- und Grass-Kenner sollte doch eine Metapher für eine Metapher zu nehmen wissen."

„Nun fangen Sie nur noch an, mich zu uzen", sagte Windshull. „Im Ernst, Sie werden doch nicht sagen, daß es den Leuten hier schlecht geht? Noch nie, das nehme ich auf meinen Firmennamen, ist es den Leuten so gut gegangen wie heute."

„Daran ist was Wahres, Herr Windshull, die Menschen machen durchweg einen schlachtreifen Eindruck; Hänsel ist fett, und die Hexe kann den Grill schon immer einschalten. Oder, wenn Sie erlauben, noch einmal Heine: ‚Gar manche, die ich als Kälber verließ, / fand ich als Ochsen wieder! / Gar manches kleine Gänschen ward / zur Gans mit stolzem Gefieder.‘ "

„Das ist es, was mir an euch Kommunisten nicht gefällt: Ihr setzt bei den anderen immer nur böse Absichten voraus. Haben die Leute nur Margarine, und haben sie nur wenig davon, dann ruft Ihr eure Kollwitz und laßt sie das abmalen und schreit, wir ließen den armen Proleten verhungern. Tun wir das aber nicht, teilen wir ehrlich mit ihm, und kriegt er dann Pausbäckchen, da rufen Sie: Seht diese teuflische Bourgeoisie, sie will ihn braten im Ofen gar wie Brot – und dann natürlich fressen. Das ist doch unfair."

Robert schwenkte verlangend sein Kognakglas. „Ach, bitte, kann ich rasch einen haben? Haben Sie wirklich ‚ehrlich teilen‘ gesagt, ja? Dann bitte einen doppelten. Verehrter Herr Windshull, Sie sind wirklich ein netter Mann, Sie lesen die Dichter, Sie geben mir von Ihrer kostbaren Zeit, nein, ich uze nicht, ich weiß doch, daß Sie hart arbeiten, aber wenn Sie über das sogenannte Arbeitgeber-Arbeitnehmer-Verhältnis sprechen, dann erzählen Sie Sachen, na ... ‚Ich bin ein Tierfreund‘, sagte der Angler, als er den Fisch in die Pfanne legte, ‚nun ist das arme Ding doch heraus aus dem kalten Wasser!‘ “

„Und Sie sind ein Dogmatiker“, sagte Windshull.

„Prost“, sagte Robert.

Und auch Herr Windshull sagte: „Prost!“

Es war noch im Oktober, am Ende der dritten Woche. Sie begannen gerade, sich an den seltsamen Rhythmus ihres neuen Daseins zu gewöhnen, an die sechs Stunden Unterricht am Nachmittag, an die langen Versammlungen bis in die Nacht, an die Schularbeiten in der Zeit vor dem Mittagessen, an die Verlagerung der Kraft von den Armen und Beinen in den Kopf, ans Hinhören, Aufpassen, Mitschreiben, Mitdenken, an den merkwürdigen Spaß des Erkennens und auch an die verblüffende Schwere des Federhalters und auch an eine bis dahin nicht gekannte Müdigkeit hinter den Augen und auch an einen nie erwarteten Kopfschmerz.

Es war mitten im Anfang, als für einen von ihnen alles schon wieder zu Ende schien.

Am Abend zuvor war ihnen gesagt worden, der Ordnung halber müßten sie alle zur Schirmbilduntersuchung, und nun rüsteten sie zu diesem Gang.

Für Quasi Riek war das Wort „der Ordnung halber“ eine belebende Parole gewesen. Nur eine Nachtstunde, und er hatte einen genauen Zeitplan aufgestellt: Abmarsch von Wohnheim, Eintreffen Klinik, Dauer der Untersuchung, Abmarsch von Klinik – alles sauber berechnet, und wenn es nach ihm ginge, würde es nirgendwo Gedränge und Warten geben. Es hatte ihn noch eine weitere Stunde Schlaf gekostet, in jede Stube des Heimes einen Zettel mit den Daten zu bringen, und er hatte jedesmal verkündet, gleich, ob die Bewohner des Zimmers schon schliefen oder nicht: „Die Voraussetzung für das Gelingen des Planes ist quasi die Plandisziplin!“ Vor den Zimmern der Mädchen hatte er seinen Spruch durch die Tür gerufen.

Die Besatzung von „Roter Oktober“ mußte als erste hinaus. Trullesand formulierte die Losung des Tages: „Schnürt die Botten, Kampf den Motten!“ Diese Devise trugen sie durch die Gänge des Wohnheims, und mit „Schnürt die Botten, Kampf den Motten!“ betraten sie den Warteraum der Klinik.

Der Arzt kam aus dem Untersuchungszimmer und sagte: „Nur vier? Ich erwarte hier doch Ihre ganze Schule, und dem Lärm nach dachte ich, sie wäre schon da.“

Quasi überreichte ihm seinen Zeitplan. „Geht alles klar, Herr Doktor, Sie können den Kampf gegen die Geißel des Volkes sofort aufnehmen; Sie brauchen nur noch ‚Einatmen, ausatmen!‘ zu sagen, alles andere ist organisiert.“

Der Arzt betrachtete den Zettel vergnügt und rief dann: „Fräulein Hella, kommen Sie doch mal. Heute geht es militärisch bei uns zu. Schreiben Sie sich die Adresse dieses jungen Mannes auf und schicken Sie ihm, sollte alles so funktionieren, wie er es geplant hat, einen Butterzettel, sagen wir, für ein halbes Pfund. Sehen Sie, er hat sogar an uns gedacht. Hier steht: ‚10.00–10.15 Erholungspause für medizinisches Personal‘! Junger Mann, Sie landen noch im Generalstab.“

Quasi schien etwas gegen den Generalstab sagen zu wollen, aber die Assistentin des Arztes ließ ihm dazu keine Zeit.

„Ausziehen“, sagte sie, „den Oberkörper frei machen und einzeln eintreten.“

Doch das paßte Trullesand nicht. Er wandte sich an den Arzt: „Könnten wir nicht alle vier? Ich würde gerne mal sehen, wie die von innen aussehen. Man möchte doch wissen, mit wem man es zu tun hat. Und außerdem bin ich wissenschaftlich interessiert.“

„Gut“, entschied der Arzt, „wissenschaftliches Interesse ist zugelassen. Aber keinen Mucks, bitte, sonst werfe ich euch raus.“

Die Assistentin schaltete das Licht aus und die Apparatur ein. Robert spürte plötzlich Angst. Er war zwar erst kurz vor der Entlassung aus dem Lager untersucht worden, und er fühlte sich auch nicht krank, aber er wußte doch, wie rasch die Krankheit auftauchte und wie weit sie verbreitet war in diesen Jahren.

Lungentuberkulose, das war eines der Gespenster, vor denen er sich wirklich fürchtete. Sie hatte die undeutlichen, unwirklichen Umrisse eines Gespenstes für ihn, aber er wußte, daß sie keines war. Im Lager hatte sie ihre Opfer geholt, und als er nach Hause gekommen war, hieß es von zweien, die er als gesund in Erinnerung hatte, sie seien an Tb gestorben, und als Kind schon hatte er das Grauen kennengelernt, das ausging von diesem anderen Wort: Schwindsucht.

Die Röntgenapparatur summte, und Roberts Herz pochte, und als er das Kommando der Assistentin hörte: „Der erste vortreten!" zögerte er.

Jakob ging als erster.

Die Assistentin sagte: „Geben Sie laut und deutlich Ihren Namen und Vornamen an und Ihren erlernten Beruf und auch das Geburtsdatum, das andere sagt Ihnen Herr Doktor!"

Jakob tastete sich vorsichtig zwischen das Gestänge, dann rief er laut, lauter, als sie es von ihm gewohnt waren: „Jakob Filter, Waldarbeiter, geboren neunzehnhundertachtundzwanzig, am vierten Juli."

„Independence Day", sagte der Arzt, „der vierte Juli ist der Tag der amerikanischen Unabhängigkeit; das habe ich noch in der Schule gelernt – kommen Sie mal rechts etwas näher ran –, ich weiß nicht, ob ihr das bei euch auch noch lernen werdet. Waldarbeiter sind Sie? Das sieht man; mit Ihrer Lunge könnten Sie die ganze Unabhängigkeitserklärung in einem Atemzug verlesen. – O. B., Fräulein Hella, sehr o. B. – Der nächste Herr!"

„Schon da", sagte Trullesand, „Gerd Trullesand, Zimmermann, vierzehnter Juni neunzehnhundertdreißig, da weiß ich auch was zu."

„Luft anhalten", sagte der Arzt, „was denn?"

„Nichts mit Unabhängigkeit, andersrum. Am vierzehnten Juni neunzehnhundertvierzig marschierten die Faschisten in Paris ein.“

„So, die Faschisten, an Ihrem zehnten Geburtstag also. Na ja, o. B., Fräulein Hella.“

Robert versuchte, jede Berührung mit dem Metall des Apparates zu vermeiden, und als er den festen Griff des Arztes an seinen Oberarmen spürte, fühlte er sich gefangen. Er hörte, wie rauh seine Stimme war, als er sagte: „Robert Iswall, geboren am achten Januar neunzehnhundertsechsundzwanzig, Beruf: Elektriker.“

„Was ist denn los?“ fragte der Mann auf der anderen Seite des Schirmes, „Sie zittern ja! Gerade will ich Sie bewundern, weil Sie sich mit dreiundzwanzig noch auf die Schulbank wagen, und da zittern Sie. – Tief einatmen, anhalten, noch einmal das Ganze! – Haben Sie mal was gehabt? Nein? Ist auch nichts zu sehen. Schreiben Sie, Fräulein Hella: Zittert, aber o. B. – Und der Nächste!“

„Hier“, rief Quasi. Er klappte mit den Hacken, als er sich hinter den Schirm stellte, und er diktierte rasch „Riek, Karl-Heinz, Klempner in einer Zuckerfabrik, geboren am zwoten zwoten neunzehnneunundzwanzig.“

Der Arzt sagte: „Rühren“ und „Die rechte Schulter höher!“ und: „Jetzt die linke!“ und: „Atmen Sie, so tief Sie können!“ und nach einer Pause: „Fräulein Hella, bitte genau: ‚Pfenniggroßes Oberlappinfiltrat rechts, links frei, Senkung, zu morgen noch einmal bestellen.‘ – Wie ist das mit Ihnen? Fühlen Sie sich schlapp? Nachtschweiß? Auswurf? Na, kommen Sie mal raus da, und dann erzählen Sie in Ruhe.“

Quasi kam heraus. Er kam in dem Moment, da die Assistentin das Licht einschaltete. Er war mit einer exakten Wendung zwischen das Gestänge getreten, und jetzt fiel er mit einer exakten Bewegung heraus, und sein Körper schlug auf den Boden; dann krümmte er sich und blieb reglos liegen. Der Arzt streifte die Schürze ab, ganz langsam, wie es Robert schien, dann hob er Quasi auf und legte ihn auf ein Ledersofa.

„Das war wohl nicht eingeplant", sagte er dabei. „Hella, Glukose, und ihr Jungs, bringt mal seine Sachen. Ach, nun guckt nicht so, er stirbt euch schon nicht, er bringt nur seine schöne Zeittafel durcheinander, da werden wir wohl die Erholungspause für das medizinische Personal streichen müssen. – So, jetzt eine Prise Traubenzucker in die Adern, und gleich wird er die Augen aufmachen und sagen: ‚Huch, wo bin ich?' Aber wahrscheinlicher ist, daß er nach der Uhrzeit fragt."

Aber Quasi fragte nicht nach der Zeit und auch nicht nach dem Raum.

Er sagte leise und fest: „So eine Scheiße!"

„Er lebt", sagte der Arzt, „bringen Sie ihn raus, und nach einer Weile bringen Sie ihn nach Hause. Er soll morgen um acht wieder herkommen. Sagen Sie ihm: ‚Punkt acht', das wird ihn aufrechthalten."

Sie gingen langsam hinaus zur Fakultät; sie hätten ihn am liebsten getragen, aber er wehrte sich wütend. Er wehrte sich auch, als sie ihn ins Bett packten, aber dann wurde er plötzlich ganz still.

„Wat is denn, Heinzi", sagte Trullesand, „wat liegt denn an? Willst du vielleicht mal 'n bißchen heulen? Denn sag das, denn gehn wir raus solange."

Aber Quasi weinte schon.

Sie standen hilflos dabei, bis er sich ein wenig beruhigt hatte.

„Ihr müßt mich woanders hinbringen", sagte er, „vielleicht in die Gerätekammer, sonst ist hier doch nichts frei. Ich stecke euch noch an. Wenn man dort aufräumt, paßt noch ein Bett rein."

„Nein", sagte Jakob, „eher ziehen wir hier aus. Aber ich glaube nicht, daß es ansteckend ist. Dann hätte der Arzt das doch gesagt. Er hat nur gesagt, wir sollen dich nach Hause bringen."

Trullesand sagte: „Bei uns hat mal einer einen wissenschaftlichen Vortrag gehalten über ... über das Zeug da. Der Vortrag hieß: ‚Die Lungen ...‘, ach, ich weiß nicht mehr, jedenfalls ist die Lage heutzutage ...“

„Heutzutage ist das gar keine schlimme Krankheit mehr“, sagte Robert, „sie ist mehr ein Gespenst, wißt ihr. Früher, ja früher, da war das was zum Fürchten, da hatten die Leute alle möglichen schaurigen Namen dafür, mir fällt jetzt keiner ein, aber heute ist das doch nichts mehr. Du bleibst am besten erst einmal liegen, schon wegen dem Schreck, und morgen gehst du dann zu dem Arzt, und dann wird er dir wahrscheinlich ein paar Pillen verschreiben, und nächste Woche lachst du schon darüber. Aber eigentlich kannst du schon heute lachen, denn heute ist Latein.“

Quasi kam mit dem Latein nicht klar.

„Jugendfreunde“, sagte er, „diese sogenannte Sprache hat sich einer ausgedacht, und zwar ist meine persönliche Vermutung, daß es einer war, der nicht die geringsten Beziehungen zum Volk hatte. Dieser Mann hatte etwas zu verbergen, und außerdem hatte er kein Blut in den Adern. Soll ich euch sagen, wie mir dieses Latein quasi vorkommt? Wie aus dem Stabilbaukasten!“ Es hatte eine Grundsatzdebatte gegeben, in der es um die Frage gegangen war, ob Latein abzulehnen sei oder nicht.

Alle Fächer hatten sie so überprüft und ihre gemeinsame Haltung ihnen gegenüber festgelegt.

„Das verstehe ich nicht“, sagte Jakob zu Quasi, „bei dir verstehe ich das nun gar nicht. Wenn Latein wie aus dem Stabilbaukasten ist, dann muß es dir doch gefallen. Ich kann mir solche Vergleiche nicht so ausdenken wie ihr, aber diesen verstehe ich. Das ist doch dann eine richtig organisierte Sprache – kann man das sagen: eine organisierte Sprache? –, ich wäre froh, wenn Deutsch auch so wäre.“

„Deutsch ist mehr aus einem Chemiekasten“, sagte Trullesand, „von diesem Pulver wat und von dem und denn so eine Säure drauf, und wenn du zweimal umrührst, sieht es blau aus, und wenn du dreimal umrührst, wird es gelb und stinkt. Da ist Latein doch eine klare Sache. Wer wissenschaftlich arbeiten will, muß Latein können, und deshalb bimst Trullesand Latein."

Von der Diskussion über das Fach waren sie bald in eine über den Lehrer dieses Faches geraten.

Sie mochten Angelhoff nicht, jedenfalls nicht, wenn er keinen Unterricht gab. Er war dann ein Angeber, und zwar im doppelten Sinne des Wortes: Fast in jeder Versammlung hatte er die Leitung, und die Hälfte aller Diskussionsbeiträge bestritt er. Dabei stellte sich immer heraus, daß er alle Vorgänge an der Fakultät, vor allem aber die negativen, verfolgte. Und er beherrschte meisterhaft die Kunst, den Anschein zu erwecken, als habe er nur widerstrebend die Rolle des öffentlichen Gewissens übernommen. Er zählte mit stockender Stimme die Sünden der anderen auf, brach ab, setzte sich mit der Miene eines sichtlich Gequälten, wand sich auf seinem Stuhl, besiegte dann aber seine, wie er sagte, kleinbürgerlichen Skrupel und nannte die Vergehen entschlossen bei ihren politischen Namen. Er kannte die Schriften genau, und immer fand er eine Stelle, mit deren Hilfe er gehemmt, aber am Ende doch den Prinzipien treu, ein Versäumnis zu einer Schwankung und ein Versehen zu einer Abweichung avancieren ließ. Am Schluß der Versammlung oder in den Pausen trat er an die von ihm Gebeutelten heran und reichte ihnen die Hand. Er sah ihnen fest ins Auge dabei und sagte, er sei doch wohl richtig verstanden worden, man habe doch sicher begriffen, worum es sich gehandelt habe: um die Sache, um nichts anderes als die Sache, die allen gemeinsame Sache.

Bei vielen kam er glänzend an damit; sie waren alle noch unsicher, und sie wollten alle lernen, und so viel hatten sie schon gelernt: daß ein Fehler erst richtig bösartig wurde, wenn man ihn nicht bei seinem Namen nannte.

Aber Trullesand wollte nichts von Angelhoff wissen.

„Ick war mal im Theater“, sagte er, „noch in Stettin, heute Szczecin, da hat sich einer umgebracht. Das war ein Ritter. Der mußte sich einen Dolch zwischen die Rippen jubeln. Den hättet ihr mal hören sollen. Er sagte, ihm würde die Sache ja verdammt schwerfallen, aber das Vaterland, mit vier A's drin, das Vaaaaterland verlangte dieses nun von ihm, und es wäre seine bluuutige Pflicht. Der Ritter war so ein Kleiner, Stukiger und sah überhaupt nicht aus wie Angelhoff, aber Angelhoff sieht aus wie dieser Ritter, wat sich komisch anhört, aber wahrscheinlich Dialektik ist.“

Seitdem achteten auch die anderen genauer auf den Lateiner, und bald bekam er im Zimmer „Roter Oktober“ einen neuen Namen: Dolchmensch.

Wenn Angelhoff unterrichtete, hatte er kaum etwas mit dem Dolchmenschen gemein. Die Luft eines Klassenzimmers schien auf ihn zu wirken wie Flüssigkeit auf eine jener merkwürdigen chinesischen Blumen, die sich im Wasser aus einem schrumpeligen Bällchen in eine phantastische Blüte verwandeln. Vor einer Schultafel entfaltete Angelhoff eine Fülle von Witz, Charme und menschlicher Wärme. Er war dann von einer ansteckenden Beredsamkeit, und gelernt wurde bei ihm, so schien es, ganz nebenbei.

Vera Bilfert meinte einmal: „Ich glaube, er kann zaubern. Wenn er spricht, habe ich immer das Gefühl, ich könnte schon längst Latein, ich hätte es nur vergessen, und er erinnert mich daran. Aber ich habe bestimmt noch nie Latein gehabt.“

Quasi war das alles verdächtig. „Jugendfreunde, man muß mal überprüfen, ob er euch vielleicht hypnotisiert. Mich läßt dieses mystische Geschwätz ja kalt, aber euch hat er am Haken. Latein ist tot; die Vokabeln, das ist weiter nichts als ein Knochenhaufen, und was dieser sogenannte Pädagoge macht, das ist: Er montiert die Knochen zu einem Gerippe, und dann will er uns erzählen, das soll ein Mensch sein. Wer aber wachsam ist, der sieht, daß das ein Skelett ist. Brauchen wir Skelette? Nein, sage ich, wir brauchen quasi keine Skelette!"

Er leistete hinhaltenden Widerstand gegen Angelhoff, und jedesmal, wenn der Lehrer die Klasse verlassen hatte, trat Quasi Riek nach vorne, klatschte in die Hände und rief: „Arbeitsgruppe A 1, aufwachen! Der Spuk ist aus!"

Und nun lag Quasi klein und blaß unter Trullesands Federbett, und jeder konnte ihm ansehen, wie gern er mitgegangen wäre in den Unterricht, selbst zu Angelhoff, dem Dolchmenschen.

Als sie zurückkamen, lag er noch genauso da, und auch am anderen Morgen schien es ihnen, als habe er sich nicht in seinen Kissen gerührt.

Er hörte kaum auf ihre Geschichten und lachte nicht über ihre Witze, er aß mit Mühe sein Frühstück, und er schien nicht zu bemerken, daß ihm Roberts Wintermantel, den sie ihm übergezogen hatten, viel zu lang war.

Als sie die Klinik erreichten, waren alle schweigsam geworden.

Doktor Gropjuhn, der Röntgenarzt, bemerkte es sofort. „Das möchte ich mir aber energisch verbeten haben, vier Leichenbittermienen auf einmal und auf fast nüchternen Magen, das geht zu weit. Das zeugt von wenig Vertrauen in meine ärztliche Kunst, in die ärztliche Kunst überhaupt. Fräulein Hella, lassen Sie sich die Papiere von diesen Kerlen zeigen, hier ist Betrug im Gange, das können gar nicht die von gestern sein; gestern waren hier doch vier Baumausreißer, aber die hier, die reimen sich höchstens auf Baumausreißer."

„Immerhin", sagte Trullesand, „das war schließlich ein Schlag ins Kontor, Herr Doktor."

Der Arzt legte einen Finger auf den Mund und sagte: „Pst, seien Sie mal still – hören Sie es kichern? Hören Sie dies trockene Händereiben? Das ist die Krankheit, die sich da so freut. Sie hat einen Volltreffer gelandet. Einen hat sie getroffen, und vier sind umgefallen. Wie hieß es doch so schön beim seligen Barras: Die moralische Wirkung ist eine ungeheure! Ihr Affen! Wie sollen wir denn gegen die Krankheit ankommen, wenn ihr euch so erschrecken laßt. Paßt auf, dem Riek, dem schreiben wir jetzt ein paar Sachen auf, Extrabutter und ein Faß Leinöl, und dann schicken wir ihn zu Muttern. Da legt er sich vier Wochen hin, atmet schön frische Luft, und zu Weihnachten ist er wieder bei euch. – Übrigens, Herr Riek, vielen Dank noch für Ihren Zeitplan; es hat glänzend geklappt; schon deshalb müssen Sie rasch wiederkommen; ohne Sie gehen die da in ihrer komischen Fakultät doch organisatorisch vor die Hunde."

Quasi hörte ihm ruhig zu; er zuckte auch nicht, als ihm die Assistentin eine Kanüle in den Arm stach; nur der Ausdruck „komische Fakultät" schien ihn zu bewegen. Bevor er jedoch den Mund geöffnet hatte, sagte Robert: „Die Sache hat nur einen Haken: Wie Sie uns hier sehen, sind wir so eine Art Waisenhaus. Der da hat keine Eltern mehr und Karl-Heinz Riek auch nicht. Trullesand hat wenigstens noch ein paar Tanten mit Federbetten, aber Riek hat nichts dergleichen. Könnte er nicht bei uns bleiben?"

Der Arzt überlegte lange. „Könnte vielleicht schon", sagte er schließlich, „das hängt unter anderem von der Senkung ab. Aber wahrscheinlich könnte er. Vier Wochen Strammliegen bei offenem Fenster, viel mehr braucht er wahrscheinlich nicht. Wir haben ihn ja noch rechtzeitig erwischt. – Und wer versorgt ihn da bei euch?"

„Wir", sagten sie.

Der Arzt schrieb einige Anweisungen aus, die er Robert gab, und dann sagte er zu der Assistentin: „Fräulein Hella, Sie gehen jetzt mit diesen Samaritern und sehen sich deren Behausung an. Sie wissen ja, worauf es ankommt. – Und Sie, Herr Riek, Sie studieren nun mal schön die Wasserflecke an der Decke; die therapeutische Wirkung ist eine ungeheure. Und werden Sie nicht ungeduldig, dann kommt alles wieder hin."

Quasi gab ihm die Hand und sagte: „Vielen Dank, Herr

Doktor, vielen Dank, wenn es hilft, kann ich ganz still liegen. Aber, wenn ich Ihnen das sagen darf: Wir sind keine komische Fakultät!"

„Mir schwant schon so was", sagte der Doktor.

Die Assistentin erwies sich als ein umgängliches Mädchen. Sie war keine richtige Assistentin, sie studierte noch und sollte sich praktische Kenntnisse erwerben; Famulieren nannte sie das.

Zuerst war sie wortlos neben ihnen hergegangen, aber bald lachte sie über die Witze der Jungen. Und beim Leinölkauf fanden sie in ihr eine wertvolle Hilfe.

Der Krämer machte Schwierigkeiten. Er sah in ihnen keine richtige Kundschaft, und er hatte wohl auch schon seine Pläne mit der Ölzuteilung.

„Fünf Liter gleich", sagte er, „was für ein Unsinn! Die werden Ihnen doch nur ranzig. Warum gleich die ganzen fünf Liter?"

„Weil es vorkommen könnte, daß der Rest dann bei Ihnen ranzig wird", sagte Trullesand, „oder die Katze leckt ihn auf. Vielleicht macht sich Ihre Katze was aus Leinöl mit Weißkäse."

„Ich habe keine Katze", fauchte der Krämer, „und ich verbitte mir Ihre Anspielungen. Meinen Sie, ich weiß nicht, wen Sie mit der Katze meinen?"

Robert sah Trullesand erstaunt an. „Wen meinst du denn mit der Katze? Der Herr sagt, er hat keine Katze, und du redest von einer Katze, wen meinst du denn da mit der Katze?"

„Wir hätten gerne fünf Liter Leinöl", sagte Trullesand. Der Krämer fand einen Ausweg. „Bitte, bitte, ganz wie Sie wollen. Wenn Sie wollen, daß Ihnen das wertvolle Öl verdirbt, bitte sehr. Darf ich Ihr Gefäß haben?"

Sie hatten kein Gefäß.

„Wir haben kein Gefäß", sagte Trullesand, „wir kaufen nämlich nicht jeden Tag fünf Liter Leinöl."

Der Krämer war sehr unglücklich. „Das ist schlimm, meine Herren, wenn Sie kein Gefäß haben? Sie wissen doch, wie heutzutage die Dinge liegen."

Robert wandte sich vorwurfsvoll an Trullesand: „Aber weißt du denn nicht, wie die Dinge heutzutage liegen? Heutzutage kannst du Öl in rauhen Mengen haben – wenn du ein Gefäß hast. Wenn du kein Gefäß hast, kannst du auch kein Öl haben heutzutage. Du tust dem Herrn wirklich unrecht; er hat keine Katze, und ein Gefäß hat er auch nicht. Heutzutage. Früher ja, früher hatte der Herr bestimmt immer Öl und immer Katzen und immer Gefäße. Aber heutzutage!"

Hella schob sie beiseite. Sie lächelte den Krämer an und sagte: „Sehen Sie doch bitte einmal nach, vielleicht haben Sie doch noch irgendwo einen sauberen Kanister oder eine Zweiliterflasche. Zwei Liter würden uns vorerst genügen. Wir brauchen die Flasche nur leihweise und selbstverständlich gegen Pfand. Es ist wichtig, medizinisch wichtig, wissen Sie; die jungen Männer hier sind nämlich alle krank, na, Sie haben es wohl gemerkt – ich habe die Aufsicht über sie, cand. med. Schmöde ist mein Name."

Als sie wieder draußen waren, fragte sie: „Warum benehmen Sie sich so?"

„Wie, so?" Robert verteidigte sich. „Sie sehen doch, der Kerl hatte alles da. Bestimmt hat er auch ein Fünflitergefäß gehabt. Ich werde schon wütend, wenn ich so einen sehe."

„Ich auch", sagte Trullesand, „der schiebt doch. An dem seiner Tür steht noch ‚Kolonialwaren'; der will seine Kolonien wieder. Diese Krämer sind alle Ausbeuter."

„Hübsch", sagte Hella Schmöde, „mein Vater ist auch Krämer."

Sie beteuerten ihr, daß sie das nicht weiter störe und daß sie, sollte sie irgendwelche Unklarheiten haben, ruhig damit herausrücken dürfe.

Dann waren sie aber doch eine längere Zeit stumm.

Erst am Fakultätseingang fragte Trullesand: „Haben Sie mal Ostrowski gelesen, ‚Wie der Stahl gehärtet wurde'! Nein? Dann tun Sie das mal; danach verstehen Sie alles besser!"

„Schönen Dank für den Rat", sagte sie kühl, „vielleicht darf ich mich mit einem anderen Literaturhinweis revanchieren: Es gibt noch einen Ostrowski, und der hat ein Theaterstück geschrieben. Der Titel lautet: ‚Eine Dummheit macht auch der Gescheiteste'. – So, wo ist nun Ihr Zimmer?"

Hermann Grieper war noch nie in seinem Leben in einem Theater gewesen, und er hielt das keineswegs für einen Fehler.

„Du bist ja ein Schriftmensch", sagte er zu Robert, „du mußt da hingehen, aber ich doch nicht. Ich kenn doch alle linken Dinger, die es gibt; was soll ich da lernen? Schreib du mal meine Memoiren, dann brauchst du auch nicht mehr ins Theater. Dreißig Jahre nur Kriminelles und keinen Tag Zet – wenn du das hinter dir hast, kann dir doch so ein alberner Schauspieler nichts mehr vormachen. Zirkus, ja, in einen Zirkus geh ich immer. An den Zirkus knüpfen mich teure Erinnerungen. Das heißt, teuer waren sie eigentlich mehr für andere. Auf dem Heiligengeistfeld war mal ein Zirkus – wann wird das gewesen sein, Anfang der zwanziger, glaube ich –, da hatten sie einen Zauberer, der war gut. Der konnte Kartenkunststücke, daß du dachtest, es spukt. Aber ich glaube nicht an Spuk, hab ich noch nie dran geglaubt. Ich hab den Zauberer nach der Vorstellung eingeladen, ganz seriös. Wein hat er getrunken, und ich hab ihn mit ‚Meister' angeredet. Nach drei Flaschen Wein war ihm das Seriöse über; da wurde er ordinär. Ich bin nicht ordinär, aber ich kann es sein, wenn es sein muß.

Am andern Morgen hab ich ihn in seinen Zirkus geschleppt, dann hab ich erst mal zwei Stunden geschlafen, und dann hab ich angefangen, die beiden Tricks zu üben, die ich ihm abgeluchst hatte.

Weißt du, wie lange ich üben mußte? Das kannst du nicht wissen, du bist ja ein Schriftmensch. Ich habe vierzehn Tage lang geübt, vierzehn Tage, Achtstundentag! Und nichts verdient, vierzehn Tage lang, reine Investition. Natürlich, ich hätte es auch anders machen können. Kerls mit Kartentricks liefen damals genug herum. Aber meistens liefen sie nicht rum, meistens saßen sie, und zwar dort, wo Kartenspielen verboten ist, und warum, meinst du, saßen sie? Weil sie ihre Tricks bei Kerlen gelernt hatten, die überall mit zwei Satz Karten rumliefen, aber meistens nicht rumliefen, sondern saßen, weil sie ihre Tricks bei Kerlen gelernt hatten, die ... du verstehst.

Dichterisch ausgedrückt, könnte man sagen: Wer Hofschuhmacher werden will, darf nicht zu einem Flickschuster in die Lehre gehen. Ich bin nicht eitel, aber dichterisch ausgedrückt bin ich ein Hofschuhmacher geworden.

Nun verstehe mich nicht falsch und denke nicht, daß ich einer von diesen Hochstaplern war, die den lustigen Witwen die Brillanten klauen. Ich habe nie gestohlen. Ich verabscheue das. Es ist auch zu unsicher.

Die Tricks stammten immerhin von dem König der Magier. Aber ich hatte sie doppelt; ich hatte sie für die rechte Hand studiert und für die linke.

Für meinen ersten öffentlichen Auftritt hab ich mir die rechte Hand bandagiert, und auf der Straße trug ich sie in einer schwarzen Schlinge.

Es war ein Markttag; damals war hier an Markttagen noch viel los. Die Stadt war voller Freier.

Wenn die Bauern das Grünzeug und die Schlachthühner verschachert hatten, saßen sie in den Wirtschaften rum und spielten Karten. So dämlich waren die; konnten nicht warten, bis sie wieder in ihrem Dorfkrug waren, nein, sie mußten hier Karten spielen! So viel Dummheit ärgert mich.

Ich guckte bloß zu, nett angezogen, sauber gescheitelt, Hand im Verband. Und seufzte. Ich seufzte so lange, bis einer fragte, warum ich denn seufzte. Ich hob nur vorsichtig die verbundene Hand und seufzte eine Weile nicht mehr. Bis mir dann doch wieder ein Seufzer entfuhr. Jetzt holten sie es aus mir heraus: Mein Kummer war, daß ich nicht mitspielen konnte, weil ich einen Arbeitsunfall gehabt hatte, und nun stand ich da, die Tasche voller Schmerzensgeld, und konnte nicht mitspielen. Diese Bauern können richtige Verführer sein. Sie verführten mich, es doch einmal zu versuchen.

Nun ist aber doch ein Kartenspieler, der nicht selber mischen kann, kein vollwertiger Spieler. So verlangte denn mein Selbstbewußtsein, daß ich erst einmal versuchte, die Karten mit einer Hand zu mischen, mit der linken.

Die Bauern spielten erst mal weiter, bis ich meinte, nun könnte es ja vielleicht gehen.

Ich bestellte ein neues Kartenspiel, ein versiegeltes – das muß man, wenn man mit Fremden spielt.

Der Kellner brachte die Karten auf einem Tablett; ich nahm das Päckchen, studierte das Siegel, zeigte es auch den anderen, und dann warf ich die Karten auf den Tisch. Das waren aber schon längst nicht mehr die, die der Kellner gebracht hatte.

Mit der linken Hand spielen und dann noch mit wildfremden Karten, das war mir zu riskant. Ich hatte lieber welche, die ich kannte. Die auf dem Tisch kannte ich.

Nun muß ich dir, weil du ein Kopfmensch bist, etwas sagen: Ich achte Kopfmenschen.

Ich konnte mit der linken Hand alles, was man können muß, aber ich konnte auch was mit dem Kopf. Zum Beispiel konnte ich aus zweiunddreißig Satz Karten zwei Satz zusammenstellen, die ich kannte. Vom Rücken her. Mußten aber Bettuchmuster sein, mit den vielen Linien drauf. Für den Laien sehen diese Rücken alle gleich aus, aber der Fachmann sieht mehr. Der Fachmann kriegt aus zweiunddreißig Satz Karten zwei Satz zusammengestellt, die er kennt.

So ein Satz lag auf dem Tisch, als wir anfingen.

Als wir fertig waren, hatte ich schön gewonnen; von jedem ein bißchen, damit sich keiner zu sehr aufregte.

Sie wünschten mir noch gute Besserung, und das muß geholfen haben. Abends war der Schmerz aus der rechten Hand wie weggeblasen, und erst am nächsten Markttag kam er wieder. Bis ich dann hörte, daß sie hier in der Zunft anfingen, mich Pfoten-Hermann zu nennen. Das war mir sehr unangenehm, weil Publicity nicht überall angebracht ist.

Ich habe mich auf andere Techniken umgestellt, immer wieder, und darum ist es all die Jahre glattgegangen. Aber nicht nur darum, sondern vor allem, weil ich ein Fleißmensch war.

Du bist auch ein Fleißmensch, und ich achte das. Wenn ich nicht so ein Fleißmensch wäre, hätte ich in dem Gewerbe nicht acht Jahre konkurrenzlos dastehen können. Acht Jahre lang begann mein Tagwerk früh um neun. Ich wohnte in Hotels, nicht zu teuer, nicht zu billig, mittlere Vertreterhotels, um neun kam das Frühstück. Das nahm ich im Bett, und wenn ich damit fertig war, drehte ich das Tablett um und trainierte. Alles was ich konnte, trainierte ich so, als könnte ich es noch lange nicht. Acht Jahre lang täglich sechs Stunden. Nein, niemand kann sagen, ich hätte mein Geld auf der Straße gefunden. Das mußt du betonen, wenn du mal meine Memoiren schreibst. Die Leute heute, vor allem die jungen, machen sich doch keinen Begriff mehr davon. Die denken, das geht so wie in den Cowboy-Filmen. Ich habe mir diese Filme angesehen, interessehalber, und ich mache dich darauf aufmerksam: Einen Kartenkönig haben sie in fast jedem drin, und der gewinnt immer, bis ihn am Ende einer ersticht oder erschießt, weil unrecht Gut nicht gedeiht. Aber darauf mache ich dich auch aufmerksam: Diese Leute trainieren nie. Wie soll man solche Filme ernst nehmen, wenn man selbst ein Kartenmensch ist? So etwas wirkt auf mich abstoßend. Wenn ich mich schon auf Kunst einlasse, dann will ich die Wahrheit sehen. Darum gehe ich auch nicht ins Theater. Und auch deshalb nicht, weil ich eine Menge Schauspieler gekannt habe. Wenn ich mir die, die ich kenne, vorstelle, wie sie einen König spielen oder einen Cowboy oder vielleicht sogar einen Kartenmenschen, na...

Nein, im Theater ist kein Leben – im Zirkus ja, da gehe ich auch heute noch hin, denn da ist noch Fleiß."

Im Zimmer „Roter Oktober" fanden sich Besucher ein, Krankenbesucher. Aber sie kamen nicht mit Blumen und nicht mit Äpfelchen in Seidenpapier, sie kamen mit Bedenken.

Angelhoff und Völschow, der Alte Fritz, besuchten Quasi Riek, um ihm zu sagen, daß seines Bleibens im Heim nicht sein könne. Sie hätten die Sache gründlich beraten, behaupteten sie, und sie seien sich einig. Jakob und Robert hatten über ihren Lateinbüchern gesessen, als die beiden hereingekommen waren, und Trullesand war dabei, ein Lesepult für Quasi zu bauen. Jetzt standen die drei auf der einen Seite von Quasis Bett, und Völschow und Angelhoff auf der anderen. Quasi sah bald zu dem einen auf und dann zu dem anderen und sagte kein Wort.

„Warum?" fragte Trullesand. „Warum, Genosse Direktor?"

„Aber das liegt doch auf der Hand", sagte der Alte Fritz, „das liegt doch klar auf der Hand: Weil er krank ist." Er zeigte auf Quasi, ohne ihn anzusehen. „Er gehört ins Krankenhaus."

„Ins Krankenhaus gehören nur Leute, die krank genug sind", antwortete Robert, „Karl-Heinz ist aber nicht so krank. Er hat gerade angefangen, krank zu werden, und wenn er richtig gepflegt wird, wird er gar nicht erst richtig krank."

Angelhoff hatte einen Ansatzpunkt. „Dann muß er in ein Heim, ein Pflegeheim. Hier ist kein Pflegeheim. Hier ist ein Wohnheim der Arbeiter-und-Bauern-Fakultät."

Jakob wandte schüchtern ein: „Der Arzt, Herr Doktor Gropjuhn, hat uns gesagt, die Menschen, die in den Heimen sind, die sind mindestens ebenso krank wie die in den Krankenhäusern. Und alle sind belegt."

„Wir werden uns einschalten", sagte Völschow, „wir werden unsere neuen staatlichen Stellen einschalten. Schließlich handelt es sich um einen Arbeiterkader."

„Einverstanden", sagte Trullesand, „aber der Arzt hat festgestellt, daß dieser Arbeiterkader nur eine angeweichte Stelle hat, und ob man da nun gleich staatliche Stellen einschalten muß, wenn der Arzt sagt ..."

Angelhoff unterbrach ihn. „Wir haben den ärztlichen Befund gelesen. Der Befund klingt harmlos. Aber wir haben inzwischen auch Berichte über den Arzt gelesen. Die klingen weniger harmlos. Dieser Mann war Oberstabsarzt, hat in Tübingen und Heidelberg studiert und in Bonn promoviert. In Bonn! 1934! Und was hat er geantwortet, als man ihn aufforderte, der Gesellschaft zum Studium der Kultur der Sowjetunion beizutreten? Soll ich es euch vorlesen? Herr Doktor Gropjuhn hat geantwortet: ‚Danke, nein.' Gefällt euch das?"

„Nee", sagte Trullesand, „gefällt mir nicht. ‚Danke, nein', ist keine Antwort. Wahrscheinlich denkt er, er hat genug Kultur, wenn er Englisch kann und weiß, was am vierten Juli war. Und Oberstabsarzt gefällt mir auch nicht. Aber ich sehe noch keinen Zusammenhang mit Quasis, mit Rieks weicher Stelle."

Angelhoff trat an das Eckfenster und winkte ihnen zu: „Kommt her! Seht hinaus! Sagt, was ihr seht!"

Trullesand blinzelte durch die Scheiben. „Der Regen hört nicht auf", sagte er.

Aber Angelhoff belehrte ihn: „Es geht hier nicht um den Regen. Es geht nicht um Fragen des geographischen Milieus. Die Frage ist eine politische. Wir befinden uns hier in einer ehemaligen Kaserne, einem von uns eroberten Raubnest des deutschen Militarismus. Der Feind ist geschlagen, aber ist er schon vernichtet? Nein. Es kommt jedoch darauf an, ihn zu vernichten. Aber was sehen wir, wenn wir hier hinausblicken? Wir sehen uns fast eingeschlossen von einer Obstbaumsiedlung, von Laubenkolonien, Schrebergärten, von kleinbürgerlichem Besitz. Wie aber ist der Kleinbürger, Genosse Trullesand?"

Trullesand sah ihn aufmerksam an, sah suchend zum Fenster hinaus, sah Völschow an und Robert und Jakob und fand keine Antwort.

Angelhoff fragte noch einmal: „Nun, Genosse Trullesand, wie ist der Kleinbürger?"

Völschow sah, daß Trullesand ratlos war, und er kam ihm zu Hilfe. Er winkelte die Arme an, streckte die Hände aus, als hielte er eine Docke Strickwolle darauf, und begann, seinen Oberkörper hin und her zu wiegen. „Die Kleinbürger", sagte er dabei beschwörend, „die Kleinbürger, Genosse Trullesand!" Er neigte sich immer weiter nach links und nach rechts, und er sprach dazu: „Links, Genosse Trullesand, rechts, Genosse Trullesand – die Kleinbürger, Genosse Trullesand!"

Endlich begriff der Genosse Trullesand. „Die schwanken", sagte er.

Völschow richtete sich auf, und Angelhoff nickte ihm dankend zu. „Richtig, die Kleinbürger schwanken. Sie schwanken auch jetzt. Sie haben sich noch nicht entschieden. Sie sind bereit, mit dem Stärkeren zu gehen. Wir sind die Stärkeren, das wissen sie, und darum beginnen sie, sich auf uns zu orientieren, aber bei dem geringsten Zeichen von Schwäche in unseren Reihen werden sie sich wieder abwenden – eine einzige weiche Stelle würde ihnen genügen..."

Bis hierher war Jakob der Unterhaltung mit hilflosen Blicken gefolgt, jetzt fragte er gespannt: „Und Rieks weiche Stelle ist so eine weiche Stelle? Meinen Sie das, Herr Direktor?"

Völschow überließ Angelhoff die Antwort. „Sie könnte es sein. Man muß das nicht so wörtlich nehmen, aber politisch gesehen, könnte sie es sein. Denn was geschieht? Der Student Riek erkrankt, nicht durch eigenes Verschulden wahrscheinlich, aber er erkrankt. Zufällig, ganz zufällig ist gerade der Student Riek ein junger Mensch ohne Zuhause. Was geschieht also weiter? Seine Zimmerkollegen handeln in vermeintlicher Solidarität, wenn sie seine Pflege übernehmen. Und was ist die Folge? Dies ist die Folge: Nicht nur ein, nein, vier Kader werden von der vollen Hingabe an ihre Hauptaufgaben abgehalten, das heißt aber, sie werden später als geplant das ihnen von ihrer Klasse gesetzte Ziel erreichen, und das wieder heißt, die Klasse ist schwächer geworden, geschwächt worden. Wer aber kann einzig und allein daran interessiert sein, die Arbeiterklasse zu schwächen? Wem also dient es letzten Endes, wenn ein Arzt, ein Gegner des Studiums der Kultur der Sowjetunion, ein Gegner also der Kultur der Sowjetunion und folglich ein Gegner der Sowjetunion – wem dient es, wenn dieser Gegner durch einen medizinisch übertünchten Hinweis vier Klassenkader an eine falsche Aufgabe bindet? Dem Gegner dient es!"

„Das verstehe ich", sagte Jakob.

„Ich auch", sagte Trullesand, „das ist ganz klar, wenn es so ist. Was ich bloß nicht weiß, ist, ob es so ist." Er sah Robert fragend an.

Robert hob die Schultern. „Nehmen wir mal an, es ist so. Was machen wir dann? Sagen wir nun zu Quasi: ‚Hau ab, Kumpel, der Gegner will uns drankriegen!'? Da ist mir aber gar nicht wohl bei. – Was sagst du denn dazu, Karl-Heinz?"

„Der Arzt war nett", sagte Quasi Riek, „wenn er ein Schwein wäre, hätte er doch sagen können, ich bin o. B. Er hätte doch mehr davon, wenn ich richtig krank geworden wäre und andere angesteckt hätte. Und der Assistentin traue ich auch keine Schweinerei zu. Aber ihr müßt entscheiden."

Angelhoff griff wieder ein. „‚Nett' ist keine politische Kategorie. Und wer ist diese Assistentin? Kennt ihr sie? Wißt ihr, in welchem Verhältnis sie zu diesem ehemaligen

Oberstabsarzt steht? Der Gegner trägt viele Masken, und ‚nett‘ ist bestimmt eine davon.“

Völschow hatte einen Entschluß gefaßt: „Der Fall ist zu kompliziert, als daß wir ihn allein entscheiden können. Hier muß die Partei hinzugezogen werden. Die Sache gehört auf eine höhere Ebene. Ich schlage vor, die Genossen Trullesand und Iswall begeben sich sofort zur Kreisleitung und klären dort die Frage. Ich entbinde sie hiermit von den heutigen Hausaufgaben. Bevor ihr in den Unterricht geht, erstattet ihr mir Bericht. Laßt euch die Entscheidung schriftlich geben. Das geht dann zu den Akten.“

Völschow und Angelhoff gingen, und auch Robert und Trullesand hielten sich nicht mehr lange auf.

„Siehst du“, sagte Trullesand zu Jakob, „jetzt kannst du hier allein rumdeklinieren, wat bist du auch parteilos!“

Die Kreisleitung hatte ihr Büro in einem der schönen Patrizierhäuser am Markt, und der Pförtner saß frierend am Ende eines langen, dunklen Ganges. „Ja“, sagte er, „Haiduck ist da, aber ob ihr an dem Drachen vorbei kommt, weiß ich nicht.“ Der Drache war Haiducks Sekretärin, ein nicht mehr ganz junges Mädchen mit fast gelben Haaren. Sie beschimpfte die beiden Besucher, fragte, wann der Genosse Haiduck denn arbeiten solle, wenn ihm jedermann unangemeldet auf den Hals rücken könne, erkundigte sich, ob Robert und Trullesand vielleicht Anarchisten seien, und wollte schließlich doch wissen, um welche Kinkerlitzchen es sich hier handele.

„Um einen möglichen Einbruch des Gegners“, sagte Trullesand.

„Wo?“

„An der ABF.“

„Der Gegner?“

„Ja.“

Die Sekretärin erhob sich und öffnete eine Tür. „Genosse Haiduck, Besuch!“

Der Sekretär übte vor seinem Schreibtisch Liegestütz. „Moment", ächzte er, „zwei noch. – Neun, zehn, so!" Er stand auf und wischte seine Hände an der Hose ab. Er war nicht größer als Trullesand und so mager wie Robert. „Setzt euch, setzt euch! – Was ist Freiheit? Wenn man Liegestütz macht, ohne daß man es muß. Setzt euch doch hin und erzählt. Wer braucht was wann und warum?"

Sie erzählten die Geschichte von Riek und der Tbc und dem Gegner.

„Lola", rief Haiduck, „Lolita, mi querida, bringe mir bitte meine Notizen über Doktor Gropjuhn, das ist der..."

„Weiß ich", rief Lola durch die Tür und brachte nach kurzer Zeit einige zusammengeheftete Zettel.

Der Sekretär las darin und warf sie dann auf seinen Schreibtisch. „Der Arzt ist bueno, ein erstklassiger Fachmann und ein bißchen ein Angeber. Arbeitet sechzehn Stunden, beschwert sich jeden Monat einmal bei der Militäradministration beziehungsweise bei uns, rührt den Klinikspiritus nicht an, spielt den Kommißknopp und war vorher gar keiner, brüllt die Leute an, wenn sie sich den Hals nicht ordentlich gewaschen haben, aber abends besucht er sie und brüllt mit dem Hauswirt. Daß er in die Gesellschaft für sowjetische Kultur nicht will, stimmt, er will überhaupt in keine Gesellschaft, er sagt, er ist in der Gesellschaft zum Studium der Schwindsucht und das ist eine Internationale, hinter der sich die erste, zweite und dritte verstecken können – so ein Spinner! Aber als Arzt ist er bueno. Da könnt ihr Völschow beruhigen."

„Er möchte das schriftlich."

„Sicher, sicher, kriegt er aber nicht."

„Dann muß Quasi ausziehen."

„Wenn Genosse Völschow das will, ändert mein Papier auch nichts dran."

„Genosse Völschow legt aber Wert auf etwas Schriftliches."

„Gut, dann kriegt er was Schriftliches. – Lola, Lolita,

schreib auf: Doktor Gropjuhn ist bueno, Zusammenarbeit mit Intelligenz ist wichtig, Vertrauen ist wichtig, Vertrauen bei Kreisleitung liegt vor, claro?"

„Gut", rief Lola durch die Tür.

„Hat sie gehorcht", fragte Robert, „oder woher weiß sie, was sie schreiben soll?"

„Lola horcht nicht, sie denkt, und sie erinnert sich. Sie hat schon Dutzende solcher Briefe geschrieben. Oder glaubt ihr, ihr habt das Mißtrauen gepachtet? Ich komme mir schon beinahe wie der König Friedrich vor, schwinge den Krückstock und brülle: ‚Lieben sollt ihr euch und nicht mißtrauen!' – Solange wir das Mißtrauen nicht besiegt haben, haben wir nicht gesiegt, amigos."

„Und wat ist mit Wachsamkeit?"

„Das kann ich dir sagen. Ohne Wachsamkeit stehst du morgen früh auf, und wenn du dir deine Locken kämmen willst, merkst du, daß dir über Nacht einer den Kopf abgeschnitten hat. Wenn dir deine Locken lieb sind, Bruder, dann sei wachsam."

„Gut", sagte Robert, „das ist klar. Jetzt möchte ich aber doch noch den Unterschied zwischen Wachsamkeit und Mißtrauen erklärt haben."

Haiduck rief: „Lola, komm rein!"

Lola kam, und Haiduck sagte: „Lies ihnen das über Mißtrauen und Wachsamkeit vor."

Lola sah auf den Schreibmaschinenbogen, den sie in der Hand hielt und las: „Liebe Genossen, Mißtrauen vergiftet die Atmosphäre, Wachsamkeit reinigt sie. Ein wachsamer Mensch beobachtet genau, rechnet scharf, denkt, denkt, denkt, fragt immer nach den möglichen Folgen seiner Schritte, aber er geht – manchmal rückwärts, manchmal seitwärts, aber im ganzen immer vorwärts. Wachsamkeit hat mit Mut zu tun. Mißtrauen hat mit Angst zu tun. Mißtrauen schießt auf Gespenster. Das ist Munitionsvergeudung, und die ist strafbar."

Lola legte Haiduck den Bogen zur Unterschrift hin und

sagte: „In zehn Minuten ist die Sitzung über die landwirtschaftliche Betriebszählung, und bei den Bauern sei du lieber pünktlich."

„Ich weiß. Wir sind auch schon fertig."

Als die Sekretärin gegangen war, sagte Haiduck: „Ich will mich vor euch nicht mit fremden Federn schmücken. Die Stelle hier in dem Brief ist etwas wie eine Erbschaft. Sie stammt, jedenfalls sinngemäß, aus einem Tagesbefehl unserer Brigade. Das mit der Munitionsvergeudung war damals wörtlich gemeint."

„Brigade? Warst du in Spanien?"

„War ich. Teniente Haiduck, das klingt, was? Da konnte ich noch fünfzig Liegestütze, ungelogen."

„Fein", sagte Trullesand, „da könntest du doch mal bei uns einen Vortrag halten, das würden wir quasi organisieren."

Robert sah Trullesand verdutzt an, und Trullesand schien ebenso verdutzt seinem Satz nachzulauschen, dann lachten sie und Trullesand sagte: „Entschuldige, wir mußten an wat denken."

„Claro", sagte Haiduck, „aber Vortrag halte ich keinen. Erzählen ja, erzählen kann ich euch mal. Und nun zieht ab! Hört ihr, wie Lola auf die Tischplatte trommelt?"

Im Vorzimmer standen sechs Männer und sprachen über Schweineaufkommen und Rinderbesatz, und als Robert und Trullesand in der Mensa über ihren Tellern saßen, knüpfte Trullesand einen Gedanken daran: „Solange du auch in dieser Suppe rührst, es will keine Erinnerung an Schwein und Rind aufkommen, und nicht ein fröhliches Bullenauge blinzelt dir zu. Ob das was miteinander zu tun hat: Bulle und Bouillon?"

„Keine Ahnung. Jedenfalls haben beide nichts mit dieser Schonkost zu tun. – Da kommt Fräulein Schmöde, die kannst du fragen, die kann bestimmt französisch."

Die Medizinstudentin setzte sich neben Robert, holte ein Wachstuchetui aus ihrer Mappe, legte einen silbernen Löffel auf den Schüsselrand und entfaltete eine leinene Serviette. „Guten Appetit."

„Danke gleichfalls", sagte Robert, „hilft so eine Serviette denn? Ich meine, schmeckt's da besser?"

„Du hast ja keine Ahnung", sagte Trullesand, „die Serviette ist für den Fall, daß Fräulein Schmöde sich bekleckert. Wasserflecke sind was Häßliches."

Hella Schmöde löffelte vorsichtig und fragte: „Wie geht es Herrn Riek?"

„Wem? Oh, Herrn Riek, Herrn Riek geht es soweit prächtig. Im Moment ist er ja noch etwas schwach, aber wenn Trullesand ihm erst einmal dieses Kraftfutter gebracht hat, dann wird er kaum noch im Bett zu halten sein."

„Kommen Sie denn da noch rechtzeitig zum Unterricht zurück?"

„Claro", sagte Trullesand, „claro ist spanisch und heißt soviel wie klar – wir haben einen Bekannten, der kann Spanisch, der war Spanienkämpfer, Interbrigadist, wenn Sie davon mal gehört haben."

„Wie sollte ich? Aber wegen der Suppe für Herrn Riek: wenn Sie wollen, nehme ich sie heute mit; ich muß sowieso dort vorbei."

Trullesand griff hinter sich an die Stuhllehne, wo er Quasis Suppentopf aufgehängt hatte, und schwenkte ihn hoch über dem Mensatisch. Das war einstmals das Kochgeschirr eines Rotarmisten gewesen, ein verbeulter schwarzer Kessel mit einem dicken Drahthenkel und einem zu großen Emaildeckel darauf.

„Sehen Sie sich diesen Bottich erst noch einmal genau an. Wollen Sie immer noch?"

„Sicher", sagte Robert, „sie kann ja die Serviette drüberdecken."

Das Mädchen nahm den Topf und sagte zu Robert: „Ich kann Sie nicht ausstehen."

„Das geht den Damen zuerst immer so mit mir."

„Haben Sie die Essenmarke, Herr Trullesand?"
„Claro. Aber ich hole Ihnen die Suppe schon. Bloß . . ."
„Bloß was?"
„Ja, da wäre noch was auszurichten. Der Quasi, der Herr Riek, der wartet auf eine Nachricht von uns."
„Ist es etwas Vertrauliches?"
„Nee, eigentlich nicht. Oder ist das vertraulich, Robert, wat sagst du? Aber ich sage, es ist nicht vertraulich. Es ist eine Vertrauenssache. Folgendes Dings: Der Patient kann beruhigt sein, alles ist bueno, das heißt gut."
„Das wäre alles?"
„Alles. Und einen schönen Gruß von seinen amigos."
„Gut."
Hella Schmöde wollte aufstehen, aber Trullesand hieß sie warten, bis er die Suppe geholt habe. Das Mädchen blickte geradeaus, und Robert stützte sein Gesicht in die Hand und beugte sich nah an ihr Ohr. „Und Sie lieben mich gar kein bißchen mehr?"
Sie stand auf und ging zu Trullesand an den Essenschalter. Trullesand kam zurück und sagte: „Wat hast du denn mit ihr? Die ist doch gar nicht uneben. Wenn die mit dem Kessel durch die Stadt läuft, kann die gar nicht uneben sein."
„Serviette", sagte Robert, „silberner Löffel – wo bleibt das Wasserschälchen für die Fingerspitzen? Du, das haben die wirklich, und wenn sie die Händchen reintauchen, sieht es aus, als wollten sie drin Klavier spielen. Ingas Mutter macht das auch."
Trullesand grinste ihn fröhlich an. „Soll ich dich jetzt mal wissenschaftlich entlarven?"
„Immer entlarve mich."
„Ich gehe dabei von einem Vortrag aus, den bei uns mal einer gehalten hat – der Vortrag hieß: ‚Der Mensch in seiner Bedingtheit' –, mit dem Titel konnte erst keiner was anfangen, aber der Vortrag war überzeugend. Ich krieg das jetzt nicht mehr so zusammen, aber klar wurde folgen-

des: Was der Mensch tut, tut er nicht so einfach aus dem Hut; er hat seine Gründe. Und wenn er sich affig benimmt, dann hat das wissenschaftlich auch seine Gründe. Wenn zum Beispiel einer immer seine Kinder haut, obwohl sie artig sind, kann das daran liegen, daß er sich an seine Frau nicht rantraut. Die ist vielleicht stärker, oder abends ist sie immer müde und alles diese Dinger ... kommst du klar?"

„Mit dem Vortrag schon, aber wo bleibt Fräulein Schmöde?"

„Die kommt jetzt, die ist die Kinder, die du haust."

„Die ist die Kinder, die ich ... und wer ist dann ... hm ..." Trullesand erhob sich rasch und sagte: „Ich sehe da drüben Vera und Rose; ich erkundige mich mal nach Biologie bei ihnen." Er ging quer durch den Saal und rief: „He, Mädchens!"

Robert sah den fremden Studenten böse an, der sich sofort auf den frei gewordenen Platz gesetzt hatte und andächtig seine Suppe betrachtete. Grüßen nicht einmal, diese Affen, dachte er, silberne Löffel, aber grüßen ist nicht. Nein, der hat einen Blechlöffel, aber grüßen kann er auch nicht. Nicht mal die alberne Baskenkappe nimmt er ab, dieser Affe, ah, jetzt doch, wird ja Zeit, war wohl Gedankenübertragung, ist wohl ein Hellseher, da kann nur ein Hellseher drauf kommen, daß man beim Essen die Baskenkappe abnehmen muß, scheinen lauter Hellseher hier zu sein heute, Trullesand ist auch einer. Was geht denn den das an, welche Kinder ich haue und warum, was kommt der mir mit seinem Psychozeug, mit seinen albernen halbverdauten Vorträgen über den Menschen in seiner Bedingtheit, wenn ich die Schmöde mit ihrem silbernen Löffel kitzle? Vielleicht mag er sie, vielleicht spürt er schon leichte Bauchschmerzen, wenn er sie ansieht – den muß ich warnen, dem muß ich sagen: Trullesand lauf, da winkt was mit Serviette und Feuerwehrrock, ihr Vater ist nicht Pastor, aber Kolonialwarenhändler, der will seine Kolonien wieder, und sie will einen braven Mann, und ans Knie fassen ist nicht bei ihr, wenn du nicht zugibst, daß der Wald wie eine Kirche ist. Die geht jetzt zu Quasi Riek und bringt ihm die Suppe und fühlt sich erhöht, weil der Topf so schwarz und verbeult ist, und sie ist so sauber und glatt wie Rotkäppchen, und sie bringt der Großmutter Kuchen und Wein in einem verbeulten Russentopf, das wird der alten Frau guttun, das wird Großmutter Quasi guttun, und Rotkäppchen wird ihm wahrscheinlich ihre eigene Serviette umbinden, denn Quasi, dieser unwissende Wilde, hat keine, Quasi hat die Motten im rechten ICR, Intercostalraum heißt das, sagt Fräulein Schmöde, cand. med. Schmöde, die kennt sich aus da, die weiß, wo die Motten hausen: in der Brust, in der Brust, wo die Lunge sitzt und auch das Herz. Ob das Herz sich darum kümmert, wenn nebenan im Intercostalraum was weich wird? Klar doch, muß doch, das ist das Herz in seiner Bedingtheit; das Herz fliegt mit, wenn nebenan die Motten schwirren; das Herz wird weich, wenn es von anderer Herzen Leid vernimmt – Gottfried Keller oder Robert Iswall, Deutschlands tiefste Dichter, gereimt oder ungereimt, aber Deutschland stimmt nicht, Keller ist Schweizer, und Iswall ist aus Hamburg, und Inga Bjerrelund ist aus Königsberg, und Fräulein Schmöde ist woher? Fräulein Schmöde ist wo? Fräulein Schmöde ist bei Quasi Riek, und Quasi Riek ißt Fräulein Schmöde aus der silbernen Hand und sieht ihr auf die Brust dabei, und wenn er ihr nicht dranfassen möchte, dann ist er wirklich krank, aber erst muß er zugeben, daß der Wald eine Kirche ist, und wenn er schlau ist, sagt er hm, mit hm kommt man weit, mit hm kommt man weit aufs Eis hinaus, und eines Tages sitzt man wo und fragt sich, wie man da hineingekommen ist, man sitzt in einer überfüllten Mensa academica und sieht einem löffelnden Studenten zu und sagt sich, daß man runter muß vom Eis und daß man Inga Bjerrelund endlich gestehen muß, der Wald, der sei wohl doch keine Kirche, und auf dem Eis, da halte sich die Liebe nicht.

„Komm, Alter", sagte Trullesand, „Biologie ist klar – die Mädchen da, die sind kernig; ich gebe dir gleich ihre Erkenntnisse weiter. – Wat guckst du denn so? Hab ich dich vielleicht beleidigt mit Fräulein Schmöde und dem Kinderhauen? Das war aber nicht meine Absicht, Mann. Ich wollte das bloß einmal kritisch zur Sprache bringen."

Sie machten sich auf den Weg zur Oberschule, und Trullesand erläuterte Doktor Wannermanns Ansichten zur Biologie, und erst vor der Tür mit dem Spruch „Nicht für die Schule, für das Leben lernen wir!" sagte Robert: „Gibst du mir heute abend einen Bogen von Tante Mimis Briefpapier, oder besser zwei?"

„Claro", sagte Trullesand.

Robert brauchte drei Bogen. Während Trullesand und Jakob für Quasi Riek die Biologiestunde wiederholten, wobei sie sich mehrmals stritten, weil Trullesand Doktor Wannermanns Ausführungen auf eigene Art referieren wollte, Jakob dagegen auf Texttreue bestand und ständig sein Mitgeschriebenes vorlas; während Vera Bilfert das Abendbrot für Quasi brachte, nach ihren Ansichten über Einzeller und Zellteilung befragt wurde und eine dritte Version der Wannermannschen Mitteilungen beisteuerte; während Aktivist Blank erschien und sich erkundigte, was sie denn nun mit der Braunkohle anfingen, wenn sie Quasis Lunge wegen hier nicht heizen wollten, und die Kohlen erst bekam, nachdem auch er sich zur Zellteilung geäußert hatte; während der Alte Fritz kam und ging – kam mit der Versicherung, nun stehe alles zum Besten, denn die Kreisleitung habe es schriftlich gegeben, und ging mit der Ermunterung, auch eine solche Krankheit könne den Sieg des historisch Neuen nicht aufhalten; während der Hausmeister hereinpolterte und jedem einen blutigen Krieg ankündigte, der es noch einmal wagen sollte, seine ungeputzten Quanten auf die Treppen zu setzen; während alldem schrieb Robert seinen Brief. Er schrieb:

„Liebe Inga, jetzt gehst Du besser irgendwo in eine Ecke und setzt Dich da hin, so daß Dich keiner sieht, denn ich habe Angst, daß Dir das weh tun wird, was ich Dir hier schreibe. Nun weißt Du es schon, und ich Büffel bin hereingetrampelt gekommen, bevor ich Dich mit einem Brummen warnen konnte. Aber ich weiß auch nicht, wie man schreiben muß, damit es zuerst einmal leise brummt und der andere schon gefaßt sein kann auf das, was kommt. Aber ich bin auch kein Büffel. Ich hab Dich immer liebgehabt, das weißt Du, und Du mußt wissen, daß sich das auch nicht ändern kann. Und doch muß ich Dir jetzt so schreiben. Das hört sich wie Unsinn an, und so ist das wohl auch. Ich sehe auf das Papier und sehe auf das, was ich schreibe, und ich denke, das kannst Du doch gar nicht, das darfst Du doch gar nicht, aber gleichzeitig denke ich, das mußt Du, sonst wird alles ganz schlimm, und ich schreibe. Ich hab Dir einmal eine lange Geschichte erzählt, von einem kleinen Jungen, der einen Feind hatte und der sich nicht mehr anders zu helfen wußte, als dem Feind zu sagen: Komm in den Sonnenweg, komm unter die Schaukelbirke, dort wird es jetzt ausgemacht, denn anders geht es nun nicht mehr. Nein, warte, Du bist nicht mein Feind, glaub nicht einen Augenblick solchen Unsinn. Der Feind ist etwas anderes, ich weiß nicht, was. Aber er ist Deiner ebenso wie meiner. Und ich hab schon viel zu lange gewartet, aber jetzt sage ich zu ihm: Komm in den Sonnenweg.

Es geht alles kaputt, wenn es so weitergeht, wie es jetzt ist. Ich hab alles falsch angefangen. Belogen hab ich Dich nie, aber ich hab Dir nicht immer die Wahrheit gesagt. Laß doch, dachte ich, das gibt sich schon, das zählt doch nicht, das bißchen, was zählt das schon? Jeden Tag einen Groschen Schulden. Nun sitze ich da und schreibe Dir. Ich schreibe Dir: Laß uns auf Wiedersehen sagen, bevor alles ganz verlogen wird. Aber jetzt denke ich, daß Du nun denken mußt, ich hätte alles vergessen, was schön war. Das hab ich nicht. Das werde ich auch nicht. Ich mag nur jetzt nicht davon reden, weil ich Angst habe, ich könnte mich damit überreden, wie ich das immer getan habe. Immer habe ich, wenn etwas gekratzt hat, gedacht an das, was sanft war und blau und wie Lupinen roch und wie ein Kartoffelfeuer und wie nasses Haar. Nur, wohin sind wir damit gekommen? Darum schreibe ich auch und warte nicht, bis ich Dich sprechen kann. Ich weiß nicht, ob ich sagen könnte, was ich schreiben kann. Du hast zu große Augen.

Ich werde jetzt nicht so bald nach Paren kommen. Auch, weil ich weiß, wie nahe dort der Ellernteich ist und die Tannen an der Elde, aber auch, weil ich hierbleiben muß. Wir haben jetzt viel zu tun, wir rechnen schon mit x, und in Biologie wollen sie bunte Bilder von uns, auf denen die Zellteilung zu sehen ist, und dann ist auch einer krank, und der kann auch sonntags nicht weg, der Klempner, der immer quasi sagt, aber jetzt schon lange nicht mehr. Schreib mir lieber nicht, Inga. Dein Robert."

Sie schrieb auch nicht mehr. Sie antwortete nicht, und das war für Robert schlimm und gut zugleich. Es war schlimm, nicht zu wissen, ob man gehört und verstanden worden war; schlimm war die Vorstellung, da sei ein Brief zerrissen worden, und noch schlimmer die, dieser Brief werde immer noch einmal gelesen. Bös war der Gedanke an Tränen, und böser der an Frost in grauen Augen. Schlimm war zuerst die Stunde um den Mittag, kaum zu ertragen das Warten auf ein Klopfen an der Tür und auf den Ruf: „Post für Robert Iswall!"

Aber es war auch gut. Robert wußte von seiner Bereitschaft, auf ein einziges Wort hin den Brief zu einem Unding zu stempeln, ihn ein verworrenes Produkt einer verworrenen Stunde zu heißen, ihn reumütig und beschämt zurückzunehmen, er wußte von seiner Bereitschaft, Widerspruch zu verschlucken und brav zu sein.

Nein, es war gut, daß ein Ende war. Beinahe schon wäre man verwandt gewesen, verschwägert oder verschwiegert oder wie das hieß, mit einem Kirchenheiligen, einem Märtyrer und dessen Gattin, der Dompredigerswitwe, für die Zirkus heidnisch war und die Russen vom Teufel. Beinahe hätte man, ja bei Gott, das wäre wohl nicht zu vermeiden gewesen, beinahe hätte man eines Tages sein Haupt mit einem Zylinder bedecken müssen und sein Parteiabzeichen mit einem Myrtensträußchen und wäre vor einem Altar gestanden, neben einem die Braut im weißen Kleide, sicher doch, an diesem Tag in weißem Kleide, ausnahmsweise, und die Orgel hätte sich eins gepfiffen, und Inga Iswall, vormalige Bjerrelund, hätte einem zärtlich in die Seite geknufft und zu den bunten Fenstern hinaufgeblinzelt: Sieh mal, heute ist die Kirche wie ein Wald! – Hm.

Oh, es war gut, daß ein Ende war! Robert sprach nur mit Trullesand darüber; der nahm es mit Genugtuung auf und auch mit Bedauern – zumindest, so sagte er, zumindest hätte Robert so lange noch warten können, bis man die Dame mal zu Gesicht bekommen hätte, denn nach alldem konnte sie ja so uneben auch nicht sein, und in Ribnitz gab es so etwas einfach nicht, und nachher fehlte einem diese Erfahrung.

„Nachher? Wann nachher?“

„Na, wenn ich verheiratet bin, oder denkst du, das ist vermeidbar? Lies mal Engels, ‚Ursprung der Familie‘, dann wird dir klar, daß das wissenschaftlich unvermeidbar ist, weil die Familie und der Staat historisch zusammenhängen, und wir haben doch gerade einen neuen Staat gegründet, und da läßt sich das gar nicht vermeiden, heiraten und alles diese Dinger . . .“

Mit Jakob sprachen weder Robert noch Trullesand über Mädchen. Jakob hatte andere Sorgen, Jakob bewegte sich im Lehrstoff wie ein Schwimmschüler im Wasser. Er hielt sich verzweifelt an alle Regeln, weil sie das einzige waren, an das man sich halten konnte. Er streckte die Arme und Beine genau auf die Weise, die man ihm empfohlen hatte, er atmete auf Kommando, und auch als keine Kommandos mehr ertönten, schwamm Jakob auf die einmal erlernte

Weise. Und bei jeder unvorhergesehenen Welle schluckte er Wasser. Ohne Karl-Heinz Rieks Erkrankung wäre er wahrscheinlich auf den ersten hundert Metern versunken. Quasis Uhl war seine Nachtigall; Quasis Schwäche machte Jakob stärker. Denn wenn Robert und Trullesand an jedem Vormittag versuchten, die Lösung ihrer Hausaufgaben mit der Rekonstruktion der jeweils voraufgegangenen Unterrichtsstunde zu verbinden, dann war das für Jakob eine unauffällige Art von Nachhilfeunterricht. Er saß an Quasis Bett, hörte den beiden anderen zu, verglich ihre Aussagen aufmerksam mit seinen Notizen, korrigierte Trullesands barock verformte Repetitionen mit wörtlichen Zitaten und bestand auf Einzelheiten, wo Robert in großen Bogen daherredete. Und wenn es besonders schwierig wurde und der Zusammenhang zwischen Wort und Schrift nicht mehr erkennbar war, dann beugte sich Jakob besorgt zu Karl-Heinz Riek und fragte: „Verstehst du das auch?"

Manchmal hatte Quasi gesagt, nein, er verstünde es nicht, und manchmal hatte er auch gesagt, doch, er verstünde es schon. Schließlich waren sie alle drei dahintergekommen, um wessen Nichtverstehen es hier ging, und so wurde ein jeder Passus wiederholt, wenn Jakob sich zu Riek gebeugt und ihn gefragt hatte: „Verstehst du das auch?"

Sagte Jakob schließlich „Na, also" zu Quasi und klopfte ihm auf die Schulter, dann konnte man weitergehen, und wäre ein fünfter ins Zimmer „Roter Oktober" getreten und hätte er die Gesichter der vier beobachtet, so hätte er bald bemerkt, daß Quasis Blick immer wieder von den Lippen seiner beiden eigentlichen Lehrer hinüberglitt in das Gesicht von Jakob Filter und daß dieser Blick sich auf eine etwas gewaltsame Art verfinsterte, sobald es in Jakobs Augen dunkel wurde. Dann kamen Robert und Trullesand Jakob manchmal zuvor und fragten: „Verstehst du das auch, Karl-Heinz?"

Quasi verstand am Ende immer, aber was er kaum verstanden hätte, das war, so schien es Robert, ein Problem des Namens Inga Bjerrelund. Deshalb sparte Robert dieses Thema aus, wenn er sich mit Quasi unterhielt, und auch, weil Trullesand ihn und Jakob aufgefordert hatte, Äußerungen über „Mädchens und alles diese Dinger“ in Quasis Gegenwart zu unterdrücken: „Stell dir vor, du hast dir den Fuß gebrochen, und ich erzähl dir immer was von Fußballspielen.“

Aber an einem unterrichtsfreien Sonnabend – die Lehrer hatten eine Tagung, und Jakob war in sein Dorf gegangen und Trullesand nach Ribnitz gefahren, um ein Radio zu holen – kam Riek von sich aus auf das Fußballspielen.

„Robert, hast du eine Ahnung, wie alt Fräulein Schmöde ist?“

„Warte mal, acht Semester hat sie, und mit achtzehn, neunzehn angefangen, also zweiundzwanzig, höchstens dreiundzwanzig – wird Zeit, daß sie einen Mann kriegt.“

„Meinst du, sie hat noch keinen?“

„Du, das weiß ich nicht. Das interessiert mich auch gar nicht.“

„Wieso, findest du sie nicht schön?“

„Schön? Schön finde ich die wirklich nicht. – Findest du sie denn schön? Stop mal, sag mir, seit wann du sie schön findest.“

„Immer schon.“

„Als sie da neben dem Guckkasten stand und ‚Oberkörper frei!‘ schrie, fandest du sie da schön?“

„Ich weiß nicht, da vielleicht noch nicht.“

„Dann wohl, als wir das Leinöl kauften, und sie sagte, ihr Vater ist auch Leinölschieber?“

„Das hat sie doch gar nicht gesagt, Krämer ist er, hat sie gesagt, aber ich weiß nicht, ob sie da schön war.“

„Dann wird es wohl gewesen sein, als sie dir deinen Henkeltopf mit Rübensuppe brachte. War es da?“

„Ich kann es wirklich nicht sagen. Sie ist im großen und ganzen schön und nicht so im einzelnen."

„Wie oft war sie inzwischen schon hier?"

„Viermal."

„Und jedesmal wird sie schöner, was?"

„Ja."

„Aha."

„Was, aha?"

„Nichts. Ich stelle nur fest, daß Fräulein Schmöde von Mal zu Mal schöner wird. Eine stufengeschaltete Schönheit. – Soll ich dir was sagen? Du guckst sie dir schön."

„Das kann man doch gar nicht!"

„Das kann man nicht? Ich hab mal vier Monate im Lazarett gelegen. Die Schwestern da, die hab ich mir alle schöngeguckt. Die hätten am Ende alle zum Film gehen können. Besonders die eine, Schwester Elfriede, die war ausgesprochen edel. Eine Stimme wie Kakao, ihre Finger fühlten sich rosa an, und Augen hatte die wie das Christkind in dem Gedicht mit Knecht Ruprecht, und in der Gegend, wo sie die Rotkreuzbrosche trug, da war einfach was los, und selbst ihre Nasenlöcher waren was zum Besingen."

„Die Nasenlöcher?"

„Sicher, ist dir noch nicht aufgefallen, daß auch Fräulein Schmöde wunderbare Nasenlöcher hat? – Nein? Na, das kommt noch. Das ist eine reine Zeitfrage. Und eine Frage der Perspektive. Wenn du so daliegst, kannst du auf die Dauer an den Nasenlöchern nicht vorbeisehen. Mit einem Wort: Ich warne dich!"

„Ja, wieso denn? War die denn gar nicht schön, die Schwester Elfriede?"

„Nein, war sie nicht. – Paß auf: In der Woche, in der ich zum erstenmal aufstehen durfte, hatte sie Nachtdienst, was heißt, ich sah sie auch da nur aus dem Kopfkissen, und eines Abends faßte ich mir mein großes, blubberndes Herz und fragte sie, wie es mit einem Kinobesuch wäre, wenn ich erst einmal Ausgang hätte. Vier Tage später klappte es. ‚Das Mädchen von Fanö' hieß der Film, und der war traurig genug, aber Elfriede war schlimm. Elfriede trug ein Dirndlkleid, grün, das ging weit über die Knie, aber das war bei weitem nicht weit genug. – Waren das Beine! Wir haben in Paren einen linken Verteidiger, der hat solche; sonst keiner, außer Elfriede. Und wie sie das mit der Rotkreuzbrosche gemacht hat, weiß ich auch nicht. An dem Abend trug sie ein Paar Holzpantöffelchen an der Stelle, bemalte Andenkenpantöffelchen, und wenn die zusammenstießen, klapperten sie hölzern, aber auch wenn sie woanders anstießen, klapperte es. – Hast du genug?"

„Eigentlich schon. Aber was war mit der Stimme, eine Stimme ist doch eine Stimme ..."

„Oh, die Stimme von Elfriede, die war in Ordnung. Wir saßen hinten, aber wenn Elfriede sagte: ‚Gleich küßt er sie!', dann drehten sich die Leute in der ersten Reihe nach uns um. Und wenn Elfriede lachte, dann schepperten die Andenkenpantöffelchen und das Gestühl um die Wette. Nein, Elfriedes Stimme war tipptopp, nicht gerade wie Kakao, aber auch gesund!"

Quasi Riek lachte etwas gequält, aber er lachte doch, und es war das erste Mal seit langem, und Robert grinste ihn an und beugte sich vor zu ihm und flüsterte: „Verstehst du das, Karl-Heinz?"

Jetzt lachte Riek ungehemmt, und er sagte: „Soll ich dir mal was sagen, Iswall, soll ich dir wirklich mal was sagen: Du bist ein ganz verfluchter Schweinehund, du und Trullesand, ihr seid quasi zwei ganz verfluchte Schweinehunde, seid ihr."

Robert stand auf, marschierte in verhaltenem Paradeschritt in die Mitte des Zimmers, stieß eine imaginäre Trompete in die Luft und schmetterte einen Tusch. Dann brüllte er: „Wir, Einwohner und Herrscher im Zimmer ‚Roter Oktober', Robert-Blum-Straße dreiundzwanzig, wir geben heute, am sechsten November des Jahres neunzehnhundertneunundvierzig, kund und zu wissen, daß unser Bruder, Nachbar und, ha, Kommilitone Karl-Heinz Riek, vormals Klempner in einer Zuckerfabrik, das erste Anzeichen der Überwindung drohenden Siechtums quasi von sich gegeben hat, Täterätä!"

Zu laut gebrüllt, Löwe, zu früh geschmettert, Freund! Denn Quasi Riek, der ist nicht mehr. Am sechsten November im Jahre neunzehnhundertneunundvierzig hat er zwar nach langer Pause zum ersten Mal wieder gelacht und auch ein fast schon vergessenes Wort im Munde geführt, und vier Wochen später ist er von seinem Krankenbette aufgestanden, und man hat die Fenster im Zimmer „Roter Oktober" endlich schließen können, und warm ist einem geworden, weil Quasis weiche Stelle nicht mehr war und der Gegner ein Nachsehen hatte und Grund zur Freude vorlag für viele: für Doktor Gropjuhn, der mit dem Erfolge wucherte, als wär er Shylock zu Venedig, und mit der Geschichte jenes Studenten von der gar nicht so komischen Fakultät moralische Wirkungen von ungeheuren Graden erzielte; für den Kreissekretär Haiduck, der sich in seinen Reden und Briefen, wenn er auf den Unterschied zwischen Mißtrauen und Wachsamkeit kam, fortan nicht nur auf spanische Exempel berief; für die Kandidatin der medizinischen Wissenschaften Hella Schmöde, und zwar aus dem einfachsten und ältesten Grund der Welt; und für Robert und Trullesand natürlich, und auch für Jakob, obwohl er fortan nicht mehr hinter Quasis krankem Rücken hervor um wissenschaftliche Auskunft bitten konnte; kurz, Grund zur Freude aus vielen Gründen war für viele an dem Tag, da Quasi Riek vier Wochen nach seinem wiedergefundenen Lachen von seinem Lager aufstand, seinen Russentopf henkelte, beim Kolonialwarenhändler die Ölflasche gegen sein Pfandgeld einlöste und durch das Tor schritt, über dem geschrieben stand: Nicht für die Schule, für das Leben lernen wir. Und dennoch gibt es Quasi Riek nicht mehr. Er ist nicht gestorben, aber verdorben, fort und verdorben und also doch gestorben.

Drei Jahre lang hat er Deutsch gelernt bei Doktor Fuchs, Gedichte von Keller und Brecht, von Heine und Matthias Claudius, mit und ohne Reim, das Hildebrandslied und „Habe nun, ach . . .“, „Das siebte Kreuz“ und die Mär von Tristan und Isolden und die Regeln der Zeichensetzung, deren Autor zu sein der Doktor Fuchs auch weiterhin leugnete. Drei Jahre lang hat er mit Riebenlamm gefragt, wer denn das siebentorige Theben gebaut, und ob wohl Napoleon nicht nur der eine, sondern auch noch ein anderer gewesen sei, und wie es hätte kommen können, wenn Präsident Ebert nicht soviel Angst und dazu noch jenen Draht zum Stabe gehabt hätte.

Er hat gelernt, auf russisch „Eintönig klingt das Glöckchen“ zu singen und sich unter Verwendung befremdlicher Partizipien bei seinem Banknachbarn zu erkundigen, ob auch dieser, der prächtigen Initiative des Traktorenwerkes „Leuchtender Hammer“ folgend, die neuentwickelte Komplexfertigung anzuwenden gedenke.

Er hat bei Angelhoff den gallischen Feldzug Cäsars nachvollzogen und immer wieder versucht, Deklinations- und Konjugationsaufgaben durch Bemerkungen über die Feinheiten im Organisationsaufbau des römischen Heeres auszuweichen.

Er hat in Mathematik geglänzt und in allen der Materie verbundenen Fächern, und durch des Alten Fritzen Gegenwartskunde hat er sein Vokabular um Allzweckausdrücke wie Hauptkettenglied, neuer Typus, höhere Stufe, grundlegend, Basis und nichtantagonistischer Widerspruch bereichert.

Und dann war er fort, verdorben und gestorben. Sein Name steht auf keinem Grabstein; er steht im Telefonbuch der Elbestadt Hamburg; Karl-Heinz Riek, Gastwirt, steht da, und nichts von vormals Klempner in einer Zuckerfabrik in Dömitz an Elbe und Eldekanal und nichts von

Bruder, Nachbar und Kommilitone und verjagter Tbc und Täterätä.

Was aber macht man mit einem Quasi Riek, wenn er inzwischen der Gastwirt Riek, Hamburg, Sechslingstwiete 4, „Zum toten Rennen“, geworden ist? Wie paßt ein Kerl wie der in eine Aularede voll Abschied, Glanz und Gloria?

Er paßt nicht, aber heißt denn das: Es hat ihn nie gegeben? Das wäre eine schöne Geschichte, in der nicht wäre, was nicht paßt. Das sind schöne Reden, in denen nicht ist, was nicht paßte. Die Adresse in dem dicken Telefonbuch klang wie ausgedacht: Von „Sechslingstwiete“ war es nicht weit bis zu „Silberlingstwiete“, und „Acht Groschen“ assoziierten sich ebenso leicht dazu, und von „Totes Rennen“ kam man in diesem Zusammenhang ohne Mühe auf „Toter Hund“. Wenn man in der Aula wirklich von Quasi Riek und seinem Ende reden wollte, so brauchte man kaum mehr, als die Stimme etwas zu heben und mit leichten Dehnungen die Anschrift zu sprechen: Er hat jetzt eine Kneipe, die heißt „Zum toten Rennen“, und sie liegt in einer Straße, die heißt „Sechslingstwiete“. Das sagte alles.

Sagte das alles?

Möglich, daß es einigen alles sagte, wahrscheinlich, daß viele genug wußten: Klarer Fall – bei uns gelernt, auf unsere Kosten, abgehauen, Kneipier geworden, Mollenhändler, Schnapspanscher, Linie gegen Eichstrich eingetauscht, Perspektive gegen Polizeistunde, klaren Himmel gegen Bierdunst, Kumpel gegen Kunden, war Klempner, und jetzt klaut er, ist ein Schuft, und war eben immer schon ein Schuft...

War er aber nicht, war ein Kerl wie keiner sonst. Hatte mal eine kranke Lunge, aber ein Herz hatte er wie das von Trullesands Tante, ein Herz aus Vollkornbrot. Und hatte einem sogar einmal das Leben gerettet. Nicht nur einem, zweien. Karl-Heinz Riek, vormals Quasi genannt, jetzt Budiker, hatte einstmals Robert Iswall, jetzt Journalist, und Gerd Trullesand, heute Doktor eines sehr vertrackten linguistischen Zweiges, zurück geholfen auf ein Dach, an dessen Rand sie gehangen hatten mit nichts weiter als zweiundzwanzig Meter Luft unter den Füßen.

Die Idee mit dem Dach und der Losung darauf stammte von Trullesand, und der Anlaß war eine Wahl.

„Worauf kommt es bei einer Wahl an?“ fragte Trullesand. „Es kommt darauf an, die Massen zu überzeugen. Nun ist es aber klar: Je größer die Losung und je weiter sie zu sehen ist, desto größer sind die Massen, die sie zu sehen kriegen. Wenn wir die Losung auf unser Dach schreiben, hat beinahe der halbe Landkreis was davon.“

In einer langen Nachtsitzung wurde der Text ausgetüftelt und so oft in seiner Anordnung variiert, bis er in eine maßstabgerechte Zeichnung der Dachfläche paßte; Oberzeile: AUF DIESES HAUS SOLL KEINE BOMBE FALLEN, in zwei Meter hohen Buchstaben, Unterzeile: DARUM WÄHLEN WIR DIE NAT. FRONT, einen Meter hoch. Jakob sah zwar keinen rechten Zusammenhang zwischen dem Wunsch in der oberen und der Erklärung in der unteren Zeile, Quasi Riek fand den Spruch pazifistisch und egoistisch, denn schließlich gäbe es ja noch mehr Häuser in der Stadt, und was war mit denen? Aber einen besseren Vorschlag wußte weder der eine noch der andere, und so war die Sache nach dem Brauch der Zeit beschlossen.

Das Haus war von oben weit höher als von unten, und das Dach war groß wie ein Fußballfeld und steil und glatt. Vom Bodden her drückte der Wind über den First, und am frühen Morgen hatte es geregnet. Aber die Farbe war gut, und die Losung war gut, und an die Höhe gewöhnte man sich – was heißt, gewöhnte man sich, man war sie gewöhnt, Trullesand, Zimmermann, und Iswall, Elektriker: „Nun macht euch bloß nicht in die Hosen, Kinder, da sind wir schon woanders rumgeklettert ...“

Das stimmte wohl, aber eine Schinderei war es dennoch. Jakob rührte auf dem Trockenboden die Farbe aus

Schlemmkreide und Leim an, und Quasi hievte die Eimer durch die Dachluken und zog bei jedem neuen Buchstaben die Planskizze zu Rate. Trullesand und Robert standen nebeneinander auf einem Balken, der in zwei Dachhaken ruhte. Während der eine malte, hielt der andere den Eimer. Quasi hatte verlangt, sie sollten sich anbinden, und jeden einzelnen hätte er auch überzeugen können, aber sie waren zu zweit, und keiner wollte als erster ja sagen.

War ein Buchstabe fertig, pendelte Quasi den Eimer behutsam am Seil weiter, und die beiden Maler mußten auf die schräge Dachfläche hinaus, um den Standbalken in die nächsten Haken zu schieben. Es sah wohl von oben gefährlicher aus, als es war, denn Quasi machte jedesmal ein Heidenspektakel, schrie ihnen zu, wie sie die Füße zu halten hätten und daß sie sich nicht die Hände zwischen Haken und Balken quetschen sollten und daß er zwei größere Idioten noch nie gesehen habe, ohne Seil da unten hier oben.

Auf der Obstbaumallee neben der Fakultät sammelten sich Zuschauer, Passanten blieben stehen und sahen herauf, und immer mehr Studenten kamen aus ihren Zimmern, um zu sehen, was es da auf ihrem Dach zu sehen gäbe. Als denen unten klargeworden war, was die da oben zu schreiben gedachten, kam Bewegung in die Gruppen unter den kahlen Obstbäumen, Worte wie „Lümmel“ und „bravo“ waren auszumachen, und Trullesand war tief zufrieden. „Die Sache wirkt, unsere Losung bringt die Leute auf die Straße.“

„Mir scheint eher“, sagte Robert, „die hatten lange keinen Zirkus hier.“

„Jetzt haben sie einen“, schrie Quasi aus der Luke, „bindet euch doch bloß an, sonst wirkt sich das politisch aus, wenn ihr runterfallt.“

„Ja, ja, ist gut, Oma.“

„Wir lassen uns dann von Fräulein Schmöde gesund pflegen.“

„Wenn ihr da runtersaust, gibt es nur noch Grabpflege.“

„Das machst du dann, Quasi, du machst das so schön ordentlich.“

„Kannst dich ja anbinden, wenn du dich über unseren Grabstein beugst.“

„Ach, malt doch nicht den Teufel an die Wand!“

„Ans Dach, Quasi, ans Dach!“

Doch der Teufel war schon auf dem Dach. Der Teufel stieß Robert in die Seite und zeigte auf ein Mädchen, das am Stamm eines Apfelbaumes lehnte und zu ihnen heraufsah, und Robert sagte: „Fräulein Vera Bilfert, Schneiderin, ist auch da. Interessanten Pullover hat die an.“

Trullesand malte sorgsam den Punkt zum Ausrufezeichen hinter der Oberzeile, ehe er zu Vera hinuntersah und dann beiläufig fragte: „Was ist denn interessant an dem Pullover?“

Der Teufel zwinkerte Robert zu, und Robert sagte: „Wieso an? Hab ich an gesagt?“

Trullesand legte den Quast in den Eimer und ließ sich vom Standbalken dachabwärts langsam bis zum nächsten Haken gleiten.

„Wo willst du hin?“

„Mal sehen, wie die Losung von weiter unten wirkt.“

„Gute Idee. Ich komm auch.“

Und auch der Teufel sagte: „Gute Idee.“

Quasi schrie wütend, sie sollten zurückkommen, aber nun waren sie schon unterwegs, und unten am Apfelbaum stand Vera Bilfert und sah zu ihnen herauf.

Auf dem Schneefang kurz vor der Dachkante machten sie halt. Sie lagen auf dem Bauch, stützten den Kopf in die Hände und sahen zu der frischen weißen Schrift hinauf.

„Sieht gut aus, nicht?“

„Sieht gut aus!“

Und der Teufel sagte: „Ja, Jungs, und von unten, von der Straße her und besonders, wenn man unter einem bestimmten Apfelbaum steht, seht ihr wie zwei Helden aus!“

„Wenn man genügend Schwung nimmt, müßte man auch so rauflaufen können", sagte Trullesand.

„Meinst du? Wolln mal sehn."

Sie stemmten sich gegen den Schneefang wie gegen einen Startblock, aber der Schneefang war kein Startblock, er war ein niedriges Gitter aus dünnem Blech, und das brach unter ihrem Doppelschwung, und das Dach war nicht die Erde, es war schräg und hart und glatt, und die Erde war zweiundzwanzig Meter weiter unten.

Als sie wieder denken und hören und sehen konnten, hingen sie mit allem, was nabelabwärts war, über den Rand des Daches, die wulstige Kante der Regenrinne drückte in die Haut über den kurzen Rippen und knickte den Körper in einen Winkel, aus dem nicht herauszukommen war, und das scharfe Blech des zerbrochenen Schneefangs schnitt ihnen in die Hände, und lange war da kein Festhalten mehr.

Und dann kam Quasi. Er kam an dem Eimerseil die lange rote Schindelbahn herunter und sah wie ein Engel aus und war ein Engel. Er zerrte Trullesand über die Regenrinne aufs Dach und dann Robert, und er sagte dabei, ach was, er sagte es nicht, er sang es, er sang wie ein Engel: „Oh, ihr verfluchten Schweinehunde, ihr!"

Das war Karl-Heinz Riek, damals noch Quasi genannt, damals schon kein Klempner in einer Zuckerfabrik mehr, damals einer der ersten Arbeiterstudenten des Landes, damals ein Kerl, und was jetzt?

Nun, Aularedner Iswall, und was jetzt?

Das Beste, was du tun kannst, Robert Iswall, das Beste ist, du denkst nicht mehr an diese Rede und an diese ABF und an diesen Quasi Riek – hol sie doch alle der Henker! Schließlich bist du nicht im Urlaub hier. Du sollst . . .

Na und, tue ich das vielleicht nicht? Ich weiß genau, was ich soll, und ich mache, was ich soll. Wie ich es mache, ist schließlich meine Sache! Verlangt wird eine Reportage über das Wasser in Hamburg und die Tage danach, und die kriegen sie. So ist das ja nun auch nicht, daß ich nur hier rumgesessen und nichts weiter im Kopf gehabt hätte als vergangene Zeiten und vergangene Leute; ich bin hier ganz schön rumgelaufen, und wenn sie die Hälfte von dem nehmen, was ich jetzt schon schreiben kann, dann wird das ein Wunder sein. Man wird ja wohl auch noch mal an was anderes denken dürfen als an geborstene Brücken, Versicherungspolicen, Teuerungen auf dem Gummistiefelmarkt, Wassermarken an der Schlafzimmertapete, Senatoren mit Tieftrauer auf der Zunge und der Nase im Wahlwind, Bundeswehrhubschrauber, Schlachtenbummler vom Tegernsee und aus Bielefeld, Witwen und Waisen und Reisende in Feldbetten für einen weiteren Katastrophenfall; man wird ja wohl einen Augenblick auf Hermann Griepers Sofa sitzen und im Hamburger Telefonbuch blättern dürfen, oder?

„Ich geh noch mal raus“, sagte Robert, und Lida nickte ihm zu. Sie gab dem Nachtpförtner der Wurstfabrik ihre Bestellung für den nächsten Tag; Robert hörte sie sagen, es sollten zwanzig Kilo Bockwurst mehr sein als am Vortag. Bockwurst – das war auch so etwas. Hättest du früher hier eine Bockwurst verlangt, dann hätten sie dir so ein kurzes knuppliges Ding in die Hand gedrückt, womöglich mit Speckstücken drin und Thymian oder sonst einem schrecklichen Gewürz, und sie hätten dich als Butenlänner und Quiddje eintaxiert, und wohl mit Recht, denn ein Hamburger aß keine Bockwurst, ein Hamburger aß Knackwurst, und er bestellte auch Knackwurst, wenn er Knackwurst haben wollte, aber jetzt mußte er Bockwurst sagen, wenn er Knackwurst haben wollte, jedenfalls auf der Reeperbahn, wo die meisten Kunden Ausländer oder Quiddjes waren.

Mal sehen, wie sie in Quasis Kneipe heißen. Wenn sie Knackwurst heißen, hat er einen Punkt gut – den wird er brauchen können, denn alle anderen sind gestrichen, auch der von der Engelstat auf dem roten Schieferdach, da mach dir nur ja nichts vor, Quasi Riek, da rechne bloß nicht mit, Herr Wirt!

Robert fuhr mit der U-Bahn. Er hatte es nicht weit und nicht eilig, und die Hochstrecke der Bahn zwischen Landungsbrücken und Rödingsmarkt war mit das Beste, was die Stadt zu bieten hatte. Am Millerntor noch, in der schmuddeligen Kellerstation St. Pauli, war die Bahn nichts anderes als ein praktisches und ungemütliches Schnellverkehrsmittel mit zwei Arten Mief zur Auswahl – Rauchermief und Nichtrauchermief – erweiterte Rohrpost, kaum anheimelnder als ein Abwässerkanal, aber wenn sie dann kurz vor der Helgoländer Allee zwischen Rhododendron und Rasen aus dem gekachelten Stollen fuhr und auf der Station Landungsbrücken hielt, dann rissen alle Fremden die Augen auf: He, guck mal, wir sind im Hafen!

Hier ist die Bahn erst einmal Hochbahn, fährt über das Johannisbollwerk und die Vorsetzen bis zum Baumwall, und der Hafen wird winkliger, ist ja auch der Binnenhafen, und da ist die Kehrwiederspitze und da ist der Grasbrook, wo sie dem Störtebeker den Kopf abgehauen haben, er soll ja noch ein ganzes Ende ohne Kopf weitergelaufen sein, aber das ist wohl eine Sage, das gibt es doch nur bei Hühnern, daß sie ohne Kopf rumlaufen, und auch da nur selten.

Und nun sind wir am Rödingsmarkt, aber dort ist schon lange kein Markt mehr, am Gänsemarkt auch nicht und auch nicht am Pferdemarkt oder am Hopfenmarkt oder am Zeughausmarkt und am Rathausmarkt schon gar nicht, und das Wasser da stadtwärts hat nichts mehr mit dem Hafen zu tun, das ist das Alsterfleet, ein trüber Abfluß in die Elbe; da hat der Fluß schon seine Schuldigkeit getan, hat zweimal See gespielt, einen großen und einen kleinen, die Binnen- und die Außenalster, und nun kann er in die Elbe gehn, verdreckt und schlickig, und kein Mensch guckt nach ihm; jeder, der nicht gerade alle Tage hier fährt, sieht zum Michel hinüber, und einen Augenblick später ist der Zug wieder untergrund und taucht unter der Börse hindurch, die sich – wie praktisch und ehrlich – unter einem Dache mit dem Rathaus befindet, und am Hauptbahnhof steigt man am besten aus, wenn man zur Sechslingstwiete will.

Die Frage ist nur, ob man auch in die Sechslingstwiete darf. Robert wußte von keinen Vorschriften, die den Weg versperrten. Wahrscheinlich gab es sie dennoch, und ebenso wahrscheinlich hatten sie auch ihren Sinn. Aber noch wahrscheinlicher war, daß sie nicht immer ihren Sinn hatten. Man mußte nur mit guten Gründen vertreten können, was man tat, dann konnte man es überall und vor jedem vertreten.

Also vertrete diesen Weg, Robert Iswall! Sag uns nur nicht, dieser Wirt da, dieser Riek, der sei dein Freund gewesen. Du weißt, was wir von einem solchen Grunde halten. Wir alle haben einmal Freunde gehabt, und wir alle hatten unter ihnen welche, die uns eines Tages verraten haben, und von da an sind sie nicht mehr unsere Freunde gewesen, und wir denken nicht an sie als an unsere ehemaligen Freunde; sie sind unsere Feinde geworden, und so sind wir die ihren. Und Lebensretter? Niemand von uns lebt ein Leben, das sein Verdienst allein ist. Wir sprechen nicht von Vater und Mutter und auch nicht von der Hebamme, wir sprechen nicht einmal von den Ärzten, die meinen wir gar nicht; wir meinen den Jungen, der uns aus dem Dorfteich geholt hat, und das Mädchen, das zur Feuerwehr lief, als es das Gas gerochen hatte, und den Mann, der uns auf der Straße zur Seite schleuderte und dann selber unter das Auto kam; wir meinen die Nachbarin, die uns einen Backenzahn ausbrach, als sie uns die Dorschgräte aus dem Schlund holte, und den betrunkenen Kohlenträger meinen wir, der seinen Rausch in der Kiesgrube ausschlafen wollte und der einzige war, der den Kopf behielt, als wir im Sand verschwunden waren. Wir könnten immer auf Reisen sein, auf Reisen zu unseren lieben Lebensrettern, zu den Luftschutzwarten, die im richtigen und letzten Moment Vorsicht gerufen haben; zu den Obergefreiten, die uns kein Wasser gaben, weil sie wußten, was ein Bauchschuß ist; zu dem einen General, dem das Ritterkreuz nicht alles war; zu den Pilzkennern und Spökenkiekern, Geistesgegenwärtigen und Bestechlichen, den Blutspendern und schnelleren Mördern. Komm uns also nicht mit Lebensrettern.

Neugier, sagst du? Neugier wäre schon was; wir wissen sie zu schätzen. Wir hatten uns ihrer schon ein wenig entwöhnt und auch des Fragens, aber sie ist uns nicht gut bekommen, diese Enthaltsamkeit, darum fragen wir nun wieder und wollen, daß alle fragen; die Neugier zählt wieder zu unseren Tugenden, nur nennen wir sie nicht Neugier, das klingt nach Weiberklatsch und bürgerlich; wir sprechen von Forschergeist und von Entdeckerfreude, machen das Denken zur obersten Pflicht, und so – was hilft es, möchten wir manchmal noch sagen – auch das Fragen. Sag uns also getrost, du seiest neugierig, aber sag es uns anders. Sprich von einem Problem und seiner Aufklärung, und da hast du uns.

Gut, wenn es euch so leichter heruntergeht, will ich Karl-Heinz Riek ein Problem nennen. Für mich aber ist er mehr als das: ein Rätsel, eine Niederlage, ein böses Wunder. Denn er war einer von nur dreien, die fortgelaufen sind, und er war der einzige ohne Grund, ohne einen ersichtlichen Grund. Und er war mein Freund, und ich kannte ihn. Die anderen beiden zählen nicht; der eine stolperte ein paarmal zu oft versehentlich über das Bett, in dem sein Zimmernachbar schlief, und in des anderen Kopf hatte Angelhoff Ideen entdeckt, die gebrandmarkt werden mußten, idealistische, existentialistische, kosmopolitische Ideen – die beiden also hatten Gründe.

Aber Quasi? Er hatte kaum eine Vergangenheit, aber eine Zukunft in höchsten Höhen. Er war der Mathematiker Nummer eins des Jahrgangs neunundvierzig und als Organisator fast ein Genie. Nicht nur er war für unser Land wie geschaffen, auch das Land war es für ihn. Kein schöner' Land in dieser Zeit ... ein Rechnerland, ein Organisatorenland, ein Soll-und-Haben-Land, ein Land für Plänemacher, Logarithmenland, Perspektivenland, Tabelliererland, Programmiererland. Ein Land für Quasi Riek.

Aber eben doch nicht, und warum nicht? Wer hat Riek etwas getan? Wer gab ihm einen Grund? Von uns war es keiner; wir hätten es gemerkt; wir haben doch alles voreinander ausgekramt; wir wußten, wieviel Zähne der andere noch hatte und woher die Narbe da über der Braue stammte oder die unter dem Nabel, wie der erste Schultag gewesen war und der erste Lohntag und der erste Kuß und der erste Schnaps; wir kannten die Witze des anderen, seine Skattricks, seine Schacheröffnungen, sein Lieblingslied, seine Finten und die Stelle, wo bei ihm das Lindenblatt gelegen war. Ein jeder im Zimmer „Roter Oktober" hätte des anderen Fragebogen ausfüllen können und den Lebenslauf schreiben. Was waren das schon für Lebensläufe: „Ich, Karl-Heinz Riek, wurde als ältester Sohn des Binnenschiffers Ferdinand Riek und seiner Ehefrau Else, geb. Peplow, am 2. Februar 1929 in Dömitz/Elbe geboren. Ich besuchte dort von 1935 bis 1943 die Volksschule. Anschließend erlernte ich bei dem Klempnermeister Eugen Krahn in Dömitz das Klempner- und Installateurhandwerk. Seit 1946 arbeitete ich als Klempnergeselle in der Zuckerfabrik Wilhelm Luchtmann (in Treuhand). Ich bin seit 1946 Mitglied der FDJ und seit 1947 Mitglied der SED. Meine Eltern waren parteilos. Sie sind, gemeinsam mit meinem damals zehnjährigen Bruder, am 18. Juli 1944 bei einem Fliegerangriff ums Leben gekommen ..."

Ein Klacks von einem Lebenslauf, und hätte man gewollt, dann hätte man noch viel genauer erzählen können: Namen der Lehrer, Lieblingsgetränk des Meisters, Motiv für den Parteieintritt, nähere Beschreibung der Umstände, unter denen Eltern und Bruder starben ...

Quasi hatte Robert die Geschichte nur einmal erzählt, ihm und Vera Bilfert an einem Sonntag kurz nach der Lungenuntersuchung. Er wollte seine Furcht vor der Krankheit erklären und die Zweifel, die ihn anfielen, wenn man ihm sagte, er würde gesund werden, vorausgesetzt natürlich, er halte sich an die ihm auferlegten Regeln.

„Ich weiß nicht", sagte er, „ich weiß nicht recht. Es klingt wahrscheinlich abergläubisch, aber ich bin bestimmt nicht abergläubisch, und religiös bin ich schon gar nicht. Religion ist die Folge von quasi keiner Schulung. Aber Schulung hab ich. Ich war auf der Kreisparteischule und auf einem Lehrgang der Landesparteischule und auf einer FDJ-Schule. Religiös kann ich nicht sein. Aber ich hab meine Erfahrungen, und die machen mir angst. Ich wollte das eigentlich nicht erzählen, so was hat schließlich jeder am Bein, aber wenn ich nun wirklich nicht darüber sprechen würde, dann wäre das vielleicht doch abergläubisch oder quasi der Anfang davon. Nein, die Sache mit meinen Eltern und meinem Bruder, besonders aber die mit meinem Bruder, die war einfach so, daß man Angst kriegen muß, wenn man daran denkt. Er hieß Detlef, und neun Jahre lang war er immer krank. Er hat alle Krankheiten mitgenommen, die es gab. Die Hebamme hat in Dömitz rumerzählt, daß er ihr schlimmster Fall gewesen ist. Sie hat behauptet, sie hätte ihn eine Weile in die Ofenröhre schieben müssen, sonst wäre er gar nicht erst warm geworden. Wahrscheinlich spinnt sie, aber neun Jahre lang ist mein Bruder wirklich ständig krank gewesen. Masern und Windpocken sowieso und Ziegenpeter, aber auch Diphtherie und Scharlach und jedes Jahr dreimal Angina und Mittelohrentzündung, und dann mal wieder was mit dem Rippenfell, und Grippe war bei dem schon gar keine Krankheit mehr. An Land wäre das alles nicht so schlimm gewesen, aber mein Vater fuhr einen Schleppkahn, und wir fuhren alle mit. Mein Bruder war schon neun Jahre alt, da kriegte er Keuchhusten. Uns war das schon immer unheimlich gewesen, daß er den noch nicht gehabt hatte, und als es losging, da blieb Detlef mit mir bei dem Schiffseigner in Dömitz.

Keuchhusten ist ja nicht weiter schlimm, aber die Ärzte wissen da, glaube ich, immer noch nichts so richtig. Der Arzt in Dömitz hatte ein neues Rezept, jedenfalls hatten wir davon noch nichts gehört. Er schickte mich mit meinem Bruder in das Gaswerk. Dort war eine große Halle mit Schlackenbergen und Kohlengrus, und ringsherum lagen Bretter für die Schubkarren. Und auf diesen Brettern fuhr mein Bruder den ganzen Tag mit seinem Roller um die Halle. Der Arzt hatte gesagt, diese Art Luft dort würde Detlef guttun. Das war aber quasi keine Luft, das war mehr Gas, und anfangs wurde mir immer schlecht. Aber meinem Bruder half das. Er war zwar immer todmüde; er hat schließlich täglich etliche Kilometer runtergerollert, aber es stellte sich heraus, daß der Gestank wirklich gut gegen den Keuchhusten war, und mein Bruder rollerte von Tag zu Tag besser, wenn er auch viel heulte, weil er so müde war, aber ich hab ihn gescheucht, immer rum um die Halle, und später wollte er seinen Roller nicht mehr anfassen. Der Husten war dann aber weg. Und nicht nur der Husten, alles andere auch. Ihr müßt euch das mal vorstellen, neun Jahre war der Kerl immer krank, und dann war er plötzlich gesund. Ich hab Fräulein Schmöde gefragt, ob das wirklich mit dem Gaswerk zu tun hatte ..."

„Ich denke", sagte Vera Bilfert, „du erzählst das jetzt zum ersten Mal?"

„Mach ich auch", sagte Riek, „Fräulein Schmöde habe ich das nicht erzählt, der habe ich das berichtet, dargelegt, zu medizinischen Zwecken quasi."

„Natürlich", sagte Vera, und Quasi sah sie eine Weile forschend an, dann erzählte er weiter: „Detlef war nun gesund, und meine Mutter sagte: ‚Jetzt ist er über den Berg.' Und in den Sommerferien kam das mit dem Flugzeug, das war am achtzehnten Juli vierundvierzig. Wir brachten Zement zum Müritzsee rauf. Mein Vater war im Ruderhaus und meine Mutter an der Wäscheleine, und ich saß mit Detlef auf dem Vordeck, und wir guckten in die Wiesen. Die Elde geht da durch Wiesen, nur hier und da ein paar Büsche, sonst nur Wiesen, und auf einmal rief mein Bruder: ‚Da ist ein Flieger mit einem Loch!' Das war aber kein Flieger mit einem Loch, das war ein Doppelrumpfjäger, eine Lightning. Mein Vater rief, wir sollten in den Laderaum zwischen die Zementsäcke springen, er machte das Ruder fest und kam auf Deck, und Detlef lief zu ihm hin, und meine Mutter lief auch zu ihm hin, und ich stand da und sah zu der Lightning rauf. Zuerst sah es aus, als ob sie weiterfliegen wollte, aber dann machte sie einen Bogen und kam herunter. Ich hörte es nicht schießen, aber hinter dem Heck spritzte das Wasser auf, und ich sah, wie mein Vater meine Mutter herunterriß und beide über meinen Bruder fielen. Unser Kahn hatte an keiner anderen Stelle ein Loch, nur dort, wo meine Eltern und Detlef gelegen hatten, und sie waren alle drei tot. Mein Bruder war gerade ein Jahr lang gesund gewesen, und da frag ich mich: Wozu hab ich ihn durch den Gasgestank gehetzt, und wozu hat ihn die Hebamme in die Ofenröhre gesteckt, wenn dann so ein Mistvieh kommen kann und schießt ihm mit der Kanone ein Loch in den Rücken ... könnt ihr mir das erklären?"

Robert und Vera hatten sich redlich abgemüht, aber bei all ihrem Gerede über Zufall und Notwendigkeit war keine Antwort für Quasi herausgekommen. Aber das war jetzt auch unwichtig: Quasis Verwandlung in den Kneipenwirt Riek hatte damit nichts zu tun, konnte nichts damit zu tun haben, denn Quasi hatte nie wieder über den Tod seines Bruders gesprochen, und seine Lunge blieb, von der Narbe abgesehen, bis zu seinem Verschwinden o. B.

Robert hatte die Erfahrung gemacht, daß Krankheit der unsinnigste aller Gründe war, auf die man sich berief, wenn man die Republik verlassen hatte. Die verrückteste Geschichte zu diesem Thema kannte er von Vera. Schon vorher hatte sie von einer Frau, die in der Klinik lag, erzählt, weil die Sache medizinisch interessant war; von der absurden Pointe der Geschichte war da noch nichts zu ahnen. Robert verstand jedenfalls zunächst überhaupt nicht, warum Vera aufgebracht und unter Tränen behauptete, die ganze Menschheit sei einen Dreck wert, und Tierärztin hätte sie werden sollen oder Steinmetz oder Steinmetzin „oder wie heißt Steinmetz auf weiblich?“

Robert schlug Steinmetzgerin vor oder Steinmetze, aber Vera wußte, was eine Metze war, und sie sagte, ihr sei nicht nach seinen blöden, abgeschmackten, geschmacklosen, albernen, idiotischen, penetranten, gräßlichen, widerwärtigen Witzen, ihr sei nach Hängen und Würgen zumute, nach Mord und Totschlag und Halsabschneiden.

„Wenn es die Postkarte ist, die dich so wütend gemacht hat“, sagte Robert, „dann solltest du jetzt vielleicht besser aufhören, sie zu Mehl zu zerreiben, sonst kannst du sie am Ende nicht mehr lesen, und dann weißt du nicht, worüber du dich so aufgeregt hast.“

Vera warf die zerknüllte Karte auf den Tisch. „Nie werde ich das vergessen; das kannst du dir aufschreiben. So eine Niedertracht! So ein Irrsinn! So eine ...“ Veras Enttäuschung war nur zu verstehen, wenn man wußte, wie sehr sie Ärztin war. Robert behauptete, sie wolle die Welt aus dem Medizinschrank heilen, und er nannte sie eine Pillensozialistin. Der Menschheit helfen, hieß für Vera: sie gesund machen. Sie meinte, es könne in diesem Land keinen unpolitischen Arzt geben, wenn er nur ein guter Arzt sei, und ein richtiges Rezept habe mehr Überzeugungskraft als alle noch so klugen Reden. „Ich setze mich lieber zu einem Kranken, der nicht schlafen kann, als daß ich selber in Versammlungen schliefe“, sagte sie und verlangte, Robert sollte das für eine Alternative halten.

Und dann war die Kranke gekommen, die ihr jetzt diese Karte geschrieben hatte. Die Frau war erst in der Klinik erschienen, als sie schon fast nichts mehr sah, und auch da hatte ihr Mann sie beinahe gewaltsam in die Sprechstunde bringen müssen. Nein, sie wollte nicht, sie wollte sich nicht behandeln lassen, und von Operieren durfte nicht die Rede sein. Sie habe nun so lange gewartet, da werde sie es auch noch länger aushalten können, und eines Tages würden ihre Geschwister schon eine Lösung finden. Ihre Geschwister und deren Kinder lebten in Kassel und in Niederbayern. Sie hatten Präparate geschickt, gute, westliche und vor allem teure. Die Geschwister legten eine Aufrechnung ihrer Auslagen in jedes Päckchen und schrieben dazu, wer diesmal in den Säckel gegriffen hatte. Nur verschlugen die Pillen und Salben nicht, und der Arzt, der Ostarzt, zu dem die Kranke schließlich doch gegangen war, hatte sich aufgeregt und gesagt, mit Salben sei da nichts zu ändern, hier helfe nur eine Operation in der Klinik. Er wollte die Frau überweisen, aber sie sträubte sich. Sie sagte, ihre ganze Verwandtschaft sei im Westen, es seien gutgestellte Leute, der Bruder ein Kugellagerfabrikant, die Schwester Gattin eines Käsemachers; denen werde es nichts ausmachen, eine Operation zu zahlen, aber eine richtige, im Westen. Doch den Geschwistern machte es etwas aus. Die Gattin des Käsemachers verwies auf die Importe aus Holland, Frankreich und Italien, die ihnen das Leben schwermachten, und der Bruder hatte es mit seinen Kugellagern auch nicht besser. Die Schwester solle sich doch ruhig einem östlichen Fachmann anvertrauen – Ärzte seien unpolitisch, und dann sei es eben auch billiger drüben. Der Mann der Kranken hatte im allgemeinen nicht viel zu sagen, aber da die Frau nun fast nichts mehr sehen konnte, übernahm er die Führung. So kamen sie zu Vera. Die Frau blieb gleich auf der Station. Sie war eine schwierige Patientin. In der Vorbehandlung, die vier Wochen dauerte, war sie voller Mißtrauen, sie schrieb lange Klagebriefe an ihre Verwandten, und es machte ihr nichts aus, daß die Schwestern, denen sie die Briefe diktierte, die gleichen waren, über die sie sich beschwerte. Der Heilprozeß verlief normal, ja schneller als normal. Nach der Operation blieb die Frau weitere Wochen in der Klinik, und dann war sie völlig wiederhergestellt. Auch ihr Verhalten zu Ärzten und Schwestern hatte sich in dieser Zeit geändert. Sie hielt jetzt mehr von ihnen und der Ostmedizin; ihre Schwester habe doch recht gehabt, sagte sie, Ärzte seien immer noch Ärzte, auch hier, und sie werde das nicht vergessen. Zum Abschied kaufte sie Blumen und Pralinen, und dann verließ sie die Klinik, zusammen mit ihrem Mann, der jetzt wieder einen Schritt hinter ihr ging und außer Dankeschön nichts sagte. Ein paar Wochen später erhielt Vera die Karte. Sie kam aus Kassel, wo es der Frau seit vierzehn Tagen gutging. Die Verwandten seien reizend, hieß es, auch die Schwester mit ihrem Käsemacher sei schon dagewesen, und nun könne man doch auf seine alten Tage noch ein paar Jahre der Freiheit genießen. „Mit freundlichen Grüßen Ihre stets dankbare Patientin ..."

Das Wort Freiheit trieb Vera fast in die Hysterie; und auch Robert wußte auf ihr Fragen keine Antwort.

Aber hier nun, in der dunklen und nassen Straße von St. Georg, war er in einer besseren Lage; er konnte den Wirt vom „Toten Rennen", der ihm ein ähnliches Warum aufgegeben hatte, selber fragen; es waren nur noch wenige Schritte.

Die Gastwirtschaft „Zum toten Rennen" war eine von jenen Kneipen, in denen man besser nicht nach der Speisekarte fragt. Tut man es dennoch, so darf man gewiß sein, daß man sich in des Kellners Augen in einen leuchtend grünen Fleck verwandelt. Wenn er Zeit hat, sagt er: „Speisekarte? Oh, tut mir leid. Die heutige ist noch nicht da. Die können sich in der Druckerei wieder einmal nicht einigen, ob Rollmops mit einem oder mit zwei p geschrieben wird; sie haben schon andauernd hier angerufen, ob wir es vielleicht wissen. Wissen Sie es? Sie sehen so aus, als hätten Sie Abitur."

Wenn der Kellner einer von der gemeinen Sorte ist, ruft er sehr laut und mit viel Betonung zum Schanktisch hinüber: „Herr Wirt, der Gast möchte eine Speisekarte. Haben wir eine?", und dann ist es besser, man läßt sich schnell einen vergessenen Termin einfallen, und kommt man aus dem Lokal raus, ohne auf dem Weg vom Tisch zur Tür fünf Zentimeter kleiner zu werden, dann ist man immer noch ein Kerl.

Hat der Kellner weder Zeit noch Galle, dann zählt er an den Fingern ab, mit einem Fragezeichen hinter jedem Finger: „Wurst mit Brot? Wurst mit Salat? Klops mit Salat oder Brot? Brathering? Rollmops? Wir können Ihnen natürlich auch eine Büchse Ölsardinen aufmachen? Oder ich bringe Ihnen eine Tüte Erdnüsse? Vielleicht wollen Sie die?"

Robert sagte: „Ein Bier, ein' Jägermeister." Das „Bitte!" verkniff er sich, obwohl der Kellner eine Kellnerin war. „Bitte" sagten nur Wildfremde oder sehr gute Freunde. Die Kellnerin brachte ihm das Bier und den modischen Kräuterlikör und ließ ihn dabei den Trauring sehen, den sie abziehen würde, sobald der Dienst zu Ende war.

Quasi hatte ihm zugenickt, wie man einem Zufallsgast zunickt, und ihn so interessiert und freundlich angesehen, wie man einen Fünfmarkschein betrachtet, wenn man noch mehr davon hat. Er stand am Zapfhahn und unterhielt sich über den Tresen hinweg mit zwei Männern am Stammtisch. Es ging nach Art des Hauses um die kommende Rennsaison. „Chronistin ist verlorenes Geld", sagte Quasi, „der Vater war 'n Galopper, und die Mutter hätte schon längst zu Wittlinger gehört." Er deutete auf das Schild hinter seinem Rücken, auf dem die Firma Wittlinger die Zartheit ihrer Würstchen pries. Einer der beiden Männer schob sein Glas auf die Theke: „Noch einen, Heinzi. – Ich sag ja nicht, daß Chronistin top ist, aber ich hab so 'n Gefühl für sie."

„Das setz denn man", sagte Quasi, „und wenn sie zehn zu eins rauskommt, kannst du mit einem ganzen Sack voll Gefühl nach Hause gehn."

Heinzi, dachte Robert, der heißt hier Heinzi. So haben wir nie zu ihm gesagt. Nur einmal hat Trullesand ihn Heinzi genannt, aber da dachten wir auch, er müßte sterben. Der ist nicht gestorben. Der stirbt nicht. Der läßt sich von diesen Wettjankeln Heinzi nennen, und von jedem

Bier hat er einen Groschen. Dafür würde der sich von diesen Einlauffritzen auch Dicker nennen lassen oder Püppi. Dicker würde sogar passen; pro Bier ein Groschen macht fett, und selbst, wenn man es selber trinkt, macht das immer noch einen Groschen pro Bier.

Die Kellnerin war nicht zu sehen, und Robert rief: „Herr Wirt!" Er zeigte auf seine leeren Gläser. Quasi zapfte ein Bier, schenkte einen Jägermeister ein, füllte das Bier nach und kam an den Tisch.

„Tag, Quasi", sagte Robert.

„Tag, Iswall", sagte Quasi.

„Ist Chronistin wirklich so eine Niete?"

„Todsicher", sagte Quasi, „von der würde ich die Hände weglassen. Ich würde die Hände überhaupt von allem weglassen, was ich nicht verstehe. Oder verstehst du was von Pferden, Iswall?"

„Keine Spur – du etwa?"

„Ich höre hier so manches; da lernt man", sagte Quasi. Er ging an seinen Schanktisch zurück und sagte zu der Kellnerin: „Um die Zeit brauchen Sie nicht mehr zu verschwinden, wenn Sie rauchen wollen, Elvira. Kommen Sie mal hier rum, und machen Sie sich die paar Bier selbst." Er brachte ein gefülltes Glas und eine Rennzeitung mit, als er sich zu Robert an den Tisch setzte.

„Warst du überhaupt schon mal bei einem Trabrennen?"

„Als Junge, ja, draußen in Bahrenfeld", sagte Robert.

„Richtig, du bist ja von hier."

„Und du bist jetzt hier."

„Du nicht?"

„Nein. – Ich war auch bloß nach Bahrenfeld gegangen, weil die anderen Jungens erzählt hatten, man könnte da viel Geld verdienen, mit Türenaufreißen und Aussteigenhelfen, wenn die dicken Onkels und Tanten mit den Autos zum Rennen kamen."

„Und, hast du viel verdient?"

„Nee."

„Dacht ich mir. Ich hätt dir auch nichts gegeben. Du hast nicht die richtigen Augen zum Türenaufreißen. Du bist zu hochmütig. Warst du immer."

„Deshalb bist du doch nicht abgehauen?"

Quasi hob die Rennzeitung vor die Augen und sagte: „In Hannover ist vor zwei Jahren ein Eisenbahner aus Erfurt zu einem anderen Eisenbahner gekommen, der auch aus Erfurt war, und hat zu dem gesagt: ‚Wat willst du denn hier, warum kommst du nicht mit mir zurück nach Erfurt? Sie haben keine Leute im Stellwerk, und sie nehmen dich sofort wieder.' – Jetzt ist der andere Eisenbahner aus Erfurt auch hier. Im Loch. Das war versuchter Menschenraub."

„Steht das in deiner Scheißzeitung?" sagte Robert, „dann muß da doch auch stehen, daß der eine Eisenbahner irgendwann zwischendurch ans Telefon gegangen ist, oder wie hat er den Menschenräuber gefangen?"

Quasi schob ihm die Zeitung über den Tisch: „Vielleicht hat er auch gleich ‚Hilfe!' geschrien. In so einem Fall kriegt man hier schnell Hilfe."

„Feine Gegend", sagte Robert.

„Moment", sagte Quasi. Er holte zwei Bier und einen Jägermeister. „Wieso trinkst du denn Kräuterschnaps? Wenn ich mich richtig erinnere, konntest du Boonekamp und Wurzelpeter nicht ausstehen."

„Wir ändern uns eben alle, Quasi, du nicht allein."

„Das ist gut zu wissen", sagte Quasi und salutierte mit seinem Glas, „auf den ewigen Wandel! Dabei fällt mir ein, wie geht's denn Trullesand und Rose, sind die immer noch in China? Und wie geht es Vera, ist sie immer noch deine Frau?"

„Trullesand und Rose sind zurück", sagte Robert, „und Vera ist immer noch meine Frau."

Quasi sprach mit seinem Bierglas. „Wer hätte das gedacht?"

Robert legte die Hände vor sich auf den Tisch und lehnte sich zurück. „Du nicht?"

„Ich würde hier keinen Streit anfangen", sagte Quasi, „die Leute könnten leicht denken, du seiest böse geworden, weil ich mich nicht von dir verschleppen lassen wollte. Sag mir nicht, das sei Blödsinn, Iswall. Ich weiß es ja. – Aber um auf deine Frage zurückzukommen: Nein, ich hätte es eigentlich nicht gedacht. Schließlich, und das mußt du mir zugute halten, schließlich weiß ich ja, wer Trullesand und Rose nach China verladen hat und wer sie verheiratet hat und warum er es getan hat. Das sind so liebe kleine Erinnerungen, die halte ich mir warm für den Fall, daß ich mal Heimweh kriege, die helfen einem dann schnell darüber hinweg."

„Ich hätte auch Heimweh an deiner Stelle", sagte Robert.

Quasi stand auf. „Das vergiß nur nicht."

Robert sah ihm zu, wie er an einem der Tische die Rechnung aufmachte, kassierte und das Wechselgeld in kleinen Münzen auf die Hand eines leicht betrunkenen Gastes zählte. Er wirkte weit älter, als er war. Er war erst dreiunddreißig Jahre, aber er sah aus wie der gute Wirt im Bilderbuch. Eine Respektsperson, eine Vertrauensperson, trinkfest, pumpfest, kein Betrüger und kaum übers Ohr zu hauen, ein Mann mit einer Schankkonzession und einer Konzession auf ein hartes, aber sicheres Leben, ein kerngesunder Mann.

Als er zurückkam, sagte Robert: „Was macht denn deine Lunge?"

„Nichts, was sie nicht machen sollte. Die hat die Jugendsünden hinter sich."

„Wie du."

„Ach, so denke ich gar nicht darüber. Mir tut nichts leid von damals. Du meinst doch unsere Zeit, wenn du von Jugend sprichst, nicht. Schließlich hat man was gelernt ..."

„Ja?"

„Ja! Zinseszins, Bruchrechnung, ein bißchen Englisch und ganz gut Deutsch; das macht viel aus, wenn man mit der Brauerei verhandelt oder mit dem Steuerfritzen, und man kann sich ausdrücken."

„Und was machst du mit Geschichte und Gegenwartskunde?"

„Ach, selbst die sind nicht von Schaden. Beim letzten Zukunftsrennen war ein Hengst dabei, der hieß Potemkin, ein erstklassig gezogener Fuchs, Sohn von Altgeselle und Messidora, und selbstverständlich sagten sie hier im Laden alle Potemkin, wie's geschrieben wird. Ich hab ihnen erst einmal beigebracht, Patjomkin zu sagen, schließlich hatten wir mal Russisch, und dann hab ich ihnen was von Katharina und dem Großfürsten mit den falschen Dörfern erzählt, also Geschichte."

„Und den Panzerkreuzer, hast du den auch erwähnt, oder hast du den vergessen?"

„Wieso denn, Junge, wieso denn? Das war doch schließlich ein guter Film. Das kann man hier ruhig sagen, daß die Russen gute Filme machen."

„Entweder", sagte Robert, „entweder bist du ein Vollidiot geworden, oder ich bin es."

„Ja", sagte Quasi, „man muß immer alle Möglichkeiten ins Auge fassen. Trinkst du noch einen?"

„Nein, danke. Ich muß auch los. Deine Elvira da guckt schon ganz böse, weil du hier herumsitzt und sie arbeiten muß. Sie kriegt Proletariergefühle, und das kannst du als Unternehmer doch nicht wollen. Was zahle ich?"

„Mit Bedienung und Trinkgeld für Elvira dreifünfzig. – Ach so, hast du Hella Schmöde mal gesehen?"

„Vor Jahren in Berlin in der Straßenbahn. Sie hat mich aber nicht nach dir gefragt. Sie sah gut aus, beinahe hübsch."

„Ach du lieber Gott", sagte Quasi und betrachtete seinen Bauch. „Sie war ein gutes Mädchen."

„Nun weine man nicht", sagte Robert und stand auf. Quasi kam mit ihm vor die Tür, und sie standen noch einen Augenblick im grünen Licht des Neonhufeisens über dem Eingang.

Robert sagte: „Du hast mich auf eine Idee gebracht. Ich

werde der Fakultät schreiben, sie sollen sie einladen. Wir machen im Sommer die Fakultät zu, für immer. Wir beerdigen sie, und ich werde eine der Grabreden halten. In der Aula, wo du ja auch mal als Redner geglänzt hast. Ich werde ihnen schreiben, sie sollen Hella Schmöde einladen, die hat sich damals immerhin prima um uns gekümmert."

„Ja, das hat sie. Würdest du sie grüßen?"

„Von dir? Warum nicht? ‚Schöne Grüße von Herrn Gastwirt Riek aus Hamburg!' – das wird sie sicher gern hören. Wenn du willst, grüße ich auch den ganzen Verein dort von dir. ‚Liebe Freunde, liebe Genossen, meine Damen und Herren', kann ich sagen, ‚es ist mir ein außerordentliches Bedürfnis, Ihnen die herzlichen Grüße eines Absolventen unserer Fakultät zu übermitteln, der nunmehr ein gutgehendes Biergeschäft in Hamburg-St.Georg betreibt. Sie werden sich seiner vielleicht nicht mehr erinnern, wenn ich ihn bei seinem bürgerlichen Namen nenne, aber wenn ich Ihnen sage, daß er für uns einmal Quasi hieß und daß er sogar einmal auf eben diesem Platze, von dem ich hier zu Ihnen sprechen darf, gestanden und eine markerschütternde Rede zu den Studentenratswahlen gehalten hat, dann...' "

Er machte eine Pause, und Quasi sagte: „Ist schon gut, Iswall, ist schon gut, ich weiß ja, was du für ein Redner bist. – Komm mal wieder vorbei, wenn du hier drüben bist."

Während Robert seinen Mantelkragen hochschlug und die drei Stufen zur Straße hinunterging, hörte er Riek leise sagen: „Aber vielleicht kommst du besser nicht wieder hierher. Und du solltest auch niemandem sagen, daß du hier gewesen bist, es sei denn, irgendwo fragt man dich direkt danach. Aber sonst wäre es besser für uns alle." Robert sah zu ihm hinauf; er antwortete nicht, er wartete noch, und dann sagte Quasi Riek, und er sagte es wie ein Zitat aus einem fast vergessenen geheimnisvollen Märchen: „Verstehst du das, Robert?" Er drehte sich um und verschwand hinter der Tür der Gastwirtschaft „Zum toten Rennen".

Robert lief durch den Regen zur U-Bahn und beschimpfte sich: Da weiß ich aber nun was, ich weiß nicht einmal, wie die Bockwurst bei ihm heißt, Bockwurst oder Knackwurst; der Punkt kann also nicht vergeben werden, aber Quasi hat ihn auch nicht nötig, er liegt nach Punkten schon weit vorn, er hat Treffer die Menge gelandet, und Robert Iswall kann man nur raten... Na, was denn... was könnt ihr ihm raten, ihr Experten, ihr Kenner, Fachleute, Neunmalklugen, Siebenmalgescheiten, Besserwisser und Salomone, was steht denn so in euren Büchern? Ich sage euch: Nichts steht da, und nichts wißt ihr, denn ihr wart nicht dabei, als Riek und Iswall Freunde waren, und da fehlt euch der Anfang von allem.

Trullesand müßt ihr fragen oder Jakob Filter, den Förster, der jetzt wirklich Förster ist oder Oberförster oder Hauptförster oder Oberhauptförster, jedenfalls ein richtiger studierter Förster auf der Stufe, wo es schon Forstwirt heißt, die waren bei allem dabei, fast bei allem. Jedenfalls war Trullesand dabei, als Iswall lieber Gott gespielt hat, Schicksal und historische Notwendigkeit, wie sollte er nicht dabeigewesen sein, wo er es doch war, der vom lieben Gott nach China geschickt wurde, obwohl er lieber Philosophie studiert hätte, Grund- und Wurzelfragen, und schon lange nicht nur des Zahnarztes und der Karies wegen.

Riek hatte die Geschichte nicht vergessen, er bewahrte sie als Serum gegen das Heimweh, und dafür mochte sie auch taugen, obwohl sie ihn gar nicht betroffen hatte; ihm hatte doch niemand gesagt: Schnür deinen Seesack und gehe auf sieben Jahre nach China, und, ja richtig, eine Kleinigkeit noch: Heirate vorher schnell noch dieunddie, wir haben schon mit ihr gesprochen...

Außerdem, dies nur zur Klarstellung: So war es ja nun nicht, daß es ein Marschbefehl in die Hölle gewesen wäre, im Gegenteil, gegangen wäre beinahe jeder gern, auch Iswall, auch Jakob Filter, auch Quasi Riek; selbst Trullesand wäre mit Freuden gegangen, nur freilich nicht gar so gern mit der und der, sondern lieber – oder besser: nur mit einer anderen.

Aber der liebe Gott ließ da nicht mit sich reden; er hatte in seiner unermeßlichen Güte Verständnis für alles, doch konnte er nicht nur an Trullesand denken und nicht nur an die und die; er mußte das Großeganze im Auge haben, und das Großeganze verlangte in diesem Falle nicht Riek, nicht Filter, nicht Iswall, es verlangte Trullesand und dazu noch die und die.

So fuhr Trullesand auf sieben Jahre nach China, und mit ihm fuhr das Mädchen Dieunddie, auch auf sieben Jahre.

Und zehn Jahre später sagte ein gewisser Gastwirt Riek in Hamburg, den das alles nichts mehr anging, ihm helfe die Geschichte von Trullesand und dessen gottgegebener Frau über das Heimweh hinweg. Wenn der uns weiter nichts vorzuwerfen hat, dachte Robert, dann stehen wir gut da; ich vielleicht nicht, ich sicher nicht, aber das Land doch und unsere Zeit damals; wenn der nicht mehr Gründe hat als den, dann hat er keine, dann ist er so weit nicht entfernt von der Augenkranken aus Veras Klinik. Dann ist er nur ein Narr.

Einen Schuß Narrheit hat er immer in sich gehabt, der Cheforganisator Quasi Riek, nur merkwürdig, daß ihm nie etwas vollständig schiefgegangen ist, oder eher, daß am Ende doch immer alles so geraten ist, wie er es gewollt hat, wenn auch nicht ganz auf die vorberechnete Weise, und wenn er auch fast immer Haare dabei lassen mußte. Wäre dies wörtlich zu nehmen, so hätte er nach seiner berühmten Aularede kahlköpfig dastehen müssen, als Sieger mit blankem Schädel, aber eben als Sieger.

Schon die Tatsache, daß Quasi und die anderen Delegierten der ABF überhaupt bis in die Aula vorgedrungen waren, konnte ein Erfolg genannt werden. Die meisten Vertreter der Fachfakultäten und die große Mehrheit des alten Studentenrates hatten sich gegen eine Beteiligung der

ABC-Studenten ausgesprochen, und der Alte Fritz hatte dem Senat einen großen Kampf liefern müssen, einen oratorischen Kampf, in dem die nun langsam schon bekannten Verse „Wir sind nicht reif? Das ist das Lied, das sie gesungen haben, jahrhundertelang uns armen Waisenknaben!" und „Des Geistes Licht, des Wissens Macht, dem ganzen Volke sei's gegeben!" eine nicht geringe Rolle gespielt hatten, ehe die Senatsempfehlung an den Studentenrat ergangen war, man möge sich doch bewußt werden, daß da eine verbindliche Weisung des Ministeriums vorliege, die zu ignorieren nicht tunlich sei.

Quasi arbeitete für die entscheidende Wahlversammlung eine völlig neue Taktik aus, deren geistige Väter der Lateinlehrer Angelhoff und der Generalissimus Josef Wissarionowitsch Stalin waren. Allerdings hatte Angelhoff auf negative Weise zur Entwicklung der neuartigen Methode beigetragen, während der Generalissimus, wie in vielen Fällen so auch hier, ein beinahe gebrauchsfertiges Verhaltensmuster geliefert hatte. Sein Interview mit einem japanischen Journalisten diente Quasi als Modell und als Antibild gegen Angelhoffs verdächtige klassische Beredsamkeit.

„Diese Sklavenhalter", sagte Quasi, wenn Angelhoff wieder einmal in pädagogischem Überschwang vom vergleichsweise trockenen Latein zum Griechischen, das er weit lieber gelehrt hätte, übergegriffen und einen der labyrinthischen Sätze des Thukydides in Original und Übersetzung vorgeführt und von hellenischer Redekunst geschwärmt hatte, „diese Sklavenhalter konnten sich das leisten, so lange zu quasseln. Während die mit und ohne Kieselstein die Zunge wetzten, siebenundsiebzigmal die Wasseruhr rauf und runter, konnten sich ihre Sklaven, Heloten, Penesten, Klaroten und Aphamioten mit Olivenpflücken abrackern. Jedesmal, wenn dieser Isokrates einen Satz zu Ende hatte, war er quasi wieder um zwei Fuder reicher. Und den andern, den Xenophon, haben sie ‚attische Biene' genannt, wenn ich das schon höre, eine Drohne war das, dieser langatmige Dröhnbeutel, ein Ausbeuter, Jugendfreunde, und das soll uns Vorbild sein? Alles hat Klassencharakter, Jugendfreunde, auch die Art zu reden. Bitte sehr, bei Gericht, wo's um blanke Drachmen ging, wo ein Invalide um seine Unterstützung klagte oder ein unmündiges Kind gegen seinen Vormund, da, ja da hieß es plötzlich: Fasse dich kurz! Da zeigten die Richter auf die Wasseruhr, wenn ein armer Mann in seiner Not zu viele Worte machte, da hätten sie am liebsten attische Fische aus den Unterdrückten gemacht, diese Gauner!

Aber der Angelhoff, was macht der? Der stellt sich hin und bläst uns das ganze Drohnengesumse noch einmal in die Ohren, nur um zu beweisen, daß man den Satz ‚Es ist heiß heute' auch anders formulieren kann, zum Beispiel so..." Und Quasi baute mit Umsicht und Akribie eine jener tönenden Perioden, die an logischer und rhythmischer Gliederung nichts zu wünschen übrigließen und am Ende dennoch lediglich auf die Aussage hinausliefen, es sei heute recht heiß. Quasi wußte nicht, daß sich mäßiger Parodistenwitz schon in den Schulen aller Zeiten auf diese Weise geübt hatte, und hätte er es gewußt, so wäre ihm die äffische Lust wahrscheinlich rasch vergangen, selbst dann, wenn man ihm der Wahrheit entsprechend gesagt hätte, daß seine Nachformungen weit über den Durchschnitt der meisten schülerhaften Sprachspiegelungen hinausgelangten. Doch er wußte es nicht, und ihn trieb ein anderer Stachel als Pennälereitelkeit zu immer raffinierteren Wortfiguren, deren blanker Wohllaut um so voller tönte, je heftiger Quasi mit den attischen Sprachgauklern und dem Dolchmenschen Angelhoff ins Gericht ging.

Angelhoff ahnte nichts von Quasis Künsten; für ihn war der Student Riek einer jener fühllosen Schüler, die der Liebe nicht hatten und die man am besten in Ruhe ließ, wollte man die seine behalten. Sicher aber wäre er entsetzt gewesen, hätte er gewußt, daß Quasi zwischen den Schönrednern aus Hellas und dem Generalissimus aus Grusien und ihren Sprechweisen einen unüberbrückbaren Klassengegensatz vermutete; schon deshalb, weil er sich in seinem politischen Leben mit dem gleichen Eifer zum Exekutor der Ideen des Weisen aus Gori machte, wie er in seinem pädagogischen Dasein um Einsicht für die Größe der Griechen und Römer warb, und weil er in diesen beiden Äußerungen seiner Existenz nichts weniger als einen Widerspruch vermutet hätte.

Quasis Wahltaktik, geboren aus Abneigung gegen griechische Suada und Hochachtung vor den jüngsten Kreml-Lakonismen, war einfach: „Studentenratswahlen sind bürgerlicher Unsinn, aber sie finden nun einmal statt, und darum müssen wir sie gewinnen. Wir gewinnen sie nur, wenn wir die Wähler überzeugen. Unsere Gegner hatten bisher die Mehrheit, und sie möchten sie behalten. Dabei haben sie es leichter als wir. Sie wollen nichts Neues, darum brauchen sie auch nichts Neues zu sagen. Sie stoßen von vornherein auf volles Einverständnis der Mehrheit der Studentenschaft. Wir stoßen auf Nichteinverständnis. Nichteinverständnis ist vor allem Nichtverständnis, Nichtverstehen. Wir müssen uns verständlich machen. Unsere Sache ist klar, also muß auch unsere Sprache klar sein. Klare Sache – klare Sprache. Klare Sprache ist vor allem kurze Sprache. Die anderen brauchen nichts zu sagen, also werden sie lang sprechen. Wir müssen viel sagen, aber wir müssen es in aller Kürze tun. In der Kürze liegt auch die politische Würze. Also vorwärts, Jugendfreunde, in aller Kürze mit aller Würze vorwärts!"

„Und so sollen wir nun reden?" fragte Trullesand. „Oder wie? Wir können hier doch nicht alle auf Zitzewitz machen!"

„Das ist nicht Zitzewitz", sagte Quasi. „Du mußt das Interview noch einmal lesen, dann wirst du schon sehen: Dieser Japaner hat sich abgezappelt und wollte uns die Würmer aus der Nase ziehen, aber Genosse Stalin hat sich nicht lassen. ‚Nein', hat er gesagt, wenn der andere seine

Halbstundenfrage endlich losgeworden war, und die längste Antwort auf die längste Frage war: ‚Das ist richtig.‘ Das ist der neue Stil, quasi ein neuer Klassenstil.“

„Ich möchte zwar eher glauben“, sagte Trullesand, „daß der Japaner keine Antwort haben sollte, warum, kann ich nicht wissen, jedenfalls hat er keine bekommen, oder wenn, dann eine so knochentrockne, daß man beim Lesen zu jeder ein Glas Wasser trinken muß. Bloß, wieso das nun ein neuer Stil sein soll und wie du den bei den Wahlen anwenden willst, das bleibt mir unklar. Die Studenten sind doch keine japanischen Journalisten, und wenn von denen einer eine lange Rede hält, und du steigst nach ihm auf die Kanzel und sagst: ‚Das ist richtig!‘ und steigst wieder runter, wo ist denn da die Würze?“

Aber da hatte er Quasi mißverstanden. Der wollte die ABF-Redner keineswegs auf Kurzurteile dieser Art beschränken; er wollte nur Prägnanz und Sachlichkeit.

„Was wir sagen, muß übersichtlich sein. Mein Vorschlag daher: Unsere Auffassungen werden in Punkte gegliedert. Jeder spricht nur zu einem Punkt. Das hat den Vorteil, daß viele von uns sprechen. So entsteht der Eindruck: Diese Fakultät besteht aus vielen Leuten mit klaren Meinungen. Und dann ist die Schlußfolgerung nicht weit: Diese Fakultät muß zahlreich im Studentenrat vertreten sein.“

Obwohl ihm viele zustimmten, unter ihnen Jakob Filter und der Aktivist Blank, wäre Quasi mit seinem Vorschlag nicht durchgekommen, wäre er nicht ein paar Tage zuvor zum Vorsitzenden des Jugendverbandes an der Fakultät gewählt worden und hätte er nicht darauf hingewiesen, daß er seine Aufgaben kaum erfüllen könne, wenn man schon seinem ersten Vorschlag mit Ablehnung begegne.

So kam es, daß die ersten zehn Wahlredner in der vollbesetzten Aula insgesamt nur vierzehn Minuten der Versammlungszeit benötigten und daß diese knappe Viertelstunde zu den fröhlichsten zählte, die seit Errichtung des Festsaales durch den Baumeister Andreas Mayer und unter den gemalten Augen der glorwürdigen Herzöge von Pommern-Wolgast verstrichen waren, und ferner kam es so, daß die jüngste der Fakultäten nach Ablauf dieser vierzehn Minuten so gut wie keine Chance auf eine gewählte Vertretung im neuen Studentenrat hatte.

Die Philosophen, Geologen, Historiker, Agronomen, Theologen, Mediziner und Physiker und Chemiker und Biologen und Philologen und Geographen freuten sich sehr, und selbst wenn sie alle bösartige Kerle gewesen wären, hätte man es ihnen nicht verübeln können, denn die von Quasi inszenierte politische Revue in zehn Blitzauftritten war ein komischer Volltreffer.

Jeder der ABF-Sprecher hatte ohne Einleitung und Abgesang das Destillat eines von zehn Programmpunkten und Grundsätzen vorzubringen, und da ihnen aufgetragen worden war, sich sofort nach Eröffnung der Debatte zu Worte zu melden, bildeten sie die Tête der Rednerliste, jedoch in einer Reihenfolge, die keineswegs dem Aufbau des Programms entsprach.

Daher war der Aktivist Blank der erste Diskussionsredner des Abends, und er sprach mit Wucht: „Das Beispiel des Kollegen Hennecke muß auch für die Universitäten in Anwendung gebracht werden. So wie wir heute studieren, werden wir morgen leben!“

Der Rückmarsch zu seinem Platz dauerte länger als seine Rede. Noch während er unterwegs war, stand ein Student im Mitteltrakt des Saales auf, klatschte in das verdutzte Schweigen hinein in die Hände und rief mit Kinderstimme: „Au fein!“

Die zuerst lachten, wußten wohl, wie er studierte, und die anderen konnten es sich denken, und der Spaß war groß.

Als nächste mußte Rose Paal ans Rednerpult. Auch sie hatte Quasis Vorschlag heftig unterstützt, weil kurze Äußerungen ihrer Natur entsprachen. Sie schien ihren Auftrag rasch hinter sich bringen zu wollen, denn sie lief fast, aber da ihr Weg weit war, blieb dem Auditorium Zeit genug zu ausgesuchten Komplimenten völlig unpolitischer Natur.

Rose kümmerte sich bei ihrem Spruch nicht um Lautstärke, weder um die ihrer Bewunderer noch um ihre eigene, und daher verstand kein Mensch, was sie sagte. Erst als sie das Podium verließ, merkte man, daß sie etwas gesagt haben mußte, und der Beifall für Rose war ungeteilt.

Robert las seinen Namen von den Lippen des Versammlungsleiters, eines hohlwangigen und völlig hilflosen Pädagogen. Er wartete, bis halbwegs Ruhe in den Saal gekommen war, dann sagte er mit einer Stimme, die jeder neuen akustischen Brandungswelle gewachsen gewesen wäre und aus der eine dem Gegenstand völlig unangemessene Wut sprach: „Ein Studentenrat, in dem nicht die Belange der Kultur vertreten werden, erfüllt seine Aufgabe nicht. Jedes Mitglied des Studentenrates muß auch Mitglied des Kulturbundes zur demokratischen Erneuerung Deutschlands sein."

Wieder fand sich ein Witzbold. Er erkundigte sich höflich: „Muß er auch Geige spielen können?"

Robert fand in seiner Wut keine Antwort. Dafür antworteten andere: „Nein, nur Schalmei!" oder „Vor allem die Pauke, Herr!" und „Aber demokratisch, bitte schön!" Und dem Versammlungsleiter fiel nichts Besseres ein als darum zu bitten, man möge die Redner doch aussprechen lassen. Die Heiterkeit galt nun ihm, und sie überschlug sich, als einer nach mehrmaliger Meldung zur Geschäftsordnung in artigstem Ton forderte: „Aber dann möchten sich die Damen und Herren Diskussionsredner doch bitte auch etwas kürzer fassen!"

Der Einfall eines älteren Studenten, auf dessen Mantelrücken noch die verblichenen Zeichen PW zu sehen waren, machte Quasis Konzept endgültig zunichte. Er hielt eine Taschenuhr hoch über seinen Kopf und zählte bei den nächsten Sprechern laut die Sekunden mit. Jakob Filter, Vera, Trullesand, der Fußballspieler Trimborn und weitere drei Unglückliche brachten nur noch Wortfetzen an das Publikum, das immer angeregter mitzählte: Sechzehn... Gleichberechtigung... siebzehn... Frau ... achtzehn ... unbedingt ... neunzehn... Fortschritt... zwanzig... aus!

Es war aus. Quasis Konzeption eines neuen politischen Lakonismus hatte zehnfachen Rednertod herbeigeführt und den Tod der Arbeiter-und-Bauern-Fakultät als einer für den Studentenrat qualifizierten Anstalt. Quasi saß stumm zwischen Robert und Trullesand in der dritten Reihe und regte sich lange Zeit überhaupt nicht. Er hatte sich selbst nicht als Redner eingeteilt, da er die Übersicht bewahren und die Wirkung des Gesprochenen einschätzen wollte. Das Ergebnis schien ihn überwältigt zu haben. Er hielt Bleistift und Papier in der Hand und sah auf den Parkettboden. Nur als der weißhaarige Psychiatrieprofessor in der Reihe vor ihm sich zu seiner Nachbarin neigte, um ihr keineswegs leise seine Meinung mitzuteilen, beugte sich Quasi lauschend vor, und dann schrieb er etwas auf einen Zettel. Er hielt ihn Robert hin. „Was heißt ‚Agrammatiker' und was ‚Dehbile'?"

Robert hob seine leeren Hände. Er nahm Quasi den Zettel fort, faltete ihn zusammen und schrieb „Frl. Hella Schmöde" auf die Vorderseite. Er warf den Brief der Medizinerin zu, die in der gleichen Reihe, aber jenseits des Mittelganges saß.

Der Versammlungsleiter hatte schon mehrmals um Ruhe gebeten und sie schließlich auch bekommen. Jetzt kündigte er einen neuen Redner an, einen Historiker, und er betonte das so, als handle es sich um die Bezeichnung für einen erlesenen Edelstein. Das Echo war denn auch fast schon ein Triumphgeschrei. Der Historiker schien ein bekannter Mann zu sein. Er wartete in beinahe demütiger Haltung, bis man ihn zu Worte kommen ließ. Er begann mit einer leisen Neigung des Hauptes:

„Hochverehrte Damen und Herren, liebe Kommilitonen! Wenn Sie mir eine persönliche Bemerkung gestatten wollen: Das war doch wohl nicht nett von uns. Wir – damit meine ich selbstverständlich nur die Studenten unter uns –, wir haben dem Lachreiz allzu rasch nachgegeben und unseren Spaß mit Leuten getrieben, die unserer Freundlichkeit bedürfen, nicht aber unseres Spottes. Die jungen Menschen, die hier so fremdartig zu uns gesprochen haben, sind nun einmal – daran werden wir uns gewöhnen müssen –, sie sind – oder werden es zu einem Teile wenigstens eines Tages sein – unsere Kommilitonen. Wir können doch gar nicht wissen, wer oder was sie da auf die Schulbank gesetzt hat, wie sie sich dort fühlen mögen und welcher Skrupel sie sich zu entledigen hatten, bevor sie sich auf diese Kanzel wagten, um einen Text herzusagen, der kaum in jedem Falle die Frucht ihres eigenen Denkens gewesen sein dürfte. Ich frage Sie, meine Damen und Herren, wer von Ihnen hätte hier stehen mögen und den lustigen Unmut einer Überzahl ertragen wollen, ohne am Ende recht etwas dafür zu können? Ich appelliere also an Ihre Fairneß, an Ihr Mitgefühl, und ich bitte Sie zu bedenken: Sie lachten da über die falschen Leute."

Der Saal war plötzlich voll von fairen Sportsleuten und guten Onkeln. Ein gesitteter Ernst zog in die Mienen, und die Aula war nun das Hospiz zum barmherzigen Samariter. Robert hatte Lust, etwas Unflätiges zu schreien, aber wahrscheinlich hätte man ihn gar nicht gehört, denn die mildtätigen Schwestern und Brüder trampelten einen Beifall, der die Brustbilder der glorwürdigen Herzöge wie die Barockengel auf der Empore zittern machte.

„Ich danke Ihnen", sagte der Historiker, „doch nun darf ich wohl auf den Zweck unserer Zusammenkunft kommen, auf die Wahlen zum Studentenrat, die morgen beginnen werden. Ich will, was ich dazu zu sagen habe – angeregt, wenn ich das scherzhaft hinzufügen darf, durch das Beispiel meiner Vorredner – auf die kürzeste Form bringen: Wir sollten jene Kommilitonen, die uns bislang im Rate vertreten haben, im Amte bestätigen, sie, so wie sie sind, aufs neue mit unserem Mandat versehen. Sie haben ihre Prüfung – o ja, es war da schon manche Prüfung zu bestehen! – summa cum laude bestanden, da wäre es doch höchst dumm von uns, wenn wir sie jetzt in die Unwirksamkeit entlassen wollten. Wir sollten sie per acclamationem wieder auf die Kandidatenliste setzen."

Er bekam seine Akklamation. „Sehr wahr!" rief man ihm zu. „Vernünftigstes Wort des Abends!", „So und nicht anders!" und „Ausgezeichnet, das!"

Der Historiker verließ auch jetzt noch nicht seinen Platz. Er deutete zum Schriftführer hin und sagte: „Es steht nun wohl so im Protokoll. Was aber noch nicht darin steht, ist: Wie soll mit jenen Plätzen verfahren werden, die durch den Eintritt einiger Kommilitonen in das Berufsleben vakant geworden sind oder doch bald frei werden müßten. Da stehen also Zuwahlen an. Wen sollen wir wählen? Mir scheint, es sollten solche Leute sein, die sich in das bewährte Gremium einfügen, zu ihm passen in Gesinnung, Gesittung und Bildungsstand."

Der Student im Gefangenenmantel stand auf und rief in gespielter Entrüstung: „Aber, Herr Kommilitone, Sie verdrängen ja ganz unsere Freunde von der A-und-B-Fakultät, wenn Sie das so limitieren!"

Der Redner auf der Kanzel hob abwehrend die Hände: „Nicht ich bin es, der hier limitiert, nicht wir sind es, die das tun; es ist ein Es, ein objektives Es, das da die Grenzen zieht. Es ist der Geist unserer Stadt und unserer Hohen Schule.

Hier wollte schon immer jedes Ding gut Weile haben. Hier war auch immer Fortschritt, aber er hatte das Tempo der Wissenschaft, Schrittempo eben, und nicht jenen hektischen Progreßgalopp, der nur Staub aufwirbelt und nichts Bleibendes stiftet. In diesen Mauern ist gedacht und gesondert worden, und das Geprüfte erst hat sich etablieren können. Und manches ist durch Jahrhunderte geblieben, wie es war. Oder wüßten Sie, verehrte Kommilitonen, einen Unterschied zu gewahren zwischen dem, wie wir unser

Städtchen heute vorfinden, und jener Verfassung, in der es sich vor drei Vierteljahrhunderten befand, als der bedeutende Historiker Carl von Noorden schrieb, es sei – ich darf das einmal zitieren – ‚eine Landstadt, wo das Gras üppig auf den Hauptstraßen gedeiht, trotzdem die Preise möglichst hoch, manche Dinge teurer und nur wenig, zum Beispiel Wohnungen, falls solche vorhanden, wohlfeiler als in Bonn'?"

In der von Gelächter und Getrampel ausgefüllten Pause sah man, daß sich der Versammlungsleiter hastig an das Rednerpult begab und den Sprecher etwas zu fragen schien. Der hob wieder beschwichtigend die Hand und fuhr fort: „Der Herr Kommilitone hat eben von mir erfragen wollen, ob in dem Zitate da wirklich von Bonn die Rede gewesen sei. Ich verstehe seine Sorge, ein jeder versteht sie, aber ich kann zur Beruhigung aller versichern, es handelt sich lediglich um ein Zitat und keineswegs um eine Malice meinerseits. Doch lassen Sie mich zu den für unseren Verhandlungsgegenstand wichtigeren Zügen unserer Stadt und unserer hohen Anstalt kommen. Die Männer in diesem Gemeinwesen und auch die Jungen in der akademischen Gemeinschaft haben sich nie von dem sogenannten Zug der Zeit überrollen lassen, und so befinden wir uns hier, gerade hier in dieser Aula, an einem Ort, der in allen historischen Wirbelstürmen immer deren ruhiges Auge war. Wenn es hier heiß herging, dann nur in akademischer Auseinandersetzung, so, als siebzehnhundertzwölf Peter der Große eben hier einer theologischen Disputation beiwohnte; und wenn der Geist der Geschichte durch diesen Saal wehte, dann war es der Geist der Versöhnung, wie etwa an jenem ersten April des Jahres achtzehnhundertzehn, als Karl der Dreizehnte von Schweden und Napoleon wiederum eben hier den Frieden feierten."

„Jetzt sollten wir eigentlich rausmarschieren", flüsterte Trullesand, „was gehen uns all diese feudalen Buhmänner an?"

„Warte mal", sagte Robert, „vielleicht bleibt er irgendwo in dem Geschichtsmus kleben."

Quasi Riek äußerte sich zum ersten Mal an diesem Abend. Mit verzerrtem Gesicht knurrte er: „Das ist eine von diesen attischen Bienen, aber sie scheißt vergifteten Honig."

Der Psychiater vor ihm schien das unpassende Verb gehört zu haben; er drehte sich um und sah Quasi aufmerksam an; Quasi starrte so lange zurück, bis der Nervenarzt mit einem Gesichtsausdruck, der besagte, daß er genug gesehen habe, seine alte Haltung wieder einnahm.

„Wo bleibt mein Zettel?" zischte Quasi, und Robert winkte zu Hella Schmöde hinüber. Sie stand auf und reichte ihm das gefaltete Papier.

Der Redner hatte indessen den historischen Faden weitergesponnen. „Diese Stadt", sagte er, „ist fast unversehrt in Bauwerk und Tradition aus allen Zeitwirren wieder aufgetaucht. Man hat neunzehnhundertfünfundvierzig viele Worte der Anerkennung für den Stadtkommandanten gefunden, der uns durch kluge Verhandlung mit dem Gegner vor Fürchterlichem bewahrt hat, aber über der Freude ist wohl vergessen worden, daß dieser Oberst lediglich im Geiste der Überlieferung gehandelt hat. Wenn Sie gestatten, will ich wenigstens einen Beleg dafür vorbringen: Inmitten des Dreißigjährigen Krieges, im Jahre sechzehnhundertsechsundzwanzig, war es ein anderer Kommandant, der Stadthauptmann Anton Twisten, der, ähnlich wie sein Nachfolger, Auftrag hatte, durch eine militärische Aktion einem übermächtigen Feinde entgegenzutreten. Mit zweihundert bewaffneten Bürgern sollte er bei Tribsees und Demmin die heranrückenden schwedischen Truppen zum Gefechte fordern, was zweifellos zu einem Debakel geführt hätte. Anton Twisten aber brachte in aller Eile neuntausend Taler auf, und diese Summe bewog den schwedischen Obersten, südlich von Pommern nach Osten zu ziehen. Unser Städtchen blieb unberührt.

Unsere Universität blieb auch – und diesmal fast wie

durch ein Wunder – von einer anderen Bewegung unberührt, einer Bewegung, die sonst kaum eine der Hohen Schulen in Deutschland ausgelassen hat. Ich spreche von den freiheitlichen Bestrebungen der deutschen Burschenschaften, und ich betone besonders: freiheitliche Bestrebungen. Ja, es war dies ein positiver Zug in der Entwicklung akademischen Wesens, ohne Frage, und das ist um so günstiger für meine These: Wir haben uns aus den Dingen, gleichgültig, welche Natur sie auch hatten, gut oder schlecht, herausgehalten, so lange, bis sie feststehend und überschaubar waren. Und ich hebe noch einmal hervor: Es war der Geist dieser Stadt und dieser Lehranstalt, der das bewirkte. In den Fällen der beiden Kommandanten bestätigte er sich auf eine Weise, die in den Geschichtsbüchern in erhabenen Lettern beschrieben worden ist oder beschrieben werden wird, im Falle der Burschenschaftsbewegung äußerte er sich unauffälliger und bediente sich der Unzulänglichkeiten eines Postsystems oder gar der Ängste eines Mutterherzens, denn am Wartburgfeste von achtzehnhundertsiebzehn nahm aus unserem Hause niemand teil, da ein Einladungsbrief aus Jena wohl abgegangen, jedoch nie an diesen Ort gelangt ist, und zum Allgemeinen Burschentag von achtzehnhundertachtzehn waren zwar auch hier zwei Delegierte benannt worden, reisten aber nicht ab, da sie durch Angelegenheiten im elterlichen Hause davon abgehalten wurden.

Was will dies alles besagen, meine Damen und Herren? Nur dies: Wir stehen in einer Tradition, die vorschnelle Neuerungen ausschließt. Dies ist eine Universität, an der die revolutionäre Bewegung des neunzehnten Jahrhunderts kaum weiter als bis zur Ausarbeitung eines geheimen Erkennungszeichens für die Mitglieder der ‚Gesellschaft der Volksfreunde' gedieh: ‚Man legt den Goldfinger zwischen die Augen, worauf der andere die rechte Hand auf das Herz zu legen hat, darauf reichen sich beide die Hand und klopfen sich dabei gegenseitig dreimal mit dem Zeigefinger auf den Puls'; dies ist eine Stadt, in der die erste Dampfmaschine einundsechzig Jahre nach ihrer Erfindung installiert wurde und auch dann nicht in einer zweifelhaften Fortschritt anspornenden Waffenschmiede, sondern in einer Essigfabrik.

Hier geht alles bedächtiger zu; das mag den Spott anderer heraufbeschwören, aber wir wissen ja: In dem Worte ‚bedächtig' steckt ein anderes, ein Wort, das dieses Ortes und unser aller Hauptwort ist: Denken!"

Es war nun kaum noch wichtig, daß der Redner in wenigen Sätzen empfahl, vorerst noch Vertreter der „vielleicht doch ein wenig zu eilig" zur Fakultät ernannten Lehranstalt aus dem Studentenrat herauszulassen, zum seelischen Frommen der Schüler dieser Anstalt selbstverständlich, die eben noch so manches zu lernen hätten und nicht zuletzt, das hatte der Abend ja gelehrt, die Kunst der freien Rede.

Die Versammlung war in Auflösung begriffen. Die Studenten schmeckten lauthals einzelne Formulierungen des Historikers nach, einige Paare versuchten das geheime Erkennungszeichen der Volksfreunde und wollten vor Lachen schier zerspringen, wenn sie einander mit den Zeigefingern auf die Pulsadern klopften, wenige nur teilten nicht die Meinung des geschichtlich so bewanderten Redners und gerieten darüber in lauten Streit mit ihren Nachbarn, aus einer Ecke schrie eine Gruppe im Chor, sie fordere das Ende der Debatte, und der Versammlungsleiter rief händeringend: „Meine Damen, meine Herren..."

Robert gab Quasi den Zettel, den er über seinem Zorn fast vergessen hatte, und sie lasen gemeinsam die Antwort Hella Schmödes: „‚debil' heißt (leicht) schwachsinnig, und ‚Agrammatismus' hängt damit zusammen; der Ausdruck beschreibt ein krankhaftes Unvermögen gegenüber den Regeln der Sprache. Macht Euch nur nichts daraus!"

Quasi schnaubte und starrte in den Nacken des Psychiatrieprofessors, und Robert faßte vorsichtshalber nach Quasis Handgelenk, aber er konnte doch nicht verhindern, daß

Quasi aufstand und mit durchdringender Stimme rief: „Ich möchte etwas sagen!“

Der Versammlungsleiter war offensichtlich froh, etwas tun zu können. Er wies mit ausgestreckten Armen auf das Rednerpult, und Quasi baute sich dahinter auf.

„Ach du lieber Gott“, sagte Trullesand, „jetzt wird er es all diesen verdammten Japanern aber geben!“

„Ja“, sagte Robert, „in Kürze und Würze, und das gibt uns den Rest.“

Quasi Riek hatte rasch erfaßt, daß im vorderen Teil des Saales kaum mehr als die obere Hälfte seines Kopfes über dem Pult zu sehen war, und darum trat er neben die Kanzel und sprach: „Studenten, die ihr hier von den Fakultäten der unterschiedlichsten Bestimmungen zugegen seid, wir befinden uns in einem Gefechte, dessen größter Teil noch vor uns liegt und dessen Ausgang für uns alle gleich wichtig sein wird, denn wenn es auch nicht um unser Leben geht, um das Fortbestehen unserer Körper, so wird doch unser Geist nach seinem Ausgang anders beschaffen sein, als man ihn vor diesem Gefechte antraf.“

Trullesand starrte zu Quasi hinauf, und er murmelte: „Wat ist denn nu?“

„Der ist von der attischen Biene gestochen“, sagte Robert, und als er zum Rednerpult sah, glaubte er Quasi wie zur Bestätigung zwinkern zu sehen.

Quasi gab seinen Hörern nicht viel Zeit zum Meinungsaustausch. Er hob die Hand zur klassischen Rednerpose, die er von Angelhoff übernommen und ebensooft und ebenso genau nachgemacht hatte wie den Duktus der hellenischen Sprechweise.

„Erringen wir jetzt der Vernunft einen Sieg“, sagte er, „so können wir uns noch einmal Hoffnung machen, ein jeder seinen Platz, auf den ihn die Geschichte fordert, zu erreichen. Nur müßt ihr, meine Freunde, und ihr seid es jetzt, zu denen ich dies hier sage, nur müßt ihr den Mut nicht sinken lassen und es nicht machen, wie es die allerunerfahrensten unter den Menschen zu tun pflegen, welche, wenn ihnen ihre ersten Unternehmungen mißlungen sind, nachher beständig schon im voraus bange sind, es werde ihnen gleich wieder unglücklich gehen. Vielmehr führt ihr, meine Freunde, die ihr euch bereits in so vielen Kämpfen versucht, und auch ihr anderen, die ihr dem Gang der Dinge an diesem Abend und wohl auch an manchen Abenden davor mit Spott und Unmut beigewohnt habt, führt euch zu Gemüte, wie sonderbar die Sachen im Leben manchmal gehen, und versucht es jetzt, in der sicheren Hoffnung, ihr Freunde, daß das Glück doch einmal sich für uns erklären werde, und ihr, ihr Zögernden, in der Annahme wenigstens, daß nicht alles bleiben muß, wie es war, versucht es, ihr so Unterschiedenen hier, versucht es noch einmal von neuem, und zwar mit solchem Entschluß, wie ihn der Anblick einer so allgemeinen Veränderung, welche im ganzen übrigen Lande gewahrt werden kann, euch von Rechts wegen einflößen muß."

Wenn vorher, bei den würzigen Kurzansprachen, das laute Zählen der Spaßmacher den Sprechrhythmus der Redner bestimmt hatte, so regulierte jetzt Quasis Vortrag den Atem einer ganzen Versammlung. Holte er nach dem sechsten Komma Luft, dann tat es ihm das an seinen Text gefesselte Auditorium gleich, und das sechshundertfache Einatmen hatte auch einen akustischen Effekt, und danach erhob sich ein Raunen, das erst verging, wenn Quasi weitersprach.

„Es ist die Schika-Nummer", wisperte Trullesand, und in der nächsten Atempause antwortete Robert: „Klar, die Rede des Nikias an die verzweifelten Algebraschüler."

Die Rede des Nikias aus der Geschichte des Peloponnesischen Krieges war ein Lieblingsstück Angelhoffs; er hatte sie oft dargeboten, wenn er aus dem Pflicht-Latein ins Griechische seiner Neigung abgewandert war, und Quasi hatte sie sehr bald perfekt kopiert, um gegen die Verzweiflung anzureden, die sich nach fast jeder von Doktor Schikas

Mathematikstunden breitmachte. Zwar hatte er kaum jemandem damit über den Zahlenkummer hinweggeholfen, aber er selbst hatte jedesmal seiner Abneigung gegen den Dolchmenschen Angelhoff und seiner Verachtung für die attischen Langatmer und Dröhnbeutel Luft gemacht, und die anderen hatten ihren Spaß, und sie brauchten ihn nicht lange zu bitten; sie brauchten nur zu sagen: „Mach mal den Niki, Quasi!"

Nun machte Quasi den perfektesten Niki seines Lebens. Er reckte sich und schleuderte seine Sätze über den ausgestreckten rechten Arm in die Aula: „Euch Studenten hier will ich noch einmal zum Kopfe führen, daß ihr weder das Recht noch die Möglichkeit habt, euch dem zu widersetzen, was wir anderen, wir Neuen, die wir auch, wenngleich sehr gegen euren Willen, den Namen Studenten führen und führen wollen in Ehren, an dieser Universität wie an allen anderen des Landes einzubringen und durchzuführen willens und imstande sind. Wo ihr nicht wollt, daß euch die Geschichte, deren glänzendes Angesicht zu einer von Hemmungen verzerrten Fratze zu verzeichnen einer der euren sich eben hier abgemüht hat, wo ihr nicht wollt, daß die Geschichte über euch hinweggehe als wäret ihr stumme Fische, die man nicht fragt, weil sie doch nicht Antwort geben können, wo ihr das nicht wollt, beugt euch dem, was unantastbar in dieser Zeit ist und laßt uns im Rat an eurer Seite sitzen. Habt ihr also je Ursache gehabt, euch rechtschaffen zu verhalten, so tut es ja in diesem Treffen, das über unser aller Schicksal entscheiden muß, und bedenkt samt und sonders, daß ihr, die ihr jetzt eure Stimmen abgeben werdet, die Gesamtheit der Fakultäten und Fachrichtungen zu vertreten habt, ja die ganze noch übrige Stadt und den trotz allem großen Namen dieses Ortes. Wer also an Wissen und Geisteskraft etwas vor anderen voraus hat, der wird nie eine gelegenere Zeit finden, sich selbst zum Vorteil und der neuen Ordnung zur Stütze solches an den Tag zu legen."

Zunächst mußte erst einmal wieder eingeatmet werden, aber dann brach es los. Was alles es war, das da losbrach, war noch nicht gleich auszumachen, aber daß es in der Hauptsache gut war für Quasi und seine Fakultät, das war nicht zu überhören. Quasi aber kehrte auf seinen Platz zurück und sagte laut in das Gesicht des Psychiaters, der sich ganz zu ihm herumgewandt hatte und ihn ansah, als fasse er seine Gegenwart nicht: „Von wegen Agrammatikismus!"

Auf Antrag des Historikers wurde Quasi Riek auf die Liste der Ratskandidaten gesetzt, und zwar „wegen erwiesener Sprach- und Geisteskraft und eines nicht zu übersehenden Sinnes für studentischen Humor". Außerdem trug ihm der attische Bienensang noch folgendes ein: ein paar hundert Blicke, deren Ausdruck von tiefster Verwirrung bis zu höchster Bewunderung reichte; Trullesands hemmungsloses Lob, das aus den Worten „Mein lieber Mann" bestand; Roberts fast ebenso hemmungslosen Neid; den sanften Strich einer Mädchenhand über seinen linken Oberarm; eine Einladung in die Privatsprechstunde des Ordinarius für Psychiatrie; die Verlautbarung des Dozenten Angelhoff, er habe dem Studenten Riek soeben eine Eins honoris causa verliehen, und die Frage des Kreissekretärs Haiduck, der als ungebetener Gast auf der Empore gesessen hatte: „Sag mal, amigo, brennt das nun auf der Zunge?"

Riek selbst war von der großen Rede des Quasi-Nikias am wenigsten beeindruckt. „Es ist mir völlig unklar", rätselte er, „warum unsere zehn Leitsätze nicht angesprochen haben. Wir werden eine gründliche Beratung darüber ansetzen müssen. Der kürzeste Weg zwischen zwei Punkten ist die Gerade, und die Frage ist nun quasi: Ist es beim Menschen anders?"

Die Beratung kam nie zustande, und es war wohl auch fraglich, ob ihr Ergebnis etwas daran geändert haben würde, daß Karl-Heinz Riek jetzt in der Kneipe „Zum toten Rennen" Bier verkaufte.

Fest stand, daß er es tat, und fest stand, daß es ein großer Jammer war.

Hermann Grieper, der lebenserfahrene Schwager, lag auf seinem Sofa, randvoll, und war philosophisch gestimmt. „Ich habe dich mir durch den Kopf gehen lassen“, sagte er, „und ich bin zu der Überzeugung gekommen: Du bist ein Spion. Du brauchst es nicht zuzugeben, denn wenn du es zugeben würdest, würdest du nur beweisen, daß du einer bist, weil du damit erreichen wolltest, daß ich denke, du bist keiner. Und du brauchst es auch nicht abzustreiten, denn wenn du es abstreiten würdest, dann nur, damit ich denke, du gibst es zu, und damit wären wir wieder da, wo wir waren, als ich sagte, wo wir wären, wenn du es zugeben würdest. Unter uns Kopfmenschen muß also über diese Dinge nicht gesprochen werden. Außerdem sind alle, die von drüben hierherkommen und wieder rüberfahren, Spione. Und außer denen, die wieder rüberfahren, sind auch welche Spione, die nicht wieder rüberfahren. Außerdem sind alle Zeitungsmenschen Spione. Das hat mir ein Zeitungsmensch gesagt, dem ich ein paar praktische Handgriffe für Siebzehn und Vier vermittelt habe. Außerdem war ein Polizeimensch hier, der sich nach dir erkundigt hat.“

„Wann?“ fragte Robert.

„Aha“, sagte Hermann Grieper, „jetzt weiß ich genau, daß du ein Spion bist. Ich werde dir auch erklären, warum. Weil du dir deinen Schreck nicht anmerken läßt. Du bist darauf geschult, dir keinen Schreck anmerken zu lassen. Außerdem hast du erwartet, daß man sich nach dir erkundigt. Du bist also auf das geschult, was du hier zu erwarten hast. – Der Polizeimensch war heute nachmittag hier. Lida weiß nichts davon.“

Gut, dachte Robert, Quasi war es also nicht, der ihn hergeschickt hat. Wie sollte er auch? Ich hab ihm doch nicht gesagt, wo ich wohne, oder hab ich?

„Es war ein junger Mensch. Ganz freundlich. Er sagte,

es sei eine Routinesache. Hab ich im stillen gelacht! Der hat gedacht, er kann mich beruhigen, wenn er sagt, es ist eine Routinesache. Wenn du erst meine Memoiren geschrieben hast, dann schicken wir ihm ein Exemplar, damit er sieht, wie oft man mir in den dreißig Jahren, in denen ich nur kriminell war und doch keinen Tag Zet gekriegt habe, gesagt hat, es sei nur eine Routinesache. Außerdem war ich selber mal Spion. Oder so etwas Ähnliches. Ich war Widerstandskämpfer."

„Was warst du?"

„Siehst du, jetzt wirst du wach! Daran sehe ich wieder, daß du Spion bist. Man hat dich geschult, auf solche Leute zu achten, die Widerstandskämpfer waren. Die sammelt ihr dann für eure Fünfte Kolonne. Ich bin aber nicht gut für Kolonnen. Ich bin kein Kolonnenmensch. Ich bin ein Einzelkämpfer. Wenn ich nicht so unmilitärisch gewesen wäre, hätte ich mich gut als Besatzung für ein Einmann-U-Boot geeignet. Aber das war mir zu militärisch. Außerdem kann ich die See nicht vertragen. Und außerdem war ich ja Widerstandskämpfer."

„O Gott", sagte Lida, die mit der Abendkasse hereingekommen war, „jetzt kommen wieder die verschobenen Zigeuner. Hör bloß damit auf, da lacht Robert bestimmt nicht drüber."

„Soll er ja auch nicht", sagte Hermann Grieper, „er soll nur jetzt schon, bevor er meine Memoiren schreibt, wissen, daß ich ein Leben voller Vielfalt geführt habe."

„Das glaubt er auch so."

„Er soll aber nicht nur glauben, er soll auch wissen. Als Journalist muß er ein Wissensmensch sein, als das andere auch – du weißt schon, Robert, was ich meine, fängt genau so an wie Spanien, Spiegel, Spundloch und so weiter."

„Spinner", sagte Lida.

„Wer ist ein Spinner?"

„Ich sage nicht, daß einer ein Spinner ist; ich sage nur,

Spinner fängt genauso an wie Spanien, Spiegel und Spundloch."

„Gut", sagte Hermann Grieper, „Spinner auch noch. Es ist gut, wenn du mitdenkst, wenn dein Mann spricht. Es ist gut, wenn die Frau mitdenkt, wenn ihr Mann spricht. Die Frau ist zwar kein Denkmensch, aber ein Mitdenkmensch sollte sie sein . . ."

Robert brachte ihn auf sein Thema zurück. „Du warst also Widerstandskämpfer", sagte er.

„Richtig, das war ich. Man merkt dir deine Schulung an. Du behältst das Wesentliche im Auge. Das muß man als Journalist und so weiter. Ich habe das Regime erbittert bekämpft. Natürlich nicht mit Feuer und Schwert, weil das nicht meinem Temperament entspricht, aber doch sehr erbittert."

„Er hat Zigeuner verschoben", sagte Lida.

Hermann Grieper protestierte gegen den Ausdruck. „‚Verschoben' ist ein krimineller Ausdruck, es war aber Widerstand, den ich geleistet habe. Ich habe es den Zigeunern ermöglicht, aus dem Land zu kommen."

„Na, den Zigeunern", sagte Lida, „zwölf waren es, und vier sind im Schiffsschornstein verdurstet, aber die Pferde, die sie bei dir gelassen hatten, die sind nicht verdurstet."

„Nun rede nicht von Dingen, von denen du nichts verstehst, Weib Außerdem war es nicht meine Schuld, daß der dreckige Steward ihnen nicht genug zu trinken gebracht hat. Außerdem hab ich dir schon hundertmal gesagt, daß sie nicht im Schornstein waren, sondern nur in der Umkleidung vom Schornstein. Außerdem mußte sich schließlich jemand hier um die Pferde kümmern, sonst wären sie verreckt oder das Regime hätte sie gekriegt. Das habe ich verhindert, indem ich die Pferde verkauft habe. Ich habe schon oft überlegt, Robert, warum ich meinen Widerstandskampf nicht nachher angemeldet habe, aber dann sage ich mir immer: Ich bin kein Prahlmensch. Außerdem hätte ich dann soviel anzumelden, worüber ich schon gar keinen Überblick mehr habe. Wie ich den Widerstand mit den Tabakmarken geleistet habe, da habe ich auch eine Menge riskiert."

„Widerstand mit Tabakmarken", sagte Lida.

„Ja, Widerstand mit Tabakmarken, da lach du nur, aber das Regime hat nicht gelacht. Es hätte gezittert, wenn es von mir gewußt hätte. Aber das habe ich verhindert, indem ich konspirativ gearbeitet habe. Robert als Journalist und so weiter versteht schon, was ich meine."

„Klar, nur weiß ich noch nicht, was du mit den Tabakmarken gemacht hast."

„Ich habe damit die Wirtschaftspolitik des Regimes gestört. Die Tabakmarken waren Blüten, du verstehst, ganz schlecht gemacht, richtiger Pfusch. Die muß ein richtiger Pfuschmensch gemacht haben. Mir hat einer einen ganzen Koffer voll verkauft, billig, weil sie so gepfuscht waren. Der dachte wohl, ich bringe die selber an den Mann, der Ochse. Ich brauche dir mit deiner Schulung nicht zu sagen, Robert, daß ich das nicht getan habe. Außerdem wäre es viel zu mühselig gewesen. Ich machte es anders. Ich machte den Mann beim Wirtschaftsamt ausfindig, der die von den Einzelhändlern einkommenden Marken ungültig machte. Die richtigen, du verstehst. Dem verkaufte ich zuerst einen erstklassigen Gabardinestoff. Schwarz natürlich, nicht der Stoff, sondern die Transaktion. Nachdem er erst mal den Stoff gekauft hatte, hatte er alles Verständnis für meinen Widerstandskampf. Er gab mir für meinen Koffer voll Blüten ebensoviel echte Tabakmarken. Die Blüten hat er mit einem großen Rollstempel ungültig gemacht, ‚ungültig' stand auf dem Stempel, und als er mit dem Stempel über die Blüten rübergerollert war, da waren sie also gleich zweimal ungültig, wegen dem Stempel und weil sie doch Blüten waren, aber das konnte man nun nicht mehr erkennen, weil doch der Stempel drauf war, und außerdem hätte sich sowieso keiner dafür interessiert, denn wer interessiert sich für Tabakmarken, auf denen dick und unabwaschbar

,ungültig' steht. – Ja, und mit den richtigen Marken habe ich dann die Wirtschaft des Regimes gestört."

„Wer weiß, wie lange der Krieg ohne dich noch gedauert haben würde", sagte Robert.

Hermann Grieper hatte dies offensichtlich noch nicht bedacht; er legte sich zurück in seine Sofakissen und schien darüber nachzudenken, und wenig später war er eingeschlafen. Lida hatte Mühe, ihn wachzukriegen, als sie nach Hause wollte.

„Ich fahre morgen", sagte Robert.

„Mußt du schon?", fragte Lida, und ihr Mann murmelte: „'türlich muß er. Auftrag erfüllt. Alle Bomben gelegt. Übermorgen fliegt das Rathaus in die Luft, das schöne Rathaus. Hört ihr nicht die Bombe ticken? Tick, tick..."

„Ja", sagte Lida, „wir hören es. Deine Promille klopfen an die Schädeldecke."

„Ich bin ein Promilljonär", murmelte Hermann Grieper, „wer hat mehr, wer bietet mehr, zum ersten, zum zweiten..."

„Hilfe", sagte Lida, „jetzt müssen wir los, sonst erzählt er noch, was er alles bei Auktionen angestellt hat."

Robert schloß hinter ihnen ab und ging in das Zimmer zurück. Lida stand am Fenster und klopfte. Robert öffnete, und Lida deutete auf Hermann Grieper, der stocksteif am Straßenrand stand und in den hellen St.-Pauli-Himmel hinaufsah. „Jetzt hält er Zwiesprache mit dem lieben Gott. Das macht er immer, wenn er zuviel gefaßt hat. Ich möchte nur wissen, was die beiden zu bereden haben." Sie machte eine kleine Pause, bevor sie hinzusetzte: „Mußt du deiner Frau von ihm erzählen?"

„Muß nicht. Warum?"

„Komisch, ich möchte es nicht gern."

„Warum, du kennst sie doch gar nicht."

„Vielleicht darum. Ich weiß nicht. Gut Nacht. – Komm, Hermann Grieper, das zieht hier."

Robert blieb am offenen Fenster stehen. Der Zimmerdunst entwich in dicken Schwaden, und feuchte, frische Luft drang herein. Er hatte kaum noch über seine Schwester nachgedacht, aber jetzt wußte er, daß sie unglücklich oder doch nicht glücklich war. Wie sollte sie auch, dachte er, hier in dieser Goldgrube allein mit einem versoffenen Desperado. Die Goldgrube ist eine Fallgrube, und die Löwen darin fressen Bockwurst und trinken Winterhuder Pils, aber darum bleibt es doch eine Löwengrube, obwohl man sich besser nicht auf so ein Bild einläßt, denn im Buche Daniel hat der lebendige Gott einen Engel gesandt, und der hat den Löwen den Rachen zugehalten, und so muß es also eine Art indischer Engel gewesen sein, mit vielen Armen, denn der Löwen waren gar viele, aber wo käme man hier hin, wollte ein Engel den Fressern und Säufern die Mäuler zuhalten, wo bliebe man da als Wirt und Verkaufsmensch und wo als dessen Frau, die keinen andern Weg aus der Grube weiß als den über eine Treppe aus lauter Münzen und Scheinen. Vielleicht wird die Treppe eines Tages bis an den Rand der Grube reichen, und Lida wird an den Tag treten, aber sie wird es dennoch nicht wie Daniel tun, im Triumph und frei, denn sie wird nicht wie jener nur eine Nacht in der Grube gewesen sein, sie wird keine Daniela sein, denn siehe, die Löwen haben nicht nur von der Wurst mit dem neuen Namen genommen, sondern auch von dem Herzen der Wirtin, in einer jeglichen Nacht ein Stück.

„So 'n Schiet“, sagte Robert.

Der Abendzug nach Berlin war fast leer. Wenn es so blieb, konnte man die Schuhe ausziehen und etwas von dem Schlaf nachholen, der auf dem verbeulten Sofa in der „Scharfen Ecke“ doch nur verkürzt und ohne Tiefe zu haben gewesen war.

Man konnte auch mit dem Schlafen noch warten und Raymond Chandler lesen: „Sie hatte eine Menge Gesicht und Kinn. Lehmfarbenes Haar mit spröder Dauerwelle, eine harte Schnabelnase und große feuchte Augen mit dem sympathischen Ausdruck nasser Steine. Vorn am Hals trug sie Spitzen – aber es war ein Hals, der besser in einen Fußballsweater gepaßt hätte ..."

Man konnte aber auch, noch ehe man sich entschieden hatte, gefragt werden, ob da noch ein Plätzchen frei sei.

Ja, das konnte alles sein, nur fragte der Mann, der die Tür geöffnet hatte, nicht nach einem Plätzchen und auch nicht, ob es frei sei, er fragte vielmehr: „Ist, bitte schön, in diesem Coupé noch ein Platzerl vakant?"

Noch ein Original! Gibt es denn in all diesen verdammten Zügen immer nur Originale, und muß es denn immer wieder Robert Iswall sein, zu dem es sie zieht?

„Außer meinem sind alle für Sie frei", sagte Robert.

Der Mann wandte sich in den Gang und rief: „Träger, hierher, bitte schön!"

Er hatte nicht viel Gesicht und noch weniger Kinn. Auf seinem Kopf war so viel Haar, wie Spargel in einer Konservendose ist, wenn auf der Dose Mischgemüse mit Spargel steht. Es mußte ihm schon mal einer gesagt haben, daß er schöne Augen hatte, und nun zeigte er sie rum, als hätte man es ihm öfter gesagt. Er trug einen Homespunanzug, dessen Schultern eine einzige gottverdammte Lüge waren.

So, nun ist's gut, Mister Chandler, murrte Robert Iswall in sich hinein, nun gehen Sie mal da raus aus mir, nun lassen Sie mich mal wieder alleine reden, ja!

Der Mann im Homespunanzug trat in das Abteil. Er trug ein weißledernes Köfferchen, eine Art Hutschachtel, unter dem Arm, und der Träger, der hinter ihm erschien, brachte zwei weißlederne Koffer. Er verstaute sie, und als er wiederkam, brachte er zwei weitere weißlederne Koffer. Er ging noch ein weiteres Mal, und als er zurückkam, brachte er zwei Koffer mit, zwei weißlederne Koffer. Robert sah sprachlos zu, wie sich das Abteil mit Behältern aus weißem Leder füllte. Er preßte den Kriminalroman an sich und stieß ein unhörbares Gebet aus: Hilfe, Mister Chandler, ich bitte Sie, vergessen Sie meine Worte und gehen Sie nicht fort. Der Kerl ist aus einem Ihrer vorzüglichen Bücher, und ich wüßte keinen, der mit diesem Burschen so fertig werden könnte, wie Sie, bester Mister Chandler!

Der Mann in Homespun setzte sich auf den anderen der beiden Eckplätze, fischte ein Schlüsselchen aus seiner Westentasche und steckte es in das Schloß der Hutschachtel. Doch bevor er den Deckel anhob, stieß er plötzlich seinen Kopf vor und fragte mit so großen Augen, als wollte er den neuerlichen Ausbruch des Ätna melden: „Meinen Sie, daß es in Berlin einen Träger hat?"

„Gewiß hat's derer", sagte Robert.

„Ja, das möchte gut sein", sagte der Mann und ließ seine schönen Augen über die weißlederne Pracht wandern.

Dann öffnete er die Hutschachtel und entnahm ihr eine schwarze Katze, die sich mauzend auf seinem Schoß niederließ.

Und Robert Iswall rief in seinen Kopf hinein: Herr Chandler, Herr Chandler, es geht los!

Und er hörte Herrn Chandlers Antwort: Wenn ich Sie wäre, würde ich dem Kerl jetzt sagen: Wenn ich Sie wäre, Mann, würde ich machen, daß ich aus diesem Abteil käme. Es wäre besser für Sie, Mister, und für dieses gottverdammte Stinktier von einer Katze auch und auch für diese sechs gottverdammten weißen Koffer. Ich bin Robert Iswall, und ich weiß gottverdammt genau, wovon ich rede.

Der Katzenmann entnahm dem mit einem Reißverschluß auf die Hutschachtel aufgesetzten Täschchen eine lange dünne Leine. Sie war auch aus Leder, aber aus rotem, und sie paßte zu dem Halsband, das die Katze trug.

„Wissens", sagte er, „ohne einen Träger ist man da einfach aufgeschmissen."

„Das läßt sich vorstellen", sagte Robert.

Der Mann mit der Katze schüttelte sich. „Einmal bin ich auf dem Terminale in Rom gestanden, und die Träger haben gestreikt gehabt. Da bin ich fein dagestanden in all dem Gsäus; es war ein grauslicher Balawatsch, ich hab gedacht, ich schnapp auf. Es hat auf der Station nur so gewimmelt vor Pamperletscheln, die sich ein paar Schilling haben verdienen wollen, weil's doch betteltutti sind dorten. Aber die hab ich nicht an meine Packerl heranlassen können, weil's gar so schmutzig gewesen sind. Sie dürfen mich nicht für gschwufisch oder hoppertatsch halten, aber auf meine Koffer acht ich, daß's sauber bleiben. Schließlich hab ich dann noch einen Träger aufgetan, der einen Streikbruch begangen hat; es war ein alter und schon völlig kralewatschet ..."

Robert fiel ihm ins Wort: „Entschuldigen Sie bitte, was war der?"

Der Katzenmann schlug sich mit einer feingliedrigen Hand vor die Stirn. „Da bitt ich aber tausendmal um Verzeihung! Schon wieder diese Mundart-Unart! Wie gräßlich unhöflich von mir! Das kommt davon, wenn man eine ganze Saison Nestroy spielt. Ein ungemein suggestiver Autor. Ich bitte nochmals um Verzeihung."

Er senkte die Lider über die schönen Augen und gab eine prächtige Studie in Beschämung und Verlegenheit. Er beendete sie mit dem klassischen „Nun-Schluß-damit-das-Leben-muß-doch-weitergehen"-Abgang. Er hob entschlossen sein kleines Haupt und ging zu einer praktischen Handlung über. Er verband die rotlederne Katzenleine und das rotlederne Katzenhalsband.

Das Tier hatte, seitdem es aus der Hutschachtel herausgenommen worden war, still im Homespunschoß seines Herrn gelegen, und es regte sich auch erst, als der winzige Karabinerhaken einschnappte, dann aber regte es sich mit einem gewaltigen Satz. Er endete auf Roberts Koffer im Gepäcknetz. Der Katzenmann schien darauf vorbereitet gewesen zu sein. Er hatte das Lederband durch seine Finger laufen lassen, wie eine Angelschnur von der Rolle. Nun hielt er die Schlaufe in der Hand, zog sanft und sprach sanft: „Komm sofort da herunter, Herakles!“ Herakles maunzte und legte sich schlafen.

Als der Beamte vom Grenzschutz hereinkam, sah er zwei Männer, die einander stumm betrachteten und deren einer eine rote Lederschnur in der Hand hielt, die schräg nach oben zu einem Koffer führte, der über dem anderen Mann im Gepäcknetz lag.

Der Beamte stand eine Weile da, ehe er beschloß, so zu tun, als sei gar nichts. Er grüßte und bat um die Reisepapiere.

Der Katzenmann zog rasch seinen Paß aus den Homespuntiefen und fragte mit weit aufgerissenen Augen: „Meinen Sie, Herr Schutzmann, daß es in Berlin einen Träger hat?“

Der Beamte sah ihn an, sah den Paß an, sah die rote Schnur an und sah Robert an. Es waren viele Fragen in seinem Blick.

Robert sagte: „Der Herr sorgt sich, ob es wohl Gepäckträger in Berlin geben wird.“

„West- oder Ost-Berlin?“

„West-Berlin, nehme ich an“, sagte Robert, und der Katzenmann nickte.

„Ich war zwar noch nicht da“, sagte der Beamte, „aber da gibt es sicher welche.“

Der Mann mit der Katzenschnur ließ seine schönen Augen über die Koffer wandern, wie er es schon einmal getan hatte, und er sagte, was er schon einmal gesagt hatte: „Ja, das möchte aber gut sein!“

Der Beamte räusperte sich: „Wir sind gleich in Büchen, ich muß mich daher beeilen. Sind das Ihre Koffer?“

Der Kofferbesitzer gab ihm seinen berühmten „Aber-da-hört-sich-doch-gleich-alles-auf“-Blick und sagte mit schneidender Stimme: „Ja, freilich, sind das meine Kofferl. Was wollens denn damit sagen? Wollens mir etwan an meine Bagaschn? Sie, wenns keinen Chagrin bekommen möchten, da gehns nur gleich um ein Gschloß weiter. Spielns hier nur keinen Sakrawalt; Sie werden sich doch nicht Ihre Karrieren verbumfeien wollen mit einer geschuselten Handlung? Wenns mich in diesem späten Abendtrain genieren wollen, Sie Malheurmensch, das wär denn doch über ein Starl und zum Fraiskriegen. Also menagierens sich und machens sich und mir keine Keierei mit meine Bünkel da!"

Der Beamte ließ seinen Blick noch einmal die Runde ziehn, Koffer, Paß, Robert, Katzenmann und Katzenschnur, dann nahm er Roberts Ausweis, schrieb die Daten heraus und ging.

Der Mann im Homespun sah Robert mit einem zerknirschten „Immer-mach-ich-die-gleichen-Dummheiten"-Ausdruck seiner schönen Augen an, hob resigniert die feingliedrige Hand mit der Katzenschnur und seufzte: „Nestroy!"

Robert lachte und sah zu der Katze hinauf: „Bleibt die nun da oben?"

„Ja, was weiß ich von diesem Tier", sagte der Besitzer, „wir reisen durch Europa miteinander, aber ganz auskennen werd ich mich nie mit ihm."

„Und nun gastieren Sie in Westberlin?"

„Nur kurz. Aber an den Ausdruck ‚West-Berlin' werd ich mich nicht gewöhnen können. Ich stelle mir da gerade vor, wie das klingen möchte: ‚Ich spiele in West-Wien' oder ‚Ich gastiere in Ost-Kopenhagen' oder ‚Ich gebe jetzt den Zerrissenen in Nord-Prag'! Das klingt doch sehr eigenartig, nicht wahr!"

„Es ist auch sehr eigenartig", sagte Robert.

Die Kontrolle in Schwanheide ging vorüber, ohne daß es zu einem neuen großen Auftritt des Nestroyspielers gekommen wäre. Er hatte sich selbstredend auch bei dieser Gelegenheit erkundigt, ob es in Berlin einen Träger haben möchte, war beschieden worden, dies sei wohl anzunehmen, und sah nun mit großen schönen Augen zum Fenster hinaus.

Robert tat, als schliefe er, und manchmal schlief er wirklich.

Der Zug hielt mehrmals auf offener Strecke; der Neuschnee schien im Fahrplan nicht vorgesehen zu sein, und sie kamen mit zwei Stunden Verspätung auf den Bahnhof Zoologischer Garten.

Es brannten kaum noch Lichter auf der Station, und außer dem Aufsichtsbeamten sah man keinen uniformierten Menschen.

„Ich sehe gar keinen Träger da herum", sagte der Mann im Homespun. Während er Herakles in die weißlederne Hutschachtel packte, trug Robert die sechs weißledernen Koffer auf den Bahnsteig. Er stellte sie in einem Anfall von Übermut in einem Kreis auf, und in diesem Kreis stand der reisende Schauspieler mit Herakles in der Hutschachtel noch, als der Zug anfuhr, und durch die leere und dunkle Bahnhofshalle rief er im kläglichsten „Ja-bin-ich-denn-hier-nun-ganz-verlassen"-Ton: „Träger, Träger!" Doch niemand hörte ihn, und keiner sah ihm zu.

Vera schlief fest, aber sie behauptete, die ganze Zeit – „bis eben!" – wachgelegen und auf ihn gewartet zu haben.

„So soll es sein", sagte Robert, „die Frau soll ein Wachmensch und kein Schlafmensch sein."

„So?" sagte Vera.

Robert schlich an das Bett seines Sohnes; er pustete ihm zärtliche Grußworte ins Ohr, und das Kind richtete sich halb auf und murmelte: „Im Konsum gibt es auch so einen."

„Lach nicht so laut und laß den Jungen", rief Vera, „komm lieber her und erzähl mir etwas vom Kapitalismus. – Hast du Hunger?"

„Ich komme aus dem Westen, mein Kind, wie kann ich da Hunger haben."

„Dann komm ins Bett."

„Sofort", sagte Robert, „ich muß nur rasch noch etwas loswerden, sonst träume ich davon."

Er streckte sich im Sessel aus, zündete eine Zigarette an

und sprach laut vor sich hin: „Herakles und Hatscherlak, tuttelbetti, hupperdwatsch, Nestroy sitzt im Homespund, hat kein Träger, kriegt kein Träger, schendlerratsch, gschwufenlatsch, weißes Leder, rotes Leder, grün ist jeder, krallerdatschelt, möchtsmerwatschelt, Bahnhof Zoo, Süd-Soho, gluckerbutschel, schmuckerzutschel, schlutterdischlatterdischlutsch – futsch!"

„Das ist gut", sagte Vera, „nun komm ins Bett, hier kann dir keiner was tun."

„Ich hab Quasi Riek in seiner Kneipe besucht."

„In seiner Kneipe?" rief Vera zurück. „Der hat doch nie getrunken."

„Er hat eine Kneipe, und jetzt trinkt er auch."

„Warum gehst du denn überhaupt hin zu so einem?"

„Ich wollte so einen mal sehen."

„Und wie ist er?"

„Ich weiß es nicht."

„Weißt du, erzähl mir das morgen. Morgen mußt du mir alles genau erzählen, aber heute hab ich den ganzen Tag OP gehabt. Da waren zwei kleine Jungs mit Luftgewehrkugeln im Auge dabei. Warum werden diese schrecklichen Gewehre nicht verboten?"

„So weit sind sie in Genf noch nicht."

„Wenn wir auf die warten sollen", murmelte Vera. Dann richtete sie sich auf und fragte: „Und der trinkt jetzt wirklich?"

„Na ja, ich weiß nicht, wieviel. Aber ein Wirt, der Antialkoholiker ist, das geht doch nicht. Das wäre ja so, als wenn du an alle kleinen Jungs in der Stadt Luftgewehre verteilen würdest."

„Kein guter Vergleich", sagte sie. „Ich weiß noch genau, wie der euch runtergeputzt hat, dich und Trullesand, weil ihr euch bei der Verbindung mit der Basis besoffen hattet."

„Du behältst auch immer die falschen Sachen."

„Oh, war ich empört über euch. Ihr habt sicher nicht so ausgesehen, aber in meiner Erinnerung steht ihr in der

Versammlung wie zwei Strolche da: lange Bartstoppeln, verschwiemelte Augen, Tropfen an der Nase und Sabber im Mundwinkel, das Äußerste an Verkommenheit."

„Das kam, weil wir uns auch so fühlten, nach all eurem Gekeife. Aber rasiert waren wir bestimmt."

„War der Iswall klein und häßlich: ‚Ja, liebe Freunde, wir geben zu, daß wir versagt haben; es soll bestimmt nicht wieder vorkommen, wir wollen es ganz gewiß nicht wieder tun.' "

„So hab ich doch im Leben nicht gewinselt."

„Gewimmert hast du und Bittebitte gemacht. War das schön: Iswall auf den Knien! Iswall mit dem Hochmutsfimmel!"

„Auf den Knien? Vielleicht trug ich auch ein Gewand aus Sackleinen und kippte mir immerfort Asche über den Kopf! Hast du Hochmut gesagt? Wie kommt ihr denn auf einmal alle auf Hochmut?"

„Wer noch?"

„Quasi – der hat auch was von Hochmut gefaselt."

„So? – Jedenfalls sah ich an dir keine Spur von Hochmut mehr, als ihr damals volltrunken von der Basis kamt."

„Es war eine Brauerei."

„Na und, ist das vielleicht keine Basis? Und zu der solltet ihr die Verbindung herstellen, und statt dessen habt ihr euch betrunken."

„Du bringst alles durcheinander. Wir sind hingeschickt worden, weil die von der Brauerei unsere Delegation nicht zur Betriebsfeier reingelassen hatten."

„Und dann kamt ihr wieder und wart blau wie die Ritter."

„Wir hatten doch beide noch nie Bockbier getrunken, das gab es damals nur für den Export oder als Reparation. Wir kannten nur das Dünnbier, und wenn der BGLer uns das vorgesetzt hätte, wären wir bestimmt nicht umgefallen."

„Das hat Trullesand uns damals auch weismachen wollen. Ich weiß noch, wie er den Spieß umkehren wollte und uns vorwarf, wir hätten euch nicht genügend auf diesen Einsatz vorbereitet. Wollte er uns nicht einreden, wir hätten euch vorher mehr und stärkeres Bier zu trinken geben müssen? Ich sehe ihn noch, wie er an seinen Locken zieht und sagt: ‚Was heißt denn, wir hätten von dem Bier nicht trinken dürfen? Ihr habt in Hinsicht zu dem Bier eine Unklarheit. Ihr müßt dieses Bier mal dialektisch sehen. Oder abstrakt. Abstrakt war das Bier kein Bier, sondern ein Produkt. Und die Brauerei war abstrakt keine Brauerei, sondern eine Produktionsstätte, eine volkseigene. Wir hatten Auftrag, zu klären, warum die Kollegen unsere Delegation nicht reingelassen haben. Aber sind wir etwa Staatsanwälte? Wir mußten uns doch erst mal für die Produktion interessieren, bevor wir die Hauptfrage stellten. Hopfen und Malz und alles diese Dinger. Zum Beispiel, wenn einer in eine Kinderwagenfabrik geht und interessiert sich nur für die Form von den Kinderwagen und wie die gemacht wird und hat keine Ahnung von dem Inhalt und diesen Dingern, dann hat er keine Ahnung von dem Inhalt-Form-Problem und also eine Unklarheit. Da, wo wir waren, da war die Form eine Brauerei und der Inhalt war Bier. Wir mußten beide Erscheinungen studieren. Und auch der Inhalt, also in diesem Falle das Bier, zerfällt wieder in zwei Erscheinungen, dialektisch gesehen wieder in Form und Inhalt. Das hatten wir vergessen, wir müssen das selbstkritisch zugeben, Iswall und ich; insofern besteht eure Kritik zu Recht. Wir hatten übersehen, daß Bier nicht gleich Bier ist; da gibt es Schwarzbier und Weißbier, privates und volkseigenes und schwaches und starkes. Aber das konnten wir nicht wissen. Das hat uns auch keiner von denen hier, die uns jetzt kritisieren, vorher gesagt. Oder ist hier vielleicht einer, der mir davon etwas gesagt hätte, und da möchte ich auch gleich die Frage stellen: Warum eigentlich nicht?‘ “

„Ja“, sagte Robert, „wir waren schon zwei Helden. Und Quasi hat für uns eine Rüge beantragt, wegen unverbandsmäßigem Verhalten. Aber ich weiß nicht, ob er mit dem

BGLer weitergekommen wäre als wir. Er hätte vielleicht in der Brauerei einen Zirkel zum Studium der Schädlichkeit von Alkohol organisiert, aber wegen der Angelegenheit vom ersten Mai wäre er auch nicht weitergekommen. Nicht eine Antwort haben wir von dem BGL-Vorsitzenden gekriegt. ‚Richtig', hat er immer nur gesagt, ‚aber nun trinkt mal erst noch einen, Jungs!' – Das war vielleicht ein Raubritter!"

„Das warn vielleicht noch Zeiten", sagte Vera in Roberts Tonfall, und nach einer Pause murmelte sie: „Ach, schöne Vergangenheit!"

Robert legte den Arm um sie und sagte: „Ach, schöne Gegenwart!"

Am anderen Morgen war die schöne Gegenwart schon nicht mehr so schön. Das machte vor allem ein Brief von Meibaum. Der Direktor schrieb, er freue sich über Roberts Zustimmung, und auf seine Rede freue er sich ganz besonders. Er brauche Robert wohl nicht erst zu sagen, daß der Anlaß bedeutender kaum zu denken sei, und es liege ihm auch weltenfern, Robert irgendwelche Vorschriften machen zu wollen; ihm sei völlig klar, die Sache liege jetzt in den allerbesten Händen, und jedes erläuternde Wort sei schon zuviel. So wolle er denn lediglich ein paar Bemerkungen machen, die Robert, wenn er Lust habe, ohne Umstände beiseite schieben könne. Wenn er freilich meine, es stecke in ihnen irgendein Nutzen für das gemeinsame Vorhaben, so solle er nur Gebrauch davon machen, wie immer es ihm beliebe.

In Meibaums Bemerkungen steckte allerdings kein Nutzen, sondern lediglich ein Robert schon vertrauter Text, der Text jener vertrackten ABF-Würdigung aus dem Jahrbuch der Universität. Meibaum hatte sich nicht einmal die Mühe gemacht, die lederne Sprache in einen persönlicheren Stil umzusetzen, bat jedoch Robert in seinem Brief immerhin, dies zu tun. Er wolle hier nur gewisse und selbstverständlich auch unverbindliche Linien abstecken; die Farben der individuellen Erinnerungen werde Robert dann schon drangeben, dessen sei man in der Fakultät gewiß.

Ah ja, und dann sei da noch eine Kleinigkeit: Wolle Robert vielleicht so gut sein, ein bis zwei Durchschläge der fixierten Rede etwa sechs, aber spätestens vier Wochen vor dem großen Ereignis an die Fakultätsverwaltung zu senden? Es sei bei Gott nicht etwa geplant, irgend jemandem in irgend etwas hineinzureden oder gar eine Art Vorzensur auszuüben, es gehe lediglich um Fragen der Koordination; man wolle nur verhüten, daß am Ende alle dasselbe sagten.

Den Vorschlag, mein lieber Meibaum, dachte Robert, den kannst du dir an den Hut stecken. Koordiniere du man, aber nicht mich. Wenn wir uns darauf einlassen wollten, mein Lieber, dann hätten wir beide bloß Scherereien davon, das ist sicher, denn ich fürchte, in deinem Koordinatensystem bringst du meine Farben der individuellen Erinnerungen nicht unter, und dann haben wir das Theater: Könntest du dies nicht ein wenig anders sagen? Muß denn ausgerechnet davon jetzt die Rede sein? Könnte man hier vielleicht etwas allgemeiner...? Sollte es nicht möglich sein, an dieser Stelle...? Könnte, sollte, hätte, wäre, dürfte, müßte... vor allem: müßte...

Den Film spielen wir nicht mehr, Meibaum. Entweder du willst eine Rede von Iswall, oder du willst keine Rede von Iswall, so liegen die Dinge, und eine von Meiwall oder Isbaum kriegst du nicht!

Robert merkte verärgert und belustigt zugleich, daß er sich aufzuregen begann, und er fragte sich, ob die Sache das wert sei, und gleich darauf fragte er sich, ob es überhaupt an der Sache liege.

Du bist reichlich empfindlich geworden, du zeigst in letzter Zeit eine Neigung, dich aufzupusten, die mir ungesund scheint, und wenn ich du wäre, Robert Iswall, dann würde ich das ganz schnell unter Kontrolle bringen.

Sich wegen Meibaum ärgern – dazu gehört schon etwas!

Der Mann ist komisch, ist er von Anfang an gewesen, und wenn einer Witze über ihn gerissen hat, dann warst du das.

Meibaum war immer ein Bürokrat, und er ist es geblieben. Allerdings, um ihm gerecht zu bleiben, mußt du hinzufügen: Er war ein Bürokrat neuen Typus.

Das hat Meibaum selbst von sich gesagt: Als ihn mal einer angeschrien hat, weil ihm Meibaums Vorschriftenquengelei zuviel wurde, hat Meibaum mit der Faust auf seinen Schreibtisch geschlagen und geantwortet: „Jawohl, Genosse, ich bin ein Bürokrat, meinetwegen, aber ich mache dich darauf aufmerksam, ich bin ein Bürokrat neuen Typus!"

Meibaum war immer Klasse. Schon seine Einführung an der Fakultät war Klasse. Er war als Heimleiter dorthin versetzt worden, und es wurde über ihn schon debattiert, als ihn noch keiner zu Gesicht bekommen hatte, in einer der vielen Gründungsversammlungen. In dieser sollte die Fakultätsgruppe des Kulturbundes gegründet werden. Die unabdingbare Notwendigkeit der Existenz einer solchen Gruppe war lang und breit erörtert und eigentlich von niemandem bestritten worden, und erst bei der Nominierung der Leitung kam die Geschichte ins Stocken. Es zeigte sich, daß schon eine Reihe von Organisationen gegründet worden waren und daß die Führungskader allmählich knapp wurden. Am Ende fanden sich zwar genügend Leitungsmitglieder; es fehlte jedoch ein Vorsitzender.

Da wußte der Alte Fritz Rat. Für diesen Posten schlage er einen Mann vor, sagte er, der dafür wie geschaffen sei. Es handle sich um einen erfahrenen Pädagogen, einen kulturell äußerst gebildeten Menschen, einen entschlossenen Kollegen, der sich von dem reaktionären Geraune, wir seien nicht reif, wir armen Waisenknaben, nicht einlullen lasse und auf dessen Fahne geschrieben stehe, daß des Geistes Licht und des Wissens Macht dem ganzen Volke zu geben seien. Dieser Mann, dieser geborene Vorsitzende der Kulturgruppe, sei kein anderer als der neuberufene Leiter des Wohnheimes, der Kollege Meibaum, der morgen sein Amt antreten werde.

Der Vorschlag des Alten Fritzen wurde beifällig aufgenommen. Auch die zahlreich erschienenen Vertreter des örtlichen Kulturbundes nickten zufrieden, und nur einer unter ihnen schien nicht einverstanden zu sein.

Er saß neben dem Ortsvorsitzenden, einem bekannten Vogelkundler, und flüsterte erregt auf ihn ein. Aber er schien nicht durchzudringen, und schließlich meldete er sich zu Wort. Er war ein hagerer Mann, dem die rechte Ohrmuschel fehlte, weshalb er statt einer Brille einen Molotow-Zwicker trug.

Er sagte: „Werte Kulturbundfreunde, Ihr Vorschlag ist nicht von schlechter Pappe. Sicher ist es für Kulturbundfreund Meibaum sehr ehrenvoll, was hier vorgeschlagen wurde. Auch kann ich aus genauester Kenntnis nur unterstreichen, was der Kollege Völschow über den Kollegen Meibaum und dessen Gesinnung sowie über seine bildungsmäßigen Voraussetzungen gesagt hat. Das dürfen Sie für pure Münze nehmen. Es sind auch keineswegs persönliche Gründe, die mich veranlassen, gegen den Antrag zu sprechen. Ich glaube sagen zu können, daß ich unter den Anwesenden derjenige bin, der den Kulturbundfreund Meibaum am längsten und am besten kennt. Ich selbst hätte Freund Meibaum für die neue Aufgabe vorgeschlagen, wenn ich nicht genau wüßte, daß er schon jetzt mit Funktionen überlastet ist. Kollege Meibaum ist sowohl Mitglied der Kreisleitung des Kulturbundes wie auch der Landesleitung; er ist Vorsitzender der Sektion Erziehungswesen im Landesmaßstab und Leiter des Arbeitskreises zur Erforschung und Auswertung des Werkes von A. S. Makarenko, ferner sitzt er der Laiengemeinschaft zur Förderung der Lehre von Trofim Denissowitsch Lyssenko vor und ist aktives Mitglied im Zirkel zum Studium des enzyklopädischen Nachlasses von M. W. Lomonossow. Der Kollege ist vom ehrenamtlichen Schweiß naß wie eine Kirchenmaus. Von der Aufzählung der weiteren gesellschaftlichen Organisationen, denen der Kollege Meibaum angehört, sehe ich ab, weil Kollege Meibaum sich darin kaum von einem der hier Anwesenden unterscheiden dürfte. Um meine Darlegungen zusammenzufassen: Ich bitte, den Kulturbundfreund Meibaum nicht zu nominieren. Begründung: Überlastung.

Außer diesen objektiven Lasten hat der Kollege Meibaum auch noch einige und nicht geringfügige subjektive zu tragen: Er leidet an zunehmender Sehschwäche, und er hat infolge einer Kriegsverletzung nur noch ein Ohr."

Alles starrte auf den Verteidiger des Kulturbundfreundes Meibaum, starrte auf den Zwicker und auf die Stelle, an der normalerweise eine Ohrmuschel hätte sitzen müssen, und erst langsam wurde man inne, daß man hier den Kulturbundfreund Meibaum in persona vor sich hatte.

Und natürlich wählten alle den Kollegen Meibaum zum Vorsitzenden der Fakultätsgruppe, denn man konnte dem Alten Fritz nur zustimmen, wenn er zur Erwiderung sagte, der neue Heimleiter Meibaum selbst habe besser als irgendein anderer herausgearbeitet, wie geschaffen der Kulturbundfreund Meibaum für den Vorsitz sei, ein Mann mit tiefem Einblick in die Aktivitäten der Organisation, ein Mann, der in seiner Person die unlösliche Verbindung zwischen Oben und Unten verkörpere, ein Mann, der Persönlichstes habe drangeben müssen, um das Unheilvolle einer kulturlosen Zeit und Gesellschaftsordnung zu erfahren.

Meibaum stimmte daraufhin seiner Nominierung zu, und das Protokoll der Versammlung unterschrieb er schon als Vorsitzender. Und über den sich ärgern? Da muß man aber sehr wenig Humor haben. Da muß man aber, wenn man Robert Iswall heißt, schön auf den Hund gekommen sein. Denn Robert Iswall hatte einmal eine Menge Humor, und er hat sich eine noch größere Menge darauf eingebildet. Wobei schon zu fragen wäre, ob einer, der Humor hat und sich etwas darauf einbildet, denn wirklich Humor hat.

Humor ist eine natürliche Gabe und eine unbewußte Haltung; wird man sich ihrer bewußt und wendet sie bewußt an, dann wandelt sie sich wahrscheinlich in etwas, worüber wir lieber nicht reden wollen.

Überhaupt, dein sogenannter Humor, der war schon immer von einer eigenartigen Sorte. Er funktionierte stets großartig, wenn andere betroffen waren, aber wenn es dir selbst, auch auf durchaus lustige Weise, an den Kragen ging, dann war dein Humor gar nicht so groß. Und jetzt wirst du schon grantig, wenn Meibaum dir wie Meibaum kommt. Wirst du alt oder wirst du nun wirklich überheblich? Vorgeworfen haben sie es dir ja früh und lange genug, aber du hast es ihnen und dir immer wieder ausreden können, und wenn sie dir zu nahe auf dem Pelz waren, hast du sogar Phasen ausgesprochener Demut eingeschaltet. Eines Tages wirst du dir ernsthaft die Frage vorlegen müssen, ob denn nicht wirklich etwas dran ist an all dem Gerede von Überheblichkeit und Hochmut.

Eines Tages, jetzt noch nicht. Zur Einkehr hast du noch nicht die Jahre. Wenn dich erst einmal Silberlocken zieren und dir die Knie knarren, dann wirst du dich an den Kamin setzen, natürlich an einen Kamin, und einen zerknirschten Roman schreiben, in dem du selber vorkommst als ein Ausbund an Hochmut und Überheblichkeit, dann wirst du dich beschimpfen und wirst der Jugend ein erschröckliches Beispiel liefern: Seid nur, ihr Jungen, wenn ein alter Mann euch raten kann, seid nur ja nicht so, wie jener war!

Aber bis dahin hat es noch lange Zeit. Keine Angst, Jungs, der Moraltuter Iswall kommt erst später, die jammernde Posaune der Demut wird erst am Kamin geblasen, und wir haben noch keinen Kamin.

Robert rief die Redaktion an, meldete sich bei Werner Kuhlmann zurück und stritt sich mit ihm eine Viertelstunde über die Länge der Reportage.

„Müßt ihr jungen Kerle denn immer gleich ganze Romane schreiben?“ schrie Kuhlmann ins Telefon. „Als ich noch bei der ‚Roten Fahne' war, habe ich einen ganzen Kaufhausbrand in sechs Zeilen bewältigt."

„War ja auch nicht dein Kaufhaus", sagte Robert.

„Na und?" schrie Kuhlmann zurück. „Ist Hamburg etwa ... na, ja, ich sehe schon, worauf du hinauswillst. Aber schreib trotzdem ökonomisch, nicht soviel Anekdotenkram. Schreib sachlich, viel Zahlen und Tatsachen, dann müssen die von der Propaganda uns Platz abgeben. Wenn zuviel Anekdoten drin sind, sagen sie, es ist Kultur, und dann frißt es meinen ganzen Wochenplan. Ich schiebe sowieso schon einen Bericht über das Hohnsteiner Puppentheater seit vierzehn Tagen im Stehsatz vor mir her, und nun hat zu allem Unglück auch noch der Minister wieder einmal so bezaubernd auf dem Cembalo gespielt, und sein persönlicher Referent ruft jeden Tag hier an, ob wir denn das gar nicht zu würdigen wüßten: ein Minister, der eigenhändig Cembalo spielt; auf dem Gebiet sind wir führend in der Welt, und so weiter ... Und dann meine alte Freundin Elsbeth. Sie hat eine weitere Mozart-Verfälschung aufgedeckt und darüber einen Aufsatz geschrieben, ‚Mozart sang anders', heißt er, und Elsbeth sagt, er darf nicht in die Beilage, sie behauptet, in der Beilage liest ihn keiner, und du weißt, wie sie sein kann, wenn sie etwas behauptet."

„Ja", sagte Robert, „mit Elsbeth möchte ich es auch nicht verderben; dann mache ich es in zwölf Seiten, damit die Welt rasch erfährt, daß Mozart anders sang. Außerdem habe ich einen Vorschlag ..."

„Was ist es denn?"

„Die ABF schließt im Sommer für immer ihre Pforten, oder wie das heißt. Wir könnten eine Serie über ihre Anfänge bringen und was dabei herausgekommen ist."

„Eine Serie? Warum nicht gleich eine Sondernummer? Als ich bei der ‚Roten Fahne' war, haben wir nicht einmal über die MASCH eine Serie gebracht!"

„Die ABF ist etwas anderes. Für die kriegst du sicher Platz in Hülle und Fülle. Die Leute sind doch inzwischen alles mögliche geworden: Ärzte, Agronomen, Sportler, Techniker, Offiziere, Ökonomen, alles, was du willst. Da müssen die einzelnen Abteilungen dann eben Zeilen abgeben, wenn einer aus ihrem Fach in der Serie vorkommt."

„Das könnte gehen", sagte Kuhlmann, „darüber reden wir, wenn du die Wassergeschichte bringst."

Robert freute sich über die Idee. So hatte er mindestens zwei Fliegen vor der Patsche; er brauchte nicht ständig zwischen Aularede und Broterwerb hin und her zu springen, und Ernst und Spaß kamen auf einen Nenner.

Aber halt, so durfte man das nicht sagen; das kam ja gefährlich nahe an die verpönte Unterscheidung von Eigentlichem und Uneigentlichem heran, gegen die letzthin in verschiedenen Sitzungen energische Widerrede getönt hatte. Rüdiger Klabunde, der ehemalige Marathonläufer, hatte in der führenden Kulturzeitung einen mehrseitigen Aufsatz veröffentlicht: „Über den revisionistischen Gehalt der ‚neuartigen' Losung vom Eigentlichen und Uneigentlichen". Klabunde hatte es wahrhaftig so weit gebracht, daß man schon stockte, wenn einem das Wort „eigentlich" auf die Zunge geriet. Dabei wußte eigentl... Dabei wußte eigentlich niemand so recht, wer denn diese Losung in die Welt gesetzt haben sollte; keiner wollte es gewesen sein, und dadurch und auch weil kein Mensch so ganz hinter das Verwerfliche der Sache zu dringen vermochte, bekam die Angelegenheit leicht gespenstische Züge.

Robert schrieb drei Tage an seiner Hamburg-Reportage; zwischendurch fuhr er seine Frau in die Klinik, überwachte das Frühstück und die Schularbeiten seines Sohnes, beantwortete dessen Fragen nach dem Zusammenhang zwischen trockenem Schnee und nassen Füßen und stellte entschieden klar, daß zwischen der Grimmschen Knusperhexe und einer gewissen Nachbarin keinerlei Beziehungen bestünden, kochte einmal weiße Bohnen, und zwar so viel, daß es für drei Mahlzeiten reichte, nahm vierundzwanzig Telefongespräche entgegen, beantwortete nicht einen von sechs Briefen, suchte anderthalb Stunden nach seinem Fremdwörterlexikon und fand es schließlich im Kinderzimmer, wo es einer Großgarage als Fundament diente, fahndete drei Stunden nach Zitronenextrakt und fand keinen, rauchte zweiundsiebzig Zigaretten, über die seine Frau pro Stück zweiundzwanzig Worte machte, die alle wie Lungenkrebs klangen, besuchte eine Mitgliederversammlung des Journalistenverbandes und eine der Parteiorganisation des gleichen Verbandes, hörte in beiden annähernd das gleiche, wurde jedoch in der einen mit Kollege und in der anderen mit Genosse angesprochen, und schrieb bei alledem genau zwölf Seiten à dreißig Zeilen über die Hochwasserfolgen in Hamburg.

Dann fuhr er, mit einem gewichtigen Papier der Redaktion in der Tasche, gen Norden, in die Fakultät seines Beginns.

Das Papier war nötig, denn bei Meibaum konnte es einem passieren, daß er sagte: „Gewiß, Genosse Iswall, gewiß kenne ich dich, ich kenne dich wie deine Westentasche, und natürlich weiß ich auch, daß du eine Rede über unsere Fakultät halten sollst, aber wenn du jetzt sagst, du willst etwas für die Zeitung schreiben, dann möchte ich das doch klargestellt haben. Als ehemaliger Absolvent und zukünftiger Redner bekommst du selbstverständlich unsere volle Unterstützung. Als Vertreter des Parteiorgans bekämst du sie natürlich auch, nur sind das zwei verschiedene Dinge, und da hätte ich schon ganz gerne Unterlagen, denn in diesen Dingen muß bei mir Ordnung herrschen."

Meibaum sagte es nicht ganz so, aber er war doch sichtlich zufrieden, als er das Schreiben der Redaktion gelesen hatte. Er wies seine Sekretärin an, eine Abschrift davon zu den Akten zu geben, und dann ließ er Robert mit dem Fakultätsarchiv allein.

Das Archiv war, was es zu sein hatte: eine Fundgrube. Es schien, als sei jedes Stück Papier, das in den dreizehn Jahren ABF beschrieben worden war, hier aufbewahrt. Hauserlasse, Aufnahmeanträge, Richtlinien für die Verwendung farbiger Tafelkreide, Heimordnungsentwürfe, Entschuldigungszettel – „... mußte ich wegen dringender Reparatur meiner Beinprothese dem Unterricht fernbleiben ...“ –, Zeugnisduplikate, Stundenpläne und Küchenvorschriften, in denen immerfort von Sparsamkeit und Hygiene die Rede war – alles war da. Alles über die Vergangenheit und nichts über die Gegenwart.

Doch aus den Abschlußprotokollen ging immerhin hervor, für welche Fakultät an welcher Universität die Absolventen sich beworben hatten. Das war schon viel. Da wußte man, in welcher Richtung man zu suchen hatte.

Aber Robert ging es wie einem, der im Lexikon nach einem bestimmten Wort sucht, nach Rhodesien etwa. Der muß zuerst an der Eintragung über Radeberg vorbei, und da will er doch sehen, ob sie das Bier vermerkt haben, das berühmte und immer so rare Radeberger, und richtig, da steht es, und es steht auch da, warum das Radeberger immer so schwer zu haben ist: Exportbierbrauerei steht da, das klingt gut, nur 16 390 Einwohner, aber eine Exportbierbrauerei und, oha, eine Freilichtbühne, doch wen interessiert das, wir wollen nach Rhodesien, Radix, Radscha, Radwandern: sportliches Wandern auf Fahrrädern mit dem Ziel, kollektive und individuelle Leistungen zu vollbringen; Raffball: heute nur noch wenig verbreitetes Kampfspiel; Renz, Ernst Jakob, Zirkusdirektor; Rezekne, was ist das denn? – Rezekne, russ. Reschiza, früher Rositten, ist das da, wo einmal diese Vogelwarte war, steht nicht bei, steht nur: Verarbeitung landwirtschaftlicher Produkte, müssen wir mal unter Rositten nachsehen, aber das ist schon im nächsten Band, und da steht dann: Rositten, s. Rezekne, nun reicht es, wo ist dieses Rhodesien?

Robert suchte die Spuren Quasi Rieks, aber jetzt saß er über seinem eigenen Abituraufsatz und bekam beim Lesen Schluckbeschwerden: „So läßt sich eindeutig feststellen, daß

Tschakowski in seinem Roman ‚Bei uns ist schon Morgen' die fünf Punkte des sozialistischen Realismus allseitig erfüllt hat . . ."

Ach, du liebs Herrgöttle!

Jakob Filter hatte über die „Mutter" von Gorki geschrieben, und dieser hatte, wie in Jakobs Aufsatz nachzulesen war, die fünf Punkte nicht nur ebenfalls allseitig erfüllt, sondern sogar erfunden. Jakob hatte tatsächlich geschrieben: „Und so hat Maxim Gorki den sozialistischen Realismus erfunden", und aus Doktor Fuchsens Randbemerkung ging hervor, daß statt „erfunden" besser „praktisch-poetisch herausgearbeitet" gesagt werden sollte, erfinden könne man wohl das Telefon oder den Blitzableiter, nicht aber den sozialistischen Realismus.

Die Aufnahmeunterlagen waren gesondert in einem Schrank untergebracht, und der Jahrgang neunundvierzig stand, wie es sich gehörte, im obersten Regal. Der Schrank enthielt Material für eine ergiebige Doktorarbeit über ein bedeutendes Stück deutscher Geschichte und nicht nur Bildungsgeschichte. Die Studenten aus dem obersten Regal waren beim Eintritt in die Fakultät um fünf Jahre älter gewesen als jene, die zehn Jahre nach ihnen an die ABF gekommen waren. Aber es handelte sich nicht einfach um fünf Jahre mehr oder weniger, es handelte sich um fünf entscheidende Jahre.

Wer im Oktober neunundvierzig fünfundzwanzig war und männlichen Geschlechts, der hatte bestimmt einmal ein Soldbuch besessen, und er hatte kaum ein heiles Fell und selten, wenn er zu denken verstand, ein reines Gewissen. Der mußte „Ja" schreiben, wenn er auf großformatigem grauem Papier nach etwaiger Zugehörigkeit zur ehemaligen faschistischen Wehrmacht gefragt worden war, und die Frage nach seinem Truppenteil und seinen Einsatzorten hatte ihm den Atem kurz gemacht, denn, verflucht noch mal, wie hieß das Dorf am Bug, das sie angezündet hatten, und würden sie ihn in die Schule nehmen, wenn es aufkam?

Und dann die Rubrik: „Waren Sie im Ausland und zu welchem Zweck?“ War die nicht schon erledigt durch die andere, die mit der Wehrmacht? Möglich, aber hier wurde auch noch nach dem Zweck des Auslandsaufenthalts gefragt, und dadurch wurde die Sache erst verzwickt. Zu welchem Zweck war man zum Beispiel in Polen gewesen? In Polen? In der Volksrepublik Polen vielmehr. Aber nein, als man dort gewesen war, hatte das Land nicht Volksrepublik geheißen, es hatte nicht einmal Polen geheißen. Ein Stück – dort wo man Soldat geworden war – hatte noch Kolberg geheißen und zu Deutschland gehört, eine andere Stadt, in der man als Soldat fürchterlich geschliffen worden war, hatte in einem an Deutschland herangemogelten Stück von Polen gelegen, im Warthegau, wie es hieß, ein weiteres Stück, das auch Ausland und in Wirklichkeit auch Polen gewesen war, hatte Generalgouvernement geheißen, und was schrieb man da nun auf die Frage: „Waren Sie im Ausland?“ Schrieb man: „Ja, in Polen“, ganz einfach „Polen“? Dann würde einem womöglich gesagt werden, man ignoriere die neue Wirklichkeit. Also setzte man vielleicht doch besser „Volksrepublik“ hinzu, aber das galt nun wirklich nur für einen Teil des Aufenthaltes in diesem Ausland, das galt nur für eine bestimmte Zeit der Gefangenschaft. Als sie begann, war Polen noch keineswegs Volksrepublik gewesen, aber was um Gottes willen war es gewesen, so im Januar fünfundvierzig etwa? Kriegsgebiet Polen, vorübergehend von den Deutschen okkupiert, soeben von sowjetischen Truppen befreit, nun wieder Polen, Republik Polen, aber anders als die von vor dem Kriege und bald ganz anders, bald Volksrepublik Polen und Freundesland? Und wie faßte man das alles in einem Fragebogen?

Robert suchte seine Akte aus dem Regal, um nachzusehen, wie er das Problem gelöst hatte. Es zeigte sich, daß er über all seine Skrupel hinweggegangen war und in die Auslandsrubrik lediglich „Sowjetunion“ und „Polen“ geschrieben hatte. Die Frage nach dem Zweck seines Aufenthaltes in diesen Ländern hatte er unbeantwortet gelassen. Wie auch hätte man diesen Zweck definieren sollen? „Eroberung der obengenannten Gebiete?“ Sie waren, als er in sie hineingefahren worden war, längst erobert gewesen, und Robert hatte sich schon deshalb nicht wie ein Eroberer vorkommen können, weil sein Militärdienst, grob gesehen, aus zwei großen Bewegungen bestanden hatte, einer schnellen und fast bequemen von West nach Ost und einer minder schnellen und minder bequemen von Ost nach West. Gestiefelt und gespornt war er in Güterwagen und Lkws bis an den oberen Bug gefahren worden, und dann hatte er den gleichen Weg zu Fuß und in umgekehrter Richtung noch einmal zurückgelegt und dabei Hacken und am Ende auch die Stiefel verloren und zwischendurch den linken großen Zeh und ein Stück Fleisch aus der Wade, und Erobererergefühle waren unter diesen Umständen nicht aufgekommen. Das war zwar seine subjektive Empfindung und änderte nichts an den objektiven Zwecken, zu deren Mittel er gedacht gewesen war, aber andererseits ging es in diesem Fragebogen um ihn, um Robert Iswall, und nicht um deutsche Geschichte.

Was also war der Zweck seines Aufenthalts? „Verteidigung der obengenannten Gebiete gegen ihre rechtmäßigen Besitzer“? Da wäre der Einwand fällig, daß Robert Iswall sich auch in die Rolle des Verteidigers eines ihm wildfremden und unheimlichen Landes nie zu finden vermocht hatte. Die Summe der Gefühle von damals lief auf ein Gemisch von Angst, Heimweh und Hunger hinaus, und nach Davonlaufen war ihm immer mehr gewesen als nach Verteidigung.

Hinzu kam, daß sich der Zweck seines Aufenthaltes in den obengenannten Gebieten ebenso gewandelt hatte wie diese selbst. Denn vom Januar fünfundvierzig an hatte man ihn aus der Rolle eines Verteidigers herausgenommen und in die nicht minder unangemessene eines Gefangenen eingesetzt. Zuerst war der Unterschied nicht sehr groß gewesen. In der Skala der Gefühle war eine Umgruppierung erfolgt; Hunger und Heimweh hielten nun gemeinsam die Spitze, und die Quellen der Angst waren andere geworden. Und auch das wieder hatte sich im Laufe der nächsten Jahre geändert; zwar war das Heimweh geblieben, aber der Hunger wich mit dem allgemeinen Hunger im Lande, und die Angst schwand mit jedem Handgriff. Selbst hiermit war der Zweckwandel immer noch nicht bis ans Ende beschrieben, denn eines Tages hätte Robert Iswall nach Hause fahren können, aber er war um ein weiteres Jahr geblieben, von sich aus, freiwillig. Er hatte einen wirklichen Zweck in seinem Dortsein erkannt, aber wie hätte er den in seinem Fragebogen ausdrücken sollen? „Tätige Wiedergutmachung aus politisch-moralischen Gründen"?

Natürlich, natürlich, und was ist nun mit einem Orden?

Robert sah auf das graue Formular. Da stand hinter der Frage: „Waren Sie im Ausland und zu welchem Zweck?": „Ja; Kriegseinsatz, dann Kriegsgefangenschaft."

Auch in seinem Lebenslauf stand nicht viel mehr darüber. Das alles war ihm damals noch viel zu verzwickt gewesen, und viel übersichtlicher war es auch heute noch nicht.

An seinen Fragebogen mit dem dazwischengelegten Lebenslauf war ein Zettel geheftet, auf den jemand mit Rotstift gekritzelt hatte: „Arbeiter, normale Entwicklung bis 45, in Gefangenschaft Antifa"; darunter war mit demselben Rotstift ein dicker Strich gezogen worden, und unter dem folgte mit Tinte und in einer anderen Handschrift die Eintragung: „Aufnahme beschlossen; relativ belesen, aber betont selbstbewußt, jetzige Familienverhältnisse etwas unklar, Ergebnisse im Rechnen total ungenügend."

Wenn sich die Kommission kein genaues Bild von Roberts Familie hatte machen können, so kam das natürlich von seinem Gerede über Nußbank; er hatte ja nicht einmal genau gewußt, wie er ihn bezeichnen sollte; er hätte wahrscheinlich „Stiefvater" sagen sollen; gesagt hatte er aber „der jetzige Mann meiner Mutter".

Das enthielt genug an Unklarheit über die Familienverhältnisse, und dann außerdem noch die Andeutung, er könne sich mit Nußbank nicht vertragen, und dies, obwohl der Mann sechs Jahre im KZ gewesen war; das war in der Tat unklar genug. Sie hätten Nußbank kennen müssen, dann hätten sie es vielleicht verstanden.

Robert war ihm ohne die üblichen Vorbehalte begegnet. Gewiß, Nußbank war nicht sein Vater, und mit seinem Vater würde sich ohnedies kein anderer Mann vergleichen können, aber seine Mutter hatte Nußbank geheiratet, und sie mußte schließlich wissen, warum, und sie würde auch nicht vergessen haben, daß sie einmal die Frau von Paul Iswall gewesen war, und schon wissen, was sie von einem Manne verlangen konnte, der in Paul Iswalls Schuhe treten wollte.

Sie konnte nicht erwartet haben, daß Nußbank diese Schuhe passen würden, aber erhofft hatte sie wohl, Nußbank würde auch neben dem Bilde des toten Paul Iswall immer noch ein Mann bleiben.

Das war der eine Teil des Kredits, den Nußbank bei ihm hatte, und der andere war Nußbanks politische Vergangenheit.

Robert hatte in der Gefangenschaft Auschwitz und Maidanek gesehen, er hatte mit vielen ehemaligen Lagerhäftlingen gesprochen, polnischen und deutschen, er hatte Berichte von Kogon und von anderen gelesen, er wußte, soweit man das konnte, wenn man nicht selbst dabeigewesen war, Bescheid über die faschistischen Lager, und er konnte, da er selbst vier Jahre lang eingeschlossen gewesen war, wenn er seine eigenen Erfahrungen mit dem Begriff des Faschismus multiplizierte, eine ungefähre Ahnung von dem gewinnen, was Nußbank einmal durchgemacht hatte.

An diese Voraussetzungen erinnerte er sich zuerst immer wieder, wenn er in Wut geriet.

Für ihn war Nußbank zunächst der richtige Mann an der Seite seiner Mutter gewesen.

Du bist ungerecht, hatte er sich gesagt, du hängst einem Traumbild nach, dein Vater ist tot, es lebe der Mann deiner Mutter! Du bist noch oder schon wieder ein halber Faschist, wenn du Nußbank ablehnst und ihm anlastest, wofür er nichts kann. Er ist ein verzerrter Mensch, aber nicht ihm dürftest du das vorwerfen, sondern denen, die ihn in die Streckbank gespannt haben, sechs Jahre lang. Du starrst auf seine Narben und vergißt das Feuer, das ihn gebrannt hat. Du wütest gegen das Opfer und hast schon vergessen, daß da Peiniger waren. Du bist ein Mistkerl, wenn du Nußbank nicht akzeptierst.

Doch geholfen hatte das alles nicht viel.

Nußbank hatte nicht nur mit dem toten Paul Iswall nicht das geringste gemein, er unterschied sich auch so kraß von allen seinen ehemaligen Leidensgenossen, daß seine Vergangenheit keine Brücke zwischen ihm und Robert bilden konnte.

Um das zu erkennen, bedurfte es für Robert nicht erst der Begegnung mit dem Kreissekretär Haiduck, der in Spanien gewesen und durch Vernet und Dachau gegangen und so ein Kerl war, daß man ihm alles nachzuahmen suchte, selbst seine Sprechweise; ein Mann, der allen Gestalten der Spanienbücher sein Gesicht lieh und an den man dachte, wenn von Kommunisten die Rede war.

Es bedurfte dazu auch nicht der Geschichten, die Gerd Trullesand über seinen Onkel erzählte, den Werkzeugmacher aus Stettin, der aus dem Zuchthaus kam, Werkleiter in Stralsund wurde und den Vorhaltungen, er arbeite zuviel, mit der Behauptung begegnete, er habe acht Jahre im Kühlschrank gelegen, und er sei noch taufrisch. Von ihnen hatte Robert erst erfahren, als er schon vor Nußbank in die Fakultät davongelaufen war.

Aber vorher noch, im Lager, hatte er Heiner Sonnewald getroffen, den Seemann, Interbrigadist wie Haiduck, Häftling wie Trullesands Onkel, dann Sträfling im Bataillon 999 und dadurch schließlich Kriegsgefangener in einem polnischen Lager. Sonnewald hätte schon nach einem Jahr nach Hause gehen können, aber als man ihm mitteilte, seine Identität sei nun geklärt und er könne jetzt sofort nach Deutschland fahren, wo er dringend gebraucht werde, da war er nicht gefahren. Er war noch lange geblieben, und zu denen, die von ihm gelernt hatten, gehörte auch Robert Iswall.

Und eines Tages waren Danuta und Wanda in das Lager gekommen und hatten den ersten Antifa-Lehrgang für deutsche Kriegsgefangene eröffnet. Oh, hatten die ihnen die Hölle heiß gemacht. Die eine war vierundsiebzig Jahre alt und die andere vierzig; die eine hatte Lenin und Rosa gekannt, war Jüdin, war im alten polnischen ZK gewesen und sprach nie über Stalin; die andere hatte illegal in Berlin gelebt, war mit falschen Pässen als Kurier durch die Welt gefahren, schwärmte von dem Vorkriegskaffee bei Zuntz sel. Witwe und kein bißchen vom Klima in Workuta; die eine hielt sehr viel vom Singen und schwenkte wütend ihre Einkaufstasche, wenn in der Warschawianka mitnichten etwas von feindlichen Stürmen zu spüren war; die andere behauptete, der Mensch verliere erst seinen Affenschwanz, wenn er das „Kapital“ verstanden habe; die eine schaffte Schuhe vom Roten Kreuz heran, und die andere schwor, das Internationale Rote Kreuz sei nichts als eine schlecht getarnte Bande amerikanischer Agenten, aber sie ließ sich dennoch vom Warschauer Residenten dieses Vereins, einem onkelhaft freundlichen Schweizer, fünfhundert Dünndruckbibeln geben und erklärte es für gottgefällig, wenn man Zigaretten daraus drehte; die eine beschimpfte Robert, weil er Heine durch falsche Betonung verdarb und übersetzte Mickiewicz für ihn, und die andere zeigte ihm, wie man einen Leitartikel zu schreiben und mit einem Abziehapparat umzugehen hatte. Die eine hieß Danuta Awerbach und die andere Wanda Zajicka; beide hatten Haare auf den Zähnen und eine fast unverständliche Geduld, und wann immer Robert einem Lehrer oder einer Lehrerin begegnete, stellte er sie neben das Doppelbild von Wanda und Danuta, und das war ungerecht, vom Ergebnis nicht zu reden.

Nußbank aber hatte mit ihnen allen nichts gemein.

Er war ein Pedant und zugleich ein Verschwender, ein Schwätzer und auch ein Geheimniskrämer, ein Tyrann und Feigling, ein Revoluzzer und Spießer, ein gerissener Komödiant und alles in allem ein erbärmlicher Nachfolger für Paul Iswall.

Nußbank war in den letzten Jahren der Weimarer Republik Funktionär einer kommunistischen Siedlungsgemeinschaft gewesen; nach einer kurzen Zeit als Hilfsarbeiter konnte er in der Heimstätte-Gesellschaft der Nazis unterkommen, aber ein Jahr vor dem Kriege schleifte ihn die Gestapo nach Sachsenhausen, weil sie an Nußbanks Abendbrottisch einen Illegalen verhaftet hatte.

Robert widerstand allen Versuchungen, den Akt der Solidarität, den Nußbank geleistet hatte, zu verkleinern; er wußte ja ungefähr, wieviel dazu gehört hatte, und er kannte schließlich auch die Rechnung, die Nußbank gemacht worden war. Aber Nußbank verhielt sich so, daß die Achtung nicht dauern konnte.

Als Robert dem Nachfolger seines Vaters zum erstenmal begegnete, wurde er mit mehrfachen Händedrücken und der Mahnung versehen, nun auch stets die Lehren der faschistischen Vergangenheit, der allgemeinen und seiner besonderen, im Auge zu behalten und vor allem nicht zu vergessen, daß er nunmehr der Sohn eines überall geachteten Repräsentanten der neuen Ordnung sei.

Dann nahm ihn Nußbank auf einen Spaziergang durch die kleine Stadt Paren mit; Nußbank kannte fast jeden Bürger des Ortes, und wo immer es ging, stellte er Robert vor und wiederholte dabei ständig den Spruch, er und sein jetziger Sohn hätten zwar in der Vergangenheit nicht die geringsten Berührungspunkte, aber die Zukunft werde das schon ändern, dafür sei er als Vater ja da, und außerdem bringe der Sohn aus der Gefangenschaft gewisse Neuansätze mit, die er schon entwickeln werde.

Nußbank wollte auch Paren entwickeln, und wenn man ihn hörte, so würde die Stadt in wenigen Jahren dem Bilde gleichen, das Nußbank sich von der Siedlungsgemeinschaft seiner Weimarer Zeit bewahrt hatte, und wenn Robert ihn recht verstand, so konnte es nicht mehr allzulange dauern, bis Paren Nußbankstadt heißen würde.

Nußbanks Belehrungen, Warnungen und Verheißungen wollten nicht enden. Er bemängelte die Messingknöpfe an Roberts Uniformjacke und ihren englischen Zuschnitt: sie müßten auf die sowjetischen Freunde in der Stadt wie eine Provokation wirken, und dann erläuterte er der Familie die neuesten Züge in der britischen Nahostpolitik. Er kritisierte den aufreizenden Gang einer Hausangestellten, und schon mußte er Robert hinsichtlich der Gefahren eines undisziplinierten Geschlechtslebens ins Bild setzen. Er trug sein Haar wie ein preußischer Unteroffizier, und natürlich waren Roberts Haare falsch geschnitten und gaben ihm ein kosmopolitisches Aussehen, und der Kosmopolitismus war die Kehrseite vom Chauvinismus, und Goethe war da völlig falsch verstanden worden, und überhaupt gab es an Goethe so manche Züge.

Bis zum ersten Krach dauerte es nur eine Woche. Nußbank sah es nicht gern, daß Robert sich wieder Arbeit als Elektriker gesucht hatte, er wollte ihm eine Anstellung im Wohnungsamt besorgen, denn schon Gorki habe gesagt, mit einer Wohnung könne man einen Menschen ebenso erschlagen wie mit einer Axt, und nun käme es eben darauf an, daß die Verteilung der Äxte in die richtigen fortschrittlichen Hände gelegt werde, und eine Wohnung, das sei nicht einfach ein Gehäuse um den Menschen, sie sei vielmehr vor allem Umwelt, ein Teil der Umwelt und somit ein Teil des materiellen Seins, und dieses wiederum forme den Menschen, und schnätterätängtängtängblahblah.

Robert sagte, so ruhig er nur konnte: „Würdest du mich

bitte jetzt mal da von deinen väterlichen Knien runterlassen, ja, und wenn du dann noch diesen Nürnberger Trichter in die Ecke stellen könntest, das wäre fein!“

Der Nürnberger Trichter geriet ihm etwas laut, aber die letzten drei Worte sprach er schon wieder ganz leise, doch das half nun nichts mehr. Nußbank verfärbte sich, und dann brüllte er wie ein Stier. Im Verlaufe seiner Ausführungen stellte sich heraus, daß in Robert immer noch die faschistische Bestie lauere, und Robert war ganz nach Stiefvatermord.

Er lief auf die Straße, und nach ein paar Schritten traf er die Hausangestellte mit dem aufreizenden Gang. Sie hieß Gertraud, und sie schien Nußbanks Ansicht über die Gefahren eines undisziplinierten Geschlechtslebens nicht zu kennen, oder sie pfiff darauf, so wie Robert an diesem Abend und auch fortan auf Nußbank pfiff.

Das alles und noch mehr steckte in der kurzen Anmerkung auf Roberts Akte: jetzige Familienverhältnisse etwas unklar.

Wenn die das damals gewußt hätten, der Alte Fritz und Angelhoff vor allem, ob sie dich da genommen hätten? Wahrscheinlich doch, denn wer von allen denen, deren Aufnahmeunterlagen hier wohlverwahrt in diesem Schrank standen, wer von den Bewerbern des Jahrgangs neunundvierzig war schon mit vollends klaren Verhältnissen vor die Kommission getreten?

Höchstens die Mädchen, jedenfalls die aus der Arbeitsgruppe A 1; bei denen lag alles klar zutage; die hatten Kaderakten weiß wie Schnee, die konnten „entfällt“ hinter die Frage nach ihrer etwaigen Zugehörigkeit zur Hitlerarmee schreiben, und im Ausland waren sie auch nicht gewesen, und damit entfiel auch die Frage nach dem Zweck ihres Aufenthalts dortselbst.

Aber nein, so einfach war es nun doch nicht. Vera Bilfert zum Beispiel, Schneiderin, war in Polen geboren und erst vierundvierzig nach Deutschland gekommen, bis Stargard, und im nächsten Frühjahr hatte sie dann gemeinsam mit ihrer Mutter die beiden Brüder im Handwagen bis nach Mecklenburg hinein gezogen. Damals war sie vierzehn, und wahrscheinlich war sie nicht viel größer als der Handwagen gewesen, und heute war sie auch kaum größer.

Jedoch, sie und auch Rose Paal hatten immer noch Vater und Mutter zu Hause, als sie an die Fakultät kamen, und an ein undiszipliniertes Dingsdaleben war nicht zu denken, und an ein diszipliniertes auch nicht. Hatten die sich angestellt, wenn Trullesand ihnen mit seinen Geschichten vom Bauchweh und von gewissen Beziehungen kam! Dabei drückte sich Trullesand so delikat wie möglich aus, als ihn die Umstände erst einmal zum Sprechen gezwungen hatten.

Die Umstände bestanden vor allem aus seinem zerrissenen Nachthemd. „Mit diesem Trümmerhaufen", sagte er zu Vera, „kann ich doch nicht vor meine Tante treten, weil es ein Andenken ist. Sie wird sich nach der Ursache von dieser Zerrissenheit erkundigen, aber über diese Ursache kann ich mit meiner Tante nicht sprechen."

„Gut", sagte Vera, „ich bin nicht deine Tante. Mit mir kannst du es."

Aber Trullesand zeigte wenig Neigung: „Ich komme nicht wegen einer Aussprache zu dir, sondern wegen meinem Nachthemd, und zwar, weil du Schneiderin bist, und ich bin Zimmermann."

Er versuchte Robert und Quasi, die ihn und das zerrissene Hemd in das Mädchenzimmer begleitet hatten, mit wilden Grimassen zu vertreiben, aber da hatte er wenig Glück.

Quasi sagte: „Das kannst du ruhig erzählen. Offenheit auch in diesen Fragen gehört quasi zum Wesen der Freien Deutschen Jugend."

„Natürlich", sagte Robert, „und Vera und Rose sehen mir gerade so aus, als könnte man ihnen in der Hinsicht nichts mehr vormachen."

Rose Paal errötete und hob abwehrend die Hände. „Ich

will schon nichts mehr hören, ich glaube, es ist etwas Schweinisches. Iswall macht so ein Gesicht."

„Nicht doch, Mädchens", sagte Trullesand, „der macht immer so ein Gesicht. Bei uns hat mal einer einen Vortrag gehalten. Es war über das menschliche Antlitz, Physio ... na, mit Zwergen etwas, Physiognomen, glaube ich, und ob sich die Seele darin spiegelt und die Laster und alles diese Dinger, aber er hat wissenschaftlich bewiesen, daß es anders ist. Laßt mal Iswall sein Antlitz aus dem Spiel. Aber die Andeutung, mein Nachthemd könnte in etwas Schweinisches verwickelt sein, trifft mich. Da muß ich euch Aufklärung geben, sonst lauft ihr nachher mit einer Unklarheit herum."

Er machte die Mädchen zunächst einmal mit der Tatsache bekannt, daß er ein leicht entflammbares Herz habe, was ihn aber nicht weiter wundere, da sein Vater einmal zur See gefahren sei, und dann zitierte er den Titel eines Vortrages, den er einmal gehört habe, und dieser Titel habe „Der Mensch ist ein Ganzes" gelautet. Das sei fraglos richtig, sagte Trullesand. „Und ist der Mensch erst einmal ein Ganzes, denn braucht sich doch keiner zu wundern, wenn sich einem nicht nur das Herz entflammt. Versteht ihr das, Mädchens?"

Die Mädchen taten zunächst so, als hätten sie nichts verstanden, aber dann platzte Rose Paal heraus: „Also doch was Schweinisches!"

„Unsinn", sagte Trullesand, „es hat sich bei mir nur herausgestellt, daß meine Bauchnerven und mein Herz eng miteinander verbunden sind. Sie sind ein Ganzes."

Er erzählte von seinen Tanzbodennöten, von den Bauchgrimmen, die ihn immer befielen, wenn die Musiker den Rausschmeißer intonierten; eine besonders verheerende Wirkung habe das Lied, „wo die mit Rosen bestickten Engel drin vorkommen".

„Infolgedessen", fuhr er traurig fort, „bleibe ich nun lieber von der Musik weg; dann geht es."

„Was geht dann?“ fragte Vera Bilfert.

Robert stöhnte, und Quasi Riek erklärte, er werde zu diesem Thema einen Gruppenabend ansetzen, und die beiden Mädchen verfärbten sich wieder.

„Paßt mal auf“, sagte Robert, „jetzt werde ich die Sache mal zu Ende erzählen, sonst kommt der nie bis zu seinem Nachthemd, und ihr beiden kriegt noch die Röteln. – Also, als wir neulich im Café Rikki waren, da hat Gerd einen großartigen Einfall gehabt. Er hat einige Male mit einem Mädchen getanzt, und es war ihm wieder deutlich anzusehen, daß sein Vater zur See gefahren ist. Aber bevor die Kapelle auch nur annähernd bei dem Gute-Nacht-Walzer war, da zischte Trullesand ab, nach Hause. So spürte er auf dem Heimweg statt der Bauchweh die Liebe und sein entflammtes Herz, und nun wartet er bloß auf die Gelegenheit, das Mädchen mal ohne Musik anzutreffen.

Dieses Mädchen aber, und nun kommen wir dem Nachthemd ein Stück näher, dieses entzückende Mädchen wohnt nicht weit von hier, irgendwo da unten in der Obstbaumsiedlung.

Hätten wir nicht ausgerechnet nachmittags Unterricht, dann hätte er ihr bestimmt schon auf dem Heimweg aufgelauert, aber das entfällt. Also bleibt nur der Morgen. Aber hinsichtlich des Morgens steht Gerd Trullesand auf einem besonderen Standpunkt. – Sag mal deinen Standpunkt, Gerd!“

„Mein Standpunkt ist der“, sagte Trullesand, „man soll nicht an ein Mädchen ranklotzen, wenn es auf dem Weg zur Arbeit ist. Sie hat vielleicht nicht ausgeschlafen, oder sie denkt gerade an ihren Chef, den sie nicht leiden kann, oder sie ist schon spät dran, und dann trittst du aus dem Morgennebel und sprichst: ‚Nun, was liegt an, Mädchen?‘! – Morgenstund ist ungesund, jedenfalls für diese Dinger.“

„Ja“, sagte Robert, „das ist sein Standpunkt, und dadurch wird er wohl nie an das Mädchen rankommen, solange er nachmittags Unterricht und morgens seine Prinzipien hat, es sei denn, sie geht am Sonntag in die Kirche und anschließend in den Wald."

„Für den Fall müßte ich die Sache abblasen", brummte Trullesand, „weil ich Iswalls Erfahrungen ausgewertet habe."

„Der hat auch welche?" fragte Vera Bilfert spitz, „aber ihr seid nun wieder von dem Nachthemd abgekommen."

Robert winkte ab. „Es ist gar nicht mehr wichtig. – Komisch, jetzt, wo wir das Beiwerk erzählt haben, ist die Sache mit dem Hemd nicht mehr so interessant. Ich mach's ganz kurz: Das Mädchen aus dem Café Rikki kommt jeden Morgen kurz vor halb acht die Obstbaumallee herunter, und Trullesand steht dann immer am Fenster und folgt mit den Augen errötend ihren Spuren."

„Errötend stimmt nicht", warf Trullesand ein, „und ihren Spuren auch nicht, was interessieren mich die Spuren, aber Beine hat die, Mädchens, da könnt ihr eure vier Dinger aber verstecken!"

Die beiden taten das auch prompt. Vera breitete Trullesands Hemd über ihr Knie und musterte den Riß, als sähe sie ihn zum ersten Mal, und Rose brachte ihre langen, etwas dünnen Beine vor Roberts Blick unter dem Tisch in Sicherheit.

Robert grinste und fuhr fort: „Wenn das Rikki-Mädchen in Höhe unseres Hauses ist, entschwindet es aus Trullesands Blick. Aber Gerd weiß sich da zu helfen. Er verläßt das Zimmer ‚Roter Oktober', läuft über den Gang, im Nachthemd, versteht sich, und taucht wenig später im Fenster des Waschraums auf, gerade rechtzeitig, um nunmehr die Parade des Rikki-Mädchens aus beinahe unmittelbarer Nähe abzunehmen. Aus eigener Anschauung kann ich bestätigen, daß sie einem auch von der Seite her allerhand zu sehen gibt."

Er ging durch das Zimmer, stellte sich an den Ofen, betrachtete Vera und Rose sinnend und sagte dann zu Trullesand: „Doch wie ich gerade bemerke, brauchen diese beiden Jugendfreundinnen keine Vergleiche zu scheuen."

„Iswall ist ein Affe", sagte Vera zu Rose.

Rose nickte und fügte, als sie Trullesands prüfenden Zimmermannsblick auf sich ruhen sah, schnell hinzu: „Trullesand auch."

Riek schien sich übergangen zu fühlen. Er trat dicht vor die Mädchen hin, betrachtete sie mit Anstrengung ungeniert und sagte gekränkt: „So viel möchte ich klargestellt haben, Jugendfreundinnen, in dieser Hinsicht bin ich quasi auch ein Affe!"

Sie lachten alle, und Robert setzte seine Erzählung fort: „Heute morgen hatte Trullesand die Zeit verschlafen; kein Wunder bei der Versammlung gestern abend. Ich bin aber beinahe rechtzeitig wach geworden. Ich sah gerade noch, wie Rikki hinter der Hauskante wegtauchte. Ich brülle: ‚Gerd, raus, sie ist schon an der Tribünenseite!', und mein Trullesand flitzt aus dem Bett und durch die Tür. Nun hatte er aber seine Trägheit schneller überwunden als das Hemd. Das Hemd, ein großer Teil davon jedenfalls war noch im Zimmer ‚Roter Oktober', als Gerd schon im Waschraum war. Da stand er nun am Fenster, das Herz in Flammen, und über seinen Hintern strich der kalte Morgenwind ..."

Trullesand zerrte wütend an seinen schwarzen Locken und sagte: „Na ja, Mann, nun brauchst du nicht gleich ein Gedicht über meinen Körper zu machen. Aber wenn du dich jetzt noch länger an meinem Nachthemd festhalten willst, dann kann ich ja nachher auch ein bißchen von einem roten Feuerwehrrock mit blauen Biesen erzählen."

„Blau mit roten Biesen", knurrte Robert, „aber das laß man."

Die Mädchen stichelten noch, doch Trullesand winkte ab. „Männersache. Näht mir lieber mein Nachthemd wieder zusammen, obwohl vom Prinzip der Einheit zwischen Inhalt und Form her gesehen ein zerrissenes Hemd viel besser zu meiner Seele passen würde. Als Mensch bin ich augenblicklich kein Ganzes."

Meibaum kam mit einer Kanne Kaffee und zwei Tassen in das Archiv und fragte: „Machst du Fortschritte, Genosse Iswall?"

„Es geht", sagte Robert.

„Wenn du mir sagen würdest, worauf du bei deinen Nachforschungen das Hauptaugenmerk richtest, dann könnte ich dir vielleicht Hinweise geben."

„Ich weiß selbst noch nicht, wohin mit meinem Hauptaugenmerk. Vorläufig stecke ich erst einmal meine Nase in diesen Kram und schnuppere einfach dem Duft von damals nach."

„Du schnupperst dem Duft von damals nach? – Erlaube mal, wozu?"

„Ich erinnere mich mit der Nase. Wenn ich erst einmal herauskriege, wie eine Situation gerochen hat, dann fällt mir das übrige auch bald ein."

„Wie eine Situation gerochen hat? – Eigenartig!"

„Mag sein, aber es hilft. – Zum Beispiel hat es im Frühjahr fünfzig in unserem Zimmer ganz stark nach geteertem Holz gerochen, und ich weiß auch, warum."

„Das riechst du heute noch? – Was war denn mit dem Geruch?"

„Der kam von dem Telegrafenmast, den wir geklaut hatten. Heute kann ich es dir ja sagen, aber damals hättest du wahrscheinlich ein Faß aufgemacht. Trullesand, Filter und ich haben ihn in zwei Nächten zersägt und auf unser Zimmer geschafft. Mit Filter war im allgemeinen nicht viel los, aber bei dem Mast war er unbezahlbar. Er war ja Waldarbeiter, und er hat Quasis Teil mitbesorgt, weil der sich weigerte, mitzumachen."

„Sehr vernünftig. Aber was wolltet ihr nur mit einem Telegrafenmast auf eurem Zimmer?"

„Na, was schon! Die Bude heizen, natürlich. Ich will dir

keinen Vorwurf machen, aber mit der Feuerung habt ihr uns mächtig kurzgehalten."

„Wir? Wir waren das nicht. Der allgemeine volkswirtschaftliche Rahmen erlaubte keine größeren Kontingente. Wenn du wüßtest, wie ich mich als Heimleiter – damals war ich ja noch Heimleiter – euretwegen abgeplagt habe. Außerdem sagst du ja selbst, es war Frühjahr!"

„Ja, nach dem Kalender, aber im Zimmer ‚Roter Oktober' war es hundekalt; wir hatten schon vor, es in ‚Weißer Februar' umzutaufen, aber das wollte Trullesand nicht, weil es politisch zu Mißverständnissen geführt hätte."

„Völlig richtig", sagte Meibaum, „und da habt ihr einfach einen Telegrafenmast gestohlen? Das hätte euch aber glatt als Sabotage ausgelegt werden können. Da wird mir jetzt noch kalt, wenn ich bedenke: ich als Heimleiter ..."

„Ganz so schlimm war's nicht", sagte Robert, „wir haben den Mast doch nicht aus einer Leitung herausgesägt. Jakob Filter hatte ihn gefunden, und wenn ihn jemand vor uns entdeckt hätte, wäre er auch weggewesen. Er lag im Gestrüpp hinter dem Bunkergelände, wo sich wegen der Minengefahr niemand hintraute. Nur Jakob Filter traute sich. Der hatte in seinem Wald schon Minen ausgebuddelt und uns versichert, bei dem Mast da wären keine."

„Und da habt ihr ihn einfach geholt und verheizt?"

„Es war keineswegs einfach. Erstens war das ein ganz schöner Klotz, und wir mußten dem Hausmeister mit viel Schwindel eine Säge abluchsen, und dann wollte Quasi auch nicht mithalten."

„Völlig richtig von ihm, aber er hätte es mir melden müssen."

„Dem hätten wir was! Außerdem war er auf uns angewiesen. Er war doch so in die kleine Medizinerin verknallt und holte sich immer bei uns Ratschläge. Aber zu schaffen gemacht hat er uns. In Fragen von Volkseigentum war er äußerst pinselig, und wenn der in seiner Jugend Räuber und Gendarm gespielt hat, dann war er bestimmt immer Gendarm. Den hättest du mal hören sollen, wenn er erzählte, wie er in Dömitz die Zuckerdiebe entlarvt hat. Er war dort doch Klempner in der Zuckerfabrik. Da verschwand nun andauernd Zucker, und zwar in erheblichen Mengen. Die Fabrik stand noch unter Aufsicht der Besatzung, und die Natschalniks wurden langsam kribbelig, denn der Zucker verschwand zentnerweise."

„Und der Quasi hat das aufgeklärt?"

„Ja, aber nicht etwa aus Angeberei oder weil er eine Belohnung haben wollte. Wenn wir so etwas andeuteten, wurde er richtig wütend. Er brüllte uns an: ‚Das war doch quasi auch dein Zucker, nicht wahr, und deiner auch, nicht wahr!', und dabei stieß er uns seinen Klempnerfinger in den Bauch und heulte beinahe. – Nein, er war Detektiv aus Prinzip, und ehrlich war er auch aus Prinzip, und für das Volkseigentum war er nun schon gar aus Prinzip."

„Völlig richtig! – Und wie hat er die Diebe gefaßt?"

„Durch Überlegung. Am Körper konnte keiner den Zucker hinausschmuggeln, da wurde ständig gefilzt, und die hinausfahrenden Lastwagen wurden auch genau abgeklopft, und um die Fabrik herum stand ein bewachter Zaun, und unterirdische Gänge gab es nicht. Das hat Quasi alles genau registriert, und so verfiel er auf den Luftweg."

„Auf den Luftweg? – Du willst doch nicht sagen, daß die Diebe einen Hubschrauber einsetzten?"

„Ganz so abwegig ist der Gedanke nicht. Quasi hat ihn auch erwogen, und da war er der Lösung schon ganz nahe. Endgültig fand er sie, als er bei einem Sportfest einem Hammerwerfer zusah. In der nächsten Nacht kroch er auf das Fabrikdach, und dort sah er einen anderen Hammerwerfer bei der Arbeit. Doch der bewegte keinen Eisenklotz am Drahtseil, sondern kleine Zuckersäckchen, denen er über eine kräftige Schnur und durch seine Körperdrehung genügend Schwung verlieh, daß sie weit über den

Zaun in ein Gesträuch fielen, wo die anderen Naschkätzchen schon warteten."

„Raffinierte Burschen. – Hat der Quasi sie verhaften lassen?"

„Ach wo, der Zuckerschleuderer war ein alter Kumpel von ihm; er hat das Unternehmen eingestellt, und damit war Quasi zufrieden."

„Das war aber nicht richtig von ihm, Genosse Iswall."

„Mag sein, aber Quasi war nun mal kein Angeber."

„Ich weiß nicht, ob dieser Ausdruck in dem Falle am Platze gewesen ist, auf jeden Fall ist die Geschichte so nicht brauchbar."

„Brauchbar? – Wofür?"

„Na, für die Abschlußfeier. Das hätte sich sonst doch erstklassig verwenden lassen: ‚Die Studenten, die damals an diese Fakultät kamen, hatten vorher in allen Bereichen des Lebens ihren Mann gestanden; sie hatten nicht nur durch ihrer Hände Arbeit viele Werte geschaffen, sie hatten diese Werte auch unter Einsatz ihrer ganzen Persönlichkeit geschützt. Da war zum Beispiel der Student Quasi ..."

„‚Quasi' war sein Spitzname."

„Völlig richtig, das dachte ich mir schon; ich kann mich auch beim besten Willen an keinen Studenten namens Quasi erinnern, und eure Spitznamen kannte ich ja nicht; ihr hattet so wenig Kontakt zu mir als Heimleiter, Genosse Iswall ... Aber um die Geschichte ist es wirklich schade. Mir ist eben eingefallen, welch herrlichen Schluß sie hätte haben können."

„Erzähl mal!"

„Also, der Quasi beobachtet diesen Dieb, wie er den Zucker durch die Luft schleudert. Jetzt entsteht ein Konflikt. Von Rechts wegen müßte er den Mann anzeigen, aber dagegen sträuben sich in ihm die Rudimente eines pervertierten Solidaritätsbegriffs. Vielleicht war er Angehöriger der faschistischen Wehrmacht und hatte den falschen Kameradschaftsgeist noch nicht abgeschüttelt. Andererseits ist er ein Angehöriger der Arbeiterklasse, die nunmehr Herr der Werke und Werte ist. Das ist also der Konflikt. Wie er da auf dem Dach noch mit sich ringt, bemerkt er, daß der Dieb außerordentlich geschickt mit diesen Zuckerbeuteln hantiert. Und jetzt kommt ihm die Lösung! Das ist überhaupt großartig, es erfolgt nämlich eine Umkehrung des Motivs. So wie er vorher auf dem Sportplatz beim Beobachten des Hammerwerfers auf die entscheidende Idee gekommen ist, die ihn veranlaßte, auf das Dach zu steigen, so kehrt er jetzt den Zuckerschleuderer in einen Hammerwerfer um!"

„Wie das?"

„Nun, Genosse Iswall. Er entdeckt in dem Dieb ein sportliches Talent. Er tritt hinter dem Schornstein hervor und sagt: ‚Das hätte ich von dir, Christian, meinem alten Kumpel, nicht erwartet. Weißt du denn nicht, daß Millionen auf diesen Zucker angewiesen sind?' Der Dieb erschrickt furchtbar und sieht sich schon im Gefängnis, was auch völlig richtig wäre. Aber Quasi löst den Konflikt anders. Er klopft dem Dieb auf die Muskeln und sagt: ‚Du wendest dein Talent falsch an. Du verschleuderst es mit Zuckersäcken . . .' Das ist überhaupt gut, Genosse Iswall, der Dieb verschleudert sein Talent, das ist nicht nur bildlich richtig, sondern auch wörtlich! Dann empfiehlt Quasi dem Dieb, der Sportbewegung beizutreten. Oder halt, noch viel besser, er weist den Dieb darauf hin – dieser Gedanke müßte vorher schon mal auftauchen, am besten, wenn Quasi den richtigen Hammerwerfer beobachtet –, also, er weist den Dieb darauf hin, daß im Kreismaßstab die Disziplin des Hammerwerfens noch sehr zurückgeblieben ist und daß der Kreis beim bevorstehenden Wettkampf mit dem Nachbarkreis im Sektor des Hammerwerfens wertvolle Punkte verlieren wird. Aber nun kommt die große Chance für den Dieb. Wenn er – das sagt ihm Quasi auf dem Dach –, wenn er sich an diesem Wettkampf beteiligt und ihn gewinnt, dann wird Quasi von einer Anzeige absehen, und selbstverständlich müssen ab sofort die Zuckerdiebstähle eingestellt werden."

„Hm", sagte Robert, „und selbstverständlich gewinnt der neue Hammerwerfer den Wettbewerb und die Punkte für seinen Kreis, was?"

„Völlig richtig!"

„Ja, ich weiß nicht. Das wäre wohl eher eine Novelle von Frau Tuschmann. ‚Du sollst nicht begehren des anderen Zucker' könnte sie heißen, vielleicht auch ‚Zucker oder Hammer' oder auch ‚Des Zuckers Spur', aber leider hat Riek die Pointe versaut."

„Wer?"

„Karl-Heinz Riek, der Meisterdetektiv, Spitzname ‚Quasi'."

„Riek? Ist das der...?"

„Ja, der Republikflüchtige!"

„Völlig richtig, republikflüchtig... warum hast du das nicht gleich gesagt... nein, dann geht das ja alles nicht. Über den sollte bei der Abschlußfeier besser nicht gesprochen werden; ich meine, über solche Elemente sollte auf keinen Fall gesprochen werden."

„Ist klar. Das heißt, so klar ist es auch wieder nicht. Es sind zwar nur drei von unserem Jahrgang abgehauen, aber gerade, wenn man zeigt, was die anderen inzwischen alles geleistet haben, könnte man vielleicht auf diese drei Idioten verweisen. Der Riek mit seinem Talent verkommt jetzt als Kneipenwirt in Hamburg."

„Nein, nein, Genosse Iswall, ich möchte dich aus prinzipiellen Erwägungen heraus bitten: kein Wort über Riek. Selbstverständlich kann man in einem Nebensatz erwähnen, daß einige, verschwindend wenige, die historische Prüfung nicht bestanden haben, aber Rieks Namen würde ich auf keinen Fall..."

„Nicht gedacht soll seiner werden, was?"

„Völlig richtig."

„Na schön, mir soll's recht sein. Es würde mir auch sauer

genug ankommen, die richtigen Worte über den zu finden. Vielleicht ist eine Rede doch noch etwas anderes als ein Roman."

„Hast du denn die Absicht, einen Roman zu schreiben?"

„Wo denkst du hin, nein! Wenn ich mir die Plackerei vorstelle: jahrelang über ein und derselben Sache, da fehlte mir die Geduld. Und neuerdings werden auch die ganz dicken wieder modern, so im Format von ‚Vom Winde verweht', tausendundacht Seiten über Scarlett O'Hara mit den grünen Augen ohne eine Spur von Braun darin. – Neulich war ein junger Autor bei uns in der Redaktion und hat uns seinen Arbeitsplan gezeigt. Bis vierundsechzig will er neunhundert Seiten schreiben, Titel hat er schon: ‚Doch ewig bleiben die Steine'. Ich weiß nicht, ob er an ‚Vom Winde verweht' dabei gedacht hat, aber schon der Gegensatz in den Titeln ist programmatisch. Programmatische Aussagen im Titel sind jetzt auch wieder modern. Einer hat eine ganz mickrige Geschichte, so eine Lehrlingsromanze, mit keiner geringeren Überschrift ausgestattet als ‚Das bläst der Wind nicht fort'. Schon wieder der Wind und der programmatische Gegensatz zu Scarlett mit den grünen Augen. Ich sehe den Autor geradezu, wie er der Redaktion sein bißchen Manuskript auf den Tisch knallt und dazu verkündet: ‚Das bläst der Wind nicht fort!' Ein Selbstbewußtsein haben diese Leute!

Jetzt ist wieder so ein dickes Buch erschienen, das hat es auch mit dem Wind, das heißt: ‚Kein Sturm, der uns die Träume nimmt'. Ist das nicht schön, siebenhundert Seiten Sturm, aber die Träume kann ihm keiner nehmen. – Nee, das mit dem Roman, das laß ich noch."

„Ich weiß nicht, Genosse Iswall, ich glaube, deine Auffassung ist nicht völlig richtig; die neue Literatur, die muß doch optimistisch sein, das ergibt sich doch aus unserer neuen Gesellschaftsordnung; das ist, möchte ich sagen, gesetzmäßig."

„Kann sein. Ich habe eben ein Schandmaul. Das steht

sogar schon in meinem Aufnahmeprotokoll, zwar etwas vornehmer ausgedrückt, aber doch. – Dabei fällt mir ein, ich vermisse hier eine der neunundvierziger Akten."

Meibaum sah alarmiert auf. „Das kann nicht sein. Unser Archiv ist vollständig. Ich habe mich persönlich darum gekümmert, seitdem ich die Funktion des Direktors ausübe."

Robert ging an den Aktenschrank und zeigte auf das Regal des Jahrgangs neunundvierzig. „Bitte sehr, ‚Raabe', ‚Ribbert', und dann kommt ‚Rohrbach', aber vorher müßte eben ‚Riek' kommen, und die ist nicht da."

„Ach die, ach so, ja, das ist völlig richtig ... die ist eingezogen worden, nachdem ..."

„Nachdem er getürmt war?"

„Völlig richtig ... das ist, das war so üblich."

„Ach so. Na, ist ja auch nicht so wichtig. Nicht gedacht soll seiner werden, punktum."

Meibaum erhob sich und räumte das Kaffeegeschirr ab. „Wenn ich dir irgendwelche Hinweise geben kann, komm einfach in mein Zimmer. Ich habe meiner Sekretärin entsprechende Anweisung gegeben."

„Danke", sagte Robert, „ich komme bestimmt. Du hast doch sicher eine Ahnung, wo die meisten der Absolventen jetzt stecken. Ich will einige aufsuchen, und da brauche ich die Adressen."

Meibaum schob die Brille mit den breiten Bügeln, die er vor einigen Jahren gegen den Molotow-Zwicker eingetauscht hatte, zurecht und sagte erfreut: „Das ist eine glänzende Idee. Ich habe die Angaben nicht von allen, aber doch eine ganze Menge. Wenn du das herausarbeiten könntest, wie unsere ehemaligen Studenten jetzt an den Schalthebeln der Wirtschaft und des Staates die neue Sache verwalten, das wäre großartig."

„Völlig richtig", sagte Robert.

Er nahm seine Akte und stellte sie wieder an ihren Platz. Dabei bemerkte er den freien Raum, der zwischen den Ordnern „Ribbert" und „Rohrbach" geblieben war, als er Meibaum das Fehlen der Unterlagen „Riek“ demonstriert hatte. Er schob Ribbert und Rohrbach wieder aneinander heran, und dann überlegte er. Wie hatten die beiden anderen doch noch geheißen? Der eine fiel ihm gleich ein, weil der Name einen so heftigen Gegensatz zu der verqueren Neigung seines Trägers gebildet hatte, Nonnenmacher, das war es.

Und der andere? Das konnte auch nicht so schwerfallen, denn Angelhoff hatte den Namen des Abtrünnigen noch lange nach der Flucht des Studenten in jeder Versammlung zu Zwecken der Abschreckung zitiert, und es hatte immer wie Viper geklungen. Aber Viper war es nicht, nein, Fiebach hieß er, ganz einfach Fiebach.

Die Akte „Fiebach“ stand an ihrem Platz, und die Akte „Nonnenmacher“ auch. In beide war ein DIN A 4 eingeheftet, und darauf stand mit dickem Rotstift: „rf.“

Es war durchaus klar, was das hieß, und unklar war lediglich, warum es in Quasis Akte nicht auch so hieß, oder besser: warum sie hier fehlte.

„Mal sehen“, murmelte Robert Iswall.

Meibaum hatte ihm zwar angeboten, er könne in der Fakultät essen, aber Robert ging dazu lieber in die Stadt. Er hatte sie lange nicht gesehen und freute sich auf die Wiederbegegnung, und außerdem hoffte er, hier und da einen Bekannten zu treffen.

Manchmal stieß er in Berlin auf einen, aber fast immer waren sie wegen einer Sitzung oder Tagung in die Hauptstadt gekommen, und ein Vorgesetzter oder gar der Fahrer des Dienstwagens warteten schon ungeduldig, und es blieb nicht viel mehr Zeit, als sich gegenseitig zu versichern, man müsse sich einmal eines Tages richtig ausklönen, bei einem Glas Bier in einer ruhigen Ecke.

Robert hatte sich angewöhnt, zwischen denen zu unterscheiden, die „bei einem Glas Bier“ sagten, und denen, die „eine Flasche Wein“ dafür in Aussicht nahmen, und er hatte sich vorgenommen, die Weinleute zu meiden, nicht nur, weil er ein Glas Bier immer noch jedem Wein vorzog, sondern vor allem, weil er argwöhnte, Leute, die Wein für das angemessene Getränk bei einem solchen Gespräch hielten, könnten nicht mehr die alten Kumpel sein. Es schien ihm ein verruchtes „Jetzt-haben-wir-es-ja!“ in einem solchen Vorschlag zu stecken, und er konnte sich nicht vorstellen, daß er mit jemandem, der es jetzt ja hatte, auf die richtige Art der Zeiten in der Robert-Blum-Straße würde gedenken können.

Gleichzeitig lachte er sich aus, und er nannte sich einen Romantiker, und er erkannte den albernen Jüngling, der im Lager den Schwur abgelegt hatte, er werde, sei er erst einmal wieder zu Hause und gehe es ihm da auch noch so gut, an jedem Jahrestag seiner Gefangennahme statt von einem Teller aus einer rostigen Blechbüchse essen, und zwar mit einem Holzlöffel, und zwar nur Rübenschnitzelsuppe oder fett- und fleischlose Graupen. Den Schwur hatte er schon am ersten Jahrestag vergessen, nicht nur, weil es da Kartoffelpuffer gab.

Aber dennoch hielt er, im groben jedenfalls, an dem lachhaften Getränkekriterium fest. Er sagte sich: Man kann ruhig Wein trinken, aber als Haltung paßt es nicht zu uns, und schon gar nicht, wenn man sie mit dem Spruch absichert, wir könnten uns das jetzt ja leisten.

Der schlimmste Fall eines Jetzt-ja-Mannes war der des ehemaligen Fußballspielers Trimborn. Der war inzwischen Chemiker, Doktor und Leiter eines Industrielabors. Er hatte sich als Fachmann großartig herausgemacht, und seine Karriere war wie geschaffen für eine Aularede. Mehrere Patente trugen seinen Namen, seine Arbeit brachte dem Staat in jedem Jahr Hunderttausende ein, und der Staat hatte es ihm mit vielen Auszeichnungen gedankt.

Robert traf ihn in der Friedrichstraße, und der erste Schreck fuhr ihm in die Glieder, als Trimborn bei der Begrüßung gemessen den Hut abnahm und ihn dann während des kurzen Gesprächs in der Hand behielt. Robert fühlte sich die ganze Zeit gedrängt zu sagen: Nun setz doch bloß deinen dämlichen Hut auf, Mensch! Und er versuchte sich vorzustellen, wie Trimborn damals am Ofen gesessen haben mochte, um den von Quasi geformten schwarzen Herrnhuterhut trocknen zu lassen, aber es gelang ihm nicht: Jener Trimborn und dieser waren zwei verschiedene Menschen.

Jener war ein großer rauher Kerl gewesen, ein Fischer aus Freest, ein Büffler und Biertrinker, ein Kumpel, der während Quasis Krankheit oft den Russentopf von der Mensa in die Fakultät gebracht hatte. Er legte die Strecke im Laufschritt zurück; so kam Quasi zu einer warmen Suppe und Trimborn noch rechtzeitig in den Unterricht, und außerdem kam es der Kondition beim Fußball zugute.

Trimborn hatte seinen Redeteil bei der unglücklichen Studentenratswahl tapfer getragen, und manchmal, wenn er vom Sonntagsurlaub aus Freest heimgekommen war, hatte er frische Bücklinge unter seinen Zimmernachbarn verteilt, und abends beim Marsch durch die Stadt, wenn „Durchs Gebirge, durch die Steppe zog“ gesungen wurde, dann hatte man auf seinen breiten Rücken gesehen und sich gesagt: Ja, mit dem könntest du durchs Gebirge, durch die Steppe.

Dieser, der andere Trimborn, stand eines Tages auf der Friedrichstraße, hielt in der einen Hand einen grauen Filzhut und in der anderen ein Netz mit Zwiebeln und kam soeben von einer Chemikertagung in Bombay.

Ja gewiß, die Welt zu sehen, das sei einem jetzt ja alles möglich, man sei schließlich wer, die Engländer hätten sogar eines seiner Patente übernommen, und in der nächsten Woche gehe es nach Stockholm, zwar ein unwahrscheinlich teures Pflaster, aber man werde schon des öfteren eingeladen werden, die Chemie der DDR habe jetzt ja wieder ein Ansehen erlangt, und das nicht ganz ohne das Zutun gewisser Leute, aber wer wolle schon von sich selber reden ... „Wie geht's dir denn, alter Junge?“

Robert starrte fasziniert auf den Hut, aber fast ebensosehr zog das Netz mit Zwiebeln seinen Blick an. Zwiebeln waren gerade wieder einmal so rar wie Bananen, nur machte sich Robert mehr aus Zwiebeln, und schließlich konnte er die Frage doch nicht unterdrücken, wo Trimborn denn die Dinger erwischt habe, gleich ein ganzes Netz voll.

Der Chemiker hob seine Beute so stolz vor Roberts Augen, wie er früher, vor längst vergangenen Zeiten, vielleicht einen fünfzehnpfündigen Hecht vorgezeigt haben mochte, dann sagte er leichthin: „In Bombay."

Robert wollte es nicht glauben, aber als Trimborn es ihm mehrfach versichert hatte, mußte er es. Der große Mann hatte auf dem Wege vom Tagungsort zum Flugplatz in Bombay zehn Pfund Zwiebeln erstanden, war mit dem Netz voll Würzknollen in eine Maschine der Air India geklettert, war über Meere und Länder geflogen, war in Zürich umgestiegen und noch einmal in Prag, war von Schönefeld in die Stadt gefahren und stand nun, kurz vor der Abfahrt mit dem Dienstwagen in Richtung Labor, auf der Friedrichstraße und zog der Passanten und Roberts Blicke auf sich, der Passanten Blicke der Zwiebeln wegen und Roberts Blicke der Zwiebeln und des Hutes wegen, aber vor allem, weil Robert in dem weitgereisten Chemiker Doktor Trimborn den Fischerkumpel aus Freest und aus der Robert-Blum-Straße zu erkennen suchte und ihn doch beim besten Willen nicht fand.

Schließlich sah der Mann, der es jetzt ja hatte, auf die Uhr, zog die Schultern hoch, soweit die würzige Last es ihm erlaubte, versicherte, man müsse sich unbedingt einmal bei einer Flasche Wein zusammensetzen, reichte Robert die Hand, in der er das Netz hielt, setzte den grauen Filzhut auf und verschwand in Richtung Parkplatz und personengebundenen Dienstwagen.

Das lag schon einige Jahre zurück, aber Robert konnte die Geschichte immer noch mit der gleichen erstaunten Wut erzählen, und er stand immer noch dabei auf, um zu zeigen, wie Trimborn mit dem Hut und den Zwiebeln auf der Straße gestanden und berichtet hatte, daß er jetzt wer sei.

Vera hatte bei seiner Vorführung gelacht und behauptet, er sei nur deshalb so erbost, weil Trimborn ihm keine Zwiebeln abgegeben habe. „O Gott", stöhnte sie, „jetzt gibt es noch einen zweiten Fritze Klünder in deinem Leben, und der eine hat mir schon gereicht!" Sie bat ihn, ihr doch rechtzeitig zu sagen, wenn er bei irgendeinem Besuch wieder mal Fritze Klünder und den Doktor Trimborn vorzuführen gedenke, sie wolle sich dann ihr Strickzeug nehmen, denn wenn sie ihn sagen höre, „Also, da kannte ich mal einen Fritze Klünder . . .", dann befalle sie unbezwingbare Müdigkeit.

„Das einzige, was mich wach hält, sind deine Varianten: aus dem Fritze ist im Laufe der Jahre ein rechter Teufelsbraten geworden, und dem Zwiebelonkel wird es sicher nicht besser gehen."

Fritze Klünder war ein Bauer aus einem Ort unweit von Paren. Aber nicht dort hatte ihn Robert getroffen. Er hatte ihn im Lager kennengelernt, nach einer langen Zeit vergeblichen Suchens nach einem Landsmann.

Landsmann war nicht ganz der richtige Ausdruck, denn Robert zählte sich immer noch zu den Hamburgern, aber immerhin hatte er, bevor er Soldat geworden war, in Paren gewohnt, und seine Mutter, von der er jahrelang nichts gehört hatte, wohnte jetzt noch dort, und er wußte auch nicht, wie Paren den Krieg überstanden hatte.

Damals gab es schon die Selbstverwaltung, und Robert gehörte dazu. Jedesmal, wenn neue Leute aus einem Nebenlager zu einem Lehrgang nach Warschau kamen, sah Robert ihre Papiere durch und suchte nach jemandem aus Paren.

Und eines Tages fand er einen, den Bauern Fritz Klünder aus Griesow. Der wußte zwar auch nicht viel von Paren, aber Robert und er hockten doch jeden Abend beieinander und zählten die Pflastersteine der heimatlichen Straßen auf.

Robert besorgte dem Landsmann einen Platz in seiner Baracke, in der es wohnlicher war als in den anderen, weil hier die alten Warschauer lebten; er verschaffte ihm ein anderes Arbeitskommando als das beim Straßenbau, das traditionsgemäß den Neuen vorbehalten war; er schenkte ihm seinen Tabak und gab ihm von seinem Essen ab, und schließlich tat er sogar etwas völlig Unzulässiges für ihn: Er schwindelte ihn auf die Liste der ersten Heimkehrer.

Das war nur mit vielen Winkelzügen möglich, aber es glückte, und eines Herbsttages fuhr Fritze Klünder in die Heimat, ein Jahr früher als Robert Iswall.

Als Robert dann schließlich selber nach Hause kam, hatte er zunächst anderes zu tun, als nach Klünder zu sehen; Nußbank hielt ihn in Atem und die Mädchen auch, aber einmal kam er doch auf einer Reparaturfahrt in die Nähe von Griesow.

Er suchte Klünders Büdnerstelle, doch der Hofherr war nicht da. Seiner Frau, einem mürrischen Weib, schien Roberts Name nichts zu sagen; sie sah ihn mißtrauisch an und ließ sich nur schwer die Mitteilung abringen, ihr Mann sei auf dem Feld, dahinten an der Bahnlinie.

Als Robert den Hof verließ, sah er sich unwillkürlich nach den sechs Kindern um, die er der armen Frau Klünder angedichtet hatte, damit sie ihren Mann eher als andere zurückbekam. Der Hof war groß, aber er war leer.

Fritze Klünder war auf dem Weg zum Mittagessen, als Robert ihn traf, und wenn Robert einem interessierteren Publikum, als Vera es war, diese Begegnung schilderte, dann stand er auf, um die Grundhaltungen der beiden handelnden Personen anzudeuten.

Einmal stand er breitbeinig da, so, als suchten seine Füße Halt in einem aufgeweichten Feldweg, und er reckte seinen Kopf nach oben zu jemandem, der weit über ihm thronte, und die Hände stützte er auf ein imaginäres Fahrrad, und wenn er die Person wechselte, dann blieb er auch stehen, weil er nun auf seine Zuhörer hinabblicken mußte, aber er deutete dabei die Haltung eines Sitzenden an, eines behäbigen Mannes mit Zügeln in Händen auf einem sehr hohen Kutschbock.

„Als er heran ist, sehe ich, richtig, es ist mein Fritze Klünder. Aber er erkennt mich wohl noch nicht; er läßt seine beiden Zossen ruhig weiterzuckeln; so richtig fette Gäule waren das; die wären glatt über mich rübergetrampelt, wenn mein Fritze Klünder nicht im letzten Moment so ein halb knurrendes ‚Brrr' hervorgebracht hätte. Da hatte ich aber schon vorsichtshalber ‚Tag, Fritz!' gesagt. Der Wagen hält, ich winke zu Klündern rauf, und der äugt mich an, als wäre ich ein Knüppel, der ihm im Wege liegt. Am Ende sagt er aber doch: ‚Tach'.

Ich schiebe mein Rad vorsichtig durch den Matsch an den fetten Gäulen vorbei, so daß ich nun unter seinem Kutschbock stehe, und da warte ich; ich denke, der wird ja wohl absteigen.

Ich hatte wirklich nicht angenommen, daß der von seinem Bock runterspringt und mir um den Hals, aber ein bißchen mehr an Begrüßung hatte ich doch erwartet; sagen wir mal, ich hatte erwartet, er würde ‚Tag, Robert!' sagen, aber nee, ‚Tach', sagt er.

Hat mal einer gehört, wie ein Kuhfladen auf die Erde fällt, auf weiche Erde? So ungefähr klang das, als mir mein Fritze Klünder um den Hals fiel. Klatsch, aus!

Ich stehe da nun mit meinem Fahrrad unter seinem Kutschbock und gucke rauf zu ihm, und er guckt von seinem Kutschbock runter auf mein Fahrrad.

Am Ende sage ich, mit einem Blick zwischendurch auf die fetten Hinterteile der beiden Gäule: ‚Na, geht's dir gut?'

Er tut, als müßte er die Frage erst mal gründlich mit sich bereden, dann guckt er geradeaus und sagt: ‚Ach.'

Er traf genau den Ton von seinem ‚Tach'.

Darauf war schwer etwas zu erwidern, und es fiel mir auch nichts ein.

Ich ärgerte mich zwar schon, aber ich sagte mir, Fritze hat Sorgen, vielleicht hat er inzwischen doch die sechs Kinder, können ja Sechslinge gewesen sein, und die haben alle sechs Mann hoch die Masern, wer weiß, laß ihm man Zeit.

Die Zeit vergeht; die beiden fetten Gäule zeigen mir ihre fetten Hinterteile, langsam steigt mir die Nässe in meinen linken Schuh, vor meiner Nase habe ich die dicken Stiefel von Fritze Klünder, und der Kerl, der darin steckt, mein oller, ehrlicher Lagerkamerad Fritze Klünder sagt nicht hüh und nicht hott.

Aber schließlich sagte er dann doch noch hüh und fuhr los.

Moment, nun nicht gleich was Falsches von Fritze Klünder denken! Er ließ mich doch nicht ohne jede Erklärung da auf dem Feldweg stehen. Die Erklärung gab er mir schon noch, bevor er hüh sagte.

Fritze Klünder, der gute, alte Kumpel, ließ mich von der Höhe seines Kutschbocks wissen: ‚Tschä, nu möt ich woll na Middag hen!‘, und dann erst sagte er hüh.

Fritze mußte essen fahren, dieser geplagte Ackersmann, und ich stand da, nicht gerade verhungert, aber es war Anfang neunundvierzig, und als ich dem Wagen nachsah, konnte ich zu seiner Rechten wie zur Linken je eine fette hintere Pferdehälfte herüberwinken sehen, und mir war, als zeigten mir die Gäule mit Absicht ihren vollgefressenen Arsch, und den von Fritze Klünder auf dem Kutschbock sehe ich heute noch.“

Vera mißbilligte diesen Schluß; sie sagte: Robert sei bei früheren Vorträgen der Fritze-Klünder-Story auch ohne so drastische Ausdrücke zurechtgekommen, überhaupt möchte sie doch bemerken, daß die Pferde, soweit sie die Geschichte noch bis zu ihren Ursprüngen zurückverfolgen vermöge, von Mal zu Mal fetter geworden seien, und das mit dem Wasser im linken Schuh, das sei wohl die letzte Neuerung.

„Ich sehe den Tag kommen“, sagte sie, „da stehst du da – bleib doch bloß mal sitzen, wenn du was erzählst! – und berichtest deinen staunenden Enkeln, du habest Fritze Klünder einmal in einem Dschungel bei Bombay den Tigern entrissen, und dann, eines Tages, ich hatte mit meinem kleinen schäbigen Segelboot Schiffbruch im Indischen Ozean gelitten und trieb schon wochenlang durch das Meer, und an meinem linken Fuß nagten die Haifische rudelweise, da kam eine gewaltige Luxusjacht von Backbord, und wen sehe ich auf der Kommandobrücke: meinen alten Freund Fritze Klünder. Ich rufe: Tag, Fritz – an dieser Stelle wirst du wohl festhalten, die klingt so lässig-männlich und bescheiden –, und mein Fritze Klünder beugt sich behäbig über die Reling, sagt nicht einmal Tag, Robert, sagt nicht einmal Tach, spuckt nur in die See neben mich, klatsch, und fährt mit seiner Luxusjacht in die untergehende Sonne. Und aus der Ferne sehe ich noch, dieweil ich eben versinke, was Fritze Klünder an Bord da treibt: Er tätschelt seine sechs Reitpferde, die er stets mit sich führt, und füttert sie mit faustgroßen Zwiebeln ..."

„Fressen Pferde überhaupt Zwiebeln?"

„Wenn du jemanden richtig auf dem Kieker hast, läßt du ihn seine Pferde mit noch ganz was anderem füttern", sagte Vera. Damit war sie bei einem ihrer Lieblingsthemen: Roberts Maßlosigkeit, seiner maßlos maßlosen Maßlosigkeit ...

Unserem braven Städtchen hier, dachte Robert, während er über den Platz der Befreiung ging, kann man von allen Vorwürfen den der Maßlosigkeit sicher nicht machen; das hält sich tapfer an die Tugend seiner sieben Jahrhunderte und wächst mit dem Tempo einer Schildkröte. Immerhin sind ja inzwischen zu der Universität und der Bierbrauerei von dunnemals noch eine Möbelfabrik und ein Kleiderwerk gekommen, und auf dem Platz der Befreiung kann man nun doch schon, der Autos wegen, nicht mehr Fußball spielen, aber sonst, rein äußerlich wenigstens, hält der Ort allen Versuchungen der Moderne stand, und wenn man hier etwa einen Film über die ABF der ersten Jahre drehen wollte, dann brauchte man nicht allzuviel zu kaschieren.

Ein paar HO-Schilder müßten verschwinden; da drüben zum Beispiel, wo jetzt „Obst und Gemüse“ steht, müßte wieder „Kolonialwaren“ geschrieben stehen, und vielleicht könnte man den dicken Krämer und Ölschieber mit seiner schmuddeligen Schürze in die Tür stellen; die Neonschrift „Haus der Thälmann-Pioniere“ müßte natürlich auch weg, da gehörte wieder „Raiffeisen-Bank“ dran; das Restaurant hätte wieder „Nettelbeck-Haus“ zu heißen und der Platz der Befreiung wieder Pommernplatz.

Das könnte überhaupt eine Szene geben: Wie die ABF gegen den Namen des Platzes protestiert und wie der ganze Verein einen Tag lang immer rum ums Rondell marschiert, ein Riesentransparent vorneweg, und auf dem steht: „Pommernland ist abgebrannt, neu ist unser ganzes Land; wann wird dieser Platz nun umbenannt?“

Doktor Fuchs hatte zwar ob der Holprigkeit der Verse die Nase gerümpft, und er hatte darauf bestanden, daß wenigstens das zweite Komma durch ein Semikolon ersetzt werde, aber er war dann brav mitmarschiert, und für ihn war es vielleicht am schwersten gewesen, denn unter den Bürgern am Rande des Platzes standen einige seiner Kollegen aus der alten Oberschule und auch ein paar seiner Sängerfreunde aus der Städtischen Liedertafel.

Selbst Schika war mitmarschiert, aber der hatte zum Zeichen seiner geistigen Abwesenheit von diesem Tun einen Rechenschieber mitgeführt, ihn immer wieder betrachtet und dann die Wolken am Himmel, so daß ein jeder sehen konnte: nur seine Beine waren es, die hier politisches Pflaster traten, sein Geist aber weilte tief unten bei den Quadratwurzeln.

Der Alte Fritz und Angelhoff waren vorangegangen, unter dem Transparent, das die beiden Stämmigsten, der Aktivist Blank und der Fußballspieler Trimborn, getragen hatten.

Von Zeit zu Zeit überließ der Alte Fritz Angelhoff allein die Führung. Er scherte aus und ließ den Zug an sich vorbeimarschieren, aber keineswegs, um die Parade abzunehmen, sondern lediglich, um allen zu erklären, wenn er jetzt da für eine kurze Weile im Nettelbeck-Haus verschwinde, so nicht, um sich zu laben, sondern nur, um ein weiteres Gespräch mit dem Bürgermeister zu führen und zu sehen, ob die Festung noch nicht sturmreif geschossen oder gar schon zur Kapitulation bereit sei.

Der Bürgermeister war, das konnte man Völschows Verhandlungsbericht entnehmen, von dem ungewohnten Ereignis völlig überrannt worden: eine Demonstration in seinem friedlichen Städtchen, eine Demonstration der eigenen Leute, Aufruhr, und nun gar des Verdachtes wegen, er, der Bürgermeister, könne dem Revanchismus huldigen, und nur, weil er schrittweise vorzugehen gedacht habe – erst die schlimmsten faschistischen Straßennamen weg, dann die mit den Schlachtenbezeichnungen und jene, die an Feudalismus und Preußenherrlichkeit erinnerten, und schließlich auch die, die ihrer Natur nach zwar harmlos, aber dennoch geeignet waren, gewisse Mißverständnisse hervorzurufen –, schrittweise und demokratisch, dies vor allem sei zu bedenken, demokratisch, und das bedeute, der Stadtrat habe da zu beschließen, ein Bürgermeister sei kein selbstherrlicher Regent, er sei der beauftragte Vertreter eines demokratischen Stadt- und Staatswesens, dies möge auch der Kollege Völschow respektieren und seine ungebärdigen Schüler zurückpfeifen.

„Selbstverständlich", sagte der Alte Fritz in seinem Bericht, den er den Studenten, die sich während der nächsten Runden unter dem Transparent um ihn drängten und dabei aufpaßten, daß Völschow nicht fiel, weil er beim Sprechen rückwärts ging, „selbstverständlich habe ich den Genossen Bürgermeister darauf hingewiesen, daß ihr nicht Schüler, sondern ABF-Studenten seid, nicht ungebärdig, sondern voll proletarischer Ungeduld, und schon gar keine unreifen Waisenknaben, die man zurückpfeifen kann, sondern prächtige Repräsentanten des Neuen, durch deren beherzten Einsatz des Geistes Licht und des Wissens Macht in ihre eigentliche Heimstatt, ins Volk, zurückgeführt werden, aber in puncto Demokratie mußte ich dem Genossen Bürgermeister ebenso selbstverständlich recht geben. Ihr erinnert euch sicher so genau wie ich daran, wie wir im vergangenen Jahr die darauf Bezug nehmende selbstkritische Stellungnahme des Zentralorgans ausgewertet haben, und diese Lehre sollte uns eine bleibende sein."

Es gab keinen, der sich nicht erinnerte. Drei Tage lang hatten sie einen redaktionellen Artikel des „Neuen Deutschland" durchgearbeitet, Satz für Satz, und wenn es nach Angelhoff gegangen wäre, hätten sie den Aufsatz auswendig gelernt. Er trug die Überschrift „Selbstkritische Stellungnahme zu einem redaktionellen Fehler", und drei Tage lang bewirkte er, daß sich die gesamte Fakultät zerknirscht mit dem Wesen der Demokratie beschäftigte.

„Jene Redakteure", sagte Angelhoff, „sind unsere Redakteure, und ihre Fehler sind auch die unsrigen, und so müssen wir auch mit ihnen eins sein in selbstkritischer Haltung."

Fast war es so, als wäre es jeder einzelne der ABF-Studenten und -Dozenten gewesen, der das Wort „demokratisch" aus einer Meldung fortgelassen hatte, aber in Wirklichkeit hatten nicht einmal die Redakteure der Zeitung den Fehler begangen; ihr Vergehen bestand darin, das Fehlen des Wortes nicht bemerkt zu haben, als sie eine Meldung des Nachrichtendienstes übernahmen.

Zu weniger selbstgestrengen Zeiten hätte man vielleicht darauf verwiesen, daß das Wort zwar in der Wiedergabe eines Stalin-Telegrammes gefehlt hatte, nicht aber in den diversen Kommentaren, die zu eben diesem Telegramm in eben derselben Zeitungsnummer veröffentlicht worden waren, aber im November des Jahres 1949 war die einzige Auslassung eine Unterlassung, die gewaltige Folgen haben mußte, unter anderem eine „Selbstkritische Stellungnahme zu einem redaktionellen Fehler“ und an der Fakultät eine dreitägige Diskussion über das Wesen der Demokratie, die Herkunft des Wortes an sich, seine ursprüngliche Bedeutung, die Wandlung dieser Bedeutung, ihren Mißbrauch durch Bürgertum und Monopolherren – bei genauer Würdigung der zunächst progressiven Rolle, die der Begriff etwa in der Mitte des neunzehnten Jahrhunderts gespielt hatte –, ihre Verfälschung durch die rheinischen Separatisten und ihre endliche Verwirklichung im neuen Staate der Arbeiter und Bauern, denn wie hatte Stalin telegrafiert? Er hatte nicht gedrahtet: „Es lebe und gedeihe das einheitliche, unabhängige, friedliebende Deutschland!“; er hatte vielmehr depeschiert: „Es lebe und gedeihe das einheitliche, unabhängige, demokratische, friedliebende Deutschland!“; und das war ein Unterschied, der zwar in keinem Kommentar und in keiner Rede behandelt worden war, da deren Verfassern der vollständige Telegrammtext vorgelegen hatte; aber einmal eben hatte ein Wort gefehlt, und das ausgerechnet im Zentralorgan, und die Folgen waren unabsehbar, und die Lehre war in der Tat eine bleibende.

Robert glaubte sich auch zwölfeinhalb Jahre später noch imstande, einen freien Vortrag über die wechselhafte Geschichte der Demokratie zu halten und dabei mit dem in der dreitägigen Diskussion gewonnenen Material auszukommen.

Allerdings glaubte er ebensogut in der Lage zu sein, anhand des gleichen Materials, jedoch unter Hinzufügung der Umstände, unter denen es erarbeitet worden war, und nach Einbeziehung der Ereignisse, die während des Protestmarsches um den Pommernplatz stattgefunden hatten, eine Beschreibung dogmatischer Phänomene liefern zu können.

Er übertrieb bestimmt nicht, wenn er annahm, daß die einmalige Auslassung des kostbaren Stalinwortes, dieses kleine Versehen eines überanstrengten und wortmüden Redakteurs, nicht nur an seiner Fakultät, sondern auch an allen übrigen des Landes und nicht nur an den Universitäten, sondern an sämtlichen Schulen, in den meisten Betrieben, in allen Parteiorganisationen und sicher auch in jeder Gruppe des Jugendverbandes und manch anderen Verbandes noch ebenso intensive Erörterungen über das Wesen der Demokratie ausgelöst hatte, und so konnte man sicher sagen: Das allgemeine Bewußtsein von der Demokratie war in den Tagen nach der „Selbstkritischen Stellungnahme zu einem redaktionellen Fehler" im ganzen Lande um ein vielfaches vertieft worden.

Dieser Gewinn verlor auch dann nichts von seinem Umfang, wenn man bedachte, daß an dem gesamten, von Selbstbezichtigungen gespeisten Lernaufwand nur eine unglückliche Schlafmütze schuld gewesen war. Aber ebenso gewiß war, daß nicht nur der eine Student Fiebach über alldem den Kopf verloren hatte.

Nicht einmal an der Fakultät war Fiebach der einzige gewesen, der zwar das Fehlen des Wortes in der Telegrammwiedergabe, aber ebenso auch sein Vorhandensein in den Kommentaren bemerkt hatte, und nicht er allein hatte gefragt, ob denn nicht die Erläuterungen längst wettgemacht hätten, was durch die Verstümmelung des Dokumentes verlorengegangen war.

Oh, Angelhoff hatte ihm Bescheid gegeben! Ob sich der Herr Student etwa klüger dünke als die Genossen im Zentralorgan, hatte er gefragt, ob er vielleicht meine, die Redakteure hätten nicht gewußt, was sie taten, als sie die selbstkritische Stellungnahme verfaßten, ob er wirklich glaube, man könne mit den Worten des Völkerführers nach Belieben verfahren, ob er sich überhaupt bewußt sei, wieviel auch er, der ehemalige Mechaniker Fiebach, dem Sohn des Schuhmachers aus Gori verdanke, ob er denn jemals über die Rolle der Sowjetunion nachgedacht habe und ob er sich am Ende herauszuhalten gedenke, wenn es um die Herstellung eines einheitlichen, unabhängigen, demokratischen, jawohl, demokratischen, friedliebenden Deutschland gehe.

Fiebach hatte zwar zu erklären versucht, was er mit seiner Frage gemeint habe, doch er war nicht durchgedrungen, und dann hatte er geschwiegen und gemeinsam mit den anderen das Wesen der Demokratie studiert.

Aber ein halbes Jahr später, während des Marsches um das Rondell, als der Alte Fritz an die November-Diskussion erinnerte, da kam heraus, daß Fiebach all das noch lange nicht verstanden hatte. Er habe darüber nachgedacht, sagte er dem rückwärts marschierenden Alten Fritzen, er habe ein halbes Jahr darüber nachgedacht, und er müsse nun doch sagen, so viel Geschrei bei so wenig Wolle sei doch übertrieben gewesen.

Von da an demonstrierte auch Angelhoff im Rückwärtsgang.

„Aha, na bitte, na also", zischte er, „deine Erkenntnis von damals war demnach nichts als die pure Heuchelei. Du bist durch dein vorgetäuschtes Einverständnis nur der weitergehenden Auseinandersetzung ausgewichen, Fiebach. Du wolltest nur deine kleinbürgerliche Ruhe haben, Fiebach. Du wolltest dich wohl in deinen Plänen nicht stören lassen, wie? Was sind also deine wirklichen Pläne, Fiebach? Und warum wirfst du diese erledigte Frage gerade jetzt wieder auf, jetzt, in dieser revolutionären Situation? Heraus damit, Fiebach! Gefällt es dir nicht, daß wir den Namen dieses Platzes ändern wollen? Und ist es womöglich deine Aufgabe – ich frage noch nicht, von wem du diese Aufgabe bekommen hast; noch frage ich das nicht – zu verhindern, daß die Ansatzpunkte zu revanchistischem Denken, wie es der Name dieses Platzes ist, aus unserer Stadt verschwinden, Fiebach? Es ist jetzt nicht die Zeit, diese unerhörte Angelegenheit in allen Einzelheiten zu verfolgen, und wir werden uns in unserem revolutionären Tun nicht durch eine solche Provokation behindern lassen, aber wir sprechen uns noch, Fiebach!"

Sie hatten einander nicht mehr gesprochen, weder Angelhoff und Fiebach, noch sonst jemand und Fiebach, weder in dieser Sache noch in einer anderen.

Fiebach, dessen Name von da an in allen Versammlungen immer wie Viper geklungen hatte, war am nächsten Morgen nicht mehr da, und niemand hatte je wieder etwas von ihm gehört.

Der Name des Platzes war noch am Sonntagnachmittag in Platz der Befreiung geändert worden; der Bürgermeister selbst hatte, nachdem er von seinem aus dem Mittagsschlaf gerissenen Stadtrat dazu ermächtigt worden war, eine Papptafel mit der neuen Bezeichnung über das revanchistische Schild gehängt, und vor diesem Erfolg zählte der Verlust des Mechanikers Fiebach nicht so sehr.

Freilich, wenn man heute über den Platz ging, dann dachte man anders darüber; man dachte zwar nicht, daß der Name Pommernplatz hätte bleiben sollen, so schön war er nun wirklich nicht, aber man dachte doch, daß der Mechaniker Fiebach hätte bleiben sollen, und jetzt verstand man auch den Zorn, mit dem der Kreissekretär Haiduck über einen hergefahren war, damals, als es zu spät gewesen war.

Haiduck erfuhr davon erst, als er am Montag von einer Beratung der Landesleitung zurückgekommen war, und er fluchte ausgiebig.

„Nun soll mich doch gleich“, sagte er, „werdet ihr denn von allen sieben Teufeln geritten? Ihr sollt hier nicht die Radikalinskis spielen; ihr sollt Bruchrechnung lernen und Gedichte und Russisch und hoffentlich auch mal Spanisch. Merde, verdammte, könnt ihr euch keine größeren Brocken vornehmen als den dämlichen Pommernplatz? Den Namen sollte man ändern, jawohl, aber ändert ihr mal erst euren Kopf, euern und den von ein paar Millionen lieben Landsleuten. Aber das war euch wohl nicht groß genug, was? Nebbich, so ’n bißchen Umdenken, das bringt ihr schon, da latscht ihr im großen Haufen einen Tag lang rund um einen Platz und pfuit, weg ist der Revanchismus. Daß nebenbei auch noch ein paar Leute weglaufen, das zählt nicht; ihr habt ja Revolution gemacht! – Wer ist denn bloß auf diese alberne Idee gekommen?"

„Ich", sagte Robert, und er setzte hitzig hinzu: „Ich war in Polen in Gefangenschaft, und in meinem Lager stand über dem Tor ein Spruch: ‚Gefangener, wenn du nach Hause kommst, bekämpfe den Krieg!', so!"

„Iswall, du bist ein Affe, so! – Bekämpf doch den Krieg, aber nicht, indem du hier einen Zirkus aufziehst. Studiere Physik oder von mir aus auch Polnisch, bis dir der Schädel platzt, und dann hau die Kriegmacher in die Pfanne, aber spring hier nicht mit einem roten Tuch herum, und kein Stier ist da, und am Ende ist auch kein Fiebach mehr da, oder wie der Kerl heißt!"

„Dem hab doch nicht ich angst gemacht, Genosse Haiduck, das war Angelhoff!"

„Ja, und da hast du deine Riesenklappe gehalten, was? – Wenn ihr sagt, der Fiebach ist ein ordentlicher Kerl gewesen, hat ordentlich gelernt und wollte bloß alles immer ein bißchen genauer wissen, warum habt ihr dann Angelhoff gestern nicht gebremst? Vielleicht hat er den Fiebach richtig eingeschätzt und ihr ihn falsch, aber umgekehrt ist genauso möglich, aber jetzt ist das alles nur noch theoretisch interessant; Fiebach ist über die Berge, und die Stimmung bei euch an der Fakultät ist natürlich großartig, was? Ihr habt ja eine gewaltige Klassenschlacht geschlagen, einen Platz umgetauft, man denke, und euch die Igelitsohlen durchgelaufen. Jetzt haben wir einen Platz der Befreiung und einen künftigen Ingenieur weniger, eine feine Rechnung ist das, santa madonna! Jetzt könnt ihr aber die Nase hoch nehmen, wenn ihr über euren Platz der Befreiung marschiert. Ich wiederhole: Iswall, du bist ein Affe!"

„Einverstanden", sagte Trullesand, „aber Iswall ist ja nun nicht alleine um den Platz marschiert; das Schild mit ‚Pommernland ist abgebrannt' habe ich gemalt, und Doktor Fuchs hat das Semikolon reingebracht, und der Direktor ist mit Genossen Angelhoff vorangegangen und wir alle hinterher. Wenn hier die Frage gestellt wird, wer ist ein Affe, denn muß auch die Frage gestellt werden, wer ist keiner und warum nicht."

„Die stellen wir", sagte Haiduck, „keine Sorge, amigo, genau die Frage werden wir stellen. Donnerstagabend habe ich eine Sitzung, die ich absagen kann, da machen wir bei euch Versammlung. So, und jetzt raus, sonst kriege ich Ärger mit Lola!"

Robert fand einen freien Tisch an der Fensterseite des Restaurants, von dem aus er auf den Platz der Befreiung sehen konnte. Er hatte keinen Bekannten getroffen, und auch im Lokal sah er kein Gesicht, zu dem er noch den Namen wußte.

Für eine Filmszene mochte es vielleicht genügen, wenn man die neuen Schilder und Schriften gegen die alten vertauschte und einen Haufen Komparsen in ärmlicher Kleidung auf den Platz triebe, aber Robert Iswall würde sich diesen Film nicht ansehen. Es würde doch nur alles auf den falschen Bart hinauslaufen, auf die falsche Ärmlichkeit und das falsche Pathos.

Und das sollen wir gewesen sein? Diese strammen Maxe da, denen der Regisseur Entschlossenheit eingebimst hat, diese gebleichten Kleindarsteller im Nachkriegsgrau von der Requisite, diese Gagenempfänger mit den gläubigen Augen, diese Waisenknaben auf Honorarbasis, diese „Durchs Gebirge, durch die Steppe"-Sänger aus dem „Fliegenden Holländer", diese Choristinnen mit den modischen Büstenhaltern unter den zerfransten Pullovern, diese Bannerträger, weil es die Kunst so will, diese Eroberer im Namen der Regie, diese Hans Albersse und Marika Rökkchen – „Hoppla, jetzt kommt die Bildungsrevolution!" und „Joi, was das Lernen Spaß macht!" –, diese drehbuchgetreuen Transparentler, diese kamerawilligen Sechserreihen, diese spielfilmgerechten Vorwärtsler, dieser ganze

Bildungshunger in Cinemascope und Farbe – das sollen wir gewesen sein?

Oh, Kinder, laßt die Finger davon!

Ich sage schon nicht, daß es auch riechen müßte in eurem Film, wenn er halbwegs echt sein sollte; das ist wahrscheinlich ein Tick von mir, Iswalls bekannter Nasentick; den könnt ihr nicht berücksichtigen; da fehlen euch vorerst die technischen Voraussetzungen, um nur von denen zu reden, und selbst, wenn ihr eines Tages so weit seid – woran keiner zweifeln möchte –, so weit, daß im Vorspann neben dem Namen der Dame, die für die Darstellerin der Vera Bilfert den originalgetreuen Pullover strickte, jedoch aus besserer Wolle, und dem des Friseurs, der dem Verkörperer des Gerd Trullesand die schwarzen Locken gab, und neben all den anderen Künstlernamen auch der des Verantwortlichen für Gerüche erscheint, selbst dann wird es euch schwerfallen, die Szene so riechen zu lassen, wie ihr Vorbild einst roch.

Boddenluft, Stadtluft und Landluft mengten sich damals über dem Pommernplatz, und das tun sie auch heute noch über dem Platz der Befreiung, und das müßte ein geschickter Ruchmixer eigentlich hinkriegen. Aber Vorsicht, Freund Nasenbetreuer, schon das ist nicht einfach. Gewiß, Stadt-, Land- und Boddenluft sind in vielem, in ihrem Grunde noch heute denen von damals gleich, aber bedenke, teurer Geruchskomponist: Auf dem Bodden fahren heute Schiffe, Logger auf Probefahrt von der Werft in der Stadt nebenan, Fischdampfer die Menge, Patrouillenboote der Volksmarine, die es damals auch noch nicht gab, und du hast Glück, mein lieber Riechstoffmischer, daß es in deiner Filmszene März ist und so wahrscheinlich auch zur Drehzeit, da fehlen wenigstens die Urlaubsdampfer der Weißen Flotte, deren Dieselabgas du sonst zusammen mit dem der anderen Schiffe aus dem Boddenwind herausfiltern müßtest, solange, bis er wieder der gute, alte, reine Boddenwind von damals wäre.

Und mit der Landluft, verehrter Kollege Gerucher, oder wie du auch geheißen werden magst, mit der Landluft wirst du den gleichen Ärger haben. Die ist auch schon lange nicht mehr das, was sie neunzehnfünfzig war. Nimm also wieder deinen Filter gegen Dieselqualm; es ist März, Kollege Riecheur, und im Märzen der Bauer die Rößlein einspannt, aber die Rößlein werden hier in der Gegend immer seltener und der Bauer wird langsam ein anderer als jener, der auf den schönen alten Bildern zu sehen ist, wo er noch der Sämann ist und ein erbaulicher Anblick; jetzt steigt der eine Bauer im Märzen auf die Drillmaschine und der andere Bauer auf den Traktor davor, und beide sind in einer LPG, und die hat nicht nur den einen Traktor, und rings um den Platz der Befreiung gibt es mehr als eine LPG, und darum ist heute auch die Landluft über dem Platz nicht so, daß du sie ungefiltert verwenden könntest.

Auch tust du gut daran, dich zu erkundigen, ob nicht im Märzen auch Kali- oder Stickstoff- oder sonstwelche Kunstdüngerpartikelchen die Landluft durchschweben. Wenn ja, dann her mit deinem Sieb, du Filmbedufter, denn die müssen raus, wenn du die Luft von damals haben willst, weil im Märzen fünfzig noch nicht das Chemieprogramm und andererseits die Reparationen ... aber das weißt du ja wohl.

Bleibt noch die Stadtluft. Bei der kommst du schon gar nicht mehr bloß mit Filtern und Sieben aus; aus der muß nicht nur manches heraus, in die muß auch manches hinein.

Ich sage nur: Motorisierung. Die muß natürlich raus aus der Luft, wenn du sie glaubhaft machen willst.

Ich sage ferner: Kleiderwerk, Möbelfabrik, Erweiterung der Bierbrauerei. All das riecht auf seine Art, und all das muß raus.

Raus aus dem Himmel über dem Platz der Befreiung muß die Duftblüte des Kaffees aus Übersee, und rein in den Himmel über dem Pommernplatz mit dem Blümchen von Zichorie! Weg mit dem Speck-und-Zwiebel-Duft, her mit Binos, damals noch Maggis einziger Würze! Fort mit der Butter, her mit der, ach du lieber Gott, das hieß doch wohl damals schon allen Ernstes Margarine... Blast fort den – na ja, seien wir mal nicht so – edlen Rauch der Warnow und Orient, und pustet und hustet herbei die Sondermischung, den Selbstgebauten und ach, die Gabe der Freunde, den lieblichen Machorka!

Ist damit nun endlich heraußen, was unhistorisch röche, und alles herinnen, was damals in der Luft gelegen war?

Fast alles, du geplagter Vertreter der Abteilung Nase im Ton- und Lichtspielwesen; jetzt mußt du nur noch die weiblichen Anlieger des Platzes der Befreiung bitten, für die Dauer der Dreharbeiten den Verbrauch von Schwarzem Samt und Gerdeens Nagellackentferner und Badusan auf das äußerste einzuschränken; jetzt brauchst du lediglich noch den Kinderchen die Lilienmilch-Erzeugnisse fortzunehmen und mußt allerdings gleichzeitig versuchen, ihnen einzureden, daß die essigsauren-klitschig-grauen Tonklumpen mit der Inschrift RIF auch Seife seien – „gewiß doch, Sand scheuert nicht nur den Magen, er ist auch gut für die Haut, und wenn ihr lange genug mit Wasser nachwischt, geht auch die Seife wieder runter und damit auch die Haut und damit auch der Dreck" –, und, o ja, die Männer um den Platz der Befreiung mußt du bewegen, für wenige Filmtage zur Naßrasur zurückzukehren, sonst fehlt dir am Ende doch noch eine entscheidende Duftkomponente in der Stadtluft über dem Pommernplatz.

Riecht nun alles richtig?

Ja, ich denke schon; es riecht jetzt so richtig realistisch, und da es so und nicht naturalistisch riechen soll, Freund Nase, können wir den Stadtgraben außer Betracht – sagt man Betracht in diesem Falle? – lassen, der damals eine äußerst ungeklärte Angelegenheit gewesen ist, und auch den Bäcker am Pommernplatz lassen wir am besten fort, diesen Hund, der die Brotbleche mit Petroleum einzureiben und im so gewonnenen Öl private Pfannekuchen zu sotten pflegte.

Nun endlich sind für den, der eine Nase hat zu riechen,

die Stadtluft, die Landluft und die Boddenluft wieder so, wie sie sich an einem Sonntag im Märzen fünfzig über dem Platz und einigen hundert Demonstranten miteinander mengten, miteinander und mit dem natürlich, was aus dem Zuge zu ihnen stieg, und dies war nicht wenig.

Denn da unten wurde geatmet, geraucht und geschwitzt; da traf Märzenregen auf Zellwolle, auf ungebleichte Schafwolle und auf Mantelkragen aus Kaninchenfell, auf die wilden Loden der Jungen und die Kopftücher der Mädchen und die Hüte der Dozenten und auch auf sehr viel blanke Haut; fiel in Tropfen hernieder und stieg auf als ein Dunst und roch nach alledem, nur nicht nach Weihrauch und auch noch lange nicht nach dem Lorbeer der Sieger.

Aber nun kein weiteres Wort mehr über Düfte und Gerüche; kein Wort mehr sagt Robert Iswall darüber; er wird sich jedoch erlauben, auf einige andere und unweigerlich zu erwartende Gestaltungsprobleme eurer Szene hinzuweisen.

Erstens: Wenn ihr unbedingt einen Film machen wollt, macht keinen Farbfilm, Freunde. So bunt war das damals nicht. Nehmt ein scharf zeichnendes Schwarz-Weiß-Material; darauf bringt ihr fast alles naturgetreu unter.

Gewiß, das Transparent, das war schon aus rotem Tuch, aber welcher von euren Zuschauern würde es anders erwarten? Zeigt ihr ein Spruchband über den Köpfen der Menge, so braucht ihr keine Farbe dazuzugeben. Das tut schon euer Publikum; es kennt doch das Leben, und es kennt auch eure Filme.

Und weiteres Rot? Ach, die paar Flecken! Das Kopftuch von Irmchen Strauch, das Stückchen Korallenkette von Rose Paal, die Krawatte des Direktors und das Gesicht von Angelhoff, wenn er Fiebach wie Viper klingen läßt, die lohnen doch den kostspieligen Aufwand nicht. Es gab ja noch nicht einmal Lippenstifte genug zu jener Zeit im Märzen auf dem Pommernplatz.

Und die anderen Farben waren auch nur spärlich vertreten. Zwei Mädchen trugen den gleichen blauen Regenmantel, hin und wieder schneuzte sich einer der Jungen in ein blau-weiß kariertes Taschentuch, der Geschichtslehrer Riebenlamm marschierte in gelbgefärbten Seglerhosen, auch die Schiebermütze, die Meibaum über sein fehlendes Ohr geschoben hatte, war von verblichenem Gelb, Grün war schon eher vorhanden, viele Röcke der Mädchen waren grün, auch manche Jacken, und Jakob Filters Lodenmantel war von sattem Vorkriegsförstergrün, und Trullesands ellenlanger Schal, den ihm die Großmutter eigens für das Studium gestrickt hatte, der war in einem Drittel grün und in den beiden andern braun, aber sein Regencape war grau, und grau war hier entschieden die Farbe der Mehrheit.

Wozu also bei diesem verkümmerten Spektrum das teure Agfacolor?

Zum zweiten: Wenn ihr einen Tonfilm machen wollt, dann verseht euch ja mit scharfen Mikrophonen die Menge. Denn es verfängt nicht viel, wenn ihr mit Gablerwagen und Mikrogalgen nur neben der Spitze herfahrt. Dort könnt ihr zwar hören, was der Alte Fritz über seine Verhandlungen mit dem Bürgermeister zu berichten hat, und ihr seid auch dabei, wenn Angelhoff der Viper Fiebach seine scharfen Fragen stellt, aber den eigentlichen Ohrenschmaus, den findet ihr erst hinten im Zuge.

Die Aufnahme ist nichts ohne den prächtigen Orgelton des Fußballspielers und Fischers Trimborn, wenn er die Lieder von Spaniens Himmel singt und von der Schlacht vor Madrid und von der kühnen Division, die durchs Gebirge, durch die Steppe zog, und von der Eigenheit des Menschen, Stiefel im Gesicht nicht gern zu haben, und von den Kronstadt-Matrosen und von der Jugend, die jetzt ein Ziel vor den Augen hat.

Sie ist nichts ohne Vera Bilferts hohen Sopran, der zu den blutigen Liedern gar nicht passen will und das Aufbau-Lied so klingen macht, als sänge sie: „Jetzt gang i ans Brünnele ...“

Sie ist auch nichts ohne die völlig unmotivierten Singekringel, die Quasi Riek zwischen die Zeilen kräht, wann immer er noch Luft dazu hat.

Das ist erst der Gesang, doch es wird ja nicht nur gesungen bei dieser Demonstration gegen den widrigen Namen eines Platzes. Da wird auch gelacht, gerufen, geflüstert, gefragt und geantwortet, gestritten und geflirtet. Da werden Geschichten erzählt und Witze in allen Schattierungen. Da kriegt jeder Hut am Rande des Platzes seinen Senf; da melden viele ihren Hunger an, und ebenso viele schimpfen auf den Regen. Da werden ganze Filmdialoge wiedergegeben; hier ist „Tschapajew“ dran und dort „Der helle Weg“; der „Sturm über Asien“ wird von Trullesand mit wilden Säbelhieben dargestellt, und Robert Iswall zeigt, wie die Kühe in „Lustige Burschen“ an der Klingelschnur gezogen haben, und dann singen sie erst einmal wieder das Lied aus diesem Film, und zum Sportlermarsch findet sich ein ganzes Orchester.

Die beiden Russischlehrer verlieren sich ins Altbulgarische; Doktor Fuchs weiß ein passendes Gedicht zu diesem Tage: „Nun geht in grauer Frühe der kalte Märzenwind, und meiner Qual und Mühe ein neuer Tag beginnt“; Vera Bilfert erzählt auf der Runde um den Pommernplatz, wie sie mit ihren Brüdern im Handwagen durch Pommernland gezogen ist; Gerd Trullesand ruft den Serviererinnen aus dem Nettelbeck-Haus sein unvermeidliches „Hallo, Mädchens!“ zu; Heinz Gromoll fragt Olly Bärwald Lateinvokabeln ab; Hartmut Nagel und Dieter Knoll memorieren im Chor die Bodenschätze Labradors; Lilli Pfau weiß es in Mathe wieder einmal besser als der große Bernheyer, und Lieschen Stoll und Gerd Ludwig verzanken sich erneut über der Frage, ob die Bibel zur Allgemeinbildung gehöre, Gerd sagt nein, und Lieschen heult beinahe; Gerhard Trotzki beschreibt Hanne Patzwald den Geschmack von Huflattichtabak, und Karl-Heinz Ebeling schmust mit Ilse Käding, und dann bricht das alles ab, weil Quasi Riek gerufen hat: „Vor Madrid auf Barrikaden ... drei, vier!“

Das singen sie nun, und das kriegt ihr auch auf euer Tonband, aber was ihr nicht darauf kriegt, das ist, was sie denken.

Und darum drittens: Kinder, laßt doch lieber die Finger von diesem Film!

Oh, Robert Iswall weiß, was ihr sagen wollt. Ihr wollt sagen, wenn es danach ginge, könntet ihr vorerst überhaupt keinen Film machen, weil noch keine Mikrophone erfunden worden sind, mit denen man in das Denken hineinlauschen kann; und das Geraune über unbewegten Lippen, der per Kunstgriff hörbar gemachte innere Monolog, der hänge euch schon lange zum Halse heraus. Und dann, wollt ihr sagen oder vielmehr fragen, mit kaum gedämpfter Empörung fragen, was soll das überhaupt? Will dieser Herr Iswall etwa andeuten, es könne einen Gegensatz gegeben haben zwischen dem, was die jungen Demonstranten auf dem Pommernplatz sagten und sangen, und dem, was sie dachten? Nein, das will Robert Iswall nicht sagen, obwohl sich natürlich Einzelfälle vorstellen ließen... Nur keine Aufregung; er wird das erläutern.

Da ist zum Beispiel jener Fiebach, der in diesem Augenblicke gerade singt: „Du hast ja ein Ziel vor den Augen, damit du in der Welt dich nicht irrst." Er singt es, klar und laut, und er weiß genau, wenn das Lied zu Ende sein wird, dann wird sich Angelhoff wieder auf ihn stürzen, seinen Namen aussprechen als sei es der Name einer eklen Natter, und ihn mit Fragen bewerfen, die an einem hängenbleiben, und, hätten sie Gestalt, wie ein gezackter Fleck aussähen. Er singt: „... damit du weißt, was du machen sollst; damit du einmal besser leben wirst!" und er weiß im Augenblick so gar nicht, was er machen soll.

Man hat ihn hier denken gelehrt, mehr denken als bisher jedenfalls, und im Geschichtsunterricht bei Riebenlamm bekommt man sogar eine Eins für gescheites Fragen, aber nun hat er etwas nicht verstanden, hat gedacht, hat gefragt, weil er nicht irren wollte, hat wie alle ein Ziel vor den Augen, das gleiche Ziel wie sie, und versteht nur diese eine Sache nicht, und nun klingt sein Name wie Ottern und Schlangengezücht, und da dürfte sein Denken doch wohl ein bißchen anders klingen als das helle Lied von seinen Lippen.

Und dann ist da ein gewisser Karl-Heinz Riek, von seinen Kumpeln Quasi genannt.

Der organisiert hier den Marsch, die Sechserreihen und die Lieder. Der stimmt „Vor Madrid auf Barrikaden" an und ist in Gedanken vielleicht jetzt schon in Hamburg hinter dem Zapfhahn?

Aber nein, diese Vermutung nimmt Robert Iswall zurück, denn Quasi ist ja nicht am Tag nach der Demonstration hinter die fremde Theke entlaufen; er ist noch an die zweieinhalb Jahre an der Fakultät geblieben, ist nicht nur, und ausnahmslos der höheren Mathematik wegen, der Stolz des Doktor Schika gewesen, ist auch ein Kamerad gewesen und der Freund von Robert Iswall, hat sich in der Imitation attischen Bienensangs zu höchster Vollkommenheit gesteigert und hat die Kandidatin der Medizin und spätere Ärztin Hella Schmöde so geliebt, als habe er gewußt, wie nahe der Abschied war.

Nein, Quasi Riek kann damals im kalten Märzenwind, von der grauen Frühe bis zum siegreichen Nachmittag, an nichts anderes gedacht haben als an das überholte Namensschild auf dem Pommernplatz und an Lieder, die scharf genug wären, es fortzublasen.

Im ganzen stimmte das Denken der Marschierenden sicher überein mit dem, was in ihren Liedern war und in ihren Gesprächen. Aber dennoch fehlte der Szene ohne dieses Denken eine Dimension, und deshalb möchte Robert Iswall ihr nicht in einem Film begegnen.

Er würde aufstehen und rufen wollen: „Seht mal den da, Herrschaften, den mit dem Förstermantel! Das ist Jakob Filter und ein wunderlicher Mensch. Heute ist er ein hoher Waldverweser, sitzt in einem Ministerium und sieht vor lauter verwalteten Wäldern kaum noch einen grünen Baum, aber damals war er ein Forstarbeiter in der Mitte seines ersten ABF-Semesters. Damals begann er gerade, Löffel mit zwei f zu schreiben, und während er da marschiert, zittert er bei dem Gedanken an die nächste Biologiestunde, weil die Reihe der Kerbtiere nicht in seinen Kopf will, und das, obwohl er in seinem Walde mit allem, was da flog und scharrte, kroch und äste, vertraut war wie kein anderer. Aber Naturkunde ist lange nicht das schlimmste; da gibt ihm seine Erfahrung oft genug einen Vorsprung vor anderen, jedoch sind da noch neun weitere Fächer, und eines ist immer verzwickter als das andere, und Deutsch ist unter allen das Buch mit den meisten Siegeln. Nicht die Grammatik, die bringt man mit Fleiß in sich hinein; auch nicht die Rechtschreibung, die kann man immer und immer wieder üben. Aber, und das ist es, was an Jakob Filter so wunderlich ist: Er hat keinen Sinn für Wunder, er hat keine Phantasie; er versteht nicht, wieso er, der lernen will, wie man einen Bericht über Schößlingspflege oder die Bekämpfung von Geißblatt und Kiefernspanner (Bupalus piniarius) abfaßt, wieso er da ausgerechnet mit den Merseburger Zaubersprüchen beginnen soll. Er begreift nicht, warum ihn der Doktor Fuchs mit dem Parsifal und dem Begriff der ‚tumbheit' plagt, und warum es nicht genügt, wenn man sich ‚Dem Morgenrot entgegen' einprägt und diesen Walther von der Vogelweide auf seinem symbolischen Steine sitzen läßt, bis er daran anwächst. ‚Den Wolf soll er sich holen', sagte Jakob Filter erbittert, und bei Nacherzählungen versagte er ganz und gar. Dieser wunderliche Mensch hatte nämlich – so unglaublich es auch klingt, wenn von einem deutschen Kinde in einem deutschen Walde die Rede ist – in seinem Leben nicht ein einziges Märchenbuch gelesen. Das gibt es nicht, sagt ihr lieben Kinobesucher? Das gibt es doch. Ich weiß nicht, wie oft es so etwas gegeben hat, aber mit Jakob Filter war es so.

Und nun soll er an der Fakultät verzwickte Geschichten nacherzählen, und am Tag nach dieser Demonstration soll er die Kerbtiere in der Reihe haben, und die Teile, in die Gallien einmal zerfiel, und die Beziehungen zwischen Innen- und Außenwinkeln und die sechs Fälle von Вольность und die Gesetze des Solon, und bei alledem soll er noch singen: ‚Tragt über die Länder, tragt über die Meere die Fahne der Arbeitermacht!‘ “

Dies würde Robert Iswall dem Abbild des Jakob Filter hinzufügen wollen, wenn er es auf einer Leinewand gewahrte, und er würde den Zuschauern, die das alles doch nicht wissen können, noch ein paar Worte über den Begriff der Kühnheit sagen:

„So, Herrschaften, und nun fragt ihr euch hoffentlich, was eine Aufnahmekommission bewogen haben mochte, diesen unwissenden und wunderlichen Menschen in die Fakultät zu lassen. Ich weiß es nicht, ich ahne es nur.

Ich ahne, daß Jakob Filter dem Direktor Völschow wie das Urbild seines vielbeschworenen Waisenknaben vorgekommen sein muß; ich kann mir denken, daß Angelhoff hier sein pädagogisches Ideal von einem unbeschriebenen Blatt vor sich sah; ich vermute, daß den beiden Russischlehrern beim Anblick dieses mecklenburgischen Mushik die gesamte Literatur ihres Faches eingefallen ist und daß sie sich von sibirischen Beispielen bewegen ließen, als sie ‚Aufgenommen‘ sagten; ich stelle mir vor, daß Doktor Fuchs erschrocken den holprigen Sätzen Jakob Filters gelauscht und dabei etwas von seinen kommenden Qualen geahnt hat und daß er nur zugestimmt hat, weil ihm ein solcher Grad von Unwissenheit als auf die Dauer nicht duldbar erschien; ich glaube zu wissen, daß sich Schika von einem nicht unbeträchtlichen Ansatz zur Logik in Jakob Filters Proberechnungen zum Jawort bewegen ließ und daß Riebenlamm ja sagte, weil ihn die langen Denkpausen Jakob Filters überzeugten.

Sie alle können in dem Jakob Filter, der da vor ihnen gesessen hat, nicht viel mehr als eine vage Möglichkeit gesehen haben, aber die haben sie gesehen, und dafür sollen sie hochleben und auch dafür, daß sie diesen Jakob Filter am Ende doch durch das Abitur gebracht haben, nicht gerade an der Spitze des Jahrgangs neunundvierzig, aber auch keineswegs in der schwächeren Hälfte, und hochleben sollen sie deshalb, aber vor allem, weil sie in einer halben Prüfungsstunde kühn gewesen sind und in drei harten Lehrerjahren zäh und fruchtbar."

Dies würde Robert Iswall im Kinosaal sagen wollen und damit nur Anstoß erregen und aus dem Raum gewiesen werden, und dabei hätte er noch so viel mitzuteilen.

Im Grunde waren alle diese Demonstranten dem einen Jakob Filter sehr ähnlich. Sie alle hatten an diesem Tag im Märzenwind mehr im Kopf als nur das Schild mit dem Namen des Platzes, der geändert werden mußte, mehr als die Texte der Lieder, mehr als den Gedanken an die Ordnung der Sechserreihen.

Sie alle trugen ihre Ängste mit um den Platz. Kleine Ängste: wegen der Vier in Geographie, wegen unbegriffener chemischer Formeln und unbegreiflicher Vokalverschiebungen wegen. Große Ängste: der eine, weil er hier durch den Regen marschierte und doch seiner Frau versprochen hatte, an diesem Sonntag werde er ganz bestimmt nach Hause kommen; die andere, weil sie auf diesem lärmenden Karussell wieder einmal erkannte, daß sie schon viel zu alt für alles dies geworden war und besser Verkäuferin geblieben wäre; ein anderer, weil er in seinem Fragebogen nicht ganz die Wahrheit gesagt hatte und nur deshalb wie ein Rasender lernte, weil er bis zum Tag der Entdeckung jede Stunde genutzt haben wollte; ein weiterer wieder, weil er immer noch nicht wußte, wie er mit dem lausigen Stipendium, dem Viertel seines Uhrmacherlohnes, auskommen sollte. Das waren nur wenige der vielen kleinen und großen Ängste, und die Angst war nur eines der vielen Gefühle, die nicht recht zu den Liedern, dem Marsch und seinem Anlaß stimmten.

Da war zum Beispiel auch eines, das einen schönen, aber

noch nicht zu nennenden Namen trägt. Ein Gefühl, das eigentlich nicht hingehört auf den Schauplatz politischer Taten. Denn was hatte es schließlich mit dem Protest gegen den Pommernplatz zu tun, daß Robert Iswall diesem Mädchen im grobgestrickten Pullover so begierig zuhörte, als erzähle es von der unerhörtesten aller Begebenheiten? Die Geschichte hatte mit dem Pommernplatz nur soweit zu tun, als sie vom Pommernland handelte und von einem Mädchen, das seine beiden kleinen Brüder in einem Handwagen durch dieses Land gezogen hatte; fünf Jahre war das gerade her, und Pommernland hatte gebrannt an dem einen Ende und noch geraucht an dem anderen, und das Mädchen Vera war vierzehn Jahre alt gewesen, und die Füße, oh, wie hatten die nur weh getan!

Robert Iswall sang die Lieder kräftig mit: er sang gegen das falsche Namensschild auf dem Platz, und er sang für den Spruch über dem polnischen Lagertor und für Wanda und Danuta, seine Lehrerinnen; er sang, weil es sich gut sang, wenn man ein Ziel vor den Augen hatte, und weil es sich gut sang, wenn Trullesand und Karl-Heinz Riek und Jakob Filter dabei waren, und noch besser, weil vielen am Rande des Platzes anzusehen war, wie wenig sie dieses Singen mochten.

Robert Iswall hörte dem Alten Fritzen zu, wenn er rückwärts stolpernd von seinen Verhandlungen mit dem Bürgermeister berichtete, und er hörte Angelhoff zu, der Fiebach entlarvte und dessen Namen wie den eines züngelnden Reptils aussprach; er hörte die Beschreibung der Treppenszene aus dem „Panzerkreuzer Potemkin“ und den Dialog über Strategie und Taktik zwischen Tschapajew und seinem Kommissar und den Witz, wo Stalin und Truman und dieser Engländer im Flugzeug sitzen, den hörte er heute zum zwölftenmal, aber das, was die beiden Russischlehrer über das Härtezeichen im Altbulgarischen sagten, hörte er zum erstenmal, aber wieder keineswegs zum erstenmal hörte er Gerhard Trotzki über Huflattichtabak reden, und Lieschen Stolls Meinung über die Bibel war ihm ebenso wohlvertraut, ebensowohl wie Trullesands „Hallo, Mädchens!“ und Quasis Kommando: „Drei, vier!“

Gänzlich neu aber war ihm unter all den vielen Lauten in dieser Protestkolonne der Klang einer Stimme, die von einem Mädchen und zwei kleinen Jungen mitten im brennenden Pommernland erzählte. Gänzlich neu war es auch, daß er von irgendwann an nicht mehr fand, diese Stimme klinge viel zu hoch und unpassend neben des Fußballspielers Trimborn dröhnendem Baß und zu dem Text: „Voran, an Geschütze und Gewehre.“

Während Robert Iswall über den Pommernplatz marschierte, während er sang und sprach, fragte er sich alarmiert, was zum Teufel denn nun bloß geschehen sei, warum er sich seit irgendwann gegen Mittag immer wieder von der Spitze der Kolonne in ihre Mitte zurückfallen ließ, in die Nähe jenes Mädchens mit dem zu weiten Pullover und der entschieden zu hohen Stimme und der banalen Handwagengeschichte, in die Nähe von Vera Bilfert, Schneiderin.

Du wirst doch nicht etwa, dachte er. Du wirst doch nicht etwa plötzlich an der etwas finden wollen, an dieser kurzhaarigen Hochnase, an dieser halbgaren Rechenkünstlerin, an dieser schmalen Spottdrossel – du wirst doch nicht etwa?

Du mußt doch nun langsam bedient sein von den Vöglein mit den großen Augen. Du mußt doch mal deine Tassen zählen, wenn du jetzt ...

Aber da war es schon zu spät; und das gehört auch zu der Szene auf dem Pommernplatz im Märzenwind, und weil ihr, ihr Leute vom Film, dies und das andere, die Gefühle ebensowenig wie die Gerüche, die Gedanken noch weniger als all die vielen verschiedenen Worte, dies alles nicht auf einem Licht-und-Ton-Streifen unterbringen werdet, deshalb rät euch Robert Iswall noch einmal: Laßt doch die Finger davon.

„Zeit, daß du kommst“, sagte Robert zu Riebenlamm, der sich vorsichtig auf einen Stuhl ihm gegenüber niederließ, „aber du brauchst nicht zu schleichen; ich schlafe nicht, ich sehe nur so aus.“

„Tag, Robert“, sagte Riebenlamm, „was treibt dich in unser Städtchen?“

„Pure Sentimentalität.“

Sie schüttelten einander die Hände, und Robert erzählte von seinem Redneramt und der Artikelserie.

„Hast du gar keinen Kontakt mehr zur Fakultät?“ fragte er.

„Von den Studenten kenne ich nicht einen mehr. Meine letzten haben im vergangenen Jahr Abitur gemacht, und von den alten Kollegen ist auch nur Meibaum übriggeblieben, und so dicke Freunde waren wir nie!“

Robert lachte. „Und jetzt bist du Kreisschulrat? Gefällt dir das?“

„Gefiel mir, bin ich aber schon seit einem Jahr nicht mehr. Nimm Haltung an, du sprichst mit dem Bezirksschulrat. Ich bin nur zu Besuch hier.“

„Donnerwetter“, sagte Robert, „da wirtschaftest du ja jetzt im großen. Womöglich bist du Studienrat?“

„Ober-“, sagte Riebenlamm, „ich bin eine pädagogische Leuchte, wußtest du das nicht?“

„Woher? Ich hatte ja bei dir Unterricht.“

Riebenlamm grinste. „Richtig, daran denke ich manchmal, wenn ich deine Artikel lese, und dann seufze ich immer und frage mich: Wo hat dieser Mensch damals seinen Kopf gehabt?“

„Also du bist jetzt Bezirksschulrat und Oberstudienrat“, sagte Robert, „was ist das bloß für eine Kaderpolitik! – Wir haben übrigens noch mehr Räte. Aktivist Blank ist was Dickes im Volkswirtschaftsrat, Irmchen Strauch ist auch Studienrat, und Jakob Filter ist, glaube ich, Forstrat oder so etwas. Ist dies nun der besondere deutsche Weg zur Räterepublik?“

„Fauler Witz", sagte Riebenlamm, „von der Gewohnheit kommst du wohl auch nicht mehr los. Du kannst deine Sammlung komplettieren: Die Hella Schmöde ist Medizinalrat; sie hat jetzt die Tbk-Stelle von Doktor Gropjuhn übernommen; der wurde etwas klapprig. Die kommt ja nicht aus unserem Verein, aber ihr habt wohl damals viel mit ihr zusammengehockt."

„Ja, durch Quasi."

Riebenlamm sah auf die Uhr und sagte: „Ich hab noch Zeit, dann muß ich in eine Sitzung, Erfahrungsaustausch; die experimentieren hier viel. Vergeht Wodkageruch?"

„Vielleicht haben sie Subrowka. Der riecht wie Waldmeisterlimonade. Gegen einen Bezirksschulrat, der Waldmeisterlimonade trinkt, ist nichts einzuwenden. – Die experimentieren hier? Ernsthaft?"

Riebenlamm bestellte den Subrowka und sagte: „Was heißt: ernsthaft? Hast wohl schon vergessen, wo das gewagteste pädagogische Experiment aller Zeiten stattgefunden hat: die Erziehung des Robert Iswall?"

„Nicht vergessen", sagte Robert, „nur nicht überzeugt vom Ergebnis."

„Es kann einem nicht alles gelingen", sagte Riebenlamm, „aber die Schulen hier im Kreis sind bestens. Prost auf sie, überhaupt Prost auf dieses Städtchen."

„Na ja, meinetwegen Prost."

„Iswall, du bist ein Affe!"

„Ist das deine Meinung oder zitierst du?"

„Beides. Was einem Menschen anhängt, das gehört auch zu ihm. Wer hat dir das schöne Wort angehängt?"

„Erst Vera, dann Haiduck, und alle griffen es begeistert auf. Versteh ich heute noch nicht."

„Nee, was?"

„Nee! – Noch eine Limonade?"

„Besser nicht. Ich trinke jetzt einen Mokka. – Aber ernsthaft: Wir haben allen Grund, den Namen dieser Stadt golden zu umkränzen. Warum? Weil wir hier eine Masse gelernt haben. Und das ist das Beste, was man von einer Stadt überhaupt sagen kann."

„Schwärmer."

„Bin ich. Ohne das kommst du in dem Beruf nicht aus. Ich hab auch immer gelacht über Völschows Tick mit den Waisenknaben – leicht sei ihm die Erde –, aber er hat recht gehabt. Was eure Bildung anging, seid ihr hier doch wirklich wie die Findelkinder eingeliefert worden, und haben wir euch nicht prächtig ausstaffiert, so daß ihr jetzt als alle möglichen Räte durch die Welt lauft und Geschichte macht?"

„Na, na, Geschichte . . .!"

„Was denn sonst? ‚Wer baute das siebentorige Theben?' – Schon vergessen?"

„Das hast du uns in den Kreislauf gebracht, und darum müßtest du Oberst-Studienrat heißen. Aber seit Meibaums Telegramm hängt mir diese Rede im Kopf, und ich weiß, es wird etwas sehr Heroisches von mir erwartet, aber mir fallen beinahe nur Sachen ein, die zum Lachen sind."

„Was Wunder, ihr habt doch allen Grund zum Lachen."

„Meinst du so ein weißzahniges Siegerlachen: ‚Ätsch, jetzt sind wir Studienrat!'?"

„Ja, ja. – Was beißt dich eigentlich? Wenn du die Rede nicht halten willst, dann gib doch den Auftrag zurück. Da kannst du wenigstens nachher in der Aula sitzen und mit verschränkten Armen einem anderen zuhören und dir versichern, du hättest das alles viel besser gemacht."

„Weiter, weiter! Sag ‚Intellektueller' zu mir."

„Ich werde mich hüten, das wäre mir nicht originell genug. Das sagt heute jeder, der modisch schimpfen möchte. Vielleicht kommst du mit zu meiner Lehrerkonferenz? Zumindest würdest du sehen, daß auch andere Leute Sorgen haben. In der Pädagogik ist so viel los wie auf der Landkarte von Afrika. Womöglich kriegst du Lust und wirst Lehrer." Riebenlamm sah wieder auf die Uhr und sagte: „Langsam muß ich steigen. Ich wohne beim alten Fuchs.

Wenn du Zeit hast, komm heute abend vorbei. Wenn nicht, suche ich dich mal in Berlin heim. Hast du Bier im Keller?"

„Nein, aber den Konsum nebenan. Du, ich würde mich freuen und Vera auch."

„Ah, Vera Bilfert, Schneiderin. Gruß von mir. Ich wollte sie immer mal küssen, aber da war eure verflixte Moral, und dann habt ihr immer so aufgepaßt, du und Gerd Trullesand auch."

„Ja, der auch. – Mann, wenn ich gewußt hätte, daß selbst du so ein Augenschmeißer warst ..."

„Dann hättest du mich zum Studium in Vietnam vorgeschlagen oder mich mit Irmchen Strauch nach Pjöngjang verheiratet, was? Du, das wäre nicht gegangen, ich war schon ausstudiert, und dann, sieh mal meine Glatze. – Mach's gut, Robert, und grüß Vera. Ich komm mal, wenn du Bier hast."

„Mach's gut", sagte Robert, „und zwieble die Pädagogen tüchtig."

Riebenlamm holte seinen Mantel, und als er an Roberts Tisch vorbeikam, fragte Robert: „Und du hast wirklich keine Ahnung, was mit Quasi war?"

„Hast du mich gefragt?" sagte Riebenlamm.

„Ich frage jetzt", sagte Robert, „du warst schließlich Parteisekretär, als er verschwand."

„Meine Sitzung, Junge. Die Pünktlichkeit haben wir aus der preußischen Erbmasse übernommen. Zerbrich dir nicht den Kopf über Quasi Riek. Für deine Rede kommt er sowieso nicht in Frage. Mach's wirklich gut!"

Riebenlamm ging, und Robert fragte sich, ob er sich nur einbilde, was er zu sehen meinte: daß Riebenlamms Gang hastiger als gewöhnlich war.

Sicher siehst du Gespenster, dachte er, so geht es einem eben, wenn man eine Art unbewältigter Vergangenheit mit sich herumschleppt, was nun auch schon wieder ein unangemessen dramatischer Ausdruck ist. Ein paar unklare

Dinge machen noch keine unbewältigte Vergangenheit. Wenn einer auf ein Leben zurücksehen kann, in dem sich alles, aber auch alles reimt, in dem es so geordnet und übersichtlich zugegangen ist wie in einer arithmetischen Reihe, dann wird das vermutlich ein häßlich langweiliges, ein passives, ja faules Leben gewesen sein, und es ist zweifelhaft, ob so ein Leben in dieser Welt mit ihren Zwickmühlen, Zwangslagen, Fallgruben und Alternativen überhaupt möglich ist. Wenn du erst richtig in dir herumwühlen wolltest, dann kämest du mit Sicherheit auf mehr Dinge, die dir das Gesicht heiß machen könnten; Gründe, sich zu schämen, fänden sich allemal und Bilder auch, vor denen man in wilden Gedankensprüngen davonhetzen möchte. Das ist nicht anders als normal. Aber es ist auch normal, daß man sich den Fragen stellt und nicht vor ihnen davonläuft, sosehr man auch die Antworten fürchten mag.

Wir haben Fiebach mit seiner Angst allein gelassen – nicht nur mit seiner Angst vor Angelhoff, sondern auch mit der Angst vor uns. Wir waren nicht besser als Angelhoff. Wir waren unerfahrener als er, aber doch nicht dümmer. Aber wir waren auch nicht redlicher als er. Quasi ist aus einem heiteren Himmel verschwunden, da trifft uns keine Schuld – vielleicht, doch mit Fiebach war das anders. Wir sind vom Platz der Befreiung in die Fakultät zurückgekehrt, ungeheuer selbstzufrieden, ungeheuer großmäulig, und haben beim Abendbrot Reden geführt, die nach Barrikaden am Wedding klangen, und die Stirnen haben wir gehoben, als zierten sie blutgetränkte Verbände, und haben nichts gemerkt. Mit uns war ja alles in Ordnung. Wenn Fiebach in eine dunkle Ecke ging, dann war das seine Sache, und wenn er nie wieder aus dieser dunklen Ecke auftauchte, was konnten wir dafür? Sieger können schrecklich hochmütig sein, vor allem kleine Sieger. Verluste sind keine, wo gesiegt worden ist. Gesiegt wurde auch im Kampf um Vera Bilfert, Schneiderin. Der Sieger hieß Robert Iswall, und der Verlust hieß Freundschaft. Über Jahre hat er nicht gezählt, aber jetzt spürt man ihn. Durch eine Rede, in der von Erfolg und Ruhmestaten das Wort sein soll, von Siegen und Siegern, wurde man an diesen Verlust erinnert, und zuerst hat man noch geglaubt, diese Erinnerung gehöre einem allein, aber dann hat sich gezeigt, daß auch andere sie bewahren – und wie bewahren! Der Gastwirt Riek hat sie ein Mittel gegen das Heimweh genannt, und auch der Oberstudienrat Riebenlamm hat sie nicht verloren. Und Trullesand? Kommt er zurecht mit seiner Frau, die er politischer Notwendigkeit verdankt und der List Robert Iswalls? Oder denkt er immer noch an Vera Bilfert? Denkt der Sinologe Doktor Gerd Trullesand an Vera Bilfert, die einmal Schneiderin war und jetzt Augenärztin und auch Doktor ist? Hat er an sie gedacht in sieben heißen Sommern in Peking und Schanghai? War er bei ihr, während er mit dem Mädchen Dieunddie an die Große Mauer fuhr, über die Gobi flog oder das Flußmeer Huangho überquerte? Und wie hat er an Robert Iswall gedacht? Das wenigstens ist klar: Er hat zumindest nicht in Freundschaft an ihn gedacht. Er hat nie geschrieben, und vor dem Abflug damals hat nicht mehr der Zimmermann Trullesand zum Elektriker Iswall gesprochen, nicht mehr Gerd zu Robert, nicht mehr Kumpel mit Kumpel, sondern wer mit wem? Ein verspäteter Abiturient, der von der Welt nichts weiter kannte als drei Orte an der Ostseeküste und der jetzt im gesellschaftlichen Auftrag in den fernen Osten fuhr, ein Zimmerergeselle, der erst seit kurzem ein fehlerfreies Deutsch schrieb und nun zum Nutzen der internationalen Solidarität Chinesisch lernen sollte, ein lässiger Bursche mit schwarzen Locken, den die Mädchen mochten und der die Mädchen mochte, aber in dieser Stunde nur eine, die Vera Bilfert hieß und die nicht wußte, wer da von ihr Abschied nahm, ein Arbeiterstudent, der sich drei Jahre vorher entschlossen hatte, die Festung Wissenschaft zu stürmen, als wäre er ein roter Matrose am Tor des Winterpalais', und der damals nicht geahnt hatte, daß er ein abgelegenes Außenfort zu erobern haben und sieben Jahre dazu brauchen würde und darüber ein Mädchen verlieren werde und einen Freund; dieser Gerd Trullesand stand auf dem Flugplatz und sagte zu dem Mitglied der Abschiedsdelegation: „Viel Erfolg, Iswall!"

Robert wollte nicht mit zum Flugplatz, aber Riebenlamm hatte ihn gefragt, ob er nun zu allem noch feige sein wolle, und da hatte Robert zum erstenmal gemerkt, daß er nicht nur von Trullesand durchschaut worden war, und er war in den Bus gestiegen und hatte erwartet, daß es ihm gehen werde wie Hagen, der Siegfried erschlagen und dem aufgebahrten Toten die Wunde wieder bluten machte durch seine bloße Gegenwart: „dô kom der künic Gunthêr dar mit sînen man, und ouch der grimme Hagene: daz wære bezzer verlân."

Aber aus Trullesands Wunde war kein Blut geflossen, und doch, als Robert und Trullesand einander die Hand gaben und Trullesand „Viel Erfolg, Iswall!" sagte, da war der Nibelungen Worms nicht weit: „Die wunden fluzen sêre, alsam si tâten ê. die ê dâ sêre klagten, des wart nu michel mê."

Von allen, die da Abschied nahmen, war Rose Paal, das Mädchen Dieunddie, weitaus die glücklichste. Sicher, sie flog nun für sieben Jahre nach China, und das war lang, und das war weit, aber China war Freundesland und Wunderland, und überhaupt war alles wie ein Wunder: In Klein-Bünzow gab es jetzt zum ersten Male ein Landarbeitermädchen mit Abitur. Mit Eins, Herr Bürgermeister, und durch Rose Paal kommt auch Klein-Bünzow jetzt in die Welt, was sagen Sie nun, Herr Sägewerksbesitzer, Klein-Bünzow geht nach China, unsere Rose geht nach Peking und lernt, fassen Sie sich, Frau Pastor, Chinesisch, man sollte es nicht glauben, erst das Abitur und nun Chinesisch, unsere Rose aus Klein-Bünzow.

Und dennoch war dies nur der kleinere Teil des Wunders, der größere Teil hieß Gerd Trullesand, der größere Teil des Wunders war der neue Reisepaß mit dem neuen Namen darin, der völlig überraschend Rose Trullesand lautete, Rose Trullesand, geb. Paal. Da war man eines Tages, wie lange war das her, gestern, vorgestern, vor einer Woche, aus dem Unterricht in die Direktion gerufen worden und hatte auf dem Wege über den Hof sein Gewissen durchforscht und es rein gefunden, und doch war einem nicht geheuer gewesen, als man über die Schwelle des Direktorzimmers getreten war und sich einer Gruppe von Männern mit Kommissionsgesichtern gegenüber gesehen hatte. Aber der Alte Fritz hatte geholfen:

„Guten Tag, Genossin Paal, nimm doch bitte Platz und mache schnell ein anderes Gesicht. Hier will dir niemand etwas tun. Im Gegenteil, ich glaube, wir können dir eine große Freude machen. Setz dich nur, und hier ist auch Kaffee für dich, du magst doch Kaffee, nicht wahr? Die Genossen hier kennst du ja alle, bis auf den Genossen Wigg vielleicht, er ist der Vertreter des Staatssekretariats, denn es ist eine große Sache, die wir mit dir besprechen wollen, ganz als Freunde besprechen und beraten. Du bist die Hauptperson, du und noch ein anderer, aber im Augenblick nur du allein. Aber ich sehe schon, daß die Spannung nicht aus deinem Gesicht weichen will, das verstehe ich, das verstehen wir, und keinem von uns ginge es anders, säße er jetzt wie du da auf dem Stuhl. Darum will ich dir schnell sagen, worum es geht, und du wirst sehen, es ist eine gute Sache, eine schöne Sache, eine große Sache. Du hast in deinem Fragebogen für das Abitur die Absicht angegeben, Romanistik in Berlin zu studieren, und niemand von uns hätte dir dazwischengeredet. Wir waren einverstanden, und wir sind es noch, aber wir glauben, wir wissen etwas Besseres, noch Besseres. Gewiß wird es wichtig sein, daß unsere jungen Menschen, die man einstmals als Waisenkinder verlacht und denen man des Wissens Macht vorenthalten hat, fremde Sprachen und Literaturen zu meistern erlernen, und du hast es, wie uns Genosse Angelhoff berichtet hat, in den wenigen Jahren bei uns zu erstaunlichen Kenntnissen im Lateinischen gebracht, so daß wir dich guten Mutes in ein Romanisches Institut ziehen lassen könnten, nur, und jetzt komme ich zu der erfreulichen Sache, nur wird man sich fragen müssen, ob es nicht noch wichtigere Zweige der linguistischen Wissenschaften gibt als den der Romanistik. Was zum Beispiel hältst du vom Chinesischen? Ich sehe, du erschrickst, du hast etwas von zehntausend Schriftzeichen gehört, äußerst komplizierten noch dazu, und du hältst sie wahrscheinlich für nicht erlernbar. Aber nun frage dich doch einmal: Hast du nicht geradeso vor noch gar nicht langer Zeit über das Lateinische gedacht, bist du nicht auch da erschrocken gewesen und womöglich sogar verzweifelt? Siehst du, und nun bekommst du – ich kann es dir verraten, weil ein außerordentlicher Anlaß vorliegt – in den nächsten Tagen dein Abiturzeugnis, und darin wird hinter der Fachbezeichnung Latein eine strahlende Eins stehen. Ja, ich darf unter den besonderen Umständen, die uns hier zusammengeführt haben, noch weitergehen und dir mitteilen, daß auch an jener Stelle, wo du die Summe deiner Prüfungsergebnisse lesen wirst, eine strahlende Eins stehen wird. Die ABF-Studentin Rose Paal wird ihr Abitur mit der Note Eins bestehen, hat es schon mit Eins bestanden, das steht unabänderlich fest und ist keineswegs etwa vom Ausgang unseres freundlichen Gesprächs abhängig, was ich dir sagen muß, damit du nicht glaubst, wir wollten einen Handel mit dir treiben. Also schon von deinen Leistungen her bist du hervorragend geeignet für die Verwirklichung des Planes, über den wir dich hier in Kenntnis setzen wollen und von dem wir hoffen, daß er deinen Beifall findet. Wir, das heißt unser Staatssekretariat, das hier durch den Genossen Wigg vertreten wird, wir alle also doch, haben von den chinesischen Genossen die unschätzbare Einladung bekommen, zwei Abiturienten zum Studium der Sinologie, das ist Chinakunde, nach Peking zu entsenden, und wir möchten, siehst du, jetzt kommt es schon heraus, daß du eine von den beiden bist. Ah, ich wußte, daß du dich freuen würdest, es ist ein Traum, nicht wahr, einer, den wir alle nicht zu träumen gewagt haben, und jetzt verwirklicht er sich, weil in China die Genossen gesiegt haben und wir auf ewig Freundschaft miteinander geschlossen haben. Ich will dir nicht verheimlichen, daß die chinesischen Genossen recht strenge Bedingungen gestellt haben, sie wollen, das wirst du verstehen, nur die Besten in ihr Land holen, und so spielte bei der Wahl deiner Person nicht nur deine fachliche Leistung eine gewichtige Rolle, sondern ebenso deine Herkunft; du bist ein Kind vom Lande, und China ist ein Bauernland, du hast keine Verwandten im westlichen Ausland oder in Westdeutschland, und auch das ist für die chinesischen Genossen Bedingung, weil sie ihre historischen Erfahrungen gemacht haben, und so bist du wie geschaffen für diese großartige Gelegenheit. Willigst du ein, wirst du binnen kurzem, vielleicht sogar schon in einer Woche, auf die große Reise gehen. Du brauchst dich noch nicht gleich zu entscheiden, denn immerhin wird, was ich dir noch sagen muß, dieses Studium länger als ein gewöhnliches dauern, rundheraus gesagt, sieben Jahre, und du wirst verstehen, daß man nicht ständig von Peking nach Klein-Bünzow auf Urlaub fahren kann, so als läge Klein-Bünzow gleich nebenan. Wenn ich aber dein Nicken richtig deute, dann wirst du dennoch diesen schönen Auftrag annehmen, und das ist uns allen hier eine große Freude und auch verständlich. Aber dann muß ich dich noch von einer weiteren Bedingung unserer chinesischen Genossen unterrichten. Es handelt sich um etwas, das du nun, da du weißt, wie lange dieses Studium dauern wird, um so eher verstehen und billigen wirst. Du sollst nicht allein fahren, das wäre nicht gut – wegen des Heimwehs und wegen mancherlei anderem noch, und du wirst es begreifen, wenn ich dir sage, daß ich mit Wohlgefallen gewahre, wie sehr du dich in den wenigen Jahren hier bei uns entwickelt hast, und das meine ich jetzt nicht nur hinsichtlich deiner geistigen und bildungsmäßigen Entwicklung. Als ein älterer Mann darf ich dir wohl sagen, daß du auch äußerlich ein prächtiges Menschenkind bist, aber Menschen*kind* ist eben nicht der rechte Ausdruck, schon gar nicht in dem Zusammenhang, von dem aus ich diese Frage berühre. Ich denke, du verstehst mich, ja und da komme ich wieder auf die Bedingung der chinesischen Genossen: Sie möchten zwei Studenten zu sich einladen, aber nicht, und das wirst du leicht begreifen, zwei weibliche Studenten oder zwei männliche Studenten – was ohnehin schon nicht mehr gesagt werden muß, da wir ja dich ausersehen haben und du ohne allen Zweifel kein männlicher Student bist, ganz und gar nicht, wie ich doch noch einmal betonen muß –, sie möchten gern eine Studentin und einen Studenten. Die Studentin wärest du, und da bliebe nur noch die Frage des Studenten. Aber bevor ich darauf komme, oder besser, um darauf zu kommen, muß ich noch eine weitere Bedingung, die uns von den chinesischen Genossen gestellt worden ist, zu deiner Kenntnis bringen. In Anbetracht der großen Entfernung von der Heimat und unter Berücksichtigung der langen Zeit, die das Studium in Anspruch nehmen wird, und dementsprechend unter Einbeziehung gewisser natürlicher Anlagen des Menschen überhaupt, haben uns die Freunde in Peking wissen lassen, daß sie glauben, es sollte sich bei den beiden vorgesehenen Studenten um, nun ja, um ein Ehepaar handeln. Aber nicht doch, du brauchst doch die Lichter in deinem Gesicht nicht auszulöschen, wir wissen ja, daß du nicht verheiratet bist, wir alle wissen, daß du alle gestellten Bedingungen ausgezeichnet erfüllst, und wir wissen auch, daß du nicht verheiratet bist. Wenn es jedoch danach gehen sollte, dann könnte unsere Fakultät den ehrenvollen Antrag der chinesischen Genossen leider nicht positiv erwidern, denn wir haben nur zwei Ehepaare, die beide schon deshalb nicht in Frage kommen, weil sie durch die anderen von mir genannten Bedingungen ausscheiden, das Ehepaar Kluth, weil seine fachlichen Leistungen – das sage ich dir vertraulich – keine Gewähr für ein ordnungsgemäßes Studium so komplizierter Natur bieten, und das Ehepaar Sänger aus anderen Gründen, die ich dir auch nennen will. Beide sind in jeder Hinsicht vorbildliche Studenten, fachlich und gesellschaftlich, aber Herbert Sänger hat einen Vetter in Wiesbaden, der ist überdies noch Handelsvertreter, und damit können wir den chinesischen Genossen nicht kommen, das ist ein Gebot der proletarischen Wachsamkeit. So wäre es also an dem, daß wir niemanden hätten, der das hochherzige Anerbieten aus Peking wahrnehmen könnte, und das würde uns alle sehr schmerzen. Ich sehe, dich auch. So sind wir denn darauf verfallen, wir, das ist in diesem Falle die Parteileitung, die eine Anregung eines Genossen Studenten aufgegriffen hat, so sind wir denn darauf verfallen, zum einen dich zu befragen, ob du den ehrenvollen Auftrag anzunehmen bereit wärest, und du hast ja inzwischen mehrfach bekundet, du wärest bereit, und zum anderen war es unsere Aufgabe, eine höchst seltene und auch sehr delikate, einen Studenten zu finden, der geeignet wäre, mit dir nach Peking zu gehen, auf sieben Jahre und als dein Mann. Ja, das wäre heraus, und ich sehe dir an, daß dir von alledem ein wenig schwindlig ist, aber glaube mir, auch mir ist ein wenig schwindlig, und den anderen Genossen hier wird es nicht anders gehen, denn immerhin schickt man nicht alle Tage einen lieben Menschen nach China, und schließlich sieht man sich auch nicht alle Tage in der Rolle des Brautwerbers. Denn als solche, meine liebe Rose Paal, sitzen wir hier vor dir, und mir als dem Sprecher ist sehr bänglich ums Herz, ob ich wohl auf die richtige Art zu dir gesprochen habe, denn noch nie in meinem Leben habe ich ein Brautwerber sein dürfen und schon gar nicht unter so eigenartigen Umständen. Es ist aber jetzt an mir, dich zu fragen, ob du bereit wärest, mit einem gewissen jungen Mann, mit dem du, soviel habe ich in Erfahrung gebracht, nicht zuletzt durch den Genossen Studenten, der in der Parteileitung auf diese Lösung gekommen ist, also, ob du bereit wärest, mit diesem jungen Mann, zu dem du wohl schon immer eine freundliche Neigung gehegt hast, ob du also mit diesem jungen Mann in unserem Auftrage und als seine Ehefrau nach China gehen würdest. Jetzt erst aber kommt der allerbänglichste Augenblick, denn jetzt muß ich dir ja den Namen dieses Studenten, für den ich hier um dich werbe, nennen, und der Augenblick ist deshalb der bänglichste von allen, weil sich der Genosse Student aus der Parteileitung ja geirrt haben kann und deine Neigung, die er als vorhanden vermutet, womöglich gar keine ist. So frage ich dich denn, Rose Paal, bist du gewillt, auf sieben Jahre nach China zu gehen, und zwar als die Ehefrau deines Genossen und Studienkameraden Gerd Trullesand? Ja? Du nickst, sprachlos zwar, aber du nickst, und wie mir scheint, kommt dir dieses Nicken vom Herzen? Das ist schön, das ist wunderschön, so haben wir es erhofft, so haben wir es erwartet, so zeigen wir es denen, die uns jahrhundertelang als unmündig und nicht reif verschrien haben, dies sind die Entschlüsse, die die Welt verändern! Aber jetzt, was ist jetzt, sehe ich da einen Schatten in deinem Gesicht, einen Schatten, der immer tiefer wird, ist das Schrecken oder ist das Zweifel? Zweifel, ja? Welcher Art Zweifel kann es sein? Ich will es zu erraten suchen: Du hast allem zugestimmt, also war bisher alles klar für dich, aber jetzt ist ein Zweifel da, und ich ahne, welcher Natur er ist. Du fragst dich, mit Recht fragst du dich, wie könnte es anders sein, wie denn der andere, den du dir nun so plötzlich als deinen Mann vorstellen sollst, wie denn er überhaupt zu alledem stehe, oder du fragst dich gar, ob er denn schon ahne, daß er in wenigen Tagen dein Mann sein soll. Ich habe es also erraten, und ich kann dir deine Frage beantworten: Ja, wir haben mit ihm gesprochen, gestern schon in der Leitungssitzung, und wir haben zu ihm gesagt: Alles hängt nun von Rose Paal ab; sagt sie ja, werden wir eine Hochzeit haben und bald darauf zwei Absolventen unserer Fakultät in

China, und bis dahin, haben wir zu ihm gesagt, bis dahin wirst du schweigen, Genosse Trullesand, und sollte sich herausstellen, daß Rose Paal nicht will, aus welchen Gründen auch immer, dann wirst du, Genosse Trullesand, dies Gespräch vergessen, für immer und ewig vergessen, und dir, Genossin Paal, dies muß ich dir der Wahrheit zuliebe nun mitteilen, auch dir hätten wir für den Fall, du hättest unseren Vorschlag abgelehnt, auch dir hätten wir gesagt, du müßtest dieses Gespräch auf immer und ewig vergessen, und wir hätten auch behauptet, mit dem Genossen Trullesand sei noch kein Wort gesprochen worden, denn anders wäre es vielleicht etwas schwierig für euch beide geworden. Du siehst, wir haben alles bedacht, und du siehst uns glücklich, denn gestern schon hat der Genosse Trullesand ja gesagt, und heute hast du ja gesagt, und so werdet ihr für sieben Jahre nach China fahren, als Mann und Frau, als unsere Delegierten, zu unserer Freude und mit unserem Segen, und beinahe möchte ich Amen sagen."

Und Robert Iswall dachte Amen. Denn Robert Iswall saß dabei, saß unter den Brautwerbern und hatte den Atem angehalten bei Völschows langer Rede, denn natürlich war er jener Student aus der Parteileitung, dem die glückliche Anregung zu danken gewesen war, und ihm bedeutete Roses Jawort mehr als den Triumph der Fakultät, ihm gab es freie Bahn und ein schlechtes Gewissen, und Amen war da das passende Wort.

Das alles war zehn Jahre her, es war im Sommer zweiundfünfzig geschehen, und es war im Frühling zweiundsechzig, als sich Robert Iswall daran erinnerte und sich fragte, ob die Geschichte von Rose und Gerd und Vera und Robert und besonders die von Gerd und Robert nun tragisch oder komisch gewesen sei. War das denn tragisch, wenn einer eine nicht bekam, weil ein anderer sie hatte haben wollen und auch bekommen hatte? War es etwa tragisch, daß der andere eine bekommen hatte, die er gar nicht hatte haben wollen? Brachte man die Sache auf diese abstrakte Figur, dann blieb nicht ein Hauch von Tragik, und komisch war es auch nicht weiter. Es war vielleicht die millionste Wiederholung eines Ur-Stückes im Menschentheater, und erstaunlich war nur, daß es damals wie heute sein Publikum zu erregen vermochte: den ABF-Studenten Riek wie den Gastwirt Riek, den ABF-Dozenten Riebenlamm wie den Bezirksschulrat Riebenlamm.

Das millionstemal? Sicher, eine Million war eine kleine Zahl, wenn es sich darum handelte, daß ein A eine B haben wollte und auch C nach B verlangte, aber D bekam. Nur besagte das überhaupt nichts. Wenn einer starb, in dieser Stunde, dann geschah ihm nur, was vor ihm Milliarden passiert war, aber ließ ihn das etwa leichter sterben?

Der Tod – das weiß man – nutzt sich durch Wiederholung ebensowenig ab wie das Leben, und die Liebe auch nicht. Das kommt – das weiß man auch –, weil es immer wieder einen anderen trifft und wohl auch auf immer wieder andere Weise. Im Sommer neunzehnzweiundfünfzig wurde ein uraltes Stück gespielt, aber in einmaliger Besetzung. Doch nicht nur das war neu an dieser Aufführung. Denn A handelte zwar als Schurke, weil ihm Liebe mehr als Freundschaft war, und B nahm den Schurken, weil sie nur die Liebe sah, und C ließ von Liebe und Freundschaft, weil ihm eine „Sache" noch mehr war als sie, und D wußte von alledem nichts, doch alles dies war noch nicht neu – so war das Stück schon tausendfach gegeben worden. Neu an ihm war jedoch, daß A und C nicht nur Freunde, sondern auch Genossen waren und daß die Sache, derentwegen C auf Freundschaft und Liebe verzichtete, auch die Sache von A war, und daß diese Sache Sozialismus hieß und Internationalismus und proletarische Revolution und Arbeiter-und-Bauern-Macht und daß A diese Sache, die ihm tief im Herzen Zweck seines Lebens war, in einer Sitzungsstunde zum Mittel seiner Liebe gemacht hatte. Neu war die rote

Fahne über der Szene, und neu war es und für Robert Iswall fast unerträglich, daß die Schlußmusik zum letzten Vorhang, die Abschiedsmelodie des Flugplatzorchesters für Rose und Gerd Trullesand, eine gewesen war, die zu den Worten ging: „Tragt über die Länder, tragt über die Meere die Fahne der Arbeitermacht!“

Rose und Gerd flogen nach China, und Robert Iswall fuhr vom Flugplatz nach Hause und richtete an die Fakultät ihre besten Grüße aus, und ein Jahr später heiratete er die Medizinstudentin Vera Bilfert, vormals Schneiderin. Das Jahr war eine selbstgewählte Prüfung; sie wollten beide sehen, was dabei herauskam, wenn sie nicht mehr wie bisher am gleichen Ort studierten und nicht mehr unter demselben Dache schliefen. Sie wollten, wie sie einander versicherten, „ein Jahr lang mal ganz sachlich sein“.

Für Robert bedeutete dieses Jahr allerdings mehr. Er verhöhnte sich als den jungen Witwer mit der Anstandsfrist – was werden die Leute sagen –, aber darüber lachte er sich schnell wieder hinweg, schließlich hatte es keine teuren Toten gegeben, und die Leute, das wußte er, wunderten sich eher darüber, daß Vera und er solange warteten, und die einzigen unter ihnen, die tiefer in die Sache sahen, waren Quasi und Riebenlamm, aber Riebenlamm hatte nie wieder ein Wort darüber verloren, und Quasi war verschwunden. Nein, das Jahr gehörte Trullesand. Es war zwar billig jetzt, denn Trullesand war weit und mit Rose Paal verheiratet, aber Robert hatte sich geschworen, Trullesand die Chance dieses einen Jahres zu geben. Wenn er Vera schreibt, dachte er, und ihr erzählt, wie alles gewesen ist, dann wird er zwar immer noch in China und mit Rose Paal verheiratet sein, aber er wird damit rechnen können, daß Vera Bilfert niemals diesen Robert Iswall nehmen wird, und das ist auch schon etwas, wenn man in China sitzt, und was, wenn man dann plötzlich vor der Sprache Laos und Maos versagt und sich als hoffnungslos unfähig im Hantieren mit Schreibpinsel und Eßstäbchen erweist?

Dann wird man sicher zurückgeschickt werden, und kein Scheidungsrichter wird länger als zwei Stunden brauchen, um die Ehe aufzulösen, eine Viertelstunde für die Begründung des Urteils und eindreiviertel Stunden, um die seltsamen Voraussetzungen der Eheschließung in seinen Kopf zu kriegen.

Aber zugleich wußte Robert, daß Gerd Trullesand niemals einen solchen Brief an Vera schreiben würde. Das war keiner, der sich, erst wenn er im Sande lag, darauf besann, daß er betrogen worden war; das war keiner von denen, die, wie etwa ein gewisser Robert Iswall, am Ende nur an sich selber dachten; das war einer von denen, die sich auf den Kopf hauen ließen und nicht schrien, weil es ihnen darum doch nicht weniger weh tun würde, um so mehr aber anderen, Vera Bilfert zum Beispiel und Rose Paal noch mehr und am meisten der Sache. Auf Gerd Trullesand war Verlaß, und das war der infamste Satz, den Robert Iswall denken konnte in dem einen Jahr seiner Wartezeit.

Wie klar und sauber war da doch alles an jenem Regentag im Märzen fünfzig gewesen. Die Demonstration war zu Ende, der Pommernplatz hieß Platz der Befreiung, jeder war naß, und jeder war glücklich, bis auf Fiebach, dessen Unglück aber keiner bemerkte, jeder war müde, und jeder war hungrig, und Robert Iswall hatte noch Fleisch- und Fettmarken die Menge.

„Was machst du denn jetzt?“ sagte er zu Vera Bilfert, und die zeigte nur auf ihren durchgeweichten Pullover.

„Bei Gröbel wird noch geheizt“, sagte er, „bis wir im Heim sind, hast du einen Mordsschnupfen, weil jetzt die innere Hitze vergangen ist, aber bei Gröbel können wir uns an den Ofen setzen, und ich hab noch Fleischmarken.“

„Was weißt denn du von meiner inneren Hitze?“

„Viel zu wenig, deshalb ja die Fleischmarken.“

„Wo wollt ihr hin?“ rief Quasi. „Wir müssen auswerten!“

„Wir auch", rief Robert zurück.

In Gröbels Lokal riet er Vera zu Hausmachersülze. „Die kannst du hier ruhig essen. Sonst nirgendwo, aber bei Gröbel. Der hat nämlich einen Kropf, und das ist ein natürliches Handicap in diesem Geschäft. Ein Kropf ist einem Gastwirt schrecklich im Wege. Einem Buchhalter oder einem Eisenwarenhändler macht das nicht viel aus, aber für einen, der mit Speis und Trank handelt, ist das schlimm, selbst jetzt. Es dämpft den Appetit der Gäste und macht sie mißtrauisch. Darüber muß der Wirt hinweg, und er hat kein anderes Mittel als die Qualität seiner Speisen. Bei Gröbel kannst du alles essen, und ich esse Sülze."

„Ich halte mich an deine Erfahrung", sagte Vera, und er bestellte. Sie hatte sich seitlings auf ihren Stuhl gesetzt und lehnte sich an die heißen Kacheln.

„Wenn ich hinten trocken bin, werde ich den Ofen umarmen."

„Oller Ofen", sagte Robert.

Sie lachte, und beim Essen sagte sie, Roberts Theorie scheine zu stimmen, und sie werde sich künftig immer erst nach der Leibesbeschaffenheit des Wirtes erkundigen, bevor sie sich in einem Lokal niederlasse. „Fortan werde ich aller Schönheit mißtrauen."

„Das begrüße ich", sagte Robert und rückte an seiner Brille.

„Die ist schrecklich", sagte Vera, „wirf die bloß bald weg!"

„Kann ich nicht. Ohne Brille würdest du mir, siehe oben, sofort mit äußerstem Mißtrauen begegnen."

„Quatsch! Nimm das Ding mal ab, ja?"

„Kann ich nicht. Dann blinzle ich."

„Wenn ich nun aber will, daß du die Brille abnimmst?"

„Dann muß ich wohl. Bitte sehr!"

„Hm", sagte sie, „das macht dich zehn Jahre jünger."

„Also vierzehn", sagte er und setzte die Brille rasch wieder auf. „Mit vierzehn wurde ich konfirmiert, das muß gerade um diese Zeit gewesen sein. Erst bin ich eine halbe Stunde zu spät in die Kirche gekommen, weil der Pastor Viertel zehn gesagt hatte, und ich hatte natürlich drei Viertel zehn verstanden, und ich kam gerade noch zurecht, als die anderen schon auf den Knien lagen und des heiligen Weins genossen, und am Nachmittag hab ich die Festgäste zu Hause sitzen lassen und hab mein Konfirmationsgeld auf dem Rummelplatz durchgebracht. Und dann die langen Hosen, Manning!"

„Was war mit denen?"

„Es waren die ersten meines Lebens und die schlimmsten meines Lebens. Bis um halb zehn hab ich noch versucht, in kurzen Hosen zu gehen, aber meine Mutter bestand auf den langen. Es war reine Nötigung. Schließlich bin ich in den idiotischen Dingern losgezogen, auf Umwegen und immer dicht an den Hauswänden entlang, die Hände tief in den Taschen, damit wenigstens etwas Sportliches an mir blieb. Selbst wenn die Geschichte erst um drei Viertel zehn angefangen hätte, wäre ich zu spät gekommen. Allein zehn Minuten hab ich vor der Tür gestanden und traute mich nicht in die Kirche, wegen der Verspätung und vor allem wegen der Hosen. Als sie drinnen sangen, hab ich mir gesagt, jetzt rein, jetzt hören die dich nicht, und sehen werden die dich auch nicht, weil sie ins Textbuch gucken müssen. Aber als ich die Tür öffnete, endete der Gesang. Das war so eine riesige, schwere Kirchentür, und sie knarrte, daß es durch das ganze Schiff hallte. Alles drehte sich um, auch meine Mitkonfirmanden, die schon auf der schrägen Bank knieten. Meine Mutter sagt, ich hätte die Hände bis an die Ellenbogen in den Taschen gehabt, als ich nach vorn zum Altar getrabt bin. Ich kniete mich hin, und der Pastor gab mir von dem Wein zu kosten und zischte mir dabei ins Ohr: ‚Iswall, du bist ein Scheusal!' Aber konfirmiert hat er mich."

„Das sieht man dir gar nicht an, höchstens, wenn du die Brille nicht aufhast."

„Nun laß bloß die Brille. Die hat mir Rockefeller geschenkt."

„Noch eine Geschichte? Na los, wenn du Geschichten erzählst, bist du nett."

„Ist dir klar, was du da jetzt gesagt hast? Ist dir klar, daß ich dir von nun an nur noch Geschichten erzählen werde, bis in alle Ewigkeit. Du sitzt am Kachelofen und wärmst dir den Rücken, und ich sitze vor dir und erwärme dich für mich, indem ich dir was erzähle."

„Und zwischendurch essen wir Sülze, die so gut ist, weil Herr Gröbel einen Kropf hat. Nun fang mal an. Also, eines Tages kam Herr Rockefeller zu dir und sagte, du siehst so frisch konfirmiert aus, und hier hast du seine Brille..."

„Nein, eines Tages grüßte ich einen Baum, und als er nicht zurückgrüßte, merkte ich, daß ich eine Brille brauchte. Ich ging zum Lagerarzt, das war nämlich im Lager in Warschau, und erzählte ihm die Sache mit dem Baum. Er zeigte auf eine Tafel und sagte, ich sollte ihm die Buchstaben darauf vorlesen. ‚Das will ich gerne tun', sagte ich, ‚nur, Herr Doktor, wo ist diese Tafel?' Da sagte er, mit meinen Augen scheine wirklich etwas nicht in Ordnung zu sein, aber helfen könne er auch nicht. Im Lager gab es an die hundert Mann, die eine Brille brauchten, denn es war eine Eigenheit der russischen Soldaten gewesen, bei der Gefangennahme die Gläser wegzunehmen. Mir ja nicht, denn ich hatte da noch keine, aber bei anderen hatte ich es erlebt. Vielleicht dachten die Russen, wer keine Brille hat, kann nicht weglaufen. Jedenfalls fehlten hundert Brillen im Lager. Ich ging zu unserer polnischen Lehrerin und erzählte ihr davon, und die ging zu dem Verbindungsmann vom Internationalen Roten Kreuz, den sie zwar nicht ausstehen, dafür um so besser ausnehmen konnte. Eine große Augenuntersuchung wurde gestartet, und zwei, drei Monate später kamen die Brillen. Der Rotkreuzonkel erzählte uns, sie wären in Amerika für uns gesammelt worden. Waren da Dinger dabei! An jeder war ein Schildchen, auf dem stand, für welche Augen sie paßte. Der Lagerarzt hatte uns alle in die Versammlungsbaracke geholt, und da verglich er nun die Schildchen mit seiner Liste. Auf Debatten über Kopfgrößen ließ er sich nicht ein, Hauptsache, man hatte den Augenschaden, den die jeweilige Brille korrigieren konnte. Da waren sogar Kneifer dabei, und meine war längst nicht die schlimmste. Aber die breiteste war sie wohl, und mein Pech war, daß ich als einer der letzten an die Reihe kam. Da konnten die meisten nämlich inzwischen schon wieder richtig sehen mit den neuen Gläsern vor den Augen, und als ich Rockefellern seine Brille aufhatte, haben sie sich gebogen vor Lachen. Allerdings hab ich zurückgelacht, denn die sahen ja nun auch irre aus, an die hundert Kerle mit lauter verrückten Brillen!"

„Und deine war von Rockefeller?"

„Denke ich mir jedenfalls, denn guck sie dir doch bloß mal an: Wer kann sich so was schon leisten, zwei Pfund Schildpatt!"

„Ja, ein Millionär war das bestimmt, und darum steht sie dir auch nicht, weil du kein Millionär bist. – Du, ich hab noch Physik zu machen."

„Schade. – Oder hab ich die Geschichte nicht gut genug erzählt? Ich hätte sie natürlich spannender machen können: Als der erste seine kriegte, lachte keiner, weil ja noch keiner richtig sehen konnte; beim nächsten lachte der erste mit der ersten Brille; beim dritten lachten schon zwei, und so weiter, und später lachten schon viel mehr als sehen konnten, weil die mit Brillen zu Beschreibungen für die anderen übergegangen waren, und eigentlich lachten jetzt die ohne Brille noch lauter als jene, die schon eine hatten, weil die Phantasie immer noch kräftiger wirkt als das, was man zu sehen kriegt, glaube ich."

„Nein", sagte Vera, „du hast sehr schön erzählt."

„Ja?" sagte Robert und sah ihr zu, wie sie den immer noch feuchten Pullover glattstrich. „Aber das mit der Phantasie, sehe ich gerade, das stimmt wohl auch nicht immer."

Sie zahlten und gingen, und Robert faßte nach ihrer Hand, aber davon wollte sie nichts wissen.

„Ich weiß nicht, ob ich dich mag", sagte sie, „wenn du erzählst, bist du wirklich nett, aber du bist auch ein schrecklicher Angeber, und wenn ich nicht so naß gewesen wäre, hätte ich bestimmt nicht mit dir Sülze gegessen. Nur daß du's weißt."

„Jetzt weiß ich's wieder mal", sagte Robert.

Vor der Schwingtür zum Mädchenflur fragte Vera: „Wünschst du eine Auswertung?"

Er verschränkte die Arme und wartete. Sie sagte: „Erstens: Ich glaube, ich bin an dem Schnupfen vorbeigekommen. Zweitens: Zu Gröbel geh ich öfter. Drittens: Über dich muß ich mal nachdenken. Viertens: Gute Nacht!"

„Aber sicher", sagte Robert.

Im Zimmer „Roter Oktober" saß Riek vor dem Radio, und Trullesand sagte: „Gut, daß du kommst, Quasi hat den Apparat kaputt gemacht."

Riek protestierte sofort: „Er hat von alleine aufgehört, mitten in den Nachrichten, und ich suche jetzt den Fehler."

Robert schob ihn beiseite. „Geh weg, Klempner, wir werden dich rufen, wenn das Scheißhaus nicht funktioniert."

Die drei sahen ihn an, und Quasi pfiff leise vor sich hin, dann sagte er: „Das kostet dich eine Mark, oder willst du bestreiten, daß du soeben einen Ausdruck benutzt hast?"

„Schreib sie ein", sagte Robert, „oder warte noch, ich glaube, heute kommt noch mehr."

Quasi griff nach seinem Notizbuch, das er „Der Wachturm" genannt hatte, bis er darauf gestoßen war, daß auch die Zeitung der Zeugen Jehovas so hieß. Er wollte Roberts Verstoß eintragen, aber Trullesand verhinderte es: „Moment, ich schätze, dies fällt unter unsere Zusatzbestimmung A. Lies mal vor, Quasi."

Quasi las: „Liegt eine offenkundige schwere seelische Erregung vor, so kann von einer Bestrafung abgesehen werden. Ein Zustand seelischer Erregung kann jedoch nur für den Zeitraum von maximal drei Stunden geltend gemacht werden. Innerhalb dieses Zeitraumes sind drei ‚Ausdrücke' erlaubt. Ob ein solcher obengenannter Zustand vorliegt, ist durch Abstimmung zu entscheiden."

Robert wehrte ab. „Laßt nur. Ich zahl die Mark. Ich war zwar immer gegen Quasis Feldzug für moralische Sauberkeit, aber schließlich steht meine Unterschrift unter dem Vertrag."

„Dann weißt du ja auch", sagte Trullesand, „daß du jetzt gar nicht mitzureden hast. Also, wat liegt an, wie schätzt du die Sache ein, bist du in einem Zustand schwerer seelischer Erregung oder nicht?"

„Nein", sagte Robert.

„Ihm fallen bloß beinahe quasi vor Wut die Augen raus", sagte Riek.

„Deine Meinung, Förster?" fragte Trullesand.

„Er ist wütend", sagte Jakob Filter.

Trullesand wandte sich wieder Robert zu: „Wenn du es nicht sagen willst, fragen wir mal so: Worüber hast du dich mit der Schneiderin unterhalten?"

„Über meine Konfirmation und über meine Brille."

„Im Ernst?"

„Im Ernst!"

„Und was sagte sie, und was sagtest du, als ihr Abschied nahmt?"

„Als wir Abschied nahmen, sagte sie ‚Gute Nacht!', und ich sagte, glaube ich, ‚Aber sicher!' "

„So in diesem Wolfston wie jetzt?"

„Schon möglich."

Trullesand nahm Quasi das Notizbuch fort und klappte es zu: „Der Fall ist klar. Die Mark ist zu streichen. Konfirmation und Brille, und nichts von Frühling und alles diese Dinger. Der Ausdruck wurde in einem Zustand schwerster seelischer Erregung gebraucht, und wenn ihr mich fragt, dann hat er für diesen Abend noch neun Ausdrücke gut."

„Sagen wir vier“, sagte Quasi Riek, „dann bin ich einverstanden.“

Jakob Filter nickte.

Als Robert das Radio wieder in Schuß hatte, war der zugestandene Vorrat an Kraftausdrücken verbraucht, und als der Schlager der Saison aus dem Kasten ertönte, brüllte er schon wieder innig mit: „Wenn die Glocken hell erklingen ...“

Der Physikunterricht stand immer unter Hochspannung. Schika war ohnehin schon ein unduldsamer Pädagoge, aber wenn er mit Drähten, Magneten und Spulen hantierte, war er unausstehlich. Das Fach läge jenseits seiner Bestimmung, sagte er, er sei Mathematiker und kein Physiker, und der eine verhalte sich zu dem anderen wie ein Kunstmaler zu einem Anstreicher, und es sei schon eine Zumutung, einem Mann der Integrale die Demonstration der Wirkungsweise eines Thermometers abzuverlangen. „Jede Kuhmagd weiß heutzutage, daß ein Zusammenhang zwischen Temperatur und Ausdehnung der Quecksilbersäule besteht, und wer einmal einen Fahrraddynamo auseinandergenommen hat, weiß beinahe schon alles über Elektrizität. Physik ist eine Wissenschaft der Gebrauchsgegenstände und im Grunde etwas für Handwerker. Ich bin ein Kopfwerker, meine Damen und Herren, die Materie interessiert mich nicht. Wenn sich die Physik überhaupt und immerhin doch noch zu einer Art Wissenschaft gemausert hat, dann geschah dies lediglich dank der großzügigen Handreichungen der Mathematik. Steine hochwerfen und dann ihrem Fall zusehen, das können auch Affen, aber zur Berechnung des Phänomens bedarf es des Menschen. Ich rechne, und erst dann bin ich. Hat etwa noch jemand eine Frage, diesen Magneten betreffend?“

Es fand sich immer jemand, der noch eine Frage hatte, und Schika gab die Antworten in der Haltung eines Tigers, der nicht einzusehen vermag, warum er auf die alberne

Wippe klettern soll, wenn jenseits des Gitters so viele rosig-appetitliche Gesichter leuchten. Schika gab die ihm abverlangten Antworten und fauchte dabei.

An diesem Tage wollte der Fischer Trimborn wissen, ob denn nicht wahr sei, was er gelesen habe: daß ursprünglich Mathematik und Physik in einer Hand gelegen hätten.

So absolut könne man das nicht sagen, knurrte Schika, sicher sei da vieles ineinander übergegangen, aber entscheidend sei immer der denkende Kopf und weniger die hantierende Hand gewesen. „Nehmen Sie Faraday. Der bloße Augenschein verführt natürlich dazu, ihn einen Physiker und Chemiker zu nennen, denn sein Name ist mit mehreren Entdeckungen in diesen Fächern verbunden, aber vielleicht gibt Ihnen zu denken, was ein unverdächtiger Zeuge, weil ebenfalls Physiker und dazu noch Physiologe, nämlich Helmholtz, über eine Begegnung mit Faraday gesagt hat. Ich zitiere wörtlich: ‚Er zeigte mir all das, was sehenswert war. Doch es war nicht viel, dieweil ihm alte Stückchen Draht, Holz und Eisen anscheinend genügten, um großartige Entdeckungen zu machen.' Was der eine dem anderen zweifellos nicht zeigen konnte, war das Innere seines Kopfes, aber eben dort steckte die Lösung des Rätsels. Der alte Draht war dem Gehirn bloße Zutat, und die eigentliche Leistung war eine rechnerische. Ich gehe noch weiter, meine Damen und Herren, ich behaupte sogar, daß die plumpe Materie auf den genialen Denker letztlich nur irritierend wirkt. Dafür habe ich ein Beispiel jüngsten Datums. Der Nobelpreisträger Enrico Fermi, ein Kernphysiker und damit der Mathematik äußerst nahe, ein glänzender Theoretiker, ohne den übrigens die Atombombe nicht denkbar wäre, wollte sein Haus winterfest machen. Dazu berechnete er den Effekt von Doppelfenstern. Er kam aber zu dem Ergebnis, daß nach Installierung der zweiten Glasscheibe die Innentemperatur merklich sinken müsse. Jedoch, es stellte sich schließlich heraus: der bedeutende Gelehrte hatte sich um eine Kommastelle verrechnet. Verstehen Sie, was ich damit sagen will? Ein so exzellenter Theoretiker, der die mathematischen Voraussetzungen eines Wunderwerkes, wie es die Atombombe zweifellos ist, gefunden hat, versagt vor einem Doppelfenster. Aber warum? Weil es da um ein plumpes Nichts ging. Fermi versagte wie ein Ballettänzer bei einem Gepäckmarsch. Sie können mir hoffentlich folgen?"

„Nee", sagte Trullesand, „vor allem finde ich ein Doppelfenster nützlicher als eine Atombombe. Schon als Zimmermann muß ick das finden."

„Erstens", sagte Schika, „hatten wir vereinbart, Herr Trullesand, daß Sie den Wunsch, eine Meinung kundzutun, durch Erheben der Hand anzeigen. Zweitens mißbillige ich Ihre Sprechweise nach wie vor. Und drittens: Ihren Beruf in allen Ehren, aber die Nützlichkeit ist keine Frage, die den Wissenschaftler und schon gar nicht den Mathematiker bei seinen Überlegungen anführt. Meinen Sie etwa, dann gäbe es eine Atombombe?"

Diesmal hob Trullesand die Hand, und als ihm Schika zuwinkte, sagte er: „Na eben!"

Nun war Schika schon nicht mehr gnädig: „Was heißt das denn nun? ‚Na eben!'? Wollen Sie sich nicht deutlicher erklären?"

„Kann ich machen. Ich finde, wenn sich der Herr Fermi mit seinem großen Kopf mehr dafür interessiert hätte, was bei seinen Rechnungen rauskommt, dann hätte er sich vielleicht aus lauter Verantwortung doch lieber bei der Bombe um ein paar Kommastellen vertun sollen, dann wäre dies Ding vielleicht gar nicht erfunden worden."

Schika legte seinen Zeigestock quer unter die Nase und beugte sich zu Trullesand hinab. „Die grammatische Konfusion in ihrem Satzgebilde entspricht dem denkerischen Durcheinander. Wo auf die Folgen gesehen wird, kommt nicht Wissenschaft zustande. Die Probleme der Wissenschaft wohnen außerhalb der Gesellschaft und schon gar außerhalb der Politik. Wissenschaftler, die sich mit der Politik einlassen, sind in ihrem Fach meistens gescheiterte Existenzen."

„Und Einstein?" rief Robert.

„Was soll denn sein mit Einstein?"

„Der ist doch wohl keine gescheiterte Existenz?"

„Und Sie verlangen doch wohl keine Antwort auf diese Frage?"

„Nein. Aber Einstein hat sich mit Politik befaßt."

„So, so. Dann erzählen Sie mal, was Sie von Einstein wissen, Herr Iswall."

„Ich weiß es vom Kreissekretär Haiduck, und der hat uns erzählt, als sie in Spanien waren, da haben sie Geld gebraucht, weil Krieg teuer ist, und da ist in aller Welt gesammelt worden, auch in Amerika. Zu Einstein sind einige Leute gekommen und haben ihn um die Originalhandschrift der Relativitätstheorie gebeten. Die wollten sie versteigern, was sicher viel Geld gebracht hätte. Aber das Original war bei den Faschisten in Deutschland geblieben. Da hat Einstein die Sache noch einmal handschriftlich aufgesetzt, für die Spanische Republik, und das hat viel Geld gebracht. Und das war doch wohl Politik, Herr Doktor!"

Quasi Riek meldete sich und fuhr fort: „Noch ein Beispiel, Herr Doktor, das hat uns auch der Genosse Haiduck erzählt. Joliot-Curie. Der hat für die Widerstandskämpfer in Paris Brandflaschen erfunden. Und wenn das nicht quasi Politik ist!"

Irmchen Strauch steuerte noch den Stockholmer Appell bei, und ein Hagel von Namen der Wissenschaft ging auf Schika nieder, und der Aktivist Blank hatte die Kühnheit, Schika daran zu erinnern, daß er doch auch den Appell unterschrieben habe. Doch der Doktor lächelte nur überlegen.

„Hier geht alles durcheinander", sagte er, „in Ihrem Geschrei ist beinahe mehr Ordnung als in Ihren Überlegungen. Wenn Sie gestatten, werde ich das Knäuel jetzt entwirren. Erstens: Der Inhalt des Stockholmer Appells, um damit anzufangen, ist gleichsam nicht eigentlich politisch. Er ist überpolitisch. Es geht dabei nicht um Parteien, sondern um die Menschheit. Politische Fragen sind in diesem Falle zu vernachlässigende Größen. Letzteres ist ein mathematischer Ausdruck. Zweitens: Die Atombombe hat zumindest zwei Seiten, eine wissenschaftliche und eine moralische. Beide tangieren einander nicht. Moralisch ist diese Bombe zu ächten. Wissenschaftlich ist sie eine Höchstleistung. Als ich den Appell unterschrieb, war nicht meine wissenschaftliche Meinung, sondern meine Moral erfragt worden. Drittens: Als Einstein und Joliot-Curie taten, was hier erwähnt worden ist, handelten sie unter moralischen Aspekten. Ihr Status als Wissenschaftler blieb davon unberührt. Übrigens gehören sie als Wissenschaftler ebenso zu den Vätern der Bombe wie Fermi. Wissenschaft geschieht in einem amoralischen Bereich. Viertens: Ich wundere mich über Sie, Herr Iswall. Sie haben Einstein hier hineingebracht und scheinen nicht zu wissen, daß dessen Lehren sich keineswegs, um es sehr vorsichtig zu formulieren, großer Beliebtheit in der Sowjetunion erfreuen. Fünftens: Von nun an verschonen Sie mich bitte mit dieser Art Diskussion. Ich habe Sie in Mathematik und leider auch in Physik zu unterweisen. Mit den politischen Sachen gehen Sie besser zu Ihrem Herrn Haiduck, der ja glänzend unterrichtet zu sein scheint – Bitte notieren Sie: Ein permanenter Magnet ist ein Körper aus einem ferromagnetischen Material, der sich in einem äußeren magnetischen Felde stark magnetisieren läßt und seine remanente Magnetisierung auch in Gegenfeldern beibehält ..."

Trullesand stand auf und sagte: „Erlauben Sie noch eine letzte Frage zu dieser Sache, Herr Doktor?"

„Werter Herr Trullesand", sagte Schika nuschelnd, weil er sich mit seinem Zeigestock die Nasenlöcher zuhielt, „könnte ich Ihre beinahe widerliche Zähigkeit auch vor mathematischen Aufgaben bemerken, so würde ich Ihnen jetzt mit mehr Geduld zuhören. Was, zum Kuckuck, wollen Sie noch?“

Trullesand lief rot an, und seiner sorgfältigen Artikulation war anzumerken, wie sehr er bemüht war, die Versuchungen des Stettiner Vorstadtslangs niederzukämpfen. „Die Frage ist: Muß nicht jeder Mensch, ganz gleich, ob er nun Physiker oder meinetwegen Zimmermann ist, immer daran denken, was aus seine, aus seinen Handlungen für andere, also für die Menschheit entstehen kann? Ich meine, ist das nicht Menschlichkeit?“

„Ich vermute, Sie haben immer, wenn Sie einen Dachbalken einsetzten, an die Menschheit gedacht.“

„Nee, aber bestimmt daran, daß dieser Balken keinem Menschen auf den Kopp fallen darf!“

„Das ist löblich, werter Herr, aber doch wohl weniger eine Frage der Menschlichkeit als eine der beruflichen Vertrauenswürdigkeit. Ganz nebenbei sehe ich geringfügige Unterschiede zwischen der Arbeit eines Zimmermanns und der eines Wissenschaftlers. Wissenschaft erfolgt, um es zum letzten Mal zu sagen, außerhalb politischer, ideologischer oder ethischer Kraftfelder. Eine mathematische Gleichung hat keine politische Farbe. Ihre Lösung geschieht unter Ausschluß der Öffentlichkeit. Eine richtige Lösung kann weder menschlich noch unmenschlich sein. Auch der Mensch oder die Menschlichkeit sind hier zu vernachlässigende Größen. Als Mensch darf der Wissenschaftler selbstverständlich kein Unmensch sein. Aber als Wissenschaftler muß er sozusagen ein Nichtmensch sein. Ende der Debatte. – Fräulein Bilfert, bringen Sie uns den Elektromagneten aus dem Schrank.“

Niemand achtete auf Vera, weil jeder auf Trullesands Protest wartete, und so wußte nachher niemand zu sagen, wie es geschehen war. Auch Vera nicht. Sie sagte später, sie sei von der Schulbank aufgestanden, und dann sei sie im Krankenhaus aufgewacht, und zuerst habe der Kopf nicht einmal weh getan.

Sie war mit der Stirn in die Scheibe gefallen, und als der

Fischer Trimborn sie aufhob, waren ihr Gesicht und ihr Haar voll Blut.

Quasi Riek stand auf einem Stuhl und kommandierte, als habe er sich lange auf dieses Ereignis vorbereitet: „Alles setzt sich. Pfoten und Taschentücher weg. Förster, stell dich neben sie; sie darf sich nicht bewegen. Trimborn, in Nummer elf wohnt ein Arzt, lauf! Gerd, runter zum Hausmeister, die Apotheke holen! Blank und Runge, auf dem Boden hinter dem zweiten Schornstein steht eine Bahre. Und Iswall wäscht sich die Hände. Mal sehen, was du bei deinem Scheißkommiß gelernt hast."

Als Trimborn mit dem Arzt kam, lag Vera bereits mit verbundenem Kopf auf der Bahre, und Quasi war verschwunden. Rose Paal sagte, er habe ausgesehen, als sei ihm schlecht geworden.

Zu viert trugen sie die Bahre in die Praxis des Arztes. „Guter Verband", sagte der, „aber das müssen wir nähen. Da kann ich Sie nicht mehr gebrauchen. Wie kam das? Ist sie ausgerutscht?"

„Das hat keiner gesehen", antwortete Trullesand, „es hat geklirrt, und da lag sie im Schrank. Sie sollte den Elektromagneten holen, wir hatten nämlich Physik."

„Aha, ja, das ist ein interessantes Fach."

„Und ob", sagte Trullesand.

Der Arzt sah Robert scharf an und fragte: „Erwartet sie ein Kind?"

„Um Gottes willen", sagte Robert, und er hörte, wie Trullesand genau das gleiche sagte.

Der Arzt nickte gleichgültig. „Na schön. Jetzt kann ich Sie nicht mehr gebrauchen. Aber wenn Sie es hören wollen: Sie haben sich mustergültig benommen. Das Mädchen kommt nachher in die Klinik, aber lassen Sie sich da nicht vor morgen sehen, ob sie nun ein Kind bekommt oder nicht. Adieu, die Herren!"

Auf der Straße fragte Robert: „Hat einer von euch dringendes Verlangen nach der Russischstunde?"

Der Fischer Trimborn schüttelte den Kopf. „Es muß nicht sein. Aber ich würde gern mal nach Fiebach sehen. Der scheint sich gestern erkältet zu haben. Kommst du mit, Aktivist, seine Mutter wohnt nicht weit."

Robert und Trullesand sahen den beiden Riesen nach, und erst als sie verschwunden waren, sagte Robert: „Ich glaub's nicht."

Trullesand zog seinen Schal fester. „Dann sind wir zwei."

Sie gingen über den Stadtwall, und am Platz der Befreiung sagte Robert: „Vielleicht war das gestern zu viel für sie."

„Du meinst das Marschieren und den Regen?"

„Was sonst?"

„Ja, wenn sonst nichts war."

„Sonst war nichts. Ich hab dir doch gesagt, worüber wir gesprochen haben. Sülze, Brillen, Konfirmation. Harmloser ging es schon nicht mehr."

„Vielleicht hat die Überraschung sie umgehauen."

„So spät erst?"

„Oder sie hat sich in dich verknallt."

„Ja, und darum fällt sie in den Physikschrank. Damit ich es merke, was?"

„Die sind manchmal komisch."

„Na los, laß deine Erfahrungen sprechen. Ist deinetwegen mal eine vom Stettiner Kirchturm gesprungen?"

„Nicht daß ich wüßte."

„Na also. Außerdem, wenn einem von uns beiden schwindlig geworden ist, dann war ich das. Schon heute mittag in der Mensa wurde mir ganz anders, als ich sie sah."

„Du brauchst mir nichts zu sagen. Ich saß ja neben dir. Kein Wort hast du über die Graupen gesagt."

„Der Beweis scheint mir schlüssig. Verhaften Sie mich, Herr Kommissar."

Trullesand stiefelte einen halben Meter vor Robert her, und nach einer Weile sagte er: „Kann ich verstehen."

Robert nickte, aber dann sagte er: „Wieso denn, Mann, wieso kannst du das verstehen, wenn ich es nicht verstehe?"

„Ich kann's aber. Die ist doch kernig."

„Ach, erzähl mir nichts. Wir haben mindestens ein halbes Dutzend Mädchen hier, die hübscher sind als sie. Rose Paal zum Beispiel hat Beine, die sind zwar ein bißchen dünn, aber ich bin immer froh, wenn sie Hosen anhat."

„Mann, die denkt doch noch, die Dinger sind bloß zum Laufen da."

„Kann sein, aber eines Tages hört sie's anders, und ich bin nicht sicher, ob sie dann weint. Oder Irmchen Strauch. Wenn die mal ihre Katjuscha-Iwanowna-Tour läßt, wird sie eine helle Freude sein."

„Keine Aussicht. Ich kann mir keinen Körperteil denken, zu dem die nicht ‚Freundschaft, Jugendfreund!' sagen würde."

„Und was soll an der Vera sein?"

„Hier", sagte Trullesand und tippte sich an die Stirn, „du löffelst die Graupen wie Zuckererbsen, und ich soll dir sagen, warum. Warum bist du denn gestern mit ihr zu Gröbel gegangen und hast 'ne Lage Sülze geschmissen? Wenigstens das wirst du doch wohl noch wissen."

„Eben nicht. Vielleicht nur, weil ihr Pullover... Ich meine, da ist sie ganz anders veranlagt als sonst überall. Das kann einen irritieren."

„Hat sie's dir erklärt?"

„Ich sag dir doch: Konfirmation war das große Thema."

„Immerhin, das war ja auch schon ganz schön intim. Was machst du denn nun, Alter? Schickst du ihr Blumen?"

„Bis du verrückt? Blumen? Vielleicht kämme ich mir noch einen Scheitel? Und kannst du mir sagen, wo ich Blumen hernehmen soll?"

„Claro", sagte Trullesand. Er öffnete eine Gartenpforte und zog Robert mit. Auf dem Messingschild an der Tür des Einfamilienhauses stand „Prof. Dr. Everding". Trullesand läutete und zog seinen Schal fester. Robert blieb auf der untersten Stufe der kleinen Treppe stehen, aber das nützte ihm nichts. Denn als eine kleine ältere Frau öffnete, wies Trullesand auf ihn und sagte: „Guten Tag, Frau Professor, mein Freund hier ist in großer Verlegenheit. Seine Braut ist eben in die Klinik gebracht worden, und nun wollte er ihr Blumen bringen, aber es gibt ja keine. Wir haben aber gesehen, daß Sie wunderschöne Blumen hinter Ihren Fenstern haben. Könnten Sie sich nicht von einer Blüte trennen, ausnahmsweise? Sie wissen ja: Freude hilft heilen!"

„Ach, ihr Studenten", sagte die Frau, „ach, diese Zeiten, nicht einmal Blumen gibt es! Aber die Not macht erfinderisch, nicht wahr, und die Liebe auch. Warten Sie, ich bringe Ihnen ein paar Alpenveilchen."

„Du Klappsmajor!" sagte Robert, und Trullesand flüsterte: „Übe schon mal feste einen Diener und versuch, ob du ‚Gnädige Frau' sagen kannst."

Es war ein richtiger Strauß, und Trullesand sagte, der sei ganz entzückend, und er bitte, die Sprachlosigkeit seines Freundes zu entschuldigen, der sei ein bißchen durcheinander. Er machte eine tadellose Verbeugung, und auch Robert gab sich alle Mühe. Sie liefen fast über den Gartenweg, aber an der Pforte drehte Trullesand sich um und wiederholte seine Verbeugung, und die Frau winkte ihnen zu.

„Mit dir ist billig leben", sagte Robert, „aber mußtest du wirklich Braut sagen?"

„Was denn sonst? Für eine Freundin hätte die alte Dame nichts rausgerückt. Das klingt so unordentlich."

„Aber jetzt denkt sie bestimmt, ich werde Vater."

„Wer weiß, vielleicht wirst du's."

„Jetzt hör mal zu, Trullesand. Ich bin gestern abend das erste Mal mit der Schneiderin allein gewesen. Vielleicht hab ich mich da ein bißchen in sie verguckt, aber sie bestimmt nicht in mich. Sie hat gesagt, ich bin ein Angeber. Weißt du was, geh du zu ihr rauf, grüß sie von der Klasse und meinetwegen auch von mir. Wie komm ich mir denn vor, Mensch, ich gehe mit ihr zu Gröbel, weil es draußen kalt ist, und sie ist naß, und ich gucke sie an, weil sie an manchen Stellen hübsch ist, und nur, weil sie am nächsten Tag in einen Glasschrank stolpert, soll das nun mehr sein? Das ist kitschig. Und dann: Ich weiß, wie das ist, wenn man zerschmettert in einem Krankenhausbett liegt, und dann geht die Tür auf und einer kommt mit Blumen. Das führt zu Irrtümern. Geh du rauf, ich warte hier."

„Einverstanden", sagte Trullesand, „nur, dann bin ich es, der die Tür aufmacht und mit Blumen kommt, und wenn deine Theorie stimmt, dann kommt der Irrtum auf mich zu, und ich weiß gar nicht, ob ich die Seelenstärke hätte, ihn aufzuklären. Du weißt ja, ick finde die kernig."

„Das laß man", sagte Robert, und es klang schärfer, als es sollte, „dann geben wir die Blumen beim Pförtner ab und schreiben einen Zettel dazu."

„Das wäre praktisch, aber feige, nicht?"

„Los, gehn wir rauf."

Die Stationsschwester war eine von der krötigen Sorte. „Was denn, was denn", sagte sie, „das Kind ist noch nicht halb wieder bei sich, und dann schon Scharen von Besuchern? Und außerhalb der Besuchszeit! Kommt ja überhaupt nicht in Frage. Wir sind hier doch kein Lustgarten!"

„Ganz sicher nicht", sagte Robert, „aber nun sehen Sie sich den doch mal an, Schwester. Der hat für sein letztes Geld Blumen gekauft, und wie schwer die zu kriegen sind, wissen Sie doch selbst. Aber er weiß: Freude hilft heilen. – Nun komm, Gerd, sag mal schön ‚Bittebitte!' zu der Schwester!"

„Das nützt ihm gar nichts", sagte die, aber als Trullesand ganz nahe an sie herantrat und flehentlich „Bitte, Schwester!" flüsterte, seufzte sie: „O Gott, welch ein Verführer! – Marsch, fünf Minuten. Aber nicht anfassen!" Sie hielt Robert am Ärmel fest und fragte: „Und was ist mit Ihnen? Sie müssen da doch nun wirklich nicht mit."

Robert machte sich vorsichtig los. „Doch", sagte er, „man sieht es mir nur nicht so an."

Trullesand wartete und ließ ihm an der Tür den Vortritt. Sie traten auf Zehenspitzen in das Zimmer.

„Seht ihr aber komisch aus", sagte Vera Bilfert, und Robert sagte, ehe er es bedacht hatte: „Und du siehst hübsch aus."

„Wenn der Verband ab ist, nicht mehr", sagte sie, „und ich bin doch so schrecklich eitel."

Trullesand machte eine wegwerfende Gebärde. „Das ist genehmigt. Iswall hat mich auf dem Weg hierher überzeugt, daß du die Hübscheste von dem ganzen Verein bist. Er hat recht, und daran ändern ein paar Kratzer auch nichts. Tut das weh?"

„Noch nicht. Aber das kommt bestimmt. Ich glaube, die haben mit Draht genäht. Es ist so stramm."

„Gib ihr mal die Blumen", sagte Robert, „wir sind nämlich eine Delegation und überbringen die brüderlichen Kampfesgrüße der Arbeitsgruppe A1 und so."

„Der schwindelt", grinste Trullesand, „das war seine Idee, und wir kommen hierher, weil du uns sympathisch bist. – Sag mal, fällst du öfter um?"

„Das hat der Arzt auch gefragt, aber ich weiß wirklich nicht, wie das kam. Ich bin aufgestanden, und da kam die Scheibe auf mich zu. – Ihr seid mir auch sympathisch."

„Welch eine Freude allüberall", sagte Robert, „nun gehn wir, Gerd, sonst überlegt sie sich das noch mal, und wenn wir den Kredit bei der Schwester überziehen, läßt sie uns nie wieder rein." Sie winkten Vera zu, und draußen sagte die Schwester zu ihnen, wenn sie immer so brav wären, dürften sie wiederkommen. Ihre Augen hingen an Trullesands Locken.

An der Stationstür machte Trullesand kehrt und stiefelte auf die Schwester zu. Robert wartete an der Treppe auf ihn, und als Trullesand zurückkehrte und ihm sagte, er habe die Sache mit Braut und Bräutigam richtiggestellt und heute abend werde er die Schwester besuchen, da war ihm von Herzen wohl.

„Mann“, sagte Trullesand, „so viel Glück mir armen Waisenknaben. Sie sagt, sie wohnt allein in einer Dachkammer, und erst muß man über einen Boden, auf dem es schrecklich dunkel ist, und ich soll mir nur nicht den Kopf stoßen. Ist das Glück?“

„Und ob“, sagte Robert.

In der Oberschule waren die Lampen schon eingeschaltet, aber die Stromsperre war nicht mehr weit. Sie hatten auch die zweite Russischstunde versäumt, und nun warteten sie auf dem Schulhof auf die letzte Pause. Jetzt kam nur noch Geographie, und darüber brauchten sie sich keine Gedanken zu machen. Dolph, der Fachdozent, war ein Erzähler vor dem Herrn, und wenn man die Schnurren, die er über Länder und Leute mitzuteilen wußte, beim Repetieren nicht vergaß, dann war man bei ihm fein heraus.

„Nun ist es bald aus mit den gemütlichen Schummerstunden“, sagte Trullesand, „der Frühling kommt schon angeklotzt! Riechst du ihn?“

„Ich rieche eine ungeheure Menge Frühling, Mann, und ich weiß nicht, was ich davon halten soll. Ich bin eigentlich mehr für den Herbst, und dann vergeht mir die Zeit hier zu schnell. Wir sind beinahe schon eine Ewigkeit hier, und nun frage ich dich: Was ist bis jetzt dabei rausgekommen? Viel schlauer als vorher komme ich mir jedenfalls nicht vor. Wenn ich das so vergleiche: Als ich ein halbes Jahr in der Lehre war, da wurde unser Geselle eingezogen, und der Alte schickte mich alleine los und kassierte Monteurlöhne für mich. Aber gar nicht so zu Unrecht, denn ich machte das nicht schlechter als der Geselle. Und hier? Allein schon an Russisch geh ich ein; da ist ja der Förster noch besser als ich.“

„Das macht der Unterschied zwischen Fleiß und Faulheit.“

„Schön, aber warum bin ich faul? Ich bin doch nicht einmal in Mathematik faul, und die hab ich ja nun auch nicht so gern.“

„Nee, aber da würde Schika dich umhauen und sich dann mit dir fotografieren lassen, Zeigestock als Säbel und den Fuß auf deinem Bauch. Aber Towarisch Tolstojewski hat nur Angst vor dir."

„Tolstojewski ist gut. Hast du das eben erfunden?"

„Weiß nicht. Ging mir schon immer durch den Kopf, wenn der seinen Kehrreim aufsagte: ‚Sie müssen die Sprache von Tolstoi und Dostojewski erlernen. Es ist ein Gebott dieser Stunde, und es ist außerdem, meine Freunde, ein Gebott von Chumanismus!' Und vor dir hat er Angst, weil er genau weiß, daß du besser Deutsch kannst als er."

„Das klingt kritisch."

„Ist auch kritisch gemeint. Ick bin auch nicht hingerissen von dem Onkel, aber den aufziehen ist kein Kunststück."

„Es ist wohl eher Angeberei, was?"

„Könnte sein", sagte Trullesand.

In der Redaktion fragte niemand nach Roberts ABF-Serie. Von oben hatte es wegen ungenügender Unterstützung der Frühjahrsbestellung scharfe Kritik gegeben, und die Auswertung war in vollem Gange.

„Wenn du unter deinen Absolventen einen führenden Landwirt hast, irgendeinen Meisteragronomen, der den Rübenzuckergehalt erhöht, dann bist du hier willkommen", sagte Werner Kuhlmann, „alles andere interessiert nicht. Selbst die vom Sport drucken im Augenblick nur Berichte über Vereine, die ‚Traktor' heißen. Halt, lauf nicht gleich weg, das ist ja noch nicht die ganze Bredouille. Zu allem Überfluß habe ich einen Brief vom Schriftstellerverband gekriegt. Da schreibt mir der Kollege Breisel im Namen des Sekretariats, sie seien bestürzt, weil unser Organ ihnen seit langem nicht die gebührende Aufmerksamkeit geschenkt hat, und nun haben sie heute eine Versammlung, zu der sie uns herzlich einladen. Das ‚herzlich' ist natürlich ironisch gemeint. Sie haben sich etwas Besonderes ausgedacht: einen Erfahrungsaustausch zwischen älteren und jüngeren Schriftstellern. Wenn du Zeit hast, hör dir das doch mal an, du kennst doch den Laden. Ob wir es dann drucken, weiß ich noch nicht. Die Landwirtschaft frißt jetzt alles. Aber wahrscheinlich kriege ich den Platz, wenn ich im Kollegium die Situation schildere."

Der Verbandssekretär Breisel ließ die fast vollzählige Anwesenheit der Presse nicht unerwähnt, als er die Versammlung einleitete, und er sagte, jedermann im Saal sehe zwar ein, wie wichtig die Frühjahrsbestellung sei, jedoch dürfe darüber nicht vergessen werden, daß auch auf dem Felde der Literatur geackert werden müsse, solle es zu einer gedeihlichen Ernte kommen. Und eben zum Zwecke dieser Beackerung sei man hier zusammengekommen, Alte und Junge, Erfahrene und Neulinge, und viel verspreche man sich von dem Gespräch, das er hiermit eröffne.

An dieser Stelle warf der betagte Verfasser einer Trilogie über die Inflationszeit sein Kognakglas um und sagte empört zu dem Kellner, der längst am Nebentisch servierte: „Das war aber sehr geschickt. Da war wohl ein Erdbeben in Mazedonien, wie?"

Der Kritiker Schlichtkow, der schon die Anfänge des Inflationsbeschreibers mit Bewunderung registriert hatte und seither jedes Prosastück an dem ersten Band der Trilogie „Geld stürzt den Kronen nach" zu messen pflegte, lachte begeistert über das Wort des Meisters und rief mehrmals: „Mazedonien! Ist das nicht köstlich?"

Verbandssekretär Breisel lächelte respektvoll, ehe er den jungen Kollegen Obrist aufforderte, doch einmal zu erzählen, wie er so zum Schreiben gekommen sei.

Obrist starrte eine Weile erschrocken in die Luft, dann stammelte er: „Ja, Kollegen, wie soll ich das sagen? Das ist doch wohl so. Die Literatur kann man schließlich nicht. Oder vielleicht kann man auch. Ich weiß das alles nicht. Wenn man reden soll, das ist immer so. Oder vielleicht sagen die andern erst mal."

Breisel wartete noch, als aber von Obrist nichts weiter

kam, sagte er: „Ich danke dem Kollegen Obrist für seinen Diskussionsbeitrag. Er hat gleichsam das Eis hier gebrochen, was ja immer sehr schwierig ist, und nun sollte nach meiner persönlichen Meinung einer der älteren Kollegen ..."

„Hier", riefen Pauli und Kurschak gleichzeitig.

Der Sekretär versuchte zwar, sie zu übersehen, da sich aber sonst niemand weiter meldete, mußte er sich für einen der beiden entscheiden. Robert konnte ihm nachfühlen, wie schwer die Wahl fiel. Er hatte an mehreren Veranstaltungen des Verbandes teilgenommen, und immer hatten Pauli und Kurschak das Wort ergriffen, und immer war es sehr lustig gewesen.

Breisel entschied sich resigniert für Pauli.

Der bahnte sich einen Weg durch den vollen Saal, und während Robert bewundernd die athletische Figur des Mannes betrachtete, der nun bald sechzig wurde und immer noch wie ein gefährlicher Preisringer aussah, hörte er einen der beiden Filmautoren am Nebentisch flüstern: „Ich will ja nicht von mir reden ..."

Robert zwinkerte ihm zu, und dann hörte er Pauli auch schon sagen: „Ich will ja nicht von mir reden. Hätte wohl doch keinen Zweck hier. Die Welt ist vergeßlich. Aber das ist es eben: Nicht die ganze Welt ist vergeßlich. Zum Beispiel sind eben erst wieder zwanzigtausend Exemplare meines Buches in der SU erschienen. Aber ich will ja nicht von mir reden. Nur, manchmal denke ich mir so meinen Teil. Ist ja ganz schön, wenn die jungen Leute gefördert werden. Ich bin sehr dafür. Nur die Proportionen. die müssen stimmen, sage ich immer."

„Gleich kommt der sehr hohe Genosse auf dem Basar", flüsterte der Filmautor.

Pauli pochte mit seinem dicken Finger auf das Rednerpult: „Neulich bin ich auf dem Basar. Ich setze mich da ja nicht so gerne hin, aber man hat schließlich Bewußtsein, und die Leute fragen sonst nachher immer: Was ist mit

Ihnen, warum waren Sie nicht auf dem Schriftstellerbasar? Die Leute registrieren das doch. Man ist schließlich nicht bei allen vergessen. Aber ich will ja nicht von mir reden. Nur, die Sache muß gesagt werden, weil sie typisch ist. Da kommt also ein führender Genosse, ich will hier keine Namen nennen, aber es war ein sehr hoher Genosse, den ich noch von früher kenne, und da sagt er zu mir: ‚Jupp, wie geht denn dein Buch?‘ Der interessierte sich also, dieser führende Genosse. ‚Tscha!‘ konnte ich da nur sagen. Ich erzähle das hier nur, nicht etwa, weil ich was dagegen habe, wenn die jungen Leute gefördert werden. Das soll alles sein. Nur, schließlich gibt es welche – ich will da nicht von mir reden –, die haben in der Welt Millionenauflagen. Und was haben sie hier? Das muß doch alles mal klar auf den Tisch des Hauses.“

„Hier hat er nur vierhunderttausend Auflage“, flüsterte der Filmautor, und der Verbandssekretär sagte: „Ich danke dem Kollegen Pauli für seinen Diskussionsbeitrag. Nach meiner persönlichen Meinung sollte nun wieder ein jüngerer Kollege ...“

„He, he, he!“ röhrte der übergangene Kurschak, „wie lange soll ich mir denn noch melden? Ick halte meine Pfote hier schon so lange hoch, wie Jerusalem steht, und det is vielleicht 'ne Ecke!“

„Gleich, Gustav“, sagte Breisel, „du bist der Nächste. Jetzt soll erst einmal ein Vertreter der jüngeren Generation ... Ich denke, die Kollegin Buchhacker. Da kommt nach meiner persönlichen Meinung die Kontinuität unserer Literatur sinnreich ...“

Gertrude Buchhacker bat, vom Platz aus sprechen zu dürfen, das erspare Zeit und sie habe so schon drei Tage nicht an ihrem neuesten historischen Roman über den Generalpostmeister Stephan arbeiten können.

„O wie schön!“ flüsterte der Filmautor.

„Wie denn“, sagte Gertrude Buchhacker, „wie komme ich eigentlich dazu, immerfort zur literarischen Junggarde gezählt zu werden? Als Frau, bitte schön, da bin ich wahrscheinlich, jedenfalls wenn ich mich hier unter den Kolleginnen umschaue, eine der jüngsten, wenn nicht die jüngste. Ja, wohl doch die jüngste. Wieviel muß man denn da noch schreiben? Als ich den Jakob-Kneipp-Roman hinter mir hatte, da dachte ich, dies ist der Durchbruch. Aber was kam dann? Dann hat man mich zu einem Abend der jungen Talente eingeladen. Darüber wollte ich aber nicht sprechen. Ich wollte über etwas anderes sprechen. Ich konzipiere gerade ein Buch über Hermann Friedrich Schwabe, von dessen Anteil an der Entwicklung unserer Speiseölindustrie niemand etwas zu ahnen scheint! Mit meinem neuen Werk verfolge ich das Anliegen, diese Lücke zu schließen. Es soll ein sehr poetisches Buch werden, aber natürlich muß ich mir auch einige technologische Fakten aneignen, wie es auf der Bitterfelder Konferenz gesagt worden ist. Doch was geschieht mir? Man läßt mich nicht in die hiesige Ölmühle. Man schützt alle möglichen Hygienevorschriften vor. Wozu aber, so frage ich jetzt, bin ich da im Schriftstellerverband?"

„Sehr richtig!" rief der Filmautor, und Gertrude drohte ihm mit einem ihrer vielen Ringfinger.

„Ich danke der Kollegin Buchhacker für ihren Diskussionsbeitrag", sagte der Sekretär und wies zögernd auf Gustav Kurschak. „Möchtest du jetzt, Gustav?"

„Wat dachtest du denn?" sagte der. „Det paßt sogar sehr gut zu det, wat die Buckeckern eben gesagt hat. Es ist alles eine Frage der Funktionäre, liebe Freunde. Sowie die nämlich hauptamtlich sind, fängt der Schluderjan an. Da kann ick euch ein Lied von singen. Voriges Jahr, im Winter war det, ick fuhr da noch mit mein Gespann, mit die siebenhundertfünfziger Harley-Davidson, da bekomme ich eine Einladung nach wo? Nach Pasewalk, scheint mir. Ick da hin. Und kalt war es, Freunde. So um zweiundzwanzig Grad minus. Ich komme da zu dem Club, und wer beschreibt mein Erstaunen: kein Aas da! Nur 'n kleenes Mädchen, so von vierzehn und mit 'ne leuchtend rote Bluse. Ich sage: ‚Wat is hier los? Ich bin der Schriftsteller Gustav Kurschak, und nu is keen Aas da?' Sie sagt, die sind alle in einer anderen Versammlung. ‚So', sage ick, ‚denn geh du nu mal schnell dahin und sag, der Schriftsteller Gustav Kurschak ist hier, und wehe, die kommen nicht!' – ‚Gut', sagt sie, und ick soll mich solange an den Ofen setzen. Das machte ich nun, Freunde, und langsam taue ich auf. Da merke ich, auch meine Nase taut auf. Also, was tut der Mensch da? Er benutzt sein Taschentuch. Ach so, det hab ich noch vergessen: Da war auch ein Hund in dem Club. Der saß vor mir, während ich auftaute. Und dieser Köter nun, ein Riesentier war das, der knurrt, wie ich nach meinem Taschentuch greife. Ick nehme die Hand wieder aus meine Tasche, und da hört er auf mit Knurren. Aber meine Nase, Freunde, die lief ja noch. Also greife ick wieder nach det Tuch, und wieder knurrt der Hund. Nun sah ich einen Zusammenhang. So ging nun die Zeit hin. Die Neese juckt, ick greife, der Hund knurrt, ick laß det Greifen sein; die Neese läuft, ick bewege die Hand, der Hund fletscht die Hauer, ick laß die Neese laufen. Es muß Stunden gedauert haben, Freunde! Und deshalb bin ich, genau wie die Kollegin Buchdecker, gegen die hauptamtlichen Funktionäre!"

Gertrude Buchhacker war eine der wenigen im Saal, die ernst geblieben waren. Als das Gelächter ein wenig abflaute, rief sie empört: „Ich heiße Buchhacker, Kollege Kurschak, den Namen wird man sich doch wohl merken können! Aber das wollte ich nicht sagen. Ich wollte vielmehr sagen: Ich verstehe diese Geschichte nicht. Wo ist denn da der Zusammenhang mit meinem ernsten Anliegen, und was hat das mit den hauptamtlichen Funktionären zu tun?"

„Mensch", sagte Kurschak, „versteh doch mal: die det versiebt hatte, det war eine Hauptamtliche."

Sekretär Breisel konnte sich nur mühsam Gehör verschaffen. „Ich danke dem Kollegen Kurschak für seinen Diskussionsbeitrag", sagte er mit schiefem Lächeln, „allerdings ist nach meiner persönlichen Meinung die Schlußfolgerung... Aber da sehe ich, daß unser verehrter Bertold Wassermann etwas sagen will. Bitte schön, Professor!"

Professor Wassermann, dessen Inflations-Trilogie ein Jahrhundertbuch geworden war, schloß die Augen und sprach vor sich hin: „Als ich begann, meinen Roman ‚Geld stürzt den Kronen nach' zu schreiben, da war der erste Weltkrieg schon lange vorbei. Ich war als junger Kavallerieleutnant ins Feld gezogen, aber in meiner Satteltasche hatte ich die Schriften von Sigmund Freud mitgeführt. Und dann kam Langemarck, und das ganze Medusenantlitz der Wilhelminischen Ära wurde sichtbar. Da entfuhr mir ein Aufschrei, und dies war das Grundelement meines Buches. Aber, und das möchte ich den jungen Leuten sagen, die heute zu schreiben beginnen: Ein Buch muß wie eine Katze sein. Der Schrei allein genügt nicht; es muß auch zu sehen sein, was da schreit. In der heutigen Literatur bemerke ich sehr viel Geschrei, aber ich sehe keine Katzen. Das kann ich nicht oft genug betonen."

Wassermanns „Katze" geisterte schon seit Jahren durch die Literaturtheorie. Vor allem Schlichtkows Rezensionen endeten meistens mit dem Diktum: „Doch leider muß auch in diesem Buch die berühmte ‚Katze' des Altmeisters unserer Literatur als nicht vorhanden angezeigt werden." Einmal hatte er sogar geschrieben: „Gut, man spürt die Pranke des Löwen, doch erhebt sich wieder einmal die Frage: ‚Wo bleibt die Katze?' "

Die Katze hockte unsichtbar auf den Schreibtischen der Romanciers, sie trieb ihr Fabelwesen in Seminaren und Konferenzen, sie spreizte sich in Titeln und schnurrte noch in Fußnoten bedeutsam, und es war schon ein Wunder, daß ihr Abbild noch nicht zum Symbol des Schriftstellerverbandes erhoben worden war. Aber das war auch wieder kein Wunder, denn es gehörte zu ihrem Wesen, daß sie unabbildbar schien. Jeder behauptete, sicher zu sein, daß es sie gäbe, aber niemand konnte sie beschreiben. War sie grau oder schwarzweiß gefleckt, war sie ein kugelrundes Etwas oder ein langgestrecktes Ungeheuer, hatte sie einen buschigen Schweif oder ein Ringelschwänzchen, hatte sie gelbe Augen, grüne, graue oder gar rote? Keiner wußte es. Wenn von der Friedenstaube die Rede war, dann konnte man sich an Picasso halten, und selbst vom Lochneß-Ungeheuer hatte man einigermaßen handliche Vorstellungen, doch nicht die geringsten hatte man von Wassermanns Katze. Nur so viel wußte man, und das stimmte glücklicherweise mit jedermanns Bild von einer Katze überein: Sie war überaus zählebig. Und auch dies schien inzwischen schon beinahe alle Welt zu wissen: Beim Schreiben war sie von keinerlei Nutzen. Man munkelte sogar, daß sich im Ostseebezirk ein Kollektiv von jungen Germanisten unter Anleitung eines Professors, der selbst schon ein Ernst-Moritz-Arndt-Festspiel verfaßt hatte, an einer Monographie versucht haben sollte, deren Gegenstand die Trilogie „Geld stürzt den Kronen nach" und deren Ziel es gewesen sei, die Wassermannsche Katze wissenschaftlich zu definieren, aber, so hieß es, selbst diese Forscher hätten das Tier nicht packen können, das Team sei aufgeflogen, ein Mitglied sei Ökonom geworden und ein anderes Theologe, und nur noch der Professor halte treu am alten Glauben von der Katze fest. Der Stifter dieses Glaubens aber, der Dichter Wassermann, war nie zu bewegen gewesen, genauere Auskünfte über die Beschaffenheit seiner Kreatur zu geben; er lächelte nur fein, wenn, wie es in letzter Zeit öfter geschah, junge und furchtlose Leute Bescheid von ihm wollten, er sprach dann von seinen Freunden Feuchtwanger und Zweig, war auch auf Becher gut zu sprechen, erwähnte das Talent Brechts, fand die Seghers nicht schlecht, mäkelte ein bißchen an Ludwig Renn herum, schüttelte den Kopf über Hermlin, der einmal doch schon der Katze so nahe gewesen sei, pries Bredel und Marchwitza, bekannte, von den Jungen nicht einen zu kennen, und erzählte dann wieder einmal, wie das alles gewesen sei, als er begonnen habe, „Geld stürzt den Kronen nach“ zu schreiben und Sigmund Freud ebenso wie das Medusenantlitz der Wilhelminischen Ära zu überwinden.

Robert sah erstaunt, daß der Redakteur der „Berliner Zeitung“ Wassermanns kleinen Vortrag säuberlich mitschrieb und dabei ein Gesicht machte, als erfahre er hier von einer schlagzeilenreifen Sensation. Der Dichter war jetzt bei den Milchpreisen in den zwanziger Jahren, und danach würde die schreckliche Ausbreitung der Homosexualität kommen, und dann würde die Geschichte mit Brecht folgen, in der Wassermann zu Brecht gesagt haben wollte: „Links wollen Sie sein, Herr? Für mich sind Sie nur linkisch!“, was Brecht sehr getroffen und seine endgültige Hinwendung zum Marxismus bewirkt haben sollte, und danach kam die flüchtige Begegnung mit jener Frau, deren Haar wie gedünsteter Schnee gewesen war, und die Aufforderung an die Jungen, sich das einmal vorzustellen, und da war dann auch schon das Romanische Café und die mit aller Schärfe gestellte Frage, ob die Regierung denn ernsthaft glaube, daß aus der deutschen Literatur noch einmal etwas Gescheites kommen könne, solange es an einem solchen poetischen Brennpunkt mangele.

Das alles hätte interessant und lustig sein können, wenn es nicht Wassermanns Erinnerungsbuch „Der Puls schlägt hoch im Halse“ gegeben hätte. Aber dieses Buch gab es seit fünf Jahren, und es begann mit dem Satz: „Als ich beschloß, meinen später weltberühmten Roman ‚Geld stürzt den Kronen nach‘ zu schreiben, da war die Milch sehr teuer, und die Homosexualität hatte schreckliche Ausmaße angenommen, und Brecht war ein überschätzter Krakeeler, und wieder starrten die urbösen Augen der Medusa, und es mußte ein Schrei sein, und ich war es, der diesen Schrei tat.“

Der Redakteur von der „Berliner“ war, wie Robert sah, nicht der einzige im Saal, der mit Schreibzeug hantierte; auch die beiden Filmautoren am Nebentisch machten hin und wieder Zeichen auf Papier: Sie spielten Käsekasten, und der Lyriker neben ihnen, der einer der letzten Vertreter der reimhaften Schule war, versah das Illustriertenbild einer Schlagersängerin mit einem gewaltigen Schnauzbart.

Professor Wassermann hatte die Kurzfassung seines Erinnerungsbuches beendet, und der Verbandssekretär Breisel dankte ihm respektvoll für seinen wertvollen Diskussionsbeitrag und meinte, nach seiner persönlichen Meinung könne man jetzt zum Schluß...

Dies war das Stichwort für den Dramatiker Tinkler-Bill. Er stand auf und rief: „Einen Moment noch, bitte! Manche werden sagen, es ist genug geredet worden, andere werden sagen, es ist noch nicht genug geredet worden. Ist das richtig? Gut, das ist Ansichtssache, das soll jeder mit sich ausmachen. Dem einen kann nie genug geredet werden, dem anderen wieder kann genug geredet werden. Ist das richtig? Manche könnten sagen, hier ist nun alles gesagt worden, aber andere wieder könnten sagen, hier ist noch nicht alles gesagt worden. Das ist doch richtig! Ich werde keinem sagen, was er denken soll. Das wäre doch nicht richtig. Stimmt's? Dem einen gefällt dies, dem anderen gefällt das. Aber das kann nicht richtig sein. Stimmt's etwa nicht? Stimmt! Einer sagt, mir gefällt der Frieden, ein anderer sagt, mir gefällt der Krieg. Nun, sagen wir, das sind zwei Ansichten, und Ansichten sind Ansichten. Aber sind Ansichten Ansichten? Das kann doch nicht stimmen. Die eine Ansicht ist die eine, und die andere Ansicht ist die andere. Richtig? Richtig! Man muß doch differenzieren. Muß man? Man muß!"

An dieser Stelle machte die Kinderbuchautorin Alma Heisler ihren Zwischenruf. Wer mehr als drei Versammlungen des Schriftstellerverbandes besucht hatte, mußte den Eindruck gewinnen, daß Tinkler-Bill stets nur hinkam, um ein möglichst scharfes Schlußwort zu sprechen, und daß Alma Heislers Anwesenheit wiederum nur einen einzigen Zweck hatte: den des Zwischenrufs mitten hinein in des Dramatikers Schlußwort. Alte Freunde der beiden wußten, daß dies schon im Bund proletarisch-revolutionärer Schriftsteller nicht anders gewesen war und auch während der Emigration in Frankreich und Amerika nicht. Die Kinderbuchautorin hatte sechs Bücher geschrieben, und alle waren Welterfolge geworden; der Dramatiker hingegen hatte ein Dutzend Stücke auf die Bühne gebracht, aber keines davon hatte sich länger als vier Wochen gehalten. Er hatte einmal gesagt, er sei ein zu früh Geborener, in Wahrheit aber waren seine Stücke zu spät geboren und dabei doch nicht richtig ausgetragen worden. Sie kamen immer gerade dann auf die Welt, wenn die politischen Verhältnisse, die in ihnen weniger dramatisch als agitatorisch gestaltet worden waren, unmittelbar vor einer grundlegenden Veränderung standen. Kurz nach ihrer Premiere fiel auf der politischen Bühne der Vorhang, und wenn er sich dort vor einer völlig gewandelten Szenerie wieder öffnete, saß der Dramatiker Tinkler-Bill auf einem weiteren unspielbaren Stück und trug sich mit Plänen für ein nächstes. Dem würde es nicht besser gehen als all seinen Vorgängern, aber Tinkler-Bill lernte nichts daraus. Er verteidigte sich stets gegen den Vorwurf, ein Opportunist zu sein, aber diesen Vorwurf hatte bisher niemand gegen ihn erheben können. Der Dramatiker war seinen politischen Grundsätzen immer treu geblieben, er hatte nie geschwankt und war auch in schlimmen Lagen immer ein tapferer Mann gewesen. Nur war er dem Irrtum aufgesessen, ein Theaterstück sei so etwas wie eine taktische Waffe, und daher war sein künstlerischer Weg von zweimal zwölf einschneidenden und äußerst gegensätzlichen Ereignissen markiert: von zwölf Premierentriumphen und ebenso vielen schmachvollen Absetzungen. Das hatte ihn hochfahrend und mißtrauisch zugleich gemacht, und das ließ ihn immer wieder scharfe Schlußworte halten, die immer wieder von Alma Heislers Zwischenrufen unterbrochen wurden.

Die Kinderbuchautorin wandte dabei stets den gleichen Trick an, und stets fiel Tinkler-Bill darauf hinein: Sie tat, als schliefe sie. Sowie ihr alter Freund sich zu seinem scharfen Schlußwort erhob, sank Alma, für alle sichtbar und manchmal sogar hörbar, in schweren Schlaf. Ihr auch im Alter noch schönes Gesicht kam zu einer unvermuteten Ruhe, die Lider lagen über ihren großen Augen, als würden sie sich nie wieder öffnen, der Mund war leicht geschlossen und doch so fest, als sei nunmehr alles und endgültig gesagt, und hier sah man, wieviel Schlaf und Schönheit miteinander zu tun hatten.

Doch dann, genau in einer der wenigen Pausen in des Dramatikers rapide dahinschießendem Redefluß, machte Alma ihren Zwischenruf. Diesmal lautete er: „Wer hat denn hier gesagt, ihm gefällt der Krieg?"

Tinkler-Bill war verwirrt, aber nicht lange. Man konnte sogar den Eindruck haben, die Verwirrung sei ein ebenso festgelegter Teil des Rituells wie Almas Schlaf und der Zuwachs an Schärfe in des Dramatikers Schlußwort, war der Zwischenruf erst einmal gefallen.

„Unsere liebe Alma", sagte er mit giftiger Nachsicht, „hat wieder einmal nicht aufgepaßt. Ich habe nicht gesagt, hier hat einer gesagt, ihm gefällt der Krieg, ich habe gesagt, einer sagt, ihm gefällt der Krieg. Ist das ein Unterschied? Natürlich! Stimmt's? Stimmt! Es ist der Unterschied zwischen einer Feststellung und einer Hypothese. Ich spreche von Möglichkeiten. Möglich ist alles. Es ist möglich, daß einer sagt, ihm gefällt der Krieg, und es ist möglich, daß einer sagt, ihm gefallen die Kindergeschichten von Alma Heisler nicht. Ist das möglich? Das ist alles möglich. Wogegen muß man sich wenden? Gegen die Vermengung von unvermengbaren Dingen. Stimmt das? Das stimmt. Alles durcheinander: Krieg, Frieden, Alma Heisler, Literatur; du gibst das, ich geb das, schmeißen wir doch zusammen, was wir haben! Kommt das vor? Natürlich kommt das vor. Wie sagt denn der Gegner heute? Sagt er, nein, ich will das nicht, was du willst, du sollst das nehmen, was ich will? Nein, das sagt er nicht. Stimmt doch, oder?

Stimmt! Er sagt, gut, schmeißen wir zusammen, von dir etwas, von mir etwas, du ein Stück Brecht, ich ein Stück Ionesco, du ein Stück Scholochow, ich ein Stück Kafka, du ein Stück Hikmet, ich ein Stück Ezra Pound, du einen Schuß Penicillin, ich einen Schuß Morphium, du eine Handvoll Kamille, ich eine Handvoll Brennessel, du einen Dichter, ich einen Richter, du einen Denker, ich einen Henker, du den Frieden und ich den Krieg, du ein Pferd und ich eine Schwalbe, und das Ganze nennen wir dann Schwalbenwurst. Sagt er so? Sicher sagt er so! Schwalbenwurst! Wer mag Schwalbenwurst? Keiner? Keiner! Das ist doch richtig. Na also, sind wir uns einig! Stimmt's? Stimmt!"

Damit setzte sich der Dramatiker Tinkler-Bill, und der Verbandssekretär Breisel dankte ihm für dies klärende Schlußwort und erklärte die Versammlung nach seiner persönlichen Meinung für geschlossen.

Im Hinausdrängen sagte Robert zu dem Filmautor neben ihm: „Deine Lehrergeschichte ist Klasse. Darüber sollten wir mal reden."

„Gern", sagte der, „und danke, aber was schreibst du denn nun so über uns?"

„Ich bin für jeden Hinweis dankbar", sagte Robert.

Der Hauptabteilungsleiter Filter im Ministerium für Land- und Forstwirtschaft war im Hause und ließ bitten. Er wartete vor der Tür seines Amtszimmers und begrüßte Robert mit allen Zeichen ehrlicher Freude. „Ist das gut, dich mal zu sehen", sagte er, „hin und wieder liest man ja was von dir, aber sehen ist doch besser." Er nötigte Robert in seinen besten Sessel und schlug mit der Faust gegen die Wand. Ein junges Mädchen kam herein, und Jakob sagte: „Fräulein Bluster, dies also ist mein Freund Robert Iswall."

Sie lächelte und gab Robert die Hand. „Da sind Sie der Mann, der mir immer zusätzliche Arbeit verschafft!"

„Ich?"

Sie ging an Jakobs Schrank, holte einen Leitz-Ordner

und legte ihn vor Robert auf den Tisch. „Möchten Sie Kaffee?" fragte sie Jakob.

Der nickte und hatte einen roten Kopf dabei. Er nahm den Ordner und legte ihn auf den Stuhl neben sich. „Ich hab sie einmal gebeten, einen von deinen Artikeln auszuschneiden, und seitdem macht sie das immer. ‚Herr Filter, ihr Freund hat wieder was geschrieben', sagt sie dann, und manchmal sagt sie noch: ‚Wissen Sie, der, der so gut im Aufsatz war!' Dabei habe ich dich höchstens vierzigmal erwähnt."

„Deine Frau war wohl noch nicht hier im Büro?"

„Warum? Ach so, doch. Sie hat den Kaffee von Fräulein Bluster probiert, und dann hat sie gesagt, ich kann sie behalten."

Fräulein Bluster brachte Mokka, stellte den Ordner auf seinen Platz und sagte, ehe sie die Tür hinter sich schloß: „Stören nur bei Waldbränden, ja?"

Robert sagte: „Da sind wir in dieser Jahreszeit wohl ziemlich sicher. Aber wenn ich dich von der Arbeit abhalte, schmeiß mich raus."

„Unsinn, der Wald wächst für eine Stunde auch mal ohne meine Anleitung. – Haben wir uns lange nicht gesehen. Ich dachte schon, vor der Abschlußfeier wird das nichts mehr."

„Sind die Einladungen denn schon raus?"

„Ja. Es steht auch drauf, daß du eine Rede halten wirst."

„Ich hab noch keine Zeile geschrieben. Kaum, daß ich dran gedacht hätte."

„Ja, du hast es gut. Wenn du wüßtest, wie ich mich dabei quäle. Wenn hier einer fünfzig wird oder Aktivist, oder wenn sie mich zu einem Vortrag zur Forstschule einladen, dann zittert das ganze Büro mit mir. Aber du. Deine Aufsätze hast du ja auch immer erst im letzten Augenblick geschrieben."

„Das war das einundvierzigste Mal", sagte Robert, „aber du irrst dich, oder vielmehr: ich hab geschwindelt. Mit dieser Rede ist das anders."

„Ausgerechnet die?“

„Ja, ausgerechnet die.“

„Nun mach keinen Unsinn. Wenn du einen Vorgarten hättest, und die Zwergtannen wollten nicht wachsen, dann könnte ich mir denken, daß du nicht recht weiter wüßtest, aber doch nicht bei so etwas. Da springst du auf das Podium, wie du das immer gemacht hast, und dann legst du los. ‚Verehrte Anwesende, die ABF war neben der DDR die größte Errungenschaft in der deutschen Geschichte ...‘ “

„Ich werde Meibaum schreiben, du sollst das machen. Mit dem Anfang bist du der Aularedner. Mach mal weiter, was würdest du dann sagen?“

„Dann würde ich sagen – ich meine, jetzt nur so zum Spaß –, dann würde ich sagen: ‚Das war die beste Zeit unseres Lebens, und eine so lustige kommt nicht wieder!‘ “

„Wirklich, würdest du das sagen? Es war die lustigste Zeit deines Lebens? Was war denn so lustig?“

„Da hast du's: lustig ist schon nicht das richtige Wort. Wenn ich schon mal 'ne Rede halte! Vielleicht wäre fröhlich richtiger, aber fröhlich klingt so nach Liedertext. Aber so etwas Ähnliches müßte es schon sein. Für mich jedenfalls. Ich werde das nie vergessen, wie ihr mich aufgezogen habt mit der Hebammenschule, und ich hab gedacht: Siehst du, Jakob Filter, die haben schon wieder den dummen Hans aus dem Wald in dir erkannt! Aber nachher, als der Rektor die Ansprache gehalten hatte und mir ganz flau war, da hast du ‚Kumpel‘ zu mir gesagt und gemeint, in drei Jahren könnte man eine Unmenge lernen, und genau das war es ja, was ich zu lernen hatte, und bei dem Kumpel ist es geblieben. Meinst du, ich hätte nicht gewußt, daß ich euch ein Klotz am Beine war, vor allem in der Zeit, wo sie diese dummen Lernkollektivs eingeführt hatten und unsere Noten zusammengezählt und dann durch vier geteilt wurden? Ich hab euch immer den Durchschnitt versaut, und plötzlich hattest du bloß eine Zwei in Deutsch, und ich,

ich hatte auch eine Zwei, weil der Aufsatz im Kollektiv geschrieben worden war. War das eine Schummelei!"

„Siehst du", sagte Robert, „das ist so ein Punkt. Wenn man zum Beispiel über unsere Experimente mit dem Kollektiv reden wollte, in der Aula, meine ich, dann müßte man das doch auch kritisch sehen, und ich weiß nicht, ob das paßt."

„Kritisch paßt immer."

„Im Land- und Forstwesen vielleicht, aber in feierlichen Reden?"

„Wenn du mich fragst: ja. – Natürlich ist das bei uns einfacher, jetzt, früher nicht so. Früher kamst du vielleicht noch durch, wenn du in der Jahreshauptversammlung deinen Rechenschaftsbericht mit den Worten anfingst: ‚Wer hat dich, du schöner Wald, aufgebaut so hoch dort droben?' und dann im Verlauf deiner Rede die Antwort gabst, die Partei hätte es getan und womöglich der Genosse Stalin persönlich. Heute mußt du mit Zahlen kommen: Kubikmeter, Qualität, Einschnitt, Anpflanzung, Schädlingsbekämpfung, Export-Import-Quoten, und wehe, du bist nicht kritisch. Und wenn man über die ABF spricht, dann kann man auch mit Zahlen auftrumpfen. Und dann kann man, dann muß man auch sagen, wo wir Quatsch gemacht haben, damit andere gar nicht erst noch mal auf den Dampfer steigen: Im Kollektiv Aufsatz schreiben, und Filter kriegt eine Zwei, weil Iswall in seiner Gruppe ist, und Filter denkt am Ende noch, er ist tatsächlich gut! Und dann tritt Freund Filter hinaus ins Leben, wo sie noch nicht so fortschrittlich sind und noch kein Aufsatzkollektiv haben und kein Iswall da ist, der hilft, und dann kriegt Freund Filter eine Vier, wenn's gut geht, und dann weint er. Das muß man sogar sagen. Kollektiv ist ganz schön, und Experimente sind auch schön, aber doch nicht so blödsinnige mit Aufsatz und Zensuren gruppenweise. Obwohl, Quasi hat das sehr gefallen. Was macht der eigentlich? Gab es mal ein Lebenszeichen?"

„Der verkauft jetzt Bier in Hamburg."

„Armer Kerl."

„Was heißt hier: armer Kerl! Der schien sich ganz wohl zu fühlen, und ich hatte sogar das Gefühl, er nahm mich auf den Arm, als ich Anspielungen machte. Ich bin nämlich vor ein paar Wochen in seiner Kneipe gewesen. Nur am Schluß war er komisch."

„Wieso?"

„Ach, er brachte mich vor die Tür, und dann sagte er plötzlich etwas, das da gar keinen Zusammenhang hatte. Er sagte unser schönes altes Losungswort, das wir dir verdanken, aber er sagte es wie so eine Art Zauberwort. Er sagte: ‚Verstehst du das, Robert?', und ein bißchen klang es nach Heulen und Zähneklappern, aber andererseits auch wieder wie: ‚Nun zerbrich dir man nicht den Kopf.' Weiß der Kuckuck, was ich damit anfangen soll."

„Vielleicht sollst du dir wirklich keine Sorgen machen?"

„Tue ich auch nicht. Da hat er nichts zu fürchten. Nur wütend bin ich, und wahrscheinlich auch beleidigt. Quasi Riek, der Kumpel!"

Jakob überlegte, und dann sagte er: „Ich hab mit ihm gesprochen, da muß er schon gewußt haben, was er tun wollte."

„Wann?"

„Ihr wart schon alle weg, du zum Beispiel in Berlin. Da kam er eines Abends zu mir. Ich hab mir nichts dabei gedacht; er war schließlich mein Bürge, und ich war doch gerade vor dem Abitur Kandidat geworden. Eltern hatte er ja nicht, und Hella Schmöde war auf Exkursion. Wir sind durch den Wald gelaufen, er hat mich gefragt, ob ich Angst vor der Forsthochschule hätte, hatte ich aber nicht, das klang doch schon wieder nach Wald – ich Naivling! –, und ich fragte ihn, wie es bei ihm wäre; Mathematikstudium, welch grauslicher Gedanke, aber er sagte, nein, davor hätte er keine Angst, nur an was anderes müßte er sich erst gewöhnen: Ich in Eberswalde, du in Berlin und Trullesand in

China! Ich weiß noch, ich sagte zu ihm, so schlimm würde das schon nicht werden, selbst China wäre heute nicht aus der Welt, und er sagte: ‚Nein, China nicht!' Und dann kam noch so eine merkwürdige Antwort. Ich sagte zu ihm: ‚Schließlich bleibt Hella ja hier!', und da sagte er: ‚Ja, die bleibt hier.' Man bildet sich nachher immer eine Menge ein, aber ich bin fast sicher, daß es ganz anders klang, als es sollte. Es hätte doch froh klingen müssen, aber ich meine, es klang traurig. Nein, da irre ich mich nicht, denn ich dachte noch: Vielleicht haben sie sich gestritten, und das ist er einfach nicht gewöhnt. Nachher war er wieder ganz normal, er hat noch bei uns gegessen, aber über Nacht wollte er nicht bleiben. Ich hab ihn zum Bus gebracht, und da hat er was gesagt, woran ich mich immer noch halte. Er hat gesagt: ‚Du, Jakob, und wenn mal was ist, mit meiner Bürgschaft oder so, also die, die gilt, du!' Dann ist er abgebraust, und jetzt verkauft er Bier."

„Das war ja nun auch so 'n Spruch, für den du dir viel kaufen konntest. Was sagten sie denn in der Partei zu deinem Bürgen?"

„Nicht viel. Da war wohl die erste Wut schon verraucht. Ich bin natürlich gleich hingegangen, als ich es erfahren hatte. Ich hatte es von Hella Schmöde. Da kam eines Tages gegen Ende der Ferien eine Karte von ihr, sie müßte mich dringend sprechen, aber sie war schon Assistenzärztin und konnte nicht weg. Ich bin zu ihr gefahren, und das war schrecklich. Sie hatte Dienst und immer nur ein paar Minuten Zeit. So erfuhr ich die Geschichte brockenweise, aber dadurch wurde sie nicht besser. Ich saß im Schwesternzimmer der Tbk-Stelle, sie heulte, als sie mich sah, dann gab sie mir einen Brief und trocknete die Tränen und ging wieder als Ärztin zu ihren Patienten. Wenn es mich nicht so mitgenommen hätte, hätte es auch komisch sein können, diese dauernden Verwandlungen: sie kam herein mit diesem Gesicht der Ärztin, dann sprachen wir ein paar Worte, und sie löste sich auf und war ein richtiges kleines Mädchen, das nicht ein noch aus weiß, dann fiel ihr der Dienst wieder ein, und raus ging sie mit einem Arztgesicht, du weißt schon, so einem, das du nur anzusehen brauchst, und dann bist du sicher, daß du noch hundert Jahre leben wirst. Quasis Brief war nicht lang. Da stand nur drin, sie sollte ihn vergessen, er wäre doch nicht der Richtige für sie, aber das sei nicht etwa ihre Schuld, sondern nur seine, und er ginge jetzt fort, weit und für immer, und wenn sie ihm einen Gefallen tun wollte, dann sollte sie ihn aus ihrem Gedächtnis streichen oder so etwas Ähnliches. Soweit ich überhaupt einen Sinn dafür hatte, denn ich war aufgeregt genug, war es ein ziemlich steifer Brief, er kam mir fast vor wie irgendwo abgeschrieben. Aber das war nicht wichtig. Ich dachte zuerst nur daran, daß dieser Idiot so ein großartiges Mädchen sausen ließ, und ich weiß auch noch, daß ich dachte: Warte, den kaufst du dir, der hat hier irgendwo eine aufgegabelt mit ein bißchen mehr Hintern und ein bißchen mehr Temperament als die Schmöde, und schon schreibt er dußlige Briefe, dem haust du ein paar hinter die Ohren, damit er zu sich kommt, aber dann kam Hella wieder mit ihrem Verwandlungsakt und gab mir den Briefumschlag, und da war der Poststempel aus Westberlin. ‚Der ist wohl besoffen', sagte ich, ‚wo treibt sich der denn rum?' Aber sie sagte, nein, der sei nicht betrunken, er hätte sein Parteibuch zur Kreisleitung geschickt. Jetzt war die Sache erst klar, das heißt, soweit man das klar nennen konnte, und als die gefaßte Ärztin Schmöde aus dem Schwesternzimmer war, saß nur noch ein völlig fassungsloser Jakob Filter dort. Wir haben noch eine Weile rumgerätselt, sie hat geheult, und mir war nach Heulen zumute, und sie wollte wissen, ob an der Fakultät was gewesen war, aber da war doch nichts gewesen, Abitur mit ‚Gut' und in allen naturwissenschaftlichen Fächern ‚Sehr gut' und in Mathematik ein Sondervermerk von Schika, der etwas von Genie durchblicken ließ, das war das Gegenteil von einem Grund, und einen anderen fanden wir nicht. Ich hab mich dann von ihr verabschiedet; das war zum Glück auf dem Korridor, wo die Patienten vorbeikamen, und sie machte ihr Arztgesicht, aber ich hab zum Schluß noch etwas schrecklich Dämliches gesagt; ich hab gesagt, wenn sie wollte, könnte sie ja nun mich heiraten. Ich hielt das wohl für einen Trost. Nachher hab ich mich geschämt und lange Zeit einen Bogen um sie gemacht, wenn ich auf Urlaub war, aber nun ist sie lange verheiratet, und sie heult auch nicht mehr, wenn man über Quasi spricht."

„Bist du dann zur Kreisleitung gegangen?"

„Ja, gleich danach. Lola hat mich natürlich angefaucht: Gerade mal Kandidat und schon den Kreissekretär stören wollen, wo er doch in einer Beratung über das ländliche Bauwesen ist, das war die Höhe für sie. Aber als ich ihr sagte, was los war, holte sie Haiduck. Der hatte damals ganz andere Sorgen. Im Westen war ein Buch von einem Sozialdemokraten erschienen, und darin stand, Haiduck hätte im Lager mit dem Verfasser des Buches nächtelang diskutiert und dabei die Auffassung von einem besonderen deutschen Weg zum Sozialismus vertreten, im Bündnis zwar mit der Sowjetunion, aber in manchem doch anders als sie. Haiduck hätte einfach sagen können, das stimmt nicht, was der Mann da schreibt, aber lügen wollte er wohl nicht, und da ging das Getrommel los. Du weißt ja, wie das damals war."

„Ja, ich weiß", sagte Robert, „mit Nußbank, dem Mann meiner Mutter, war etwas Ähnliches. Allerdings hatte der in seiner Großmannssucht auch noch Kredite der Bäuerlichen Hilfe – er war inzwischen schon auf diesen Posten abgerutscht – an Leute vergeben, denen sie nicht zukamen, Großbauern und so weiter. Sie haben ihn eingesperrt und machten einen Agenten der Bourgeoisie aus ihm. Das waren natürlich Hirngespinste; der war zwar ein Angeber und ein Pascha und im Grunde ein armseliger Dogmatiker, aber nie im Leben ein Agent. Dazu war er auch viel zu feige. Er war so feige, daß er in der Untersuchungshaft alles auf meine Mutter geschoben hat. Ausgerechnet auf die, die sich in seiner Gegenwart nicht zu mucksen wagte. Aber sie haben sie geholt, und als sie nach vierzehn Tagen wieder rauskam, war ihre Wohnung leer. Sie ist zwischen Partei und Staatsanwaltschaft hin und her gelaufen, aber keiner wollte es gewesen sein, und keiner wollte etwas machen. Aus der Partei hatten sie sie schon ausgeschlossen, automatisch mit der Verhaftung, und die Kreisleitung erklärte sich nicht mehr zuständig für sie, und die Staatsanwaltschaft behauptete, dies sei eine Parteisache und natürlich sei die Angelegenheit noch längst nicht erledigt. Da bekam sie es mit der Angst zu tun, und ab ging's nach Westberlin. Von dort schrieb sie mir. Ich hatte von der ganzen Sache nichts gewußt, wir waren ja vorher schon weit auseinander, wegen Nußbank, und die erste Zwischenprüfung stand bevor, kurz vor dem siebzehnten Juni. Ich bin dann rübergefahren, nach Lichterfelde. Meine Mutter war da bei einem Patentanwalt und spielte Haushälterin, Köchin, Kindermädchen und Waschfrau zugleich, und alles für Unterkunft, Essen, abgelegte Kleider und Dankeschön. Ich wollte sie zurückholen, aber sie hatte Angst, denn nun war sie ja zu allem anderen auch noch abgehauen. Dann kam die Erklärung von Grotewohl, und diesmal kam sie mit. Wenn ich mit ihr nach Paren gefahren wäre, wer weiß, vielleicht wäre alles anders gekommen, aber ich hatte mein Studium im Kopf und vor allem Vera, und ich hab sie allein mit den Kerlen in Paren gelassen, die Grotewohl natürlich ganz anders verstanden hatten. Kurz und gut, nach weiteren vier Wochen hatte sie die Kafkatour satt und ist wieder los, diesmal nach Hamburg und endgültig."

Jakob Filter sah Robert aufmerksam an und sagte langsam: „Ja, wir haben uns schon manches geleistet. Aber Kafkatour solltest du doch nicht sagen. Das klingt zu feindselig. Schimpfen kann man, aber besser mit eigenen Worten."

„Nun wollte ich es gerade mal fein ausdrücken", seufzte Robert, „aber lassen wir das; wenn wir erst mit Kafka anfangen, dann muß sich dieses Ministerium einen anderen Hauptabteilungsleiter suchen, denn da gibt's kein Ende. Und ich glaube, du fühlst dich wohl hier."

„Ja, mein Traum ist es nicht, aber es hat doch einen Sinn. Ich hatte mich zwar immer mit wallendem Vollbart und Schonzeitbüchse in einem ruhigen Revier gesehen, aber mit etwas Phantasie siehst du den Wald auch in einer Statistik, und einen Hund habe ich auch. Der wäre was für deinen Vater gewesen; das ist ein ganz schlauer. Übrigens hab ich alle deine Hundegeschichten, die von deinem Vater und seinen Hunden, Fräulein Bluster erzählt. Sie fand sie auch sehr lustig, und sie hat gesagt, wer solche Geschichten von seinem Vater erzählt, der müßte ein liebenswerter Mensch sein. Hab ich bestätigt."

„Hast du da eben ‚Phantasie' gesagt?"

„Doch, doch, die hab ich mir inzwischen angeschafft. Lange genug habt ihr schließlich im Chor gebrüllt: ‚Was mußt du haben, Förster? Phantasie mußt du haben!', und wenn ich die nicht gehabt hätte, zuerst beim Studium in Eberswalde und in den ersten Jahren hier, ich weiß nicht. Du machst dir keine Vorstellung, was das in diesem Lande für ein Forstwesen war. Anfangs war dies hier so eine Art Schweizer Marineministerium."

Es klopfte, und die Sekretärin trat ein. Sie sagte, der Minister habe angerufen, aber sie habe ihm mitgeteilt, der Kollege Hauptabteilungsleiter habe Pressebesuch, und da sei er zufrieden gewesen. „Sie möchten dann nachher einmal zu ihm hinaufkommen."

„Das ist auch neu", sagte Jakob, „seitdem sie im ‚Neuen Deutschland' Flora und Jolanthe erfunden haben, hält er etwas von der Presse."

„Nicht doch", stöhnte Robert, „aber ich halte dich nicht mehr lange auf. Ich wollte dich nur mal sehen, und es hat mir gutgetan. Vielleicht kommst du mal abends bei uns vorbei und bringst deine Frau mit. Nur die Sache mit Haiduck und Quasis Bürgschaft, die könntest du mir noch rasch erzählen."

„Wie war das noch mit Haiduck? Ja, er sagte, an meiner Kandidatur ändere das alles gar nichts, schließlich hätte nicht Quasi allein mich aufgenommen, sondern ihr alle, und der andere Bürge sei Trullesand, und der gelte für zwei, jedenfalls, wenn es nach ihm ginge, und dann wollte er noch einen Brief an die Leitung in Eberswalde schreiben, weil ja auch mein zweiter Bürge nicht mehr im Lande, sondern in China war. Das hat er auch gemacht, und in Eberswalde war die Leitung ohnehin etwas schlafmützig, die haben darüber kein Wort verloren, und ich bin nach zwei Jahren Mitglied geworden."

„Aber was sagte er über Quasi?"

„Nicht sehr viel. Er hat mich ‚Prometheus' aufsagen lassen, und an der Stelle mit den Blütenträumen, die nicht alle reiften, hat er gesagt: ‚Aha, das meinte ich. Ich selbst kann's nicht mehr auswendig, aber das Gedicht ist gut. Von diesem Goethe könnt ihr noch eine Menge lernen. Ich auch.' Dann hat er ‚Versteh mal, amigo' zu mir gesagt und mich rausgeschoben, und ein paar Wochen später haben sie ihn wohl abgesetzt. Aber das war wegen dieser Geschichte mit dem besonderen deutschen Weg. Später war er MTS-Direktor, dann war er drei Jahre auf der Parteihochschule, und jetzt ist er unten in Thüringen zweiter Sekretär in der BL."

„Das war ein prima Kerl", sagte Robert.

„Ja, das ist er. Sprich doch über den in deiner Rede. Der gehört da unbedingt rein. Über den könnte ich sogar reden."

„Das hört man", sagte Robert.

Ein Hauptabteilungsleiter, wie er nicht im Buche steht, dachte Robert, und ausgerechnet Jakob Filter. Ein selbstbewußter Mann ohne falsche Jovialität, ohne Chefmasche und ohne Angst vorm Chef, ein Mokkatrinker mit Humor, ein vernünftiger Mann mit kleinen Ticks, ein Bäumepflanzer mit leichter Kafkaphobie, ein Mensch, der zugleich rechnen und träumen kann, ein Generalstäbler, der es fertigbringt, „Ich habe mich geschämt" zu sagen – das muß man sich mal überlegen, sagt der glatt: „Ich habe mich geschämt" und wird immer noch ein bißchen rot dabei und sagt, an der ABF hatte er die lustigste Zeit seines Lebens, aber wer dabeigewesen ist, weiß, wie er sich geschunden hat, Jakob Filter, der Förster, der in Wirklichkeit nur Waldarbeiter war und jetzt Hauptabteilungsleiter im Ministerium ist und unser oberster Waldhüter.

Über den werden wir in der Aula reden, über den, und alle werden sich wundern. Warum, werden sie denken, warum sucht er sich ausgerechnet den heraus, einen Ministerialen, einen Bürokraten, was denn sonst, einen Schemelreiter und Aktenkommandeur, warum diesen Verwalter, wo wir doch ganz andre Leuchten haben?

So, was habt ihr denn für andre Leuchten, was schwebt euch denn da vor?

Na, zum Beispiel haben wir allein im Jahrgang neunundvierzig vier Ärzte, einen Tierarzt, eine Zahnärztin, eine Augenärztin, aber natürlich, wenn du die nicht erwähnen willst, dann verstehen wir das, mit der bist du verheiratet, und es macht vielleicht keinen guten Eindruck, aber druckreif sind unsere Ärzte alle vier, vor allem der Chirurg, ein hervorragender Trepanierer mit bestem Ruf in der Fachwelt, habilitiert ist er auch schon, eine Kanone ist das mit einer Blitzkarriere, eines von diesen Genies mit dem Skalpell, und dabei fortschrittlich, Parteimitglied und im Elternbeirat und nicht die Spur von Dünkel. Wenn zu dem ein LPG-Bauer kommt, dann sagt unser Doktor zu ihm: „Wie stehn denn die Rüben bei euch, mein Lieber?", und wenn der Patient sich dann wundert, sagt unser Doktor zu ihm: „Sie brauchen sich doch nicht zu wundern; ich war auch mal Landarbeiter; das ist doch bei uns nichts Besonderes, daß ein Landarbeiter Arzt geworden ist." So einer ist dieser Chirurg, und er untertreibt ein bißchen, denn natürlich ist es doch etwas Besonderes, wenn ein Landarbeiter sich zum Meister der Trepanation qualifiziert, selbst bei uns ist das nicht alltäglich, und das willst du auslassen in deiner Rede?

Ich will es gar nicht auslassen, keineswegs; für den Schädelbohrer wird sich schon ein Plätzchen finden; wenn ihr wollt, erwähne ich sogar, daß er sich im ersten Jahr in der Robert-Blum-Straße ein Herbarium angelegt hat und wir ihm immer Pflanzen vom Sonntagsurlaub mitbringen mußten, die er in seinen Sammelheften beerdigte und mit tönenden Namen versah, so daß er in Biologie von Anbeginn Nummer Eins war und ein Fleißmensch, wie mein Schwager sagen würde. Kein Wunder, daß der nun Star im Kopfaufmeißeln ist, kein Wunder, aber wunderbar. Der kriegt seine drei Zeilen, denn die kommen ihm zu, und einen Zeitungsartikel schreibe ich auch über ihn; die Unterlagen liegen schon bereit, und wenn das die Richtigen lesen, wird er Verdienter Arzt des Volkes, ist er wirklich und hat es verdient, und wenn wir Glück haben, trifft es gerade mit der Aulafeier zusammen, und das wäre doch was. Dann können wir ihn rumzeigen als prächtigstes Exemplar im ABF-Herbarium.

Sehr, sehr einverstanden, Genosse Iswall, sehr guter Vorschlag, eine prämienwürdige Idee, doch warum am Schluß dieser Sarkasmus, und warum dann nicht den Redemittelpunkt für den Arzt, warum für diesen Hauptabteilungsleiter?

Fragt mich nicht, ich weiß es selbst noch nicht genau, ich weiß nur, daß der Arzt für mich kein Wunder ist, und auch vier Ärzte sind es nicht, aber Jakob Filter ist eines, und ich werde schon noch herauskriegen, warum. Aber so viel kann ich euch sagen: Mir geht der Medizinmannrummel auf die Nerven. Es steckt etwas dahinter, was mir unheimlich ist. Ich sage euch, da ist noch Mittelalter im Spiel, Herr über

Tod und Leben, Ritter gegen Tod und Teufel, Handauflegen und Besprechen, Rettung und Erlösung und so hin bis zur Gemütlichkeitsnuance des assoziativen Plural: „Na, wo tut es uns denn weh? Ah, das werden wir gleich haben. Da müssen wir nur hübsch brav sein!“ Sei ein Kind vor deinem Arzt, dann wird er dir auch helfen! Glaube an ihn! Gesundung ist Vertrauenssache!

Ist es sicher auch, aber doch nicht so eine mit Glupschaugen und Daumendrücken. Das ist wieder mal genau das, was ich liebe: Ein Chirurg als leuchtendster Beweis für die Leistung ABF. „Sogar einen Hirnspezialisten haben wir hervorgebracht!“ – Nein, liebe Freunde, die Rede halte ich euch nicht.

Ärzte können großartige Leute sein; ich kenne viele dieser Art, und mit einer bin ich sogar verheiratet, und euer Trepanierer gehört bestimmt auch dazu, aber Wundertiere sind sie nicht. Ihr hättet sie gern so, weil es ja immer heißt, dieser oder jener sei wie durch ein Wunder gerettet worden, und wie leicht könnte es euch auch einmal so gehen, daß ihr ein Wunder braucht, aber sie sind es nicht. Wenn sie gut sind, dann sind sie vor allem harte Arbeiter, Leute mit scharfem Gedächtnis und sicheren Händen, verkappte Lehrer, geschickte Handwerker, vorsichtig und mutig, nicht wehleidig, aber mitfühlend, von mir aus neugierig wie ein Beichtvater, aber ohne diesen rotzigen Mensazynismus. So, und wenn ihr mir jetzt beweisen könnt, daß mein lieber Studienkumpel, euer Meisterchirurg, es keinen „Kunstfehler“ nennt, wenn ihm einer durch einen falschen Schnitt unterm Messer bleibt, dann werde ich ihn die Krone der ABF heißen, denn dann ist er wirklich eine Errungenschaft, wie sie es war.

Ah, darauf wollt ihr euch lieber nicht einlassen, das könnte schiefgehen, nicht wahr? Würde es, da bin ich sicher. Aber im Ernst, das ist alles nicht so wichtig. Von mir aus kann der Doktor auch „Hoppla!“ sagen, wenn er ausgerutscht ist, von mir aus soll er einen hypnotischen Blick haben und Räucherkerzen schwingen, wenn er meint, seine Patienten brauchten das, von mir aus kann er, wie er es bei seinem Chef gelernt hat, beim Kalbsnierenbraten von einer Hämorrhoidenoperation erzählen und meinen, dies beweise seine Souveränität – soll er doch. Ich sehe dann: Ja, tatsächlich, er ist Arzt geworden, er hat seinen Auftrag erfüllt, und mehr ist ihm gar nicht abzuverlangen. Er hat bewiesen: Auch wir können Ärzte sein. Bravo! Und der Fischer Trimborn hat bewiesen: Auch wir können Chemiker sein. Bravo! Und Irmchen Strauch hat bewiesen: Auch in uns stecken Studienräte. Bravo! So viel Absolventen, so viel Beweise, soviel mal Bravo. Die anderen haben gesagt, wir könnten all dies nicht, und wir haben ihnen gezeigt, was wir können. Ihnen ist das Grinsen vergangen, und wir lächeln. Wir können alles, was sie können und allein zu können meinten. Das ist bewiesen.

Und jetzt gehn wir feiern, was? Klar, wir haben 's doch dazu. Wir haben vier Ärzte, eine Studienrätin, einen hochdekorierten Chemiker, der sogar schon in Bombay war, und drei weitere Chemiker haben wir und drei Physiker und zwei Sinologen, die in Peking studiert haben, und drei Slawisten, von denen einer in Moskau seinen Doktor gemacht hat, und einen habilitierten Germanisten haben wir auch, und mehrere Historiker haben wir, und so stehn wir da! Wir können uns sehen lassen.

Hoch die Tassen! Was bist du? Donnerwetter! Und du? Allerhand! Und du? Sieh an, sieh an! Und du, Jakob Filter, was machst du so? Ach du liebe Güte! Im Ministerium sitzt du? Im Ernst? Kinder, hört mal, Jakob Filter ist Bürokrat geworden, ein Schemelkapitän, ein Anleiter, ein Papierförster, ah, das ist gut: Vom Revierförster zum Papierförster! Junge, Jakob, was haben sie dich verladen! Wie nennt sich denn dein Pöstchen? Hauptabteilungsleiter, oho, Hauptabteilungsleiter im Ministerium für Land- und Forstwesen, was machst du denn da so? Lenkst du das Harzsammeln, bist du der Chef aller Birkenwasserzapfer, oder entwirfst du gar den Plan für die Weihnachtsbaumkontingente? Nun sag mal ehrlich: Kann man denn dabei glücklich sein?

Wer weiß, was Jakob Filter darauf sagen wird, aber ich weiß, was der Redner Iswall dazu sagen wird, ich weiß, was ich sagen werde. Ich werde an die Kanzel in der Aula treten, mich vor Seiner Magnifizenz verbeugen wie vor den Brustbildern der glorwürdigen Herzöge, werde Kumpeln und Putten zuzwinkern und werde sagen:

Ganz schön, was wir hier vorzuzeigen haben. Einen Haufen gediegener Fachleute, der vor dreizehn Jahren noch ein Haufen verwirrter und unwissender Waisenknaben war. In diesem Saal befindet sich niemand, der nicht zumindest das Abitur hätte, aber vor dreizehn Jahren war für die meisten im Saal, die Lehrkräfte und die verehrungswürdigen Vertreter der Universität selbstredend ausgenommen, das Abitur ein Fremdwort, so hoch und so feierlich wie der Kölner Dom. Damals hat von dieser Stelle aus ein lieber alter Herr seine Zweifel kundgetan. Er hat uns freundlich gesagt: Geht nur fischen, liebe Kinder, doch nicht in meinem Wasser, denn das ist euch zu tief. Inzwischen schwimmen wir in allen Wassern und sind zu Gründen getaucht, die unerreichbar schienen. Man nannte uns witzig ABC-Studenten, aber jetzt kommt man zu uns – jedenfalls zu einigen unter uns, und wenn ich „uns" sage, dann meine ich immer „einige unter uns" – und bittet um die Übersetzung eines chinesischen Textes. Die medizinische Wissenschaft war uns eine Art Traummeile – nun, wir sind sie längst gelaufen. Da sitzt einer, der Landarbeiter war, und jetzt heißt eine neue Beißzange nach ihm. Die Zange – und das erst ist die Pointe – ist nicht zum Verdrahten einer Viehkoppel gedacht: Man öffnet Hirnschalen mit ihr, und auch in Melbourne und Montreal heißt sie nach dem Landarbeiter. Chemie, das war uns, als wir zum ersten Mal in dieser Aula saßen, eine stinkende Wolke und nicht mehr. Sehen Sie den Mann dort, ja, den mit der Figur eines Fußballspielers und Boddenfischers, den in der zweiten Reihe, der seinen grauen Hut auf den Knien balanciert? Der ist in die stinkende Wolke hineinmarschiert, und jedesmal, wenn er aus ihr auftauchte, brachte er einen neuen Kunststoff mit, und jetzt erwägen sie ernsthaft seine Aufnahme in eine Akademie, in die man sonst nur kommt, wenn man über sechzig ist. Vor dreizehn Jahren war das Schwerste am Lernen für uns das Lernenlernen. Jetzt haben wir auch das Lehren gelernt, und eine unter uns hat es besonders weit darin gebracht: Sie bedient die Schulen mit neuen Methoden, und wenn wir unseren Kindern bald nicht mehr folgen können, dann ist sie mit schuld daran, und wir verzeihen ihr mit Freuden.

Ginge es nach mir, verehrte Anwesende, dann ließe ich das Reden sein, dann machte ich etwas ganz anderes, dann höbe ich den Finger und zeigte auf euch, ihr Mitneunundvierziger, auf jeden einzelnen von euch und sagte: Steh auf, sag deinen Namen und sag deinen Beruf, den von damals und den von heute, und dann setz dich wieder, denn das ist alles. Alles, was wir brauchen, sind Tatsachen. Und nun steht auf, ihr Tatsachen, und laßt euch sehen!

Irmgard Strauch, Verkäuferin – Studienrätin; Joachim Trimborn, Fischer – Chemiker; Rose Paal, Landarbeiterin – Sinologin; Vera Bilfert, Schneiderin – Augenärztin. Und nun die nächste Reihe, bitte: Uhrmacher – Diplom-Physiker; Frisör – Hochfrequenztechniker; Volkspolizist – Mitarbeiter ... Wie bitte, was war das für ein Beruf, der jetzige? ... Mitarbeiter, hm, Mitarbeiter im MfS ... im wo? ... im Ministerium für Staatssicherheit ... so, so, Mitarbeiter, ja? ... hm, Oberst, genau gesagt ... danke, der nächste: Landarbeiter – Chirurg, Dr. med. habil., Verdienter Arzt des Volkes; Waldarbeiter – Angestellter ... Halt, schon wieder einer, der Zicken macht; was heißt hier Angestellter, das kannst du sagen, wenn du deinen Personalausweis verlängern läßt, Jakob Filter, und ich wette, in deinem jetzigen steht es so: Angestellter, und wahrscheinlich wird es auch noch drinstehen, wenn du Vorsitzender des Ministerrates geworden bist, aber hier mußt du schon Farbe bekennen. Also, was für eine Art Angestellter und bei welcher Behörde? Lauter sprechen, laut und deutlich ... Hauptabteilungsleiter im Ministerium für Land- und Forstwesen, Diplom-Forstwirt.

Sehr gut! So, dann komm mal vor, Jakob Filter, setz dich hier in die erste Reihe, denn jetzt wird eine Rede auf dich gehalten, Festredner Iswall stimmt jetzt einen attischen Bienensang auf dich an; die anderen brauchen nicht mehr aufzustehen, immer das gleiche: Ziegeleiarbeiter – Cheftechnologe; Färberin – Staatsanwältin, ein Spezialist für Oberflächenhärtung, der Maurer war, ein Radiologe, der Steinsetzer gelernt hat, und so fort, immer das gleiche, ist ja langweilig. Wer jetzt noch nicht ahnt, was dies hier für ein Haufen ist, wer jetzt noch nicht sieht, was das war, ABF, wer jetzt noch nicht weiß, was das ist, DDR, der kann einem nur leid tun, dem ist nicht zu helfen und den möchte Robert Iswall auch gar nicht dabeihaben, wenn er sich in eine attische Biene verwandelt und anhebt zu singen: Es war einmal ein Waldarbeiter namens Jakob Filter ...

Es war einmal dieser Jakob Filter, und er war der letzte Dreck. Er lebte tief im dunklen Hage, und viele Meilen weit wohnten nur Köhler und Wilddiebe und Hexen, und noch einmal viele Meilen weit wohnte Herr Lehmann. Herr Lehmann wohnte in einem prächtigen Schloß, und manchmal war er auf Reisen. Er mußte in Stettin nach dem Rechten sehen, und das Rechte in Stettin war eine Bootswerft, und Herrn Lehmanns Rechtes in Breslau war eine Schleiferei, und in Stralsund war das Rechte eine Ankerwickelei, und in Frankfurt an der Oder war die Brauerei das Rechte für Herrn Lehmann, und in Pommern und in Brandenburg und in Schlesien gab es Molkereien, Brennereien, Ziegeleien, und in Stettin gab es einen Puff, und alles gehörte zum Rechten des Herrn Lehmann. Herr Lehmann hätte eigentlich gar nicht so viel herumreisen müssen, denn es war alles geregelt und unter Vertrag, und er hatte überall seine braven Leute. Einer dieser braven Leute hieß Friedrich Filter, und der hatte einen Sohn, der hieß Jakob. Friedrich war Waldarbeiter, und auch Jakob wurde Waldarbeiter. Da war er vierzehn Jahre alt. Eine Lehrzeit brauchte er nicht, denn alles, was man wissen mußte, um es Herrn Lehmann recht zu machen, hatte er längst gelernt. Jakob konnte eine Säge führen, einen Keil einschlagen, eine Kette um einen Baumstamm schlingen und einen Waldbrand löschen, er konnte Beerensammler verscheuchen und Pilzdiebe verjagen, und er konnte vor Herrn Lehmann die Mütze schwenken. Er konnte auch ohne Uhr die Zeit ansagen und wußte, wo Norden und Osten war, und er wußte auch, warum sein Vater in den Krieg mußte und warum dieser Krieg war: weil die Russen ein Auge hatten auf das, was Rechtens Herrn Lehmann gehörte. Wie wahr dies war, zeigte sich, als der Krieg zu Ende ging, denn da kamen diese Russen und zogen in Herrn Lehmanns Schloß und tranken Herrn Lehmanns Wein und wollten Herrn Lehmanns Holz. Da war Jakob Filter schon siebzehn Jahre alt, und als einer kam und sagte, die Arbeit sei von nun an eine Sache des Ruhmes und der Ehre, da lachte Jakob Filter sehr erwachsen. Die Arbeit blieb schwer, und der Wald wurde kahl, und das war unter Herrn Lehmann nicht vorgekommen. Wen wundert das, sagten die Leute, kein Lehmann ist nicht mehr, und kein Staat ist auch nicht mehr, und der Förster darf nicht einmal eine Vogelflinte haben, wen wundert das, wenn der Wald hingeht wie unterm Feuer, wenn keiner mehr da ist, der sagt, wie man umgehen muß mit einem Wald. Und der Förster, der vorher ein Waldarbeiter gewesen war, aber viel älter noch als Jakobs Vater, der sagte: Es müßten welche sein, die es lernten, und im Kreisaktiv haben sie gesagt, wer einen weiß, der es lernen kann, der soll es melden. Da habe ich den Jakob Filter gemeldet, denn einen anderen weiß ich nicht, und er ist der einzige im richtigen Alter. Da war aber Jakob Filter schon einundzwanzig

Jahre alt, und eine Schule hatte er schon sieben Jahre nicht mehr gesehen. Und Jakob weigerte sich und tat es mit ungeschickten Worten. Aber die anderen sagten: Uns kommst du nicht aus, denn sie haben hier eine neue Erfindung gemacht, mit der man einen jeden überreden kann, auch wenn er nicht will, und sie nennen es: delegieren. Wir delegieren dich, und dann stehst du da, denn hier ist Demokratie. Da kam Jakob Filter vor die Aufnahmekommission, und als er merkte, daß sie sein Wissen prüften, faßte er neue Hoffnung, denn er hatte keines. Aber er ging ihnen doch in die Falle, denn sie fragten ihn auch nach seiner Arbeit und nach dem Wald und hatten keine Ahnung, so daß er ihnen alles genau erklären mußte. So fingen sie ihn denn, und im Oktober neunundvierzig schenkte ihm der Förster seinen Lodenmantel, und die anderen Waldarbeiter lachten sich ins Fäustchen, weil er ihr Delegierter war. Drei Jahre lang mußte Jakob Filter Dinge lernen, die fast alle nichts mit dem Wald zu tun hatten, und dann mußte er noch einmal vier Jahre lang lauter Dinge lernen, von denen es hieß, sie hätten mit dem Wald zu tun, aber es war ein nur gedachter Wald, ein sozusagen wissenschaftlicher Wald, und als diese sieben Jahre vergangen waren, da sagte Jakob Filter: So, nun laßt mich heim in meinen richtigen Wald, der schon gar keiner mehr ist, aber ich will wieder einen aus ihm machen, denn dazu bin ich hierhergekommen, und ich weiß jetzt, wie man es macht. Jedoch nun sagten seine Lehrherrn, sie hätten ihn nicht all die Wissenschaft gelehrt, damit er fortan Stückwerk treibe, Herrn Lehmanns einstiger Wald sei nicht der ganze Wald, und sie wollten wissen, wie es mit Jakob Filters Bewußtsein stehe. Das sei, antwortete da Jakob, ganz ohne Fehl, soweit er sehe, und niemand brauche ihm den Herrn Lehmann einzureiben, und habe er nicht alles gelernt, wie es verlangt worden war? Ja, sagten die Lehrherrn, du hast gelernt, und es hat dich Schweiß gekostet, und auch uns hat es Mühe gekostet, aber es hat auch Geld gekostet, und du weißt wohl, wer es gegeben hat. So gehe denn hin und zahle es ihm heim mit guten Taten, gehe hin und mehre den Wald für den, der uns für all die Mühe mit dir bezahlt hat. Da ist Jakob Filter ein Angestellter geworden im Ministerium für Land und Forst, und wenn sie im Radio gespielt haben: „Im Wald und auf der Heide, da such ich meine Freude!“, dann hat er das Radio abgedreht. Manchmal ist er aber doch in den Wald gefahren, aber nicht, um Freude zu suchen und als ein Jägersmann, halihala, halihalo, sondern um den Boden zu prüfen und den Einschlag auf seine wissenschaftliche Verträglichkeit und den Schädlingsbefall und die Aufforstung und den Brandschutz, und wenn er gekommen ist, dann haben die Waldarbeiter gesagt: Oho, jetzt kommt die Staatsmacht! Und geklungen hat es wie: Sieh da, der neue Herr Lehmann! Es hat auch nichts genützt, daß er ihnen seine Hände gezeigt hat. Sie haben sie gesehen und gesagt, ja, das wollten sie schon glauben, mit denen habe er einmal gearbeitet, aber nun sei er einer von Oben, und Oben bleibe immer Oben, was für Hände einer da auch haben möge. Da ist Jakob Filter wieder in sein Amt gefahren und hat sich schier den Kopf zerbrochen: um den Wald und um die Arbeiter darin und darüber, wie man den Herrn Lehmann herauskriegt aus dem Oben. Er ist aber auf nichts anderes gekommen als auf Arbeit, und weil er sie gut und genau machen wollte, ist er, so oft es nur ging, in den Wald gefahren und hat seine Pläne vorgezeigt und seine Berechnungen und hat hundert Sachen gefragt, und wenn man ihm dort gesagt hat, das da geht nicht, dann hat er gefragt, warum, und er hat gestritten und gemessen und bewiesen und sich belehren lassen, und manchmal hat er seine Pläne geändert, was sich leicht anhört und sehr schwer war, und manchmal hat er seine Pläne durchgesetzt im Wald, was sich auch leicht anhört und auch schwer war, und ganz langsam hat der Wald zu wachsen angefangen, und ganz langsam ist der Herr Lehmann gestorben, und wie sehr er gestorben ist, hat man daran sehen können, daß die Arbeiter im Wald dem Jakob

Filter von ihrem Rauchzeug angeboten haben, und beim Herrn Lehmann ist es immer nur umgekehrt gewesen, aber mehr noch hat man es daran gesehen, daß sie im Wald, wenn es Streit gegeben hat, gesagt haben: Das schreiben wir nach Oben! und daß es dann geklungen hat, wie: Das schreiben wir Jakob Filter.

Gelobt seiet ihr alle, ihr meine nunmehr gelehrten Freunde, gelobt sei aber vor euch allen Jakob Filter, der Hauptabteilungsleiter in einem Ministerium, der vor dreizehn Jahren noch Löffel mit einem f geschrieben hat und inzwischen erreichte, daß ein paar hundert Arbeiter in Herrn Lehmanns und in anderer Lehmanns ehemaligen Wäldern das Wort Staatsmacht wie den Namen Jakob Filters buchstabieren: Jakob Filter, Angestellter, Hauptabteilungsleiter, Diplom-Forstwirt und ehemaliger Waldarbeiter.

Und nun hat die attische Biene Robert Iswall Durst, aber natürlich haben sie nur labbriges Wasser hierhergestellt auf die Rednerkanzel in dieser feierlichen Aula, doch nehmen wir es einmal für frisches Bier: Prost, Jakob, prost, Magnifizenz, prost, ihr Neunundvierziger, ihr seid schon ein toller Haufen!

Auf den Bildern, die es noch von ihm gab, sah der Haufe nicht gar so toll aus, oder wenn, dann in jenem anderen Sinne des Wortes. Zu schweigen war von den Paßfotos, die an den Fragebogen in Meibaums Archiv geklebt hatten; die sehen und dem skeptischen Psychiatrieprofessor im nachhinein noch recht geben, war eines: Wasserscheitel, Kragenspitzen bis auf den Solarplexus, Klein-Erna-Zöpfe, eingegilbtes Augenweiß, Ohrringe, Ohrringe! Aus Familienfotos herausgeschnittene Kindsköpfe mit einem Stück von Mutterns Geblümten und einer Hummerschere aus dem Stilleben an der Wand, verkniffene Lippen – „Fotografiertwerden ist doof“; geblähte Nüstern – „Fotografiertwerden ist komisch“; Mißtrauen mit Sommersprossen, Bin-ichnicht-schön-Äuglein und wahrhaftig noch Warten auf den Piepmatz aus dem schwarzen Kasten, und dazu die Erklärung im Fragebogen, die Absicht des so Dargestellten sei es, nach Erlangung der Hochschulreife und entsprechendem Fachstudium forschend im Bereiche der organischen Chemie tätig zu werden.

Aber auch die anderen Bilder, die Zufallsprodukte wie die wohlgeordneten Ergebnisse blanken Vorsatzes, waren Zumutungen an den guten Glauben.

Da war die Arbeitsgruppe A1 am Ende ihres ersten Jahres, vor dem Zaun des neuen Wohnheimes, die Zeugnisse in den Taschen. Sie stand da im Arrangement der Fußballteams, Rekrutengruppen und Sängerbünde und sah so aus wie die. So verbiestert und gewaltsam fröhlich, so auf „4:0 gewonnen!" und „Sitzt mein Haar auch richtig?", die wenigen Mädchen wie alberne Buschwindröschen zwischen vielen männlichen Staketen, und man ahnte einen verzweifelten Fotografen.

Dies sind die Bilder, die man seinen Kindern besser vorenthält, oder man wird in Modefragen nicht mehr zugezogen. Diese Hosenbeine, weit genug für Elefantenknie, diese Regenmäntel aus Dachpappe können Nesthäkchen und Muttersöhnchen zu Schwererziehbaren machen.

Mit diesem Bildmaterial vor Augen war man versucht, das Fotografieren als die Kunst der Entstellung zu definieren.

Sogar die Lehrer blickten wie Kretins drein; Schika, der zweiunddreißig in Gießen mit einer Dissertation zur Potentialtheorie geleuchtet hatte, sah wahrhaftig aus – hier wollte die abgegriffene Redewendung her – wie einer, der nicht bis drei zählen konnte; Angelhoff hatte den Mund weit geöffnet, und das verschönte ihn nicht; Riebenlamm schien Sorge gehabt zu haben, er könnte mit dem Kopf aus dem Bildrand hinausragen, und so stand er O-beinig da, und des Alten Fritzen Feldherrnzüge waren vom ungünstigen Licht so eingeebnet, daß man meinen mußte, der Direktor sei nichts anderes gewesen als stolz, stramm und beschränkt.

Weg mit dem Bild – es lügt.

Und was ist mit dem hier? Sagt das die Wahrheit? Wenn ja, wie schrecklich. Es zeigt sechs Bildungsphilister bei Ausübung des berühmten Blicks von der Wartburg. Ihre Personalien finden sich in den Papieren des Organisationsbüros der Bach-Tage der deutschen Jugend. Sie seien, steht dort, die Delegation einer Arbeiter-und-Bauern-Fakultät, abgeordnet zur Entgegennahme von Kulturerbe.

Auf dem Bilde halten sie ihre Profile in scharfes Frühlingslicht und glotzen so gespannt zur Rhön hinüber, als sähen sie Herrn Wolfram von Eschenbach zum Sängerkrieg über die Hügel nahen. Die Pose ist gestohlen, nachgeäfft, paßt gar nicht, paßt ebensowenig wie die Baskenmützen, die auf vier von sechs Delegiertenköpfen sitzen, weil Quasi Riek herausgefunden hat, daß man sich, will man die Festung Wissenschaft erstürmen, mit einer Baskenmütze bedecken muß.

Im Zuge nach Eisenach war er dahintergekommen, nachdem er die Abordnungen der anderen Fakultäten durchgemustert hatte. „Sie lassen nichts aus, um sich von uns zu unterscheiden oder vielmehr, um zu beweisen, daß wir uns von ihnen unterscheiden. Jetzt ziehen sie sich diese Kappen auf, aber ich denke, wir sollten ihnen die Mützen versalzen. Wir kaufen uns auch welche. Weil es Baskenmützen sind, kann man sie unbedenklich tragen; die Basken waren gegen Franco."

Während des Tagesaufenthaltes in Weimar hatte er die Sache in die Hand genommen; die anderen hatten sich an Goethe herangemacht, wie es ihnen von Doktor Fuchs aufgetragen worden war, Gartenhaus, Frauenplan, Ilmwiesen – „gearbeitet hat er ja, das muß man ihm lassen" –, sie waren enttäuscht durch das muffige Schillerhaus gegangen und mißtrauisch um das Nationaltheater herumgestrichen, sie hatten sich gefreut, wenn sie etwas mit den Namen auf den Gedenktafeln anfangen konnten – „Und ich sage euch, Musäus, das war ein Märchenerzähler“ –, und daß ein Hinweis auf Nietzsche dort nichts verloren hatte, war ihre einhellige Meinung, und am Abend hatte Quasi sich und den drei anderen Jungen je eine plumpe, grob vernähte und in der dunklen Farbe unentschiedene Baskenmütze aufgesetzt, und so verunstaltet waren sie zu Bach nach Eisenach gefahren.

Es hätte auch Händel sein können oder Mozart oder noch Entlegeneres wie Gluck oder Telemann, und es hätte keinen Unterschied gemacht. Der Alte Fritz hatte sie in die Direktion gerufen, ihnen erklärt, sie seien das beste Lernkollektiv der Fakultät und somit für diese Gelegenheit geeignet. Er hatte auf den feierlichen Namen in der Einladung geklopft und ihn ausgesprochen, als sei er die Bezeichnung für ein gefährliches Außenfort des Gegners, und sie hatten um seinen Schreibtisch gestanden wie ein zu allem entschlossener Stoßtrupp. Dann war Doktor Fuchs geholt worden, das Altmitglied der Städtischen Liedertafel, und der Direktor hatte ihn gebeten, den Abgesandten der Fakultät eine kurze, aber schlüssige Einschätzung der bürgerlichen und künstlerischen Existenz dieses zweihundert Jahre zuvor verstorbenen Musikanten vorzutragen.

Aber Fuchs hatte sich mit den erstaunlichsten Worten geweigert. Er hatte nicht weniger gesagt als: „Ich spreche nicht zu Jungfern über den Geschlechtsverkehr.“

Es sei außerhalb seiner Prinzipien, sagte Völschow, es sei im allgemeinen strikte außerhalb seiner pädagogischen Prinzipien, solche Fragen vor den Ohren der Studenten zu debattieren, jedoch verlange diese Gegenrede des Kollegen Fuchs ein scharfes Dawider, und hier sei es: „Aufklärung ist unser Amt, Herr Kollege Doktor Fuchs!“

Gewiß sei es das, sagte Fuchs, und er übe das seine auch in diesem Sinne aus, jedoch vor Bach, da müsse er es sich versagen, als Erklärer und Einschätzer vor den Vorhang zu treten, noch ehe die erste Szene gespielt worden sei. Man möge ihm den scheinbaren Abschweif gestatten, aber der selige Professor Galletti aus Gotha sei ein Trottel genannt worden, und zwar vorzüglich deshalb, weil er einmal einen ganzen Halbkontinent mit den Worten umrissen habe, „Südamerika ist krumm“, dies sei nun sicher nach erstem Hinhören ein törichter Spruch gewesen, jedoch, habe nicht auch Weisheit in ihm gelegen? Wie anders denn hätte einer im Nebelkessel von Gotha, diesem thüringischen Stickloch, über Südamerika reden sollen vor Hotelbesitzerssöhnen aus Oberhof und Meiereieignerstöchtern aus Halle? Und, um auf seine erstgetane Äußerung zurückzukommen: Sicher sei es nach Auffassung vieler Mediziner wünschenswert, daß ein Mädchen ein bißchen von dem wisse, was sie erwarte, wenn sie sich mit einem Knaben auf ein Haschespiel im Heu einlasse, aber welche Weibsperson, so möchte er fast fragen, welche von all den lieben Weibspersonen schere denn ihr Wissen um die nervösen Mechanismen des Säugetieres bei Reaktionen auf taktilen Reiz, wenn sie eine kräftige Hand an ihrer rückwärtigen Knopfleiste spüre?

Des Alten Fritzen Augen erinnerten nun weniger an eine Bildtafel aus dem vaterländischen Lesebuch als vielmehr an die Forschungsergebnisse des Karl von Basedow.

„Bach“, schrie er, „das ist Bauernkrieg, Bürgertum und Mathematik!“

„Auch das“, erwiderte Fuchs, „auch das, verehrter Kollege Direktor, und nicht zu wenig davon und dazu noch ein sehr körperlich vorgestellter Gott, Höllenfurcht bis ins tiefe Bein, Lust an Kaffee und Kindermachen, Ahnung der Unendlichkeit, Demut und beißende Neugier und ein breiter Hintern. Das alles und sicher auch Ihr Bauernkrieg und Ihre Mathematik. Doch ich bitte Sie, lieber Kollege Völschow, lassen Sie unsere sechs Auserwählten ohne Traktat in den Himmel fahren.“

So fuhren sie denn in den Himmel, bedeckt mit plumpen Baskenmützen, nun doch neugierig durch all das Gerede vom ersten Heu und krummen Südamerika, entschlossen, auf alle Anzeichen von Bauernkrieg sorgfältig zu achten und nicht auf die von Demut und Höllenfurcht, bedacht, nicht anders dazusitzen als die von anderen Fakultäten und viel klüger dreinzusehen, als sie es waren, und sich diesen Bach nicht nehmen zu lassen, denn, so hatte der Alte Fritz geschmettert, „er ist unser", und wenn auch manches über Völschow zu sagen war, so konnte doch niemand leugnen, daß er bisher immer alles getan hatte, damit die Waisenknaben zu dem Ihrigen kamen.

Doch vor die Musik hatte das Festkomitee ein umfassendes Besichtigungsprogramm gesetzt, und Eisenach mochte zwar schön sein, aber jetzt war es überfüllt, und der Führer, den sie erwischt hatten, hetzte sie durch jede Gasse, in der Luther einmal Kurrende gesungen haben mochte, aber vom Eisenacher Kongreß hatte er keine Ahnung, und sein Kollege auf der Wartburg war nur insofern besser, als er an seine alten Sprüche die neuen Losungen gepappt hatte: Beim Loch in der Wand, das einmal Luthers Tintenfleck gewesen war, raunte er eine Weile durchaus noch erschrokken vom Teufel, um dann fortzufahren, daß man mit den Mitteln der atheistischen Wissenschaft zu der Vermutung vorgedrungen sei, es habe sich wahrscheinlich um eine Halluzination des Bibelübersetzers gehandelt, und unter dem gemalten Rosenwunder schwelgte er atemlos in Kunstgeschichte, legte eine Pause ein, hob den Zeigefinger, sah rasch noch einmal in seine Notizen und leierte: „Um dieses zu erhalten, müssen wir den Frieden erhalten, und nun betreten wir die berühmte Mosaikkapelle, welche nicht mit einer Musikkapelle zu verwechseln ist, aber das ist ein Scherz ..."

Da war das Konzert viel lustiger. Jedenfalls hatten sie nachher ihr Erlebnis auf diesen Begriff gebracht: lustig. Schon der Anblick der älteren Herren, die auf das Podest kamen und so taten, als wären sie ganz allein, war lustig. „Es wird so ein Brauch sein", sagte Trullesand und hatte damit die Formel gefunden, mit deren Hilfe er das ganze rätselhafte Geschehen auflöste. Trullesand galt in der Gruppe als Experte für Fragen der Musik, nachdem er mit einem Onkel herausgerückt war, der die Geige und das Waldhorn gespielt hatte. „Ich kann es nicht beurteilen", sagte er, „ob er was auf dem Kasten gehabt hat oder nicht. Ich bin überhaupt in seiner Beurteilung nicht objektiv, weil er mir mächtigen Ärger gemacht hat. Unsere Familie war doch so ein großer Verein, und andauernd war Geburtstag, und andauernd wurden dieselben Geschichten erzählt, und eine davon war immer die von meinem Onkel und mir, wie ich geboren worden bin. Wie ich geboren worden bin, da war mein Onkel gerade mal wieder besoffen, und wenn er besoffen war, dann sprach er immer ganz fein. Meine Tante Gerda, von diesem Onkel die Frau, war bei uns zu Hause und kümmerte sich um meine Mutter. Damals wurden wir ja noch zu Hause geboren und nicht im Krankenhaus. Auf einmal klingelt es, und als meine Tante Gerda aufmacht, steht mein Onkel in der Tür. ‚Handelt es sich', sagt er zu meiner Tante Gerda, mit der er immer furchtbar höflich war, wenn er einen gezwitschert hatte, ‚handelt es sich um einen Knaben, Frau Ritter, oder um ein Mädchen?' – ‚Immer kommen Sie rein, Herr Ritter', sagte meine Tante Gerda zu ihm, ‚es handelt sich um einen Knaben, und mach bloß keinen Krach hier.' Mein Onkel stellte den Waldhornkasten weg und schlich auf Zehenspitzen zu meiner Mutter und mir in die Schlafstube. Meine Tante erzählt, meine Mutter hat nur ‚Ach du lieber Gott!' gesagt, als sie ihn sah. Ich hab geschlafen. Ich hab bei dem ganzen Krach, der jetzt kam, geschlafen. Mein Onkel hat die Geige aus dem Kasten genommen, hat sich das Stecktuch unter das Kinn gestopft und hat feierlich und laut gesagt: ‚Cläre' – das war meine Mutter – ‚ich lehre ihn die Geige!' Das war der Gipfel von der Geschichte, die sie bei all den Geburtstagen immer wieder erzählten, das andere war nur noch drum herum: wie mein Onkel die Toselli-Serenade gefiedelt hat und ich nicht mit der Wimper gezuckt habe, und die beiden Frauen haben sich beinahe kaputt gelacht, meine Mutter bestimmt, denn das war ja nur ein paar Stunden nach der Geburt, und dann haben sie wieder gesagt, mein Onkel soll aufhören, aber der hat gegeigt, und sie haben wieder gelacht, und ich hab den ganzen Toselli ins Ohr gekriegt, als ich gerade fünf Stunden alt war. Aber das war nur drum herum; die Hauptsache war dieser vornehme Spruch von meinem Onkel: ‚Cläre, ich lehre ihn die Geige!‘ Bei uns konnten sie die traurigste Geburtstagsgesellschaft hochkitzeln, wenn einer auf die Idee kam, diese Geschichte zu erzählen, und darauf könnt ihr Gift nehmen: auf die Idee kam immer einer, und ich saß dann dazwischen, und alle sahen mich an, als ob ich das gewesen wäre, der so vornehm gesprochen hatte: ‚Ich lehre ihn die Geige!‘ “

„Und“, fragte Rose Paal, „hat er sie dich denn, ich meine, hat er dir das Geigenspielen beigebracht?“

„Nee, unsere Familie ist von diesem Onkel bald abgekommen. Meine Tante Gerda hat sich von ihm scheiden lassen, weil er einen Säuferklaps kriegte. Nüchtern sah er aus wie ein besonders treues Kaninchen, hielt ihr den Aschbecher, wenn sie rauchte, wärmte die altgewordenen Brötchen für sie auf und alles diese Dinger, aber wenn er gegen Morgen vom Geigespielen und Waldhornblasen und Kümmeltrinken nach Hause kam, dann schmiß er sie aus dem Bett und wollte, daß sie auf der Straße nach seiner Geige tanzte, auch im Winter und wenn Schnee lag, und wehe, sie sagte nicht ‚Herr Ritter‘ zu ihm. Da hat sie sich von ihm scheiden lassen, und deshalb guckte sie später genauso sauer wie ich, wenn die Rede auf diesen Onkel kam und auf seinen Spruch: ‚Cläre, ich lehre ihn die Geige!‘. Von irgendwann an ist keine Geschichte mehr lustig.“

„Das ist ja nun auch so ’n Schnack“, sagte Robert, „darüber könnte man aber streiten, du. Wenn eine Geschichte gut ist, geht sie nicht kaputt.“

„So?“ sagte Trullesand. „Und was sagst du, wenn ich

nun sage, daß diese Geschichte von meinem Onkel heute nur noch zu Heulereien bei uns führt? Irgendein Esel holt sie immer noch aus dem Sack, wenn wir mal zusammensitzen, aber dann heulen sie bald alle. Meine Tante Mimi fängt damit an. Sie zählt dann immer alle auf, die jetzt nicht mehr da sind von denen, die damals dabeigewesen sind. Meine Mutter und mein Vater und der versoffene Onkel auch, der ist in Stalingrad verschwunden, und Verschwundene haben wir in unserer Familie jede Menge. Wat soll an einer Geschichte gut sein, wenn sie nur zu Heulereien führt?"

„Haben wir nun eben gelacht oder nicht?" sagte Robert.

„Klar habt ihr gelacht, aber doch nur, weil ihr die Geschichte nicht ganz gekannt habt. Wenn ihr alles gewußt hättet, hättet ihr auch nicht gelacht."

„Vielleicht", sagte Vera Bilfert, „ist das der Witz von Witzen?"

„Sag mal", sagte Robert.

Vera sah ihn mißtrauisch an, aber dann sagte sie es doch: „Vielleicht ist etwas nur lustig, wenn man nicht alles davon weiß. Das ist schwer zu erklären, aber ich meine: Eigentlich könnte es doch zum Beispiel aus dem Krieg gar keine lustigen Geschichten geben, weil es im ganzen so schrecklich war. Aber es gibt trotzdem eine Menge lustige Sachen."

Jakob Filter hatte ihnen bis dahin wortlos zugehört, nun aber sagte er: „Du sagst, es ist lustig, wenn man nicht alles davon weiß. Vom Krieg weiß man doch alles."

Bis jetzt hatte Quasi Riek kein Interesse an diesem Thema gezeigt; da sich jedoch Jakob, sein Sorgenkind, geäußert hatte, mußte er mithalten: „Richtig, der Krieg ist als solcher aufgeklärt, aber es ist natürlich zu fragen nötig, ob einer diese Erkenntnisse berücksichtigt, wenn er sogenannte lustige Kriegsgeschichten erzählt."

„Man kann ja was wissen, muß aber nicht immer dran denken", sagte Trullesand, „das kann ja gar keiner: immer an alles denken. Immer an alles denken, macht einen verrückt. Dann gibt's überhaupt nichts Lustiges mehr."

„Ich weiß jetzt, wie ihr es meint", sagte Jakob Filter, „es ist wie mit der Pappnase von unserem Oberförster."

„Wie meinst du das", fragte Quasi streng, „eine Pappnase scheint mir in diesem Zusammenhang keinen Platz zu haben."

„Das wird sich ja rausstellen", sagte Trullesand, und Robert ermunterte Jakob: „Mach mal!"

Jakob brachte seine Ansicht wie immer zögernd vor: „Wir hatten diesen Oberförster, von dem habe ich euch schon erzählt. Es war wirklich ein schrecklicher Mensch, und alle hatten vor ihm Angst. Aber einmal war ein Waldfest, weil der Gutsbesitzer Leute aus der Stadt mitgebracht hatte. Bei uns wußte keiner, was ein Waldfest ist, aber der Verwalter hat es uns erklärt. Alle mußten sich verkleiden, und abends wurde ein Feuer gemacht, und alle mußten Volkstänze machen. Aber es war keiner da, der Volkstanz konnte, und der Verwalter hat geschimpft und gesagt, dann soll man irgendwas tanzen, und vor allem soll man sich verkleiden. Es war auch ganz lustig. Als Kinder fanden wir es jedenfalls ganz lustig. Nur den Oberförster hat keiner lustig gefunden. Und dabei hatte er sich eine riesige rote Pappnase aufgesetzt, die bei jedem anderen lustig ausgesehen hätte, aber bei ihm nicht. Bei ihm hat keiner an die Nase gedacht, sondern alle haben gedacht: Das ist der Herr Oberförster. Er war ein gräßliches Schwein, und keiner hat es vergessen können, und die Pappnase hat nichts genützt."

„Hoffentlich hat er das gemerkt", sagte Robert, „daß ihm die Nase nichts genützt hat. Diese Brüder können sich zu Tode ärgern, wenn sie einmal beschlossen haben, heute wollen sie wie alle andern Menschen sein, ganz menschlich, und dann merken sie, es geht nicht. Das macht die wütend, sag ich euch, wenn die merken, sie sind auch beim Waldfest mit Freibier und Pappnase immer noch der Oberförster. Das ist die einzige Art, wie man die kriegen kann: Wenn man nicht mit ihnen lacht und sie nicht mitlachen läßt."

„Die einzige Art ist es vielleicht doch nicht", sagte Jakob mutig, „den Oberförster hat später ein Wilddieb umgebracht."

„Oder so", sagte Robert.

„Das ist Terrorismus", murrte Quasi.

„Klar", sagte Trullesand, „da hatte der Wilddieb eine Unklarheit, und daran ist der Oberförster gestorben."

Robert kam auf das Thema zurück. „Ich finde das mit der Pappnase gut. Die gehörte eben nicht zu dem Oberförster, und deswegen machte sie ihn auch nicht lustiger. Aber der Geigenonkel von Gerd, der ist auch dann noch lustig, wenn man weiß, was mit der Familie passiert ist. Ein Geigenonkel ist keine Pappnase."

Jetzt wurden sie albern. Sie erfanden alle möglichen musizierenden Verwandten und konstatierten, auch die seien keine Pappnasen. Vera machte den Anfang. Eine Flötentante, sagte sie, sei auch keine Pappnase, und eine Trommeloma, setzte Rose hinzu, sei es auch nicht. Trullesand steuerte eine Trompetenbase bei und Quasi einen Schalmeienneffen. Dann verwandelten sie auch die Pappnase, in einen Bleifuß oder in einen Glasnabel, und als ein älterer Mann platzsuchend die Abteiltür öffnete, konnte er Jakob, der offenbar lange daran gearbeitet hatte, sagen hören: „Ein Flügelvetter ist kein Holzohr."

Sie kreischten vor Wonne, und Quasi hatte die glänzende Idee, den Satz „Ein Flügelvetter ist kein Holzohr" auf eine Melodie zu bringen, und sie trieben es so lange, bis der Schaffner sie um Mäßigung bat. Sie gackerten noch ein bißchen, und dann fragte Robert, ob er die Schote schon erzählt habe, wie er in Todesangst und Lebensgefahr selbstgemachte Lieder habe singen müssen.

„Mir schon", sagte Trullesand, „aber erzähl mal. Die paßt, weil sie mit Gefangenschaft ist und trotzdem lustig."

„Ja, mit Gefangenschaft ist sie“, sagte Robert, „aber sie ist mehr von mir als einem großen Dämelsack, und deshalb wird sie euch bestimmt gefallen. Also, ich war damals noch ein großer Dämelsack und hatte mächtige Angst vor den Russen. Bisher hatten sie uns zwar nicht gefressen, aber das würde bestimmt noch kommen. Der Krieg war nicht zu Ende, und deshalb hatten sie vorerst dazu keine Zeit. Das war im April fünfundvierzig. Wir mußten für ein sowjetisches Flakbataillon Bunker bauen, und die Kanoniere waren lauter Frauen. Wenn sie uns morgens aus dem Lager holten, mußten wir immer singen. Das Kommando dazu hieß ‚Galigalo‘, weil es so ein Lied gab mit Halihalo, und sie konnten doch kein H aussprechen. Also sangen wir Galigalo, und nachher bauten wir Bunker. An einem Vormittag kam eine, während wir da schippten, die war an die zwei Meter groß. Sie trug ein Gewehr, das aussah, als wäre es einer von diesen kleinen italienischen Karabinern, aber es war eine richtige große Preußenflinte, und die sah bloß klein aus, weil die Flakfrau so groß war. Nun könnt ihr euch denken, wie groß die war. Sie sah uns zu, und dann machte sie diese schöne Lockbewegung mit dem gekrümmten Zeigefinger, und zwar meinte sie mich. Ich wollte erst so tun, als hätte ich das nicht gesehen, aber die anderen schubsten mich, weil sie natürlich froh waren, daß es nicht sie traf, denn die Frau hättet ihr mal sehen müssen, und so trottete ich vor der Frau her und überschlug die verschiedenen Möglichkeiten, mit denen ich zu rechnen hatte. Ich fand keine, der ich mich gewachsen fühlte, und kriegte das Zittern. Wie gesagt, ich war ein großer Dämelsack. Ich mußte vor ihr in einen Bunker klettern, und das war der Küchenbunker. Dann mußte ich einen weißen Kittel anziehen, in den ihr alle mit reingepaßt hättet, und nun ging's ans Kartoffelschälen. Wenn ich etwas überhaupt nicht kann, dann ist es Kartoffelschälen. Ich kann nicht mal Kartoffelpellen, aber Schälen schon gar nicht. Aber da saß ich in dem Bunker, und mir gegenüber saß dieses Riesenweib, und der

Karabiner, den sie zwischen den Knien hielt, sah jetzt auch groß genug aus, und unter diesen Umständen kann man sogar Kartoffelschälen. Ich hackte auf die erste Kartoffel ein, da sagte die Frau zu mir: ‚Galigalo, dawai!‘ Ich guckte sie eine Weile ungläubig an, aber da sie mir mit dem Gewehr zuwinkte als wäre es ein Rohrstock, legte sich mein Unglaube, und ich sang das Lied mit Halihalo, ‚Ein Heller und ein Batzen‘ heißt es. An der Stelle mit Galigalo nickte sie erfreut, und ich sang alle Strophen. Dann wandte ich mich wieder der Kartoffel zu, aber schon sprach die Dame: ‚Galigalo, dawai!‘ Ich wollte wieder ‚Ein Heller und ein Batzen‘ singen, aber das wollte sie nicht. Mir wurde klar, sie wollte ein anderes Lied. Da sang ich ‚Schwarzbraun ist die Haselnuß‘, und das hört sich euch vielleicht doof an, wenn man in so einem Bunker sitzt, einem Riesenweib gegenüber, das einen Karabiner hat und Sergeantenschulterklappen, und dann brüllt man: ‚... schwarzbraun soll mein Madel sein, geradeso wie ich!‘ Der Frau gefiel das aber, und sie bumste mit dem Gewehrkolben den Takt auf den Bunkerboden, und als ich hinsah, entdeckte ich, daß der Sicherungsflügel auf der falschen Seite lag, und während ich zu ‚Oh, du schöner Westerwald‘ überging, rutschte mir zweimal der Text weg, weil ich mich fragte, ob sie die Knarre durchgeladen hatte oder nicht, ‚... jedoch der kleinste Sonnenschein dringt tief ins Herz hinein.‘ Ich versuchte mal beim Singen mit dem Messer auf die Sicherung zu zeigen, aber das nahm die Frau übel auf; sie drohte mit der Faust, und die sah beinahe noch gefährlicher aus als die Flinte. Da sang ich ihr das Funkerlied, das einen sagenhaft blöden Text hat, aber an der Stelle, wo es heißt: ‚Und alle Madel singen mit: Didadiditt, didadiditt!‘, heiterte sich ihre Miene wieder auf, und dann ging ich zur Abteilung Volkslied über, weil es dort nicht so einen lebensgefährlichen Bumsrhythmus gibt, und richtig, sie legte zum ‚Heideröslein‘ das Gewehr auf die Knie und wiegte sich, und bei ‚Rohosemarie‘ sah sie so sanft aus wie irgendeine Frau. Doch diese Art

Liederschatz war bei mir nicht gerade unerschöpflich, und ich mußte zur Stimmungsmusik übergehen, Walzer, Operette und auch Schlager, wie ,La Paloma' und die ,Rote Laterne von Sankt Pauli'. Es war wirklich irre, sag ich euch, wie ich da ,Auf der Reeperbahn nachts um halb eins' brüllte und dieser Flaksergeant genüßlich die Augen geschlossen hielt, und die Schulterstücke hüpften im Dreivierteltakt, und ich dachte immer nur: Was singst du bloß als nächstes? Für Wiederholungen war sie nämlich wirklich nicht zu haben; ich hatte es noch einmal versucht, aber schon haute sie den Gewehrkolben auf die Bohlen: ,Galigalo, dawai!', und es mußte ein neues Lied sein. Ich hab ihr ,O Tannenbaum' gesungen und ,Kommt ein Vogel geflogen', aber einmal war ich doch am Ende, und ich hatte nur noch die Nazilieder, die ich nicht singen wollte, aber sie quetschte sie alle aus mir raus, ,Erde schafft das Neue' und ,In den Ostwind hebt die Fahnen', und nur das Horst-Wessel-Lied hab ich mir verkniffen, das war mir doch zu gefährlich, und in dieser schrecklichen Notlage begann ich zu dichten und zu komponieren. ,O Herr', sang ich, was übrigens ganz interessant ist, ich meine, wie schnell man in solchen Lagen auf ,O Herr' kommt, ,O Herr, nimm diese Qual von mir!', und dazu eine Melodie, wie sie manchmal sonntags vormittags im Radio ist. Die Küchensergeantin hat den Unterschied auch gleich gemerkt; sie guckte so mißtrauisch, und ich sagte zwischen zwei Arien ,Operrr, Operrr!' zu ihr, und da hat sie es genehmigt. Aber irgendwann hat sie den Quatsch doch gespannt; ich sang aber inzwischen auch schon ein zu blödsinniges Zeug, ich sang das ganze Inventar des Küchenbunkers, nur noch Substantive, ,Schaumlöffel, Hackmesser, ohohoho, großer Kessel, kleiner Kessel, ahahaha', und am Ende war alles so sinnlos wie ,Ein Flügelvetter ist kein Holzohr', auch die Melodien, und das hat die Frau unwirsch gemacht. Ich konnte sie mit meiner Kunst nicht länger fesseln, und da merkte sie, daß ich immer noch die erste halb geschälte Kartoffel in der Hand hielt, und da flog ich raus, und meine Kumpels haben mir die Sache mit dem Singen natürlich nicht abgenommen, aber wenn später in der Baracke mal schlechte Stimmung war, dann fand sich bestimmt einer wie in Trullesands Geburtstagsgesellschaften, so ein Cläre-ich-lehre-ihn-die-Geige-Auskramer, und der schrie dann: ‚Los, Robert, sing doch mal!‘, und die anderen brüllten im Chor: ‚Galigalo, dawai!‘ “

„Natürlich“, sagte Quasi Riek, der immer kräftig mitgelacht hatte, „natürlich darf man nicht die ganze Rote Armee nach dieser Küchensergeantin beurteilen.“

„Nee“, sagte Robert, und Trullesand sagte: „Natürlich darf man nicht die ganze faschistische Wehrmacht nach diesem Robert Iswall beurteilen.“

„Nee“, sagte Robert, und Vera Bilfert sagte: „Natürlich darf man nicht die ganze ABF nach diesem Quasi Riek beurteilen.“

„Nee“, sagte Robert und beugte sich zu Jakob hinüber, „auf keinen Fall darf man das, denn was, mein lieber Jakob Filter, ist ein Oberförster nicht?“

„Ein Oberförster ist keine Pappnase“, sagte Jakob, und erst mit der Ankunft in Eisenach erstarb das Lied von dem Oberförster, der keine Pappnase, und von dem Flügelvetter, der kein Holzohr war.

Und Eisenach wurde lustig. Die Führungen waren es weniger, und auch die Merkblätter, die sich lasen, als hätte der Alte Fritz sie verfaßt, waren es weniger, und auch die Thüringer Klöße waren es weniger, aber die ernsten abwesenden Herren auf den Konzertpodien waren lustig, und die ganz und gar hemmungslosen Trompetenstöße waren lustig und die altertümlichen Holzinstrumente und die Chorknaben mit den weißen Kragen und die Bauernkantate und die halb gesprochenen, halb gesungenen Dialoge und die Rezitative, bei denen einem Robert Iswalls Melodiennot im Küchenbunker einfiel, und die wuchtigen Bässe beim Brandenburgischen Konzert und die beiden Flöten, die nach Frühling klangen und nach Sommer und nach erstem Heu, und das berechnete Ineinander von Helle und Schärfe und Dunkel und Zärtlichkeit, das so unbeschreibbar war wie Südamerika und ebenso fern gewesen war und nun nicht näher lag und doch erreichbar jetzt und nie vielleicht genausogut, und die Geige, die Trullesand beinahe gelehrt bekommen hätte, und die uniformen Posen der geübten Konzertbesucher und die kontrollierenden Zeigefinger in den Partituren und die raffinierte Dosierung von Bescheidenheit und Stolz im Bückling des Dirigenten und der haarsträubende Sang der Oboe und die Knopfleiste des Mädchens in der nächsten Reihe und der jäh aufschießende und beinahe umwerfende Gedanke: „Mann, du sitzt in einem Bach-Konzert!“ und „Womöglich gefällt dir das!“ und „Nun wird es ernst!“

Robert Iswall wußte nicht, ob es ihm allein so ging, aber für ihn, das wußte er, galt es: Große Entdeckungen kamen auf Umwegen, neue, umstürzende Wahrheiten enthüllten sich in scheinbar abgelegenen Details, der Sommer kam mit einer Schwalbe.

So war der Krieg nicht offenbar geworden durch Sondermeldung und Schulausfall und auch nicht durch das viele Grau und all den Stahl in den Straßen und nicht einmal durch die Tränen der Mutter und den Anblick des Vaters in der Uniform, die nach Mottenkugeln roch; der Krieg war erst dann ein ungeheuerliches Anders, als der Vater sagte: „Du kannst jetzt das Fahrrad nehmen.“

Und als er fünf Jahre später die gleiche Uniform angezogen hatte, aber eine, die nicht mehr nach Mottenkugeln roch, sondern nach dem Staub und dem Öl und dem Schweiß in einer überdrehten Kleiderfabrik, da hatte Robert Iswall noch lange nicht begriffen, daß nun er Soldat war und daß es nun ihm galt und daß er daran sterben konnte, aber als er dann zum ersten Male sah, was eine Granate mit einem Hausdach machte, wie sie Balken und Ziegel und Luken hoch in den Himmel schlug und wie die Balken und Ziegel und Luken unendlich langsam zur Erde fielen, als wären sie nicht schwerer denn nasser Rauch, da erst wußte er: Dies hier kann alles mit dir machen.

Und die Gefangenschaft begann nicht mit dem Ruf: „Nicht schießen, bitte nicht!“ und nicht mit dem Hieb zwischen die Augen und auch nicht mit dem reißenden Traum von doch wenigstens drei kalten Pellkartoffeln, sie begann für Robert Iswall, als sein Nebenmann auf einem Platz voller Menschen, mitten in der Kolonne die Hosen herunterließ und sich entleerte und sich niemand etwas dabei zu denken schien. Da erst wurde Robert klar, daß sie heraus waren aus dem Spiel und beinah schon keine Menschen mehr.

Krieg, Todesnähe, Gefangenschaft, das waren die wenigen großen Zäsuren seines Lebens gewesen, und auf ganz und gar unpathetische Weise war er ihrer gewahr geworden. Aber auch die freundlichen Enthüllungen hatten sich ohne Tusch und Feuerwerk vollzogen, oft eher komisch, fast immer ohne die angemessene Würde, von der die Bücher wußten.

Bei der Heimkehr, die mit anderem Namen Freiheit hieß, war von Jünglingstränen auf das wiedergefundene Vaterland nicht die Rede gewesen; die „Caprifischer“ hatten sie gebrüllt, als sie über die Oderbrücke gerollt waren, und höchstens die Hemmungslosigkeit ihres Geschreis hatte von dem Riesenschritt, den sie gerade taten, etwas ahnen lassen.

Und die Liebe hatte sich zwar als eine weitgehende Wohltat erwiesen, und es war einem dabei aufs äußerste gut, wie bei einem gelungenen Torschuß im entscheidenden Spiel vielleicht und auch wieder wie über einem Topf mit gezuckerten Erdbeeren, und zwar nach einem harten Winter, und auch wie bei einem Kopfsprung vom Geländer der Eisenbahnbrücke und auch wie unter der Pumpe nach einer langen Radfahrt über heiße Heide, nach alledem war einem schon dabei, und daß es die geheimste von allen Heimlichkeiten war, machte wahrscheinlich den meisten Spaß, und daß man angeblich noch viel zu jung dafür war, zählte auch kräftig mit, aber, du lieber Himmel, zum Gedichtemachen langte es nun doch nicht, das kam erst später, aber hier, bei der ersten, war einem nach großem Gelächter, und ihr wäre auch danach gewesen, wäre man ihr mit Gedichten gekommen. Sie hatte ihren Mann schon zu lange bei den Soldaten, und schließlich war sie erst achtundzwanzig, und Klavierspielen konnte sie, jedenfalls ein Stück aus dem Frühlingsstimmenwalzer, und wann kam sie schon in diesen Zeiten dazu, das Kleid mit dem weiten Ausschnitt anzuziehen, und ganz mager war sie um die Schlüsselbeine geworden, sehen Sie doch nur, und dies war der Frühlingsstimmenwalzer, und nicht doch, die Antenne hatte schließlich Zeit. Wenn es nach alledem gegangen wäre, was man so gehört hatte, dann hätte man sich dabei oder danach wie ein Mann vorkommen müssen, endlich ein Mann, aber es waren einem nur Erdbeeren und Heide eingekommen und ein großes Wohlgefallen, aber wenig später war einem doch klar geworden, daß hier ein neues Rennen eingeläutet worden war, aber das war erst, als man schon wußte, daß sie nicht überall so mager wie um die Schlüsselbeine war, und es kam wieder so nebenbei. „Mensch“, sagte sie, und kam aus der Küche mit einer Brauseflasche und hatte das Kleid mit dem weiten Ausschnitt nicht mehr an und etwas anderes auch nicht, „Mensch“, sagte sie, „und dein Meister denkt, du baust mir die Antenne!“

Da hatte man geahnt, was nun angefangen hatte; der Meister hatte herhalten müssen, der zu Hause saß und die Daumen drehte und darauf wartete, daß der Junge die Talerchen machte, mit dem Hammer, mit der Zange, mit dem Meißel, mit dem Bohrer, im Keller die Pumpe, in der Scheune den Motor, in der Küche die Lampe, auf dem Dach die Antenne, acht Stunden am Tag und auch neun und auch zehn, und der Frühlingsstimmenwalzer war nicht vorgesehen dabei und keine mageren Partien um die Schlüsselbeine und nicht der ganz besondere Geschmack einer lauwarmen Brause an diesem ganz besonderen Tag. „Laß ihn doch“, hatte Robert Iswall gesagt, und beim

Lachen war ihm die Brause am Hals hinuntergelaufen, und es hatte den letzten Ausschlag gegeben, daß er du zu dieser Klavierspielerin sagte, die zwölf Jahre älter war als er, das war der eigentliche Gipfel und nicht der Frühlingsstimmenwalzer mit ihr und nicht einmal ihre ganz besondere und höchst erfreuliche Art, mit verschütteter Brause fertigzuwerden.

Der eigenartige Mechanismus der großen Aufschlüsse hatte immer zuverlässig gearbeitet, immer wieder hatten sich Hauptsachen durch Beiwerk dargetan, und so wunderte sich Robert Iswall nicht weiter, als er in einem Konzertsaal zu Eisenach auf die hinreißende, umwerfende, atemberaubende, unglaubliche Tatsache stieß, daß er Student geworden war.

Zwölf Jahre später war das ein Wort wie viele andere, war ein Wort wie Baum oder Frühstück oder Klempner, aber ohne diese zwölf Jahre war es ein Gipfelwort, ein Wort wie Himalaja oder Südamerika oder Shanghai oder Prinzregent oder Kohinoor oder Shakespeare oder Bach, Bach zum Beispiel, war auch ein Wort wie Oboe oder Fagott oder Cembalo, war ein Wort aus dem Jenseits, war zwar von dieser Welt, aber aus dem Jenseits dieser Welt, nicht zu fassen, nicht zu haben.

Aber nun, da man zu Füßen dieser Schwalbenschwanzmusikanten saß und spürte, wie das Mißtrauen wich und die Abwehr erlahmte und Gefallen aufkam und, wenn auch nicht Verständnis, so doch Neugier, da erst begriff man, daß fortan alles möglich war.

Leute, haltet euch fest: Trullesand, dem ein versoffener Onkel die Toselli-Serenade in die Wiege gefiedelt hat, hört Bach, und Robert Iswall, Galigalo-Iswall, hört Bach, und Rose und Quasi und Jakob und Vera hören Bach, und sie heucheln nicht und machen große Augen und lange Ohren, und wenn sie auch noch lange nicht verstehen warum, so gefällt es ihnen doch, nicht alles zwar, die Rezitative zum Beispiel finden sie komisch und erklären sie für albernen

Singsang, aber je nun, man findet sich damit ab, und Trullesands Formel, es sei dies wohl so ein Brauch gewesen, dieser Sprechgesang, diese Formel bewährt sich auch hier, aber alles in allem sind sie bereit, an der Fakultät bekanntzugeben: Als eure Delegierten teilen wir euch mit, daß die vom Direktor gegebene Einschätzung richtig war; dieser Bach ist tatsächlich unser oder könnte es doch sein.

Sie sind dann ohne die Baskenmützen an die Fakultät zurückgekehrt, denn es hat auf der Wartburg und unten in der Stadt so viele davon gegeben, und zwar über so vielen einfältigen Gesichtern, daß es Trullesand über geworden ist und er gesagt hat, von ihm aus solle man ihn ruhig nicht für einen Studenten halten, das jucke ihn nicht im geringsten und werde sich schon auf andere Weise erklären lassen, jedenfalls habe er beschlossen, einen der Esel, die den Förderdienst auf der Wartburg-Serpentine versahen, mit seiner Mütze auszustatten, und das war eine Tat, die auch Quasi Riek gefiel.

So gab es nur dies eine Baskenmützenbild, und wer es sah, der mußte Trullesands Handlungsweise auch zwölf Jahre später noch billigen. Und wer, wie Robert Iswall, unter einer dieser scheußlichen Mützen sich selbst gewahrte, der schob das Bild rasch in den Haufen kunstloser Fotografien zurück.

Aber kunstlos oder nicht, es waren Bilder mit Geschichten dahinter, mit Geschichte sogar, die mitzusehen es allerdings der Augen eines Eingeweihten bedurfte. Denn wem sonst schon sagte ein Foto etwas, auf dem in der Unschärfe ein leerer Speisesaal zu ahnen und in dessen Schärfenbereich ein junger Mann im Trainingsanzug auf einem Stuhl zu sehen war? Ein höchst alberner Anblick? Ja – und zugleich ein höchst wichtiger Augenblick im Leben des Fischers und ABF-Studenten und Fußballers Trimborn. Dieses Gewand mit den Haremswächterhosen ist des Fischers Trimborn erster Trainingsanzug; er hat ihn von seinem Verein geschenkt bekommen, weil er ein guter Fußballspieler ist, es ist eine Leistungsprämie, auf die er stolz ist, und wenn man eine Leistungsprämie anzieht, dann tut man das wie mit den allerbesten Hosen, man steigt auf einen Stuhl, damit nichts im Staub schleift, und wenn dann einer sagt, du, bleib mal da oben so stehen, den Anzug fotografieren wir, dann bleibt man eben stehen, denn das leuchtet ein, der erste Trainingsanzug eines Lebens, der dazu noch eine Leistungsprämie ist, der gehört auf ein Bild.

Robert legte das Foto beiseite; er wollte es zur Aulafeier mitnehmen und dem Chemiedoktor Trimborn zeigen; mal sehen, was der sagte, vielleicht würde er lachen, vielleicht auch nicht, und das war dann schon wieder eine Geschichte, die traurige Geschichte vom Fischer Trimborn, der einstmals eines unförmigen Trainingsanzuges aus Zellwolle wegen auf einen Stuhl gestiegen war und inzwischen graue Filzhüte trug.

Hinter dem Bild, auf dem die Arbeitsgruppe A1 – nein, da war sie schon die Arbeitsgruppe A2 – die soeben erworbenen Abzeichen für gutes Wissen vorzeigte, steckte auch Geschichte, und zwar ein äußerst komplizierter Teil.

Abzeichen, hatten sie alle geschrien, das fehlte ihnen noch und komme überhaupt nicht in Frage, und Quasi und der Zentralrat sollten ihre Prüfungen und Ordensverleihungen veranstalten, mit wem sie nur wollten, aber nicht mit ihnen, sie hätten genug von Abzeichen und Orden, und Quasi mochte sich auf attische Weise den Mund fusselig reden, da war gar nichts zu wollen.

Zu wollen war erst etwas, als sich herumsprach, daß von den zwölf Philologen, die sich zur Prüfung gestellt hatten, nur zwei durchgekommen waren und bei den Geographen gar nur einer von achtzehn.

Wenn das so war, wenn das keine Medaille für Nachbeter und Aufsager war, wenn man das Ding nur für den Nachweis eigener politischer Denkkraft bekam, wenn man da nicht nur von Pawel Kortschagin erzählen, sondern selbst ein bißchen von ihm haben mußte, wenn es sich so verhielt mit diesem Stück Metall, dann ran, dann her damit, dann los, Arbeitsgruppe A2, los und Überstunden gemacht und Nachtschichten und Riebenlamm ausgequetscht und den Alten Fritzen und Zeitungsschau gehalten und Broschüren durchgeseiht und immer noch mal den dritten Grundzug der Dialektik und den Fetischcharakter der Ware und den Radikalismus als die Kinderkrankheit des Kommunismus und die Beschlüsse des I. Parlaments und die Aprilthesen und das Wintermärchen und die Grundsätze beim Aufbau eines Wandzeitungsartikels und hundert weitere Stücke guten Wissens, dann üben wir das, Freunde, und dann holen wir uns dieses Abzeichen, und in der Mensa academica sollen sie platzen.

Ulkige Nudeln waren wir doch, dachte Robert, und schüttelte den Kopf über sich: Da auf dem Bild siehst du richtig stolz aus, du Affe, und dabei war es nur Bronze. Aber es war einer der ersten bronzenen Tropfen, aus denen später ein dichter Regen wurde, da hieß es dann: Jeder Jugendfreund ein Träger des Abzeichens für gutes Wissen! Und sogar die Stufe in Gold war leichter zu haben als die ersten Exemplare der Bronzeklasse, und da machte es schon keinen Spaß mehr, aber die ersten, die machten einen Riesenspaß, und auf einem eingerissenen Foto war noch ein schwacher Abglanz davon.

Unter all den vielen Aufnahmen in Roberts Mappe hatten nur zwei den professional touch, es waren starke Vergrößerungen aus dem Kleinfilm einer Exacta oder Leica, auf Hochglanz und scharf bis in den Hintergrund. Sie trugen die Stempel von Pressefotografen und das eine sogar den Vermerk des staatlichen Bilddienstes, und beide zeigten offizielles Gepränge. Auf dem einen bildete die Gangway eines Flugzeuges den Mittelpunkt, und auf dem anderen war vor allem die Rednerkanzel der Aula zu sehen. Auf der Flugzeugtreppe standen Trullesand und Rose, und an der Kanzel standen der Alte Fritz und Robert Iswall.

Gerd und Rose hielten große Nelkensträuße in den Händen, und Robert bekam gerade vom Alten Fritzen einen Nelkenstrauß überreicht. An der Gangway sah man flatternde Fahnen, und hinter Robert Iswall auf dem Podium war eine Draperie aus den beiden Fahnen des Staates zu erkennen, die schwarzrotgoldene noch ohne Hammer und Zirkel im Ährenkranz. Es waren die Fahnen des Jahres zweiundfünfzig, und die beiden Bilder zeigten zweierlei Abschied.

Das eine hatte Robert seither gelegentlich angesehen, einmal oder auch zweimal oder auch dreimal und nie ohne Neugier und nie ohne Stolz.

Das andere hatte er immer nur mit einem kurzen Blick gestreift, mit einem fast blinden Blick, der die Schärfe des Bildes zerfallen ließ, und es war nicht Stolz, der das mit seinen Augen machte. Zweimal Sommer zweiundfünfzig, zweimal Abschied, zweimal Triumph, ein ehrlicher und ein schäbiger, zweimal Robert Iswall, ein ehrlicher und ein schäbiger, zweimal Robert Iswall, aber im ganzen doch nur einmal.

Das Aulabild zeigte nichts von äußerer Bewegung; der Fotograf hatte genau den Totpunkt getroffen: Händedruck und Nelkenwechsel, und so war dies die ewige Gruppe Lehrer und Schüler, und nur, wer dabeigewesen war, entsann sich des Tumultes, der gleich nach dieser Szene die Ordnung des Festsaales aufgelöst hatte, und nur, wer so wie Robert Iswall dabeigewesen war, konnte sagen, wie eine feiernde Gemeinde von oben aussieht, und zwar aus einer Höhe von zwei bis drei Metern und in einem Augenblick, da die Anziehungskraft der Erde über die Schnellkraft von sechzehn Abiturientenarmen siegt und den Flug eines Menschen bremst, der einer Hochleistung wegen in die Luft geworfen worden ist, was ihm Genuß verschafft und auch Sorgen, weil er die Prämie in den Armen hält, und das sind zehn Bände Goethe und vier Bände Shakespeare, und wenn dieser verdammte Quasi Riek nicht sofort aufhört mit seinem Hauruck-Geschrei, dann fliegt die ganze Pracht noch wer weiß wohin, und am Ende kriegt Magnifizenz etwas ab dabei und hat doch gerade eine so schöne Rede gehalten vom Steinesammeln und vom Flug der Zeiten.

Vom Flug in ferne Breiten, in chinesische Weiten hat Magnifizenz nichts gesagt; das besorgt wenige Tage später der Genosse Wigg vom Staatssekretariat, und er hat Mühe mit seinem Manuskript dabei, denn der Wind kommt über märkische Äcker auf das Flugfeld und ist gerade im besten Schwung, wenn er auf das Redepapier und auf die Fahnen und auf Trullesands Locken trifft, aber den Genossen Wigg ficht das nicht an, weil er zumindest ebensoviel Schwung wie der Wind hat, denn dies ist seine erste große Rede, und ihr Anlaß ist der erste seiner Art, und deshalb hat Genosse Wigg Wort für Wort auswendig gelernt, so daß er die beschriebenen Blätter nur des Brauchtums wegen in Händen hält, da die Wochenschau zugegen ist und die Meinung aufkommen könnte, sähe man ihn sprechen ohne den gewohnten papierenen Halt, er bestreite seinen Teil an diesem feierlichen Abschiedszeremoniell ohne den erforderlichen Ernst. Doch gerade daran fehlt es dem Genossen Wigg nicht; es fehlt ihm nur am Wissen um den Doppelsinn seiner Worte, der Worte etwa: „Alle guten Wünsche eurer Kameraden begleiten euch auf eurem Weg in die Ferne."

Für die meisten auf der Landepiste haben diese Worte nur den einen Sinn: Fahrt wohl, laßt es euch gut ergehen, werdet nicht krank, lernt schön, grüßt die chinesischen Brüder! Der Genosse Wigg spricht in ihrem Namen so und auch in Robert Iswalls Namen spricht er. Doch der hat noch mehr der guten Wünsche: Vertragt euch, ihr beiden, werdet Mann und Frau, ihr Eheleute, und du, Gerd Trullesand, werde wieder mein Freund! Das ist viel verlangt, ich weiß es, wir müssen vorerst nicht darüber reden, wir könnten es nicht einmal, selbst, wenn du wolltest. Die Iljuschin trägt dich achttausend Kilometer weit, ich habe es ausgemessen, Warschau, Moskau, Kasan, Swerdlowsk, Nowosibirsk,

Omsk, Irkutsk, Ulan Bator sind deine Zwischenstationen; ich habe mich erkundigt, du fliegst über Oder, Weichsel, Dnjepr, Wolga, Irtysch, Ob, Jennissei und Baikalsee, über den Ural und die Gobi und die Große Mauer, ich habe den Globus gedreht, du kommst an einen Ort, der zehn Längengrade entfernt ist und dem Sonnenaufgang um sieben Stunden näher, ich habe aufgepaßt in Geographie, du wirst für Jahre keinen Urlaub haben, einmal vielleicht zwischen diesem und dem siebenten, ich habe es gehört, und in deinem Kopf mußt du Platz schaffen für einen möglichst großen Teil von zehntausend fremden Zeichen und für die Abfolge der Dynastien zwischen dem Sinanthropus pekinensis und Mao und für den Aufstieg der Literatur von Tjü Yüan zu Mao und für den Weg der Revolutionäre von Tschën Schëng bis Mao, ich hörte nur dies und weiß, daß tausendmal mehr in deinen Kopf hinein muß in sieben Jahren, tausend mal tausend Dinge, Daten und Taten, die eine Ordnung bekommen müssen, weil sie Teile nicht nur von Wissen, sondern von Wissenschaft sind, und da frage ich mich, und es ist eine gute wie böse Hoffnung in meiner Frage, ob noch Raum bleiben wird in deinem Kopf und noch Kraft in deinem Hirn und noch Zeit in den paar Jahren für den Gedanken an Vera Bilfert, die Schneiderin, und an Robert Iswall, der bis vor wenigen Tagen dein Freund gewesen ist und nun an der Startbahn steht, um dir und Rose Paal alles Gute zu wünschen, genau wie der Genosse Wigg vom Staatssekretariat und obendrein noch ein wenig anders.

Glaube nur nicht, Gerd Trullesand, deinem Freunde Robert Iswall stünde der Sinn nach Händereiben und Schenkelklatschen, danach ist ihm nicht, bei allem Triumph, bei allem Triumph ist ihm eher nach einem großen Heulen.

Das macht dieser Abschied. Den macht das Rot der Fahnen nicht heller, und der Takt des Marsches beschwingt ihn nicht, denn der Abschied gilt einer Freundschaft und einer Zeit voller Wunder. Kann sein, daß Robert Iswall ein wenig zu oft Gebrauch von dem Wort Wunder macht, kann sein, er ging vor zehn Jahren noch vorsichtiger damit um, kann sein, auf dem Flugplatz kam ihm das Wort nicht in den Sinn, aber wenn er heute an die Zeit von damals denkt, dann ist sie eine voller Wunder.

Aber das ist Verklärung, Freund, Vergangenheit in bengalischer Beleuchtung, Geschichte in pyrotechnischem Glanz, Wunderkerzenlicht, Magnesium und nicht Mysterium, Historie im Schwärmerschein, und auch die Schatten sind fremd wie von Feuerwerk.

Bei Tag besehen sind die Wunder blässer. Jedoch, es gab und es gibt sie, und das fast wortlose Einverständnis mit Trullesand gehörte dazu. Und sprach dieser Zimmermann, dann hörte man Zaubersprüche. Er sprach zum Beispiel zu einem Todmüden, der nicht mitgehen wollte zum Bier, zu einem Robert Iswall, der nicht mehr aufstehen wollte von seinem Bett, der dalag, erschlagen mit einer Logarithmentafel, gemeuchelt vom tückischen Ablativ, gespießt im Rosenkrieg der Yorks und Lancasters, im Kreuzzug gegen die Albigenser, im Teutoburger Wald und an der Beresina, verdurstet in Sahara, Gobi, Kalahari und der Salzwüste von New Mexico, erdrückt von so gewichtigen Gegenständen wie dem der Philosophie und dem der Politischen Ökonomie, ausgelaugt von Natriumhydroxyd, NaOH, und zerfressen von Salzsäure, HCl; erstickt unter Bergen von Farnen, Halmen, Gräsern, Kräutern und Moosen; geblendet von Sonnen, die Homer und Sophokles hießen, Dante und Cervantes, Shakespeare und Voltaire, Ibsen und Tschechow und Goethe, Goethe, Goethe; betäubt von Selbst- und Mitlauten, stimmhaften und stimmlosen, von solchen, bei denen der Mundkanal gesperrt, verengt oder verschlossen ist, letzteres bei gleichzeitiger Öffnung des Nasenraumes, und solchen, die sonor heißen oder frikativ oder labial, dental und palatal, und gelähmt schließlich um und um vom vielfachen Versuch, in der Freunde Weise Gogol zu sagen, nicht Googool, Herr Iswall, und auch nicht Gockel, istdenndaswirklichsoschwer – zu diesem Robert Iswall sprach Gerd

Trullesand: „Komm mit, du. Pro Nase ein Bier, und einer erzählt einen Witz, und alle lachen. Na?"

Auf sprang da Robert Iswall, Paul Iswalls Sohn, und Quasi Riek, der kühne Degen, ließ den Schlachtruf über die Korridore schallen: „Das Zimmer ‚Roter Oktober' geht Strom sparen!"

Sie sparten auch am Bier und waren der Ober helle Freude nicht, weil sie auf Eichstriche sahen und auf genaues Wechselgeld, denn aus der Formel „Stimmt so" sprach bürgerliche Korruption, und die war zu bekämpfen. Auch in den Kinos, den beiden, waren sie nicht so gerne gesehen, denn es war ihnen eine Gewohnheit, während knisternder Liebesszenen mit vielen Zähnen in Mohrrüben zu beißen oder bei Schießereien nach dem Arzt zu rufen. An politischen Diskussionen auf der Leinwand nahmen sie lauthals und dialektisch geschult Anteil, und wehe, Bucharin erschien oder Denikin oder Truman in der Wochenschau. Ariela, das Schlangenmädchen, verließ während der Bühnenschau den Saal und zeterte dabei in vogtländischer Mundart, weil Trimborn ihr mit Fischerstimme seine Hochachtung bekundet hatte: „Dunnerlüchting, Kniebeuge, und in dem Alter!", und einmal kamen sie mit Not an einem Parteiverfahren vorbei, sie hatten in der „Blume von Hawaii" auf Fingern und Schlüsseln gepfiffen, aber dies war eine Operette, in der eines unterdrückten Volkes Not gesungen wurde, und mochten sie ihre Puste gefälligst im Kampf gegen die Dekadenz einsetzen, „Lukullus" oder so etwas.

Und der Professor für Psychiatrie legte den Vorsitz in der Nationalen Front nieder, für zwei Stunden jedenfalls, weil Trullesand kein Schiffsheizer war, wohl aber behauptet hatte, es zu sein, gelogen hatte mit infamem Vorsatz und vor den Ohren der Tochter des Professors.

Sie war mit Vater, Mutter und mehreren Tanten ins Café Rikki gekommen, auf eine Atempause in der Hetzjagd der Zeit, wie sie Trullesand mitteilte, während er sie in zierlichen Schleifen über das Parkett führte. „Klar, daß ich mich erkundigte, was für eine Art Hetzjagd sie betreibt, aber sie meinte das mehr allgemein, Beruf hat sie nicht, sie hilft ihrer Mutter, und ich glaube ja nicht, was so ein Professorenhaushalt Arbeit macht. ‚Pardon', sage ich und lasse sie erschrocken los, ‚hörte ich richtig? Wollen Sie sagen, Ihr Herr Papa sei Professor?' Ist er, sagt sie, aber ich soll doch weitertanzen, dieser langsame Walzer hat etwas zu Herzen gehendes. Ich bin verwirrt, weil ihr Vater ein richtiger Professor ist und ich mit der Tochter eines richtigen Professors tanze, ich ... Aber sie kneift mir beruhigend in die Impfpocken, so etwas Besonderes sei das doch auch nicht, und was für einen Beruf übe ich aus, wenn sie fragen darf. Da war ich Schiffsheizer, und diese Freude hättet ihr sehen sollen. Wenn die Wirkung immer so ist, gehe ich zur See. Mein Pott hat übrigens achtzigtausend Bruttoregistertonnen, wird mit Briketts beheizt und läuft in der Regel zwischen Murmansk und Honolulu, und der Steuermann ist ein Mulatte mit einem Holzbein, ein erstklassiger Navigator, aber so brutal! Der übernächste Tanz ist wieder mein, der übernächste erst, weil es sonst auffällt, und die Tanten denken immer gleich Sachen."

Robert hatte den Professorentisch im Auge behalten, und er sagte: „Dreh dich nicht um, Gerd, drüben wird die gleiche Geschichte erzählt, und die Tanten gucken, und wenn sie dein Gesicht sehen, denken sie die richtigen Sachen, aber jetzt kannst du dein Seemannsprofil mal nach steuerbord drehen, so ist's gut, jetzt ruft er nach dem Ober."

Der Professor zahlte, als er in dem Schiffsheizer ein studentisches Mitglied des von ihm geleiteten Universitätsausschusses der Nationalen Front erkannt hatte, und am nächsten Tag mußte Trullesand zuerst zum Alten Fritzen und dann in das Institut für Psychiatrie, wo er sich gefälligst zu entschuldigen hatte, groben Unfugs wegen und wegen politischer Obstruktion in den Reihen der Nationalen Front.

Trullesand verbrachte den Vormittag in einem Warteraum voller Seelenkranken, und als er am Ende doch vorgelassen und leutselig angehört wurde, war er so erledigt, daß er dem Nervenarzt auf Verlangen die Hand geküßt hätte, „aber der war ganz kernig; er liest zur Zeit ‚Herrn Eugen Dührings Umwälzung der Wissenschaft', und da konnte ick ihm noch einige Hinweise geben, und er hat immer gesagt: ‚Lustiger Vogel, dieser Engels, ganz fideler Knabe!', und ich hab gesagt, dann soll er den Briefwechsel mit Marx lesen, dann lacht er sich scheckig, das hat er sich aufgeschrieben, und dann hat er mir was aus dem Anti-Dühring vorgelesen und dazwischen hat er gebrüllt: ‚Verdammt ulkiger Bursche, dieser Engels, ganz verflixt komisch!' Der klassische Weg zum Marxismus ist das wohl nicht, aber nu, er ist Psychiater."

Trullesand kam auch mit dem Bischof zurecht, obwohl der nicht Engels las, nicht einmal aus Gründen des Humors. Immerhin betrat der Kirchenmann das Zimmer, das ‚Roter Oktober' hieß, ohne Scheu und bekannte, das Bild, auf dem Stalin sich die Pfeife stopft, habe eine sehr menschliche Dimension. Er ließ seinen Titel fort, sagte schlicht, er heiße Fangeltorn und komme vom hiesigen Kirchenamt, und zwar eines ganz bestimmten Schrittes wegen, den die Zimmerbewohner am Tage zuvor getan hatten – alle vier, also auch Jakob –, und auf dem örtlichen Standesamt.

„Das klappt ja", sagte Robert, und Fangeltorn verstand sofort.

„Wir arbeiten ausgezeichnet mit den städtischen Behörden zusammen", sagte er, „das war auch mit der sowjetischen Kommandantur schon so, und selbst mit Herrn Haiduck kommen wir glänzend aus. Um so mehr wüßte ich Ihnen Dank, wenn Sie mir Ihren Schritt erklärten."

„Er ist prinzipiell", sagte Quasi und schien das erläutern zu wollen, aber Robert hielt ihn auf: „Eine Frage, Herr Pastor, oder sind Sie nicht Pastor . . ."

„Ich bin der Bischof der Landeskirche."

„Oh, der Bischof! Dann gleich zwei Fragen, Herr Bischof: Haben Sie das Gefühl, daß wir Ihnen antworten müssen, ich meine, glauben Sie, es ist unsere Pflicht? Und die zweite Frage: Kommen Sie immer persönlich, wenn Ihnen so ein Schritt gemeldet wird?"

„Keineswegs, aber in diesem Falle war er gleich vierfach getan, und ich bin es meinem Amte schuldig, Erscheinungen solchen Ausmaßes nachzugehen. Ihre andere Frage ist schwieriger. Sie müssen mir nicht antworten, will sagen, es gibt kein Gesetz, das Sie zwingt, jedoch fände ich es fair."

„Dies Wort kommt in Umlauf", sagte Robert, „jeder der etwas von uns will, kennt es jetzt."

„Das klingt schroff, aber vielleicht haben Sie Anlaß. Eben darum bin ich hier."

„Herr Bischof, es ist uns eine Ehre, daß Sie gekommen sind", sagte Trullesand, „aber folgendes Dings: In einer Stunde haben wir Versammlung, und bis dahin müssen wir den Kartoffelsalat gegessen haben, den meine Tante mir mitgegeben hat, morgen ist er schlecht, und Kartoffelsalat ist die einzige Gelegenheit, zu der wir Iswalls Tomatenwein trinken können; dürfen wir essen, und vielleicht essen Sie mit?"

„Aber nur zu, essen Sie, jedoch vielen Dank, ich bin für den Tag verköstigt. Aber sprachen Sie von Tomatenwein? Das wäre seltsam."

„So schmeckt er auch", sagte Trullesand, „er ist aber aus Weizen und daher illegal. Tomatenwein ist nicht verboten und spricht sich besser aus."

Robert fragte: „War das nicht einer von Ihren Leuten, der den Wein erfunden hat?"

„Sie sprechen schon sehr aus der Ferne über uns, kaum daß Sie den Schritt getan."

„Ich war nie sehr nahe dran, Herr Bischof."

Quasi hatte Wein und Salat verteilt und auch den Bischof Fangeltorn nicht vergessen. Er erhob sich und sprach: „Der

Kuckuck schreit vom Wald herein, das Mahl wird bald verzehret sein. Zum Wohle!“ Er hielt sich die Nase zu und trank das Glas leer.

Jakob, Robert und Trullesand taten es ihm eilig gleich, und der Bischof machte es ihnen nach. Dann aßen sie hastig von dem Kartoffelsalat, auch der Bischof, denn so war der Wein.

„In der Tat“, sagte Fangeltorn, „es ist ein eigenartig Gebräu.“

„Was verwenden Sie denn jetzt für Getränke“, erkundigte sich Trullesand, „bei Konfirmation und solchen Ding ... Feierlichkeiten?“

„Es findet sich da immer noch etwas. Die Kirche weiß hauszuhalten. Und wenn ich einen etwas trüben Scherz machen wollte, könnte ich sagen: Jetzt, da Sie zu viert diesen Schritt getan, reicht es noch etwas länger. Aber weder trüber noch blanker Scherze wegen bin ich hier, sondern dieses Schrittes wegen. Haben Sie ihn gut erwogen?“

Sie sagten ja, und Quasi erhob sein gefülltes Glas. „Die Maus piepst aus dem Loch daher, nun esset fein die Teller leer. Zum Wohle!“

Wieder hielten sie sich die Nasen zu und kämpften den Geschmack des Tomatenweins mit Kartoffelsalat nieder.

„Genießen Sie eines jeden Abends dieser beißenden Substanz?“ fragte Fangeltorn und sah auf den Pegel in der Flasche.

„Nein“, sagte Trullesand, „nur wenn Iswall zu Hause gewesen ist. Für Jakob war es der erste Wein seines Lebens, weil man sich bei seiner Konfirmation mit Saftwasser behelfen mußte, und nun schüttelt er sich im Literaturunterricht immer, wenn vom Wein, dem holden, die Rede ist.“

Der Bischof sah Jakob an. „Einen schönen alten Vornamen haben Sie. Der will so gar nicht zu Ihrem Schritte passen. Jakob, der um Rahel diente. Eine Geschichte der Treue. Und nun dieser Schritt.“

Quasi schwenkte sein Glas auf bedenkliche Art und sagte mit der Lautstärke seiner Liedkommandos: „Im Hage schlagen Wachteln, nun laßt uns kräftig spachteln! Zum Wohle!"

„Ich weiß nicht", sagte der Bischof, griff sich dann aber doch an die Nase und trank und aß. Da sein Teller leer war, füllte Trullesand ihm nach, und Fangeltorn aß ohne Zögern weiter, merkte dann aber, daß seine Wirte ihm zusahen und sagte: „Ich weiß nicht, was es ist. Es ist, als habe diese Lösung, die Sie so listig Tomatenwein nennen, den Inhalt meines Magens aufgetilgt, und es ist jetzt eine große Hohlheit da, und die gilt es auszufüllen. Auch tut die Speise der angegriffenen Kehle wohl. Jedoch wüßte ich Ihnen Dank, wenn Sie mir ein erklärendes Wort zu Ihrem Schritte sagen wollten. Das zu erbitten ist meines Amtes auch an diesem Abend und in diesem Hause."

Quasi wollte die Gläser noch einmal füllen, aber Trullesand winkte ab. „Herr Bischof", sagte er, „mit dem Schritt ist das so: Wir fanden es nicht mehr passend, Christen zu heißen und keine zu sein. Das ist ehrlicher. Und um gleichzeitig in der Partei und in der Kirche zu sein, dazu sind wir nicht gebildet genug. Wir sind froh, wenn wir den einen Text behalten."

„Das ist eine erstaunliche Antwort", sagte Fangeltorn, „ich hatte erwartet, Sie würden auf Ihre Unmündigkeit bei der Taufe verweisen oder darauf, daß Gott nach Ihrer Ansicht die Welt nicht genügend vor Greueln bewahrt habe, oder auch dieses schreckliche Wort von der Religion als einem Opiat."

„Wozu, das kennen Sie ja."

„Sie haben es also bedacht? Sie haben den Schritt nicht ohne Zögern getan?"

„Doch, ohne Zögern, aber nicht ohne Gründe. Das bringen die uns hier bei."

„Eine bemerkenswerte Anstalt, die sich in ihren Schülern so zu Bewußtsein bringt. Nun, so will ich gehen. Ich habe nicht gesagt, was ich mir vorgenommen hatte, aber hier ist wohl alles ein wenig anders. Sogar der Wein. Wenn Sie irgendwann glauben sollten, ich könnte Ihnen helfen, dann suchen Sie mich auf. Leben Sie wohl!"

Als der Bischof fort war, sagte Quasi: „Das war aber leicht. Ich hatte gedacht, das gibt einen jesuitischen Jiu-Jitsu-Kampf, aber der Pope ging aus wie ein Kirchenlicht." Der Tomatenwein machte ihm das dreifache J breiig und das Kirchenlicht zu einem hinreißenden Witz. Dann besann er sich und sagte: „Aber vielleicht waren wir nicht prinzipiell genug."

„Du hast ganz schön prinzipiell geschwiegen", sagte Robert, „oder fandest du deine Sprüche aus Brehms Tierleben so prinzipiell?"

„Ein Glück", sagte Trullesand, „daß er sich darauf beschränkt hat. – Folgendes Dings, Quasi: Mit einem Bischof kannst du nicht Religion debattieren. Du nicht, ich nicht. Pieck vielleicht, aber rum kriegt er ihn auch nicht. Sagst du ihm, du glaubst nicht an Gott, dann fragt er dich nach Gott, und auf dem Gebiet weiß er mehr. Nee, Klempner, bild dir nicht ein, wir hätten den besiegt. Wir haben ihm nur nichts zu greifen gegeben, und ick schätze, irgendwo hat auch der Tomatenwein geholfen. Er ist eine furchtbare Waffe."

Als Gerd Trullesand an einem Sommertag im Jahre zweiundfünfzig nach China flog, war es, als nähme er all diese Geschichten mit, war es, während er zum letzten Mal von der Gangway des Flugzeugs winkte, als zöge er sie zu sich herauf wie eine Leiter, rollte sie ein wie einen Strick, war es, da sich das Luk hinter ihm schloß, als wäre dies der Geschichten Ende.

Danach begann für Robert Iswall ein anderes Leben, an einem anderen Ort, mit anderen Aufgaben und anderen Schwierigkeiten; es begann eine Arbeit, bei der man Mathematik, Physik, Chemie, Biologie und Geographie vergessen durfte und Platz in seinem Kopf schaffen mußte für neue Daten und neue Begriffe; ein Studium begann, und man erfuhr, daß man bis dahin nur die äußersten Spitzen der Eisberge gesehen hatte und auch das nur in einem neblichten Augenblick. Es gab kein Zimmer „Roter Oktober" mehr und keinen Heimleiter Meibaum, man mußte mit Wirtinnen um Wattstunden kämpfen, man floh vor der einen, weil ihre Erinnerungen wichtiger waren als des jungen Mannes Referat über die „Wahlverwandtschaften" und weil sie dem jungen Manne zu sehr nach Frauenschaft und Blockflöte klangen, und dann kam man zu einer, die es mit Wilhelm dem Zweiten hatte und den Eierpreisen zu seiner Zeit, und auf diese folgte eine, die eigentlich nicht an Ehepaare vermietete und die Ansicht nicht verbarg, daß eine Studentenehe kaum weniger windig sei als eine morganatische Heirat. Die neue Stadt war ein Riesenreich, das erkundet werden mußte; mit der S-Bahn um den Ring für zwanzig Pfennige, wenn es gutging, und für fünf Mark, wenn man sich erwischen ließ; zu Fuß nach Alt-Kölln und durch den Tiergarten, durch Moabit und den Wedding, über den Alex und die Schönhauser hinunter nach Pankow; mit der Straßenbahn nach Johannistal und, damals noch, nach Lichterfelde, Amis besichtigen, und die Franzosen in Tegel und Schottenröcke in Spandau-West und die Penner in Kreuzberg; mit dem Rad in die Müggelberge und bis nach Staaken rüber und durch Dahlem und Frohnau – „warum hat Old Joe eigentlich nicht diesen Teil genommen, sieht doch viel lustiger aus als das gammelige Karlshorst, findest du nicht auch, Vera?" – „Vielleicht ist er nicht so für lustig." Das stellte sich in der Tat eines Tages heraus, auch dies in den Jahren zwischen Trullesands Winken von der Gangway und dem Abend über eingerissenen Bildern aus längst vergangener Zeit, aber bevor die Rede war von Blut und Eismeerkälte und erstickten Liedern, ging sie noch lange von der Schlacht bei Zarizyn und bewässerten Wüsten und den endlich gelösten Rätseln der Sprachwissenschaft, und schon in Versammlungen mittlerer Größe wählte man Ehrenpräsidien, denen ER vorsaß, und im Kino klatschte man, wenn ER auf dem Trittbrett des Panzerzuges vorbeifuhr, zuerst noch in Lederjacke, später in goldgebordetem Weiß, um einem der vielen Kämpfe die entscheidende Wende zu geben, und dem Provokateur ging man an den Hals, der einem mit dem angeblichen Testamente Lenins kam. Man las Gryphius und Stalin in diesen Jahren, die „Hamburgische Dramaturgie" und den Kurzen Lehrgang der Geschichte der KPdSU (B), „Hyperion", den „Grünen Heinrich" und den „Goldenen Topf" und dazu die Reden Shdanows, aber auch die „Heilige Familie" und den „Empiriokritizismus", und später las man eine Weile, wenn man sich zur Kategorie des Typischen zu äußern hatte, bei Malenkow nach, und zum Volkstümlichen fanden sich theoretische Begriffe wie praktische Beispiele bei Nikita Sergejewitsch, aber das war schon wieder etwas später. Man saß in Seminaren über den „West-Östlichen Diwan" und forderte Charlottenburger Milchhändler auf, SED zu wählen, buddelte auf den Seelower Höhen Kartoffeln und hörte fakultativ über Phonetik, stritt sich mit FU-Studenten bis zur Polizeistunde um ein einziges Wort, um das Wort Freiheit beispielsweise, und sah sechsmal den „Kaukasischen Kreidekreis" und noch öfter die Weigel als Mutter Courage. Man hatte Zwischenprüfungen und am Ende ein Großes Examen, schrieb Seminararbeiten und Flugblätter und eines Tages seinen ersten Artikel als Redakteur, empfing Stipendium und dann Gehalt, wurde Parteigruppenorganisator und auch Vater, fuhr zu Pfingsttreffen und zum KPD-Prozeß, erschrak bis ins Herz bei Stalins Tod und noch tiefer bei Chrustschows großer Rede, kaufte mit neunundzwanzig Jahren seine erste Schallplatte und bekam mit fünfunddreißig einen Orden. Langsam vergaß man im Rauch von Klingenberg den Boddenwind, vergaß unterm Katheder der Koryphäen den Alten Fritzen, vergaß im Hotel Newa die Mensa academica, vergaß auf der Karl-Marx-Allee die

Robert-Blum-Straße, vergaß in der neuen Wohnung das Zimmer „Roter Oktober“, vergaß über der Augenärztin Vera Iswall den Zimmermann Gerd Trullesand.

Vergaß und vergaß auch nicht. Wer laufen kann, denkt nicht mehr an die Zeit, in der er es lernte, aber manchmal sieht er die Narben an Knie und Kinn. Wer „Enzephalographie“ sagen kann, entsinnt sich nicht seiner Mühen um das tückische Wort „Paket“, aber dann verlangt ihm ein Vortrag über Weltliteratur den Wesirnamen Ptahhotep ab, und Erinnerung kommt auf. Sicherheit macht Unsicherheit vergessen, bis zur nächsten Gefährdung. Vom Berg aus liegt das Tal tief unten, aber es sind da noch andere Berge, und Schnickschnack dieser Art könnte man noch tagelang von sich geben.

Aber jetzt wird gereist. In den Schub mit den Bildern, diesen Schwätzern, einen Knoten hinter die Erinnerungen, reinen Tisch und endlich einen Punkt! Wie lange braucht man für einen Punkt? Die Antwort steht bei Gerd Trullesand.

Es hat keinen Sinn, sich erneut in Vermutungen zu stürzen. Schluß mit dem Slalom um die Wenn-und-Aber-Fähnchen; zu Tal jetzt mit Schuß. Mit Schuß durch Berlin? An den Ampelschaltern in der Frankfurter Allee sitzen Individualisten, die dir ihre gelben Leuchtkugeln sauber berechnet vor den Bug setzen. Hier wird nicht auf grünen Wellen geritten, hier wird geschaltet, Kollege, hier kommt zuerst die Sicherheit, und von wegen Schußfahrt, wo geschossen wird, gibt es Tote, und darum schalten wir, und darum schalte nur, Kollege. Gelb, Rot, Gelb, Grün, und der Kipplader vor dir beschleunigt wie ein Kellner ohne Hoffnung auf Trinkgeld, aber auf die rechte Fahrbahnseite fährt er deshalb noch lange nicht, warum auch, ist er etwa kein gleichberechtigter Verkehrsteilnehmer, ist er etwa kein Werktätiger, und ist der Kerl in dem Pkw, der für fünfe Platz hat, etwa einer, allein an einem hellen Vormittag in einem Wagen, das riecht nach Müßiggang, der soll nur warten. Muß er auch, spätestens am Bahnhof Lichtenberg, denn der Sportsmann dort hat ihn mit seiner gelben Kugel nicht verfehlt. Rot, Grün, weiter, ersten Gang, zweiten Gang, dri... Fußgängerschutzweg, halt, nun komm schon, Vater. Ah, jetzt, zehn Sachen, zwanzig, dreißig und beinahe vierzig, und dann hebt der Genosse auf der Kreuzung den Stab in den Himmel. Wollt ihr dorthin? Wenn nein, dann bremst, die aus den Seitenstraßen sind auch Menschen. Mach doch, Genosse, was zauderst du noch. Er zaudert nicht, er sucht etwas auf seiner Stadtkarte, er ist wohl nicht von hier, und ein Mütterchen hat ihn nach dem Weg gefragt, ist vielleicht auch nicht von hier oder doch, fragt nur vorsichtshalber, und der Verkehrsposten sieht vorsichtshalber auf der Karte nach und zeigt dir sein breites Kreuz dabei, das aber bedeutet: Er sperrt deine Fahrbahn; jetzt hat er es, jetzt bekommt Mütterchen Bescheid, aber dann muß sie erst einmal runter von der Kreuzung, Stab nach oben, Achtung, Gang rein, ab, glatte eineinhalb Kilometer ab mit fünfzig, rum um die Ecke, und jetzt Vorsicht, jetzt kommt der Tierpark, siebzehn Millionen Menschen hat die Republik, und die Hälfte davon scheint ständig in den Tierpark zu laufen, nur Affen und Giraffen im Kopf und ohne Sinn für die Straßenverkehrsordnung, puh, das hätten wir, und jetzt fahren wir noch vorsichtiger, denn gegenüber vom Bärenschaufenster sitzen die lieben weißen Mäuse und haben Radar dabei. Wer hier vorbei will, der soll vorbei, mit sechzig Sachen hinein ins Stempelkissen, und Robert Iswall fährt ungeschwärzt weiter, der bravste aller braven Bürger. Jetzt die Bahnunterführung mit den Tramschienen und dem hervorragenden Kopfsteinpflaster, ein Seestück in Basalt, und nun die herrliche Fahrbahn an der Hochschule für Ökonomie, eine Straße mit Spaghettiprofil, leichte Schwenkung, die chinesische Botschaft bleibt rechts liegen, und im dritten Stock steckt womöglich in diesem Moment ein fleißiger Mensch eines dieser famosen Schriftwerke in den Postsack, von denen Robert Iswall jeden Monat eines zugesandt bekommt, und wenn Robert Iswall vom Punktmachen nach Hause kommt, findet er es auf seinem Schreibtisch und kann darin nachlesen, wie billig die Tomaten auf dem Markt von Peking sind. Bahnhof Karlshorst, Trabrennbahn Karlshorst, heute wieder Prominentenrennen, am Start Sterne von Film und Bühne. Kreuzung, Gelb, Rot, Gelb, Grün, weiter, Überholverbot, Industriebahn mit Kabelrollen, die Adresse ist etwas Englisches, na also, Kreuzung, rüber und hinein ins Nadelöhr von Oberschöneweide. Aber nun das Adlergestell, sechzig sind erlaubt, für Lkws mit Anhänger umgerechnet sind das achtzig. Adlershof! Wodka! Deutscher Fernsehfunk! Vorbei, vorbei! Nun auf die Chaussee zur Autobahn, nun aber los, achtzig, ah, jetzt pfeift es unter der Motorhaube, es ist nur ein Ventil und nicht die Lerche, und der Getriebehals kriegt wieder das Schlucken. Dann kommt die Kontrolle an der Stadtgrenze – „Nehmen Sie bitte die Sonnenbrille ab" –, und dann kann es wirklich losgehen, und nach Leipzig sind es keine zweihundert Kilometer mehr.

Hundert Stundenkilometer auf der Autobahn sind genug, sagt das Gesetz, und da hat es recht, aber wenn man nachdenken will, sich Worte zurechtlegen will fürs Punktmachen, dann sind hundert schon zuviel, dann fährt man achtzig, in aller Ruhe achtzig und hat eine Ecke des Kopfes frei für Kommendes und Gewesenes.

Doch das Kommende sperrt sich. Nur Belangloses läßt sich packen, ein Pförtner etwa, der den Kopf schüttelt, nein, Doktor Trullesand ist nicht im Hause, er befindet sich in einer Konferenz, nicht hier, keineswegs, aber wo, kann er nicht sagen, könnte er schon, darf er aber vielleicht nicht, womöglich ist es geheim, jedoch will er eine Ausnahme machen, die Konferenz ist in Jena, glaubt er, genau weiß er es auch nicht, er hat nur so etwas gehört, Jena, oder war es nicht Jena, er will da lieber nichts gesagt haben, und anrufen hat keinen Sinn, wen soll er anrufen, wenn Konferenz ist, nimmt die Sekretärin ihren Haushaltstag, das tut ihm leid.

Das wäre eine Möglichkeit des Kommenden, aber es ist wohl eher ein Trauma, das nationale Trauma vom wegesperrenden, unwissenden, unwilligen, mächtigen Pförtner. Was soll ein Sinologisches Institut mit einem Pförtner, was sollte geheim an einer Sinologenkonferenz sein, was soll eine so unsinnig gedachte Schwierigkeit?

Überspringen wir den Pförtner. Er ist gar nicht da, das Institutstor steht offen, ein Wegweiser weist den Weg: Sekretariat. Guten Tag, ist Herr Doktor Trullesand zu sprechen? – Durchaus in einer wichtigen. – Doch, sie ist wichtig. – Auch dienstlich, dienstlich auch. – Gut, lassen wir das „auch" fort, sagen wir: rein dienstlich. – Das sage ich Doktor Trullesand selber. – Ich glaube nicht, daß Sie es wissen müssen, Kollegin. – Keineswegs sollen Sie Ihre Aufgaben auf die leichte Schulter nehmen. – Doch, ich weiß, wozu eine Sekretärin da ist. – Wieso: ... in diesem Ton? – Liebste, Beste ... – Dann eben nicht Liebste, Beste, dann eben schlicht: Verehrte Kollegin! – Nun melden Sie mich bei Doktor Trullesand, dies ist die sozialistische Presse. – Aber ich habe von Anbeginn gesagt, es ist dienstlich. – Nicht da? Und da halten Sie mich ... – Wann kommt er denn wieder? – Und Sie wollen Sekretärin sein? – Wiedersehn!

Noch ein Trauma. Folge von Erfahrung und Kabarett. Unsinnige Überspitzung. Es gibt viel mehr nette Sekretärinnen, als wir uns träumen lassen. Es gibt nur nette Sekretärinnen, und Trullesand hat gar keine. Du denkst dir diese Bösewichter nur aus, damit du nicht weiterdenken mußt, denn wenn du das tätest, dann müßtest du den ersten Satz denken, deinen ersten Satz, gerichtet an Gerd Trullesand, zu sprechen nach zehn Jahren Pause und nach einem Abschied voller Widerspruch.

Kein Pförtner, keine Sekretärin, nur eine Zimmertür mit dem Schild „Dr. Trullesand, Wiss. Oberassistent". Geklopft und eingetreten. Hinter dem Schreibtisch sitzt kein Trullesand, da sitzt ein Mädchen, hübsch, einundzwanzig, zwei-, dreiundzwanzig, ihr Blick ist erschrocken und ärgerlich: Ist die Zeit etwa schon um? Was soll die Störung? Sie schreibt Klausur. Haben Sie das Schild nicht gelesen: „Klausur! Nicht stören!“? Und dann fragt sie dich, ob du dich mit der Kaiserwitwe Tsï-Hsi und der Kompradorenbewegung auskennst, wenn nicht, verschwinde, hier wird Staatsexamen geschrieben.

Trauma Nummer drei: Klausur, Examen, Qualifizierung, keiner hat Zeit, jeder muß lernen, Prüfung machen, extern, intern, Fern- und Nahstudium, nicht stören!

So weit ist Gerd Trullesand schon fort, daß sich die Vorstellung von einem abweisenden und beschäftigten Institut zwischen ihn und Robert Iswall schieben kann, und so wütend ist Robert Iswall darüber, daß er vor der Raststätte Michendorf scharf bremsen muß, weil er ein Schild übersehen hat, und das sagt: „60 km“.

Mit den Vorstellungen vom Kommenden ist es nichts; die Feigheit gebiert künstliche Hindernisse, aber gerade um Schluß zu machen mit der Feigheit, ist Robert Iswall auf dem Marsch. Er ist auf dem Marsch in den Sonnenweg, er will sich nun stellen und es darauf ankommen lassen. So aber war es immer auf diesem Marsch: Es mußte eine Entscheidung sein, ein Ende, der Weg war schon der Kampf und das Ende der Feigheit. Und auch so war es immer auf diesem Wege: Der Gegner an seinem Ende mochte diesen Namen tragen oder jenen, er mochte Waldemar heißen oder anders, mit seinem wahren Namen hieß er immer nur Robert Iswall.

Showdown nennen sie es im amerikanischen Film, und wenn es ein Western ist, dann sieht man sie gegen Ende des Geschehens bei bedrohlich grummelnder Musik aufeinander zuschreiten, den guten wie den bösen Mann, der böse trägt ein schlimmes Lächeln und der gute gar nichts, sein Gesicht ist so leer wie die Straße vor ihm und der Platz, auf dem es zum Showdown kommt. Der Böse geht dicht an den Holzhäusern entlang, und man sieht ihm an, daß er noch eine verruchte List im Ärmel hat, doch der Gute kommt auf der Mitte der Straße daher, und ein Blick auf ihn belehrt dich, daß selbst die verruchteste aller Listen diesen Mann nicht zu töten vermag. Dann kommen sie auf den Marktplatz, ein Meer aus Staub, und wenn eine letzte Jalousie heruntergelassen wird, merkt man erst, wie still es geworden ist. Keine Musik mehr, nur noch die abgespreizten Hände neben den Colts, nur noch die vorsichtig schleifenden Füße im Sand, nur noch die Augen, die schlimm lächelnden Augen des Bösen und die etwas traurigen Augen des Guten, dann schärfste Schnittfolge, der Böse zieht zuerst, der Gute viel später, viel zu spät, Schnitt, das schlimme Lächeln, Schnitt, die traurigen Augen, Schnitt, aus dem Lächeln schwindet alles Schlimme, und nur eine Frage ist noch da, und eine Hand greift ans Herz, Blut, langsames Fallen, Staub, Musik, Totale: Der Marktplatz belebt sich, aus allen Häusern kommen sie, der stotternde Friseur, der schielende Wirt, der kreuzbrave Hufschmied, Opa mit der Jagdflinte, das ältliche Mädchen vom Telegrafen und die stolze Tochter des stolzen Ranchers, alle kommen sie, aber einer geht, der gute und jetzt unendlich müde Mann, er hat getötet und tat es nicht gern, aber es mußte sein, und jetzt ist er müde – Showdown.

Der gute Robert Iswall zieht aus, um den bösen Robert Iswall in den Sand zu legen, Punktmachen nennt er das, reinen Tisch, rein Schiff, Schulden tilgen, Schuld tilgen, und weiß zugleich doch nicht, ob das die rechten Namen sind. Vielleicht treibt ihn auch nur die Neugier, die durch Berufswahl in Tugend gewandelte Untugend: Wie sieht so ein Trullesand zehn Jahre später aus, was machen sieben chinesische Jahre mit einem Mädchen aus Klein-Bünzow, wie steht einem Zimmermann der Doktorhut, wie gedeiht eine Lyssenko-Ehe, wie spricht man unter gewesenen Freunden, wie spricht der Verratene mit dem Verräter, was blieb von der Vergangenheit?

Aber das ist schon keine Journalistenfrage mehr, das ist eine Rednerfrage. Die Antwort darauf wird bald in einer festlich geschmückten Aula erwartet, und allein schon der Festschmuck zeigt, wie die Antwort sein soll. Sie wird auch nicht enttäuschen. Der Redner hat keinen Anlaß, die Vergangenheit zu schmähen, nicht einmal seine eigene. Er will nur keinen Lack auf ihren Rissen, er mag sie nicht lindgrün, er will keinen Kitt in ihren Scharten, er will nicht verbergen, daß er über ein Gebirge kam und nicht aus blühender Aue in blühende Aue. Der Redner Iswall will die schöne Wahrheit sagen.

Die Wahrheit aber ist nicht nur die Tat, sondern auch deren Folge, nicht nur Motiv, sondern auch Wirkung, ist Vorsatz und Ergebnis; die Wahrheit sind auch die anderen. Darum fährt er jetzt über den Rabenstein im Fläming nach Süden, horcht auf das Zwitschern eines Ventils und das Husten im Getriebehals und hinein in das, was so unzulänglich Vergangenheit heißt. Ganz tief unten und doch durch eine einzige Fahrt wieder gegenwärtig ist ein Lehrer, der einem die Eiszeit erklärt und sie mit stärksten Worten beschreibt; er spricht von Gletschern, die zehnfache Kirchturmhöhen erreichten, und von Landmassen, die sich vor dem Eise zu Gebirgen türmten, und ob er den Fläming nun ein Gebirge genannt hat oder nicht, in des Schülers Iswall Kopf wird der Fläming künftig ein Gebirge sein, wolkennah und schründig, und jedesmal, wenn er Jahrzehnte später darüber hinfahren wird, kommt ihn Verwundern an und Enttäuschung: sanfte Schleifen, zahme Kurven und von Eiszeit nicht die Spur.

Der Höhenzug lag da, wie von einem Festredner jenes Typs beschrieben, zu dem sich Robert Iswall nicht zählen mochte: lieblich, kultiviert und ohne Erinnerung an Gletscher und eisige Zeiten. Fuhr man darüber hin und dachte dabei an die vergangene Freundschaft, dann konnte man nicht an dem Gedanken vorbei, daß in ihrer Geschichte die Eiszeit erst am Schluß gekommen war. Sie war nicht mit

Brechen und Schieben hereingebrochen, nicht mit urzeitlichem Getös, sie hatte still begonnen, mit einem zaghaft vorgetragenen Hinweis und der verschwatzten Rede eines neuzeitlichen Brautwerbers, und im Unterschied zu jenem geologischen Vorgang lagen ihre Ursachen klar auf der Hand.

Robert Iswall hatte ein Mädchen gern, und damit fing alles an. Denn es geschah ihm dies in einer Zeit, in der er seiner selbst noch nicht sicher war. Einmal war er den Wegmarken ohne Zögern gefolgt und hatte seinen Fall getan, und im Schrecken hatte er lange stillgelegen. Dann aber waren sie gekommen und hatten gesagt: Wärest du tot wie die vielen, dann dürftest du hier liegenbleiben, da du aber lebst, lebe, beweg dich, arbeite, denke, lerne. So zu leben war möglich. Arbeit löste den Schrecken auf, Lernen war eine Sache auf Ewigkeit, und Denken ging erstaunlich mit Vergessen überein. Aber immer allein, immer nur für sich selbst, immer nur für Robert Iswall, das ging nicht. Ein Gedanke will weiter, und er kommt allein nicht durch. Man muß ihm helfen, man muß ihn aussprechen, muß ihn begründen, muß ihn verteidigen. Wenn er leben soll, muß man ihn weitergeben. So lernte Robert Iswall sprechen, und eines Tages sah er sich neben anderen stehen, die immer noch dalagen, und er hörte sich sagen: Wärest du tot, dann dürftest du liegenbleiben, so aber stehe auf und lebe wieder, und hier habe ich einen Gedanken für dich, ich habe ihn zuerst für mich gemacht, aber er taugt auch für dich, stehe auf und befasse dich mit ihm, und dann lasse mich deine Meinung hören. Da war Robert Iswall ein Lehrer geworden, in einer Schule, die hoch umzäunt war und in einem fremden Land gelegen. Und als er nach Hause kam, meinte er, er habe seinen Teil getan. Das aber hielt nicht lange, und bald sah er sich wieder verstrickt in Rede und Gegenrede, und es paßte gut, daß sie die neue Schule hatten, in der das Denken als Hauptfach galt. Mit dem Kopf konnte man alles. Man konnte das Straßburger Münster in ihm aufstellen, Nickel in ihm schmelzen, Kriemhilds Klage in ihm tönen lassen, Tiberius Gracchus in ihm sterben lassen, mit ihm konnte man Parallelen gegeneinander führen und eine Ware ohne jede sinnliche Eigenschaft erscheinen lassen, und vor allem konnte man mit ihm neben sich selber treten, dastehen als Robert Iswall neben Robert Iswall und sagen: Na, Iswall, was treibst du so? Scharfe Wechselreden zwischen Iswall und Iswall waren möglich, und da es unter Brüdern geschah, verfingen keine Finten. Ausflüchte kamen nicht weit, Posen gingen zwar durch, aber nicht unbemerkt, und wenn man sich hinreißen ließ, dann sagte das andere Man nur sacht: He, du! und im Fallen noch war schon die Scham. Besonders auf die Gefühle hatte es der Außen-Iswall abgesehen, beim Denken hielt er sachlich und brüderlich mit, hakte nur ein, wo es ungenau war, fragte nach, ersuchte um Präzision, war ein willkommener Prüfer, aber immer, wenn Gefühl aufkam, veränderten sich Miene und Haltung dieses Bruders, er lehnte sich zurück an die Wand, klopfte leis mit dem Schuh auf den Boden, verschränkte die Arme und ließ die Brauen steigen: So, nun sag das noch einmal. Dann war Innen-Iswall gewarnt, und er versuchte, das Gefühl in nüchterne Worte zu fassen, und das ging nicht immer gut. So brachte es der eine Iswall mit seiner Furcht vor dem leisen Klopfen der Sohlen des anderen dahin, daß er Gefühle drosselte, wo immer es ging. Manche jedoch waren merkwürdig frei und erlaubt auch in des anderen Gegenwart, wurden sogar geteilt von ihm und gefördert. So alle jene, die aufkamen mit der Erinnerung an den Vater. Da konnte man Hundegeschichten erzählen noch und noch und mit Wärme, und kein Arm verschränkte sich, und kein Schuh klopfte, das machte wohl die Bruderschaft, und sicher kam es auch, weil der Vater beides gewesen war: ein Mann mit tiefen Gefühlen und Worten für sie und ein Mann mit sehr beweglichen Brauen. Und Paul Iswall war tot, konnte nicht morgen ein anderer werden, war heute für immer das, was er gestern gewesen war, würde sich nicht mehr ändern und durfte darum geglaubt werden. Allem anderen aber, allem Lebenden begegnete man besser mit Vorsicht, wenn man sah: Es ließ sich nicht berechnen und wollte nur geglaubt sein. Und immer, wenn etwas in einem sagte: Dies hier ist einfach gut, es ist ohne weiteres schön, du solltest es ohne Hemmung gern haben, du sollst es lieben – immer dann pfiff Robert Iswall nach dem prüfenden Bruder, wenn er nicht sofort von sich aus zur Stelle war.

Und die Redensarten, die der eine zum Takt der Schuhsohlen des anderen von sich gab, fielen wie Asche auf die blanke Bahn eines Gespräches. „Ach", sagte Robert Iswall, wenn ihm einer mit Lichtern in den Augen kam, „ist das aber mal wieder schön!"; und „So", sagte er hinein in angestrengte Überzeugung, „bist du da auch ganz sicher?"; und in der Kunst, „Aha" zu sagen, es wie Schmirgelpapier über einen polierten Satz zu wischen, brachte er es zu Spitzenleistungen und dahin, daß man ihm lieber nicht mehr mit Berichten von Herzensdingen kam oder vorgab, es auch nicht ganz so ernst zu meinen, und er brachte es auch so weit, daß es von ihm hieß: „Iswall, das ist ein Affe!" Es waren nur wenige, die sich über Robert Iswalls bald so genannten Hochmut hinwegsetzten oder ihn einfach nicht zur Kenntnis nahmen; Riebenlamm war dabei, der selber unübertrefflich „Aha" sagen konnte, und Haiduck, in dessen Augen man nicht gerne ein Affe sein mochte, und vor allen der unschlagbare Gerd Trullesand.

Und dann kam diese Vera Bilfert, die Schneiderin, war schon da seit Monden und kam doch erst an einem Regentag, hatte einem zwar mit diesem und jenem ins Auge gestochen, wußte einen Rock so zu nähen, daß er nicht nur wärmte, trug einen Pullover, der weit war wie Laurins Mantel und doch ganz anders wirkte, aß ohne Geziere Sülze, stieg mit auf den Grund von simplen Geschichten, lachte an den richtigen Stellen, fiel ohne auffindbaren Anlaß in den Physikschrank und gab damit überraschend viel zu denken und nicht nur damit, sondern überhaupt – he, kühler Verwandter, wo bist du, wo treibst du dich herum, merkst du nicht, was hier im Gange ist, sahst du nicht deinen Bruder heute morgen peinlich lange vor dem Spiegel, hältst du die nahebringende Platzwahl in der Mensa academica immer noch für einen Zufall, wußtest du von dieser Ungeschicklichkeit mit Nadel und Faden, hältst du das da eben und jenes gestern und die Sache von neulich wirklich nur für die Zeichen einer neuen Höflichkeit, kommt dir gar kein Verdacht, kommt dir nicht wenigstens Erinnerung, weißt du nicht mehr, wann das schon einmal so war, muß ich dich erst an die Sache mit dem Feuerwehrrock erinnern, und hast du nicht die Nase noch voll davon? Ah, jetzt endlich legst du die Hände an die Rippen, jetzt kommt Bewegung in deine Brauen, jetzt rührst du die Füße, jetzt erst und beinahe zu spät und auch ohne Not, denn ich komme schon alleine zu Rande, ich passe schon auf, weil ich mich auskenne mit mir und denen da. Manche wollen nur den Spaß, um es einmal so zu nennen, und mit denen ist gut Brause trinken, um es auch so zu nennen, Brause mit Gelächter, ein Getränk ohne Nach- und Nebenwirkungen, leicht zu haben, preiswert und ermunternd: Wenn dir wieder danach ist, Junge, komm vorbei, und wer nicht vorbeikommt, ist bescheuert. Aber dann diese andere Sorte: Spaß, das siehst du gleich, wird es bestimmt machen, wenn auch nach anfänglichen Schwierigkeiten, aber die Brause schlag dir aus dem Kopf, der Ansatz ist zu niedrig, hier läuft es auf Wein hinaus, und der, mein Lieber, der will reifen. „Der Weinstock verlangt viel Wärme und Sonnenschein. Tiefgründige, warme Böden sagen ihm besonders zu. Voraussetzung für eine gute Triebbildung und Fruchtbarkeit ist eine ausreichende Versorgung mit Humus und Nährstoffen, in trockenen Sommern auch mit Wasser.“ Also, Junge, ohn Fleiß kein Wein. Sag, was du sagst, mit Wärme, zünd ein Feuer an aus schlauen Gedanken, sei ein lustiger

Bruder, lustig macht warm, warm ist gut für die Triebbildung und auch für die Fruchtbarkeit. Fruchtbarkeit? Muß ja nicht sein, Triebbildung reicht völlig, aber die braucht Wärme. Von nun an ist Robert Iswall der Mann mit dem Thermometer. Er mißt die Temperatur seiner Worte und seiner Taten. Wenn Kühle aufkommt, legt er ein Scheit Gescheitheit auf, und wird es ihm zu heiß, ruft er die Erinnerung an den Feuerwehrrock herbei, eine Spritze Spott kühlt angenehm, der Außenbruder ist überflüssig, Innen-Iswall hat alles unter Kontrolle, und mählich erwärmt sich Vera Bilfert, die Schneiderin.

Wie hat sie auf dem Heimweg an einem längst vergangenen Märzentag gesagt? „Ich weiß nicht, ob ich dich mag", hat sie gesagt, aber sie hat auch noch etwas anderes gesagt, und das war dies: „Über dich muß ich einmal nachdenken." Soll sie nur. Geben wir ihr ein paar Rätsel auf, damit sie auf die richtige Art beschäftigt ist. Wenn sie über Sonntag nach Hause fahren will, dann erzählen wir ihr, nicht ihr direkt, sondern mehreren, aber so, daß sie es hört, von gewaltigen Vorhaben für den Samstagabend. „Heute räumen wir das Café Rikki aus. Keine Schlägerei, Schlagerraten. Erster Preis eine Flasche Halb und Halb aus Grüneberg, zweiter Preis Pralinen, dritter Preis Bonbons, alles für uns. Kennen? Kennen tun wir die Schlager auch nicht, was meint ihr, was die für Dinger spielen, nur um ihren Schnaps zu behalten. Mit dem Ohr ist gar nichts zu machen, nur mit dem Auge, und auch nur mit einem besonders geschulten Auge. Aber dichthalten, Leute, kein Wort an die Öffentlichkeit. Die Musikanten spielen vom Blatt, und meistens steht einer der Notenständer so, daß er sich in einer Ziersäule spiegelt. Natürlich ist das Spiegelschrift, das schon, aber es sind keine Hieroglyphen, und Spiegelschrift knackt Trimborn ohne weiteres, selbst beim Samba. Der greift sich so eine Kleine, die nicht viel Arbeit beim Tanzen macht, und zu dem, was sie sagt, sagt er immer nur hm, weil er den Kopf für die Spiegelschrift braucht, und dann hält er sich möglichst lange am Musikpodest auf, er kann nicht nur rückwärts lesen, sondern auch gleichzeitig rückwärts tanzen, und wenn er es raus hat, tanzt er bei uns vorbei und meldet Quasi das Ergebnis. Café Rikki muß bluten, und wir sind schon sehr beliebt dort. Jede Menge Bäckerstöchter, jede Menge ..."

Vera Bilfert schüttelt den Kopf, und wenn einer etwas von Schummelei sagt oder gar von Betrug, dann nickt sie, aber sie sagt nichts, die denkt, wetten, nicht so sehr an den erschwindelten Grüneberger, die denkt mehr über die Bäckerstöchter nach, mit denen im Kopf fährt sie nach Hause, auch wenn sie vorher noch einmal deutlich phh gemacht hat, die geht am Wochenende sämtliche Bäckerstöchter durch, und wenn sie am Sonntagabend mit dem Bus zurückkommt, dann weiß sie es wieder ganz genau: Dieser Iswall ist ein Affe. Aber dann hält der Bus, es ist dunkel draußen, und es gießt, und zum Wohnheim sind es tausend Meter, und an der Haltestelle auf der Chaussee steht Robert Iswall, ist naß bis auf die Knochen, aber er mag das, sagt er, er ist hier so ein bißchen spazierengegangen, weil er drinnen mit dem einen Mathestück nicht klar kam, und da hat er die Haltestelle gesehen und gedacht, ist das nicht die Haltestelle für den Bus aus Wüllnow, und ist dies nicht die Zeit für den Bus aus Wüllnow, und wer ist doch noch gleich in Wüllnow zu Hause? Der Weinstock verlangt viel Wärme und Sonnenschein, und nichts gibt so viel Wärme und Sonnenschein wie tausend Meter Regen, und Mathematik ist auch eine wärmende Sache. Bis Rose Paal vom Zug aus Klein-Bünzow kommt, bleibt noch Zeit für das Neueste aus Wüllnow: ein Einbruch, ein neuer Zahnarzt, ein kleiner Bruder, der nicht auf die Oberschule will. Es bleibt auch noch Zeit für die Nebenfrage nach dem Ausgang des Schlagerratens. Oh, wie geplant, aber der Halb und Halb aus Grüneberg schmeckte scheußlich, und sonst war auch nichts los, nur Bäckerstöchter, weißt du, und es gibt nichts Öderes als ein ganzes Café voller Bäckerstöchter.

Voraussetzung für eine gute Triebbildung und, na ja, Fruchtbarkeit ist eine ausreichende Versorgung mit Humus und Nährstoffen, in trockenen Sommern auch mit Wasser – wenn man das erst einmal weiß, bekommt man zu tun. Kaum war da gestern so ein befremdend trockener Blick, und schon läßt man heute das passende Wort über den lustigen Kragen fallen. Bügelfalten galten als albern, bis gestern, heute läßt man sich von Quasi in einschlägigen Techniken unterweisen. Die Messingknöpfe an der Jacke sehen nach Portier aus? Das hat man selbst schon lange gedacht – ab damit. Iswall, Iswall, was hast du deinem Bruder gesagt? Du kommst allein zu Rande, du brauchst ihn nicht? Und was bedeutet all dies Blumengepflücke und das hingerissene Lauschen auf die Kunde von dem neuen Zahnarzt in Wüllnow und dem kleinen Bruder, der nicht zur Oberschule will? Mag er doch Frisör werden oder Seeräuber oder Meßdiener. Aber nein, du mußt den Mund aufmachen und Bedeutendes über Pädagogik von dir geben, und dann hörst du dir an, was er alles angestellt hat, als er sechs war, der kleine Racker, und lächelst über ihn, als wär's ein Stück von ihr. Ist er ja auch, verflucht noch mal, und das führt schon sehr weit, das führt mitten hinein in eine Familie, das führt dich noch eines Sonntags mittags an einen gedeckten Tisch, heute mit einem Teller mehr als sonst, und dann sitzt du da und mußt dich beäugen lassen und gekochtes Rindfleisch essen, und ich wette, du ißt es, wenn du erst einmal soweit bist, und manche in dieser Lage haben nur geheiratet, um einen eigenen Tisch zu besitzen und sagen zu können: Auf den kommt kein gekochtes Rindfleisch! Rasch zurück in den Graben, Iswall, hinter den Wall mit dir, bedrohter Freund, nimm Deckung hinter kühlen Worten, pfeif auf das Bügeleisen und geh Fußballspielen, pfeif auf die Wiese mit dem Caspar-David-Friedrich-Blick und drisch einen Skat, erfinde dir eine Sitzung in der Universitätsparteileitung und noch eine im Sekretariat der Nationalen Front, pauke mit Jakob den Infinitiv mit zu und laß dich von Quasi in Algebra unterweisen, schaff dir Männerarbeit heran und Männervergnügen, greif dir eine Bäckerstochter, Brause tut's auch.

Ah, Rückzug, Großkniff der Strategie! Ah, Zimmer „Roter Oktober“, gepriesen seien deine Wälle! In Staub mit allen Schneiderinnen! In den Rindfleischtopf mit allen möglichen Schwiegermüttern! In die Oberschule mit allen kleinen Brüdern! – „Besuchen Sie die Leipziger Mustermesse!“

Das Schild an der Auffahrt zur Elbbrücke glänzte frisch; sicher wurde es von den Messeleuten instand gehalten, und das waren fixe Jungen, die wußten noch von der Magie von Farbe und Sauberkeit, die hatten an die achthundert Jahre Erfahrung auf dem Buckel und waren doch nicht krumm darunter geworden, die hatten alle sechs Monate Zähl- und Zahltag, und Kampagne hatten sie alle Tage. Zu denen müßten wir in die Lehre, könnten lernen bei ihnen, was Vorbereitung heißt und Auswertung, Gastlichkeit und Verkaufstechnik, Verkehrslenkung und Nachtleben und Dekoration und Speisenkarte. Wie wäre es mit einem Messepraktikum für alle Journalisten, Städteplaner, Konsumverkäufer, Straßenmeister, Quizmaster, Bürgermeister, Kulturveranstalter, Quartiermacher und Kaufhauschefs?

Ach, Iswall, laß doch den Vollton, erstens sind Messe und Alltag verschiedene Dinge und zweitens: Was entwirfst du hier Pläne für siebzehn Millionen, fertigst Rezepte aus für ein ganzes Land und kommst dabei mit dir selbst nicht ins reine? Melde dich wieder als Neuerer, wenn du das Alte in Ordnung gebracht hast, und nach Leipzig sind's noch hundert Kilometer. Wenn du die hinter dir hast und das Gespräch mit Doktor Trullesand, darfst du dich mit allen Großprojekten vertrauensvoll an die Öffentlichkeit wenden, dann magst du ihr all deine Patentlösungen vorlegen, dann komme und nimm dieser Welt ihre Sorgen ab.

Dann verrate dem Jugendverband das Geheimnis fröhlichen Lebens, erfinde löslichen Würfelzucker, hilf dem

Fernsehen auf die Sprünge, erzähle Progreß, was ein Kriminalfilm ist, mach die Würstchen wieder knacken, senke die Scheidungsquoten, verhilf unseren Boxern zu stärkeren Nerven, leere die Kneipen und fülle die Theater und also die Bühnen, befreie uns alle von dem Blick auf das Einkaufsnetz unseres Nächsten und von Sitzungen und von Lungenkrebs, und unsere Diskutierer befreie vom Ausgearbeiteten, und gib uns unser täglich Selbstbewußtsein, und reiß die Kuppel ab, die da über unseren Häuptern sich wölbt aus geplanten Raketenbahnen, und gib uns Frieden.

Das alles zu lösen bleibt dir, Iswall, es wartet auf dich, wenn du fertig bist mit dem Punktmachen in Leipzig, also mach deinen Punkt. Geh hin zu Trullesand und sprich: Nun muß Schluß sein mit dem Unsinn. Es geht nicht, daß wir nicht mehr Freunde sind. Aber das ist vielleicht nicht mehr zu ändern; dann wollen wir es wenigstens aussprechen. Ich bin kein reuiger Sünder, ich habe nur Grund, ein paar Dinge klarzustellen! Nenne es Egoismus, wenn du willst, nimm an, es ginge mir wieder einmal nur um mich bei dem, was ich tue, aber laß mich reden. Du weißt, wer dem Alten Fritzen die Idee von der chinesischen Heirat eingegeben hat, aber ich bin nicht sicher, ob du weißt, warum. Es war Angst. Angst vor dir und um Vera Bilfert. Ich sah etwas herankommen, das ich nicht aufhalten konnte. Ich sah es in deinen Augen und in Veras. Mit dir wäre ich womöglich fertig geworden, aber wie sollte ich es mit ihr? Zu dir hätte ich noch sagen können – und verlaß dich drauf, ich hätte es gesagt, wenn ich einen Sinn darin gesehen hätte –: Hör mal, Trullesand, nimm die Augen da weg, da guckt schon einer, und das bin ich. Du täuschst dich, hätte ich gesagt, wenn du glaubst, es sei anders. Dein Irrtum war bis jetzt von mir so gewollt, ich habe ihn aufgebaut, in dir und bis zu gewissen Graden selbst in mir. Ich hab dich und alle Welt einschließlich meiner wissen lassen: Das mit Iswall und der Schneiderin ist so ernst nicht. Aber es war mir ernst; ihr konntet es nur nicht wissen, weil ich es selbst nicht wahrhaben wollte. Als ich es entdeckte, hätte ich zu dir kommen können und sagen: Gerd Trullesand, Junge, alle Bäckerstöchter der Welt für dich, aber das mit der Schneiderin, das laß man. Die ist für Iswall, was er auch immer für Sandpapierreden über Liebe, Herz und Gefühle gehalten haben mag. Der spaßt hier nicht mehr, der liebt hier, Mann!

Wahrscheinlich hättest du einen Witz gerissen, einen Vortragsredner zitiert oder eine deiner unzähligen Tanten und hättest deine Blicke von Vera Bilfert abgezogen, wahrscheinlich mit Mühe, aber doch.

Ich sage wahrscheinlich und lasse andere Möglichkeiten offen; wissen kann ich hier nichts. Ich hab nicht einmal von mir selbst genug gewußt. Bis zu jener Sitzung über den chinesischen Brief hätte ich jederzeit zu dir sagen können: In Sachen Freundschaft nehme ich es immer mit dir auf. Aber die Datierung stimmt nicht ganz. Zwar ist mir der segensreiche und verfluchte Einfall wirklich erst gekommen, als Völschow den Brief verlesen und die Kaderlage geschildert hatte, ich selbst hörte mir noch ungläubig zu, als ich deinen und Roses Namen fallenließ, aber die Haltung zu dieser Tat hatte ich schon vorher eingenommen. Wäre nicht der Brief gekommen, wer weiß, vielleicht hätte sich eine Axt gefunden?

Ich dramatisiere nicht, ich gebe mich nicht zerknirscht und verrucht, ich sehe nur keinen großen Unterschied zwischen dem Flugbillett und einer Axt. Jetzt noch spüre ich den Druck meiner Zähne auf meinen Zähnen, glaub mir, es hätte zum Totschlag gereicht. Idiotisch, ich weiß, Gewalt ist fast immer idiotisch, und ebensooft ist sie die Folge von Angst. Mit dir hätte ich reden können, aber was hätte ich zu Vera sagen sollen? Ich hütete mich, schlafende Hunde zu wecken. Das konnte ich nicht riskieren, daß sie mir zuhören und dann sagen würde: Ich danke dir für diesen Fingerzeig; ich wußte bis jetzt nicht, was mit mir los war, ich fühlte nur, daß etwas anders und im Kommen war, jetzt weiß ich, was es ist, ich danke dir, mein eigenartiger Freund, und Adieu.

Übrigens habe ich vor ein paar Jahren mit ihr darüber gesprochen, ganz vorsichtig, in Halbworten sozusagen, natürlich hab ich ihr nie gesagt, warum ich dich mit Rose nach China katapultiert habe, ich hab überhaupt oft mit ihr über dich gesprochen, schon, weil sie nicht verstanden hat, warum ihr nie geschrieben habt. Es war, als erinnerte ich sie an einen Traum, den sie längst vergessen hatte. Schon das melancholische Lächeln über diesen Traum hat mir genügt; ich hab rasch über etwas anderes gesprochen, über China im allgemeinen; mit dem Thema deckst du fast alles zu.

Vielleicht hat es auch in dir alles andere zugedeckt, schon von Berufs wegen. Dann entschuldige die Störung. Entschuldige überhaupt; das ist, was ich sagen wollte, darum bin ich gekommen.

Aber vorerst war Robert noch nicht angekommen, vorerst war er an der Raststätte Köckern und mußte tanken. Vor ihm stand ein Sachsenring mit Berliner Nummer. Im Fond schlief ein älterer Mann, und auf dem Balkon hinter der Heckscheibe lag ein Buch, dessen Rücken altvertraut aussah. Robert stieg aus. Natürlich, Karl May war das, warum war ihm das nicht gleich eingefallen, diesen Einband konnte man doch gar nicht vergessen, achtzehn davon hatten einmal eine Dachkammer in Paren geziert, und gelesen hatte man alles, was in diesem Gewand zu haben gewesen war. O herrlicher sächsischer Lügenbold, gepriesen sei dein vielgeschmähter Name! Dank dir, du genialer Spinner aus Hohenstein-Ernstthal, dank dir für tausendundeine Nacht voller Pulverdampf und Hufedonnern. Heißen Dank für Äquatorsonne und Präriewind und Wüstensand und Steppengras, für Shatterhand und Hadschi, für Winnetou und Geierschnabel, ungeschmälerten Dank dafür, was immer sie dir auch nachsagen. Religiös-sentimental seiest du gewesen, heißt es. Kann sein, aber mich hast du mit vierzig Bänden nicht religiös gemacht, und sentimental – ich weiß nicht. Von Nationalismus ist die Rede, wenn sie von dir sprechen; wenn das stimmt, dann steck das ein, du prächtiger Schuft, dann mach das nicht wieder, denn Nationalismus geht wirklich nicht mehr, aber offen gestanden, ich hab ihn nie bemerkt, deinen Nationalismus, natürlich nur, weil ich zu dumm dazu war und wohl auch, weil es weiß Gott Nationalistischeres gab als dich, zu jener Zeit, in der ich dich gelesen. Wenn du ein Nationalist gewesen bist, dann nimm mein Pfui zur Kenntnis, aber gleichzeitig und noch einmal meinen Dank, du hinreißender Aufschneider und unübertroffener Bildermacher. So, und nun wollen wir einmal sehen, wer dich in seinem Dienstwagen mit sich führt.

„Schönes Buch haben Sie da", sagte Robert durch die Scheibe.

Der Mann blinzelte, drehte sich halb um und deckte den „Schatz im Silbersee" mit einem Kissen zu. „Das gehört dem Fahrer", sagte er.

Schade, dachte Robert, das wäre doch nun etwas gewesen, ein Karl-May-Leser in einem Dienst-Sachsenring, ein Geierschnabel-Fan aus einem Ministerium, aus dem Volksbildungsministerium vielleicht oder aus dem für Kultur, das wäre doch zu schön gewesen. Aber so ist das Leben nun mal nicht.

Er ging in das Büro, wo der Tankwart einen Schwatz mit dem Fahrer machte. „Dreißig Liter Extra hätt ich gern."

„Sofort, und fünfundvierzig Mark der Deutschen Notenbank, bitte!"

Der Fahrer steckte seine Benzinschecks weg, und Robert fragte: „Wie liest sich denn der May heutzutage?"

Der junge Mann verstand nicht gleich, aber dann sagte er lachend: „Da mußt du mal meinen Alten fragen – ick lese doch det Zeug nich, aber der Chef is ganz verrückt nach."

Er ging, und ehe Robert sein Wechselgeld hatte, war der Sachsenring auf der Autobahn.

Es hatte auch keinen Sinn, ihm hinterherzuhetzen, obwohl die Lust dazu groß war. Da waren der rumpelnde Getriebehals und das zwitschernde Ventil, und selbst wenn man den schweren Wagen einholte, was sollte man dann tun? Ihn an den Rand winken, aussteigen und sagen: „Verzeihung, noch einmal zu dem ‚Schatz im Silbersee‘: Ich höre, es ist doch Ihrer, und nun sagen Sie mir: Wer sind Sie? Was für ein Chef sind Sie, was für ein Mensch?"

Meschuggene Idee. Was sollte denn dabei rauskommen? Vielleicht war's der Leiter der kriminaltechnischen Versuchsanstalt oder der Kustos vom Naturkundemuseum oder ein Dramaturg von der Volksbühne oder der Generaldirektor von DIA Nahrung und Genuß, was spielt das schon für eine Rolle. Es war ein sympathischer Mensch, der Karl May liest, und ein unsympathischer Kerl, der's leugnet. Einer mehr, der nicht zu seinen sündigen Träumen steht, noch ein Heimlichtuer, wieder einer, der aufs Klo geht, wenn er rauchen will, und nach jedem Schnaps in eine Zwiebel beißt. Karl May auf den Chauffeur schieben, das ist doch das Letzte, und womöglich noch zu Hause den Kopf über die Frau schütteln, weil sie mit dem „Stillen Don" nicht zu Rande kommt – ist so das Leben?

Ah, Sittenrichter Iswall greift schon wieder in die Vollen. Über-Iswall ist schon wieder voll da, wird Zeit, daß er an eine Begegnung erinnert wird, von der ihn keine fünfzig Kilometer mehr trennen. Wie war das also mit Trullesands und Vera Bilferts Augen, auf deren Schein hin du den lieben Gott gespielt hast und Schicksal und historische Notwendigkeit?

Das war so, das war an einem Vorsommertag, am Abend eines solchen Tages. Wir waren mit einem Lastwagen zur Volkswerft am Sund gefahren und sollten dort im Chor singen. Ich gehörte gar nicht zum Chor und Trullesand auch nicht, aber die Mädchen waren gekommen und hatten gesagt, der Bariton sei heute zu schwach besetzt und die Fachstudenten steckten im Examen. Wir hatten das Abitur schon hinter uns und warteten nur noch auf die Ergebnisse, aber der Kulturabend auf der Werft war nun einmal seit langem verabredet, und mit einem dünnen Bariton durfte man dort nicht antreten. Wir im Chor, das war natürlich albern, den hatten wir immer den Mädchen und den Pädagogen überlassen, wir taten woanders unsere gesellschaftliche Pflicht, Aufbaustunden und Rübenverziehen und Leitungssitzungen, aber nun lag das Abitur hinter uns, und warum sollte man da nicht einmal mit dem Lastwagen an den Sund fahren. Die meisten Lieder kannten wir, sie sangen im Chor kaum andere als wir, wenn wir durch die Stadt marschierten, bei Demonstrationen oder auf dem Heimweg vom Café Rikki. Außerdem hörten wir die Mädchen im Heim immer üben, und im letzten Halbjahr war sogar Quasi Riek in den Gesangverein eingetreten, als Organisator – versteht sich – und hatte uns mit den Texten gelöchert und mit der Frage nach ihrer Zulässigkeit in unseren Tagen. Sie sangen nämlich auch einige Volkslieder, und in denen fand Quasi manche Rückständigkeit. Ich weiß noch, wie er uns mit der Sache von dem Bauersmann und dessen ungetreuen Weib aufgehalten hat, und Matthias Claudius war ihm natürlich viel zu fromm, nachdem er erst einmal aus der Kirche raus war. Aber er hatte einen schönen, wenn auch manchmal etwas kratzenden Tenor, und seit er im Chor war, vergaß niemand mehr seine Noten. Mit den Liedern hatten wir also keine Schwierigkeit, bis auf eines, denn das war neu, wenn auch uralt, und es war ein Kanon, der ja sitzen muß, wenn er wirken soll. Als wir den Mädchen zugestimmt hatten, verpflichtete sich Quasi, uns den Kanon bis zum Abend noch beizubringen. Gut, sagten wir, Trullesand und ich, aber nun gehen wir erst einmal essen, und zwar nicht in die Mensa, sondern zu Gröbel! Bei Gröbel gab es an diesem Tag grüne Heringe und neue Kartoffeln, und wir hatten doch das Abitur schon hinter uns und keine Sorge, ob wir es wohl bestanden hätten. Nur der Förster hatte seine Sorgen, aber das war mehr Gewohnheit, denn er lag gut im Rennen; so dicht hielt keiner der Dozenten, daß man das nicht wußte. Für mich war die Sache allerdings noch spannend, denn es hing von der Mathematikarbeit ab, ob im ganzen eine Glanznote herausspringen würde oder nicht. Ein halbes Jahr vorher wäre an Glanznoten überhaupt nicht zu denken gewesen, weil ich bei Schika durchhing wie ein Zinkkabel im Sommer. Es war da eine Zeit gekommen, in der ich überhaupt nichts von dem begriff, was Schika erzählte. Ich hatte mich schon aufs Raten verlegt, aber nun rate mal einer in Mathematik. Wenn Vera nicht gewesen wäre, hätten sie mich in dem Fach glatt abschreiben können. Quasi, der mir vorher immer mal auf die Sprünge geholfen hatte, konnte da auch nicht mehr helfen. Er redete auf mich ein und rechnete mir die Sachen vor und schrie alle Augenblicke „Na also!", wenn ich zu dem, was er mir da vorknobelte, einmal mit dem Kopf nickte, aber begriffen habe ich bei ihm nichts. Es war Schluß, die Zahlen waren nichts für mich, und Schika nahm mich schon gar nicht mehr ran. Dann übernahm Vera mich, in Patenschaft, wie das hieß, und das war schon lachhaft genug. Die Witze kann man sich ja denken, die damals aufkamen: „Iswall rechnet schon wieder mit Vera Bilfert!" und so. Alle sahen uns schon als ein Ehepaar, und in Wahrheit waren wir nichts weiter als die Patentante Vera mit ihrem kleinen Paten Robert, und unser Liebesgeflüster kreiste um die sphärische Trigonometrie. Bei ihr begriff ich alles, langsam zwar, denn ich hatte schon zu lange aufgesteckt gehabt, aber ich begriff und konnte in den Stunden bei Schika wieder mitdenken. Das sagt sich schnell, aber es hat Monate gedauert, und draufgezahlt hat Vera. Denn im Abiturzeugnis hat sie allen Ernstes eine schlechtere Note als ich gehabt, und zwar nur, weil ihr die entscheidende Arbeit danebenging, und das wieder nur, weil sie zuviel an ihr Patenkind dachte. Aber ich wollte ja von ihren und Trullesands Augen an jenem Chorabend erzählen und vorher noch von dem Heringessen bei Gröbel. Fischessen ist ohnehin gefährlich, aber durch den Kanon, den Quasi Riek mit uns üben mußte, kamen wir alle dem Tod sehr nahe. Wie Quasi nun einmal war, wollte er keine Minute verschenken, darum fing er mit dem Gesang schon an, kaum hatten wir das Essen bestellt. Ich muß das Lied vorsingen, damit man versteht, was nun kam: „Drei Gäns im Haberstroh / saßen da und waren froh / kam der Bauer 'gangen / mit 'ner langen Stangen / er rief: Wer do, wer do / drei Gähähähäns im Haberstroh!" Und dann muß ich noch sagen, daß es bei Gröbel voll war; der Bushof lag nebenan, und alle Fahrer und Schaffner schienen von den Heringen und den neuen Kartoffeln gehört zu haben. Quasi störte das nicht; er sang uns das Gänselied mehrmals vor, und dann teilte er uns ein. Er selbst wollte voransingen bis „froh", dann sollte Trullesand einsetzen, und wenn der bis „froh" gekommen war, sollte die Reihe an mir sein. Quasi gab auch ein Bier aus, aber wir hätten auch so gesungen, denn wir wußten ja, in der Fakultät schrieben sie jetzt unsere Abiturzeugnisse; lediglich Jakob hatte seine Sorgen, aber der saß ohnehin nur dabei, weil er keine Phantasie hatte, und die gehörte laut Quasi zum Singen wie die Petersilie zum grünen Hering. Als das Essen kam, war theoretisch alles klar, der Text saß, die Melodie war einfach, Quasi hob die Gabel und brüllte los. Natürlich verpaßte Trullesand seinen Einsatz, weil ihm der Hering jetzt wichtiger war, und schon verdonnerte Quasi ihn zu einer Lage Bier. Das sei eine Konventionalstrafe, sagte er, und die sei eigens für disziplinlose Künstler erfunden worden. Wir tranken das Strafbier, und der nächste, der eines ausgeben mußte, war ich, denn ich kam über „Drei Gäns" nicht hinaus bei Trullesands und Quasis Doppelgesang. Drei Biere waren schon im allgemeinen zuviel für Riek, aber am hellen Mittag und mit dem beschwipsenden Gedanken an das bestandene Abitur im Kopf waren sie viel zuviel. Er befand, daß wir das Lied unter echten Chorbedingungen einstudieren müßten, und ehe wir ihn halten konnten, stand er auf Gröbels Stuhl und erklärte den versammelten Buskutschern die Lage. Nach einem kurzen Überblick über die kulturelle Mission der ABF und des Studentenchores kam er auf die unvergänglichen Schätze der Folklore zu sprechen, und dann teilte er die Gäste für den Kanon ein. Die Busleute hatten einen Augenblick zugehört und sich dann wieder über ihre Heringe gemacht, und als Quasi mit der Fensterseite „Drei Gäns" anstimmen wollte, machte niemand außer ihm den Mund auf. Er glaubte, man habe sein Anliegen nicht verstanden, und erzählte alles noch einmal, und wir hatten zu tun, daß uns beim Lachen keine Gräten in den Hals kamen. Einen größeren Gegensatz als den zwischen dem inzwischen völlig aus dem Häuschen geratenen Quasi und diesen stocknüchternen Busfahrern habe ich selten gesehen, die saßen da und bissen in ihre neuen Kartoffeln und ließen den Dirigenten zappeln. Wir mußten ihn gewaltsam auf seinen Stuhl setzen, und das hätten wir auch nicht geschafft, wenn wir ihm nicht versprochen hätten, wir wollten das Lied gleich nach dem Essen auf dem Sportplatz mit ihm üben. Wir sind wirklich auf den leeren Sportplatz gezogen und haben dort das Lied von den Gänsen und dem Haberstroh einstudiert. Dann hat Quasi seinen Bierrausch ausgeschlafen, und am Abend fuhren wir zur Werft am Sund. Ich weiß nicht, ob Trullesand und ich nun wirklich eine Verstärkung des Baritons gewesen sind, bei den Kampfliedern vielleicht, aber bestimmt nicht bei dem Kanon aus dem unvergänglichen Schatz der Folklore. Wir haben uns gegenseitig in die Hand gekniffen, als die Sache mit dem Haberstroh losging, denn so schnell waren wir das Bild von dem Gesangsorganisator auf dem Stuhl und den ungerührten Busleuten an Gröbels Mittagstisch nicht losgeworden, und bis dahin war zwischen Trullesand und mir alles in Ordnung.

Anschließend war Tanz und ein Werftarbeiter gab für Gerd und mich einen Schnaps aus, weil wir großartig gewesen seien, „so als die beiden Clowns von der Truppe".

Natürlich schob sich das Thema Abitur bald wieder in den Vordergrund, und ich Esel hatte nichts Besseres zu tun, als Vera mit ihrer verpatzten Arbeit aufzuziehen. Ich merkte, daß es äffisch war und daß es ihr an die Nieren ging, aber ich saß auf einem Schlitten, und der wollte zu Tal. Ich mißbilligte, was ich sagte, aber ich sagte es. Der Schnaps war keine Entschuldigung und der Triumph schon gar nicht, denn den verdankte ich schließlich ihr und niemandem sonst. Aber nein, Iswall mußte den Hauptaffen machen, den Erfinder der Mathematik, bei dem sich gewisse Leute bedanken durften, wenn sie durch die Prüfung gekommen waren. Manche Menschen, sagte ich, seien nun einmal nicht für die Zahlenwissenschaft gemacht, besonders den Mädchen läge sie nicht so, und zwischen den Eulerschen Gleichungen und einem Schnittmuster gähnten nun einmal Abgründe. Dabei wußte ich von Eulerschen Gleichungen soviel wie von Schnittmustern, und man muß mich mal einen Knopf annähen sehen. Zu einer anderen Zeit hätte mich Vera wahrscheinlich kurz abgefertigt, aber sie war fertig und selbst einem Angeber wie mir nicht mehr gewachsen. Es gibt Witze, die macht man einfach nicht, und von der Sorte produzierte ich an diesem Abend so viele, daß es selbst Jakob langte. Er setzte sich über seine eigenen Sorgen hinweg und sagte, als Vera mit Aktivist Blank tanzte: „Ich glaub nicht, daß du das machen darfst, Robert. Sie kann das jetzt nicht lustig finden, glaub ich."

„Dann muß sie es lernen", sagte ich und fand mich großartig, „du grüner Förster weißt ja gar nicht, was die noch alles lernen muß."

„Bei dir?" fragte Trullesand, und das gab mir einen Ruck, denn er sah mich an wie einen Fremden. Vielleicht übertreibe ich das heute, vielleicht hab ich mir das inzwischen nur eingeredet, weil ich eine Entschuldigung brauchte, aber ich merkte, daß meine Freunde nicht auf meiner Seite standen, und das wollte ich ändern. Ich schlug vor, wir sollten noch einmal „Drei Gäns im Haberstroh" singen, so, dachte ich, kämen wir auf die alte Lustigkeit zurück und wieder auf einen Nenner. Das macht man ja oft, wenn zwischen Freunden etwas faul ist. Man versucht, es mit guten Erinnerungen zu übertönen. Erinnerung ist für diesen Fall nicht das richtige Wort, denn wir hatten alle noch das Glucksen in der Kehle, und Quasi hätte sogar nun erst richtig damit anfangen sollen, jetzt, da er den Kanon mit den beiden Hilfsbaritons über die Bühne gebracht hatte, aber mein Trick verfing nicht. Ich war ihnen zu sehr auf die Nerven gegangen mit meinem großen Maul, und alle wußten sie, was ich Vera verdankte, und alle mochten sie.

So saßen wir da am Tisch, sahen zu, wie Blank und Vera tanzten, und knurrten uns an, die drei gegen mich und ich gegen die drei, zum ersten Mal seit sechs Semestern. Natürlich hatten wir uns hin und wieder gestritten und richtigen Krach gehabt, aber hier war etwas anderes, und ausgerechnet, als wir alle Grund gehabt hätten, uns gegenseitig vor Freude abzuküssen. Wir hatten wie die Bergleute geschuftet, darüber hatte all der Jux nie hinweggetäuscht, wir hatten uns gegenseitig angetrieben und gehetzt, und wir hatten eine Menge Idealismus aufgebracht, um bei diesem Gewaltmarsch durchzuhalten, das war schwer, aber jetzt waren wir durchs Ziel und warteten nur noch auf unsere Zensuren, von denen wir wußten, daß sie nicht schlecht ausgefallen waren.

Und ausgerechnet da passiert uns so was. Da sitzen wir in einem Tanzsaal und knurren uns an, statt zu jubeln oder einen Kanon über Gänse zu singen oder etwas mit Galigalo. Und wer hat das geschafft? Ich, Robert Iswall, Glanznummer im ersten Abiturjahr der ersten deutschen Arbeiter-und-Bauern-Fakultät, ich, Robert Iswall, Freund von Gerd Trullesand und Vera Bilfert, ich, der Affe Iswall. Aber ich will hier nicht pathetisch werden, und wenn ich's schon geworden bin, dann nur, damit jeder merkt, daß es mich immer noch schüttelt, wenn ich daran denke. Aber jetzt will ich die Geschichte dieses Abends zu Ende erzählen. Jedem von uns war, glaub ich, klar, daß wir in einen richtigen Streit geraten waren, und auch, wer uns da hineingebracht hatte. Ich jedenfalls wußte es und hätte gern etwas getan, um den Abend zu retten. Aber so nüchtern war ich inzwischen schon geworden, daß ich lieber gar nichts mehr sagte. Ich hätte es nur schlimmer gemacht. Dann kamen die Tänzer an den Tisch zurück, und Trullesand sagte: „So, Iswall, und nun sag das noch mal."

Zuerst begriff ich nicht, aber dann bewährte sich unser altes Signalsystem ein letztes Mal. Ich sah ihn an und verstand, was er wollte, und ich tat, was er wollte: „Vera", sagte ich, „ich muß mich bei dir entschuldigen. Diese Herren wollen es, und ich will es auch. Und da ich einmal dabei bin: Jeder weiß, warum ich die Mathe-Kurve noch gekratzt hab, und ich weiß es auch. Danke schön!" – „Ist doch schon gut", sagte sie, und wenn sie mich dazu noch angesehen hätte, wäre alles in Ordnung gewesen, aber das war es eben: Sie sah nicht mich an, sondern Trullesand. Nun hatte der zwar einen dankbaren Blick verdient, denn ohne ihn hätte ich die Entschuldigung nicht herausgebracht, aber bloß für Dankbarkeit schien mir das ein bißchen viel Blick zu sein. Ich sage, schien, denn beweisen läßt sich so etwas nicht, und heute habe ich auch meine Zweifel. Aber damals war ich überzeugt, ich hätte Tristan und Isolden beim Augenschmus erwischt, ich, König Marke.

Und dann sieht man, was man sehen will. Ich sah zu Trullesand, und selbstverständlich erkannte ich ihn an seinen Augen: Tristan. Alles bekam seinen Sinn: die Wärme und Sicherheit, mit der dieser Bursche immer wieder gesagt hatte, die Schneiderin sei kernig, und auch die bösartige Kälte, mit der dieser Kerl vorhin gefragt hatte: „Bei dir?" Und halt mal, damals, als wir uns wegen der Losung auf dem Dach beinahe den Hals gebrochen hätten, war da nicht auch Vera im Spiel gewesen? Natürlich! Und wer hatte mit der angeberischen Turnerei angefangen? Trullesand! Wegen Vera Bilfert! Dann dieser Krankenbesuch nach dem Sturz in den Glasschrank. Das war nicht dumm gemacht: Trullesand läßt Iswall die Blumen überreichen, aber mit den Augen funkt er: Die sind von mir! Genauso hat er eben Iswall eine Entschuldigung stammeln lassen, aber sie hat schon gewußt, wer das gedreht hat, der Blick hat sie verraten. Das geht schon lange so, Iswall, die nehmen dich schon seit Jahren auf die Schippe. Klar, wer hat denn damals im Flur vor dem Theologenhörsaal den kleinen Zimmermann vor dem großen Elektriker in Schutz genommen? Irmchen Strauch, aber doch die nicht alleine. War nicht auch Fräulein Bilfert dabei? Selbstredend! Wie konnte ich das nur vergessen!

Heute hört sich das albern an, aber an diesem Abend auf der Werft war es von eiserner Logik. Ich rekonstruierte die Geschichte des Betruges mit der Konsequenz eines Träumers. Ich rammte meine Stützpfähle in nicht vorhandenen Grund, schüttete ein Fundament aus Schaum, zog Binsen als Träger ein und deckte das Dach mit Mückenflügeln, und dann stand ein Gebäude da und war die Wohnung des Bösen, und ich war entschlossen, Feuer dranzulegen und das Nest auszuräuchern.

Schade, daß ich nicht an den Teufel glaube; manchmal fehlt er mir. Gewisse Rechnungen gehen ohne ihn nicht auf. Da borge ich ihn mir dann, wie früher in der Schule den Zehner, wenn man dreizehn von sieben abziehen mußte. Wenn ich den Teufel in diese Geschichte einsetze, leihweise natürlich, dann geht sie so weiter: Der Teufel schickte just am Tag nach dem Chorabend den Genossen Wigg vom Staatssekretariat für das Hoch- und Fachschulwesen an die Fakultät und ließ ihn dort einen Brief aus Peking vorlegen. Zugegeben, es ist einigermaßen unglaubwürdig, daß er sich eines leitenden Genossen aus dem Staatsapparat und der chinesischen Freunde bedient haben soll, aber was am Teufel ist schon glaubwürdig. Ist er erst einmal im Kalkül, dann muß mit allem gerechnet werden, dann ist sogar eine Teilung durch Null denkbar, ein laut Doktor Schika wahrhaft satanischer Vorgang. Und wie sonst erklärt man mir das prompte Erscheinen des staatlichen Hauptreferenten mit der fernöstlichen Offerte? Man kann sogar noch weiter zurück fragen: Wieso war denn der Bariton des Chores ausgerechnet zu diesem allerletzten Termin, an dem die ABF-Abiturienten noch teilhatten, so geschwächt, daß man auf die halbdunklen Stimmen von Trullesand und Iswall zurückgreifen mußte? Warum fehlte es nicht an Tenören oder am Alt? Hatten Tenöre und Altistinnen keine Staatsexamina zu dieser Zeit? Das stinkt doch geradezu nach Schwefel, da sieht man doch den Pferdefuß. Ja, wenn man nun den Angelhoff noch dabei hätte, der würde schon Licht in die Sache bringen, der hätte gleich seine Kausallinien bei der Hand und würde uns erklären, daß der Teufel nur eines der vielen Synonyme des Zufalls sei und der Zufall nur der Schnittpunkt jener Striche, die Vernunft und Unvernunft durch die Geschichte ziehen. Aber Angelhoff dient der Wissenschaft mit seinem Latein, er ist an der Akademie und bringt Licht in allgemeingültigere Dunkelstellen, und man munkelt, er sei bei der letzten Parteiüberprüfung gestrichen worden. Überdies hätte er in diesem Falle auch nicht helfen können mit seinen Kausallinien, denn wo ist der gesetzmäßige Zusammenhang zwischen drei Jahren Freundschaft und einem fast tödlichen Krach am letzten Tage, zwischen der Schwäche des Chorbaritons und dem Genossen Wigg vom Staatssekretariat, zwischen dem chinesischen Verlangen nach deutschen Studenten und der Tatsache, daß von allen geeigneten jungen Leuten nur Gerd Trullesand und Rose Paal eine genügend blanke Kadertafel aufzuweisen hatten? Und wer vermag es mit Vernunftgründen zu erklären, daß Robert Iswall nach immerhin mehr als zwei Jahren straff kontrollierter Neigung, nach einer navigatorisch meisterhaften Kreuzfahrt vorbei an Felsen, auf denen sich Bäckerstöchter rekelten, und vorbei an einer Bucht, von deren Landseite es nach gekochtem Rindfleisch roch, wer kann es erklären, daß Robert Iswall gerade an einem Abend, an dem ihm noch die Rippen vom Kanonsingen schmerzten und ihm die ersten neuen Kartoffeln zusammen mit einem grünen Hering angenehm im Bauche lagen und das Abitur mit Glanz bewältigt war, wer also benennt den Kausalnexus zwischen alledem und der plötzlichen Verwandlung Robert Iswalls in den König Marke von Cornwallis, in den Mohren von Venedig und in Richard den Dritten aus dem Hause York?

Niemand? Dann darf ich wohl wieder den Herrn Teufel bitten, auf Zeit in der Geschichte mitzuwirken, damit wir zu ihrem Ende kommen. Für alle, die um ihr materialistisches Weltbild bangen, will ich noch einmal den provisorischen Charakter des Höllenkerls betonen; er ist für mich nicht mehr als eine Hilfskonstruktion, ein geborgter Zehner, den wir vergessen können, steht erst einmal der Doppelstrich unter der richtigen Lösung. Und der Widerspruch zwischen dem Auftritt des Unterweltphantoms und der Zeit und dem Ort, zu denen dies geschah, erschreckt mich nicht. Natürlich leuchtet ein Teufel auf der Wartburg eher ein als an der ABF, paßt er mehr in die Nähe von Heinrich Faust als in die des Direktors Völschow, fällt es leichter, ihn sich hinter dem Ohr des Tonsetzers Leverkühn vorzustellen als hinter dem des Parteileitungsmitgliedes Iswall, aber ein wenig Phantasie muß ich schon verlangen können. Der Teufel hat sich in so viele Sachen hineingehängt, warum soll er da nicht in ein neuzeitliches Kadergespräch passen dürfen, wenn wir seine Hilfs- und Übergangsfunktion betonen? Es hat so viele Teufel gegeben, Fastnachts-, Sauf-, Zauber-, Spiel-, Jagd-, Hof-, Manns-, Weibs- und Hosenteufel, solche, die bei Bibelübersetzungen störten oder junge Gelehrte auf den Blocksberg führten oder einem labilen Bürgersohn die Zwölftonmusik einzischelten – warum sollte da nicht einer denkbar sein, der sich in eine Parteileitung mischt und mit den Zungen Iswalls und Völschows spricht und den Kuppler macht? Gut, in den genannten Beispielen gingen die Dinge schlimm aus, der Bibeltranslator hat zwar einen ersten Angriff mit dem

Tintenfaß zurückgeschlagen, ist später aber doch des Teufels geworden und hat „Wider die räuberischen und mörderischen Rotten der Bauern“ geschrieben; der Leipziger Doktor ist nur knapp davongekommen, der Musikant aus Kaisersaschern aber keineswegs, der ist zur Hölle gefahren und dazu hat's getönt, als wär's von Arnold Schönberg – gut, dies alles zugegeben und auch die Gefahr des Mißverständnisses, ich, Robert Iswall, Berichterstatter und Rechenschaftsleger, sei der Meinung, des Teufels Spur führe nach Peking. Nicht doch; nicht den Studienaufenthalt im beinahe fernsten Osten halte ich für einen Grund zu höllischem Gelächter, nicht einmal den Ehebund aus historischer Notwendigkeit halte ich dafür, aber das Ende der Freundschaft zwischen mir und Trullesand halte ich durchaus dafür, und es will mir nicht anders als unter Herbeiziehung des geborgten Teufels in den Kopf, daß ich in einer Leitungssitzung mit kunstvoller Beiläufigkeit gesagt haben soll: „Wie wäre es mit Trullesand und Rose Paal?“

Nicht gesagt haben soll – gesagt habe; alle haben es gehört: der Genosse Wigg und der Alte Fritz, Riebenlamm und Quasi Riek und Gerd Trullesand, bis vorgestern mein bester Freund, gestern Hilfsbariton, seit gestern ein vermeintlicher Nebenbuhler, der aus dem Wege muß, und da ist Peking gerade weit genug aus dem Weg.

So, jetzt kann ich den Leihteufel zurückgeben und meinen Doppelstrich ziehen; das ist die Summe, auf die ich es gebracht habe, und das Ende der Geschichte, soweit ich es übersehe. Denn was soll ich noch lange von Trullesands Bedenken reden, von der Wiederholung seines Wunsches, Philosophie zu studieren und von seinen Zweifeln an seiner Begabung zu chinesischen Zungenschlägen, wozu muß ich betonen, daß er an seinen Locken zerrte, als er uns klarzumachen versuchte, daß er Rose Paal „zwar nicht unkernig“ fände, den Gedanken aber an eine Heirat mit ihr und an eine siebenjährige Hochzeitsreise zumindest ein wenig überraschend, was soll es, wenn ich hier enthülle, daß er der Parteileitung die Ansicht vortrug, zur Ehe gehörten nach seiner Vorstellung „so Sachen wie Liebe und alles diese Dinger“ und nicht nur der gelegentliche Wunsch, mal an ein Knie zu fassen; wohin sollte es führen, wenn ich hier alles auskramte, was in der dreistündigen Sitzung gesagt worden ist, um Gerd Trullesand von seinem geschichtlichen Auftrag zu überzeugen?

Es ahnt doch schon jeder, daß Völschow einen endlosen Zug unterdrückter und verkannter Waisenknaben aufmarschieren ließ und immer wieder betonte, daß gerade das Wissen um die östlichen Dinge uns alle zu ungeahnter Geistesmacht führen werde; der bekannte Spruch „Ex oriente lux“ sei bislang zu eng interpretiert worden, man habe dabei immer nur bis Moskau gedacht, aber heute gelte es, das Licht auch in Peking zu suchen, gerade heute, da der Krieg in Korea trotz fast einjähriger Waffenstillstandsverhandlungen immer noch blutig sei, und war nicht eben Gerd Trullesand der Vorsitzende des Fakultätskomitees „Hände weg von Korea“; hatte nicht Gerd Trullesand jahrelang getrommelt und gesammelt, agitiert und organisiert, um, ähnlich wie die chinesischen Freiwilligen, wenn auch auf andere Weise, dem östlichen Brudervolk gegen die Li-Sing-Man-Clique und die amerikanischen Interventen beizustehen, und konnte es demzufolge einen besseren Mann für die Pekingreise geben als Gerd Trullesand?

Ich sehe auch keinen Grund, die gemessenen Worte des Genossen Wigg vom Staatssekretariat zu wiederholen; der ahnte nichts von der Kumpelschaft des Zimmers „Roter Oktober“ und auch nichts von Vera-Isolde Bilfert im Hintergrund; der hatte einen Vorgang zu klären, einen ehrenvollen und erfreulichen Vorgang und hatte nur darauf zu achten, daß die Kaderbedingungen der chinesischen Genossen berücksichtigt wurden, und darum brachte er auch nichts Überzeugenderes vor als die Frage: „Ja, wenn nicht du, wer dann, Genosse?“

Schließlich verspreche ich mir auch nichts von einer Aufzählung jener Argumente, die von den übrigen Leitungsmitgliedern vorgetragen wurden, obwohl es der Worte viele gab und manche von ihnen durchaus konträren Charakters waren; mir scheint lediglich erwähnenswert, daß sich Quasi Riek, der doch bis dahin noch jedes Knäuel zu einem ordentlichen Muster gewirkt und jedes Durcheinander in ein übersichtliches Schema gezwungen hatte, in dieser Sitzung merkwürdig passiv verhielt und kaum etwas sagte, gerade hier, wo ein attischer Bienensang wie selten am Platze gewesen wäre, aber das hing vielleicht damit zusammen, daß er selbst zwei Stunden vor der Sitzung in die Direktion gerufen worden war – warum habe ich das völlig vergessen? – und dort bis zum Zusammentritt der Leitung gesessen hatte – mit wem eigentlich? Nicht mit dem Alten Fritzen und auch nicht mit dem Genossen Wigg, denn die beiden waren durch die Abiturklassen gegangen und hatten auch bei uns eine Weile dem Gespräch mit Doktor Fuchs zugehört, das von freundlicher Schärfe wie immer war, nur lockerer als sonst, weil doch die Prüfungen schon hinter uns lagen und wir nur noch die Zeit ausfüllten bis zur großen Urteilsverkündung. Also mit wem hatte Quasi dann in der Direktion gesprochen? Merkwürdig, ich habe ihn nie danach gefragt. Aber so merkwürdig ist es auch wieder nicht, denn ich hatte damals den Kopf voll mit König-Marke-Gedanken, und auch schon mit gewissen gegenteiligen Zweifeln, und dann war China das Generalthema der folgenden Tage, wenn ich vom Abitur einmal absehe, und dann kam auch gleich dessen feierliche Verkündung in der Aula und der Glanzpunkt „Iswall bestand mit Auszeichnung“, und dann kam Roses und Gerds Hochzeit und ihr Abflug und meine Fahrt nach Berlin wegen der Zimmer für Vera und mich, und während dieser ganzen Zeit hatte ich alles getan, um Vera das Äffische in mir vergessen zu machen und den Abend auf der Werft, und ich hatte mit mir zu tun, weil Gerd Trullesand nicht mehr mit mir sprach und ich meiner nicht mehr sicher war, als ich ihn erst einmal mit Rose Paal verladen hatte, und dann war Quasi Riek auch schon fort, verschwunden im Rauch der Abschiedsböller, aber ohne Abschied verschwunden und erst wieder aufgetaucht hinter einer Theke in Hamburg-St. Georg.

In der Sitzung, in der sie auf meinen Wink hin Gerd Trullesand nach China verluden, sagte er jedenfalls kaum etwas, und auch Riebenlamm tat nicht groß mit. Der fragte Gerd zwar dieses und jenes, fragte und redete nicht auf ihn ein, wollte offenbar weniger ihn als sich überzeugen, brachte den Gesundheitszustand ins Spiel, wollte wissen, ob Trullesand Angst vor dem Heimweh habe, sagte wohl auch mal mit einem Zwinkern, da könnten sich Rose und Gerd ja an Ort und Stelle erkundigen, wohin denn nun wirklich die Bauleute an jenem Abend gegangen seien, als die große chinesische Mauer fertig gewesen war, wenigstens eine der Fragen des lesenden Arbeiters ließe sich auf diese vor drei Jahren noch ungeahnte Weise dann beantworten, und die Vorstellung machte ihm sichtlich Vergnügen, er könnte im Herbst vor die Neulinge treten, ihnen Brecht vorlesen und dann sagen: „Übrigens, Herrschaften, zwei von denen, die drei Jahre vor Ihnen hier gesessen und diesem vorzüglichen Gedicht gelauscht haben, weilen zur Stunde am Ort des Mauerbaus und gehen der Sache auf den Grund. Kleinigkeit, das könnt ihr auch. Ihr müßt nur immer richtig fragen!“

Aber unter alledem, was er wissen wollte, war nur eines wichtig, für mich jedenfalls war es nur das eine. Riebenlamm sagte, er begreife es durchaus, wenn Trullesand nicht so einfach drauflos heiraten wolle, und selbst unter den gegebenen Umständen begreife er das, zwar sei Rose Paal alles andere als eine abschreckende Erscheinung und Köpfchen habe sie auch, und er könne sich Schlimmeres denken, als mit Rose Paal Chinesisch zu lernen, chinesisch sprechen, chinesisch schreiben, chinesisch singen, chinesisch kochen, chinesisch ...

Der Alte Fritz setzte der Reihung fernöstlich-verfremdeter Lernbereiche mit einem Hüsteln ein Ende, und Riebenlamm stellte die Frage, die mir bis ins Mark ging: „Wenn du aber schon ein Mädchen hast, fällt Fräulein Rose Paal, Landarbeiterin, natürlich aus wegen schon vorhandenen Herzensnebels. Hast du eins?"

Trullesand hätte nur zu nicken brauchen, ebenso beiläufig wie ich seinen Namen genannt hatte, und schon wäre alles erledigt gewesen. Wahrscheinlich hätte der eine oder andere noch Genaueres herauszukriegen versucht, weil ja nach einem vagen Nicken immer noch die Möglichkeit blieb, Trullesands Erwählte könnte für ein Sinologiestudium geeignet sein, aber auch das wäre mit einer bloßen Kopfbewegung aus der Welt zu schaffen gewesen: ein kurzes Hauptschütteln, und der Alte Fritz hätte die peinliche Situation beendet, denn bei aller Verve, mit der er für die Bildungsrevolution eintrat, hielt er sich in allen Dingen zurück, die dem Sektor Herz zugerechnet werden mußten, und ohne das Bewußtsein, Dolmetsch in einer historischen Stunde zu sein, hätte er es nie gewagt, Fragen delikater Natur zu stellen oder auch nur zu dulden.

Aber Trullesand nickte nicht zu Riebenlamms Frage: er sagte: „Nein", und alle fanden das gut.

Auch ich fand es gut, obwohl es mich doch hätte verwirren müssen und irremachen an mir selbst, denn als Lügner kannte ich Gerd Trullesand nicht. Das ist ein Widerspruch, ich weiß; einerseits traute ich ihm seit kurzem alle Tristaniaden zu, und auf der anderen Seite zögerte ich, zu glauben, er hätte lügen können und dazu noch auf so bequeme Weise: nur mit einer einzigen Kopfbewegung. Aber ich umging diesen unklaren Sachverhalt; ich hörte nur das Nein auf die Frage nach einem anderen Mädchen, das für mich natürlich Vera Bilfert hieß, und ich rührte mich nicht, als Trullesand schließlich „Ja" sagte, und von ihm aus könne man ihn auch nach China schicken und warum eigentlich nicht mit Rose Paal, die sei doch ganz kernig, da brauche man ihm doch nicht so zuzusetzen mit der Sache, die dies von ihm verlange, als ob er nicht der Sache wegen noch ganz andre Dinger zu tun bereit wäre und als ob dies überhaupt ein Ding in diesem Sinne wäre, das sei ja beinahe beleidigend für die kernige Rose Paal und auch für ihn, denn um der Sache willen habe er schon ganz anderes hingelegt, habe erst gestern noch der Sache wegen „Drei Gäns im Haberstroh“ gesungen, da werde er doch wohl noch Chinesisch lernen und Rose Paal heiraten können, und wenn er sich zunächst etwas gesträubt habe, dann nur, weil es schließlich eine gewaltige Verantwortung zu übernehmen heiße, der Fakultät gegenüber und auch gegenüber Mao-Tse-tung und Rose Paal, und dann seien da auch noch ein paar Freunde, Quasi Riek zum Beispiel und Jakob, dieser Förster.

Hätte er meinen und Veras Namen dazu genannt, wäre ich vielleicht zur Besinnung gekommen, dann hätte ich womöglich gemerkt, daß hier etwas Unerträgliches geschah, und ich glaube heute, dann wäre ich damals aufgestanden und hätte gesagt: Nun muß aber Schluß sein mit dieser Komödie! Merkt denn keiner, daß dieser Trullesand Theater macht? Kann sich irgendeiner von euch vorstellen, ihm würde eine einzige Leitungssitzung genügen, um sich mir nichts, dir nichts all seine Zukunftspläne gegen völlig andere vertauschen zu lassen, ein paar Stunden, in denen aus der Philosophie Sinologie wird, aus vier Studienjahren sieben, aus Berlin Peking und Rose Paal aus wer weiß wem? Kennt ihr diesen Zimmermann so wenig, daß ihr glauben könnt, der preise sich im Ernst als einen stets opferbereiten Kämpfer für die Sache? Habt ihr wirklich kein Ohr für das, was ich Galgenhumor nennen würde, wenn es nicht verfänglich klänge im Zusammenhang mit einem so historischen Auftrag? Glaubt ihr die Lügen dieses allerehrlichsten Kerls? Aber er nannte Veras und meinen Namen nicht unter denen seiner Freunde, und das genügte mir, um mich und meinen Argwohn bestätigt zu sehen, und ich dachte nur: Na also! und schwieg.

Immerhin scheint den anderen nicht gar so wohl bei Trullesands plötzlich beredter Zusage gewesen zu sein; sogar der Alte Fritz unterließ es, den geschichtlichen Triumph zu bejubeln und den Sieg über Zweifler und Dunkelmänner, er verkniff sich alles bis auf ein leises: „Dann ist es ja gut!“, und wenn es auch beruhigend klang, so war doch nicht ganz klar, wen er beruhigen wollte.

Jetzt erinnere ich mich, daß auch Quasi Riek noch etwas gesagt hat, ich weiß es nicht mehr genau, aber so ungefähr komme ich drauf. Er hat aufgesehen, als Gerd das von seinen Freunden sagte, und gemeint, China sei heute näher als manche Ecke der Welt, und wegen ein paar tausend Kilometer mehr oder weniger brauche man niemanden zu verlieren, Entfernung sei kein Grund, eine Freundschaft aufzugeben, da müßten schon ganz andere Dinge geschehen, und wenn ich heute daran denke, fällt mir ein, daß Jakob bei seinem letzten Gespräch mit ihm etwas Ähnliches gesagt haben muß.

Aber vielleicht bringe ich das auch durcheinander; nur so viel scheint mir sicher: Quasi hat etwas gesagt, das beruhigend und bitter zugleich klang. Doch das kann auch eine Übertragung meines heutigen Wissens in die Vergangenheit sein; es mag mir da wie den alten Frauen bei Beerdigungen gehen; die haben auch schon immer den Tod im Auge des lieben Nächsten gesehen, zu einer Zeit, da der inzwischen Verblichene noch munter herumsprang.

Sagte ich eben etwas von meinem heutigen Wissen? Was weiß ich denn heute, was weiß ich denn wirklich? Weiß ich, warum Quasi Riek heute im Dunst der Kneipe „Zum toten Rennen“ Bier ausschenkt? Weiß ich, was er in der Leitungssitzung gedacht hat? Ich weiß doch nicht einmal genau, was er dort gesagt hat. Ich weiß es nicht von ihm, weiß nichts von Trullesand, weiß nicht einmal von mir genug, um sagen zu können: So war das damals, so war ich damals, und so ist es heute, und so bin ich heute. Ich weiß nur, daß ich fragen muß, wenn ich leben will – so viel habe ich immerhin mitbekommen bei Riebenlamm und Wanda und Haiduck und Danuta und einigen anderen, die nach ihnen gekommen sind – und auch bei Gerd Trullesand, dem geschworenen Feind aller Unklarheit, vor dessen Wohnungstür ich jetzt stehe, und zu dem ich gleich sagen werde: „Guten Tag, ich bin Robert Iswall, kennst du mich noch?"

Aber nicht Gerd Trullesand öffnete Robert Iswall die Tür, sondern Rose Trullesand, geborene Paal. „Bleib da, Katrin, hörst du", rief sie einem kleinen Mädchen zu, das aus der Küche gekrabbelt kam, erst dann wandte sie sich zu Robert um: „Entschuldigen S . . ., nanunanu, das ist doch wohl nicht möglich, das ist doch nicht etwa Herr Iswall persönlich? Komm rein und entschuldige die Unordnung. Gerd hat sein Angelzeug gesucht, und ich lasse jetzt alles so liegen, damit er sieht . . . Aber das ist ja unwichtig. Setz dich erst einmal. Magst du Kaffee? Katrin, marsch ins Zimmer!"

„Angelzeug? Habt ihr Urlaub?"

„Nein, Studientag", rief sie aus der Küche, „ich darf dann die Kinder waschen, und er geht angeln. Da kann er am besten nachdenken – na ja."

Sie brachte Kaffee. „Tee trinken wir nur noch selten. Der Mensch braucht seine Gegenbilder. – Entschuldige, das ist so ein Spruch. Wir haben im Institut welche, die trinken vor lauter Sinologie nur noch Tee, am liebsten den grünen, und ihre Babys lassen sie wahrscheinlich an Stäbchen lutschen. – Habt ihr auch Kinder?"

„Eins. – Wenn Vera wüßte, daß ich euch besuche, hätte sie sicher grüßen lassen, aber ich bin einfach losgefahren. Sonst wird das doch nie was."

„Wie mit dem Briefe schreiben. Wollen wir davon reden? Besser nicht, oder? Nur einen Satz, ja? Gerd hat damals gesagt, vom Schreiben bekommt man nur Heimweh, und vom Postkriegen erst recht. Ich hab es gemerkt bei den

Briefen aus Klein-Bünzow. Das ist ein interessantes Dorf, wenn man in Peking sitzt."

„Von mir aus kann das Schreiben abgeschafft werden", sagte Robert, „ich rede lieber."

„Am liebsten in der Mayer-Aula, wie wir gelesen haben."

„Tut mir leid. Meibaum bombardiert mich seit einem Vierteljahr mit Briefen und beaufsichtigt zur Stunde wahrscheinlich das Girlandendrehen. – Kommt ihr hin?"

„Wenn jemand die Kinder nimmt, ja. Wir haben nämlich zwei. Jan ist noch im Hort. Er wird aber gleich kommen und der Wohnung den Rest geben. – Der immer mit seinem Angelzeug, Gerd meine ich, das ist jedesmal dasselbe: ‚Ich weiß genau, wo ich es hingelegt habe!' Aber natürlich ist es immer woanders, und dann sind die Kinder schuld und ich, nicht zu vergessen."

„Kann man denn hier überhaupt angeln? In der Pleiße etwa?"

„Nein, er geht an einen Kanal, aber ebensogut könnte er an die Pleiße gehen. Der Unterschied ist der zwischen keinem Fisch und keinem Fisch. Er hat noch nie etwas nach Hause gebracht, und ich bin nicht böse drum. Hast du mal das Wasser in den Kanälen hier gesehen?"

„Nein, aber das werde ich gleich nachholen. Kann man ihn da finden?"

„Wenn er an seiner alten Stelle ist, ja. Es ist eine hundertprozentig sichere Stelle, sagt er seit einem Jahr. Ich zeig's dir auf der Stadtkarte."

Robert versprach, mit Trullesand zum Abendbrot zurückzukommen und fuhr an den Kanal.

Gerd Trullesand war der einzige Angler weit und breit. Er hatte einen ausgeblichenen roten Trainingsanzug an und saß auf einem halbverbrannten Autoreifen. Neben ihm stand ein leerer Eimer. Er sah auf und sagte ohne Zögern: „Na, wat liegt an, Iswall?" Dann klemmte er die Angelrute unter den Reifen, stand auf und reichte Robert die Hand.

„Tag, Robert – da liegt noch so ein Reifen. Du kannst ruhig lauter sprechen. Die Fische hören dich nicht. Hier sind keine."

„Denen ist das sicher zu einsam. – Mann, ist das eine Gegend."

„Ja, mir kommt es immer so vor, als hätte die Stadt alles Leben ringsum aufgesaugt. Da habt ihr Berliner es besser."

„Dafür fehlt uns wieder die Großstadt", sagte Robert. „Seit wann angelst du denn? Ist das irgendwie chinesisch?"

„Darauf hab ich gewartet. Wenn mir ein Schuhband aufgegangen ist, fragt man mich, ob das irgendwie chinesisch sei."

„Wir plagen uns mit einem Rätsel, und vielleicht findet sich die Antwort in einem offenen Schuhband."

„Aber ich bin langsam etwas allergisch gegen diese Blicke – als wär ich die Pythia."

„Da sieht man den Unterschied. Mensch, würde ich das genießen, so als Orakel, und würden die Antworten kriegen: ‚Sicher, das Angeln ist im Chinesischen mehr als ein Tun; es ist spätestens seit der Ming-Periode eine Haltung, die sich in der Spruchweisheit ausdrückt: Der Fischer sieht viele Monde.' "

„Ihr habt zu viele Romane gelesen, in denen zu viel Porzellan vorkam. Aber was den Genuß angeht: auf den würdest selbst du pfeifen, wenn du erst einmal siebentausend Versammlungsleiter hättest sagen hören: ‚Dieser Genosse war sieben Jahre in China und wird auf jede Frage eine Antwort geben'."

„Besser als umgekehrt."

„Wie, umgekehrt?"

„Na, besser, als wenn wir nicht fragten – was es ja gegeben haben soll."

„Natürlich, aber immer mich, Mann?! – Und Rose auch, aber die kann sich hin und wieder hinter den Kindern verstecken."

„Gut, ich werde mir die Zunge abbeißen. Wie sagt man

spätestens seit der Tschung-Dynastie im chinesischen Volke: ‚Dem Weisen antwortet die Stille‘.“

„Tschung-Dynastie gibt es nicht. Das ist auch so ein deutscher Mist: Immer, wenn ihr's chinesisch machen wollt, sagt ihr ‚Tsching‘ oder ‚Tschung‘. Sagt lieber Mao und Nanking Road und Kompradoren oder Langer Marsch, Konfuzius, Sun-Yat-sen, Kuomintang, Schanghai, Tschiang Kaischek. Huangho, Opium, Reis, Bund, Yänan und sechshundert Millionen, das sind zwar auch Gemeinplätze, aber es steckt doch wenigstens ein wirkliches Teil China in ihnen. Von euerm ewigen Tschingtschang kann's einem ja schlecht werden.“

„Wie heißt ‚Jawoll!‘ auf chinesisch?“ fragte Robert und versuchte, auf seinem Autoreifen stramme Haltung einzunehmen.

„Ist doch wahr“, sagte Trullesand, „jetzt laufen alle spitzohrig rum, weil sie etwas haben läuten hören, und vorher haben sie man gerade so zur Kenntnis genommen, daß es in China außer Porzellan und Hungersnot nun auch noch eine Revolution gegeben hat. ‚Aha, die also auch‘, haben sie gesagt und sich wieder pennen gelegt, und nun, wo sie munkeln hören, daß es nicht so glatt geht, reiben sie sich die Augen.“

„Wir konnten nicht alle Sinologie studieren, und reibst du dir nicht die Augen?“

„Manchmal schon.“

„Außerdem ist das ungerecht. Wir haben uns keineswegs schlafen gelegt. Schon bei Riebenlamm haben wir chinesische Geschichte gebimst, wie du dich erinnern solltest, sicher nicht genug, aber es ging ja auch nur auf das Abitur zu und nicht auf den Doktor der Sinologie. Und Bücher über das Neue dort sind auch genug erschienen, von Kuba bis Hermlin, was gleichbedeutend ist mit Weite und Vielfalt. Und mir ist so, als wäret ihr nicht die einzigen aus unserem Lande dort unten gewesen, und nicht alle waren nur zum Lernen hingekommen.“

„Du brauchst dich nicht aufzupusten. Ich weiß auch, daß wir geholfen haben, und nicht zu knapp. Aber du wirst erlauben, daß ich das für selbstverständlich halte, wenn ich erst einmal für den proletarischen Internationalismus bin."

„Ich auch, aber man hört da neuerdings andere Töne. Stimmt das mit den Spezialisten?"

„Ja, das stimmt. Sie schicken seit dem neuesten alles nach Hause, was nicht an den Papiertiger glaubt. Ein Mist ist das. Laß uns lieber über was Lustiges reden. Magst du noch lustige Geschichten?"

„Immer!"

„Dann erzähl ich dir die Geschichte vom Spezialistenball in Peking."

„Ball? – Meinst du Schwoof, mit Anfassen und so?"

„Das ist die Geschichte. Zu unserer Zeit machten sie alle vier Wochen einen Spezialistenball in Peking. Anfangs sind wir da immer hingegangen, später hatten wir keine Zeit mehr, und noch später gab's auch keine Bälle, wahrscheinlich weil sie nicht so viele Revisionisten auf einem Haufen haben wollten. Da war nämlich immer alles da, Ungarn, Polen, unsere Kranbauer und Hydrotechniker und Chemiefritzen und jede Menge Russen. Anfangs passierte es dir, daß du auf der Straße gingst, und ein Kindergarten kam an dir vorbeigetrippelt, und dann zwitscherten sie etwas im Chor, und das hieß: ‚Guten Tag, Onkel aus Rußland!' So war das anfangs, aber ich glaube nicht, daß es jetzt noch so ist. Aber ich wollte was Lustiges erzählen. Der Spezialistenball. Beim ersten Mal kamen wir gerade an, Rose und ich, als die Mädchen vorfuhren. Waren es hundert oder zweihundert, ich weiß nicht, jedenfalls eine Unmenge und eine hübscher als die andere. Gut, daß ich Rose mithabe, dachte ich zuerst, als die da alle aus den Autobussen geflattert kamen – ungarische Busse übrigens –, und nachher hab ich auch gedacht: Gut, daß ich Rose mithabe. Wirst schon sehen, warum. Punkt acht ging der Bühnenvorhang auf, und wenn du nur hingehört hättest, wäre dein erster Tip gewesen: Glenn Miller ist da. Die spielten die ‚Moonlight Serenade' auf den Strich genau nach dem Original. Aber sie konnten auch wie Benny Goodman und Duke Ellington, und wir haben getanzt, was das Zeug hielt. Rose mit den Spezis, denn chinesische Männer waren kaum da, und ich mit den all den kernigen kleinen Dingern. Zuerst dachte ich, sie hätten Schulklassen auf uns losgelassen, schon, weil so viele Zöpfe hatten, aber das klärte sich auf, als ich mit einem Kind mit Bubikopf tanzte. Vorher hatte ich es mit einer Bezopften versucht. War die lieb! Nur, ich verstand noch kein Chinesisch, und sie war mit ihrem Russisch auch noch nicht weit. Und dann der Zopf. Nach jedem Swingschritt landete er auf meinem Handrücken, und das kitzelte, was ich nun mal nicht vertragen kann. Dann hab ich versucht, ihn zwischen meiner Hand und ihrem Rücken festzuklemmen, aber da kitzelte es dann drinnen, in der Hand, meine ich, und deshalb suchte ich mir eine mit kurzen Haaren. Die sah aus wie eine Konfirmandin, hatte eine rote Bluse an und fast blaue Haare. Mann! Weil sie aber Russisch konnte, weiß ich heute, daß ich nicht mit einem Firmling getanzt habe, sondern mit der achtundzwanzigjährigen Chefzahnärztin eines Industriekombinats. Und was meinst du, worüber sich Trullesand mit der unterhalten hat? Doch, du rätst es schon: über meinen Zahnarzt natürlich, den mit der Karies – weißt du noch? Sie hat gesagt, solche Zahnärzte gäbe es bei ihnen auch noch, was für mich insofern überraschend war, als das in unseren Büchern über China nicht drinstand. – Der Ball ging flott bis punkt zwölf, und dann verschwand das Orchester, wieder mit der ‚Moonlight Serenade', hinter dem Bühnenvorhang. Das war aber auch alles, was unsere Jungs dort an Moonlight und solchen Dingern kriegen konnten, denn nun gab's einen hastigen Abschied; die Mädchen flatterten raus wie sie reingeflattert waren, brumm, fuhren die Busse vor, hinein mit all den Zöpfen und roten Blusen, brumm, der nächste Ikarus, ab mit all den Konfirmandinnen, brumm, der nächste, und los ging's mit Gewinke: Auf Wiedersehen, Onkel aus Rußland! und noch einmal brumm, und ab ging's im Reich der Mitte mit Dlastwuitsche und Wiedelsehn, und dann stank's nur noch nach verbranntem Dieselöl im schönen Peking, und neben mir stand zwischen all den winkenden Spezialisten ein Elektriker aus Pirna und winkte nicht. Der hatte die Arme verschränkt, als wollte er sich selbst festhalten, ein junger Kerl, höchstens fünfundzwanzig, und so viel Wut und Enttäuschung und auch Hoffnungslosigkeit in einem einzigen Gesicht hab ich selten gesehen, und der Satz, den er sprach, war ein ganzer Roman. Er sagte nämlich, so mit den Armen vor dem Bauch und so durch die Zähne: ‚Und so ist das nu jedesmal!"

Robert lachte und versuchte, sich das Gesicht vorzustellen, und weil es ihm gelang, lachte er noch einmal, und er freute sich, daß Trullesand immer noch auf eine Pointe hin erzählen konnte, trotz aller Wissenschaft, und daß die Stettiner Farbe immer noch in seiner Sprechweise war, trotz Peking und Leipzig, und daß auch die alten und vertrauten Wendungen in ihr geblieben waren – und die Wärme, trotz alledem. Er war sicher, er brauchte nur zuzuhören, und Gerd Trullesand würde einen Sack voll chinesischer Schnurren ausschütten, solcher, die nicht Platz hatten in einem Referat über einige Entwicklungsmomente in der internationalen Arbeiterbewegung, die aber herauswollten und sich gut erzählten, wenn man an einem trüben Kanal auf alten Autoreifen saß. Das war schön, denn es war anders, als er gefürchtet hatte, und daß er sich gefürchtet hatte vor dieser Begegnung, war nicht zu leugnen. Es war schön, aber es war nicht gut. Noch nicht. Sie konnten an diesem stinkenden Wasser hockenbleiben und Geschichten erzählen, sie wie Bretter über den Graben zwischen ihnen legen, aber der Graben würde bleiben und aus ihm würde es weiterstinken wie aus dem Kanal, in dem es keine Fische gab. Und dann konnten sie miteinander zum Abendbrot gehen und dabei ein Bier trinken und danach einen Schnaps, und dabei würden sie vielleicht allmählich ihre Vorsicht aufgeben, und der Schnaps würde die Fragen heraustreiben, die besser mit nüchternem Kopf gestellt sein wollten und auch beantwortet. Wegen der Fragen und wegen der Antworten war Robert hierhergekommen, und wenn es schien, als ob Leute, die einander solche Geschichten erzählten, keine Gräben zwischen sich hatten, so war es doch allzu bequem, sich auf diesen Schein zu verlassen.

Er richtete sich auf und fragte: „Wunderst du dich nicht?"

Trullesand zog die Angelschnur aus dem Wasser und betrachtete mißmutig den unversehrten Köder: „Der appetitlichste Wurm, den ich finden konnte. – Warum soll ich mich wundern? Weil es so üblich ist, daß man sich nach zehn Jahren mit erstauntem Geschrei begrüßt, daß man umeinander herumgeht und sich gegenseitig in die Rippen stößt und nicht glauben will, daß es den anderen noch gibt? Wir hatten doch keinen Krieg inzwischen."

„Wir beide auch nicht?"

„Wir beide? Ja, wir hatten wohl einen, aber was mich angeht, so ist er an Altersschwäche gestorben. Ich tauge nicht für dreißigjährige Kriege."

„Tut mir leid, wenn ich deinen Frieden störe, aber ich bin nun einmal das Kamel, das auf eine bestimmte Sorte Gras scharf ist. Wenn du willst, können wir meinen Beruf vorschieben – und meine Berufung zum Festredner. Ich halte dir meinen Presseausweis unter die Nase und sage: ‚Genosse Doktor Trullesand, gestatten Sie anläßlich der feierlichen Schließung Ihrer ehemaligen ABF einige Fragen?' "

Trullesand schob den Reißverschluß seiner Trainingsbluse wie einen Krawattenknoten nach oben und sagte mit Würde: „Nun, wenn Sie denn darauf bestehen. Aber zunächst einmal, bester Freund, möchte ich meiner Verwunderung Ausdruck geben: Sprachen Sie von feierlicher Schließung? Mir ist nur etwas von Schließung zu Ohren gekommen, und hierorts wird jedenfalls von feierlich nicht die Rede sein, hier wird nur schlicht und still geschlossen, und ich hörte auch schon eine einleuchtende Begründung: Es gehört nicht zu den typischen Erscheinungen unseres Lebens, daß etwas geschlossen wird, und deshalb besteht kein Anlaß zu Geläut und Böllerschuß. Auch erinnere ich mich der diesbezüglichen Äußerung des bekannten Kultur- und Bildungsexperten Rüdiger Klabunde vom Ministerium für Angelegenheiten, der kürzlich in einer Senatssitzung, an der als Gast teilzunehmen er uns das Vergnügen machte, zu dem von Ihnen angeschnittenen Thema einen bekannten Militär zitierte, der gesagt haben soll: ‚Alte Soldaten sterben nicht – sie schwinden dahin.‘ Dies also mein Einwand."

„Mach keinen Mist", sagte Robert.

„Nur keine Aufregung", fuhr Trullesand fort, „es mag sich da durchaus um eine bezirkliche Nuance handeln, kann sein, kann durchaus sein, daß im Ostseeraume hingegen bunte Fahnen wehen werden und die Neunte gespielt wird und feierliche Reden zum Himmel dröhnen ..."

„Das wäre aber gut zu wissen, du", sagte Robert. Er stand auf und schleuderte einen verrosteten Fahrradlenker in das ölige Wasser.

„Bist du verrückt?" rief Trullesand. „Die Fische, Mensch!"

„Ich denke, hier sind keine?"

„Wer kann das wissen", sagte Trullesand. Er rekelte sich auf seinem Reifen und blinzelte zu Robert hinauf. „Bist du wirklich so scharf aufs Reden?"

„Das ist jetzt gar nicht die Frage, obwohl ich in diesem Falle auch getrost ja sagen könnte. Vielleicht rede ich überhaupt gern, wahrscheinlich, nein, sicher sogar – wenn das Thema interessant ist, und die Leute, zu denen man spricht, wirklich gekommen sind, um einem zuzuhören. Dann rede ich gern, ich gebe es zu, und ich gebe auch zu, daß der Gedanke an so einen Aulasermon mich aufgemuntert hat oder wach gemacht, geweckt, erweckt, weiß der Teufel ..."

„Noch ist doch nichts entschieden."

„Na, ich weiß nicht. ‚Eine Schließung ist nicht typisch und kein Anlaß' – das hört sich verdammt überzeugend an, soweit ich mich mit uns auskenne."

„Wenn du dich wirklich mit uns auskennst, dann legst du dein Manuskript nicht so weit weg. – Hast du schon was ausgearbeitet?"

„Im Kopf, mehr oder minder. Eigentlich waren nur noch zwei Punkte unklar: du und Quasi."

„Ulkige Nachbarschaft."

„Ja, entschuldige. Aber das Gemeinsame zwischen euch, in meiner Rede, meine ich, in meiner gedachten Rede, besteht nur darin, daß hinter beiden Namen Fragezeichen stehen."

„Du solltest sie lieber streichen. Die Namen taugen beide nicht für die Aula. Und Reden sind doch keine Biographien."

„Aber ohne die taugen die Reden nicht."

„Einverstanden, wenn du genügend verallgemeinerst. Aber weder Quasi noch ich wären dafür gut."

„Zu extreme Fälle, was?"

„Der eine zu extrem, der andere zu langweilig."

„Was ist extrem an Quasi Riek? Weißt du, wieviel uns über den Jordan gegangen sind in diesen Jahren?"

„Wenn es so einfach wäre, wozu dann dein Fragezeichen hinter seinem Namen?"

„Weil ich die andern alle fast nicht oder gar nicht gekannt habe, und bei den wenigen, die ich kannte, wußte ich, warum sie gegangen sind: Meine Mutter, meine Schwester, Fiebach und noch ein paar. Aber bei Quasi sehe ich lauter Fragezeichen."

Trullesand stand auf und legte seine Angel in das Gras. „Kein Fisch, kein Mensch, die richtige Gegend für eine Geschichte. Folgendes Dings: Bei uns am Institut ist ein

Habil.-Aspirant, ein Historiker, der über chinesisch-japanische Beziehungen arbeitet. Der kommt auch von der ABF, nicht von unsrer, und der hatte da einen Kumpel. Von dem schwärmt er heute noch, ein Mordskerl muß das gewesen sein. Er sagt, das war ein unscheinbares Männchen, aber unheimlich zäh, im Lernen vorneweg und auch in der Partei. Und dann, was sagst du, kaum hatte das unscheinbare Männchen sein Abitur gemacht, da war es verschwunden. Nur seltsam, keiner wußte einen Grund. Unser Historiker weiß bis heute noch keinen. Er sagt, sein Kumpel war einer von der Sorte, die den Amerikanern nicht einmal vergessen können, daß sie uns die Reblaus vermacht haben. Und das war echt, sagt der Historiker, keine Mache, immer ein bißchen wild, aber keine Mache. Jedenfalls ist das wilde und doch unscheinbare Männchen nun im Ruhrgebiet. – Aber nun erzähl lieber was von dir. Macht das Spaß bei der Zeitung?"

„Manchmal, und manchmal kotzt es mich an. Das schlimmste ist dieses von der Hand in den Mund leben. Alles was du schreibst, ist für die nächste Ausgabe bestimmt. In der Kultur ist das nicht so wörtlich zu nehmen wie in der Nachrichtenabteilung, aber viel anders ist es da auch nicht. Jetzt, als freier Mitarbeiter geht es. Da kann ich mir doch manches aussuchen. – Aber nun hör zu, Gerd: Darüber können wir lang und breit reden, wann immer es dir Spaß macht, aber hier für diesen miesen Kanal hab ich ein anderes Thema."

„Soll ich mich jetzt dumm stellen?"

„Nein. – Sag, wenn du nicht darüber sprechen willst, dann kann ich es nicht ändern."

„Ach, was heißt hier wollen, ich weiß nur nicht, was man heute noch sagen soll. Wir haben uns wahrscheinlich alle nicht sehr großartig benommen, aber inzwischen sind wir zehn Jahre älter. Wenn ich damals etwas vernünftiger gewesen wäre, hätte ich drauf kommen können, daß du völlig durcheinander warst. Statt dessen spielte ich den Beleidigten; nie im Leben nehme ich so eine Anstrengung noch einmal auf mich. Aber ich sehe schon, ich werd's erzählen müssen:

Zum Glück war Rose mehr als kernig. Ich kam mir doch äußerst dußlig vor, als ich sie zum ersten Mal traf, nachdem ihr in der Leitung mit ihr gesprochen hattet. Der Alte Fritz hatte mir sozusagen Roses Jawort überbracht, den roten Kopf hättest du sehen sollen, und da dachte ich: Jetzt wirst du wohl auch mal mit ihr reden müssen, und ich bin zu ihr ins Zimmer gegangen, mit nichts als Krauseminze im Schädel. Na ja, es war immerhin eine vergleichsweise neuartige Situation.

Obwohl ich Rose doch kannte, traute ich ihr plötzlich zu, sie könnte etwas mächtig Albernes sagen, ‚mein Geliebter' oder so, und ich wußte, wenn sie so etwas anstellte, würde ich schreiend bis an den Horizont laufen und auf alle historische Notwendigkeit pfeifen. Aber sie war in Ordnung. Als ich reinkam, saß sie am Tisch und sagte: ‚Komm her, setz dich und sag bloß nichts Dummes!' Ich setzte mich und schwieg vorsichtshalber. Dafür sprach sie, und was sie sagte, war einigermaßen erstaunlich: ‚Es wäre doch schrecklich, wenn wir so täten, als wäre dies hier normal, und würden so reden. Da schweig du ruhig. Aber für mich wäre es nicht normal, wenn ich nicht wenigstens das eine sagen könnte: Ich freue mich!'

Das könne sie auch von mir hören, hab ich da geantwortet, und mehr wäre wohl vorerst gar nicht von uns zu verlangen. Kurz davor, noch auf dem Korridor, hätte ich das für eine Lüge gehalten, aber wie ich sie da so ansah, war es die Wahrheit. Aber wenn ich dich auf dem Korridor getroffen hätte – vorher –, ich glaube, ich hätte dich umgebracht."

„Das wollte ich hören", sagte Robert, „deshalb bin ich hier."

„Komm", sagte Trullesand, „fang nicht schon wieder an, die Situation zu genießen. Von mir aus hätten wir nicht mehr darüber reden müssen, aber du bist wohl nicht anders. Was nicht buchstabiert wird, ist nicht. Ich will dir den Gefallen tun und dir sagen, was ich gedacht habe, damals vor zehn Jahren und auch noch später, aber verschone mich mit solchen Deshalb-bin-ich-hier-Dingern. Du besuchst mich, und ich finde das gut, und jetzt sitzen wir hier und angeln und kommen ins Klönen. Du erzählst mir eine Schote, und dann erzähl ich dir eine, und jetzt erzähle ich dir die von meiner großen Wut auf dich und von meinem geborstenen Weltbild. Ja, in diesen Dimensionen ging es damals in mir zu, und das mit dem Umbringen stimmt, wenn es auch übertrieben ist. Du weißt, wie dicke Freunde wir waren; ich hab zwar nicht immer alles begriffen, was du angestellt hast, vor allem dein verrücktes Verhältnis zu Vera nicht, aber da wir uns meistens durchschaut haben, war es ein gutes Leben mit dir. Du warst zwar ein Angeber, aber du warst perfekt darin, und Perfektion hat mich schon immer überzeugt. Welche Fehler ich hatte, führe ich hier aus Gründen natürlicher Scham nicht erst an. Sie scheinen auch keine große Rolle gespielt zu haben, denn wenn dich wirklich etwas gekratzt hat, hast du es immer gesagt, und das war einer deiner Vorzüge. Aber da du noch nicht tot bist, will ich alle weiteren Komplimente unterdrücken: Du warst der richtige Kumpel. Bis zu dieser Leitungssitzung, bei der ich dachte, ich träume. Immerhin hatten wir schon wochenlang zusammengesessen und all die Bäume aufgezählt, die wir in Berlin gemeinsam ausreißen wollten, und plötzlich verheiratest du mich nach China! Nur damit du mich nicht falsch verstehst, will ich dir sagen, daß sich sowohl Rose als auch die Sinologie als Haupttreffer erwiesen haben, aber das konnte ich nicht wissen, als ich dich meinen und Roses Namen sagen hörte, und es hätte übrigens auch keinen Unterschied gemacht, hätte ich es gewußt, denn ich hatte im Prinzip weder etwas gegen China noch gar gegen Rose Paal. Wäre es anders gewesen, hätte ich trotz meiner Wut auf dich nicht ja gesagt zu dieser abenteuerlichen Sache. Aber Wut ist nicht das richtige

Wort. Wut ist etwas Gesundes, und ich war krank. Ich war krank vor Nichtverstehen, und als ich schließlich zu begreifen anfing, wurde mir nicht besser. Ich hätte dich fragen sollen, aber fragen hat ja nur einen Sinn, wenn man auch bereit ist, die Antwort zu glauben. Zu jemand anderem wollte ich nicht gehen; das konnte ich doch schon wegen Rose nicht. Stell dir vor, ich wäre zu Riebenlamm gegangen und hätte gesagt: Soundso ist das, Genosse Parteisekretär, ich komme mir verraten und verkauft vor, und nun hilf du mal! Er hätte die ganze Sache abgeblasen, China und die Heirat und alles, und stell dir da nun einmal Rose vor. Die hatte doch schon gesagt, sie freut sich – und wie sie es gesagt hatte! –, und ich hatte etwas Ähnliches gesagt und nicht gelogen, und dann kommt eine Versammlung oder noch eine zweite Leitungssitzung, mit Rose als Gast vielleicht, und dann sagt Riebenlamm: Es tut mir leid, Genossen, es ist uns hier ein schwerer Fehler unterlaufen; der Trullesand hat nicht gewußt, was er tat, als er ja zu unserem Vorschlag sagte, und nun kann es keine Hochzeit geben, und nach China müssen auch andere gehen. Das war nicht möglich; das konnte ich nicht, der Fakultät gegenüber nicht, aber vor allem wegen Rose. Da habe ich eben den Mund gehalten und für mich allein herumgerätselt, und als ich dann die Lösung zu ahnen begann, wurde es nur schlimmer. Natürlich habe ich jedes Wort abgeklopft, das in den letzten Tagen zwischen uns beiden gesprochen worden war, zwischen dir und mir, meine ich, und selbstverständlich kam ich dann auf den Abend in der Werft. Das heißt, so selbstverständlich war es nicht, denn zuerst hab ich zwar an unseren Streit dort gedacht, bin dann aber darüber weggegangen – da konnte der Grund nicht stecken; ich hatte dich zwar kritisiert, aber das war nicht das erste Mal gewesen, und ich hatte es immer für eine Bedingung unserer Freundschaft gehalten, daß wir uns kritisierten, und die Bilanz schien mir ausgeglichen. Außerdem hattest du dich bei Vera entschuldigt und damit gezeigt, daß ich recht hatte. Aber dann, als mir klar wurde, daß wir unmittelbar davor noch in bester Kumpelschaft ‚Drei Gäns im Haberstroh‘ gesungen hatten und vor Lachen beinahe geplatzt waren und gleich danach, nach diesem ganz gewöhnlichen Streit, der Ofen aus gewesen war, da kehrte ich zu der Sache zurück. Was war gewesen? Du hattest Vera wegen ihrer verrutschten Arbeit aufgezogen, und sie hatte den Spaß nicht verstanden. Wir alle nicht, außer dir. Sogar Jakob war hochgegangen, wenn auch nur auf seine stille Art, und mir hatte es wirklich gereicht. Ich verstand dich ja, ich wußte, daß du Grund zum Kobolzschlagen hattest, und wenn du mich rangenommen hättest, dann hätte ich dir das passende Wechselgeld rausgegeben, und das wär's gewesen. Aber mit Vera, das ging nicht so. Nicht nur, daß sie deinetwegen ein halbes Jahr lang doppelte Arbeit und daher bei der Prüfung nicht mehr genug Puste gehabt hatte – das war nicht das schlimmste, und das wußtest du ja auch genau, und deine blöden Witze sollten dich unter anderem um deine Verlegenheit rumbringen –, nicht nur deshalb hab ich versucht, dich zu bremsen und auf einen vernünftigen Ton zu bringen. Da war etwas viel Wichtigeres. In schlichtem Deutsch: die liebte dich. Damals hätte ich mich wahrscheinlich gescheut, diesen Ausdruck zu gebrauchen, ich hätte wohl gesagt und hab es sicher auch so gedacht: Die ist hoffnungslos in den verschossen, verknallt bis über die Ohren, rettungslos verloren an diesen Halunken – aber heute, wo wir zehn Jahre älter sind und vor den richtigen Worten nicht mehr soviel Angst haben, sage ich dir: Ich sah, daß sie dich liebte. Alle sahen es, alle wußten es, außer dir. Du warst besoffen vor lauter Einsen im Zeugnis und mußtest dich austoben. Und ausgerechnet an ihr! Es wäre vielleicht auch zum Lachen gewesen: Der schlaue Iswall schwingt sich mit einem Kraftakt durchs Abitur und weist sich dabei als eine Leuchte aus, und dann ist er zu dämlich, im Gesicht eines Mädchens zu lesen. Aber es war nicht lustig. Das Mädchen hat mir leid getan, und du hast mich angewidert. Das war erschreckend: Die Entdeckung, daß dich dein Kumpel, auf den du drei Jahre lang geschworen hast, anwidert. Du mußt etwas davon gemerkt haben, denn sonst kann ich mir schlecht erklären, warum du plötzlich bereit warst, dich zu entschuldigen. Ich war zwar sicher, daß wir auf die Sache noch zurückkommen würden, aber nach deiner Entschuldigung bei Vera hielt ich sie für, sagen wir, prinzipiell geklärt. Und dann kam das Ding in der Leitungssitzung. Also, sagte ich mir später, als ich mir den Kopf zerbrach, also muß die Lösung in den Stunden zwischen deiner Entschuldigung und dem Beginn der Sitzung zu finden sein. Doch da hatten wir kaum miteinander gesprochen – nicht etwa aus Feindschaft nicht, jedenfalls konnte ich das von mir mit Sicherheit behaupten –, wir waren ja nicht allein auf der Werft, und das Ganze sollte eine Art Fest sein, und getanzt wurde jede Menge. Um es kurz zu machen: Es hat eine Ewigkeit gedauert, bis ich darauf gekommen bin, was in deinem verrückten Kopf vorgegangen ist. Darüber hätte man sich nun auch wieder heiser lachen können oder sollen, aber es ging nicht. Mir war vor Enttäuschung manchmal richtig schwindlig und auch vor Wut. Denn inzwischen hattest du in der Leitungssitzung diesen beiläufigen Satz gesprochen. Ich dachte nur: So ist das also mit diesem Genossen! Eine einzige blödsinnige Grille in seinem Kopf genügt, um wieder einen Neandertaler aus ihm zu machen; drei Jahre hat der Putz gehalten, und jetzt fällt er ab; einmal nur mach diese Sorte glauben, du wolltest ihr in die Quere kommen, und schon zieht sie das Messer und gebraucht es. Das alles klingt natürlich jetzt etwas verrückt, zum Beispiel, daß ich das China-Studium in diesem Moment für eine Art Verbannung hielt. Dabei bin ich sicher: Hätten wir ein paar Tage vor dem Abend auf der Werft und vor der Leitungssitzung von der Möglichkeit gehört, nach China zu gehen, wir hätten nächtelang darüber gesprochen und nach Wegen gesucht, die Sache wahr zu machen. Und wenn sich zum Beispiel herausgestellt hätte – dessen bin ich heute sicher –, daß nur einer von uns den chinesischen Bedingungen entsprach, dann hätte der andere zu ihm gesagt: Los, Junge, die Chance kommt nur einmal. Es wäre ja schön gewesen, wir beide in Berlin, aber ich stelle mir gerade so vor: Einer von uns in Berlin und der andere in Peking, und hin und wieder schreiben wir uns, was es so Neues gibt – wäre das nichts? Bestimmt hätten wir so darüber gesprochen und gedacht – hätten, haben aber nicht. Und das hat mir zu schaffen gemacht, ich weiß nicht mehr, wie lange."

„Bis heute", sagte Robert.

„Wahrscheinlich bis heute", antwortete Trullesand, „wenn auch nicht so, daß ich aus dem Jammern nicht mehr rausgekommen wäre. Aber manchmal hat es gekratzt."

„Das mit dem Neandertaler und das mit dem Messer ist ein bißchen hart", sagte Robert.

„Darauf hab ich gewartet. Du bist unverbesserlich, Iswall. Und nun warte ich noch auf die Frage."

Robert lachte und fragte: „Also gut: Wie weit war ich von der Wahrheit entfernt?"

„Ich könnte mit einigem Recht sagen: meilenweit, und doch wäre es nicht ganz richtig. Sagen wir: So weit, wie ich hier vom Angeln entfernt bin."

„Aber du angelst", sagte Robert.

„Ja", sagte Trullesand, „aber es gibt hier keine Fische."

„Nie?"

„Was heißt nie? Meinst du, dann ginge ich hierher?"

„Entschuldige, aber das klingt mir nun doch etwas chinesisch."

„Dann auf deutsch: Zwischen Vera und mir war bis zu dem Werftabend soviel wie zwischen Rose und mir bis zu deinem famosen Vorschlag, ich könnte sie doch heiraten: nichts. Und wie du mich mit der einen verheiratet hast, so hast du mir die andere in den Kopf gesetzt. Das eine durch das andere. Dialektik, wenn du gestattest. Verrückt, wenn man will. Aber es war so. Als ich heraus hatte, wessen du mich bezichtigtest, fand ich, daß etwas dran sei. Wenn ich bis dahin unschuldig war, so erfüllte ich jetzt den Tatbestand der Anklage. Von nun an hattest du Grund zur Eifersucht – was mich anging. Anders Vera: Sie hat den Spätangler Trullesand überhaupt nicht bemerkt; sie war ihm dankbar, weil er sie gegen den häßlichen Iswall in Schutz genommen hat, aber vor allem weil der bis dahin häßliche Iswall von nun an die Liebe in Person war, was sie für selbstkritische Wiedergutmachung hielt, und wollen wir nicht vergessen: Vera Bilferts beste Freundin heiratete, und Vera Bilfert war Schneiderin – diese Aufregung!"

„Weißt du was?" sagte Robert. „Jetzt pack mal deine dämliche Angel ein – das Unangenehmste, was mir hier passieren könnte, wäre: Es beißt plötzlich ein Fisch an."

Sie schwiegen, während sie am Kanal entlang zu Roberts Wagen gingen, und erst als Robert startete, sagte Trullesand: „Du hast dich wenig verändert."

„Du gar nicht", sagte Robert, dann setzte er zögernd hinzu: „Oder doch?"

Rose nahm Gerd den leeren Eimer fort und sagte: „Welch ein Glück, aber dafür gibt es zum Abendbrot Bückling. Trinkst du Bier oder Tee, Robert?"

„Diesmal lieber Tee; ich muß noch fahren."

Sie sagten, es sei albern und auch gefährlich, sich noch in der Nacht wieder auf den Weg zu machen, sie hätten eine bequeme Couch für ihn, und wer wisse schon, wann es wieder einmal so klappe, aber Robert wollte zurück. Er habe Frau und Kind zu Hause, sagte er, und außerdem habe er zu tun, unter anderem müsse er eine Rede ausarbeiten, und durch seinen Besuch hier wisse er nun auch, wie er das anzupacken habe.

„Apropos", sagte Rose, „Herr Doktor Gerd Trullesand, du hast einen Brief von Meibaum. – Wie ist das bei euch, Robert, darf Vera auch nicht an deine Post? Herr Doktor Trullesand ist da sehr eigen!"

„Ich auch“, sagte Robert.

„Ich wundere mich schon, was die plötzlich mit ihrem ‚Herrn Doktor‘ hat“, sagte Trullesand, der ins Nebenzimmer gegangen war und nun einen Brief in der Hand hielt, „aber diesmal hat Meibaum tatsächlich ‚Herr‘ geschrieben, was gar nicht seine Art ist.“

Er klopfte auf den Brief, sah Robert an und fragte: „Wollen wir wetten?“

„Wozu“, sagte Robert, „zweimal einladen wird er euch ja nicht. Aber vielleicht sollst du zusätzlich ein Referat über einige Entwicklungsmomente in der internationalen Arbeiterbewegung halten? – Allerdings pflegt er so was per Telegramm zu bestellen.“

„Wollen wir wetten?“ sagte Trullesand noch einmal, und dann riß er den Brief auf. „Ich lese ihn vor: ‚Werte Absolventen, wie Sie vor einiger Zeit einer von uns ausgesprochenen Einladung, die Sie in der Zwischenzeit angenommen haben, entnehmen konnten, ist es unsere Absicht, ein Treffen aller ehemaligen Studenten unserer Fakultät mit den zur Zeit in Prüfungen befindlichen Abiturienten durchzuführen. Auf Grund einiger Aussprachen sind wir zu dem Ergebnis gekommen, daß die bisherige Programmplanung einen etwas zu sehr rückwärtsgewandten Charakter hatte. Wir halten es jedoch für zweckmäßiger, auf das Neue und die vor uns liegenden Aufgaben zu orientieren, und schlagen deshalb vor, folgende Veranstaltungen an die Stelle des vorgesehenen Festaktes in der Aula der Universität zu setzen: Erstens – Versammlung aller ehemaligen Absolventen und gegenwärtigen Studenten unserer Arbeiter-und-Bauern-Fakultät zu dem Thema: Die Aufgabe der Absolventen bei der sozialistischen Umgestaltung der Universitäten. Zweitens – Abschlußveranstaltung der FDJ mit einem Referat zu dem Thema: Das Hochschulprogramm der Freien Deutschen Jugend und die Aufgaben der Arbeiter- und Bauernstudenten an den Fachfakultäten. Da es innerhalb der wenigen noch zur Verfügung stehenden Zeit nicht möglich gewesen wäre, einem Außenstehenden die Übernahme eines der beiden genannten Referate zuzumuten, hat sich der Genosse Meibaum dazu bereit erklärt. P. S. Selbstverständlich soll es auch bei dieser Gelegenheit nicht an einem geselligen Beisammensein fehlen, weshalb wir einen festlichen Ausklang mit den vier Turbos (Gitarrengruppe) vereinbart haben. Wünsche für Tischbestellungen (z. B. Gruppe CM 1/1956 – 6 Plätze) bitte bis Donnerstag, 14.00 Uhr im Org.-Büro abgeben. Mit sozialistischem Gruß Meibaum, Direktor.‘ “

„Die vier was?“ fragte Robert.

Trullesand gab ihm das Schreiben und sagte: „Die vier Turbos. Kommt wahrscheinlich von Turbine. Festlicher Ausklang mit Geheule. – Wat sagst du denn zu so wat?!“

„Wieso bist du denn nun erstaunt“, sagte Robert, „eben wolltest du doch sogar wetten?“

„Schon“, sagte Trullesand, „aber auf so viel Frechheit kommt doch keiner. Übrigens könnte man den guten Meibaum ganz schön in die Ecke klemmen. Man brauchte bloß zu fragen, wofür er denn den jetzigen Zustand der Universität hält, wenn er die sozialistische Umgestaltung als eine Aufgabe sieht. Man könnte ihn fragen, was wir nach seiner Ansicht in den letzten zehn Jahren getan haben.“

„Davon versprich dir nichts“, murrte Robert, „den bringst du nicht in die Ecke, der sagt dir schon, was Sozialismus ist. Der sagt dir, was das Neue und das Typische und das Künftige ist, der erklärt dir den Charakter der Arbeiter-und-Bauern-Fakultät und ist erstaunt, wenn du Fragen zu China hast, der sagt dir, daß du ein Sektierer bist, wenn du etwas gegen festliche Ausklänge mit den sechs Heulbojen hast, und wenn du ihn vorsichtig an seine Worte von neulich erinnerst, wird er dich entrüstet einen Rückwärtsler nennen.“

„Nun schimpft doch nicht so“, sagte Rose, „iß lieber was, wenn du wirklich noch fahren willst, und sei doch froh: Nun brauchst du wenigstens nicht zu reden.“

„Ich bin auch froh“, sagte Robert, „aber ich hab andere Gründe.“

Natürlich ließen sie ihn nicht eher fort, bevor sie sich nicht an ein Dutzend spektakulärer Ereignisse von damals erinnert hatten, und Robert brachte die beiden noch zu wehmütigen Grundsatzerklärungen hinsichtlich ihrer Haltung zu China, und als ihm der Gedanke durch den Kopf schoß, daß den beiden ein möglicher Zwist der Länder und Parteien besonders nahegehen müßte, weil sie doch ohne deren Freundschaft wahrscheinlich nie ein Ehepaar geworden wären, und als ihm dann sofort ein anderes Paar einfiel, von dem man nicht wissen konnte, wie es heute um seine Teile stünde, wäre da nicht der Ruf aus Peking gewesen, und als ihm klar wurde, daß er spätestens jetzt auch mit Vera einiges ins reine bringen müßte, wenn das Punktmachen einen Sinn gehabt haben sollte, da stand Robert Iswall auf und sagte, nun sei es aber genug, sie sähen einander sicher bald wieder, doch jetzt müsse er fort, und bis Berlin seien es immerhin über zweihundert Kilometer, und auf der Strecke türme sich ein eiszeitliches Hochgebirge, Fläming genannt, und Nacht sei es auch.

Bis zur Rennstrecke bei Dessau fühlte er sich noch ganz munter, aber dann kam plötzlich die Müdigkeit. Er versuchte die alten Tricks: Er rauchte eine Zigarette nach der anderen, er machte das Radio an, er sang die Schlager mit, er drehte das Fenster ganz nach unten, und er beschimpfte sich. Er wußte zwar, daß er damit nicht weit kommen würde, aber dann sagte er sich: Es ist ja auch nicht mehr weit, rund hundert Kilometer Autobahn, das ist doch nichts, die fährt man auch mit geschlossenen Augen, und er spürte die ungeheure Versuchung, tatsächlich die Augen zu schließen und sich zu beweisen, daß sich so sehr gut fahren ließe. Lieber nicht, dachte er, das da vorne ist ein Sattelschlepper, auf einmal sitzt du in einem Sattelschlepper, Platz genug wäre ja, wenn er leer wäre, aber was, wenn er beladen ist, die sind doch meist beladen, die fahren doch nicht so weite Touren leer, das können nur wir uns leisten, die nicht, die haben den Konkurrenzkampf und wir überholen sie, wir überholen den besser und fahren nicht in ihn rein, denn womöglich hat er Margarine geladen, pfui Deibel, plötzlich in einem Sattelschlepper voll Sanella, muß auch nicht schön sein, obwohl Sanella sehr gut sein soll, wie das kleine Mädchen im Fernsehen sagt, aber der Sattelschlepper hat keine Margarine geladen, der fährt Zigaretten, dieser Provokateur fährt hundertzwanzig Kubikmeter HB durch die Deutsche Demokratische Republik, den hat das Lemmer-Ministerium angeworben, zwecks Erregung innerdeutschen Neides fährt der hier, das ist doch zum an die Decke gehn, aber halt, mein Freund, lieber nicht, greife zur Warnow, auch mit Filter, und sieh, daß du wieder auf die rechte Fahrbahn kommst, denn hinter dir braust es heran, noch so ein Lemmer-Mensch, aber Lemmer heißt der Kerl doch gar nicht mehr, das ist doch jetzt der andere, der mit dem sauberen Scheitel, dieser Schicke, der einem immer so 'n bißchen bescheuert vorkommt, ist ja auch egal, wie er heißt, aber dies war ein Mercedes, und hundert Sachen waren das nicht, Herr, das waren hundertvierzig, wenn wir's milde machen. Einen so zu erschrecken, da will man nichts als ein kleines Nickerchen, und dann fährt der so an einem vorbei, und du fährst besser auf den nächsten Parkplatz und machst dein kleines Nickerchen, oder du läßt dir etwas einfallen, was dich wirklich wach hält. Wenn du es könntest, könntest du eine Partie Schach gegen dich spielen, im Kopf, wie dieser Mensch in der Geschichte von Stefan Zweig, das würde dich bestimmt wach halten, aber es hätte auch seine Gefahren, denn du kannst so schlecht verlieren, und vor lauter Ärger siehst du dann diesen Fahrbahnwechsel nicht und fährst geradeaus weiter und fällst von einer Brücke, die noch gar nicht da ist, weil erst seit vier Jahren daran gebaut wird. Der Gegenverkehr ist gut, da muß man einfach aufpassen und kann schon deshalb nicht einschlafen, weil die Leute alle nicht rechtzeitig abblenden. Der einzige, der prompt mit kleinem Licht bedient, ist Robert Iswall, natürlich wieder einmal sicherer Anwärter auf den Fairneßpokal, Robert Iswall, der einsame Sportsmann, der einzige Kleinleuchter, Heimleuchter, Armleuchter, dem wird der Pokal aber postum verliehen werden, wenn er so weiterfährt, da können sie dann gleich die Asche drin verwahren, und wer soll die Rede halten, ah, das ist eine weckende Frage, wer also soll die große Rede an Iswalls Grabe halten, wer darf hier trauernd das Maul auftun, wer käme da in Frage? Da kommt nur einer in Frage, da kommt nur Meibaum in Frage, Meibaum, der Vorwärtsler, der es ablehnt, sich umzudrehen. Mal sehen, wie der an Iswalls Grabe auf das Neue orientiert, mal zuhören, wie er den Trauergästen erzählt, Gewesenes sei nicht der Rede wert und darum wolle er von Aufgaben sprechen, und mal lauschen, wie sie den festlichen Ausklang machen, hoffentlich engagieren sie die vier Turbos, die heulen so schön vorwärtsweisend – hei, welch eine Beerdigung!

He, welch ein Blödsinn! Das kannst du wirklich nicht machen. Du kannst hier nicht durch die Nacht fahren und den Schlaf mit Gespenstern schrecken wollen; die kennen sich schon zu lange und sind aufeinander eingespielt. Wenn du schon nicht anhalten willst, dann versuche dich an wirklich schwierigen Gedanken. Sich die Meibaums vorzustellen, wie sie da an einem Grabe stehen und tun, als sei niemand gestorben, bedarf keiner Anstrengung. Es ist nicht schwer, anderen Leuten Unsinn in den Mund zu legen. Ein einziger vernünftiger Satz ist schwerer erdacht als eine ganze widersinnige Rede. Versuche dich, wenn du wach bleiben willst, an so einem Satz, sagen wir, versuche dich an dem ersten Satz deiner Rede. Ja, ich weiß auch, daß du sie aller Voraussicht nach nicht halten wirst, aber das erleichtert die Sache nur. Sätze, die man nicht wirklich sprechen muß, finden sich schneller. Aber wenn du etwas gegen den Schlaf tun willst, dann vergiß Meibaums Brief an Herrn Doktor Trullesand, denke nicht, daß du einen gleichlautenden zu Hause vorfinden wirst, denke dir, es habe in einer festlich geschmückten Aula soeben ein feierlich gekleideter Herr deinen Namen genannt, und du stiegest jetzt die Stufen zum Rednerpult hinauf, und in wenigen Augenblicken soll es aus deinem Munde tönen, und eine Rede soll sein voll Größe und Schönheit, von einer Zeit voll Größe und Schönheit, und erhaben soll es klingen, denn du sprichst in einem erhabenen Gehäuse, und das Publikum zu deinen Füßen ist vom allerbesten, und dies ist deine Stunde, Iswall, die Stunde des Aularedners Iswall ist da. Wir hören.

Robert setzte zu seinem ersten Satze an, er wußte, daß er drauf und dran war, etwas äußerst Gediegenes zu sprechen, eine erlesene Periode voller Tiefe und historischer Einsicht, eine Wortsäule, rund und wichtig wie die Tragpfeiler in der Aula des Andreas Mayer, eine Gedankenreihe von der edlen Reife, die aus den Bildnissen der glorwürdigen Herzöge sprach und zugleich so humoristisch wie die Putten auf der Empore, und dann sah er das Reh, oder war es ein Rehbock? – das sah er schon nicht mehr so genau, denn inzwischen hatte er das Lenkrad nach rechts eingeschlagen und zugleich hatte er auf die Bremse getreten, was nicht gut war, wenn man es zugleich tat, und schon gar nicht gut war auf einer nachtfeuchten Fahrbahn, aber das zu bedenken hatte er keine Zeit gehabt, seine Augen hatten den Eintritt eines großen Tieres in das Doppellicht des Wagens gesehen, und alles andere war die Sache von Händen und Füßen, und nun wollte der Wagen über den Rand der Straße, wollte nirgendwo sonst hin als gegen einen Brückenpfeiler aus grauem Beton, senkte die Lichthörner und war ein Stier und hatte wohl vergessen, daß Robert Iswall auf seinem Rücken saß, raste gegen das harte Grau, war fast schon dort, und gehorchte erst im vorletzten Augenblick dem Befehl der Hände, wurde wieder ein Auto, war wieder ein Fahrzeug und kein Schlitten und ließ sich auch bremsen, und aus seiner Tür stieg es sich, als heiße man Gagarin.

Nun bist du wohl wach, dachte Robert und wollte schon lachen, aber dann legte er sich schnell in das nasse Gras an der Böschung und lachte lieber nicht. Denn nun kam erst der richtige Schreck und nahm ihm die Luft, die man zum Lachen braucht, und so lag er schräg gegen den dunklen Himmel und dachte nur: Das wäre es beinah gewesen.

Dann hörte er den Motor seines Wagens, sah die aufgeblendeten Lichter und den schwachen rötlichen Schein am Heck und dachte: Da steht er nicht gut.

Er stand auf, stieg ein, sah noch einmal zurück und fuhr langsam an.

Dann mußte er doch lachen, denn das wäre eine gute Schnurre gewesen: Wie Robert Iswall eine Rede halten sollte.

Wie Robert Iswall eine Rede halten sollte, da träumte er viele Monde von ihr und nichts anderem, gewahrte so manche Unordnung in seinem Leben und räumte nun auf, weil ein Glanz sein sollte, und machte, daß beinahe alles gut war und ging vielmals sich zu prüfen an die spiegelnden Wasser, und als er wähnte, nun endlich könne er den Mund auftun, da zeigte es sich, daß ihn niemand hören wollte, und ob seines großen Zornes fuhr Robert Iswall in den Tod.

Welch eine Schnurre, dachte er, und welche Übertreibung! Hier ist niemand tot, und hier ist auch niemand zornig, und hier wird schon noch geredet werden.